# 《诗经》

全注全译全本
彩图（典藏版）

【上】

凌天明 著

華中科技大學出版社
http://press.hust.edu.cn
中国·武汉

有书至美
BOOK & BEAUTY

## 作者简介

凌天明，江西赣州人，中山大学古代文学博士。现为绍兴文理学院兰亭书法艺术学院专任教师，硕士生导师。研究兴趣广泛，于中国古代文学、书法与绘画史论均有涉略。论文发表于《词学》《中国书法》等学术期刊。系江右诗社社员。

# 前言

《诗经》，作为中国最古老的诗歌总集，是中华文化的璀璨瑰宝。它不仅是中国古代文学的开山之作，也是记录先秦时期思想文化的重要文献。《诗经》收录了从西周初期至春秋中叶约五百年的诗歌，现存311篇（其中6篇为“有目无辞”的笙诗），并以乐曲的不同分为风、雅、颂三部分。这些诗歌真实反映了当时的社会面貌、风俗习惯、生活方式以及思想情感等方面的情况，具有极高的历史价值。

## 历史背景与文化地位

《诗经》在编订之初被称作“诗”“诗三百”“三百篇”，至汉代独尊儒术，被奉为儒家经典，冠五经之首，始称《诗经》。《诗经》的产生与运用最早可追溯到周公的“制礼作乐”，周初礼乐秩序的创制奠定了华夏文明的基本形态，诗乐便作为一种重要的艺术文化形式固定下来，传诸后世。在漫长的历史演进中，《诗经》不断地积累，至春秋中晚期其文本内容基本定型，据《左传》载，吴国公子季札到鲁国观乐，所听到的诗歌篇目即与现今所见大致相同。除去笙诗，今本《诗经》有305篇，据说是春秋末年鲁国孔子整理删定后的面目，实际上，在“季札观乐”“孔子删诗”以前，其数量远不止于此，司马迁说：“古者诗三千余篇，及至孔子去其重，取可施于礼义……三百五篇，孔子皆弦歌之，以求合《韶》《武》《雅》《颂》之音。”（《史记·孔子世家》）“孔子删诗”处于礼崩乐坏的时代背景之下，是《诗经》文本定型及经典化的开端，具有浓厚的儒家教化色彩，其实用性与政治性远较文学性重要。先秦时期的《诗经》被周王室、各诸侯国乃至一般士大夫广泛运用于各种场合，如春秋诸侯国之间的会盟，便以“赋诗”的方式进行，《诗》有着重要的外交功能。《论语》记载，子贡能准确地以《诗经》中“如切如磋，如琢如磨”的雅句回应孔子的教诲，被夫子大赞“赐也，始可与言《诗》已矣”，可见在礼乐失坠的春秋末期，引用《诗经》仍是君子高贵典雅身份的象征。孔子的门人子夏尤善文学，《诗经》便经由子夏得以传承。秦始皇焚书坑儒后，汉室初定，《诗经》因为其独特的诗乐性，记诵方便，不同于著诸竹帛的其他经书，而较为完整地传承下来。汉初说诗者主要有三家，分别为鲁人申培公、齐人辕固生和燕人韩婴，“三家诗”口耳相传，由当时通行的隶书（今文）写成，称为“今文经”。此外，毛亨、毛苌叔侄躲避秦火，将用战国文字书写的古文《诗经》传了下来，整理成影响深远的《毛诗》，称为“古文经”，在东汉立为官学，取代了“三家诗”的位置。后世的《诗经》注解即以《毛诗》为本，如东汉郑玄《毛诗传笺》、唐代孔颖达《毛诗正义》、宋代朱熹的《诗经集传》、清代马瑞辰的《毛诗传笺通释》等，这些注本在名物训诂、辞章义理、文学艺术等各个方面对《诗经》进行了深入解说，是《诗经》学研究的重要文献资料。

有学者称《诗经》为“五经之首，文学之源”，这是符合客观事实的。一方面，在历史上《诗经》一度以经书的身份辅助于儒家文化的阐释，尤其是汉代以来，《诗经》学与政治关系紧密，其“经夫妇，成孝敬，厚人伦，美教化，移风俗”的功能得到放大；另一方面，《诗经》又具有其他经书不可比拟的文学性，它是中国文学的源头，在文学史上与《楚辞》并称“风骚”。《诗大序》有段非常经典的话：“诗者，志之所之也。在心为志，发言为诗，情动于中而形于言，言之不足，故嗟叹之；嗟叹之不足，故永歌之；永歌之不足，不知手之舞之足之蹈之也。”《诗大序》虽然以政教为旨，但也揭示了《诗经》创作本身具有的文学艺术性。到宋代欧阳修、苏辙、朱熹等学者主张“废序”以还《诗经》本来面目，世人对《诗经》文学性的探讨逐步加深，直至近现代新文学研究的兴起，《诗经》长期以来的儒经形象正式被文学形象所取代。

现如今看来，《诗经》的成就、价值和意义是多方面的，它不仅在文学影响上历久弥新，在中国文化史上的地位也是举足轻重的：

首先，在古代社会，《诗经》被认为是“六艺”之一，六艺包括礼、乐、射、御、书、数，诗经是“乐”的重要组成部分，代表了古代礼乐文化的核心。《诗经》中的诗歌不仅被用于日常的教育和学习，还在各种祭祀、庆典和仪式中发挥着重要作用。

其次，在外交辞令方面，《诗经》同样发挥了重要作用。周代的诸侯国在相互往来、朝贡和会盟时，常常引用《诗经》中的句子来表达友好、劝谏或讽刺。使用《诗经》可以增加言辞的文化深度和礼仪感，也有助于通过共同的文化认同来促进沟通和理解。

第三，《诗经》的文化地位还体现在它对中国古代语言、文学和思想的深远影响上。《诗经》中的语言精炼、用词考究，成为后代诗人和文学家学习和模仿的对象。它的比兴手法、重章叠句等艺术特点，影响了中国古代诗歌的发展。例如，唐代诗人李白、杜甫等都在创作中吸收了《诗经》的艺术手法，从而使他们的诗歌更加生动、形象。

在现代社会，《诗经》依然具有重要的现实意义。作为中华文化的重要组成部分，《诗经》不仅是中国人文精神的重要体现，也是中华民族文化自信的象征。现代学者通过对《诗经》的研究和解读，进一步挖掘其文化价值和现代意义，使这部古老的诗歌总集焕发出新的生机。例如，现代的诗歌创作、文学研究、文化教育等领域，都可以从《诗经》中汲取营养，丰富自身的发展。

## 内容分类与特色

《诗经》分为风、雅、颂三部分，各部分的内容和特点有所不同。

### 风　民生百态的歌谣

“风”是指各地的民间歌谣，共160篇。这些诗歌主要反映的是先秦时期普通民众的生活和情感，语言生动、朴实，内容丰富多彩。风诗分为十五国风，包括《周南》《召南》《邶风》《鄘风》《卫风》《王风》《郑风》《齐风》《魏风》《唐风》《秦风》《陈风》《桧风》《曹风》《豳风》。每一部分都展示了不同地域的风土人情和百姓生活。

《周南》以周公统治下的南方地区的民歌为主，多描写自然景物和男女爱情，诗风淳朴而富有浪漫色彩。《召南》主要描写召地的民间生活和风俗，多以爱情为主题，语言质朴自然。《邶风》反映了邶地的社会现实和人民生活，常带有悲凉色彩。《鄘风》内容多涉及民间疾苦和社会不公，具有批判现实的色彩。《卫风》展示了卫国人民的生活场景，诗风平易近人。《王风》反映了周王室衰落时期的社会现状，带有感伤的基调。《郑风》以郑地的风土人情为主题，诗风清新明快，多描写爱情生活。《齐风》体现了齐国人民的风貌和性格，多描写劳动和爱情。《魏风》主要描写魏地的民俗和风情，语言质朴，情感真挚。《唐风》展示了唐地人民的生活景象，诗风豪放而充满情感。《秦风》反映了秦地的风俗和百姓生活，诗歌充满了浓厚的地域色彩。《陈风》多描写陈地的婚姻爱情和劳动生活，诗风细腻而真实。《桧风》主要反映桧地的风土人情，诗风质朴自然。《曹风》展示了曹地的民俗，多以劳动和婚姻为题材。《豳风》反映了豳地的农耕生活和四季变化，诗风淳朴，贴近自然。

十五国风的诗歌以其质朴的语言和真挚的情感，生动地再现了古代人民的生活图景。它们不仅是当时社会生活的真实写照，也反映了古代民众的思想情感、风俗习惯和价值观念。通过这些诗歌，我们可以了解到当时社会的各个方面，从婚姻爱情、家庭生活到劳动生产、战争征伐，内容丰富多样。这些民间歌谣，不仅在文学史上占有重要地位，更是研究古代社会文化的珍贵资料。

### ◉ 雅　王室贵族的乐歌

“雅”分为大雅和小雅，共105篇，是周王室和贵族的乐歌。小雅多为宴会、朝会、祭祀等场合的乐歌，大雅则多为叙事诗和颂歌，内容包括历史事件、战争场面、政教礼仪等。例如，《大雅·文王》颂扬了周文王的功德，《小雅·鹿鸣》描绘了宴会的场景。雅诗以庄重的语言和典雅的风格，展示了贵族社会的文化生活和政治理想。

### ◉ 颂　宗庙祭祀的乐章

“颂”是宗庙祭祀的乐歌，共40篇，分为周颂、鲁颂和商颂。周颂多歌颂周文王、周武王及其后代的功绩，鲁颂和商颂则分别歌颂鲁国和商朝的祖先和神灵。例如，《周颂·清庙》描述了宗庙的庄严肃穆，《商颂·殷武》颂扬了商朝君王的武功。颂诗以宏大的气势和崇高的主题，表达了对祖先和神灵的敬仰与感激。

## 本书的编写宗旨与特点

本书作为一套面向广大普通读者的《诗经》读本，旨在帮助读者更好地理解和欣赏这部经典之作。我们的编写宗旨是：通俗易懂、精准科学、文采斐然、古书形式的排版。

### 通俗易懂

为了让更多读者能够轻松阅读和理解《诗经》，我们在编写过程中力求语言通俗易懂。在注解和翻译部分，我们尽量采用现代汉语的表达方式，避免使用过于艰深的词汇。同时，在导读部分，我们用生动的语言和丰富的例子，帮助读者更好地理解诗歌的背景和内容。

此外，本书还配有大量精美插图，包括日本细井徇的《诗经名物图解》、宋代马和之的《诗经图》、乾隆皇帝的《御笔诗经全图书画合璧》以及历代名画中的经典作品。这些插图不仅增加了视觉上的美感，还帮助读者更直观地理解诗歌的内容和意境。

细井徇（HosoiHeishu）是江户时代的著名画家，他的《诗经名物图解》以细腻的笔触和丰富的细节，再现了《诗经》中的动植物。通过这些生动的插图，读者不仅能够直观地理解诗歌所描绘的情景，还能获得丰富的博物知识。这些画作细致入微，展现了《诗经》中描述的各种自然景物，让读者可以更深层次地理解和欣赏《诗经》。

马和之是宋代的著名画家，他的《诗经图》以古朴典雅的风格，展现了《诗经》的历史风貌。这些古画不仅再现了古代生活的真实场景，还通过艺术的手法传达出诗歌中的情感和意境。

乾隆皇帝的《御笔诗经全图书画合璧》是一部集书法与绘画于一体的珍贵作品。乾隆皇帝以其独特的皇室视角和精湛的绘画技艺，解读和诠释《诗经》。这部图册不仅揭示了乾隆皇帝对《诗经》的热爱和理解，也为读者提供了一个独特的欣赏角度。

### 精准科学

《诗经》的研究涉及古代汉语、历史、文化等多个领域，具有较高的学术性。在编写过程中，我们参考了多部权威文献和最新的研究成果，确保注解和翻译的准确性和科学性。例如，我们参考了东汉郑玄的《毛诗传笺》、唐代孔颖达的《毛诗正义》、宋代朱熹的《诗经集传》、清代马瑞辰的《毛诗传笺通释》、清代方玉润的《诗经原始》等经典文献，同时结合现代学者的研究成果，例如程俊英、蒋见元的《诗经注析》，高亨的《诗经今注》，王秀梅译注的《诗经》等。

为了增强科学性和准确性，我们特别邀请了相关领域的专家学者参与编写，并对每篇诗歌的注释和翻译进行了反复校对和审定。

### ◉ 文采斐然

《诗经》本身是一部充满文学美的作品。在翻译和导读部分，我们不仅注重内容的准确性，还力求保持诗歌的文学美感。在翻译过程中，我们尽量保留原文的韵律和意境，使译文富有诗意；在导读部分，我们用生动的语言和丰富的例子，展示诗歌的艺术魅力和思想深度。

在编写过程中，我们特别注意了译文的文采和美感，使读者在欣赏《诗经》时，能够感受到原文的韵律之美和意境之美。同时，我们通过引用大量生动的例子和故事，展示诗歌的内在魅力。例如，通过具体的诗句分析，展示比兴手法的巧妙运用；通过对典型诗篇的详细解读，揭示诗歌的深层含义和思想内涵。

### ◉ 古书形式的排版

本书在排版上，模仿古书的形式，采用竖排，注解也是古书的随文注释形式。这种排版方式不仅增加了阅读的趣味性和历史感，还帮助读者更好地体验古代经典的原貌。竖排的格式，使得文本更加接近古代读者的阅读习惯，而随文注释则提供了即时的解读和说明，使得读者在阅读时能够更方便地理解诗歌的内容和背景。

这种古书形式的排版不仅是对传统文化的致敬，更是对《诗经》原貌的尊重。通过这种形式，读者可以更好地沉浸在《诗经》的美妙世界中，感受古代文化的深厚底蕴和独特魅力。

## 本书的使用方法与读者指南

本书作为一套《诗经》读本，适合各类读者使用。无论是学生、教师，还是文学爱好者，都可以通过本书更好地了解和欣赏《诗经》。以下是一些使用本书的建议：

### ◉学生

学生在学习《诗经》时，可以通过本书的注解和翻译，理解诗歌的内容和含义；通过导读部分，了解诗歌的背景和主题；通过对动植物和繁难字词的解析，掌握相关的知识和古文学习技巧。

### ◉教师

教师在教学《诗经》时，可以参考本书的注解和翻译，帮助学生更好地理解诗歌；通过导读部分，启发学生对诗歌的深入思考；通过对动植物和繁难字词的解析，提高学生的语言能力和文化素养。

### ◉文学爱好者

文学爱好者在阅读《诗经》时，可以通过本书的注解和翻译，欣赏诗歌的语言和意境；通过导读部分，体会诗歌的思想和情感；通过对动植物和繁难字词的解析，增进对古代文化的了解。

本书虽然力求完美，但由于编者水平有限，难免有不足之处，敬请广大读者批评指正。感谢所有关注《诗经》，关注中国传统文化的读者朋友们。

让我们一起走进《诗经》的世界，感受古人的智慧与情感，领略博大精深的中华文化。

——凌天明

# 目录

## 诗经·风

## 诗经·雅

# 诗经·风

《诗经》在内容上被分为《风》《雅》《颂》三个部分，各部分的内容和特点有所不同，其中《风》是周代各地的歌谣。《风》诗具体又可分为十五国风，包括《周南》《召南》《邶风》《鄘风》《卫风》《王风》《郑风》《齐风》《魏风》《唐风》《秦风》《陈风》《桧风》《曹风》《豳风》，每一部分都展示了不同诸侯国的风土人情和百姓生活。总的来说，这部分诗歌以质朴的语言和真挚的情感，生动地再现了古代人民的生活图景。

# 【关雎】

原诗

关关雎鸠，

○关关：鸟类雌雄相和的鸣叫声，象声词。雎鸠：水鸟名，即王雎。

在河之洲。

○洲：水中陆地或水中小岛。

窈窕淑女，

○窈窕：美好恬静的样子。窈，深邃，喻淑女心灵美。窕，优美，喻淑女仪表美。

君子好逑。

○好逑：指佳偶，好的伴侣或伙伴。逑，匹配。

参差荇菜，

○参差：不齐貌，高低长短不一的样子。荇菜：一种水生植物，茎圆柱形，节下生根，浮于水面，生命力强，可食用。

左右流之。

○左右：时而向左，时而向右。流：义同"求"，这里指摘取。之：指荇菜。

窈窕淑女，

寤寐求之。

○寤寐：醒和睡，表示日夜。寤，醒。寐，睡。

求之不得，

寤寐思服。

○思服：思念。服，想。

悠哉悠哉，

○悠：思念、想念，文中也有惦念的情愫。

辗转反侧。

○辗转反侧：辗转不寐。描述君子对淑女的日夜思念之情。

参差荇菜，左右采之。窈窕淑女，琴瑟友之。

○琴瑟：属弦乐器，用来表达爱意。在《诗经》中一般比喻夫妻关系和谐。

参差荇菜，左右芼之。

○芼：采摘。

窈窕淑女，钟鼓乐之。

○乐之：让淑女快乐。

译诗

雎鸠关关鸣声和，相栖河中洲地上。秀美贤惠好淑女，真是君子好配偶。长短不齐之荇菜，淑女左右皆可采。

秀美贤惠好淑女，日夜相思夜难寐。表达求所不得之，日日夜夜皆思慕。漫长思念久久缠，翻来覆去难入眠。

长短不齐之荇菜，淑女左右可采摘。秀美贤惠好淑女，你琴我瑟交友欢。长短不齐之荇菜，淑女左右不停择。

秀美贤惠好淑女，钟鼓和鸣相欢喜。

## 导读

《诗经》是中国文学史上一道靓丽的风景，我们可以通过《诗经》中的诗了解到古代民众的生活和古代的自然风物。而作为《诗经》开篇的《关雎》具有特殊的意义。此诗以君子追求淑女的意愿开始写起，描写了男女二人相见、相识、相恋的全过程。

以成对相伴的“雎鸠”的和鸣，映射爱意浓浓的氛围，表达爱意生发之境；此时见到美丽恬静的淑女，心生爱慕；淑女每日忙碌，采摘荇菜于河水间，每一个动作，都映入君子心中；此等好的淑女，让君子日思夜想，他设想很多愿景，却求不得淑女芳心，因此夜不能寐，辗转反侧；仍然旧地重游，远观淑女，通过乐器表达心语给淑女，相互和谐交流；每每都来到河边，二人相交甚欢，用钟鼓奏乐，来让淑女欢喜。

这诗篇中景、情、人、物之间和谐相交，事与情相结合，清新又雅致。诗词间的情感表达含蓄，君子虽对淑女十分爱慕，但也是很委婉地表达，体现古人间情感的含蓄。

其中“窈窕淑女，君子好逑”源远流长。全诗语言优美，诗歌相鸣，其中运用了双声、叠韵和重叠词，给读者带来了优美画面的同时，也带来了生动的乐章。

# 葛覃

**原诗**

（一）葛之覃兮，施于中谷，维叶萋萋。黄鸟于飞，

○葛：多年生藤本植物，纤维可织葛布，俗称夏布，亦可制鞋。覃（tán）：本指延长之意，此指蔓生之藤。兮：语气词。

○施（yì）：蔓延。中谷：山谷之间。

○维：发语助词，无义。萋萋：茂盛的样子。

○黄鸟：一说黄鹂，一说黄雀。于：作语助，无义。于飞，即飞。

集于灌木，其鸣喈喈。（二）葛之覃兮，施于中谷，

○集：栖止、落。

○喈喈（jiē）：鸟鸣声。

维叶莫莫。是刈是濩，为絺为綌，服之无斁。

○莫莫：同上文"萋萋"，茂盛的样子。

○刈（yì）：斩，割。濩（huò）：煮。此指将葛放在水中煮。

○絺（chī）：细的葛纤维织的布。綌（xì）：粗的葛纤维织的布。

○斁（yì）：厌倦。

（三）言告师氏，言告言归。薄污我私，薄浣我衣。

○言：一说第一人称，一说作语助词，无义。师氏：类似管家，或指保姆，或是女师。

○归：本指出嫁，亦可指回娘家。

○薄：语助词。污：洗去污垢。私：贴身内衣。

害浣害否，归宁父母。

○害（hé）：通"曷"，何，疑问词。否：不。

○归宁：出嫁女子回家探望父母，或出嫁以安父母之心。

**译诗**

葛枝蔓延绕相伴，上下遍布谷峪中，枝繁叶茂蓬勃展。黄鸟愉悦穿行飞，其后落在葛藤间，鸟鸣声声不停歇。

葛枝蔓延绕相伴，上下遍布谷峪中，枝繁叶茂蓬勃展。采割拾回忙水煮，粗细相织皆成布，成衣上身守护之。

我要告知女师听，告我心中想归家。清洗污之内衣，浣洗污之外衣。洗与不洗整理好，归家问安我父母。

## 导读

此诗围绕女子归家心情慢慢展开，诗中呈现出三幅画面。第一段开篇，在悠然山谷里，遍地长满郁郁葱葱的葛藤，鸟儿一边鸣叫着，一边飞往于林间。这部分描绘了生机勃勃的景象，将人物心情与景融合。第二段女子娴熟地采割葛覃，并泡煮，用其纤维织出粗细分明的一匹匹织布，劳作的景象，衬托女子勤俭、耐劳的品质。在第二段画面中，山谷间的藤条，取之自然，用之娴熟。这样勤劳和愉悦，只因第三段内容之间，有思念涌上心头，并将归家的思念告知女师，当得到允许归家后，开心地整理内务，准备回家看父母。最后一句的“归宁父母”点出缘由，将归心切、心欢喜之情表现得淋漓尽致。

# 【卷耳】

## 原诗

采采卷耳，不盈顷筐。嗟我怀人，寘彼周行。

○采采：采了又采。卷耳：苍耳，嫩苗可食，子可入药。
○盈：满。顷筐：斜口筐子，后高前低。
○嗟：语助词，或谓叹息声。怀：怀想。
○寘（zhì）：同"置"，放，搁置。周行（háng）：环绕的道路，特指大道。

陟彼崔嵬，我马虺隤。我姑酌彼金罍，维以不永怀。

○陟：登。彼：指示代词。崔嵬（cuī wéi）：山高不平。
○我：想象中丈夫的自称。虺隤（huī tuí）：疲极而病。
○姑：姑且。酌：斟酒。金罍（léi）：用以盛酒和水的器皿。
○维：发语词，无实义。永怀：永久思念。

陟彼高冈，我马玄黄。我姑酌彼兕觥，维以不永伤。

○玄黄：黑色毛与黄色毛相掺杂的颜色。本是黑马，病久而出现黄斑。
○兕觥（sì gōng）：古代酒器。

陟彼砠矣，我马瘏矣，我仆痡矣，云何吁矣。

○砠（jū）：有土的石山，或谓山中险阻之地。
○瘏（tú）：因劳致病，马疲病不能前行。
○痡（pū）：因劳致病，人过劳不能走路。
○云：语助词，无实义。云何：奈何，奈之何。吁（xū）：忧伤而叹。

## 译诗

采呀采呀采卷耳，填不满这斜竹筐。只因心中思念他，竹筐放置在路边。爬上高高土石山，马儿已疲惫不堪。

且先斟满金酒杯，安慰我的思与忧。登上高高的山岗，马儿累得毛色黄。且先斟满这酒杯，忘却心中的悲伤。

行走陡峭乱石堆，马儿疲惫躺一旁。仆人也无精打采，奈何愁思上心头。

## 导读

《卷耳》是以思念征夫的女主人的口吻来写的，随着女主人公的内心独白展开，浓浓的思念层层递进。先是女主人在山间采卷耳，看到熟悉的场景，整颗心都在想念远征的丈夫，采卷耳的速度也慢了，筐也装不满，索性把筐放在路旁，看着远方的路，当时分别的场景历历在目；恍惚间看到丈夫的疲惫身影，马儿带着他一点点走上山，累了小憩一下，以酒解忧，继续前行；翻上高高的山岗，一杯杯思念之酒，坚定归家心；当走在乱石路上时，马儿也瘫倒了，仆人也疲累了，思念的心越来越沉重了。这番心头无以言表的思念和疲惫，回荡在这艰辛的路上和山间。诗中相思之情浓郁，抒写手法很是巧妙，将怀人这一世间永恒的情感主题，表达得淋漓尽致，让人不得不跟随主人公动了思念之情。同时，主题跨越了具体的人和事，开辟了中国诗歌悲情之作的序章。

# 【樛木】

原诗

南有樛木，葛藟累之。乐只君子，福履绥之。

○樛木：枝向下弯曲的树。○葛藟：葛藟为藤条植物。累：缠绕攀缘。○乐只君子：乐观善良的人。○福履：福禄。绥：通“妥”，降临。

南有樛木，葛藟荒之。乐只君子，福履将之。

○荒：覆盖、遮掩之义。○将：扶助，保护。

南有樛木，葛藟萦之。乐只君子，福履成之。

○萦：萦绕，缠绕。○成：成全，成事。

译诗

南边有树垂枝弯，葛藟相缠附与樛。乐观心善的君子，福禄相伴守护他。

南边有树垂枝弯，葛藟蔓藤交满枝。乐观心善的君子，福禄相伴护助他。

南边有树垂枝弯，葛藟缠绕满树上。乐观心善的君子，福禄相伴助成事。

## 导读

这首诗是一首表达祝福的诗歌，或许是在亲朋好友欢聚，或是婚礼，或是新生儿诞生的场景下吟诵。此篇中以葛藟与樛木相绕，盘缠相对而比喻男女二人喜结良缘的场面。诗中以高大樛木喻男子，仿佛可以依靠、仪表堂堂、识大体之人；而女子的曼妙多姿，年轻貌美，如葛藟的缠绕之态。诗人运用比拟手法，为亲朋好友送去了祝福，希望男子像樛木般郁葱，健壮，有女子相伴，有福寿同行，美满幸福，相互依靠。

语句语言简约、情感真挚，让读者与诗中人一起沉浸在这欢乐的氛围中。

## 《诗经》中的成语

【求之不得】《周南·关雎》：求之不得，寤寐思服。

【辗转反侧】《周南·关雎》：悠哉悠哉，辗转反侧。

【优哉游哉】《小雅·采菽》：优哉游哉，亦是戾矣。

【忧心忡忡】《召南·草虫》：未见君子，忧心忡忡。

【中心如醉】《王风·黍离》：行迈靡靡，中心如醉。

# 【螽斯】

原诗

螽斯羽，诜诜兮。宜尔子孙，振振兮。

○螽（zhōng）斯：或名斯螽，一种直翅目昆虫，常被称为「蝈蝈」。

○诜（shēn）诜：众多貌。

○振（zhēn）振：茂盛的样子。

螽斯羽，薨薨兮。宜尔子孙，绳绳兮。

○薨（hōng）薨：很多虫飞的声音。或曰形容螽斯的齐鸣。

○绳（mǐn）绳：延绵不绝的样子。

螽斯羽，揖揖兮。宜尔子孙，蛰蛰兮。

○揖（jí）揖：会聚的样子。揖为集之假借。

○蛰（zhé）蛰：多，聚集。

译诗

蝈蝈振翅飞，相聚在一起。众多子孙聚，繁荣又昌盛。

蝈蝈振翅飞，虫鸣响围绕。众多子孙聚，世代永相传。

蝈蝈振翅飞，成群相聚会。众多子孙聚，其乐融融焉。

## 导读

就诗篇编排而言，前篇《风·周南·樛木》属于新婚祝福篇，此篇继而祈颂多生贵子，不仅顺理成章，或恐正是编者苦心所系。

全诗三章，每章四句，前两句描写，后两句颂祝。而叠词叠句的叠唱形式，是这首诗艺术表现上最鲜明的特色。如果说“宜尔子孙”的三致其辞使诗旨清晰明朗，那么六组叠词的巧妙运用则使全篇韵味无穷。

细品诗语，全诗借螽斯的生活气息，描述人们颂祝多子多孙的诗旨，显豁而明朗。诗篇寄兴于物，寄物于情；“子孙众多，言若螽斯”，即此之谓。易辞复唱，用墨如泼，正因心愿强烈。“子孙”是生命的延续、晚年的慰藉、家族的希望。中国人世代传承家族多子多福的观念，在当时已深入民心。再三颂祝“宜尔子孙”的《螽斯》，正是先民这一观念的强烈抒发。

# 桃夭

原诗

桃之夭夭，灼灼其华。之子于归，宜其室家。

○夭夭：茂盛貌。
○灼灼：鲜艳明亮貌。华：同「花」。
○之子：这个人，此指这位女子。于归：出嫁。
○宜：和顺，和睦，一谓男女适龄婚嫁。室家：夫妇。古代女有家，男有室。

桃之夭夭，有蕡其实。之子于归，宜其家室。

○蕡(fén)：果实繁多硕大。
○家室：犹「室家」，指家庭、家眷。

桃之夭夭，其叶蓁蓁。之子于归，宜其家人。

○蓁蓁(zhēn)：草木茂盛貌。

译诗

桃花树枝繁叶茂，艳丽花朵喜颜开。这位姑娘要出嫁，进婆家和和美美。

桃花树枝繁叶茂，桃果丰美惹人爱。这位姑娘要出嫁，好上加好添喜乐。

桃花树枝繁叶茂，桃叶繁盛随风展。这位姑娘要出嫁，两人平安且康乐。

桃

## 导读

这是一首书写对将要出嫁的美如花的姑娘的衷心祝福的诗。其中经典诗句“桃之夭夭，灼灼其华”，千百年来，传颂不绝。

三篇章节，祝福层层递进，让我们看到美满生活的景象和家人的期许。第一章开篇“灼灼其华”让人眼前一亮，以花喻人，以物描写美女姣好身姿、红润容颜，呈现出姑娘穿着华丽嫁衣，众亲朋好友笑容满面地送她出嫁并送上祝福的场景；第二章见新人喜结良缘，祝愿他们早生贵子，儿孙满堂；而第三章中“蓁蓁”带来承上启下的递进，从祝福小家庭的美满，递进到家族和长辈的殷切期盼，表达了家和万事兴的愿景。

此诗可以让读者感受到人们对生命力延续的追求，诗句质朴无华，温情满满，传递着古人对美好生活的向往。

# 兔罝

原诗

肃肃兔罝，椓之丁丁。

○suò肃肃：密密。jū罝：捕兽的网。○zhuó椓：打击。zhēng丁丁：击打声。

肃肃兔罝，施于中逵。

○中逵：即四通八达的岔路口。

肃肃兔罝，施于中林。

○中林：林中。

赳赳武夫，公侯干城。

○赳赳：威武雄健的样子。○公侯：周封列国爵位（公、侯、伯、子、男）之尊者，泛指统治者。干：盾牌。城：城池。

赳赳武夫，公侯好仇。

○qiú仇：通“逑”。

赳赳武夫，公侯腹心。

○腹心：比喻最可信赖而不可缺少之人。

译诗

捕兽网交织紧密，敲打木桩固定好。强壮威武的武士，保护城池与公侯。

捕兽网交织紧密，四通八达处施网。强壮威武的武士，公侯都希望求得。

捕兽网交织紧密，从林中也来施网。强壮威武的武士，是公侯信赖之人。

导读

这是一首赞美强壮武士的诗。全篇将打桩布网的狩猎者与捍卫公侯的武士联系起来，在今天看来有点突兀，但是在古代，狩猎本是习兵布阵中的“武事”之一。

分三章叙述，将捕猎的场景延展开，第一章将密实的捕兽网在打好的桩子上固定，布下猎物难逃的陷阱，操作很是行云流水。以捕林中野兽的打猎现场，展现武士在其中的重要性，公侯自然好逑之。

而在二三章运用“兴语”，“施于中逵”“施于中林”，一步步呈现每一环节的衔接之意。诗中“兔”为“兔子”，实则在诗中描绘为“老虎”似更为恰当。那么这些武夫便是勇猛过人的“搏虎”能手了。这是古代诗歌中经常会运用的联想和借代手法，

诗中武士的英勇和强干，布阵的缜密，让公侯们都很赞许，看到捉捕猛兽如此，在战场上杀敌肯定也不逊色，公侯们都会因有这样的武士保护、有这样的武士作为心腹而高兴。

## 《诗经》中的成语

【杼柚其空】《小雅 · 大东》：小东大东，杼柚其空。

【中冓之言】《鄘风 · 墙有茨》：中冓之言，不可道也。

【战战兢兢】《小雅 · 小旻》：战战兢兢，如临深渊，如履薄冰。

【遭家不造】《周颂 · 闵予小子》：闵予小子，遭家不造。

【允文允武】《鲁颂 · 泮水》：允文允武，昭假烈祖。

# 芣苢

## 原诗

采采芣苢，薄言采之。采采芣苢，薄言有之。

○采采：茂盛的样子。芣苢（fú yǐ）：又作「芣苡」，野生植物名，可食。

○薄言：发语词，无义。

○有：藏。一说为「若」字之误；若，择取。

采采芣苢，薄言掇之。采采芣苢，薄言捋之。

○掇（duō）：拾取，伸长了手去采。

○捋（luō）：用手握物而脱取。

采采芣苢，薄言袺之。采采芣苢，薄言襭之。

○袺（jié）：一手提着衣襟兜着。

○襭（xié）：兜入衣襟并将衣襟系在腰间带子上。

## 译诗

茂盛鲜嫩芣苢，急忙地采起来。茂盛鲜嫩芣苢，匆忙地摘下来。

茂盛鲜嫩芣苢，一片一片拾起。茂盛鲜嫩芣苢，一把捋取下来。

茂盛鲜嫩芣苢，用衣襟兜装好。茂盛鲜嫩芣苢，系好衣襟兜回。

## 导读

这是一曲欢快的劳动歌，是当时人们在采摘芣苢时所唱的歌谣。诗中写出了很多人在采芣苢，并且采摘的动作多样，过程细节清晰，场面热闹欢快，洋溢着劳动的热情。

全诗共三章，每章四句，重章叠句，如“采采”“薄言”句，重复出现，后面仅仅只变换了少数几个动词：采、有、掇、捋、袺、襭，形容采芣苢的变化；反复咏唱，以鲜明轻快的节奏、和谐优美的音韵，抒发了纯真的思想感情，表现了劳作人民的欢快情绪和赞美劳动的主题。

又与前一篇《螽斯》有主题相承之处，那个年代，大家物质不丰富，生活简朴，因此格外期盼丰收，多多满仓，多子多孙。

# 【汉广】

原诗

南有乔木，不可休思；汉有游女，不可求思。

○乔木：高大的树木。

○休：息也。指高木无荫，不能休息。思：语助词。

○汉：汉水，长江支流之一。游女：汉水之神，或游玩的女子。

汉之广矣，不可泳思；江之永矣，不可方思。

○江：江水，即长江。永：水流长也。

○方：筏。此处用作动词，意谓坐木筏渡江。

翘翘错薪，言刈其楚；之子于归，言秣其马。

○翘翘（qiáo）：本指鸟尾上的长羽，比喻杂草丛生；或指高出貌。错薪：丛杂的柴草。

○刈（yì）：割。楚：灌木名，即牡荆。

○归：嫁也。

○秣（mò）：喂马。

汉之广矣，不可泳思；江之永矣，不可方思。

翘翘错薪，言刈其蒌；之子于归，言秣其驹。

○蒌（lóu）：蒌蒿。

○驹（jū）：小马。

汉之广矣，不可泳思；江之永矣，不可方思。

**译诗**

南有高大的乔木，辛苦的人不停靠；
汉江游玩的女子，想要追求不可得。
汉江宽广浪涛翻，游泳不可往返之；
江水宽阔长又宽，船筏穿行不可行。
杂草丛生高冲天，打柴还得砍荆条；
女子何时要出嫁，让我来喂饱马儿。
汉江宽广浪翻涛，游泳不可往返之；
江水宽阔长又宽，船筏穿行不可行。
杂草丛生高冲天，打柴还得割蒌蒿；
女子何时要出嫁，让我来喂饱马儿。
汉江宽广浪翻涛，游泳不可往返之；
江水宽阔长又宽，船筏穿行不可行。

## 导读

这首诗写得缠绵、忧伤，大意是一位年轻的樵夫，眺望到对岸有一位佳人。诗中“汉有游女，不可求思”，表达他心生爱意，可是“汉之广矣，不可泳思。江之永矣，不可方思”，因又宽又长的汉江挡住了他的去路，无法抵达前往，遥遥相望。面对浩瀚的江水，他只好吟唱着诗歌来排遣心中的惆怅。又因为求而不得，不得不反复想念，故而忧心忡忡。每每想起，都想到女子出嫁会是在哪一天，自己要做好准备，期望可以成为迎娶女子的人。但现实是无法跨越的鸿沟。现代的情感亦是如此。全诗人物形象生动，诗意逻辑严密。也是一首可在诗中看到山水画面的风景诗之一。

# 汝坟

## 原诗

遵彼汝坟，伐其条枚。未见君子，惄如调饥。

○遵：循，沿。汝：汝河，源出河南省。坟（fén）：河边的堤坝。

○条枚：山楸树。一说树干（枝曰条，干曰枚）。

○君子：此指在外服役或为官的丈夫。

○惄（nì）：饥，一说忧愁。调：又作"輖""朝"，早晨。

遵彼汝坟，伐其条肄。既见君子，不我遐弃。

○肄（yì）：树砍后再生的小枝。

○遐（xiá）：远。

鲂鱼赪尾，王室如燬。虽则如燬，父母孔迩！

○鲂（fáng）鱼：鳊鱼。赪（chēng）：浅红色。

○燬（huǐ）：火，如火焚一样。

○孔：甚。迩（ěr）：近，此指迫近饥寒之境。

## 译诗

顺着汝河堤坝走，挥臂采伐树枝条。却不见夫君身影，忧愁如早饥难耐。

顺着汝河堤坝走，伐拾新生树枝条。远征夫君终得见，又担忧再去远征。

鳊鱼奔劳尾变红，王室多事之秋难。当世事事急如火，父母饥寒如何顾！

## 导读

这是描写思妇思君的一首诗。诗分三章，第一章写辛苦劳作、饥寒交迫的妇人，行走在汝河的岸边堤坝上，伐拾枝条，作为家用。远眺时，不得不想起远征行役的夫君。本来应该由家中男子承担的养家重任，却由这位辛妇来承担。第二章，依然在汝河堤坝边，原来伐的树枝上已生新芽，她依然早起劳作，为家中父母的每餐不得而担忧。之后，远征行役的夫君归家了，又担心他会不会又要远征，承受远行服役之苦。这种担忧，使喜悦之余又有了苦涩。这是复杂感情的表达，也是淳朴而委婉的抒发。第三章，夫君再次远征，如劳瘁的鳊鱼曳着赤尾而游，比喻形象。在王朝多事之际，夫君不可恋家、耽搁。夫君急着去远征，又心疼妻子的辛苦，非常无奈。而妇人却质问了家中饥苦难耐的父母如何照顾。这是一个艰难的质问，作者也抒写出当下不易、左右为难之苦。全诗凄凄惨惨的韵调，有沉默之声、无奈之情，无从突破。

# 麟之趾

**原诗**

麟之趾，[一]

○麟：麒麟，传说中的一种动物。它有蹄不踏，有额不抵，有角不触，被古人看作至高至美的神兽。——趾：足，指麒麟的蹄。

振振公子，

○振振：振奋的样子。

于嗟麟兮！

○xū于：通“吁”，叹词。

麟之定，[二]

○定：通“顁”，额。

振振公姓，

○公姓：诸侯之子为公子，公子之孙为公姓。

于嗟麟兮！

麟之角，[三]

振振公族，

○公族：与公姓义同。

于嗟麟兮！

**译诗**

麒麟的蹄趾不踢人，振奋的公子，哎，像麒麟一样！

麒麟的额头不撞人，振奋的公侯，哎，像麒麟一样！

麒麟的角不伤人，有为子孙们，哎，像麒麟一样！

## 导读

这是赞美诸侯公子的诗歌。麒麟，我们都知道，这是中国古代传说当中的神兽。中国古代有四大神兽，除了麒麟还有什么？有龙，有凤，有龟。所以四大神兽简称是龙凤龟麟。诗中第一章由麒麟趾引出翩翩公子，以神兽的祥瑞，映射公侯们后代兴旺，振奋有为，生生不息。第二章以麒麟额头赞美公侯王孙。第三章以麒麟角赞美公侯王孙。

这可以看出麒麟在古人心中有着崇高的地位，不能随便使用，只有王孙公侯才可以与之相称。此诗以麒麟比人，祝贺多子多孙，且子孙品德高尚，如同麒麟。全诗三章，每章三句。三章循环往复，反复唱叹，通过视觉意象与听觉效果的交汇，营造出一种兴奋、热烈的诗情。

### 《诗经》中的成语

【殷鉴不远】《大雅·荡》：殷鉴不远，在夏后之世。

【宴尔新婚】《邶风·谷风》：宴尔新昏，如兄如弟。

【行迈靡靡，中心摇摇】《王风·黍离》：行迈靡靡，中心摇摇。

【兄弟孔怀】《小雅·常棣》：死丧之威，兄弟孔怀。

【信誓旦旦】《卫风·氓》：信誓旦旦，不思其反。

# 【鹊巢】

**原诗**

维鹊有巢，维鸠居之。之子于归，百两御之。

○维：发语词。鹊：喜鹊。有巢：比兴男子已造家室。
○鸠：一说鸤鸠（布谷鸟），称杜鹃。居：侵占。
○归：嫁。
○百：虚数，指数量多。两：同「辆」。御(yà)：同「迓」，迎接。

维鹊有巢，维鸠方之。之子于归，百两将之。

○方：并，比，此指占居。
○将(jiāng)：送。

维鹊有巢，维鸠盈之。之子于归，百两成之。

○盈：满。此指陪嫁的人多。
○成：迎送成礼，此指结婚礼成。

**译诗**

喜鹊来筑巢，杜鹃占居它。她要出嫁了，百余辆车迎。

喜鹊来筑巢，杜鹃依托它。她要出嫁了，百余辆车送。

喜鹊来筑巢，杜鹃占满它。她要出嫁了，百余辆车成。

## 导读

《鹊巢》是一首以婚礼为主题的诗。开头运用比兴手法，描写喜鹊在树上筑巢，杜鹃来安家。将喜鹊比喻成新郎，将杜鹃比喻成新娘。喜鹊建巢，杜鹃安家，这是天造之和。古往今来，有男子建家、女子辅佐家室等传统。从诗中的描写可知，婚礼场面极其重大，从“百两御之”“百两将之”“百两成之”可见之。如此浩大场面，不是民间婚礼，应是一场诸侯显贵的婚礼。本诗描写了迎亲、送亲、礼成的婚礼全过程，氛围之隆重和喜庆，陪嫁人员之多，围观邻里之多，场面之热闹非凡，是非常少见的。全诗上下每个人脸上都洋溢着喜悦，并为一对新人送上最真挚的祝福。

# 【采蘩】

原诗

于以采蘩？于沼于沚。于以用之？公侯之事。

○于以：疑问词，往哪儿。一说语助词。蘩（fán）：白蒿。叶似嫩艾，茎或赤或白，根茎可食，古代常用来祭祀。○沼：沼泽。沚（zhǐ）：这里为水中的小块陆地之意。○事：此指祭祀。

于以采蘩？于涧之中。于以用之？公侯之宫。

○涧：山间流水的小沟。○宫：大的房子，汉代以后才专指皇宫。

被之僮僮，夙夜在公。被之祁祁，薄言还归。

○被（bì）：同「髲」。发饰，相当于今之假发。僮僮（tóng）：首饰盛貌，一说高而蓬松。○夙：早。公：公庙。○祁祁（qí）：形容首饰盛，一说舒缓貌。○薄：这里用为减少之意。

译诗

去哪里采白蒿？在沼泽沙洲边。采白蒿有何用？公侯祭祖先用。

去哪里采白蒿？在山涧水流旁。采白蒿有何用？公侯祭宗庙用。

发髻高高挽起，昼夕忙于宫中，妆发散乱舒适，忙完可以归家。

## 导读

这是一首歌咏采摘白蒿以作祭祀之用的诗歌。诗共三章，前两章叠咏，后一章独立成文。前两章的句式都是两个设问，“于以采蘩”和“于以用之”。在回答这两个问题的过程当中，展现出了这些采蘩女子劳作的神态。沼泽边沙洲上，还有山涧溪水边，都可以看到她们的身影。回答采白蒿是用来做什么，是给公侯府里和宫里忙碌的人们。从劳作中转到宗庙祭祀上，女子们都妆发整洁美丽，从早忙到晚，操办祭祀典礼，等典礼结束后，这才踏上回家的路。有人认为此诗为公侯夫人自吟诗，也有人认为是其家人赞美夫人之作，都属于穿凿。当我们穿行于诗中，可以听到夙夜劳瘁的女宫人短促的回答，也透露着她们为贵族祭祀采蘩的辛苦。发式的变化，记录着她们夙夜为公的悲凉。

# 【草虫】

原诗

（一）喓喓草虫，趯趯阜螽。未见君子，忧心忡忡。

亦既见止，亦既觏止，我心则降。

（二）陟彼南山，言采其蕨。未见君子，忧心惙惙。

亦既见止，亦既觏止，我心则说。

（三）陟彼南山，言采其薇。未见君子，我心伤悲。

亦既见止，亦既觏止，我心则夷。

○喓（yāo）喓：虫鸣声。草虫：一种能叫的蝗虫。

○趯（tì）趯：昆虫跳跃之状。阜（fù）螽（zhōng）：即蚱蜢，一种蝗虫。

○亦：如，若。既：已经。止：语助词。

○觏（gòu）：遇见。

○降（xiáng）：欢悦，悦服。

○陟（zhì）：升，登。登山以望君子。

○蕨：野菜名，初生无叶时可食。

○惙（chuò）惙：忧，愁苦的样子。

○说（yuè）：通“悦”，高兴。

○薇：草本植物，又名巢菜，或野豌豆，似蕨，而味苦，山间之人食之，谓之迷蕨。

○夷：平，此指心情平静。

译诗

田野之间虫鸣叫，蚂蚱来回蹦跳跳。没有见到那君子，心中烦闷多忧愁。如果此时见到他，如果可以陪左右，

心儿欢喜不再忧。登上陡峭南山顶，采摘山中蕨菜忙。没有见到那君子，心中忧郁一重重。如果此时见到他，

如果可以陪左右，心中愉悦又欢欣。登上陡峭南山顶，采摘山中薇菜忙。没有见到那君子，满心悲哀与忧伤。

如果此时见到他，如果可以陪左右，心中平和又通达。

导读

这是一首抒发女子相思之情的情歌。诗歌以草虫起兴，通篇采用对比的方法描述了不见心上人和见到心上人的情绪及心理反差。未见心上人，心情忧愁、烦闷、感伤；见到了心上人则心情平和、愉悦，再不忧愁、感伤。为了见到心上人，“她”特意登到高高的南山上，“陟彼南山”表面上是“言采其蕨”“言采其薇”，实际上是为了登高远望，意在早点儿见到“他”。相思情浓，在见与不见的对比书写中得到完美体现，读之令人心动。

# 【采蘋】

**原诗**

于以采蘋？南涧之滨。于以采藻？于彼行潦。

○蘋（pín）：又称四叶菜、田字草，为生于浅水之多年生蕨类植物，可食。

○行潦（xíng lǎo）：沟中积水。行，水沟。潦，路上的流水、积水。

于以盛之？维筐及筥。于以湘之？维锜及釜。

○筥（jǔ）：圆形的竹器。

○湘：烹煮供祭祀用的牲畜。

○锜（qí）：古代的一种炊具，三足釜。釜：无足的炊具。

于以奠之？宗室牖下。谁其尸之？有齐季女。

○奠：放置。

○宗室：宗庙、祖庙。牖（yǒu）：窗户。

○尸：主祭。古代祭祀时，由主祭代表受祭者接受祭享，称尸。此指神像。

○有齐季女：齐国的少女。一说恭敬美好的样子。

**译诗**

哪儿可以去采蘋？南边河涧水滨处。哪儿可以去采藻？积水旁的浅沼泽。

会用什么来盛装？有那圆筥和方筐。会用什么来煮之？三脚锜与无足釜。

安置祭品在哪里？宗祠窗下可摆放。又是谁来做主祭？恭敬虔诚待嫁女。

## 导读

此诗叙述的是少女出嫁前庄重严肃地准备祭品和祭祀的情况，翔实地记载了祭品、祭器、祭地、祭人，反映了当时的风尚习俗。根据文献可以知道，在古代，贵族之女出嫁前必须到宗庙去祭祀祖先，同时学习婚后的有关礼节。现代学者大都认为这首诗是描写女奴们为其主人采办祭品以祭祀的诗篇。

这首诗的艺术魅力主要源于问答体的章法，而其主要构成因素就是五个“于以”的运用。全诗节奏明快，而五个“于以”的具体含意又不完全雷同，连绵起伏，摇曳多姿，文末“谁其尸之？有齐季女”戛然收束，奇绝卓特，烘云托月般地将齐国少女的美好形象展现给读者。

蘋

# 【甘棠】

## 原诗

（一）蔽芾甘棠，勿翦勿伐，召伯所茇。

（二）蔽芾甘棠，勿翦勿败，召伯所憩。

（三）蔽芾甘棠，勿翦勿拜，召伯所说。

○蔽芾（fèi）：形容树叶微小；引申为荫庇。甘棠：棠梨，是杜梨的别称，属于落叶乔木，果实圆而小，味道涩但可以食用。○翦、伐：都是砍的意思。○召伯：即召公，姬姓，封于燕。茇（bá）：草舍，此处用作动词，意为居住。

○败：毁坏。○憩：休息。

○拜：通“拔”，意思是折断。○说（shuì）：通“税”，意为休憩，休息。

## 译诗

棠梨树茂盛葱郁，不剪不伐仔细养，曾是召伯居住地。

棠梨树茂盛葱郁，不剪不毁仔细养，曾是召伯休息地。

棠梨树茂盛葱郁，不剪不折仔细养，曾是召伯停歇地。

## 导读

《甘棠》一诗的主旨，自古至今，唯蓝菊荪《诗经国风今译》认为是讽刺召伯之作，其他几乎众口一辞，均认为是怀念召伯的诗作。召伯在治理西方的时候，治理得当，政通人和。等到他去世了，人们怀念他，连他种的树都不忍心破坏，后人便作了这首诗来纪念他。

对比每章第二句针对甘棠发出的动作：首章曰“勿伐”，伐是齐根砍断；次章曰“勿败”，败是坏其枝叶；末章曰“勿拜”，拜是攀缘使弯。《诗经》的重章叠句往往表现为情感上的由浅入深、由轻至重，行为动作上的由简至繁、由小到大，体现的是对主题的逐层深化。

再看每章末句由召伯做出的行动：首章曰“所茇”，茇是居住的意思，居住是较长一段时间内的状态；次章曰“所憩”，憩是休息，休息是较短时间内的状态；末章曰“所说”，“说”读为税，税即税驾，停下车子叫税驾，停下车子的时间比休息片刻的时间还要短。由居住到休息再到停车，行为愈来愈简。

全诗三章，每章三句，由睹物到思人，由思人到爱物，人、物交融为一。物象简明，而寓意深远，情感真挚，体现了人民对召公的赞美和怀念。

# 【行露】

## 原诗

厌浥行露，〔一〕
岂不夙夜？
谓行多露。

〔一〕厌浥（yì yì）：潮湿。行（háng）：道路。谓：可能是“畏”之假借，意指害怕行道多露，与下文的“谁谓”的“谓”意不同。一说奈何。

谁谓雀无角？〔二〕
何以穿我屋？
谁谓女无家？
何以速我狱？
虽速我狱，
室家不足！

〔二〕角（jiǎo）（旧读 jué）：鸟喙。女：同“汝”，你。无家：没有成家、没有妻室。速：招，致。狱：案件，官司。家：媒聘求为家室之礼也。一说婆家。室家不足：要求成婚的理由不充足。

谁谓鼠无牙？〔三〕
何以穿我墉？
谁谓女无家？
何以速我讼？
虽速我讼，
亦不女从！

〔三〕墉（yōng）：墙。讼：诉讼。

## 译诗

路上露水很潮湿，何其不想早逃出？无法前行露重道。谁说麻雀没有嘴？
凭什么啄穿我屋？谁说你尚未娶妻？为何害我蹲监狱？虽然让我蹲监狱，
成家理由不充足！谁说老鼠没有牙？为何凿穿我的墙？谁说你尚未娶妻？
为何害我吃官司？即使害我吃官司，我也不肯听从你！

## 导读

这首诗的女主人公是一位态度坚决、立场坚定、善于思辨的妇女。她理直气壮地控诉了一个男子逼婚的卑劣行径，对方甚至以打官司相威胁，但她毫无惧色，针锋相对地以牙还牙，义正词严地加以反驳。在她看来，麻雀虽无犀利的角，但它的嘴像角一样，照样可以穿房屋；老鼠虽无牙，但有爪，照样可以打洞穿墙。以此揭露了对方的卑劣行径。她这种不畏强暴、敢于斗争的精神，以及善于思辨的才能，确实使人们感到可敬可佩。而诗中那种“谁谓……何以……”的句式，以及“虽……亦不……”的呼应手法，更增强了诗句的气势和驳诘的力度。从诗中还可看出，当时社会的婚姻制度已有了相当的发展，婚姻大事已不完全由父母或媒人一手包办，青年男女已有了相当大的选择自由。这位女主人公争取婚姻自主的行动，实际上是对自主婚姻的肯定和呼唤。因此，这首诗又具有鲜明的时代特色。

# 【羔羊】

## 原诗

羔羊之皮，素丝五紽（tuó）。退食（sì）自公，委（wēi）蛇（yí）委蛇。

羔羊之革，素丝五緎（yù）。委蛇委蛇，自公退食。

羔羊之缝，素丝五总。委蛇委蛇，退食自公。

○革：裘里。

○缝：皮裘；一说缝合之处。

○五紽：指缝制细密。五，通"午"，交错的意思。紽：古时计算丝缕的单位，这里为缝合之意。

○緎：缝也。

○总：一说丝数。亦为缝合之意。

○食：公家供卿大夫之常膳。

○委蛇：音义并同"逶迤"，悠闲自得的样子。

## 译诗

羔羊裘穿在身上，白丝密缝很讲究。退朝公餐享佳肴，慢步悠悠相从容。

羔羊袄穿在身上，白丝密缝做工巧。慢步悠悠相从容，公餐饱腹已退朝。

羔羊袍穿在身上，白丝密缝质量好。慢步悠悠相从容，退朝公餐享佳肴。

## 导读

这是一首描述退朝后大夫们悠闲自得、逍遥踱步的诗篇。全诗分为三个章节，每章都以“羔羊”为起兴，通过描述羔羊皮裘的洁白和细腻，以及穿着它的大夫们退朝后从容不迫、逍遥自在的仪态，来表达一种节俭正直、心志纯正的品德。

“羔羊之皮，素丝五紽”描述了羔羊皮裘的质地和工艺。而“退食自公，委蛇委蛇”则展现了大夫们在公门之外，从容自得的仪态。

诗中反复出现“委蛇”一词，意为从容自得的样子，表达了大夫们节俭而心定的品德。同时，诗中也暗示了大夫们对于礼仪和规矩的恪守，他们在公门之外依然保持着恭敬和谦逊，这种品德值得人们效法和学习。

总之，《羔羊》这首诗通过描述大夫们退朝后的仪态和品德，表达了对于节俭、顺从、恭敬等品德的赞美和推崇，同时也展现了周朝时期大夫们的风采和风范。

# 【殷其雷】

**原诗**

（一）殷其雷，在南山之阳。
何斯违斯，莫敢或遑？
振振君子，归哉归哉！

（二）殷其雷，在南山之侧。
何斯违斯，莫敢遑息？
振振君子，归哉归哉！

（三）殷其雷，在南山之下。
何斯违斯，莫或遑处？
振振君子，归哉归哉！

○殷：声也。雷：喻车声。
○遑：闲暇。
○振振：仁厚的样子。一说勤奋的样子。
○息：休息。
○处：住，指在家里。

**译诗**

轰隆隆的雷声，在南山阳坡回响。为何这时要离开，不敢悠闲片刻？勤奋有为的君子，归来吧！归来吧！

轰隆隆的雷声，在南山旁轰鸣。为何这时要离开，不敢稍作休息？勤奋有为的君子，归来吧！归来吧！

轰隆隆的雷声，在南山脚下震动。为何这时要离开，不敢停留一会儿？勤奋有为的君子，归来吧！归来吧！

## 导读

这首诗表达了妻子对出门在外的丈夫的思念之情，希望他能尽快归来。诗中均以雷起兴，却变化雷响的地点，时而在南山阳坡，时而在南山旁，时而在南山脚下，不仅写出了雷声飘忽不定的特点，也突出妻子的担忧，而且还引出对丈夫行踪无定的漂泊生活的挂念，形象生动地展现了妻子对丈夫的期盼和担忧。然而丈夫是勤奋有为的，如此努力，又让妻子安心。同时，诗中通过生动的比喻和形象的语言，也展现了古代妇女在家庭中的地位和对家庭的责任感。不管丈夫远行在何处，依然照顾好家，期盼丈夫早日归来，可以团聚美满。此诗巧妙描写了人物的复杂而矛盾的心情及浓厚感情，令人回味无穷。

# 【摽有梅】

**原诗**

摽有梅，其实七兮。求我庶士，迨其吉兮。

○摽（biào）：一说坠落，一说掷、抛。有：语助词。

○七：一说非实数，古人以七到十表示多，三以下表示少。或七成，即树上未落的梅子还有七成。

○庶：众多。士：未婚男子。

○迨（dài）：及，趁。吉：好日子。

摽有梅，其实三兮。求我庶士，迨其今兮。

○今：现在。

摽有梅，顷筐塈之。求我庶士，迨其谓之。

○顷筐：斜口浅筐，犹今之簸箕。塈（jì）：一说取，一说给。

○谓：一说聚会；一说开口说话；一说归，嫁。

**译诗**

梅子纷纷落地，树上还有七分。求娶我的人啊，勿要耽误良辰。

梅子纷纷落地，枝头还有三分。求娶我的人啊，迄今莫要等了。

梅子纷纷落地，都收到箩筐中。求娶我的人啊，表心意莫迟疑。

导读

这首诗是一首大胆的求爱诗，描述了一个女子希望心仪的男子能够及时向她求婚，不要错过良缘的心境。诗中通过梅子的成熟和落地，暗示了女子的青春有限，希望男子能够珍惜机会，及时向她求婚。整首诗语言质朴，情感真挚，表达了古代女性对于爱情和婚姻的渴望和期待。她不仅希望有人愿意娶她，更希望这个人是在合适的时机、以合适的方式出现。她不愿意因为年龄的压力或者社会的束缚而匆忙选择，而是坚持等待那个能够理解她、珍惜她的人。这种对婚姻质量的追求，也体现了古代女性对于自身价值和幸福生活的重视。《摽有梅》不仅是一首表达女性对爱情渴望的诗，它也展现了古代女性对于自我价值的肯定，和对主动权的追求。在那个时代，女性的婚姻大事往往由父母和媒人决定，女性自身的意愿和选择非常有限。此诗不仅具有文学价值，更是我们了解古代女性思想情感的重要窗口。

# 【小星】

原诗

嘒彼小星，㊀三五在东。肃肃宵征，夙夜在公。

○嘒：微光闪烁。

○三五：一说参三星，昴五星，指参昴。一说形容星星稀少。

○肃肃：疾行的样子。宵：指下文夙夜，天未亮以前。征：行。

○夙：早。

寔命不同。

○寔：同「实」。是，此。

嘒彼小星，㊁维参与昴。肃肃宵征，抱衾与裯。寔命不犹。

○维：是也。参：星名，二十八宿之一。昴：星名，二十八宿之一。

○衾：被子。裯：被单。

○犹：若，如。

译诗

小星星微光闪耀，东方零星三五颗。天蒙蒙亮即出行，早早晚晚为公忙。

彼此命运不相同。小星星微光闪耀，参和昴在天空中。天蒙蒙亮即出行，

抱香衾和暖裯回。命运不如犹惆怅。

导读

这首诗以夜空中闪烁的小星星比喻那些昼夜操劳、奔忙于官府中的小官吏。以“小星”为题，诗分两章，每章五句，结构相同，以咏叹调叠唱，具有浓郁的民歌气息。其旨亦大体一致，只是首章从“夙夜在公”着笔，以“嘒”字形容星光之微弱，所咏对象就是小小的星辰，写出了小星夜以继日的劳作；又以“三五”点出星星之寥落，再加上“在东”二字，表明这些星星位置之偏僻，暗指其为人所轻视、不为人所重用。次章则从“抱衾与裯”生发，道出了小星不得安居、难获温暖的悲苦。而在这悲苦之中，又蕴含了一种期待和渴望，即期待和渴望有朝一日能改变自己的命运，能像别的星辰一样受到重视并获得应有的温暖。

# 江有汜

## 原诗

江有汜[一]，之子归，不我以[二]。不我以，其后也悔！

○江：长江。汜（sì）：由干流分出又汇合到干流的水。

○不我以：倒装结构，即“以我”。以，用。

江有渚[三]，之子归，不我与[四]。不我与，其后也处[五]！

○渚（zhǔ）：水中的小洲。

○我与：倒装结构，即“与我”。与，偕同。

○处（chǔ）：忧愁。

江有沱[六]，之子归，不我过[七]。不我过，其啸[八]也歌！

○沱（tuó）：江水支流的通名。

○我过：倒装结构，即“过我”。过，至，一说度。

○啸：唱歌无谱无调，一说蹙口出声以抒愤懑之气，一说号哭。

## 译诗

江河渊源汇流，他回到家里头，与我不能同行。不同我一起回，今后后悔莫及！

江河流域小洲，他回到家里头，与我不见不交，不聚却要离开，今后将会伤心！

江河岔支千百，他回到家里头，与我再不相望，不见便奔远方，今后自会痛哭！

## 导读

这是一首弃妇诗，可能描述了一位商人妇被其丈夫遗弃的情景。诗中开篇这里以江河的源远流长来比喻爱情的深厚与广阔。通过描绘江水、沙洲、支流等自然景象，表达了女主人公内心的悲伤和无奈。同时，诗中也暗示了丈夫的背叛和未来的悔恨，以及女主人公对未来的担忧和忧伤。那个曾经说会归来的人，却没有按照约定回到我的身边。这种背叛与失落，让人不禁感到心痛。在不断警告和期盼中，充满对爱情的执着与坚持，换来的却是无法同行和不见，又展现了孤独与无助。如此的疏远，让妇人也不理解，到后来真的是不见一面就离开。主人公抒发了不要后悔，此别再不回首的情绪。不再抱怨，唯有用歌声和痛哭来告别。本诗以爱情的情感为主线，通过简练而富有深意的词句，让我们看到了爱情的美好与痛苦，也让我们看到了主人公对爱情的执着与坚持。这是一首充满深情的爱情诗，值得我们细细品味与感悟。

# 野有死麕

**原诗**

野有死麕，白茅包之。有女怀春，吉士诱之。

〇麕（jūn）：獐子。比鹿小，无角。〇白茅：草名。属禾本科。在阴历三四月间开白花。包：古音读 bǒu。〇怀春：思春，男女情欲萌动。〇吉士：男子的美称。

林有朴樕，野有死鹿。白茅纯束，有女如玉。

〇朴樕（sù）：小木，灌木。〇纯束：捆扎，包裹。「纯」为「稛（kǔn）」的假借。

舒而脱脱兮！无感我帨兮！无使尨也吠！

〇舒：舒缓。脱脱（tuì）：动作文雅舒缓。〇感（hàn）：通假字，通「撼」，动摇。帨（shuì）：佩巾，围腰，围裙。〇尨（máng）：多毛的狗。

**译诗**

野地有死香獐，用白茅包裹它。少女春心荡漾，英俊青年善诱。

树林丛生小灌木，野地有死香獐。用白茅绑束它，少女美貌如玉。

动作舒展不要慌！勿让我的围裙动！免惹狗儿吠叫恼！

白茅

野有死麕三章二章章四句

一章三句

## 导读

这首诗描述了一个男子以野外的死麕（獐子）为礼物，向一位美丽的女子求婚的情景。充满了浓厚的乡土气息和纯朴的民俗风情，展现了古代乡村男女恋爱的自然与真实。

从诗歌的意象构造来看，以“野有死麕，白茅包之”起兴，用白茅包裹的死麕象征着男子对女子的珍视和爱护。这种以物喻情的手法，既生动又形象，使得诗歌的情感表达更加含蓄而深刻。同时，通过“有女怀春，吉士诱之”等句，诗歌成功地塑造了一个怀春女子的形象，以及一个英勇善良、温柔体贴的吉士形象，使得整首诗充满了浓郁的生活气息。男女单纯的相恋，没有烦琐的礼节和束缚，只是凭借着自然的感情和真挚的心意，相互吸引、相互倾慕。这种纯真的爱情，既符合古代乡村男女的恋爱观念，也符合人们对美好情感的向往和追求。这首诗也反映了古代社会的风俗习惯和人们的价值观念，具有重要的历史和文化价值。在今天读来，我们仍然能够从中感受到那种纯朴真挚的情感和对美好生活的向往，这也正是《野有死麕》能够历久弥新的原因所在。

# 何彼襛矣

原诗

何彼襛矣？唐棣之华。曷不肃雍？王姬之车。

○襛（nóng）：花木繁盛貌。○唐棣（dì）：木名，似白杨，又作棠棣、常棣。一说指车帷。○曷（hé）：何。肃：庄严肃静。雍：雍容安详。○王姬：周王的女儿，姬姓，故称王姬；一说为美女的代称。

何彼襛矣？华如桃李。平王之孙，齐侯之子。

○平王、齐侯：指谁无定说，或非实指，乃夸美之词。

其钓维何？维丝伊缗。齐侯之子，平王之孙。

○维、伊：语助词。缗（mín）：合股丝绳，喻男女合婚；一说钓绳。

译诗

为何花木艳丽茂盛？唐棣花开正当时。为何气象不庄严？
这是王姬出嫁车队。为何花木艳丽茂盛？如桃李花争相斗艳。
平王之孙风度翩翩，齐侯之女容貌姣好。钓具的钓线用什么绳？
撮合丝麻绳成钓线。车上坐着齐侯之女，平王之孙儒雅端庄。

李

导读

这是一首赞美王姬出嫁之诗。全诗三章，每章四句，为新娘唱了一首赞歌，但又暗含讽刺之意。诗歌对仗工整，辞藻华丽，将新娘的美貌和车辆、服饰的华丽描写得淋漓尽致，同时又讽刺了王姬德色的不相称。

从诗歌中可以看出，古代人对于婚姻的重视程度，婚姻被视为人生中的一件大事，需要经过慎重的考虑和准备。而王姬的出嫁更是被视为国家大事，需要举行盛大的婚礼，展示王室的尊严和权威。但多数学者认为“曷不肃雍”一句微露讽刺之意。

# 【驺虞】

原诗

（一）彼茁者葭，壹发五豝，于嗟乎驺虞！

（二）彼茁者蓬，壹发五豵，于嗟乎驺虞！

○茁（zhuó）：草木茂盛貌。葭（jiā）：初生的芦苇。

○壹：发语词。发：发矢。一说驱赶。五：虚数，表示数目多。豝（bā）：母猪。

○于嗟（xū）乎：感叹词，表示惊异、赞美。于，通"吁"，叹词。驺（zōu）虞（yú）：猎人，一说古代管理鸟兽的官。

○蓬（péng）：草名。即蓬草，又称蓬蒿。

○豵（zōng）：小猪。

译诗

从茂盛的芦苇丛，赶出一群母猪。
哇，真是好兽官！
从茁壮生长的蓬蒿中，赶出一群小猪。
哇，真是好兽官！

豝

## 导读

这首诗以简洁明快的笔触，生动地描绘了兽官在原野上驱赶牲畜的壮观场景。诗人通过对自然景物的描绘，如芦苇和蓬蒿，展现了一幅充满生机和活力的原野画面。同时，诗人还通过描绘兽官的活动，展现了他们勇猛、矫健的形象，以及他们对自然的敬畏和尊重。

整首诗风格清新自然，语言简练明快，既展现了诗人的艺术才华，也反映了当时社会的风俗习惯和人们的精神风貌。这首诗以其独特的艺术魅力，成为中国古代文学宝库中的一颗璀璨明珠。

# 【柏舟】

## 原诗

（一）泛彼柏舟，亦泛其流。耿耿不寐，如有隐忧。

○泛：浮行，漂流，随水冲走。○流：中流，水中间。○耿耿：鲁诗作「炯炯」，指眼睛明亮；形容心中不安。○隐忧：深忧。

微我无酒，以敖以游。（二）我心匪鉴，不可以茹。

○微：非，不是。○鉴：铜镜。○茹（rú）：容纳。

亦有兄弟，不可以据。薄言往愬，逢彼之怒。

○据：依靠。○薄言：语助词。愬（sù）：同「诉」，告诉。

（三）我心匪石，不可转也。我心匪席，不可卷也。

威仪棣棣，不可选也。（四）忧心悄悄，愠于群小。

○棣棣：雍容娴雅貌；一说丰富盛多的样子。○选：假借为「柬」。挑选，选择。○悄悄：忧貌。○愠（yùn）：恼怒，怨恨。

觏闵既多，受侮不少。静言思之，寤辟有摽。

○觏（gòu）：同「遘」，遭逢。闵（mǐn）：痛，指患难。○寤：交互。辟（pì）：通「擗」，捶胸。摽（biào）：捶，打。

（五）日居月诸，胡迭而微？心之忧矣，如匪浣衣。

○居、诸：语助词。○微：指隐微无光。

静言思之，不能奋飞。

## 译诗

柏木船儿荡悠悠，随着波涛顺水流。焦虑忧愁难以眠，深深忧愁藏心中。不是没有酒可饮，姑且出游解忧心。我心并非明如镜，万不能容纳诸影。也有兄长与弟弟，不料兄弟难以凭。回到家中诉衷苦，却逢家人正发怒。我心并非坚如石，不能随意被搬转。我心并非如草席，万不能肆意揉卷。雍容娴雅有威严，不能屈服受欺凌。忧心忡忡难自平，小人怨恨难自疑。遭受艰难已很多，受到侮辱也不少。沉静少言思虑后，梦醒捶胸愁难消。白天有日夜有月，为何交替暗无光？忧愁叠叠涌心头，如同衣尘未洗净。静心后思前想后，不能奋发高飞越。

## 导读

这首诗以独特的象征手法，来表达诗中主人公对爱情的执着追求和对人生意义的深沉思考。诗中开篇以“泛彼柏舟，亦泛其流”起兴，这两句是虚写，为设想之语。用柏木做的舟坚牢结实，却漂荡于水中，四周有水围绕，无法靠岸。这里用以比喻女子飘摇不定的心境。“耿耿不寐，如有隐忧”，辗转难眠的女子身影便显现出来。饮酒本可替人解忧，“隐忧”非饮酒所能解，亦非出游可躲避，忧伤至深而难平。第二章承上启下，无以排解的忧愁如果有人可分担，幸哉！女子虽然逆来顺受，却忍耐到极限，此刻不吐不快。寻觅可畅说的人，或兄或弟，却是“不可以据”。勉强到达家中，又“逢彼之怒”，忧愁未解，又添新愁新恨。亲人都不理解，更何况他人。既不能茹，又不能倾诉，真是痛苦。第三章用比喻来说明自己虽不解，但不屈服于人。“威仪棣棣，不可选也”是说雍容典雅不失威仪，决不屈挠退让。不丧失自己的威信，默默忍受现实带来的苦痛，也还努力坚守自己的底线。第四章女子回顾过往，原来是受制于群小，又无力对付他们。“觏闵既多，受侮不少”，受到的伤害和侮辱都不少。而入夜后，静心思考这一切，按心捶胸，自悲身世。末章中，“日居月诸，胡迭而微”，日月为何轮番暗淡？心中依然渴望自由，但却是有奋飞之心，无奋飞之力，只能叹息作罢。一个“忧”字，忧之深，无以诉，无以泻，无以解，环环相扣，更是对人性、情感与人生哲理的全面反思。通过对这首诗歌的探讨和分析，我们可以更好地理解古代文化的精髓和内涵，同时也能够从中汲取启示和力量，在现代社会中追求自我价值和人生意义。

# 【绿衣】

## 原诗

绿兮衣兮，绿衣黄里。心之忧矣，曷维其已？

○里：衣服的衬里。○曷（hé）：何，怎么。维：语气助词，没有实义。已：止息，停止。

绿兮衣兮，绿衣黄裳。心之忧矣，曷维其亡？

○裳（cháng）：下衣，形状像现在的裙子。○亡：用作"忘"，忘记。

绿兮丝兮，女所治兮。我思古人，俾无訧兮。

○女（rǔ）：同"汝"，你。治：纺织。○古人：故人，古通"故"，这里指作者亡故的妻子。○俾（bǐ）：使。訧（yóu）：古同"尤"，过失，罪过。

絺兮绤兮，凄其以风。我思古人，实获我心！

○絺（chī）：细葛布。绤（xì）：粗葛布。○凄其：同"凄凄"。以：因。一说通"似"，像。○获：得。

## 译诗

绿纱衣呀绿纱衣，绿外衣配黄里衣。心里的深深忧伤，何时才能停止呢？

绿纱衣呀绿纱衣，绿外衣配黄里衣。心里的深深忧伤，何时才能忘掉呢？

绿纱衣呀绿纱衣，都是你亲手缝制。我思念已故贤妻，总使我减少过失。

细葛布啊粗葛布，穿上凉爽又透气。我思念已故贤妻，体贴人心怎可忘！

## 导读

这是一首表达深深思念亡妻和哀怨不能共此生的诗词。男子对他的亡妻深深怀念，因此产生了无尽的悲伤。通过男子穿上亡妻生前为他缝制的衣裳，表达了他对妻子的深深眷恋和无法释怀的哀痛。妻子如此细心有爱，让他在离开她的日子中也能舒适，这更让主人公的思念时时涌上心头。本诗以深情的叙述和动人的比喻，深深地打动了每一位读到此诗的人的心。

诗中多次使用“兮”字，使得诗歌的韵律更加和谐，同时也增强了诗人情感的表达力。整首诗情感真挚，构思巧妙，通过对衣裳的描写，层层递进，深入到诗人内心的情感深处，展现了夫妻之间深厚的感情和无尽的思念。

## 《诗经》中的成语

【邂逅相遇】《郑风 · 野有蔓草》：邂逅相遇，适我愿兮。

【小心翼翼】《大雅 · 大明》：维此文王，小心翼翼。

【相鼠有皮】《鄘风 · 相鼠》：相鼠有皮，人而无仪。

【无冬无夏】《陈风 · 宛丘》：无冬无夏，值其鹭翿。

【为鬼为蜮】《小雅 · 何人斯》：为鬼为蜮，则不可得。

# 【燕燕】

## 原诗

（一）燕燕于飞，差池其羽。之子于归，远送于野。

○燕燕：即燕子。○差（cī）池（chí）：义同「参差」。

瞻望弗及，泣涕如雨。

○瞻：往前看。弗：不能。

（二）燕燕于飞，颉之颃之。之子于归，远于将之。

○颉（xié）：上飞。颃（háng）：下飞。○将（jiāng）：送。

瞻望弗及，伫立以泣。

○伫：久立等待。

（三）燕燕于飞，下上其音。之子于归，远送于南。瞻望弗及，实劳我心。

（四）仲氏任只，其心塞渊。

○仲：排行第二者。指二妹。任：信任。只：语助词。○塞（sè）：诚实。渊：深厚。

终温且惠，淑慎其身。

○终……且……：既……又……。惠：和顺。○淑：善良。慎：谨慎。

先君之思，以勖寡人。

○先君：已故的国君。○勖（xù）：勉励。寡人：寡德之人，国君对自己的谦称。

**译诗**

燕儿燕儿啊飞上天，舒展不整齐的翅膀。
女子今日远赴他乡，相送到郊外田野旁。
瞻望人影渐行渐远，泣不成声而泪如雨。
燕儿燕儿啊飞上天，忽上忽下飞展身姿。
女子今日远赴他乡，相送路漫漫不嫌远。
瞻望人影渐行渐远，伫立在那儿泪满面。
燕儿燕儿啊飞上天，鸣叫之声声传入心。
女子今日远赴他乡，相送向南方路茫茫。
瞻望人影渐行渐远，我心着实悲伤苦痛。
仲氏稳当值得信任，心细远虑又能容忍。
温和贤惠且性情好，为人既善良又谨慎。
常思念父王在心上，其叮咛常响我耳旁。

## 导读

这首诗是一首送别诗，所涉之人历来有争议。

首章以燕子展翅飞翔，羽翼参差不齐，形象地描绘出燕子飞翔时的姿态。此时诗中转向了送别的主题，描述了一位女子要远行，被送到郊外的情景。诗人望着远去的身影，心中充满了不舍和忧伤，哭泣不能控制，泪水像雨一样落下。

第二章，继续以燕子的飞翔为比喻，描述了送别的情景。燕子忽上忽下，时远时近，仿佛在与送行的人诉说渐行渐远的离别。而那位要远行的女子已经走得很远，只能远远地望着她，心中充满了无奈和悲伤。

第三章，再次以燕子的飞翔为引子，燕子在上下翻飞中呢喃，仿佛在诉说着离别的哀痛。送远行女子向南方，望着她的背影，心中充满了牵挂和思念。

最后一章，述说此女子是排行第二，诚实可信又善良，性格温和贤惠，行为谨慎有远虑。她常常提醒不要忘记先君的恩情，她的劝勉让人铭记在心。衷心希望她能够一路平安，幸福快乐。

整首诗歌以燕子飞翔为引子，通过形象的比喻和生动的描绘，展现了送别时的情景和诗人的内心感受。诗歌表达了诗人对那位女子的深厚情感和美好祝愿，同时也传达了人们对离别和远行的感慨和思考。

# 【日月】

**原诗**

日居月诸㈠，照临下土。乃如之人兮，逝不古处。

○居、诸：语尾助词。○乃：可是。之人：这个人，指她的丈夫。○逝：助词，无实义，起调整音节的作用。古处：一说旧处，和原来一样相处；一说以古道相处。

胡能有定？宁不我顾。日居月诸㈡，下土是冒。

○胡：何，怎么。定：止。指心定、心安。○宁：一说乃，曾；一说岂，竟然，难道。我顾：顾我。顾，念。○冒：覆盖，照临。

乃如之人兮，逝不相好。胡能有定？宁不我报。

○相好：相爱。

日居月诸㈢，出自东方。乃如之人兮，德音无良。

○德音：好名誉。

胡能有定？俾也可忘。日居月诸㈣，东方自出。

父兮母兮，畜我不卒。胡能有定？报我不述。

○畜：同「慉」，喜爱。不卒：不到最后。○不述：不循义理。

**译诗**

日月生辉可见，光辉照耀大地。这人可是我夫，不依古道把人伤。何时心能安定？竟不念我伤心。

日月生辉可见，大地披上光芒。这人可是我夫，不再同我相爱。何时心能安定？他不念夫妻情。

日月生辉可见，东方旭日升起。这人可是我夫，却没有好名誉。何时心能安定？忘掉所有不好。

日月生辉可见，东方旭日升起。我的亲生父母，君对待我不善。何时心能安定？让我不再诉苦。

## 导读

这首诗用日月映射心境，形象地展示了弃妇心中的哀怨与期待。日月永恒不变，但她的丈夫却变了心，不再像过去那样待她。她渴望他能像日月一样恒定，但事实却并非如此。

首章以日月起兴，“照临下土”，本是恒常之事，可是那曾经之人却“逝不古处”。起兴与下文之间的反衬关系，增强了诗的形象性，也加深了诗的意蕴。而“胡能有定？宁不我顾”的吟咏，更把她那种求之不得的幽怨之情，表现得委婉而又透彻。

第二章与首章结构相同，但情感表现更为强烈。弃妇在埋怨丈夫“逝不相好”的同时，又问“胡能有定”？她希望丈夫能像日月那样恒定，但又知道这是不可能的，因此她只能无奈地发出“宁不我报”的哀怨之声。

第三章情感进一步升华，弃妇开始反思自己的遭遇。她感叹“德音无良”，意思是丈夫的诺言已经不再可信。她希望丈夫能回心转意，但又知道这是不可能的。因此，她只能寄希望于“俾也可忘”，希望时间能冲淡一切。

最后一章情感达到高潮，弃妇直接呼唤父母，倾诉自己的遭遇。她痛斥丈夫“畜我不卒”，意思是他没有善待自己。她希望丈夫能有所改变，但又知道这是不可能的。因此，她只能发出“报我不述”的悲叹。

整首诗以日月为比，形象生动，情感真挚，展示了弃妇的内心世界和她对丈夫的期望与失望。同时，这首诗也反映了古代社会妇女地位低下、婚姻不自主的现实，具有一定的社会意义。

# 【终风】

## 原诗

终风且暴，顾我则笑。谑浪笑敖，中心是悼。

○终：一说终日，一说既。暴：急骤，猛烈。

○谑：调戏。浪：放荡。敖：放纵。

○中心：心中。是悼：悼是。悼，伤心，害怕。

终风且霾，惠然肯来。莫往莫来，悠悠我思。

○惠：顺。

终风且曀，不日有曀。寤言不寐，愿言则嚏。

○曀（yì）：阴云密布且有风。

○不日：不见太阳。有：同“又”。

○寤：醒着。言：助词。寐：睡着。

○嚏（tì）：打喷嚏。

曀曀其阴，虺虺其雷。寤言不寐，愿言则怀。

○曀曀：天阴暗貌。

○虺虺：雷声。

## 译诗

暴风终日席卷，见我他就一笑。嘲笑调戏于我，内心悲伤寂寥。狂风沙尘笼罩，他是否愿来我屋。

不愿与我来往，空留我思且念。风吹得天阴沉，不见太阳天发昏。梦醒后不能眠，愿你不住打喷嚏。

天色阴沉无光，雷声隆隆震天响。梦醒后不能眠，悲伤不能释怀。

## 导读

这是一首爱情诗，描写了一位女子对情人又爱又恨的真挚感情。从诗歌的内容来看，首章写“终风且暴”，以风喻男子暴虐的行为，接着写“顾我则笑”，表现出男子对女子的轻薄和调戏。女子对此感到悲伤和寂寥，内心充满了痛苦和无奈。第二章写“终风且霾”，以阴霾喻男子心情的阴沉，接着写“莫往莫来”，表现出男子对女子的冷漠和无情。女子对男子的思念之情却愈发强烈，但男子却并不理睬，让女子感到孤独和失望。第三章写“终风且曀”，以天色阴沉喻男子心情的沉闷，接着写“不日有曀”，暗示着将会有不好的事情发生。女子因此无法入睡，希望男子能够打喷嚏，以知道自己在挂念他。最后一章写“曀曀其阴，虺虺其雷”，以坏天气喻男子心情的狂暴和不安，接着写“寤言不寐，愿言则怀”，表现出女子无法入睡，心中充满了对男子的思念和担忧。

通过描绘女子对情人的爱恨交织的情感，展现了爱情的复杂和真挚。同时，诗歌也通过对自然景象的描绘，巧妙地表达了女子内心的感受和情感变化。

### 《诗经》中的成语

【委委佗佗】《鄘风 · 君子偕老》：委委佗佗，如山如河。

【王室如毁】《周南 · 汝坟》：鲂鱼赪尾，王室如燬。

【万寿无疆】《豳风 · 七月》：跻彼公堂，称彼兕觥，万寿无疆！

【投畀豺虎】《小雅 · 巷伯》：取彼谮人，投畀豺虎！

【夙兴夜寐】《卫风 · 氓》：夙兴夜寐，靡有朝矣。

# 【击鼓】

原诗

击鼓其镗，踊跃用兵。土国城漕，我独南行。

○镗：鼓声。○踊跃：双声连绵词，犹言鼓舞。兵：武器，刀枪之类。○土国：在国都服役。漕：地名。

从孙子仲，平陈与宋。不我以归，忧心有忡。

○孙子仲：邶国将领。○平：和也，和二国之好。陈、宋：诸侯国名。○不我以归：即不以我归，有家不让回。○有忡：忡忡。

爰居爰处？爰丧其马？于以求之？于林之下。

○爰（yuán）：哪儿。○于以：于何。

死生契阔，与子成说。执子之手，与子偕老。

○契阔：聚散。契，合。阔，离。○成说：誓约。

于嗟阔兮，不我活兮。于嗟洵兮，不我信兮。

○于嗟：即「吁嗟」，感叹。○活：借为「佸」，相会。○洵：远。○信：誓约有信。

译诗

震耳欲聋击鼓声声，将士们踊跃舞刀枪。边修路边加固城池，唯独我亲自去南方。跟随护国将军南下，前去平定陈宋纠纷。事后不允我回家去，思念之情涌上心头。何处安家何处停留？我的战马跑哪儿去？我在哪儿能找到它？在那边树林下找到。不管生死离别不弃，这是你我彼此约定。与你携手相伴相好，与你相依白头到老。叹息你我分别遥远，你我不能见面相聚。叹息相隔太过遥远，无法兑现我的誓言。

## 导读

这是一首描写战争和离别的诗歌。它反映了古代战争对普通士兵生活的冲击。士兵被迫离开家乡，参加战斗，而他们的生命在战争中显得如此脆弱和不确定。他们可能会失去生命，也可能会失去战马，这都象征着他们在战争中的无助和不确定性。

诗中的“死生契阔，与子成说。执子之手，与子偕老”是整首诗最为人熟知的句子，也是最具情感的表达。这句话浪漫地描绘了一个战士对他的妻子的深深承诺。即使面临生死离别，即使生活充满不确定，他仍然承诺要和她在一起，直到老去。这既是对战争的无奈，也是对生活的热爱和对未来的希望。

此诗也揭示了战争对士兵的心理影响。诗中的“不我以归，忧心有忡”和“于嗟阔兮，不我活兮。于嗟洵兮，不我信兮”等句子，都表达了士兵对战争的深深忧虑和无奈。他们无法回家，无法见到自己的亲人，无法履行自己的承诺，这些都使他们的内心充满了痛苦和焦虑。

这是一首充满情感和深度的诗歌，它揭示了战争对普通人生活的影响，对士兵心理的影响，以及人们对生活的热爱和对未来的希望。这首诗以其独特的叙事手法和深刻的情感表达，成为中国古代文学的经典之作。

# 【凯风】

## 原诗

凯风自南，吹彼棘心。棘心夭夭，母氏劬劳。

○凯风：和风。一说南风，夏天的风。这里喻母爱。
○棘心：酸枣树初发的嫩芽。这里喻子女。
○夭夭：树木嫩壮貌。
○劬（qú）劳：操劳。劬，辛苦。

凯风自南，吹彼棘薪。母氏圣善，我无令人。

○棘薪：长到可以当柴烧的酸枣树。这里比喻子女已长大。
○圣善：明理而有美德。
○令：善，好。

爰有寒泉，在浚之下。有子七人，母氏劳苦。

○爰（yuán）：何处。一说发语词，无义。寒泉：卫地水名，冬夏常冷。
○浚（xùn）：卫国地名。

睍睆黄鸟，载好其音。有子七人，莫慰母心。

○睍（xiàn）睆（huǎn）：鸟儿宛转的鸣叫声。一说美丽，好看。黄鸟：黄雀。
○载：传载，载送。

## 译诗

和风徐徐向南吹，吹到枣树嫩芽上。枣树嫩芽鲜嫩壮，母亲养儿辛劳忙。

和风徐徐向南吹，吹得枣树成薪柴。母亲善良又明理，我不辜负母亲心。

哪有寒泉凉透骨？水源就在浚邑旁。母亲养子女七人，慈母不辞劳辛苦。

黄雀婉转在歌唱，美妙悦耳真好听。母亲养子女七人，难慰母心不应当。

## 导读

这首诗是一首儿子歌颂母亲并深感自责的作品。共有四章，每章四句。诗中通过描绘有声有色的夏日景色图，如和风、枣树、寒泉、黄鸟等兴象，来抒发孝子对母亲的深情。

“凯风自南，吹彼棘心。棘心夭夭，母氏劬劳。”这一章描述了和风从南方吹来，吹拂着酸枣树的嫩芽。这嫩芽茁壮成长，象征着母亲养育子女的艰辛和劳累。这里用“凯风”来比喻母爱，用“棘心”来比喻子女，寓意母亲对子女的养育之恩如同夏日的和风，温暖而恒久。

“凯风自南，吹彼棘薪。母氏圣善，我无令人。”这一章继续描绘了南风吹拂着已经长成的酸枣树，并描绘了母亲具有圣明和善良的品质。然而，作为儿子，他并没有做出什么值得称道的事情来回报母亲。这里表达了儿子对母亲的愧疚和自责。

“爰有寒泉，在浚之下。有子七人，母氏劳苦。”这一章提到了寒泉，象征着母亲对子女的养育之恩如同寒泉一样深邃而清凉。母亲养育了七个儿子，这使得她承受了巨大的辛劳和困苦。这里进一步强调了母亲的伟大和不易。

“睍睆黄鸟，载好其音。有子七人，莫慰母心。”最后一章通过描绘黄鸟的婉转鸣叫来象征子女的成长。然而，尽管子女已经长大成人，但他们的成就并不能完全慰藉母亲的心。这里强调了子女应该更加珍惜和感激母亲的养育之恩。

诗中描绘了有声有色的夏日景色图，又通过反复叠唱来表达孝子对母亲的赞美和愧疚之情。诗中的设喻贴切，用字工稳，是中国古代文学中的经典之作。

# 【雄雉】

## 原诗

雄雉于飞，泄泄其羽。我之怀矣，自诒伊阻。

○雉（zhì）：野鸡，雄者有冠，长尾，身有文采，善斗。于：往。语气助词。○泄（yì）泄：鼓翅飞翔的样子。○怀：因思念而忧伤。○自诒（yí）：自己给自己。诒，通“贻”，遗留。伊：此，这。阻：忧愁，苦恼。

雄雉于飞，下上其音。展矣君子，实劳我心。

○展：诚，确实。○劳我心：因挂怀而操心、忧愁。劳，忧。

瞻彼日月，悠悠我思。道之云远，曷云能来？

○瞻：远看，望。○悠悠：绵绵不断。○云：与下句的“云”同为语气助词。○曷（hé）：何。此处指何时。

百尔君子，不知德行。不忮不求，何用不臧？

○百：凡是，所有。尔：你们。○德行：品德和行为。○忮（zhì）：忌恨，害也。求：贪求。○何用：何以，为何。不臧（zāng）：不善，不好。

## 译诗

雄雉展翅飞翔天际，舒展着五彩的翅膀。我深深思念我夫君，给自己带来烦恼。

雄雉展翅飞翔天际，高低飞旋鸣叫嘹亮。诚实又实在的夫君，实在劳我心伤我神。

照旧日月来往交替，我的思念悠悠长远。道路遥远相隔两方，何时才可回到家乡？

在位君子全都一样，不知我夫品德高尚。不迷荣名不贪利益，为何让他世事不顺？

## 导读

这是一首描写妻子思念远方丈夫的诗。诗中通过雄雉的飞翔和鸣唱，比喻丈夫在外的奔波，而妻子却在家中相思成疾。诗中表达了妻子对丈夫的牵挂，同时也揭示了当时社会中男性在外忙碌、女性在家中守望的社会现象。

“雄雉于飞，泄泄其羽”形容雄雉在空中自由飞翔、舒展五彩翅膀，而“我之怀矣，自诒伊阻”则表达了妻子因思念丈夫而感到内心痛苦和困扰。诗中还通过“瞻彼日月，悠悠我思”二句，表达了妻子对丈夫的思念之情如同日月更迭，漫长而不断。同时，诗中也暗示了当时社会的一些不公和不合理，如“百尔君子，不知德行。不忮不求，何用不臧？”这句话，暗示了当时社会中有官职的大夫们并不懂得重用真正品德高尚的人，致使不贪求功名利禄的丈夫受到了不公的待遇。

总之，这是一首深情而富有感染力的诗歌，生动地表达了妻子对丈夫的惦念和担忧，同时也揭示了当时社会的一些问题和矛盾，反映出古代社会的生活面貌。

# 【匏有苦叶】

## 原诗

匏有苦叶，济有深涉。深则厉，浅则揭。

○匏（páo）：葫芦之类。苦：苦味；枯。○济：水名。涉：涉水过河；渡口。○厉：带。不解衣涉水；一说拴葫芦在腰泅渡。○揭（qì）：提起下衣渡水。

有瀰济盈，有鷕雉鸣。济盈不濡轨，雉鸣求其牡。

○瀰（mí）：大水茫茫。盈：满。○鷕（yǎo）：雌山鸡叫声。○不濡：不，语词；濡，沾湿。轨：车轴头。○牡：雄雉。

雝雝鸣雁，旭日始旦。士如归妻，迨冰未泮。

○雝雝（yōng）：大雁叫声和谐。○旦：天大明。○归妻：娶妻。○迨（dài）：及，等到。乘时。泮（pàn）：融化。

招招舟子，人涉卬否。人涉卬否，卬须我友。

○招招：召唤之貌。舟子：摆渡的船夫。○人涉：他人要渡河。卬（áng）：代词，表示“我”。否：不（渡河）。○须：等待。友：指爱侣。

## 译诗

匏瓜藤上有苦叶，济水深深也可渡。深处垂衣缓缓过，浅处提衣慢慢趟。

济水涨水两茫茫，雌雉岸林鸣叫欢。水涨淹不没车轮，雉鸟鸣叫求欢愉。

大雁鸣叫声洪亮，晨阳升起天大明。男子如若要娶妻，趁冰未结来迎娶。

船夫挥手频呼唤，别人渡河我不争。别人渡河我不争，我会静静等爱人。

## 导读

这首诗所歌咏的是一位年轻女子在济水岸边焦急地等待情人的事情。

诗以“匏有苦叶”起兴，即暗示了这等候与婚姻有关。因为古代的婚嫁，正是用剖开的匏瓜做“合卺”喝的酒器。匏瓜的叶儿已枯，正当秋令嫁娶之时。女主人公等候的渡口，却水深难涉了，因此她深情地叮咛着：“深则厉，浅则揭”。那无非是在心中催促着心上人：水浅则提衣过来，水深就垂衣来会，就不必犹豫了。催对方垂衣涉济，正透露出她的焦急。

现在天已渐渐大亮，通红的旭日升起在济水之上，空中已有雁掠过，那鸣叫显得多欢快。但对于等候中的女主人公来说，心中的焦躁非但未被化解，似乎更还深了几分。要知道当济水冰冻的时候，按古代的规矩便得停办嫁娶之事了。于是“士如归妻，迨冰未泮”二句，读来正如发自姑娘心底的呼唤，显得十分热切。

诗之末章终于等来了摆渡船，那定是从对岸驶来载客的。船夫大约早就体察了女主人公的焦躁不安，所以关切地连声呼唤：“快上船吧！”他不可能知道，这姑娘急的并不是过河，恰是在驶来的船上没见到心上人。“人涉卬否”一句之重复，重复得可谓妙极：那似乎是女主人公怀着羞涩对船夫所作的窘急解释——“我不急着渡河，不与渡河的人争……不是的，我是在等我的……朋友……”，以“卬须我友”的答语作结。船夫的会意微笑，姑娘那脸庞飞红的窘态，以及将爱人唤作“朋友”的掩饰之辞，所传达的似怨还爱的微妙心理，均留在了诗外，任读者自己去体味。

# 【谷风】

原诗

习习谷风，以阴以雨。黾勉同心，不宜有怒。

○习习：风声。谷风：东风，生长之风。一说来自大谷的风，为盛怒之风。○以：又。○黾（mǐn）勉：勤勉，努力。

采葑采菲，无以下体？德音莫违，及尔同死。

○葑（fēng）：蔓菁也。叶、根可食。菲：萝卜之类。○以：用。下体：指根。○德音：指丈夫曾对她说过的好话。

行道迟迟，中心有违。不远伊迩，薄送我畿。

○迟迟：迟缓，徐行貌。○中心：心中。有违：行动和心意相违背。○伊：是。迩：近。○薄：语助词。畿（jī）：指门槛。

谁谓荼苦？其甘如荠。宴尔新昏，如兄如弟。

○荼（tú）：苦菜。○荠：荠菜，或甜菜。○宴：快乐。昏：即「婚」。

泾以渭浊，湜湜其沚。宴尔新昏，不我屑以。

○泾、渭：河名。○湜（shí）湜：水清见底。沚（zhǐ）：水中小洲。一说底。○屑：顾惜，介意。一说洁净。

毋逝我梁，毋发我笱。我躬不阅，遑恤我后！

○逝：往，去。梁：捕鱼水坝。○发：「拨」的假借字，打开。笱（gǒu）：捕鱼的竹篓。○躬：自身。阅：容纳。○遑：暇，来不及。恤（xù）：忧，顾及。后：指走后的事。

就其深矣，方之舟之。就其浅矣，泳之游之。

○方：筏子，此处作动词。

何有何亡，黾勉求之。凡民有丧，匍匐救之。

○亡（wú）：同「无」。○民：人。这里指邻人。○匍匐（pú fú）：此处指尽力。

不我能慉，反以我为雠。既阻我德，贾用不售。

○能：乃。慉（xù）：好，爱惜。○雠（chóu）：同「仇」，仇人。○贾（gǔ）：卖。用：指货物。不售：卖不出。

昔育恐育鞫，及尔颠覆。既生既育，比予于毒。

○育恐：生于恐惧。鞫（jū）：穷。○颠覆：艰难，患难。○于毒：如毒虫。

我有旨蓄，亦以御冬。宴尔新昏，以我御穷。

○旨：甘美。蓄：聚集。 ○御：抵挡。穷：窘困。

有洸有溃，既诒我肄。不念昔者，伊余来塈。

○有洸（guāng）有溃（kuì）：此处借喻人动怒。 ○既：尽。诒（yí）：遗，留给。肄（yì）：劳苦的工作。 ○伊：句首语气词。余：我。来：语助词。是。塈（jì）：爱。

## 译诗

山谷呼啸的山风，狂风暴雨互交织。夫妻同心共勉之，不应动怒不理解。采蔓菁和采萝卜，难道留根在地里？

昨日良言莫违背，不离不弃直到死。慢慢走在道路上，脚步移动心不忍。愿可相送到近处，哪知仅送到门口。

谁说荼菜满口苦？依我看来甜如荠。你们新婚多快乐，亲如兄弟不能及。渭水入泾泾水浑，泾水浑浊水底清。

你们新婚多快乐，却不顾我的心情。不要去我鱼坝上，不要打开捕鱼篓。自身尚不被容纳，如何顾去后之事！

好比河水深且远，渡之需要船和筏。好比河水浅且近，方可游泳到对岸。家中有这没有那，为你置办购齐全。

左邻右舍有困难，全力奔赴忙援助。不能喜爱我也罢，不要把我当仇家。我的好心不理睬，就像货物没人买。

昔日恐惧家中穷，患难相伴苦经营。现今家况转佳境，厌我弃我如毒虫。我备有干菜腌菜，为冬天储备食用。

你们新婚多快乐，拿我积蓄抵贫穷。恶语相向欺负我，粗活重活我担当。不念过往昔日情，往日相爱一场空。

齊

## 导读

这是一首丈夫因境遇变化或用情不专而遗弃结发之妻的诗。从全诗的叙述来看，这位女子的丈夫原来也是贫穷的人，只是由于婚后两人的共同努力，尤其是年轻妻子的辛劳操持，才使日子慢慢好过了起来。但是这种生活状况改善后，这个负心汉不但不顾念患难中的糟糠之妻，相反却喜新厌旧，把她当作仇人，故意找碴，动辄拳脚相加，最后终于在迎亲再婚之日，将她赶出了家门。诗中的弃妇如泣如诉地倾吐了满腔冤屈。

全诗共分六章，每章都有含蓄的妙喻。如第一章入手便以大风和阴雨来表现丈夫的喜怒无常；以采蔓菁、萝卜，却把根丢弃，来暗示他丢了根本，视宝为废。这主要用于言事。第二章则转用食荼如荠、以苦为甜，来反衬人物在见到丈夫新婚时内心的苦涩程度，远在荼菜的苦味之上。这又是主要用于表情。另如第三章的“泾以渭浊，湜湜其沚”，是用泾水因渭水流入表面变浊、其底仍清，来比喻自己尽管被丈夫厌弃却依然不改清白的底色。第四章以河深舟渡、水浅泳渡，喻写以往生活不论有何困难，都能想方设法予以解决。第五章用“贾用不售”“比予于毒”喻丈夫对自己的嫌弃和憎恶。第六章又把自己往日的辛劳比作御冬的“旨蓄”，将丈夫的虐待喻为湍急咆哮的水流。这些比喻平易近人，无不切合被喻情事的特征，大大增强了作品的艺术性和表现力。

这首诗在抒写弃妇哀怨方面是很有特色的。它的出现，表明古代妇女在爱情和婚姻生活中，很早就处在弱者的地位，充当着以男子为中心的社会的牺牲品，她们的命运是值得同情的。尽管作品没有直接对负情男子作明确的谴责，但最初的信誓旦旦和最终的弃如敝屣，仍为此作了有力的点示，具有深刻的警世作用。

# 【式微】

原诗

式微，式微，胡不归？微君之故，胡为乎中露！

○式：作语助词。微：（日光）衰微，黄昏或天将黑。

○微君：要不是君主。微，非。

○中露：露中，在露水中。倒文以协韵。

式微，式微，胡不归？微君之躬，胡为乎泥中！

译诗

天已黑，天已黑，为何还不能回家？如不是为养你们，何以会在露中宿！

天已黑，天已黑，为何还不能回家？如不是为养你们，何以会在泥中走！

## 导读

这首诗以“式微，式微，胡不归”起调，下一句解答了疑问：“微君之故，胡为乎中露”；“微君之躬，胡为乎泥中”。为何？如果不是为了养活他们，在君主手下谋生，何必还在露水和泥中辛苦劳作，直到天黑还不能回家。

全诗虽然简短，且重复句较多，但丝毫不呆板，一唱三叹，情感表达直白。该作品除了文学价值外，还是古代劳动者当时生活的写照，通过这首诗，我们可以更好地了解当时社会底层人民的辛苦和无奈的生活状态。

# 【旄丘】

## 原诗

旄丘之葛兮，何诞之节兮。

○旄（máo）丘：卫国地名，在澶州临河东（今河南濮阳西南）。一说指前高后低的土山。

○诞（yán）：通"延"，延长。节：指葛藤的枝节。

叔兮伯兮，何多日也？

○叔伯：本为兄弟间的排行。此处称高层统治者君臣。

○多日：指拖延时日。

何其处也？必有与也！

○处：安居，留居，指安居不动。

何其久也？必有以也！

○何其：为什么那样。

○以：同"与"。一说是作原因、缘故之意。

狐裘蒙戎，匪车不东。

○蒙戎：毛蓬松貌。此处点出季节，已到冬季。

○匪：非。东：此处作动词，指向东。

叔兮伯兮，靡所与同。

○靡：没有。所与：与自己在一起同处的人。同：同心。

琐兮尾兮，流离之子。

○琐：细小。尾：通"微"，低微，卑下。

○流离：转徙离散，飘散流亡。

叔兮伯兮，褎如充耳。

○褎（yòu）如：盛服貌。充耳：塞耳。古代挂在冠冕两旁的玉饰，用丝带下垂到耳门旁。

## 译诗

葛藤蔓延山丘上，枝叶生长那么长。卫国诸臣叔伯们，为何长久不往来？

为何家中为安处？必与同伴一同行！为何要等这么久？一定是有缘由的！

身着毛茸茸狐裘，坐车出行不向东。卫国诸臣叔伯们，彼此不与我心同。

我们卑微又渺小，颠沛流离无人睬。卫国诸臣叔伯们，双耳不闻不知晓。

## 导读

这首诗抒写了流亡卫国的人的不易，并表达了他们的愤怒和怨恨。

第一章“旄丘之葛兮，何诞之节兮”，借物来交代地点和季节，葛藤的枝叶都遍布山谷了，也未等来援兵。第二章的“何其处也？必有与也！何其久也？必有以也”，通过自问自答的方式，表明苦等的人们在度日时，为许久未到的援兵找借口：也许还未出门？也许有难言之隐而迟迟拖到现在。第三章，救兵仍然未到，失望之余，也知道君主和诸臣并无救援之意，怨恨和悲伤涌上心头。第四章，许久的无助漂泊，无后援补给，大家衣衫褴褛，此生不能忘，而君主和诸臣却不闻不问，不禁深感心寒。

四章间承上启下，关联密切，人物心情起伏转变，呈现的凄惨画面与君主及诸臣的漠不关心形成鲜明对比。

# 【简兮】

原诗

简兮简兮，方将万舞。日之方中，在前上处。

○简：鼓声。○方将：将要。万舞：舞名。○方中：正好中午。○在前上处：在前列的上头。

硕人俣俣，公庭万舞。有力如虎，执辔如组。

○硕人：身材高大的人。俣（yǔ）俣：魁梧健美的样子。○公庭：公爵的庭堂。○辔（pèi）：马缰绳。组：丝织的宽带子。

左手执籥，右手秉翟。赫如渥赭，公言锡爵。

○籥（yuè）：古乐器。似笛。○秉：持。翟（dí）：野鸡的尾羽。○赫：红色。渥（wò）：厚。赭（zhě）：赤褐色，赭石。○锡：赐。爵：青铜制酒器，用以温酒和盛酒。

山有榛，隰有苓。云谁之思？西方美人。

○榛（zhēn）：落叶灌木。花黄褐色，果实叫榛子，果皮坚硬，果肉可食。○隰（xí）：低下的湿地。苓（líng）：甘草，又苍耳，又黄药，又地黄。○西方：西周地区，卫国在西周的东面。美人：指舞师。

彼美人兮，西方之人兮。

译诗

鼓声声声震天响，万舞开场将要起。正午红日当空照，领舞站在正前方。舞者健壮而魁梧，公庭上舞动万舞。

舞姿有力如猛虎，持缰绳飘如丝带。左手持籥管吹奏，右手拿鸡翎挥舞。满面焕发红如赭，公侯欢喜赐酒欢。

高耸山上有榛树，低湿土地有甘草。遥望思念又是谁？或许西方之舞师。那英俊的舞师啊，是西方的人士啊。

导读

这是一首描写盛大舞蹈场面的诗歌，充满了对舞师英武形象和对舞蹈表演动作的生动描绘。也抒写了舞蹈表演的热烈氛围和人们对舞师的赞美之情。

诗歌开头以“简兮简兮，方将万舞”引入，展现出舞蹈表演前的热闹氛围。接着，“日之方中，在前上处”描绘了舞蹈领队在正午太阳照射下，英勇站立在前排的形象。

“硕人俣俣，公庭万舞”进一步赞美了舞师的健壮和英武，以及他们在公庭上表演的万舞。诗歌还通过“有力如虎，执辔如组”生动形象地描绘了舞师们精湛的舞技和矫健的身姿。

在舞蹈表演的过程中，“左手执籥，右手秉翟”展示了舞师们多才多艺的一面，同时也进一步表现了热烈欢快的气氛。而“赫如渥赭，公言锡爵”则描绘了舞师们因表演而兴奋的脸庞，以及公侯们对他们的赞赏和热情款待。

最后以“山有榛，隰有苓”，借物借景，用“云谁之思？西方美人”抒情，表达了对舞师的深深思念和赞美。

整首诗歌节奏鲜明，韵律优美，充满了对古代舞蹈艺术的赞美和对舞师的崇敬之情。

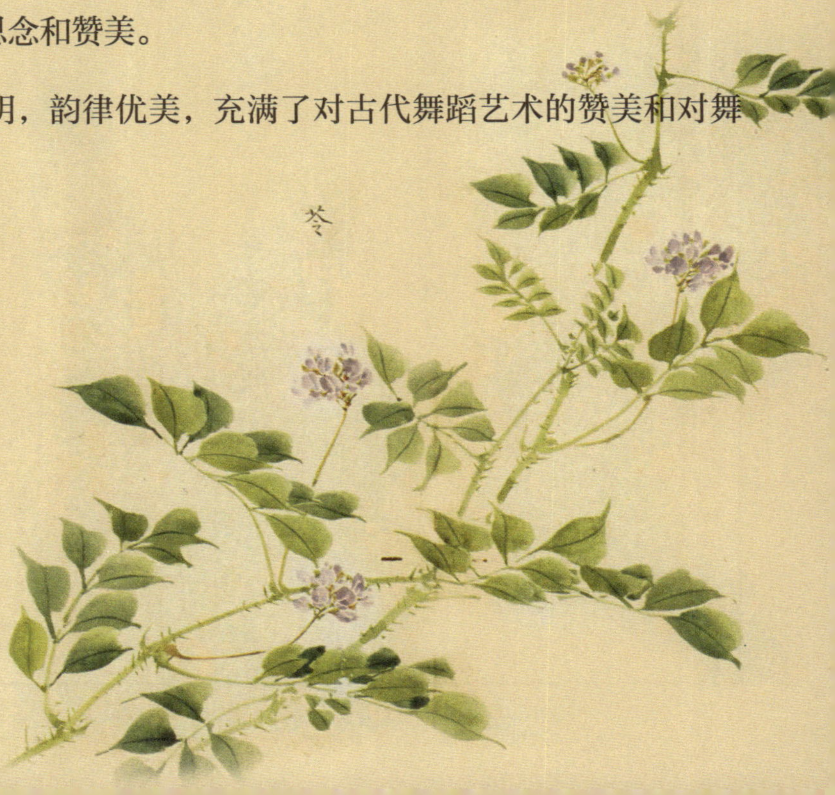

# 【泉水】

## 原诗

（一）毖彼泉水，亦流于淇。有怀于卫，靡日不思。

bì毖：“泌”的假借字，泉水涌流貌。泉水：卫国水名，即末章的“肥泉”。淇：淇水，卫国河名。有怀：因怀念。有，以，因。靡：无。

娈彼诸姬，聊与之谋。

luán娈：美好的样子。诸姬：指卫国的同姓之女，卫君姓姬。聊：愿，姑且。

（二）出宿于泲，饮饯于祢。女子有行，远父母兄弟。问我诸姑，遂及伯姊。

jǐ泲：卫国地名。或为济水。饯：以酒送行。nǐ祢：卫国地名。行：指女子出嫁。

（三）出宿于干，饮饯于言。载脂载舝，还车言迈。遄臻于卫，不瑕有害？

干：卫国地名。言：卫国地名。载：发语词。脂：涂车轴的油脂。xiá舝：同“辖”，车轴两头的金属键。此处脂、舝皆作动词。还车：回转车。迈：远行。chuán遄：疾速。臻：至。瑕：通“遐”。

（四）我思肥泉，兹之永叹。思须与漕，我心悠悠。驾言出游，以写我忧。

兹：通“滋”，增加。须、漕：均为卫国地名。悠悠：忧愁深长。xiè写：通“泻”，除也。

## 译诗

泉水川流而不息，最终流入淇水内。怀念我故乡卫国，没有一日不思念。貌美同姓的姊妹，与她们互相商量。

回想当初宿在泲，饮酒饯行在祢地。女子出嫁去他国，远离父母与长兄。出嫁前去见姑母，遂见众位亲姊妹。

回乡如果宿在干，饯行之地就在言。车轴上好油和键，车行回家满欢喜。疾速驰骋奔卫国，不会招来甚后患？

思念涌上至肥泉，更加思念叹息长。思念须城与漕邑，我心忧愁伤感长。驾着车马出游去，以消解我的忧愁。

## 导读

这首诗表达卫国女子嫁到别国而思念家乡的心情。泉水悠悠流淌，仿佛在诉说着她内心的牵挂和思念。远离故土，她的心中始终挂念着故乡和亲人。“有怀于卫，靡日不思。”自己魂牵梦绕着卫国，她时常在梦中回到故乡，岁月匆匆流逝，往事如烟，但她对故乡和亲人的思念却愈发强烈。“娈彼诸姬，聊与之谋”两句是说与同姓姊妹述说思念与过往。思念将她的心声传达回故乡。她期盼着有一天能够再次回到故乡，与亲人团聚。她希望故国永远安宁，亲人能够幸福安康。诗中设想归乡途中的情景，形象运用行车的速度描写出归家的心切与思念的悠长。“思须与漕，我心悠悠”层层递进，形象生动刻画女子内心的波澜。整首诗描写细腻，情感真挚，语言优美，充满了对故乡的深深思念之情。

### 《诗经》中的成语

【死生契阔】《邶风 · 击鼓》：死生契阔，与子成说。

【硕大无朋】《唐风 · 椒聊》：彼其之子，硕大无朋。

【搔首踟蹰】《邶风 · 静女》：爱而不见，搔首踟蹰。

【三星在户】《唐风 · 绸缪》：绸缪束楚，三星在户。

【今夕何夕】《唐风 · 绸缪》：今夕何夕？见此邂逅！

# 【北门】

## 原诗

出自北门，(一)忧心殷殷。

○殷殷：忧愁深重的样子。

终窭且贫，莫知我艰。

○终：既。窭（jù）：贫寒，艰窘。

已焉哉！天实为之，谓之何哉！

○已焉哉：既然这样。○谓：即奈何不得之意。

王事适我，(二)政事一埤益我。

○王事：周王的事。适（zhì）：同「擿」，扔，掷。适我：扔给我。○政事：公家的事。一：都。埤（pí）益：增加。

我入自外，室人交偏谪我。

○偏：同「遍」。谪（zhé）：谴责，责难。

已焉哉！天实为之，谓之何哉！

王事敦我，(三)政事一埤遗我。

○敦：逼迫。○遗：交给。

我入自外，室人交偏摧我。

○摧：挫也，讥刺。

已焉哉！天实为之，谓之何哉！

## 译诗

我从北门出城去，忧心忡忡心烦闷。既贫穷来又困窘，没有人知我艰难。既是如此算了吧！老天自有其安排，我能有什么解法！

王家有事派与我，公务在身又增加。我从外面回家来，家人轮番责备我。既是如此算了吧！老天自有其安排，我有什么好办法！

王家差事逼迫我，公务日增齐在身。我从外面回家来，家人轮番挖苦我。既是如此算了吧！老天自有其安排，我有什么好想法！

## 导读

这是一首劳苦的小官吏诉说自己艰难求生的诗。诗中此小官吏公务繁重，虽辛勤应付，但生活仍然清贫。王家不体谅他的艰辛，反而还给他更多公务，他不堪重负。辛辛苦苦而地位卑微，使他心生怨恨，家人还责备和挖苦，更使他苦不堪言。他深感仕途漫长而崎岖，人情淡薄冷漠，常常长吁短叹，苦痛难耐，悲愤之余，只好归于天，安之其命。

这首诗的价值，不仅在于其文学艺术的成就，更在于其深刻的社会意义。它让我们看到，无论时代如何变迁，那些生活在社会底层的人们始终面临着种种困境和挑战。他们的命运，既是个人的命运，也是社会的命运。

## 《诗经》中的成语

【如月之恒，如日之升】《小雅·天保》：如月之恒，如日之升，如南山之寿。

【如切如磋，如琢如磨】《卫风·淇奥》：如切如磋，如琢如磨。

【如临深渊，如履薄冰】《小雅·小旻》：战战兢兢，如临深渊，如履薄冰。

【如圭如璋】《大雅·卷阿》：颙颙卬卬，如圭如璋。

【日居月诸】《邶风·柏舟》：日居月诸，胡迭而微？

# 北风

原诗

北风其凉，(一)雨雪其雱。
○其雱（pāng）：即"雱雱"，雪盛貌。
其虚其邪？既亟只且！
○其：同"岂"，语气词。虚、邪：宽貌。一说徐缓。邪，一本作"徐"。○既：已经。亟（jí）：急。只且（jū）：作语气助词。

惠而好我，携手同行。
○惠而：即惠然，顺从、赞成之意。好我：同我友好。
北风其喈，(二)雨雪其霏。
○喈（jiē）：疾貌。一说寒凉。○霏：雨雪纷飞。
惠而好我，携手同归。
其虚其邪？既亟只且！

莫赤匪狐，(三)莫黑匪乌。
○莫：无，没有。匪：非。○乌：乌鸦，乌鸦比喻坏人。
惠而好我，携手同车。
其虚其邪？既亟只且！

译诗

北风刮起彻骨寒，雪花飘散白茫茫。你和我共成好友，携手同行快逃亡。岂能犹豫慢慢逃？事情紧急将降祸。

北风疾速吹动着，大雪纷飞飘落下。你和我共成好友，携手同行归他邦。岂能犹豫慢慢逃？事情紧急快逃之。

莫有红的不是狐，莫有黑的不是鸦。你和我共成好友，携手同车离别去。岂能犹豫慢慢逃？事情紧急快快逃。

## 导读

这首诗描写的是，在北风呼啸之际，主人公与好朋友一同逃亡的事。

诗中的北风凛冽而强劲，它给人们带来了寒冷和不安，让生活变得艰辛和不易。其实北风不仅仅是一种自然现象，还被赋予了象征意义。它代表着冷酷、无情的力量，影射了当时的政治气候。同时，北风也象征着变化和不稳定性，暗示着人们应该时刻保持警觉，做好准备，以应对生活中的各种挑战和变化。

# 【静女】

## 原诗

静女其姝，俟我于城隅。爱而不见，搔首踟蹰。

○静女：娴雅女子。姝（shū）：美好。○俟（sì）：等待，此处指约好地方等待。城隅：城角隐蔽处。或城上角楼。○爱：“薆”的假借字。隐蔽，躲藏。○踟蹰（chí chú）：徘徊不定。

静女其娈，贻我彤管。彤管有炜，说怿女美。

○娈（luán）：面目姣好。○贻（yí）：赠。彤管：不详何物。或红管的笔，或和荑应是一物。如是此意，就与下文的“荑”同美。但是也可能是指涂了红颜色的管状乐器等。○炜（wěi）：盛明貌。○说怿（yuè yì）：喜悦。女（rǔ）：汝，你，指彤管。

自牧归荑，洵美且异。匪女之为美，美人之贻。

○牧：野外。归：借作“馈”，赠。荑（tí）：白茅，茅之始生也。象征婚媾。○洵美且异：确实美得特别。洵，实在，诚然。异，特殊。○匪：非。

## 译诗

娴静姑娘真美丽，与我相约城角楼。躲藏不见让我找，急得抓耳又挠腮。

娴静姑娘好美貌，送我一只红彤管。红红彤管多光彩，爱它颜色真鲜艳。

郊外采荑赠送我，实在美丽又特别。并非荑草长得美，美人相赠情意浓。

## 导读

这是一首描写青年男女爱情生活的美好篇章。主要写的是一个男子在城角等待他的恋人，而这位姑娘却故意躲藏起来，让男子焦急地寻找。当男子找到姑娘后，姑娘送给他一支彤管，他非常喜欢，因为这不仅是一支美丽的彤管，更是姑娘对他深情厚谊的象征。接着，姑娘又送给男子一束荑草，虽然荑草本身并不珍贵，但因为是姑娘亲手采来送给他的，所以对他来说是无价之宝。诗用简洁明快的语言，生动地描绘了青年男女之间的纯真爱情，展现了他们对美好生活的向往和追求。

同时，这首诗也反映了古代社会中人们对真挚感情的珍视和崇尚。充满生活气息和人情味的诗歌，以其独特的艺术魅力，深深地感染着每一个读者的心灵。

### 《诗经》中的成语

【天步艰难】《小雅 · 白华》：天步艰难，之子不犹。

【涕泗滂沱】《陈风 · 泽陂》：寤寐无为，涕泗滂沱。

【他山之石，可以攻玉】《小雅 · 鹤鸣》：他山之石，可以攻玉。

# 【新台】

**原诗**

新台有泚，河水瀰瀰。燕婉之求，蘧篨不鲜。

○新台：台名，卫宣公为纳宣姜所筑。有泚（cǐ）：鲜明的样子。
○河：指黄河。瀰瀰（mǐ）：水盛大的样子。
○燕婉：指夫妇和好。燕，安；婉，顺。
○蘧篨（qú chú）：不能俯者。一说癞蛤蟆一类的东西。鲜（xiǎn）：少，指年少。一说善。

新台有洒，河水浼浼。燕婉之求，蘧篨不殄。

○有洒（cuǐ）：高峻的样子。
○浼浼（měi）：水盛大的样子。
○殄（tiǎn）：通“腆”，丰厚，美好。

鱼网之设，鸿则离之。燕婉之求，得此戚施。

○设：设置。
○鸿：蛤蟆，有说大雁。离：离开。一说离通“罹”，遭受，遭遇，这里指落网。
○戚施（yì）：蟾蜍，蛤蟆，其四足据地，无须，不能仰视，喻貌丑驼背之人。

**译诗**

新台光鲜又明亮，河水不息东流淌。心念想嫁的公子，却是一个丑八怪。

新台高耸又壮观，河水漫漫向东流，心念想嫁的公子，却难看得不成样。

设好渔网待鱼来，怎知蛤蟆入网中。心念想嫁的公子，碰到貌丑不堪想。

## 导读

这首诗描写并讽刺了卫宣公抢夺儿媳宣姜的丑行，揭露了其丑恶嘴脸。诗中女主人公以新筑的华丽高峻的“新台”起兴，由此引出自己被迫嫁给丑恶的卫宣公的不幸遭遇，表现了内心的痛苦和怨愤。其实她设下渔网本想捕大鱼，却意外地让蛤蟆钻了进去，就像她本想嫁个如意郎君，却嫁给了豺狼般的卫宣公。在香味四溢的房间里，她怀念着曾经的良人，决心驱逐那个豺狼般的人。然而，即使豺狼被驱逐，她的良人仍未归来，新台依旧立在眼前，而旧日的怨恨却难以消融。

全诗三章，每章四句，以重章叠句的形式，反复咏唱，深化了主题，加强了讽刺的力量。展现了主人公内心的痛苦和抗拒，同时也揭示了卫宣公丑行的恶劣影响。

### 《诗经》中的成语

【怒焉如捣】《小雅 · 小弁》：我心忧伤，怒焉如捣。

【黾勉从事】《小雅 · 十月之交》：黾勉从事，不敢告劳。

【绵绵瓜瓞】《大雅 · 绵》：绵绵瓜瓞，民之初生，自土沮漆。

【靡有孑遗】《大雅 · 云汉》：周余黎民，靡有孑遗。

【靡不有初，鲜克有终】《大雅 · 荡》：靡不有初，鲜克有终。

# 【二子乘舟】

原诗

二子乘舟，泛泛其景。愿言思子，中心养养！

○二子：卫宣公的两个异母子。○泛泛：飘荡貌。景：通"憬"，远行貌。○愿：思念貌。○养养：心中烦躁不安。

二子乘舟，泛泛其逝。愿言思子，不瑕有害！

译诗

二子一同乘船走，随波而飘荡远行。思念牵挂二子啊，心中烦躁不堪言！

二子一同乘船走，随波而飘荡渐远。思念牵挂二子啊，但愿没有啥祸患！

## 导读

这首诗据《毛诗序》所述，是一个关于卫宣公的两个儿子伋和寿的动人故事。卫宣公夺走了儿子伋的未婚妻，又命令伋出使齐国，并暗中派人在渡口谋杀他。儿子寿知道这个消息后，便偷偷地告诉了伋，并劝他逃走。但伋坚持说："君命也，不可以逃。"于是寿便偷走了伋的符节，代替他前往齐国，结果被杀。伋得知消息后，决定前往齐国完成使命，结果也被杀。卫国人感念他们的兄弟情谊和高尚品德，就创作了这首诗歌。

诗中描述船儿的远去和消失，表达了人们对两位公子的深深思念。诗中充满了对两位公子的赞美和敬仰，同时也表达了对他们遭遇不幸的深深惋惜和哀悼。整首诗情感真挚，意境深远。"愿言思子，中心养养"和"愿言思子，不瑕有害"等句子，也表达了人们对"二子"的深深思念和牵挂。这首诗让我们看到了兄弟情深、忠诚于君、舍生取义等高尚品质的力量和伟大。作者希望"二子"在另一个世界能够安好，也希望他们的精神能够永远传承下去，激励更多的人去追求高尚和美好。

### 《诗经》中的成语

【九十其仪】《豳风·东山》：亲结其缡，九十其仪。

【赳赳武夫】《周南·兔罝》：赳赳武夫，公侯干城。

【教猱升木】《小雅·角弓》：毋教猱升木。

【旱魃为虐】《大雅·云汉》：旱魃为虐，如惔如焚。

【高山仰止，景行行止】《小雅·车舝》：高山仰止，景行行止。

# 【柏舟】

## 原诗

泛彼柏舟，在彼中河。髧彼两髦，实维我仪。

之死矢靡它。母也天只！不谅人只！

泛彼柏舟，在彼河侧。髧彼两髦，实维我特。

之死矢靡慝。母也天只！不谅人只！

○髧（dàn）：头发下垂状。两髦（máo）：男子未行冠礼前，头发齐眉，分向两边状。

○仪：配偶，对象。

○之：到。矢：通「誓」，发誓。靡它：无他心。

○只：语助词。

○谅：相信。

○特：配偶。

○慝（tè）：通「忒」，变更，差错，变动。也指邪恶，恶念。引申为变心。

## 译诗

水波荡漾柏木船，荡漾到河水中央。少年垂发齐眉俊，这是我心仪对象。

至死不会变心意。我的娘呀我的天！怎么不相信我心！水波荡漾柏木船，

荡漾到河水岸边。少年垂发齐眉俊，这是我倾慕对象。至死不会变心意。

我的娘呀我的天！怎么不相信我心！

## 导读

这首诗描述了一个女子对所心仪的男子的坚定情感，却遭到了家人的反对。“泛彼柏舟，在彼中河”“泛彼柏舟，在彼河侧”，通过形容自己乘坐的柏木小船在河水中漂荡，来表达自己内心的波动和不安。“髧彼两髦，实维我仪”“髧彼两髦，实维我特”描绘了女子心仪男子的样子，垂发齐眉，很是英俊，让她心生欢喜。“之死矢靡它。母也天只！不谅人只！”“之死矢靡慝。母也天只！不谅人只！”表达了女子对心仪男子的信任和忠诚，誓言至死不变。然而，自己的母亲不理解自己的心情，不相信自己的选择，带出深深的疲惫感。

整首诗情感真挚，表达深刻，展现了古代女性对爱情的执着和坚定，同时也揭示了在古代社会中，女性所面临的种种困境和无奈。在那个时代，女性的婚姻和爱情往往由家族来决定，而她们自己的声音和选择往往被忽视或压制。这首诗中的女子，尽管她内心深处有着强烈的爱意和坚定的选择，但她仍然面临着不被理解和不被接受的困境。同时，也提醒我们，要尊重每一个个体的选择和追求，要关注并维护女性的权益和尊严。只有这样，我们才能共同创造一个更加平等、自由、和谐的社会。

### 《诗经》中的成语

【高岸为谷，深谷为陵】《小雅 · 十月之交》：高岸为谷，深谷为陵。

【凤凰于飞】《大雅 · 卷阿》：凤皇于飞，翙翙其羽。

【风雨如晦，鸡鸣不已】《郑风 · 风雨》：风雨如晦，鸡鸣不已。

【鲂鱼赪尾】《周南 · 汝坟》：鲂鱼赪尾，王室如燬。

【发言盈庭】《小雅 · 小旻》：发言盈庭，谁敢执其咎！

# 【墙有茨】

**原诗**

（一）墙有茨，不可埽也。

中冓之言，不可道也。

所可道也，言之丑也。

○茨（cí）：植物名，蒺藜。一年生草本植物，果实有刺。○埽（sǎo）：同“扫”。○中冓（gòu）：内室，宫中龌龊之事。○道：说。○所：若。

（二）墙有茨，不可襄也。

中冓之言，不可详也。

所可详也，言之长也。

○襄：除去，扫除。○详：借作“扬”，传扬。一说详细说。

（三）墙有茨，不可束也。

中冓之言，不可读也。

所可读也，言之辱也。

○束：捆走。这里是打扫干净的意思。○读：宣扬，传开。

**译诗**

蒺藜墙上挂，不能清扫掉。宫中秘而言，不能说出口。若能到处说，话很难听之。

蒺藜墙上挂，不能剔除掉。宫中秘而言，没法传扬说。若能传扬说，话说来可长。

蒺藜墙上挂，不能打捆走。宫中秘而言，没法对人说。若能传开来，简直羞辱之。

## 导读

这是一首描写宫中丑闻的诗歌，以墙上长满蒺藜起兴，宫中之事就像蒺藜一样痛刺着卫国的国体以及卫国人民的颜面与心灵。诗中用了三个比喻："墙有茨，不可埽也"，作为开篇，暗示宫廷中的丑闻如同墙上的蒺藜，既显眼又棘手。"中冓之言，不可道也"，诗人以宫廷中的私密话语为喻，暗指宫廷丑闻的难以启齿。这些丑闻涉及宫廷内部的权力斗争、道德沦丧等敏感话题，让人无法直言不讳。"所可道也，言之丑也"，诗人进一步强调了宫廷丑闻的恶劣性质。后面两章的内容与前面相类似。

如果非要把这些丑闻说出来，那么言辞之间将充满了丑恶和不堪。表达了诗人对于宫廷丑闻的愤慨和不满，同时也反映了古代社会对于宫廷道德规范的重视。作者用简洁明快的笔触，勾画出宫廷丑闻的冰山一角，引发人们对宫廷道德沦丧的深思。它警示我们要时刻保持警惕，加强道德教育和社会监督，防止类似事件再次发生。同时，我们也应该学会正视问题，勇敢地面对丑恶一面，积极寻求解决方案，为构建一个更加和谐、公正的社会贡献自己的力量。

### 《诗经》中的成语

【不畏强御】《大雅·烝民》：不侮矜寡，不畏强御。

【不稂不莠】《小雅·大田》：既坚既好，不稂不莠。

【不稼不穑】《魏风·伐檀》：不稼不穑，胡取禾三百廛兮？

【不忮不求】《邶风·雄雉》：不忮不求，何用不臧？

# 【君子偕老】

## 原诗

(一)君子偕老，副笄六珈。委委佗佗，如山如河，

○君子：指卫宣公。偕老：夫妻相亲相爱、白头到老。 ○副：妇人的一种首饰。笄：簪。六珈：笄饰，用玉做成，垂饰有六颗。 ○委委佗佗：举止雍容华贵、落落大方。如山如河：像山一样稳重，似河一样深沉。

象服是宜。子之不淑，云如之何！(二)玼兮玼兮，

○象服：是镶有珠宝绘有花纹的礼服。宜：合身。 ○子：指宣姜。淑：善。 ○云：句首发语词。如之何：奈之何。 ○玼（cǐ）：花纹绚烂。

其之翟也。鬒发如云，不屑髢也。玉之瑱也，

○翟（dí）：绣着山鸡彩羽的象服。 ○鬒（zhěn）：黑发。 ○髢（dí）：假发。 ○瑱（tiàn）：冠冕上垂在两耳旁的玉。

象之揥也，扬且之皙也。胡然而天也！胡然而帝也！

○象：象牙。揥（tì）：剃发针，发钗一类的首饰。一说可用于搔头。 ○扬：额。且：助词，无实义。皙：白净。 ○胡：何，怎么。然：这样。

(三)瑳兮瑳兮，其之展也。蒙彼绉絺，是绁袢也。

○瑳（cuō）：玉色鲜明洁白。 ○展：古代后妃或命妇的一种礼服，或曰古代夏天穿的一种纱衣。 ○絺（chī）：细葛布。 ○绁袢（xiè pàn）：夏天穿的亵衣、内衣，白色。

子之清扬，扬且之颜也。展如之人兮，邦之媛也！

○清：指眼神清澈。扬：指眉宇宽广。 ○颜：额。引申为面容、脸色。 ○展：诚，的确。 ○媛：美女。

## 译诗

与君一同到白头，玉簪发饰装饰发。举止真从容优雅，稳重仪态如山河，着礼服相当得体。怎知其品行不良，

对她真是无奈何！衣装绚丽又精致，美羽绣在锦服上。乌黑发髻如乌云，不用假发来修饰。美玉耳饰轻摇摆，

象牙发钗发上戴，皮肤白皙溢光彩。仿佛天仙降世般！恍如帝女入人间！衣装绚丽又精致，洁白纱衫轻飘扬。

绉纱细葛罩上身，柔软内衣贴身穿。眉清目秀好容貌，容貌艳丽展光彩。确实仪容妖而媚，倾国倾城真绝色！

导读

这首诗是讽刺卫宣公夫人的诗。全诗共分三章。第一章七句，开头扣题，巧妙地描写了人物关系。“副笄六珈。委委佗佗，如山如河，象服是宜”四句造语奇特，叙服饰与叙仪容相交叉，辞藻工美，极力渲染宣姜嫁来时服饰的鲜艳绚丽，仪容的雍容华贵。末二句“子之不淑，云如之何”，显露讥刺，全诗此二句是刺意，其他均是赞叹称美之辞，但此二句与“君子偕老”一句遥相呼应，暗自缀合，含蓄蕴藉，藏而不露。

次章与末章用赋法反复咏叹宣姜服饰、容貌之美。次章起始“玼兮玼兮”六句与末章起始“瑳兮瑳兮”四句复说服饰之盛，次章“扬且之皙也”三句与末章“子之清扬”四句是复说容貌之美。本诗用大量辞藻来形容卫宣公夫人的美，目的是为了突出其道德低下。

李嵩畫

# 【桑中】

原诗

爰采唐矣？[一]沬之乡矣。云谁之思？美孟姜矣。[二]

○爰：于何，在哪里。唐：植物名，即女萝，俗称菟丝子，寄生蔓草，秋初开小花，籽实入药。

○沬（mèi）：春秋时期卫国邑名，即牧野。乡：郊外。

○云：句首语助词。谁之思：思念的是谁。

○孟姜：姜家的大姑娘。孟，排行老大。姜、弋、庸，皆贵族姓。

期我乎桑中，要我乎上宫，送我乎淇之上矣。

○桑中：卫国地名，亦名桑间。又说指桑树林中。

○要（yāo）：邀约。上宫：楼也，指宫室。一说地名。

○淇：水名。

[二]爰采麦矣？沬之北矣。云谁之思？美孟弋矣。期我乎桑中，要我乎上宫，送我乎淇之上矣。

[三]爰采葑矣？沬之东矣。云谁之思？美孟庸矣。期我乎桑中，要我乎上宫，送我乎淇之上矣。

○葑（fēng）：芜菁，即蔓菁菜。

译诗

去哪儿采女萝，在卫国的沬乡。心中思念着谁？姜家美丽长女。约我等待桑中，邀我上宫相见，相送到淇水旁。

去哪儿采麦穗，在沬城的北边。心中思念着谁？弋家美丽闺女。约我等待桑中，邀我上宫相见，相送到淇水上。

去哪儿采蔓菁，在沬城的东边。心中思念着谁？庸家美丽大姐。约我等待桑中，邀我上宫相见，相送到淇水边。

## 导读

这是一首描写男女约会和思念之情的诗歌。诗歌以采摘女萝、麦穗和蔓菁等植物为引子，表达了主人公对美丽女子的思念和追求。他心中所想的美丽女子分别是姜家、弋家和庸家的长女，她们都邀请他到桑林中相会，并在上宫约会，最后送他到淇水之畔。

此诗反映了古代社会的风俗习惯和思想观念。在古代，男女之间的交往相对自由，没有像之后那样受到诸多限制和束缚。人们更加注重情感的交流和心灵的契合，而不是物质和地位的匹配。他渴望与她们建立深厚的情感联系，希望能够与她们共度一生。这种真挚的情感，在古代社会显得尤为珍贵和难得。

整首诗歌以重复的手法表达了主人公对美丽女子的深切思念和追求，同时也展示了古代男女之间自由恋爱的情景。诗歌语言简练，情感真挚，是中国文学史上最早的抒情诗之一，对后世诗歌创作产生了深远的影响。

# 【鹑之奔奔】

原诗

鹑之奔奔，鹊之彊彊。人之无良，我以为兄！

○鹑：鸟名，即鹌鹑。大如小鸡，头细而无尾，毛有斑点。奔奔：跳跃奔走。○鹊：喜鹊。彊彊：义同奔奔。○无良：不善。○我：「何」之借字，古音我、何相通。为人称代词。

鹊之彊彊，鹑之奔奔。人之无良，我以为君！

○君：君主，君子。

译诗

鹌鹑双双齐飞，喜鹊成双入对。此人品质不良，何以为我兄长！

喜鹊成双入对，鹌鹑双双齐飞，此人好无良心，何以为真君子！

## 导读

全诗虽然只有两章八句，但内涵深刻。通过描绘鹌鹑和喜鹊双飞双鸣的景象，反衬出某人的不良行为。诗人感叹自己误将不良之人当作兄长和君子，表现出失望和不满。借用了鹌鹑和喜鹊的形象，寓意着在自然界中，动物们都遵循着一定的道德和行为准则，而人类却往往背离这些准则，做出不良行为。

诗词简短直接，措辞精巧，寓意深长，并没有直接对男主人公的形象进行任何客观的描写，却能使其形象非常鲜明而且突出。这根源于诗歌文本所构筑出的剧烈的情感落差，此种落差来源于人与禽兽对待异性配偶的不同态度，这种态度的不同造成了这种巨大而又悬殊的逆向对比关系。从而使男主人公的恶劣形象迎面袭来，令人不寒而栗却又厌恶透顶。

这是一首具有深刻社会意义的诗歌，也是一首富有哲理性和情感共鸣力的诗歌。通过这首诗，我们可以更深入地思考人际关系、人生哲理以及个人情感等问题，从而更好地理解自己和世界。

# 【定之方中】

## 原诗

㈠定之方中，作于楚宫。

○定：定星，又叫营室星。十月之交，定星昏中而正，宜定方位，造宫室。○楚：楚丘，地名。

揆之以日，作于楚室。

○揆：测度。日：日影。

树之榛栗，椅桐梓漆，爰伐琴瑟。

○榛、栗、椅、桐、梓、漆：皆木名。

㈡升彼虚矣，以望楚矣。

○虚：同“墟”，大丘。

望楚与堂，景山与京，降观于桑。

○堂：楚丘旁邑。○景山：大山。京：高丘。

卜云其吉，终焉允臧。

○臧：好，善。

㈢灵雨既零，命彼倌人。

○灵：善。零：落雨。○倌：驾车小臣。

星言夙驾，说于桑田。

○夙：早上。○说（shuì）：歇息。

匪直也人，秉心塞渊，騋牝三千。

○匪：“彼”。○秉心：用心、操心。塞：踏实。○騋（lái）：七尺以上的马。牝（pìn）：母马。三千：约数，表示众多。

## 译诗

定星现夜空正中，楚丘上筑修新宫。测量日影定方向，楚丘上建造宫室。种植榛树和栗树，还有椅桐和梓漆，好枝成材制琴瑟。

登临漕邑废墟上，放眼眺望到楚丘。望向楚丘和堂邑，望之山陵和高冈，走入田地看农桑。求神占卜现吉兆，结果必然很美好。

好雨缓缓已停歇，吩咐驾车的小倌，披星光赶车出行，在桑田休息说农。他是正直有为人，做事认真善谋划，良马颇多众如云。

## 导读

这首诗歌颂了建立功业的卫文公。

此诗分三章，每章共七句。开篇写在楚丘营建宫室。在古代因为条件有限，建造之前，都需要先看建造宅邸时方向如何定位，因此说“定之方中，作于楚宫。揆之以日，作于楚室。”这句话中提到根据星的方向和对日影进行测量，以确定最佳位置及朝向。古时在建造宫室的同时需要“树之榛栗”，即种植树木，兴土木兼顾自然景观的营造，还可“椅桐梓漆，爰伐琴瑟”，这些树木也是制作琴瑟的好材料，一举两得。也寓意了立国的初衷，以树的种植映射十年树木，百年树人的深意，也同时祈求国泰民安，琴瑟悠扬的盛世到来。既有远虑，也憧憬美好。要怎样动工、有谁带领等，自然引入第二章。卫文公走桑田，上高山，“望”“观”在此章中连续出现，因为卫文公有着丰富的风水知识，在高山上看着楚丘的残墟、各个大小山丘等，仔细端详并记于心中，这是贤君精心为民的前提。第三章更贴近民生，黎明时分让小倌赶车，下到田间，坐在田间与农说桑。文公很重视农业生产，亲自劝课农桑。诗的结尾“騋牝三千”，这说明现在卫国良马众多，兵强马壮，这是君主建宫室、种树育人等换来的。

椅

# 【蝃蝀】

原诗

蝃蝀在东，莫之敢指。

○蝃（dì）蝀（dōng）：彩虹，爱情与婚姻的象征。在东：彩虹出现在东方。

女子有行，远父母兄弟。

○有行：指出嫁。

朝隮于西，崇朝其雨。

○隮（jī）：虹。○崇朝（zhāo）：终朝，整个早晨，指从日出到吃早餐的时候。

女子有行，远兄弟父母。

乃如之人也，怀昏姻也。

○乃如之人：像这样的人。○怀：古与"坏"通用，败坏，破坏。昏姻：婚姻。

大无信也，不知命也！

○大：太。信：贞信，贞节。○命：父母之命。

译诗

一道彩虹东方出现，没有人胆敢去指它。一个女子要出嫁了，要远别父母和兄弟。天空朝虹西方出现，整个早晨烟雨蒙蒙，一个女子要出嫁了，要远离兄弟和父母。像这样的坏女子啊，破坏了婚姻和礼数。信用和贞洁全不讲，父母之命也不理睬。

## 导读

这是一首对私奔女子的讽刺诗。

开端“蝃蝀在东，莫之敢指”是起兴，是说彩虹出现在东方。古人因缺乏自然知识，以为虹的产生是由于阴阳不和，婚姻错乱，因而将它视作淫邪之气，因此彩虹出现成为一件令人忌讳的事，所以大家都“莫之敢指”。接下来的“女子有行，远父母兄弟”引出主人公，与开端“蝃蝀”相呼应。两句虽是兴，但兴中兼比，比兴合一，诗的讽意在不言中也就显露了出来。

第二章是首章的复叠。隮，亦指虹。所以“朝隮于西”接下便有“崇朝其雨”之句。说了暮虹，又说朝虹，这样反反复复，诗人就是旨在强调这个出嫁女子婚姻的错乱。

第三章点明题目。“乃如之人也，怀昏姻也”，意思就是说“像这样的坏女子啊，破坏了婚姻和礼数”。语言语气变得刻薄，表明了世人对私奔行为的愤愤不平。这种愤愤不平基于两点，诗中也有体现：一是“大无信也”，即私奔者只知思男女之欲，而不能自守贞信之节；二是“不知命也”，即私奔者背人道、逆天理，不知婚姻当待父母之命、媒妁之言。

在古代，人们对于此行为是抵触的，按现在的解读来看，古代这个不从父母命的私奔女子，其实正是一个反抗礼教制度、争取婚姻自由的勇敢女性。这首诗便表现了封建礼教的吃人本质，诗的现实意义就在于此。

# 相鼠

## 原诗

相鼠有皮，人而无仪！人而无仪，不死何为？

○相：视也。○仪：威仪，指人的举止作风大方正派。○何为：为何，为什么。

相鼠有齿，人而无止！人而无止，不死何俟？

○止：假借为「耻」，郑笺释为「容止」，也可通。○何俟：为「俟何」，宾语前置。

相鼠有体，人而无礼！人而无礼，胡不遄死？

○体：肢体。○礼：礼仪，指知礼仪，或指有教养。○胡：何，为何，为什么，怎么。○遄（chuán）：快，速速。

## 译诗

看这老鼠竟还有皮，人啊怎能没有威仪！人啊如果没有威仪，为何不早早就死去？

看这老鼠竟还有牙，人啊怎能没有节制！人啊如果没有节制，为何还等不如去死？

看这老鼠竟还有身，人啊怎能没有礼仪！人啊如果不知礼仪，为何还不快快死去？

导读

这是一首讽刺诗，三个角度诠释的讽刺角度不同，说法不一。此篇三章重叠，以鼠起兴，反复比喻延伸，同时呈现，侧重不同。第一章“无仪”指外表，即人外在没有威仪，人的言谈举止要庄重得体，符合礼仪，要体现君子的教养；如果没有威仪，如鼠一般，还不如早早死去。第二章“无止（耻）”指内心，即无节制自律，人的内心要自律节制，如果内心无止，无德无礼，品德败坏，还等何时，不如死去。第三章“无礼”指行为，即行为举止失礼数，这是说人要懂礼仪，否则还不如快快死去。古往今来，老鼠过街，总是人人喊打，诗人很巧妙运用讥讽、比喻等，用很辛辣刻薄的词语表述对此类人的憎恨及厌恶。写作手法灵活，用词大胆、幽默，既一气贯注，又回流激荡，增强了讽刺的力量与趣味。

鼠

# 【干旄】

## 原诗

(一)孑孑干旄，在浚之郊。素丝纰之，良马四之。

○孑孑（jié）：旗帜高举的样子。干旄（máo）：以牦牛尾饰旗杆，竖于车后，以壮威仪。干，通「竿」「杆」。旄，同「牦」，牦牛尾。
○浚（xùn）：卫国城邑，故址在今河南浚县。
○素丝：白丝，束帛。纰（pí）：连缀，束丝之法。在衣冠或旗帜上镶边。
○良马四之：这里指四匹马为聘礼。下文「五之」「六之」用法相同。

彼姝者子，何以畀之？

○彼：那。姝（shū）：美好。此处指顺从。子：贤者。
○畀（bì）：给，予。

(二)孑孑干旟，在浚之都。素丝组之，良马五之。彼姝者子，何以予之？

○旟（yú）：画有鹰雕纹饰的旗帜。
○都：古时地方的区域名。
○组：编织，束丝之法。
○予：给予。

(三)孑孑干旌，在浚之城。素丝祝之，良马六之。彼姝者子，何以告之？

○旌（jīng）：旗的一种。挂牦牛尾于竿头，下有五彩鸟羽。
○祝：「属」的假借字，编连缝合。一说厚积之状。

## 译诗

牛尾之旗高高飘扬，车马带人到浚邑郊。素丝条条梳理分明，好马四匹表礼之重。那位忠诚顺意贤士，要去何处去征召呢？鹰纹之旗高高飘扬，车马带人到浚近郊。素丝层层镶嵌旗上，好马五匹精挑细选。那位忠诚顺意贤士，要用何回赠于他呢？鸟羽之旗高高飘扬，车马带人到浚城郊。素丝捆结堆在旗上，好马六匹与之相随。那位忠诚顺意贤士，要用何良策回报呢？

## 导读

这首诗讲卫国官吏带着良马，树起大旗，到浚邑城招贤士的场面。全诗共三章，每章六句，采用叠句结构。浩大的场面，旗帜飘扬，“干旄”“干旟”“干旌”，有各式各样的旗帜；“素丝纰之”是说各样流苏相点缀，很是壮观；车马行车至“浚之郊”“浚之都”“浚之城”，从远行驶而来，带着诚意，前往可以招贤纳士。然而车马离得越近，虽带来了“良马四匹”“良马五匹”“良马六匹”都不足以表达情意，离目的地越近，其情越怯。这层层递进，更表达出求贤若渴的心理，可谓巧妙精准。

### 《诗经》中的成语

【俾昼作夜】《大雅 · 荡》：式号式呼，俾昼作夜。

【经营四方】《小雅 · 何草不黄》：何人不将，经营四方。

【不可救药】《大雅 · 板》：多将熇熇，不可救药。

【二三其德】《卫风 · 氓》：士也罔极，二三其德。

【七月流火】《豳风 · 七月》：七月流火，九月授衣。

# 【载驰】

原诗

（一）载驰载驱，

〇载（zài）：语助词。

归唁卫侯。

〇唁（yàn）：向死者家属表示慰问，此处不仅是哀悼卫侯，还有凭吊宗国危亡之意。

驱马悠悠，

〇悠悠：远貌。

言至于漕。

〇漕：地名。

大夫跋涉，

〇大夫：指许国赶来阻止许穆夫人去卫的许臣。

我心则忧。

（二）既不我嘉，

〇嘉：认为好，赞许。

不能旋反。

视尔不臧，

〇视：表示比较。臧：好，善。

我思不远。

〇思：忧思。远：摆脱。

既不我嘉，

不能旋济。

〇济：止。

视尔不臧，

我思不閟。

〇閟（bì）：同「闭」，闭塞不通。

（三）陟彼阿丘，

〇陟（zhì）：登。阿丘：有一边偏高的山丘。

言采其蝱。

〇言：语助词。蝱（méng）：贝母草。

女子善怀，

〇怀：怀恋。

亦各有行。

〇行：指道理、准则，一说道路。

许人尤之，

〇许人：许国的人们。尤：责怪。

众穉且狂。

〇众：「众人」或「终」。穉（zhì）：同「稚」，幼稚。

（四）我行其野，

芃芃其麦。

〇芃芃（péng）：草茂盛貌。

控于大邦，

〇控：走告，赴告。

谁因谁极？

〇因：亲也，依靠。极：至，指来援者的到达。

大夫君子，

无我有尤。

百尔所思，

不如我所之。

〇之：往，指行动。

**译诗**

驱载车快速驰骋，速归吊唁我诸侯。挥鞭驱马赶路忙，到达漕邑不停歇。许国大夫紧跋涉，知我行程我心忧。既不肯定我抉择，我不能返回许地。相比你们心不善，我念祖国意难弃。既然不赞同我思，不能渡河回故里。相比你们心不善，我念祖国情深长。登上那座高山丘，采摘贝母解忧愁。女子心柔善怀念，各有道理和准则。许国众人责怨我，众人幼稚且狂妄。行走在卫国原野，青青麦子茁壮生。欲前往大国述说，谁可靠谁可帮助？许国大夫君子们，不要对我生怨恨。众人思虑上百遍，不如索性我去一次。

## 导读

这是一首充满爱国主义思想的诗歌，表达了许穆夫人在卫国被狄人占领后，亲自赶到漕邑吊唁祖国并寻求大国帮助的危亡之情。“载驰载驱，归唁卫侯”，描述了许穆夫人急切的心情和坚定的决心。她驱车前往漕邑，心中充满了对祖国的忧虑和关切。在途中，她遇到了许国的大夫，他们跋涉前来，也表达了对卫国的担忧和关注。

然而，这些大夫并不赞同许穆夫人的行动，认为她不应该亲自前往漕邑。这引发了许穆夫人内心的矛盾和挣扎。她坚信自己的想法是正确的，认为只有亲自前往才能表达对祖国的深情厚谊。她不愿放弃自己的信念和行动，也不愿被别人的意见所左右。她登高来到山冈上，采摘贝母治忧郁，表达了她内心的坚定和决心。她相信，只有通过自己的努力和付出，才能为祖国的复兴做出贡献。她在田野中缓缓行走，看到垄上麦子遍布的景象，这让她想起了祖国的繁荣和昌盛。她决定前往大国去陈诉卫国的遭遇，希望能够得到更多的支持和帮助。同时，她也表达了对许国大夫的感激之情，希望他们不要对她生尤怨。诗歌在强烈的矛盾冲突中表现了深厚的爱国主义思想，显示了很强的思想性和艺术性。

### 《诗经》中的成语

【泣涕如雨】《邶风 · 燕燕》：瞻望弗及，泣涕如雨！

【日就月将】《周颂 · 敬之》：日就月将，学有缉熙于光明。

【不敢告劳】《小雅 · 十月之交》：黾勉从事，不敢告劳。

【白圭之玷】《大雅 · 抑》：白圭之玷，尚可磨也。

【无声无臭】《大雅 · 文王》：上天之载，无声无臭。

# 【淇奥】

原诗

瞻彼淇奥，①

○淇：淇水，卫国水名。源出河南省。奥（yù）：水边弯曲的地方。

绿竹猗猗。

○绿竹：绿为王刍，竹为萹蓄。猗猗（ē）：长而美貌。猗，通"阿"。

有匪君子，

○匪：通"斐"，有文采貌。

如切如磋，

○切、磋、琢、磨：器具工艺的名称。这里指文采好，有修养。

如琢如磨。

瑟兮僴兮，

○瑟：仪容庄重。僴（xiàn）：神态威严。

赫兮咺兮。

○赫：显赫。咺（xuān）：有威仪貌。

有匪君子，

终不可谖兮。

○谖（xuān）：忘记。

瞻彼淇奥，②

绿竹青青。

有匪君子，

充耳琇莹，

○充耳：挂在冠冕两旁的饰物，下垂至耳，一般用玉石制成。琇（xiù）莹：似玉的美石，宝石。

会弁如星。

○会弁（biàn）：鹿皮帽。

瑟兮僴兮，

赫兮咺兮。

有匪君子，

终不可谖兮。

瞻彼淇奥，③

绿竹如箦。

○箦（zé）：积的假借，堆积。

有匪君子，

如金如锡，

○金、锡：古代一般指铜和锡。

如圭如璧。

○圭：玉制礼器，上尖下方，在举行隆重仪式时使用。璧：玉制礼器，正圆形，中有小孔，也是贵族朝会或祭祀时使用。

宽兮绰兮，

猗重较兮。

○猗（yǐ）：通"倚"。较：古时车厢两旁作扶手的曲木或铜钩。重（chóng）较：车厢上有两重横木的车子。为古代卿士所乘。

善戏谑兮，

○戏谑：风趣幽默。

不为虐兮。

○虐：粗暴。

## 译诗

淇水弯弯岸两旁，绿竹翠绿整齐排。雅致文采的君子，互相切磋之文采，互相琢磨之品德。仪容庄重心胸广，地位显赫有威仪。雅致文采的君子，心中牢记难忘怀。

淇水弯弯岸两旁，绿竹清爽连成片。雅致文采的君子，充耳美玉精且巧，玉石晶莹闪光芒。仪容庄重心胸广，地位显赫有威仪。雅致文采的君子，心中牢记难忘怀。

淇水弯弯岸两旁，绿竹青葱郁郁排。雅致文采的君子，博学犹如金锡坚，品德犹如礼器雅。心胸旷达又柔和，依靠车旁奔驰行。谈吐文雅又风趣，温和待人不刻薄。

## 导读

这首诗以淇水边的绿竹为背景，赞美了一位高雅风趣的君子。诗中描绘了君子的品德、容貌、举止等方面，表现出对君子的崇敬和赞美之情。其中，“如切如磋，如琢如磨”形容君子学问精湛，品德高尚；“瑟兮僩兮，赫兮咺兮”则形容君子神态庄重、气宇轩昂，给人留下深刻的印象。描绘了君子在各种场合下的风姿和形象，展现了君子的风采和魅力。

此外，诗中还表达了对于君子美貌和装饰的赞美，如“充耳琇莹，会弁如星”“如金如锡，如圭如璧”等，展现出古人对于美的追求和崇尚。在追求外表美的同时，古人更注重内在修养和品德的提升。

这首诗，就像一面镜子，让我们看清自己，也让我们看到我们努力的方向。它提醒我们，无论时代如何变迁，我们都应该追求内在的美，都应该注重品德的修养，都应该尊重他人，都应该有一颗善良的心。只有这样，我们才能成为真正的君子，才能在生活中找到真正的幸福与满足。

# 【考槃】

## 原诗

考槃在涧，硕人之宽。独寐寤言，永矢弗谖。

考槃在阿，硕人之薖。独寐寤歌，永矢弗过。

考槃在陆，硕人之轴。独寐寤宿，永矢弗告。

○考：是“扣”的假借字，一说筑成，建成。槃（pán）：通“盘”，指盛水的木制器皿。一说架木为屋。涧：山间流水的沟。

○阿（ē）：山阿，大陵，山的曲隅，山坡。

○陆：高平之地，土丘。

○硕人：大人，贤人。本指形象高大丰满的人，更主要指人道德高尚。宽：心宽，貌美。

○薖（kē）：“窠”的假借字，一说同“窝”。

○轴：本义为车轴，此处指中心。一说明智，或说进展，或说美好的样子，或说盘桓不行貌。

○独寐寤言：独睡，独醒，独自言语。指不与人交往。

○歌：此处作动词，歌唱。

○永：永久。矢：同“誓”。弗谖（xuān）：不忘却。

○过：过从，过往。

○弗告：不以此乐告人。一说不哀告、不诉苦。

## 译诗

山涧击打槃回响，贤人心胸多宽广。独居难寐自我言，永记快乐不言传。

山凹击槃震天响，贤人居住安乐窝。独居难寐我自歌，永不走出这山阿。

平地敲打槃鸣声，贤人在此独盘桓。独居难寐独自宿，乐趣美妙永不忘。

导读

这是一首描写贤士在山水间隐居的诗。全诗三章，每章的前两句写环境，后两句写行为。住处靠近水边的高地，居山林里，取之自然，他生活的环境是多么幽雅。这里虽然没有具体写人，但一个举止潇洒、气度不凡的形象却呼之欲出。

这首三章诗，句句写乐，字字写欢，贤士的欣喜之情溢于言表。我们可以从中看到他的简朴恬淡、随遇而安、知足常乐的生活态度和愿望。

句中用“宽”“薖”“轴”三个字作韵脚，不但使音节更加和谐，而且增强了诗的音乐性。诗的语言十分简练，但含义却很丰富，读之让人向往！

## 《诗经》中的成语

【言笑晏晏】《卫风·氓》：总角之宴，言笑晏晏。

【杨柳依依】《小雅·采薇》：昔我往矣，杨柳依依。

【射夫既同】《小雅·宾之初筵》：射夫既同，献尔发功。发彼有的，以祈尔爵。

【有女怀春】《召南·野有死麕》：有女怀春，吉士诱之。

【有女仳离】《王风·中谷有蓷》：有女仳离，条其啸矣。

# 【硕人】

**原诗**

（一）硕人其颀，

○硕人：高大白胖的人，美人。颀（qí）：修长貌。

衣锦褧衣。

○衣：穿。褧（jiǒng）：妇女出嫁时御风尘用的麻布罩衣，即披风。

齐侯之子，

○齐侯：指齐庄公。子：这里指女儿。

卫侯之妻。

○卫侯：指卫庄公。

东宫之妹，

○东宫：太子居处，这里指齐太子得臣。

邢侯之姨，

○邢：春秋国名，在今河北邢台。姨：这里指妻子的姐妹。

谭公维私。

○谭：春秋国名，在今山东历城。

（二）手如柔荑，

○荑（tí）：白茅之芽。

肤如凝脂，

领如蝤蛴，

○领：颈。蝤蛴（qiú qí）：天牛的幼虫，色白身长。

齿如瓠犀，

○瓠犀（hù xī）：瓠瓜子儿，色白，排列整齐。

螓首蛾眉，

○螓（qín）首：形容前额丰满开阔。蛾眉：蚕蛾触角，细长而曲。这里形容眉毛细长弯曲。

巧笑倩兮，

○倩：嘴角间好看的样子。

美目盼兮。

○盼：眼珠转动。一说眼睛黑白分明。

（三）硕人敖敖，

○敖敖：修长高大貌。

说于农郊。

○说（shuì）：通"税"，停车。农郊：近郊。

四牡有骄，

朱幩镳镳，

○朱幩（fén）：用红绸布缠饰的马嚼子。镳镳（biāo）：盛美的样子。

翟茀以朝。

○翟茀（dí fú）：以雉羽为饰的车围子。翟，山鸡。茀，车篷。

大夫夙退，

○夙退：早早退朝。

无使君劳。

（四）河水洋洋，

○河水：特指黄河。洋洋：水流浩荡的样子。

北流活活。

○北流：指黄河在齐、卫间北流入海。活活（guō）：水流声。

施罛濊濊，

○施：张，设。罛（gū）：大的渔网。濊濊（huò）：撒网入水声。

鳣鲔发发。

○鳣（zhān）：鳇鱼。鲔（wěi）：鲟鱼。发发（bō）：鱼尾击水之声。跳跃盛貌。

葭菼揭揭，

○葭（jiā）：初生的芦苇。菼（tǎn）：初生的荻。揭揭：长貌。

庶姜孽孽，

○庶姜：指随嫁的姜姓众女。孽孽：高大的样子，或曰盛饰貌。

庶士有朅。

○士：从嫁的媵臣。有朅（qiè）：勇武貌。

## 译诗

高挑修美的女子，穿着锦衣和罩衣。她是齐侯的爱女，嫁给卫侯做新娘。是太子的亲胞妹，她是邢侯的小姨，谭公是她的妹婿。

手如嫩芽般娇嫩，肤如凝脂真白皙。颈似蝤蛴很优美，齿如瓠子很整齐。额角饱满眉细长，笑容美丽动人心，美目晶莹而明亮。

高个苗条的女子，停歇郊野农田旁。四匹马健壮雄伟，马勒之上红绸飘。驾驶华车去朝堂。大夫们早早退朝，莫让君王太操劳。

黄河水浩浩荡荡，向北入海水漾漾。渔网入水哗哗响，鳇鱼鲟鱼水中跃。芦苇荻草两岸生，陪嫁众女着盛装，护送人员好健壮。

## 导读

这是一首赞颂女子容貌美丽、气质高雅的诗歌。该诗通过细腻入微的描绘，展现了女子的美丽、优雅和高贵，如诗中所描述的“手如柔荑，肤如凝脂。领如蝤蛴，齿如瓠犀。螓首蛾眉，巧笑倩兮，美目盼兮”，这些描绘生动地勾勒出了女子的美貌。

同时，该诗也深入刻画了女子的服饰和仪态，进一步凸显了她的高贵气质和身份地位。接着又写出她出嫁的排场和沿途风景。这些描绘不仅体现了古代女性的服饰之美，更展现了她们在社会中的地位和角色。

# 【氓】

原诗

①氓之蚩蚩，抱布贸丝。匪来贸丝，来即我谋。

○氓：本义为外来的百姓，这里指自彼来此之民，男子之代称。蚩蚩(chī)：通「嗤嗤」，笑嘻嘻的样子。憨厚、老实的样子。

○贸：交易。抱布贸丝是以物易物。

○谋：商量。

送子涉淇，至于顿丘。匪我愆期，子无良媒。

○淇：卫国河名。今河南淇河。

○顿丘：地名。

○愆(qiān)：过失，过错，这里指延误。

将子无怒，秋以为期。②乘彼垝垣，以望复关。

○将(qiāng)：愿，请。无：通「毋」，不要。

○乘：登上。垝(guǐ)垣(yuán)：倒塌的墙壁。

○复关：男子所居之地。

不见复关，泣涕涟涟。既见复关，载笑载言。

○涕：眼泪。涟涟：涕泪下流貌。

○载(zài)：动词词头，无义。

尔卜尔筮，体无咎言。以尔车来，以我贿迁。

○卜、筮(shì)：烧灼龟甲的裂纹以判吉凶，叫作「卜」。用蓍(shī)草占卦叫作「筮」。

○体：卜筮的结果。咎(jiù)：不吉利，灾祸。

○贿：财物，指嫁妆，妆奁(lián)。

③桑之未落，其叶沃若。于嗟鸠兮，无食桑葚！

○沃若：犹「沃然」，像水浸润过一样有光泽。

○于(xū)：通「吁」。鸠：斑鸠。

于嗟女兮，无与士耽！士之耽兮，犹可说也。

○耽(dān)：迷恋，沉溺，贪乐太甚。

○说：通「脱」，解脱。

女之耽兮，不可说也。④桑之落矣，其黄而陨。

○陨(yǔn)：坠落，掉下。

自我徂尔，三岁食贫。淇水汤汤，渐车帷裳。

○徂(cú)：往。

○食贫：过贫穷的生活。

○汤汤(shāng)：水势浩大的样子。

○渐(jiān)：浸湿。帷(wéi)裳(cháng)：车旁的布幔。

女也不爽，士贰其行。士也罔极，二三其德。

○爽：差错。

○贰：这里指对爱情不专一。

○二三其德：在品德上三心二意，言行前后不一致。

⑤三岁为妇，靡室劳矣。

○靡：无。室劳：家务劳动。

夙兴夜寐，靡有朝矣。

○夙：早。兴：起来。

言既遂矣，至于暴矣。

○言既遂矣：言愿望既然已经实现。言，音节助词，无实义。

兄弟不知，咥其笑矣。

静言思之，躬自悼矣。

○躬：自身。悼：伤心。

⑥及尔偕老，老使我怨。

○及尔：和你。

淇则有岸，隰则有泮。

○隰（xí）：低湿的地方；当作「湿」。泮（pàn）：通「畔」，水边，边岸。

总角之宴，言笑晏晏。

○总角：古代男女未成年时把头发扎成丫髻，称总角。这里指代年少时代。宴：快乐。

○晏晏（yàn）：欢乐、和悦的样子。

信誓旦旦，不思其反。

○旦旦：诚恳的样子。

反是不思，亦已焉哉！

○反：即「返」字。是：指示代词，指代誓言。

○已：了结，终止。

鸠

## 译诗

此男子老实敦厚，怀抱布匹去换丝。却并非是来换丝，是来找我谈婚事。送郎君渡过淇水，直至陪送到顿丘。
并非我耽误婚期，只因为你没托媒。请郎君不要发怒，秋天到时来迎娶。登上那坏的危墙，向复关凝神遥望。
却不见复关的人，眼泪不断地落下。郎君从复关来见，又说又笑喜洋洋。你去卜卦来祈福，卜卦并无不吉祥。
你驾车来迎娶我，我带嫁妆嫁给你。桑树叶子未飘落，桑叶如水光明亮。斑鸠可否知道呢，勿要贪食桑葚果！
女子可否知道呢，勿要沉迷于男子！男子沉迷在爱里，还是可以脱身的。女子沉迷在爱里，却无法从中摆脱。
桑叶飘落的时候，叶子已黄而枯萎。自从我嫁到你家，多年吃苦受贫穷。淇水波浪很汹涌，浪花打湿车帷幔。
为妻并无错可挑，男子行为却两样。男子的爱情不定，三心二意变无常。多年为妻守妇道，繁重家务劳作忙。
早起晚休不怕苦，每一天都是这样。你的心愿已实现，逐渐开始施暴我。兄弟不知我现状，相见时都讥笑我。
静下心细细想来，只能独自把心伤。曾思与你同偕老，老时使我怨恨多。淇水奔流终有岸，沼泽幅宽皆有畔。
回想年少多欢乐，说说笑笑温柔对。承诺誓言在耳旁，不加思考违背之。违背誓言不思量，就此作罢不再想！

## 导读

这是一首详尽叙述婚姻悲剧的长诗，其中女主角以第一人称，冷静而客观地描绘了自己从恋爱到婚嫁，再到婚后遭受丈夫虐待和遗弃的整个过程。诗中并未过度渲染情感，而是以冷静的笔触揭示了古代妇女在婚姻中所面临的悲惨命运以及当时社会存在的男女不平等现象。

女主角在婚前开心地选择了与心爱的男子结为连理。然而，婚后的生活并未如她所愿，她遭受了丈夫的虐待和遗弃，甚至被家族成员所嘲笑。尽管遭遇了如此多的不幸，她并未沉溺于痛苦之中，而是以冷静、理性的态度面对现实，最终做出了与丈夫断绝关系的决定。

诗中运用了一系列生动的描写，不仅展现了女主角内心的痛苦和无奈，同时也凸显了她坚强、勇敢的品质。她在面对困境时并未选择逃避，而是勇敢地站了出来，坚定地维护了自己的尊严和权利。

此诗不仅是对个人命运的深刻揭示，更是对当时社会伦理道德观念和男女不平等现象的有力批判。通过女主角的经历，我们可以看到古代妇女在婚姻中所面临的种种困境和束缚，以及她们为了争取自身权益所付出的巨大代价。

总之，这首长诗以其严谨、稳重的语言风格和深入骨髓的社会洞察力，成了古代文学中的经典之作。它不仅让我们更加深入地了解了古代妇女的命运和抗争精神，同时也为我们提供了反思社会现象和追求平等权利的重要视角。

# 竹竿

## 原诗

籊籊竹竿，以钓于淇。岂不尔思？远莫致之。

○籊籊（tì）：长而尖。○尔思：想念你。○致：到。

泉源在左，淇水在右。女子有行，远兄弟父母。

○泉源：水名。即百泉。○行：远嫁。

淇水在右，泉源在左。巧笑之瑳，佩玉之傩。

○瑳（cuō）：玉色洁白，这里指露齿巧笑状。○傩（nuó）：通「娜」，婀娜。行动有节奏的样子。

淇水滺滺，桧楫松舟。驾言出游，以写我忧。

○滺滺（yōu）：河水荡漾之状。○桧：木名。○楫（jí）：船桨。○驾言：本意是驾车，这里是操舟。言：语助词，相当「而」字。○写（xiè）：通「泻」，宣泄，排解。

## 译诗

钓鱼竹竿长而尖，以往在淇水钓鱼。怎么能不想旧地？远在他乡不能归。

流向左边为泉源，流向右边为淇水，女子长大要出嫁，远离父母和兄弟。

流向右边为淇水，流向左边为泉源，会心一笑微露齿，身佩美玉姿态美。

淇水悠悠奔流淌，桧木船桨松木舟。操舟乘船而出行，以宣泄我心忧愁。

## 导读

这首诗描绘了一幅女子远嫁后生活的生动画卷。通过对女子内心世界的细腻刻画，诗人传达了她对故乡和亲人的深深思念之情，同时也反映了古代社会女子远嫁的习俗以及她们所面临的种种困境。

在这首诗中，我们可以看到诗人巧妙地运用了自然景物作为象征，如“籊籊竹竿”“泉源”“淇水”等。这些景物不仅为诗歌增添了丰富的意象，还使得诗歌的主题更加鲜明。例如，“籊籊竹竿”象征着女子纤细的身姿和坚韧的性格，而“泉源”和“淇水”则象征着女子对故乡的思念之情。

诗中“巧笑之瑳”“佩玉之傩”等形象描绘，展现了女子的美丽和孤独。这些描绘不仅使诗歌更具画面感，还使得女子的形象更加立体生动。她的“巧笑”如同璀璨的明珠，令人难以忘怀；而她身上的“佩玉”则象征着她的高贵和优雅。然而，在这美丽的背后，却隐藏着女子深深的孤独和无奈。

总的来说，《竹竿》是一首富有情感和象征意义的诗歌。这首诗不仅具有很高的艺术价值，也成为我们了解古代社会女子生活和命运的重要窗口。

# 芄兰

**原诗**

芄兰之支[1]，童子佩觿。虽则佩觿，能不我知。

容兮遂兮，垂带悸兮。

芄兰之叶[2]，童子佩韘。虽则佩韘，能不我甲。

容兮遂兮，垂带悸兮。

[1] 芄(wán)兰：兰草名，一名萝藦，亦名女青，蔓生，断之有白汁，嫩者可食，荚实倒垂如锥形。支：借作「枝」。

觿(xī)：用兽骨制成的解结用具，形同锥，似羊角，也可为装饰品。本为成人佩饰。童子佩戴，是童子成人的象征。

能：乃，于是。

容、遂：舒缓悠闲之貌。

悸：本为心动，这里形容带下垂、摆动貌。

甲(xiá)：借作「狎」，戏，亲昵。

[2] 韘(shè)：用玉或象骨制的钩弦用具，戴于右手拇指，射箭时用于钩弦拉弓，即扳指。

**译诗**

芄兰结尖满枝条，小小童子佩美锥。虽然你佩戴美锥，但是不与我相知。

清闲地走上小道，行走佩带慢摇摆。芄兰叶子满枝条，小小童子佩戴韘。

虽然你也佩戴韘，但是不与我亲昵。清闲地走上小道，行走佩带慢摇摆。

导读

本诗以芄兰的枝和叶为背景，诗中女子通过芄兰的枝叶和童子佩戴的饰品，表达了她对成长的向往和对成熟男子的倾慕。芄兰的枝叶茂盛，象征着生命的活力和成长的力量。他们是青梅竹马，两小无猜，关系非常亲密。可是，自从“童子”佩戴觿、套上韘以来，对自己的态度却冷淡了。

然而，尽管女子对成熟男子有着向往和倾慕，但她也深知自己与他们的距离。她无法像男子一样佩戴觿和韘，也无法像他们一样从容自信地面对生活。诗中的“能不我知”和“能不我甲”表达了女子对这种无法跨越的鸿沟感到无奈和忧郁。她希望男子能够理解她的情感，能够接纳她的存在，但她知道这是不可能的。因此，她只能默默地观察着他们，从他们的从容和自信中寻找自己的慰藉。

总的来说，《芄兰》这首诗不仅展现了青春期的憧憬和期待，也揭示了女子在成长过程中的无奈和忧郁。

# 河广

**原诗**

谁谓河广？一苇杭之。谁谓宋远？跂予望之。

○河：黄河。

○苇：用芦苇编的筏子。杭：通"航"。

○跂（qǐ）：古通"企"，踮起脚尖。予：而。这里指我。

谁谓河广？曾不容刀。谁谓宋远？曾不崇朝。

○曾：乃，竟。刀：通"舠（dāo）"，小船。

○崇朝（zhāo）：终朝，一个早晨。形容时间之短。

**译诗**

谁说黄河又宽又广？一片芦苇筏可航渡。谁说宋国很遥远呢？踮起脚尖我能望见。

谁说黄河又宽又广？竟不可容纳一小船。谁说宋国很遥远呢？竟不能短时间抵达。

## 导读

这首诗巧妙地描绘了游子对故乡的深切思念，以及他无法归乡的焦虑情感。

在诗的开篇，诗人以反问的方式表达：“谁谓河广？一苇杭之。”在人们通常的认知中，黄河是宽广而难以渡过的。然而，主人公却以“一苇杭之”的独特视角，打破了这一固有的观念，从而突显出他内心的激动与归乡的迫切。接下来，“谁谓宋远？跂予望之”这两句诗展现了主人公强烈的思乡之情，他凭借着超乎寻常的想象力，缩短了卫、宋两地之间的实际距离，使得他踮起脚就可以望见故乡。

在第二章中，诗人再次以“谁谓河广？曾不容刀”的夸张手法进行复叠，这样的描写不仅没有让人觉得突兀，反而让人觉得合情合理。这种强烈的情感不仅激发了主人公的奇思妙想，也引发了读者的共鸣，让我们能够更深刻地感受到这位客旅之人无法抑制的思乡之情。

### 《诗经》中的成语

【自求多福】《大雅 · 文王》：永言配命，自求多福。

【夭桃秾李】《召南 · 何彼襛矣》：何彼襛矣，华如桃李。

【左宜右有】《小雅 · 裳裳者华》：左之左之，君子宜之。右之右之，君子有之。

【总角之交】《齐风 · 甫田》：婉兮娈兮，总角丱兮。

【忧心如焚】《小雅 · 节南山》：忧心如惔，不敢戏谈。

# 伯兮

原诗

伯兮朅兮，邦之桀兮。伯也执殳，为王前驱。

○伯：兄弟姐妹中年长者称伯，此处系指其丈夫。朅（qiè）：英武高大。○桀：同“杰”，杰出的人。○殳（shū）：古兵器，杖类。长丈二无刃。

自伯之东，首如飞蓬。岂无膏沐，谁适为容！

○膏沐：妇女润发的油脂。○适：悦。

其雨其雨，杲杲出日。愿言思伯，甘心首疾。

○杲（gǎo）杲：明亮的样子。

焉得谖草，言树之背。愿言思伯，使我心痗。

○谖（xuān）草：萱草，忘忧草，俗称黄花菜。○背：屋子北面。○痗（mèi）：忧思成病。

译诗

我的丈夫英武威猛，是邦国的杰出英雄。我的丈夫手持长殳，为君王冲在最前面。

自丈夫向东行走后，头发散乱蓬松如草。岂能没有润发膏涂，又为谁妆饰我颜容！

天想下雨就下雨吧，太阳出来明光闪闪。一心想着我的丈夫，思念得头痛也甘愿。

哪儿能找到忘忧草，把它种在屋子北面。一心想着我的丈夫，使我对其忧思成疾。

## 导读

这是一首妇人思夫的诗。此诗共四章，每章四句，叙事抒情。第一章四句，思妇并无惊人之语，也无特别之情，而是以一种赞叹的口吻，称述了丈夫的威猛英俊，展现了一个英姿勃勃的男子汉形象。这个形象，成为全诗抒情的基调。到了第二章和第三章，思妇由夫及己，想到了自己自从丈夫出征之后，便过着凄清愁苦的生活，她日日夜夜思念远征的丈夫，不愿化妆，连头发也懒得梳理，如草一样蓬乱着。既写出了思妇对爱情的忠贞专一，又写出了她幽怨怅惘的复杂心理。第四章进一步抒写愁怨之情，在心理刻画上更趋深刻细腻。

全诗感情率真，具有浓郁的民歌气息，充分显示了诗人高超的艺术造诣。

# 【有狐】

原诗

有狐绥绥，在彼淇梁。心之忧矣，之子无裳。

有狐绥绥，在彼淇厉。心之忧矣，之子无带。

有狐绥绥，在彼淇侧。心之忧矣，之子无服。

○绥（suí）绥：慢走貌。

○淇：卫国水名。梁：河梁。河中垒石而成，可以过人，可用于拦鱼。

○之子：这个人，那个人。裳（cháng）：下身的衣服。上曰衣，下曰裳。

○厉：水深及腰，可以涉过之处。一说通"濑"，指水边浅滩。

○带：束衣的带子。实指衣服。

○侧：水边。

○服：衣服。

译诗

狐狸缓缓慢步走，行走在淇水桥上。我的心感到忧伤，你身上没有衣裳。

狐狸缓缓慢步走，行走在淇水浅滩。我的心感到忧伤，你没腰带不像样。

狐狸缓缓慢步走，行走在淇水岸边。我的心感到忧伤，你没衣服我心寒。

导读

这首诗深情地表达了一位妻子对她在外辛劳的丈夫的深深担忧，诗中借用了“狐之绥绥”的形象，比喻丈夫因长久劳役而疲惫不堪的步履。

全诗共分三章，诗人以物喻人，通过对这些场景的细腻描绘，展现出贤淑的妻子对远方丈夫的深切思念与忧虑。在淇水河畔，随着水位下降，石头显露出来，狐狸孤单地行走在这些石梁上。她看到这幅景象，心中不禁涌起对丈夫的担忧之情，特别是担心他在外没有足够的御寒衣物。她心中不禁泛起涟漪，思念如潮水般汹涌而来。她想起丈夫离家时，只带了几件薄衣，如今已是深秋，他是否有足够的衣物来抵御严寒？

她想象着丈夫在远方的情景，或许他正在辛勤工作，为了家庭的生计而奔波劳累。她心中不禁感到一阵酸楚。她将自己的思念和担忧化作一首诗，用文字寄托她对丈夫的深情厚谊。

狐

# 木瓜

## 原诗

投我以木瓜，报之以琼琚。匪报也，永以为好也！

投我以木桃，报之以琼瑶。匪报也，永以为好也！

投我以木李，报之以琼玖。匪报也，永以为好也！

○投：赠。木瓜：一种落叶灌木（或小乔木），蔷薇科，果实长椭圆形，色黄而香，蒸煮或蜜渍后供食用。○报：回报。琼琚（jū）：美玉，下“琼瑶”“琼玖”同。○匪：非。

○木桃：果名，即楂子，比木瓜小。

○木李：果名，即榠楂，又名木梨。

## 译诗

你把木瓜赠送我，我拿琼琚作回报。并非是为答谢你，永远珍重好情意！

你把木桃赠送我，我拿琼瑶作回报。并非是为答谢你，永远珍重好情意！

你把木李赠送我，我拿琼玖作回报。并非是为答谢你，永远珍重好情意！

## 导读

这是一首描绘男女之间互赠信物，表达深厚情感的诗歌。你赠送了木瓜、木桃和木李给我，而我则以琼琚、琼瑶和琼玖作为回报。然而并非仅仅是物质的交换，而是象征着两人之间情感的交流和承诺。你赠给我果子，我回赠你美玉，与“投桃报李”不同，回报的东西价值要比受赠的东西大得多，这体现了一种人类的高尚情感（包括爱情，也包括友情）。

这种情感重的是心心相印，是精神上的契合，因此回赠的东西及其价值的高低在此实际上也只具有象征性的意义，表现的是对他人对自己的情意的珍视，所以说“匪报也”。这里的“匪报也，永以为好也”表达的是这种互赠不仅仅是报答，而是表示他们之间的感情将永远持续下去。

这首诗不仅展示了古代人对情感交流的细腻理解，还反映了他们对人际关系中相互尊重和互惠互利的重视。通过互赠礼物，人们表达了对彼此的感激和尊重，同时也加深了彼此之间的联系。

# 黍离

## 原诗

（一）彼黍离离，彼稷之苗。行迈靡靡，中心摇摇。

知我者，谓我心忧；不知我者，谓我何求。

悠悠苍天，此何人哉？

○黍（shǔ）：北方的一种农作物，形似小米，有黏性。离离：行列貌。

○稷（jì）：古代一种粮食作物，指粟或黍属。

○行迈：行走。靡靡（mǐ）：行步迟缓貌。

○中心：心中。摇摇：心神不定的样子。

○悠悠：遥远的样子。

（二）彼黍离离，彼稷之穗。行迈靡靡，中心如醉。

知我者，谓我心忧；不知我者，谓我何求。

悠悠苍天，此何人哉？

（三）彼黍离离，彼稷之实。行迈靡靡，中心如噎。

知我者，谓我心忧；不知我者，谓我何求。

悠悠苍天，此何人哉？

○噎（yē）：堵塞。此处以食物卡在食管比喻忧深气逆，难以呼吸。

**译诗**

黍子茂盛一排排，高粱苗也茁壮长。脚步缓慢走田间，心中忧伤神不定。能理解我的人啊，说出我的心中忧；不能理解我的人，问我为何求烦恼。抬头望苍天悠悠，是何人害我如此？

黍子茂盛一排排，高粱穗也茁壮长。脚步缓慢走田间，心中犹如醉酒般。能理解我的人啊，说出我的心中忧；不能理解我的人，问我为何求烦恼。抬头望苍天悠悠，是何人害我如此？

黍子茂盛一排排，红彤彤的高粱穗。脚步缓慢走田间，心中噎堵不畅快。能理解我的人啊，说出我的心中忧；不能理解我的人，问我为何求烦恼。抬头望苍天悠悠，是何人害我如此？

## 导读

全诗分为三章，每章十句，以黍稷的茂盛和主人公的悲伤情感为主线，通过对比的手法，生动地展现了主人公对故国的眷恋和对逝去时光的哀思。

第一章以黍稷的繁茂和主人公的沉重步伐为引子，表达了主人公内心的悲伤和不安。黍稷出了苗，但主人公却感到心神不定，步伐沉重，表现出一种极深沉的悲思。

第二章以黍稷的穗和主人公的如醉酒般状态为引子，进一步表达了主人公内心的痛苦和迷茫。黍稷结出了穗，但主人公却像喝醉了酒一样，无法自持，表现出一种深深的痛苦和迷茫。

第三章以黍稷的实和主人公的哽咽为引子，将整首诗推向了高潮。黍稷结了实，但主人公的内心却像喉中哽噎一般，无法表达，表现出一种深深的哀思和眷恋。

### 《诗经》中的成语

【执柯作伐】《豳风 · 伐柯》：伐柯如何？匪斧不克。娶妻如何？匪媒不得。

【谆谆告诫】《大雅 · 抑》：诲尔谆谆，听我藐藐。

【言者谆谆，听者藐藐】《大雅 · 抑》：诲尔谆谆，听我藐藐。

【遵时养晦】《周颂 · 酌》：於铄王师，遵养时晦。时纯熙矣，是用大介。

【乔迁之喜】《小雅 · 伐木》：出自幽谷，迁于乔木。

# 君子于役

## 原诗

君子于役，不知其期，曷至哉？鸡栖于埘，
日之夕矣，羊牛下来。君子于役，如之何勿思！
君子于役，不日不月，曷其有佸？鸡栖于桀，
日之夕矣，羊牛下括。君子于役，苟无饥渴！

○于：往。役：服劳役。
○期：指服役的期限。
○曷（hé）：何时。至：归家。
○埘（shí）：鸡舍。墙壁上挖洞做成。
○如之：犹说「对此」。
○不日不月：没日没月，无法计算。
○有佸（yǒu huó）：相会，来到。
○桀：鸡栖木。
○括：来到。音、义同「佸」。
○苟：诚，犹如实。

## 译诗

丈夫远行去服役，不知他会多久归，何时可以回家来？小鸡们已经回窝，
太阳已西边落下，牛羊成群下山坡。丈夫远行去服役，如何不去思念他！
丈夫远行去服役，没日没月何时尽，何时可以见到面？小鸡们纷纷上架，
太阳已西边落下，牛羊下坡回到家。丈夫远行去服役，但愿不会有饥渴！

## 导读

这首诗以精细入微的描绘手法，表达了一位妻子对她去服役的丈夫的深沉思念与殷切忧虑。此诗不仅是对爱情的深情倾诉，更是对平静生活的深切向往。

古时候战争、灾害等常常导致家庭的离散与苦痛。这位妻子，在丈夫离家之后，每当夕阳西下，目睹家禽归巢、牛羊下山的景象，她内心深处涌现出的孤独与寂寞之感，通过诗人细致入微的笔触得以呈现。

诗中字句间，充满了她对丈夫的深切思念与无尽祝福。她期盼他能在外平安无恙，免受饥寒交迫之苦。这份牵挂与祝福，成为她日复一日的祈愿。这种深沉而真挚的情感，令人动容，也让我们更加深刻地感受到古代人民生活的艰难。

### 《诗经》中的成语

【之死靡它】《鄘风 · 柏舟》：髧彼两髦，实维我仪。之死矢靡它。

【遇人不淑】《王风 · 中谷有蓷》：条其啸矣，遇人之不淑矣！

【鹰扬虎视】《大雅 · 大明》：维师尚父，时维鹰扬。

【亿万斯年】《大雅 · 下武》：於万斯年，受天之祜。

【衣冠楚楚】《曹风 · 蜉蝣》：蜉蝣之羽，衣裳楚楚。

# 【君子阳阳】

原诗

君子阳阳，左执簧，右招我由房，其乐只且！

○君子：指舞师。阳阳：洋洋得意。○簧：古乐器名，竹制，似笙而大。○由房：为一种房中乐。○只且：语助词。

君子陶陶，左执翿，右招我由敖，其乐只且！

○陶陶：和乐舒畅貌。○翿（dào）：歌舞所用道具，用五彩野鸡羽毛做成，扇形。○由敖：当为舞曲名。

译诗

看舞师喜气洋洋，他左手执着竹簧，右手招我奏由房，其乐无穷乐开怀！

看舞师欢乐舒畅，左手握五彩羽扇，右手招我奏由敖，其乐无穷乐开怀！

## 导读

这是一首细腻描绘贵族欢宴盛况的诗歌。在当晚的盛大聚会上，一位青年舞师成为众人瞩目的焦点。他站在场地中央，以翩翩舞姿和笙竽之音为宾客们助兴。他的举止间流露出少年得志的自豪与得意，他的舞蹈与音乐引发了人们的阵阵欢呼与掌声。

在他最得意的时刻，他左手持乐器，右手邀请诗人与他共同演绎乐曲《由房》。这种氛围感染了全场，让人们沉浸在无比的欢乐与愉悦之中。随后，他放下乐器，开始自由舞蹈，其欢愉之情溢于言表。他左手持羽旄，右手再次邀请诗人，共同演绎舞曲《由敖》，将现场的气氛推向高潮。

整首诗以流畅优美的笔触展现了欢宴的欢乐场面，所演奏的房中宴乐乐曲轻快动人，演奏者本人也陶醉其中，享受着这份独特的乐趣。

### 《诗经》中的成语

【一日三秋】《王风 · 采葛》：一日不见，如三秋兮。

【谑而不虐】《卫风 · 淇奥》：善戏谑兮，不为虐兮。

【熊罴入梦】《小雅 · 斯干》：吉梦维何？维熊维罴……维熊维罴，男子之祥。

【兄弟阋于墙，外御其侮】《小雅 · 常棣》：兄弟阋于墙，外御其务。

【泾渭分明】《邶风 · 谷风》：泾以渭浊，湜湜其沚。

# 【扬之水】

原诗

扬之水，不流束薪。彼其之子，不与我戍申。

○扬：悠扬，缓慢无力的样子。○不流：流不动，平缓流动的水。束薪：成捆的柴薪，喻婚姻，在此指妻。○彼其之子：（远方的）那个人，指妻子。○不与我：不能和我。戍申：在申地防守。

怀哉怀哉，曷月予还归哉？扬之水，不流束楚。

○怀：平安，一说思念、怀念。○曷：何。○束楚：成捆的荆条。

彼其之子，不与我戍甫。怀哉怀哉，曷月予还归哉？

扬之水，不流束蒲。彼其之子，不与我戍许。

○蒲：蒲柳。

怀哉怀哉，曷月予还归哉？

译诗

河水平缓流动着，成捆柴薪冲不走。远方的那个人儿，不与我驻守申地。思念你啊思念你，不知何时可归家？

河水平缓流动着，成捆柴荆漂不起。远方的那个人儿，不与我驻守甫地。思念你啊思念你，不知何时可归家？

河水平缓流动着，成捆蒲柳流不动。远方的那个人儿，不与我驻守许地。思念你啊思念你，不知何时可归家？

## 导读

这首诗表达了戍边战士对长期戍边不能归家一事的怨恨，以及对家人的深切思念。

全诗三章，各章基本相同。每章头两句“扬之水，不流束薪（楚、蒲）”，用流动的河水与不动的柴草对比，让人视觉上有特殊印象：那河沟的水不断地流动，仿佛岁月一天天过去，不再回来；那一捆捆的柴草又大又沉，平缓的河水根本漂浮不起，冲流不动，仿佛战士思家的沉重心绪。很自然引出之后的两句“彼其之子，不与我戍申（甫、许）”，守着家园的妻子，当然无法与远戍的士兵一起。分离的日子越久，远戍的时间越长，思念妻子的心情也越强烈。

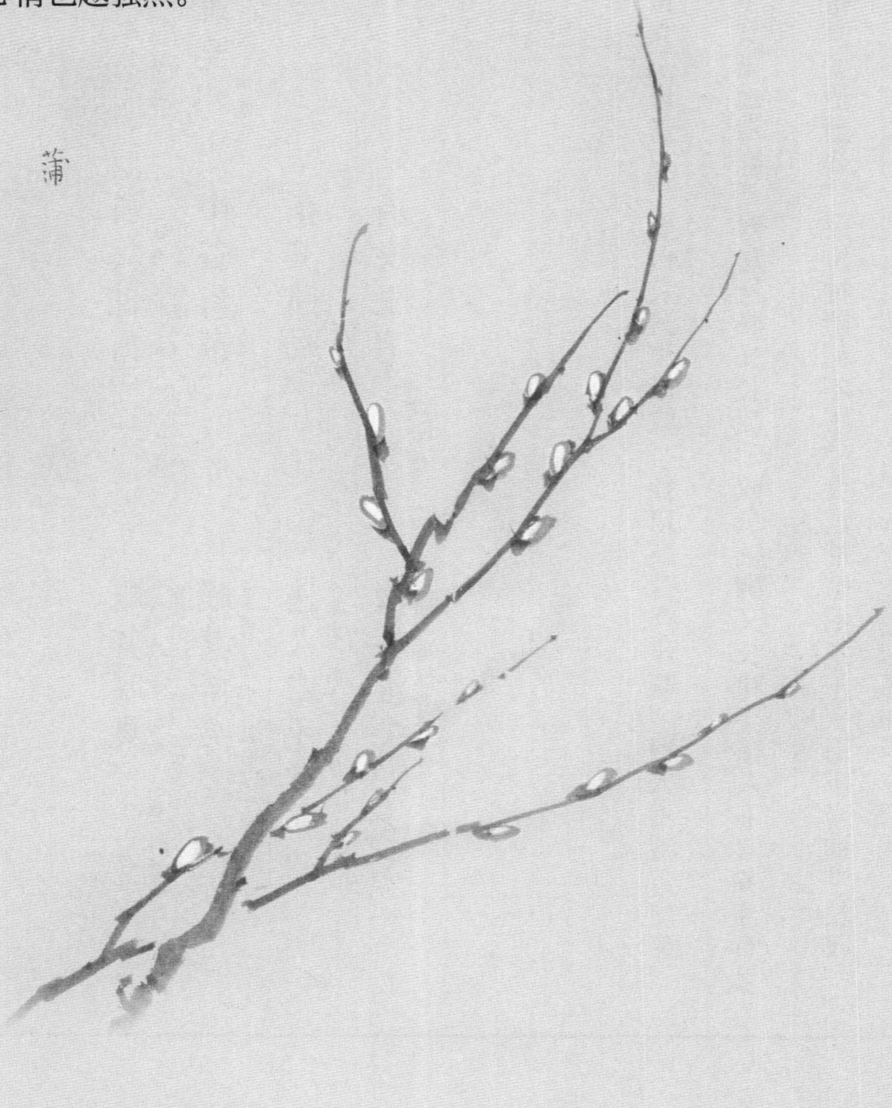

蒲

# 中谷有蓷

## 原诗

㊀中谷有蓷，暵其干矣。有女仳离，嘅其叹矣。嘅其叹矣，遇人之艰难矣！

㊁中谷有蓷，暵其脩矣。有女仳离，条其啸矣。条其啸矣，遇人之不淑矣！

㊂中谷有蓷，暵其湿矣。有女仳离，啜其泣矣。啜其泣矣，何嗟及矣！

○中谷：同谷中，山谷之中。蓷（tuī）：益母草。

○暵（hàn）其：即「暵暵」，形容干枯、枯萎的样子。暵，晒干。

○仳（pǐ）离：妇女被夫家抛弃逐出，后世亦作离婚讲。仳，别，分别。

○嘅（kǎi）其：即「嘅嘅」。「嘅」同「慨」，叹息之貌。叹：叹息。

○遇人：逢人，嫁人。遇，相逢，不期而会。艰难：困难。

○脩（xiū）：干枯，败坏。一说长。

○不淑：不善。一说无用。

○湿：将要晒干的样子。

○啜：哽噎抽泣貌。

○何嗟及矣：同「嗟何及矣」。嗟，悲叹声。何及，言无济于事。

## 译诗

山谷中的益母草，无雨天旱将枯槁。有位女子遭遗弃，独自哀苦声声叹。独自哀苦声声叹，遇人不淑苦煎熬！

山谷中的益母草，无雨天旱将枯焦。有位女子遭遗弃，叹息抚胸又长啸。叹息抚胸又长啸，嫁人不淑多苦恼！

山谷中的益母草，无雨天旱将枯萎。有位女子遭遗弃，哭泣抽噎泪不干。哭泣抽噎泪不干，悔不当初空长叹！

导读

这是一首被夫家遗弃的妇女自哀自悼的怨歌，反映了当时下层妇女的生活状况。全诗三章，每章六句，从益母草干枯起兴，抒发弃妇内心的苦楚和慨叹。

诗中描绘了一位妇女被丈夫抛弃后的痛苦和无助，通过益母草干枯的形象，表达了妇女内心的绝望。诗中反复出现的“嘅其叹矣”“条其啸矣”“啜其泣矣”，表现了妇女的叹息、长啸和哭泣，形象生动地展现了她的痛苦和悲伤。

此外，诗中还通过“遇人之艰难矣”“遇人之不淑矣”，揭示了妇女遭受抛弃的原因，即嫁人不淑，命运不幸。这些词句反映了当时社会妇女在婚姻中被动、无奈的境遇，也表达了诗人对于妇女命运的同情和关注。

这首诗以细腻的笔触勾画出了一个被夫家抛弃、被社会忽视的妇女形象，她的遭遇成了那个时代妇女普遍命运的缩影。该作品不仅仅是对一位被遗弃妇女的个人命运的悲叹，更是对当时社会伦理道德和妇女地位的深刻反思。

# 【兔爰】

## 原诗

（一）有兔爰爰，雉离于罗。我生之初，尚无为；我生之后，逢此百罹。尚寐无吪！

爰（yuán）：逍遥自在。离：同“罹”，陷，遭难。罗：罗网。为：指徭役。罹：忧。吪（é）：不说话，不动。

（二）有兔爰爰，雉离于罦。我生之初，尚无造；我生之后，逢此百忧。尚寐无觉！

罦（fú）：一种装设机关的网，能自动掩捕鸟兽，又叫覆车网。造：指徭役。觉：清醒。

（三）有兔爰爰，雉离于罿。我生之初，尚无庸；我生之后，逢此百凶。尚寐无聪！

罿（chōng）：捕鸟兽的网。庸：指劳役。聪：听觉。

## 译诗

野兔悠闲而逍遥，山鸡不慎落入网中。在我年幼那个时候，不服兵役人们乐哉；在我成年这日子里，各种苦难全都齐聚。但愿长睡闭口不开！野兔悠闲而逍遥，山鸡不慎落入网中。在我年幼那个时候，不服徭役人们乐哉；在我成年这日子里，各种忧患全都经历。但愿长睡闭眼不睁！野兔悠闲而逍遥，山鸡不慎落入网中。在我年幼那个时候，不服劳役人们乐哉；在我成年这日子里，各种灾祸都来相逼。但愿长睡关闭耳朵！

## 导读

这是一首以野兔和山鸡的命运作为比喻，暗示了人生中的不幸和苦难的诗歌。在诗的开篇，野兔自由自在地奔跑，而山鸡却被罗网困住，这种对比表现了人生中的自由和束缚、幸运和不幸。接着，诗人通过“我生之初，尚无为；我生之后，逢此百罹”等句，表达了自己出生之初社会尚无灾祸，但随着时间的推移，社会逐渐动荡不安，各种苦难纷纷降临。诗人对这种现实深感无奈和悲愤。

在接下来的几句中，诗人反复强调“尚寐无吪”“尚寐无觉”“尚寐无聪”，表明遇到这种情况，人们还不如长睡不醒。这种表达是对现实的不满和无奈。

# 【葛藟】

原诗

緜緜葛藟，(一)在河之浒。终远兄弟，谓他人父。

○緜緜：同"绵绵"，连绵不绝。葛、藟（lěi）：藤类蔓生植物。○浒：水边。○终：既已。远：远离。

谓他人父，亦莫我顾。緜緜葛藟，(二)在河之涘。

○顾、有、闻：皆亲爱之意也。○涘：水边。

终远兄弟，谓他人母。谓他人母，亦莫我有。

緜緜葛藟，(三)在河之漘。终远兄弟，谓他人昆。

○漘（chún）：河岸，水边。○昆：兄。

谓他人昆，亦莫我闻。

译诗

葛藤长长相缠绕，在大河边湿地上。亲兄弟相离散，叫他人父亲心悲凉。叫他人父亲心悲凉，他不会对我关爱。葛藤长长相缠绕，在大河边陆地上。亲兄弟相离散，叫他人母亲心悲凉。叫他人母亲心悲凉，她也不会对我关爱。葛藤长长相缠绕，在大河边湿地上。亲兄弟相离散，叫他人哥哥心悲凉。叫他人哥哥心悲凉，他却只是装聋作哑。

## 导读

这是一首流浪者自诉寄人篱下受尽无尽屈辱的诗歌。诗分三章，每章六句。首章“緜緜”二句写眼前景物。诗人流落到黄河边上，见到河边葛藟茂盛，绵绵不断，不禁触景伤情，联想到自己远离兄弟、漂泊异乡的身世，感到人不如物。他流落他乡，六亲无靠，生活无着，不得不乞求于人，甚至觍颜“谓他人父”。处境之艰难，地位之卑下，可见一斑。但是即便如此，也未博得人家的一丝怜悯。“谓他人父，亦莫我顾”，直书其事，包含许多屈辱，许多痛楚。

这首诗表达了一个人在困境中的无助和孤独，他不得不向他人求助，却无法得到任何帮助和支持。整首诗表现了诗人内心的痛苦和挣扎，同时也反映了当时社会的冷酷和无情。

### 《诗经》中的成语

【孝思不匮】《大雅 · 既醉》：孝子不匮，永锡尔类。

【渭阳之情】《秦风 · 渭阳》：我送舅氏，曰至渭阳。

【未雨绸缪】《豳风 · 鸱鸮》：迨天之未阴雨，彻彼桑土，绸缪牖户。

【罔极之恩】《小雅 · 蓼莪》：父兮生我，母兮鞠我……欲报之德，昊天罔极！

【投桃报李】《大雅 · 抑》：投我以桃，报之以李。

# 【采葛】

**原诗**

彼采葛兮，(一)一日不见，如三月兮！

○采：采集。葛：葛藤，一种蔓生植物，块根可食，茎可制纤维。

彼采萧兮，(二)一日不见，如三秋兮！

○萧：植物名。蒿的一种，即艾蒿。有香气，古时用于祭祀。

○三秋：三个秋季。通常一秋为一年，后又有专指秋三月的用法。这里三秋长于三月，短于三年，义同三季，九个月。

彼采艾兮！(三)一日不见，如三岁兮！

○艾：多年生草本植物，菊科，茎直生，白色，高四五尺。其叶子供药用，可制艾绒灸病。

○岁：年。

**译诗**

这位采葛的姑娘，这一天不见到你，好像时隔三个月！这位采萧的姑娘，这一天不见到你，好像时隔三秋啊！这位采艾的姑娘，这一天不见到你，好像时隔三年久！

## 导读

这首诗用采葛、采萧、采艾三个场景，以夸张的手法表达了相思之苦。诗中的“一日不见，如三月兮”“一日不见，如三秋兮”“一日不见，如三岁兮”等句，用时间的漫长来形容相思的深切，给人留下深刻的印象。

此外，这首诗还展示了古代女子的勤劳和才智。她们在采集葛藤、蒿草、艾草等植物，为生活提供了必要的物资。

这是一首充满情感、哲理和生活气息的诗歌。它不仅展示了古代女子的美好品质，更揭示了人类情感中最真实、最强烈的一面。这首诗影响深远，意义非凡，在《诗经》中独树一帜，成为人们心中永恒的经典。

艾

# 【大车】

## 原诗

大车槛槛，毳衣如菼。岂不尔思？畏子不敢。

○大车：古代用牛拉货的车，或古代贵族乘坐的车子。○槛槛（kǎn）：车轮的响声。○毳（cuì）衣：毡子。本指兽类细毛，可织成布匹，制衣或缝制车上的帐篷。○菼（tǎn）：初生的芦苇，此处以之比喻毳衣的青白色。○尔：你。○子：指其所爱的男子。

大车哼哼，毳衣如璊。岂不尔思？畏子不奔。

○哼哼（tūn）：犹「槛槛」。○璊（mén）：红色美玉，此处喻红色车篷。○奔：私奔。

穀则异室，死则同穴。谓予不信，有如皦日。

○穀（gǔ）：生，活着。异室：两地分居。○同穴：合葬同一个墓穴。○予：我。○皦：同「皎」，白，光明，明亮。

## 译诗

大车行走车轮声声响，青白色毡衣如青芦苇。岂是我不在想念你吗？与我相爱就怕你不敢。

大车行驶过来声声响，红色毡衣美如红赤玉。岂是我不在想念你吗？只怕你不敢与我私奔。

生活在两地不在一起，死后合葬一个墓穴里。恐怕我的话你不相信，就让皎洁的白日证明。

**导读**

这是一首爱情诗，表达了一种对远方爱人的思念和担忧，以及对于不能在一起生活的无奈和死后同葬一穴的愿望。

诗中提到“大车槛槛，毳衣如菼。岂不尔思？畏子不敢。”这描述了大车行驶时车轮的响声，以及车篷上覆盖的毡子（毳衣）颜色如嫩菼（初生的芦苇）。诗人表示，主人公并非不想念对方，而是担心对方不敢回应。

接下来，“大车哼哼，毳衣如璊。岂不尔思？畏子不奔。”这里诗人再次描述大车的声音，车篷颜色如红色美玉（璊）。主人公表示其并非不想念对方，而是担心对方不会跟着一起私奔。

最后，“穀则异室，死则同穴。谓予不信，有如皦日。”诗人表示，尽管他们活着的时候不能在一起，但死后希望能同葬一个墓穴。如果有人怀疑主人公的真诚，那么就让明亮的太阳来作证。

这首诗让我们看到了古代人民对于生活的态度。他们虽然生活在艰苦的环境中，但他们始终保持着对生活的热爱与期待。他们用自己的方式，表达了对生活的赞美，对爱情的坚守，对未来的期待。

## 《诗经》中的成语

【彤云密布】《小雅 · 信南山》：上天同云，雨雪雰雰。

【蜩螗沸羹】《大雅 · 荡》：如蜩如螗，如沸如羹。

【琐尾流离】《邶风 · 旄丘》：琐兮尾兮，流离之子。

【夙夜匪懈】《大雅 · 烝民》：夙夜匪解，以事一人。

【鼠牙雀角】《召南 · 行露》：谁谓雀无角？何以穿我屋？谁谓鼠无牙？何以穿我墉？

# 【丘中有麻】

原诗

丘中有麻，彼留子嗟。
彼留子嗟，将其来施施。

○麻：大麻，一年生草本植物，皮可绩为布者，古时种植以其皮织布做衣，子可食。
○留：停留、留住之留；或指刘姓；或为美好之意。子嗟：人名。对那个男子的尊称。
○将（qiāng）：请，愿，希望。施施：施予，帮助。

丘中有麦，彼留子国。
彼留子国，将其来食。

○子国：人名。
○食：吃饭。

丘中有李，彼留之子。
彼留之子，贻我佩玖。

○贻：赠。佩玖：佩玉名。玖，次于玉的黑石。

译诗

山坡上有一片大麻，等待那小伙刘子嗟。那深情的子嗟啊，盼望他能缓缓而来。
山坡上有一片麦田，等待那小伙刘子国。那深情的子国啊，希望与郎再来野宴。
山坡上有一片李树，等待那姓刘的小伙。那个姓刘的小伙啊，他赠送我晶莹佩玉。

## 导读

这是一首描述男女情爱的诗歌。诗中描绘了一个女子在山丘的隐蔽处热切地等待着情人的到来，充满了对情人的思念和期待。

全诗三章，每章四句，以土丘上的大麻、麦田和李林为背景，描写了女子与情人之间的情感。诗中运用了丰富的意象和生动的描绘，展示了女子内心的纯真、热烈和大胆。

诗中通过“丘中有麻”“丘中有麦”“丘中有李”等意象，描绘了古代的自然环境。这些自然元素不仅为男女之间的情爱提供了场所和背景，同时也象征着生命的蓬勃和丰富。在古代，人们往往通过观察和感悟自然来领悟生命的真谛和人生的意义。

最后，这首诗还具有很高的艺术价值。诗中的语言简练优美，意象生动鲜明，情感真挚热烈，结构严谨有序。这些都使得这首诗成为古代文学中的一颗璀璨明珠，对后世的文学创作产生了深远的影响。

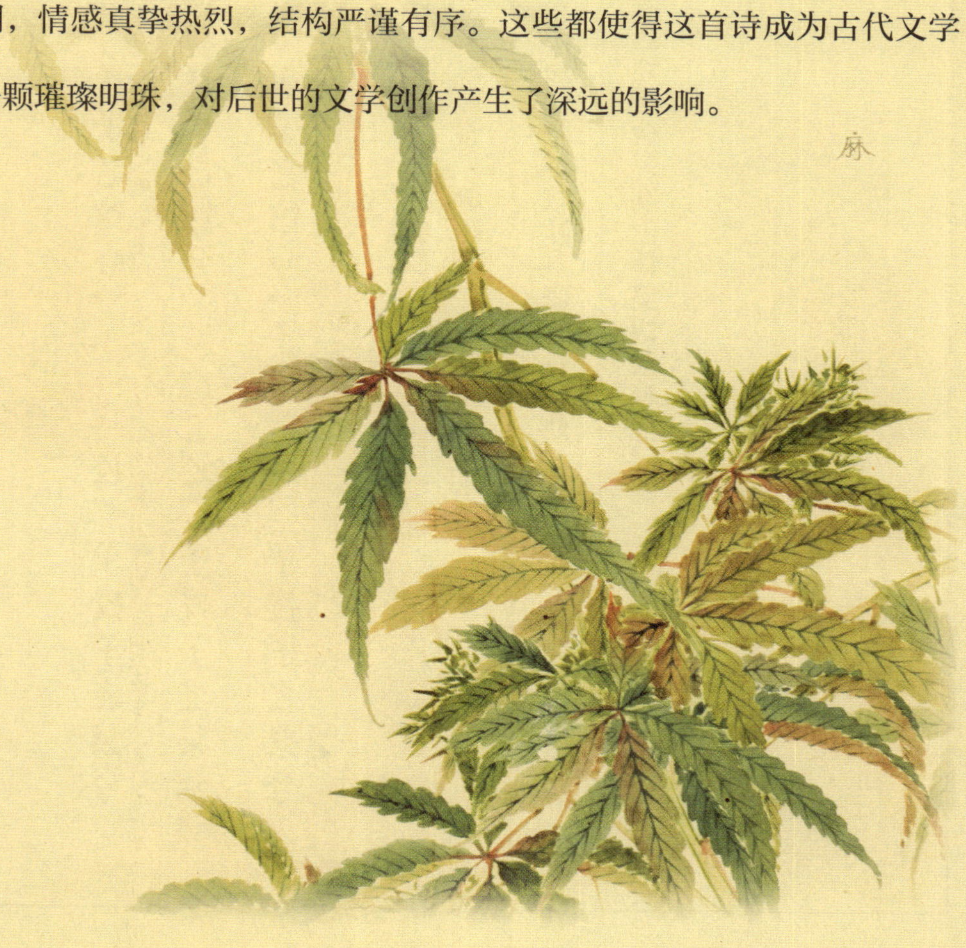

# 【缁衣】

## 原诗

缁衣之宜兮，敝，予又改为兮。适子之馆兮，还，予授子之粲兮。

○缁（zī）衣：黑色的衣服，当时卿大夫到官署所穿的衣服。宜：合适。指衣服合身。

○敝：坏。改为、改造、改作：这是随着衣服的破烂程度而说的，以见其关心。

○适：往。馆：官舍。

○粲（càn）：形容新衣鲜明的样子。又解为「餐」。

缁衣之好兮，敝，予又改造兮。适子之馆兮，还，予授子之粲兮。

○好：指缁衣美好。

缁衣之蓆兮，敝，予又改作兮。适子之馆兮，还，予授子之粲兮。

○蓆（xí）：宽大舒适。古以宽大为美。

## 译诗

穿黑衣朝服很合身，衣衫破了再做新的。我将新衣送到官衙，做好饭菜等他回来。

穿黑衣朝服多美好，衣衫破了再来改造。我将新衣送到官衙，做好丰盛佳肴等他。

穿黑衣朝服多舒展，衣衫破了再来改造。我将新衣送到官衙，端上精美饭菜等他。

## 导读

关于这首诗的主旨历来有很大争议，大致可以分为两种说法：一种认为这首诗主要讲的是君主礼贤下士，当遇到贤才，君主就会为他供给衣食，并嘘寒问暖，亲自去看他。一种认为这是写家庭亲情的诗，用的是夫妻之间日常所说的话语，大意是说女子赠男子“缁衣”，男子穿上很英武，女子愿意以后永远为男子做衣。体现的是主人公对丈夫无微不至的体贴之情。这位女子可能是这位官员的妻妾。不管是哪种说法，这都是一首赠衣诗。

全诗三章，每章四句，直叙其事，反复叠咏，每章的最后两句都是相同的，显示出一唱三叹的艺术效果。

### 《诗经》中的成语

【寿比南山】《小雅 · 天保》：如月之恒，如日之升，如南山之寿，不骞不崩。

【尸鸠之平】《曹风 · 鸤鸠》：鸤鸠在桑，其子七兮。

【深厉浅揭】《邶风 · 匏有苦叶》：济有深涉，深则厉，浅则揭。

【桑中之约】《鄘风 · 桑中》：期我乎桑中，要我乎上宫，送我乎淇之上矣。

【临深履簿】《小雅 · 小旻》：战战兢兢，如临深渊，如履薄冰。

# 【将仲子】

**原诗**

将仲子兮，无窬我里，无折我树杞。岂敢爱之？

○将（qiāng）：愿，请。一说发语词。仲子：兄弟排行第二的称「仲」。
○窬：翻越。里：居也，五家为邻，五邻为里，里外有墙。
○杞（qǐ）：木名，即杞柳。
○爱：吝惜。

畏我父母。仲可怀也，父母之言，亦可畏也。

○怀：思念、牵挂。

将仲子兮，无窬我墙，无折我树桑。岂敢爱之？
畏我诸兄。仲可怀也，诸兄之言，亦可畏也。
将仲子兮，无窬我园，无折我树檀。岂敢爱之？

○檀：木名，常绿乔木。一名「紫檀」。

畏人之多言。仲可怀也，人之多言，亦可畏也。

**译诗**

请二哥体谅呀，勿翻越我门房，不折断我杞树。岂是不舍杞树？是害怕我父母。二哥我很牵挂，又害怕父母骂。
请二哥听我说，勿翻越我围墙，不折断我桑树。岂是不舍桑树？是害怕我兄长。二哥我很牵挂，又害怕兄长骂。
请二哥听我言，勿翻越我菜园，不折断我檀树。岂是不舍檀树？害怕邻居谗言。二哥我很牵挂，害怕邻居谗言。

## 导读

诗歌表达了一个女子对她所爱的男子的思念和担忧。“将仲子兮，无窬我里，无折我树杞！”因为两人私下相见时，男子情急之下，提出要翻门过墙相见。“岂敢爱之？畏我父母。仲可怀也，父母之言，亦可畏也。”但是女子被吓到，因礼教的约束，很害怕父母和家人的责怪和斥骂。

第二、三两章初看只是对首章的重复，其实却是情意抒写上的层层递进。从女子呼告的“无窬我里”，到“无窬我墙”“无窬我园”，可推测她那热恋中的“仲子”，已不顾一切地翻墙逾园，越来越近。但男子可以鲁莽行动，女子却受不了闲言碎语。所以女子的畏惧也随之扩展，由“畏我父母”到“畏我诸兄”，最后“畏”到左邻右舍的“人之多言”。

诗歌在表现女子内心世界的同时，也反映了古代社会对于男女情感和婚姻的严格规范和束缚。在古代中国，婚姻往往是由父母和家族长辈来安排的，个人的情感和意愿往往被忽视或压抑。因此，女子在面对自己深爱的男子时，不仅要考虑自己的感情，还要顾及家庭和社会的期望和压力。同时也表达了她们对真挚爱情的追求和向往。这首诗歌不仅具有文学价值，还具有深刻的社会意义和历史价值。

# 【叔于田】

**原诗**

叔于田[1]，巷无居人[2]。岂无居人？不如叔也，洵美且仁[3]。

叔于狩[4]，巷无饮酒[5]。岂无饮酒？不如叔也，洵美且好[6]。

叔适野[7]，巷无服马。岂无服马？不如叔也，洵美且武[8]。

[1] 叔：古代兄弟次序为伯、仲、叔、季，年岁较小者统称为叔。此处指年轻的猎人。于：去，往。田：同"畋（tián）"，打猎。

[2] 巷：居里中的小路。

[3] 洵（xún）：真正的，的确。仁：指温厚、慈爱。

[4] 狩：冬猎为"狩"，此处为田猎的统称。

[5] 饮酒：这里指宴饮。

[6] 好：指品质好，性格和善。

[7] 适：往。野：郊外。

[8] 武：英武。

**译诗**

我叔打猎出了门，街巷如无人在居。难道真是没人住？全都不能与叔比，那么温厚又英俊。

我叔出门去打猎，街巷已无人饮酒。真的无人在饮酒？他们都不如叔也。那么英俊又和善。

叔骑马往野外去，街巷无人会骑马。真是无人会骑马？还真无人比过叔。的确英俊又威猛。

## 导读

这首诗描述了女子赞美的一位能骑善射的青年猎手形象，使人如临其境，如见其人。从诗中的描述可以看出，叔打猎的技能非常高超，这体现了他作为一个男子应有的力量和勇气。这无疑赢得了周围人的尊敬和赞美。

此诗如乐曲般抑扬顿挫，富有情致，表达了古人对力量、勇气、热情和活力的赞美和向往。让我们看到了一个充满活力和激情的猎人形象，也让我们感受到了人们对生活的热爱和对未来的期待。

## 《诗经》中的成语

【如花似玉】《魏风·汾沮洳》：彼其之子，美如英……彼其之子，美如玉。

【人言可畏】《郑风·将仲子》：人之多言，亦可畏也。

【鹊巢鸠居】《召南·鹊巢》：维鹊有巢，维鸠居之。

【鸠占鹊巢】《召南·鹊巢》：维鹊有巢，维鸠居之。

【轻而易举】《大雅·烝民》：人亦有言，德輶如毛，民鲜克举之。

# 大叔于田

## 原诗

（一）叔于田，

○田：同“畋（tián）”，打猎。

乘乘马。

○乘（chéng）乘（shèng）：前一乘为动词，后为名词。古时一车四马叫一乘。

执辔如组，

○辔（pèi）：驾驭牲口的嚼子和缰绳。组：织带平行排列的经线。

两骖如舞。

○骖（cān）：驾车的四马中外侧两边的马。

叔在薮，

○薮（sǒu）：低湿多草木的沼泽地带。

火烈具举。

○烈：“迾”的假借。火迾，打猎时放火烧草，阻断野兽的逃路。具：同“俱”。举：起。

襢裼暴虎，

○襢（tǎn）裼（tì）：脱衣袒身。暴：通“搏”，搏斗。

献于公所。

○公所：君王的宫室。

将叔无狃，

○将（qiāng）：请，愿。狃（niǔ）：反复地做。

戒其伤女。

○戒：警戒。女（rǔ）：汝，指叔。

（二）叔于田，

乘乘黄。

○黄：黄色皮毛的马。

两服上襄，

○服：驾车的四马中间的两匹。襄：同“骧”，奔马指起头。

两骖雁行。

○雁行：骖马比服马稍后，排列如雁飞之行列。

叔在薮，

火烈具扬。

叔善射忌，

○忌：作语尾助词。

又良御忌。

○良御：驾马很在行。

抑磬控忌，

○抑：发语词。磬（qìng）控：弯腰如磬，勒马使缓行或停步。

抑纵送忌。

○纵送：放马奔跑。

（三）叔于田，

乘乘鸨。

○鸨（bǎo）：有黑白杂毛的马。其色如鸨，故以鸟名马。

两服齐首，

○齐首：齐头并进。

两骖如手。

○如手：指驾马技术娴熟，如两手左右自如。

叔在薮，

火烈具阜。

○阜：旺盛。

叔马慢忌，

叔发罕忌。

○罕：稀少。

抑释掤忌，

○释：打开。掤（bīng）：箭筒盖。

抑鬯弓忌。

○鬯（chàng）：弓囊，此处用作动词。

**译诗**

叔出门去打猎，驾乘四马车向前跑。他手握缰绳如执组，骖马并肩随舞动。叔在野草茂盛地，火圈围住兽退路。脱衣赤膊博猛虎，将其献至郑王宫。叔以后不可这样，以防猛兽伤己命。

叔打猎向前方，黄色大马驱前行。两匹服马抬头跑，两骖马如雁队行。叔在草木茂盛地，烈火围缠驱猛兽。大叔好擅长射箭，驾驭骑乘也很稳。时而掌控驰骋马，时而纵马任狂奔。

叔打猎真英勇，花色马并肩前行。服马齐头并进跑，骖马两手驾自如。大叔冲在大泽地，烈火冲燃火苗旺。奔跑的马慢下来，大叔箭发也减少。叔已将箭盒盖上，也将箭弓收入囊。

## 《诗经》中的成语

【琴瑟之好】《小雅·常棣》：妻子好合，如鼓琴瑟。

【戚戚具尔】《大雅·行苇》：戚戚兄弟，莫远具尔。

【萋斐贝锦】《小雅·巷伯》：萋兮斐兮，成是贝锦。彼谮人者，亦已大甚！

【鸟革翚飞】《小雅·斯干》：如鸟斯革，如翚斯飞。

【逆流而上】《秦风·蒹葭》：溯洄从之，道阻且长。

## 导读

这是一首赞美猎人的诗。全诗三章，以“叔”的田猎活动为线索，在展示其射技及猎手的英姿的同时，又描述了田猎场面的宏大。

第一章“叔于田”直接点题，“乘乘马”表现出其随公畋猎时的气势。三、四句则描绘他驾车的姿态。驾车之马有四匹，四匹马的缰绳收一起拿在手中，如绶带或织带时的经线，两面的骖马同服马协调一致，像在舞蹈一样整齐。其得心应手的情况，就像马完全在按驾车人的意识行动。“叔在薮，火烈具举”，将叔放在一个十分壮观的背景之中。周围大火熊熊燃烧，猛虎被堵在深草之地，唯叔在其中与虎较量。叔脱去了上衣，火光照亮了他的脸和身，也照亮了将要拼死的困兽。其紧张的情况，同斗兽场中惊心动魄的搏斗一样。结果是“襢裼暴虎，献于公所”。叔不但打死了猛虎，而且扛起来献到了君王面前，像没有事一样。一个英武勇士的形象活生生显示了出来。

第二章写叔继续打猎的情形，说叔“善射”“良御”，特别用了“磬控”一词，刻画最为传神。“控”即在马行进中骑手忽然将它勒住不使其前进，这时马便会前腿抬起，人则弯曲腰身如上古时的石磬。

第三章写打猎结束后从容收了弓箭，以其在空手打虎和追射之后的悠闲之态，显示了他的英雄风度。

这是一首充满力量和活力的诗歌，不仅让我们感受到了古代男性的英勇和魅力，也让我们对那个时代的社会价值观有了更深入的了解。

# 清人

## 原诗

清人在彭，驷介旁旁。二矛重英，河上乎翱翔。

清人在消，驷介麃麃。二矛重乔，河上乎逍遥。

清人在轴，驷介陶陶。左旋右抽，中军作好。

○清人：指郑国大臣高克带领的清邑的士兵。清，郑国之邑。彭、消、轴：都是郑国地名，在黄河边上。

○驷（sì）介：一车驾四匹披甲的马。介，甲。旁旁：同“彭彭”，马强壮有力貌。或行走、奔跑貌。

○二矛：酋矛、夷矛，插在车子两边。重：重叠。英：矛上的缨饰。

○翱（áo）翔：游戏之貌。

○麃（biāo）麃：英勇威武貌。

○乔：借为“鷮（jiāo）”，长尾野鸡，此指矛上装饰的鷮羽毛。

○逍遥：闲散无事，驾着战车游逛。

○陶陶：和乐貌。一说马疾驰之貌。

○旋：转车。抽：拔刀。

○中军：即“军中”。

## 译诗

清邑军驻守彭境，披甲战马真强壮。缨矛插在战车边，自由翱翔在河边。

清邑军驻守消境，披甲战马真勇武。两矛插战车两旁，自在逍遥河边走。

清邑军驻守轴地，披甲战马如风驰。左转身子右拔刀，军中好像准备好。

## 导读

这是一首对郑国军队军纪败坏的讽刺诗。该诗分为三章，每章的前两句写军队驻在彭、消、轴三个地方，后两句则写军人们闲散无事，逍遥自在。

据《左传》记载，郑文公厌恶高克，让他率领军队驻扎在黄河边上，但长时间不召他们回国，导致军队溃散，高克也逃亡到陈国。郑人为此作了《清人》这首诗。因此，这首诗也可以被看作是对高克和他的军队的讽刺。通过巧陈事实、寓讽刺于言外的手法，表达了诗人对郑国军队松散、不积极备战御敌的不满和讽刺。

### 《诗经》中的成语

【螟蛉之子】《小雅 · 小宛》：螟蛉有子，蜾蠃负之。

【明哲保身】《大雅 · 烝民》：既明且哲，以保其身。

【梦寐以求】《周南 · 关雎》：窈窕淑女，寤寐求之

【旷古未闻】《周颂 · 敬之》：敬之敬之，天维显思。

【跼天蹐地】《小雅 · 正月》：谓天盖高？不敢不局。谓地盖厚？不敢不蹐。

# 【羔裘】

## 原诗

羔裘如濡，洵直且侯。彼其之子，舍命不渝。

○羔裘：羔羊皮裘，古大夫的朝服。濡（rú）：润泽，形容羔裘柔软而有光泽。○洵（xún）：信，诚然，的确。侯：美。○其：语助词。○渝：改变。

羔裘豹饰，孔武有力。彼其之子，邦之司直。

○豹饰：用豹皮装饰皮袄的袖口。○孔武：特别勇武。孔，甚、很。○司直：负责正人过失的官吏。

羔裘晏兮，三英粲兮。彼其之子，邦之彦兮。

○晏：鲜艳或鲜明的样子。○三英：装饰袖口的三道豹皮镶边。粲（càn）：光耀。○彦（yàn）：美士，指贤能之人。

## 译诗

羔羊袄柔软润泽，为人忠信又正直。像他这样的人啊，舍命也不变节操。

羔羊袄豹皮装饰，高大威猛真豪爽。像他这样的人啊，立邦正国主正义。

羔羊袄鲜艳光亮，三道豹皮真漂亮。像他这样的人啊，立邦正国好贤才。

## 导读

这首诗以衣喻人，通过羊羔皮制的朝服的质地和装饰来联想到穿朝服的官员的品德和才能，这种手法既自然又高明。

全诗三章，每章四句。首先描述了羔裘的外在美，包括其润泽光滑的皮毛和鲜艳的豹皮装饰。接着赞美穿此羔裘的人的内在美，包括其正直美好、能舍命为公的气节和威武勇毅、能支持正义的品格。整首诗通过人衣相配，展现了美德的高度统一，赞美了这位官员的才德出众和贤俊之姿。

### 《诗经》中的成语

【鹤鸣九皋】《小雅 · 鹤鸣》：鹤鸣于九皋，声闻于野。

【鬼蜮伎俩】《小雅 · 何人斯》：为鬼为蜮，则不可得。

【龟厌不告】《小雅 · 小旻》：我龟既厌，不我告犹。

【恭敬桑梓】《小雅 · 小弁》：维桑与梓，必恭敬止。

【阋墙御侮】《小雅 · 常棣》：兄弟阋于墙，外御其务。

# 遵大路

原诗

遵大路兮，掺执子之祛兮。无我恶兮，不寁故也！

遵：沿着。掺（shǎn）：执。祛（qū）：衣袖。恶（wù）：厌恶。寁（zǎn）：招呼。故：故人。

遵大路兮，掺执子之手兮。无我魗兮，不寁好也！

魗（chǒu）：丑恶。好：相好。

译诗

沿着大路跟你走，紧握住你的衣袖。请你不要厌烦我，不念旧情把我丢。

沿着大路跟你走，紧紧抓住你的手。请你不要嫌弃我，不恋相好将我弃。

导读

本篇通过重复的结构和温情的词汇，表达了主人公对伴侣深厚的依赖和情感的诉求。诗中的“遵大路”象征着人生的共同道路或一种共走的人生旅程。通过“掺执子之袪”和“掺执子之手”，诗人表达了主人公对伴侣的深深依恋，想要在人生道路上得到对方的支持和陪伴。

“无我恶兮，不寁故也”和“无我魗兮，不寁好也”中的“无我恶”和“无我魗”分别表达了恳求对方不要因为自己的缺点而讨厌或嫌弃自己，而“不寁故也”和“不寁好也”则是恳求对方不要抛弃这段关系。

整体而言，这段诗歌通过简单而深情的语言，展示了求爱者对爱情的执着和对被爱者的深切期望，也反映了人们对情感稳定与忠诚的普遍渴望。

## 《诗经》中的成语

【凤鸣朝阳】《大雅 · 卷阿》：凤皇鸣矣，于彼高冈；梧桐生矣，于彼朝阳。

【风雨飘摇】《豳风 · 鸱鸮》：风雨所漂摇。

【匪石之心】《邶风 · 柏舟》：我心匪石，不可转也。

【耳提面命】《大雅 · 抑》：匪面命之，言提其耳。

【蚩蚩者民】《卫风 · 氓》：氓之蚩蚩，抱布贸丝。

# 【女曰鸡鸣】

原诗

女曰鸡鸣(一)，士曰昧旦。子兴视夜，明星有烂。

○昧旦：破晓前的时刻。 ○兴：起来。 ○明星：启明星，即金星。烂：这里指星星依然明亮，未消失。

将翱将翔，弋凫与雁。弋言加之(二)，与子宜之。

○弋（yì）：古代一种用丝线连接的短箭，用来发射捕鸟，以便收回猎物。凫（fú）：野鸭。 ○言：助词。加：射中。 ○宜：《毛传》曰："肴也。"即菜肴。这里用作动词，即做菜。

宜言饮酒，与子偕老。琴瑟在御，莫不静好。

○偕老：一起变老，形容夫妻或伴侣共度一生。 ○琴瑟在御：琴和瑟在弹奏中，这里指夫妻和谐。 ○静好：安静和美。

知子之来之(三)，杂佩以赠之。知子之顺之，杂佩以问之。

○来：殷勤。 ○杂佩：各种玉串联的玉佩。 ○顺：柔顺。

知子之好之，杂佩以报之。

○好（hào）：爱恋。

译诗

女子说鸡打鸣了，男人说尚未破晓。你快起来看天空，明星闪烁特别亮。鸟儿空中齐翱翔，射点鸭子和大雁。

射中它们带回家，做成菜肴真美味。边吃美食边喝酒，相伴到老情更长。你弹琴来我奏瑟，和谐美好心情畅。

知你殷勤款待我，送你佩饰表我爱。知你顺从我心意，送你佩饰问你安。知你对我情义真，送你佩饰表我心。

## 导读

这是一首描述新婚夫妇日常生活的联句诗。夫妻通过对话形式叙述他们的一天：早起听到鸡鸣，一起射猎，然后回家烹饪美食，共饮美酒，表达了一起携手到老的愿望，以及通过赠送杂佩（一种装饰品）来表达彼此的爱意。这首诗通过生动的场景描绘，展示了一对新婚夫妇和谐而快乐的家庭生活。

文学评论家对这首诗的意境给予了高度评价。这首诗巧妙地融合了男女双方的词句以及诗人的旁白，形成了层次丰富、情趣盎然的文体，为后世联句诗的形式奠定了基础，启发了许多后来的诗歌创作。

通过这首诗，我们不仅能看到新婚夫妇的甜蜜生活，还能看到古代诗歌丰富的表现手法。

# 【有女同车】

原诗

有女同车，颜如舜华[一]。
○舜华：即木槿花。华，同"花"。

将翱将翔，佩玉琼琚。
○将翱将翔：形容女子步履轻盈如飞鸟。○琼琚：古代美玉的一种。

彼美孟姜，洵美且都。
○孟姜：孟，排行老大。姜，贵族姓氏。孟姜，用来泛指美女。○洵：的确。都：娴雅得体。

有女同行[二]，颜如舜英。

将翱将翔，佩玉将将。
○将将：同"锵锵"，拟声词。指金玉碰撞发出的声音。

彼美孟姜，德音不忘。
○德音：好名声。

译诗

同车姑娘美如花，容颜绚烂似木槿。体态轻盈如飞鸟，美玉琼琚佩身上。她是美丽的孟姜，极其娴雅又贤良。有个姑娘同路行，容貌就像木槿花。体态轻盈如飞鸟，美玉佩饰锵锵响。她是美丽的孟姜，贤惠名声永难忘。

导读

这首诗歌是关于贵族男女之间的爱情故事。诗中使用“颜如舜华”和“颜如舜英”来形容女子的容貌，借用传统的花卉强调其美丽和高雅。通过描绘她宛如飞鸟一样的轻盈的姿态和佩戴的珍贵玉石，进一步突显她的高贵和纯洁。诗中描述的女子不仅外貌美丽，更难得的是她的品德和内心的美好。

这首诗巧妙地将描述女子的外貌（静态美）和动作（动态美）结合起来，创造了一个既美丽又有德行的形象。特别是使用“翱翔”这样的词汇，生动地表达了女子的高雅和灵动，好像是天鹅或其他美丽的鸟类般自在飞翔，这些描述增强了诗歌的艺术效果。

# 山有扶苏

原诗

山有扶苏，隰有荷华。不见子都，乃见狂且。

○扶苏：指大树枝繁叶茂。○隰（xí）：低湿地。荷华：荷花。○子都：古代美男子名。○狂且（jū）：狂妄而轻薄的人。

山有乔松，隰有游龙，不见子充，乃见狡童。

○乔松：高大的松树。○游龙：荭草的别名。○子充：原为人名，这里指美少年。○狡童：狡猾少年。

译诗

山上扶苏直又长，洼地荷花放光芒。未见子都美少男，偏遇你这小狂徒。

山中高松入云端，水边荭草枝叶茂。未见子充好男儿，只见你这小滑头。

## 导读

本篇生动地描绘了一位女子在寻找理想伴侣过程中的情感体验。通过比喻和象征，诗歌表达了她的期待与失望。诗中的“子都”和“子充”并非真实存在的人物，而是理想男性的化身，分别代表着理想的美男子和好男人。

诗歌中用自然景象如“扶苏”和“荷华”来象征女主人公对美好事物的向往，而“狂且”和“狡童”则暗示了她所遇到的现实情况远不如她所期望的。这种对比不仅增强了诗歌的情感深度，也让读者能感受到女子内心的复杂情感。

学者们对这首诗的解读有着不同的看法。有人认为这首诗反映了一种轻浮的态度，而另一些学者则看到了其中的幽默和对现实的讽刺。这种争论反映了对古代文学的不同理解方式，以及如何从文学作品中探寻作者的真实意图。

此外，通过特定称谓来代表一般概念的修辞手法，使得诗歌的表达更为生动，远胜于仅使用抽象词汇的描述。这种技巧不仅增加了文本的艺术魅力，也让读者更容易产生共鸣。

总之，这首诗不仅是对个人情感的抒发，也是对理想与现实差距的一种探讨。通过对这首诗的学习，我们可以更深入地理解古人的情感世界和文字表达技巧，以及文学在反映社会和人心方面的独特价值。

# 【萚兮】

## 原诗

萚兮萚兮，风其吹女。叔兮伯兮，倡予和女。

○萚（tuò）：脱落的枯叶。

○女（rǔ）：同"汝"，你，指枯叶。

○叔兮伯兮：叔伯，都是兄弟的排行，此指众位小伙子。

○倡予和女：这里是倒装句，即"予倡女和"。倡，领唱。女，这里指上文提到的"叔伯"。

萚兮萚兮，风其漂女。叔兮伯兮，倡予要女。

○漂：飘。

○要：同"邀"，即追求或邀请。

## 译诗

叶儿飘飘落地来，秋风轻轻送飘摇。小伙子们皆欢声，我领唱来你随调。

叶儿飘飘落地去，秋风轻轻吹摇曳。小伙子们皆欢声，我领唱来你和调。

导读

本篇可能是描述了春季男女集会的歌舞。通过活泼的描述和互动的场景，这首诗生动地展现了古代社会的集体娱乐形式和男女之间的互动。

在这首诗中，女子起首唱歌，男子随后应和，体现了当时社交活动中的互动方式。诗中的“叔兮伯兮”，不仅是对男子的一种亲切呼唤，也显示了这是一场多人参与的合唱，而不仅仅是两个人的对话。这种形式可能与仲春的习俗有关，当时的社会背景是鼓励春季男女相会，以促进社会和谐及人际关系的发展。

历代对这首诗的解读多种多样，有的学者认为它表达了对国家时政的关注和批评，而有的则认为它仅仅是描写男女之间的情感。

总体而言，这首诗不仅是对古代社交习俗的记录，也是对人际关系和情感交流的艺术表达。通过合唱，古人在享受集体活动的乐趣的同时，也在进行情感的交流和社会关系的维护。这首诗让我们窥见了古代人的社交生活和情感世界，同时也展示了《诗经》作为民歌集内容的多样性和深厚的文化价值。

## 《诗经》中的成语

【参差不齐】《周南·关雎》：参差荇菜，左右采之。

【不愧屋漏】《大雅·抑》：相在尔室，尚不愧于屋漏。

【毕恭毕敬】《小雅·小弁》：维桑与梓，必恭敬止。

【暴虎冯河】《小雅·小旻》：不敢暴虎，不敢冯河。

【巧言如簧】《小雅·巧言》：巧言如簧，颜之厚矣。

# 【狡童】

原诗

彼狡童兮，不与我言兮。维子之故，使我不能餐兮。

○狡童：狡猾的孩子。○不与我言：不与我说话。○维：因为。○不能餐：无法进食。

彼狡童兮，不与我食兮。维子之故，使我不能息兮。

○不与我食：不与我一同吃饭。○不能息：无法休息。

译诗

那狡猾的小子啊，不愿与我说话啊。因为你的原因，我都无法进食啊。

那狡猾的小子啊，不愿与我共餐啊。因为你的原因，我都无法休息啊。

## 导读

本篇常被认为是一首表达女子失恋情绪的作品。在历代的解读中，有许多学者对这首诗的主题和情感表达进行了深入的分析。

《毛诗序》中提到，“狡童”这个词用来批评那些不合作和专权的领导，但朱熹等后来的学者认为，将这首诗简单解读为政治讽刺是不妥的。朱熹批评说，古代的人民不可能直接指责自己的君主是狡猾的，更合理的解释是，这首诗反映了男女之间的相互怨恨。

这首诗通过重复的“狡童”和描述女子因为失恋而无法吃饭、睡觉的细节，形象地表达了女子对感情得不到回应的失落。诗中的“不与我言”和“不与我食”描绘了一种情感上的冷漠和隔阂，反映了一段关系中的逐渐疏远。

### 《诗经》中的成语

【采兰赠芍】《郑风 · 溱洧》：士与女，方秉蕳兮……伊其相谑，赠之以勺药。

【长舌之妇】《大雅 · 瞻卬》：妇有长舌，维厉之阶。

【南箕北斗】《小雅 · 大东》：维南有箕，不可以簸扬。维北有斗，不可以挹酒浆。

# 褰裳

原诗

子惠思我[1]，褰裳涉溱。子不我思，岂无他人？

狂童之狂也且！子惠思我[2]，褰裳涉洧。子不我思，

岂无他士？狂童之狂也且！

○qiān褰裳：提起衣裳。涉溱、涉洧：溱与洧为古代河流的名字，这里表示涉水过河。

○不我思：是“不思我”的倒装，不思念我。

○狂童：轻狂顽劣的小子。也且：语气词。

○士：这里指未婚男子。

译诗

如果你还想念我，快点提起衣摆过溱河。如果不再想念我，难道就没别人来找我？狂妄小子太轻狂！

如果你还想念我，快点提起衣摆过洧河。如果你不再想我，难道就没别的小哥哥？狂妄小子太轻狂！

## 导读

诗歌描绘了一位女子对情人的直接责备和情感表达。与《诗经》中其他表现女性柔弱、依恋的诗歌不同，这首诗展示了女性的自主和果断，突出了她的独立性。

这首诗的语言直接而有力，前四句快节奏的叙述展示了女子的坚决和直率，而每段的最后一句则稍显缓慢，带有一种嘲讽的味道，这种对比增强了诗歌的表现力。通过这种独特的结构，诗歌不仅表达了情感上的复杂性，也体现了女性在情感关系中寻求主导权的愿望。

这首诗是《诗经》中一个独特的例子，展现了女性在爱情中的自我意识和主张。它不仅是情感的表达，也是对性别角色的一种反思和挑战。通过这首诗，我们可以看到古代文学中女性形象的多样性和复杂性，以及女性在追求情感满足和社会尊重中的坚持和努力。

### 《诗经》中的成语

【出口成章】《小雅·都人士》：出言有章，行归于周，万民所望。

【欺人太甚】《小雅·巷伯》：彼谮人者，亦已大甚！

【弄璋之喜】《小雅·斯干》：载衣之裳，载弄之璋。

【千仓万库】《小雅·甫田》：乃求千斯仓，乃求万斯箱。

【日升月恒】《小雅·天保》：如月之恒，如日之升。

# 【丰】

## 原诗

子之丰兮，[一]俟我乎巷兮，悔予不送兮。
子之昌兮，[二]俟我乎堂兮，悔予不将兮。
衣锦褧衣，[三]裳锦褧裳。[四]叔兮伯兮，驾予与行。
裳锦褧裳，衣锦褧衣。叔兮伯兮，驾予与归。

○丰：容貌丰润。

○俟：等待。巷：里中的道路，即胡同。

○昌：身体强壮。

○堂：指屋中的大厅。

○将：行进。

○衣：动词，穿。锦：有彩色花纹的丝织品。褧（jiǒng）：麻或细纱缝制的罩衫。

○裳：动词，穿。

○叔兮伯兮：此处「叔」「伯」指跟随男方来迎亲之人。

○驾予：指驾车（迎亲车）。行：指女子出嫁。

○归：出嫁。

## 译诗

难忘你风采多优雅，曾在巷中久等待，懊悔没与你一同走。难忘你身姿多俊朗，曾在堂中久等我，未与你同行真后悔。上穿锦缎外罩衫，下身锦裙系腰间。叔哟伯哟快驾车，一起接我归家去。下身锦裙系腰间，上穿锦缎外罩衫。叔哟伯哟快驾车，一起带我同归还。

## 导读

这首诗歌深刻地表达了一位女子对未能与未婚夫结婚的悔意，以及她对重新联结旧爱的渴望。这首诗不仅展示了她的情感深度，也反映了古代社会对女性婚姻自主权的限制。

诗中的女主角通过反复的诗句表达了对过去决策的后悔：“子之丰兮，俟我乎巷兮，悔予不送兮。”这表示当她的爱人在巷中等待她时，她未能采取行动与他一同离去。随后的句子“子之昌兮，俟我乎堂兮，悔予不将兮”，进一步强调了在更正式的场合，她同样未能与他同行。这些表达揭示了她对这种情况的深刻反思和悔恨。

在封建社会中，女性往往没有足够的自主权来决定自己的婚姻，许多决定是由父母或家族做出的。因此，这首诗虽然是一位女子的个人情感表达，但也触及了更广泛的社会问题，即女性在婚姻中的被动。

这首诗采用了《诗经》特有的重章迭唱技巧，通过轻微的文字变动和语序倒置，增加了诗歌的韵律美。这种反复吟诵的形式不仅避免了单调，还强化了女子情感的复杂性和强度，使得读者能够更深刻地体会到她的后悔与期待。

# 【东门之墠】

原诗

东门之墠，茹藘在阪。其室则迩，其人甚远。

东门之栗，有践家室。岂不尔思？子不我即！

○墠（shàn）：郊野平地。○茹藘（rú lǘ）：茜草。阪（bǎn）：斜坡。○迩：近。

○栗：栗树。○践：善。家室：房舍。○即：靠近。

译诗

东门郊野平地上，沿坡生长着茜草。他家房屋近咫尺，他人却似在远方。

东门附近栗树下，有好人家在那里。怎会不将你想念？是你不愿靠近来！

## 导读

本篇生动地展现了一段相思满满却难以相见的恋情。诗中的情感细腻而强烈，通过具体的景象和简洁的语言，描绘了恋人之间的情感距离和心理状态。

诗的第一句“东门之墠，茹藘在阪”描绘了东门外的山坡上生长的植物，营造了一种静谧而略带孤独的氛围。紧接着的“其室则迩，其人甚远”透露出虽然恋人的住所很近，但彼此之间却感觉如隔山海，表达了一种虽近却远的矛盾情感。

第二章“东门之栗，有践家室”继续描绘东门外的自然景观和附近的住宅，但加入了更多的细节。紧跟的“岂不尔思？子不我即”则直接表达了女子对男子的深切思念和对其不来访的失望与不满。

传统解读中，有观点认为这首诗反映了女子想要与男子私奔的愿望，但通过细致分析，本诗更多的是表达了一种恋人间相思的感情和由于各种原因未能见面的无奈。这种解读更符合古代文化中女性矜持的形象。

诗歌巧妙地运用了重复和轻微变化的技巧，增强了情感的表达。其中“室迩人远”这种表达已经成为后世描述恋人心理距离的典型语句，显示了其深远的影响力。

# 【风雨】

原诗

风雨凄凄，鸡鸣喈喈，既见君子。云胡不夷？

○凄凄：寒冷悲凉的境况。○喈喈：拟声词，鸡叫声。○云：语助词。胡：为什么。夷：平静。

风雨潇潇，鸡鸣胶胶。既见君子，云胡不瘳？

○潇潇：风雨急骤的样子。○胶胶：鸡叫声。○瘳：病愈。

风雨如晦，鸡鸣不已。既见君子，云胡不喜？

○如晦：天色昏暗。○不已：连续不断。

译诗

风雨交加真冷冽，鸡鸣寻伴声叽叽。终见君子归来时，我心烦乱怎不歇？

风雨潇潇迅猛来，鸡鸣寻伴声不断。君子归来一相见，相思之苦怎不消？

风雨密布天昏暗，鸡儿报晓声不休。既已见到君子归，怎能不心生欢喜？

## 导读

这首诗歌通过风雨和鸡鸣的意象，深刻描绘了一位妻子在久别后与丈夫重逢的情景。这首诗不仅反映了夫妻间的深厚情感，而且展示了古人如何通过自然景象表达复杂的人类情绪。

诗中的三个章节均以“风雨”和“鸡鸣”开头，为读者创造了一种寒冷而阴暗的氛围，象征着困境或动荡的时代。然而，每章的结尾“既见君子”，都表达了妻子在这样的环境中突然与丈夫重逢的欣喜与解脱。

这首诗的艺术效果在于反复描绘自然景象和情感，增强了诗歌的情感表达。通过“风雨”和“鸡鸣”这样的连续描绘，读者可以感受到每一次“既见君子”带来的情感波动，从而深刻体会到重逢的珍贵。

### 《诗经》中的成语

【知其一，不知其二】《小雅 · 小旻》：人知其一，莫知其他。

【生不逢辰】《小雅 · 小弁》：天之生我，我辰安在？

【声闻九皋】《小雅 · 鹤鸣》：鹤鸣于九皋，声闻于天。

【天高地厚】《小雅 · 正月》：谓天盖高？不敢不局。谓地盖厚？不敢不蹐。

【同仇敌忾】《秦风 · 无衣》：王于兴师，修我戈矛，与子同仇！

# 【子衿】

原诗

青青子衿，悠悠我心。纵我不往，子宁不嗣音？

○衿：衣领。
○悠悠：忧思不断的样子。
○纵：即使。
○宁：岂，难道。嗣音：保持音信。

青青子佩，悠悠我思。纵我不往，子宁不来？

○佩：佩带。

挑兮达兮，在城阙兮。一日不见，如三月兮。

○挑、达：《毛诗序》中说是来回走的样子。另一种说法是欢悦的样子。
○城阙：城门楼。

译诗

青青的是你衣领色，我心悠悠总牵挂。纵使我没有去相见，难道你不能把音信传？

青青的是你佩带色，悠悠的是我的思念。纵使我没能去见你，难道你不能来见一面？

来来回回望眼欲穿，在这高耸的城楼之巅。一日不见你的容颜，仿佛隔了三月那般长。

## 导读

《子衿》是《诗经》中的一首著名诗歌，通过自然的象征和简洁的语言，描绘了一位女子对远方情人的深切思念。

诗中用“青青子衿”和“青青子佩”分别象征情人的衣领和饰品，表达了女子的思念。通过问句“纵我不往，子宁不嗣音？”和“纵我不往，子宁不来？”体现了她对情人的期待和希望。最后，“一日不见，如三月兮”强调了分离的漫长感受。

这首诗反映了古代女性对爱情的忠贞和对情感的含蓄表达。

### 《诗经》中的成语

【痛心疾首】《小雅 · 小弁》：心之忧矣，疢如疾首。

【如日中天】《邶风 · 简兮》：日之方中，在前上处。

【跋前踬后】《豳风 · 狼跋》：狼跋其胡，载疐其尾……狼疐其尾，载跋其胡。

【百身何赎】《秦风 · 黄鸟》：如可赎兮，人百其身！

# 【扬之水】

原诗

扬之水[一]，不流束楚。终鲜兄弟，维予与女。

○扬：悠扬，水缓缓流动的样子。

○束楚：一捆荆柴木。束，量词，一捆。楚，荆条。

○终：既。鲜（xiǎn）：少。

○维：只有。女（rǔ）：通"汝"，你。

无信人之言，人实迋女。

○迋：通"诳"，欺骗。

扬之水[二]，不流束薪。

○束薪：捆扎起来的木柴。

终鲜兄弟，维予二人。无信人之言，人实不信。

译诗

河里水呀慢腾腾，不能漂走一捆荆。家中缺少兄弟助，仅我夫妻相依存。

勿信他人虚假言，都是谎言在欺骗。悠扬水流潺潺行，一捆木柴难漂浮。

兄弟稀少家孤单，只有我们二人守。莫听闲话误心意，人言莫测难为信。

## 导读

本篇内容与主题历来被诗评家们广泛讨论。这首诗的解读多有争议，不同的诗学家提出了不同的解释。

《毛诗序》认为这首诗反映了君子担忧没有忠臣良士，但实际上诗中并未明显表达这种忧虑。南宋的朱熹等人则认为这是一首描述淫荡关系的诗。而闻一多则将其解释为夫妻间的离别前的叮咛。清代的方玉润则认为诗中表达了兄弟间因谗言生疑后的反思与相互勉励。

这首诗的真正魅力在于其开放性的解释空间，是否是兄弟间的相劝，或夫妻间的告别，都有待读者自行感悟。

诗的开篇“扬之水”，虽然与下文的主旨看似不连贯，却极具音韵之美，带有强烈的节奏感和朗朗上口的特点。这种开篇方式虽在《诗经》中较为少见，但成功地设置了整首诗的基调，反映了诗人对离间与讹言的厌恶。

《扬之水》不仅是一首关于个人情感的诗，也触及了复杂的社会关系。这首诗无论是解读作兄弟间的劝导还是夫妻间的依依不舍，都展示了《诗经》对人类情感的深刻洞察。

### 《诗经》中的成语

【哀鸿遍野】《小雅 · 鸿雁》：爰及矜人，哀此鳏寡……鸿雁于飞，哀鸣嗷嗷。

【爱莫能助】《大雅 · 烝民》：爱莫助之，衮职有阙。

【嗷嗷待哺】《小雅 · 鸿雁》：鸿雁于飞，哀鸣嗷嗷。

【跋山涉水】《鄘风 · 载驰》：大夫跋涉，我心则忧。

# 【出其东门】

原诗

（一）出其东门，有女如云。虽则如云，匪我思存。

○如云：形容众多。

○虽则：虽然。

○匪：同「非」，不是。思存：思念，念念不忘。存，铭记在心。

缟衣綦巾，聊乐我员。

○缟：白色。綦巾：草绿色的女服。古代未嫁女子所服。

○聊：姑且。员：语助词。与「云」同。

（二）出其闉阇，有女如荼。

○闉阇（yīn dū）：古代城门外瓮城的重门。

○荼：茅、芦之类的白花。

虽则如荼，匪我思且。

○思且：思念，关心。

缟衣茹藘，聊可与娱。

○茹藘（rú lǘ）：即茜草。这里指茜草所染之绛红色。

译诗

我出了那东城门，郊游女子多如云。虽然女子众如云，都不是我意中人。

身披白衫绿巾装，唯她令我心欢喜。我走出了城门外，女子众多若花开。

虽然女子多如茅，不是我思念的人。身披白衫红佩巾，唯她让我心欢愉。

## 导读

《出其东门》是《诗经》中一首表现男子对妻子忠贞不渝爱情的诗歌。在当时郑国风俗混乱的背景下，这首诗显得尤为珍贵。

这首诗描述了一位男子走出城门，虽然遇到许多美丽的女子，但他的心中只有他那朴实无华的妻子。通过“缟衣綦巾”与“缟衣茹藘”等描述，诗人赞美了妻子的简朴与贞洁，表达了对她纯净品格的珍视与爱慕。

诗中采用了借代的修辞手法，通过素朴的服饰代表妻子的品德，使得这种内在美得以很好地呈现。

### 《诗经》中的成语

【有的放矢】《小雅 · 宾之初筵》：大侯既抗，弓矢斯张。……发彼有的，以祈尔爵。

【竹苞斯茂】《小雅 · 斯干》：如竹苞矣，如松茂矣。

【惴惴不安】《秦风 · 黄鸟》：临其穴，惴惴其栗。彼苍者天，歼我良人！

【谆谆教导】《大雅 · 抑》：诲尔谆谆，听我藐藐。

# 【野有蔓草】

**原诗**

（一）野有蔓草，零露漙兮。有美一人，清扬婉兮。邂逅相遇，适我愿兮。

○蔓草：蔓生的野草。
○零露：降落的露水。漙（tuán）：露水多而晶莹。与下面的“瀼瀼（ráng）”意同。
○清扬：眉清目秀的样子。婉：温婉动人的样子。
○邂逅：偶然相遇。
○适：符合。愿：心愿。

（二）野有蔓草，零露瀼瀼。有美一人，婉如清扬。邂逅相遇，与子偕臧。

○偕臧：相互满意。臧，善。

**译诗**

野草连连遍地生，露珠闪烁如珍珠。美女漫步其中行，眉清目秀容颜美。
不期而遇真奇妙，符合我意真相宜。野草密布满地绿，露珠晶莹如珍珠。
美女漫步轻如燕，风姿绰约美无双。偶然相逢最欢喜，与她同行两心知。

## 导读

此诗描绘了主人公春天里一次偶遇美丽女子的场景，诗中充满了浪漫的色彩和生动的自然描写。

这首诗反映了春秋时期的社会风俗。据传，由于战争频繁，导致人口减少，统治者鼓励未婚男女在春季自由相会，以增加人口。这首诗便是在这样的背景下产生的，描绘了男女在春日田野中的偶然相遇。当时的社会背景使得这种自由相会的情形在春天变得尤为常见。

诗中的前两句“野有蔓草，零露漙兮”描绘了一幅春天的田野景象，草地上满是晶莹的露水。接下来的“有美一人，清扬婉兮”描写了在这样的美景中偶遇的美丽女子，她的出现如同春日里的一抹亮色，令人眼前一亮。通过简洁的语言和生动的自然景象，诗人成功地营造了一个浪漫的场景。

《野有蔓草》是《诗经》中的浪漫之作，它以其独特的情感魅力和画面感，展现了古人对美好事物的热爱和向往。这首诗不仅是对一个美丽女子的描绘，更是一种对生活美好期待的表达。

### 《诗经》中的成语

【惩前毖后】《周颂·小毖》：予其惩，而毖后患。

【无功受禄】《魏风·伐檀·序》：在位贪鄙无功而受禄。

【不得其所】《曹风·下泉·序》：曹人疾共公侵刻，下民不得其所，忧而思明王贤伯也。

【蚕食鲸吞】《魏风·硕鼠·序》：国人刺其君重敛，蚕食于民，不修其政。

# 溱洧

## 原诗

（一）溱与洧，方涣涣兮。士与女，方秉蕑兮。

○溱（zhēn）、洧（wěi）：郑国的两条河名。○涣涣：水势盛大。○方：正。秉：持。蕑（jiān）：兰花。

女曰观乎？士曰既且。且往观乎？洧之外，

○既：已经。且（cú）：同「徂」，往，去。○且：再。

洵訏且乐。维士与女，伊其相谑，赠之以勺药。

○洵：实在。訏：大。○维：助词。用于句首或句中。○伊：发语词。相谑：互相调笑。

（二）溱与洧，浏其清矣。士与女，殷其盈矣。

○浏：水流清澈的样子。○殷：众，多。

女曰观乎？士曰既且。且往观乎？洧之外，

洵訏且乐。维士与女，伊其将谑，赠之以勺药。

○将谑：相谑，即互开玩笑。

**译诗**

溱洧河水长又长，河水流淌向远方。
男女结伴城外游，手持兰花两相望。
女子问士可去游？男子回答已游览。
再去观赏又何妨？洧水岸边景色好，
地方热闹又宽敞。闲庭信步两相欢，
男女戏谑声声扬，赠朵芍药毋相忘。
溱洧水流延绵长，清波荡漾景致好。
男男女女去郊游，两岸行人密如织。
女子问可否前往？男子笑答已游览。
再去观赏又何妨？洧水两岸春意浓，
地方热闹又宽敞。情投意合一起逛，
相互嬉戏喜洋洋，互赠芍药表心意。

## 导读

这首诗生动地描绘了郑国三月上巳节的风俗，这是一个特别的节日，当地青年男女会在溱水和洧水两岸集会，进行传统的洗涤仪式，名为“修禊”，意在祓除不祥和积累的污垢。这种风俗反映了古代人对自然和洁净的崇拜，同时也是青年男女社交和表达情感的机会。

诗中通过叙事和对话的方式，展示了当日的热闹场景。青年们在美好的春日里相聚，互赠芍药表示友好和爱意，表现了他们的亲密与欢乐。

整首诗不仅仅是对美好时光的描述，还透露出人们对生活的热爱和对美好时光的珍惜。它是一幅充满活力与情感的社会生活画卷，向我们展示了古代中国社会中人际关系和社会活动的一面。

蕑

# 【鸡鸣】

## 原诗

鸡既鸣矣，朝既盈矣。匪鸡则鸣，苍蝇之声。

东方明矣，朝既昌矣。匪东方则明，月出之光。

虫飞薨薨，甘与子同梦。会且归矣，无庶予子憎。

○盈：满，指上朝的人都到了。○匪：同“非”，不是。

○昌：盛，人多。

○薨（hōng）薨：象声词。众虫齐飞的声音。○甘：情愿。○会：朝会。且：将要。归：回去。○无庶：庶无的倒装。庶，希望、但愿。憎：厌恶；憎恨。

## 译诗

公鸡已经开始叫，朝堂官员早已到。不是公鸡发的声，而是苍蝇嗡嗡闹。

东方天空渐渐亮，朝堂官员已满堂。东方天色并没亮，却是月光在照耀。

小虫嗡嗡飞来往，愿与君共同入梦。朝会即将散去了，但愿不会招来恨。

## 导读

这首诗描绘了一对夫妻早晨的对话，反映了家庭生活中的一幕。它通常被解读为一位妻子在催促她的丈夫早起，避免迟到而影响到他的公务或朝会。这样的场景不仅展现了古代妻子对丈夫事业的关心和支持，也体现了文学中“问答联句”的形式，通过夫妻之间的对话，展示了情感与日常生活的交织。更深层次地，它也反映了社会对于家庭角色责任的期待。

诗中，妻子的话语穿插着关于朝会的提醒，表现了她对丈夫职责的了解和对家庭声誉的担忧。而丈夫的回应则流露出早晨的慵懒，他不愿离开温暖的床笫。这种问答式的结构，使得诗歌生动而具有戏剧性，增强了读者对两个人物性格和情感的感知。

### 《诗经》中的成语

【手舞足蹈】《周南·关雎·序》：情动于中而形于言，言之不足，故嗟叹之，嗟叹之不足，故咏歌之，咏歌之不足，不知手之舞之足之蹈之也。

【甘棠遗爱】孔颖达疏：召公为西伯行政于南土，决讼于小棠之下，其教著明于南国，爱结于民心。

【言者无罪，闻者足戒】《周南·关雎·序》：言之者无罪，闻之者足以戒。

# 【还】

原诗

子之还兮，遭我乎峱之间兮。并驱从两肩兮，揖我谓我儇兮。

○还(xuán)：通"旋"，敏捷。○遭：遇到。峱(náo)：齐国山名。○并驱：两马并驾齐驱。从：追逐。肩：兽三岁为肩。○揖：拱手行礼。儇(xuān)：敏捷。

子之茂兮，遭我乎峱之道兮。并驱从两牡兮，揖我谓我好兮。

○茂：优秀，卓越。○牡：雄兽。

子之昌兮，遭我乎峱之阳兮。并驱从两狼兮，揖我谓我臧兮。

○昌：强壮。○阳：山的南面。○臧：好。

译诗

你的动作真敏捷，和我相遇山谷间。并驾齐驱追两兽，作揖夸我好身手。

你的骑射真优秀，遇见我在山道上。并驾驱赶两雄兽，作揖夸我本领高。

英姿勃发身强健，山南边偶然相见。并马追逐两只狼，作揖夸我善狩猎。

导读

这首诗具体描述了猎人们在狩猎中的互相赞美，体现了他们对狩猎技艺的自豪和相互尊重。在古代齐地，由于地理环境多山，狩猎成了一种重要的生活和社交方式，猎人们通过共同的活动建立友谊，展示个人的勇敢和技艺。

本篇以其独特的结构和表达方式，生动描绘了猎人们的活动场景。诗中不仅描写了并肩狩猎的场景，还通过重复和排比的手法，增强了诗歌的节奏感和动感。

《毛诗序》对这首诗的解释为“刺荒”，认为是对过度狩猎的一种批评。然而，诗中的表达更多的是对猎人技艺的赞赏和对他们互助合作精神的肯定。这种解读更符合诗的整体氛围和情感表达，展现了猎人之间的兄弟情谊和他们豪放不羁的性格。

## 《诗经》中的名句

【关关雎鸠，在河之洲。窈窕淑女，君子好逑。】《周南 · 关雎》

【求之不得，寤寐思服。悠哉悠哉，辗转反侧。】《周南 · 关雎》

【桃之夭夭，灼灼其华。之子于归，宜其室家。】《周南 · 桃夭》

【陟彼高冈，我马玄黄。我姑酌彼兕觥，维以不永伤。】《周南 · 卷耳》

【南有樛木，葛藟累之。乐只君子，福履绥之。】《周南 · 樛木》

# 【著】

原诗

俟我于著乎而[一]，充耳以素乎而，尚之以琼华乎而。

○俟：等待。著：大门与屏风之间。乎而：语气词。表赞叹。——○充耳：古代挂在冠冕两旁的饰物，可以塞耳避听。素：白色。——○尚：增加。琼华：美石。这里指男子垂在冠冕两侧用以塞耳的玉坠。

俟我于庭乎而[二]，充耳以青乎而，尚之以琼莹乎而。

○庭：中庭。——○青：青色的丝绳。——○琼莹：似玉的美石。用作配饰。

俟我于堂乎而[三]，充耳以黄乎而，尚之以琼英乎而。

○堂：庭堂。——○琼英：似玉的美石。

译诗

他等我在大门间啊，冠上坠着白丝带啊，缀着美玉放光芒。他等我在庭院中啊，冠上坠着青丝绳啊，美玉点缀亮晶晶。他等我在正庭堂啊，耳边缀着黄丝带啊，上有美玉光灿灿。

## 导读

这是一首描写新郎来迎接新娘的诗。诗中通过对新郎的详细描绘，表达了新娘对即将开始的新生活的喜悦和期待。

诗的每一章都细致描写了新郎在不同场景中的等候，以及他的装饰：白色的丝带、青色的丝带、黄色的丝带分别搭配精美的玉饰，这些细节展现了新郎的尊贵与光彩。新郎的精心打扮，体现了他对新娘的尊重和对婚姻的重视。

每句诗的结尾都用语气词“乎而”表赞叹，使得诗歌的节奏感舒缓而富有韵律，一种温柔而期待的情绪跃然纸上。

### 《诗经》中的名句

【螽斯羽，诜诜兮。宜尔子孙，振振兮。】《周南 · 螽斯》

【南有乔木，不可休思；汉有游女，不可求思。】《周南 · 汉广》

【汉之广矣，不可泳思；江之永矣，不可方思。】《周南 · 汉广》

【遵彼汝坟，伐其条枚。未见君子，惄如调饥。】《周南 · 汝坟》

【鲂鱼赪尾，王室如燬。虽则如燬，父母孔迩！】《周南 · 汝坟》

# 【东方之日】

**原诗**

东方之日兮，[一]彼姝者子，在我室兮。在我室兮，履我即兮。

东方之月兮，[二]彼姝者子，在我闼兮。在我闼兮，履我发兮。

○东方之日：东方旭日初升。

○姝：美丽。子：女子。

○履：踩踏。即：就，靠近。

○闼（tà）：内门，小门。

○发：足，脚。一说足迹。

**译诗**

太阳从东方升起，那个美丽的女子，走进我的新房。走进我的新房，跟随着我的脚步。月亮从东方升起，那个美丽的女子，走进我的内房。走进我的内房，跟随着我的脚步。

导读

这是一首描绘男女爱情主题的诗歌，也有说是一首婚礼之歌。诗中通过描写女子迈步向男子走去的动作，生动地展示了她的情感和爱慕之情。

此诗经常被解读为一种社会风俗的反映，显示了古代男女之间直接而坦率的情感交流。《诗经》中多篇作品通过自然景象或日常生活细节来隐喻人物的情感状态，而本诗则通过“东方之日”喻指女子对爱情的积极追求。

《毛诗传》解释此诗为讽刺那些行为放纵的人，但现代学者更倾向于认为这是一首赞美诗，歌颂女子勇于表达爱意的行为。此外，诗中提到的“闼”和“室”，指的可能是贵族的住所，突出了情节发生的社会背景。

整体而言，这首诗不仅仅是情感的表达，也反映了贵族生活，展示了古代文学中对情感描写的细腻与深刻。通过每章的动作描述，如“履我即兮”和“履我发兮”，诗人精准地捕捉了那微妙的情感变化，使得整首诗既简洁又富有情感深度。

## 《诗经》中的名句

【麟之趾，振振公子，于嗟麟兮。】《周南 · 麟之趾》

【未见君子，忧心忡忡。亦既见止，亦既觏止，我心则降。】《召南 · 草虫》

【蔽芾甘棠，勿翦勿伐，召伯所茇。】《召南 · 甘棠》

【谁谓雀无角？何以穿我屋？谁谓女无家？何以速我狱？】《召南 · 行露》

【羔羊之皮，素丝五紽。退食自公，委蛇委蛇。】《召南 · 羔羊》

# 【东方未明】

原诗

东方未明，颠倒衣裳。颠之倒之，自公召之。

○颠倒衣裳：衣裳上下倒穿。形容匆忙失序的样子。衣，上衣。裳，下裙。

○自：从。公：官府。召：召唤，召见。这里指官差。

东方未晞，颠倒裳衣。倒之颠之，自公令之。

○晞（xī）：拂晓，天明。

○令：发出命令。

折柳樊圃。狂夫瞿瞿。不能辰夜，不夙则莫。

○樊：围篱笆。圃：菜园子。

○狂夫：无知妄为的人。这里指官府派来的监工。瞿瞿：瞪眼怒视的样子。

○辰：通「晨」。

○夙：早。莫：同「暮」，晚。

译诗

东方未明光未现，衣裳颠倒忙又慌。衣作裙来裙当衣，皆因官府紧急唤。东方天色尚未明，穿衣颠倒慌又忙。

衣裙颠倒无次序，官府号令我惊恐。柳枝筑篱围菜园，监工旁立目光严。劳碌不分昼与夜，早起晚睡真辛苦。

## 导读

本篇描绘了一位小官吏的忙碌生活。诗中通过具体描写吏员早出晚归，甚至忙到将衣服穿颠倒的情景，生动地表现了他在公务上的忙碌。

诗歌通过简单直接的语言和情景描写，让读者能感受到小官吏疲于奔命的无奈与哀怨。同时，诗中也暗示了社会对于小官吏的监督和压力，通过“颠倒衣裳”和“瞿瞿”等细节的描写，加深了这种生活状态的真实感和紧迫感。

整体而言，这首诗不仅仅是对一个小官吏忙碌生活的描写，更是对其背后社会现象的反思，揭示了个人生活与社会责任之间的冲突。这种主题的探讨，使得这首看似简单的诗歌具有了更深的文化和社会意义。

# 【南山】

## 原诗

南山崔崔，[一]雄狐绥绥。鲁道有荡，齐子由归。

○南山：齐国山名。也叫牛山。崔崔：高大的样子。

○雄狐：多借指好色乱伦之徒。这里用来比喻荒淫的齐襄公。绥绥（suí）：慢慢走。

○鲁道：去往鲁国的大道。荡：平坦。

○齐子：齐侯之子，指文姜。由归：出嫁。

既曰归止，曷又怀止？葛屦五两，冠緌双止。

○止：语助词。

○曷（hé）：为什么。怀：回来。

○葛屦（jù）：用葛草编成的鞋。五：通“伍”，排列。

○冠緌（ruí）：帽子上的缨带。

鲁道有荡，齐子庸止。既曰庸止，曷又从止？

○庸：用。指文姜经过鲁道嫁给鲁桓公。

○从：跟从。

蓺麻如之何？[二]衡从其亩。取妻如之何？必告父母。

○蓺（yì）：通“艺”，种植。

○衡从：横纵。亩：田垄。

○取：通“娶”。

既曰告止，曷又鞠止？析薪如之何？[三]匪斧不克。

○鞠（jū）：穷。

○析薪：劈柴。

○匪：非。克：能。

取妻如之何？匪媒不得。既曰得止，曷又极止？

○极：穷极、放任。

## 译诗

齐国南山高且大，雄狐跟在后面跑。鲁国大道宽又平，文姜由此去出嫁。文姜已归鲁侯家，为何又要回来呀？

葛鞋摆放成双对，帽带垂下双颈旁。鲁国大道宽又平，文姜此路去出嫁。文姜既是鲁侯妻，为何再次顺从他？

农家怎样种好麻？纵横耕作有章法。想要娶妻怎么办？必须先去问父母。既然禀告了父母，为何还要放任她？

劈柴需要怎么做？没有斧头劈不好。想要娶妻怎么办？没有媒人办不到。妻子已经娶到家，为何任她瞎胡闹？

## 导读

这是一首充满讽刺色彩的作品，反映了齐襄公与鲁桓公妻子文姜（齐襄公同父异母的妹妹）之间的不正当关系。这段历史在《左传》与《史记》中有详细记录：齐襄公与文姜私通，并在文姜的丈夫鲁桓公访问齐国期间将其暗杀。

诗中巧妙地通过每章不同的起兴手法，以及末尾的疑问句来传达其讽刺意味，从而间接批评了齐襄公的行为。起兴部分包括南山、雄狐、葛屦等自然与日常生活的元素，暗示着诗的主题与背景。通过这种方式，诗人不仅避免了直接攻击当权者的风险，还增强了作品的艺术性和思考深度。

结构上，诗歌每章以丰富的比喻和象征手法展开，末尾的问题则留给读者深思，既显得委婉又充满力量，这种表达方式既保护了作者，也使得诗歌的讽刺效果更为显著。整首诗不仅揭示了古代贵族生活的一角，也反映了民间对于道德败坏的君主的不满和抗议，是《诗经》中表达社会与道德观念的重要文献。

### 《诗经》中的名句

【摽有梅，其实七兮。求我庶士，迨其吉兮。】《召南 · 摽有梅》

【嘒彼小星，三五在东。肃肃宵征，夙夜在公。】《召南 · 小星》

【江有汜，之子归，不我以。不我以，其后也悔！】《召南 · 江有汜》

【我心匪石，不可转也。我心匪席，不可卷也。】《邶风 · 柏舟》

【死生契阔，与子成说。执子之手，与子偕老。】《邶风 · 击鼓》

# 【甫田】

## 原诗

无田甫田，维莠骄骄。无思远人，劳心忉忉。

○田（diàn）：同"畋"，耕种。甫田：大块的田。
○莠（yǒu）：一种杂草，即狗尾草。骄骄：草茂盛高大的样子。
○远人：远方的人。
○忉忉（dāo）：忧思的样子。

无田甫田，维莠桀桀。无思远人，劳心怛怛。

○桀桀（jié）：同上"骄骄"。
○怛怛（dá）：悲伤的样子。

婉兮娈兮，总角丱兮。未几见兮，突而弁兮。

○婉、娈：年少而俊美的样子。
○总角：指人的幼年时期。丱（guàn）：儿童发髻翘起的形状。
○未几：不久。
○弁（biàn）：加冠。这里表示成年。

## 译诗

不要耕种荒芜田，杂草茂盛遮天边。别去想念远行人，忧心劳思夜难眠。别去耕那荒废田，野草丛生无尽边。

别去思念远游人，心头忧伤难自宽。幼时娇嫩又俊俏，发髻双结似羊角。不久再次相见时，突然头上已加冠。

## 导读

这是一首表达思念之情的诗歌。这首诗通过描述耕种荒田的艰苦，寄托了诗人对远方亲人的深切思念。诗中提到的“甫田”象征着诗人曾经劳作的地方，荒芜的田地和劳心的情感交织在一起，展示了一幅辛劳与离愁别绪的画面。

诗的前两章反复吟唱荒田和劳心之苦，表达了对远离家乡的亲人的深切思念。第三章中，描写了时光飞逝，少年时的分离，再次见面已长大成人。描绘了时间的流逝和变迁给个人带来的影响。

整首诗的情感层次丰富，从直接的劳作疲惫到深层的人际情感和时光流转的哀愁，都在简洁的文字中得到了淋漓尽致的表达。

# 【卢令】

**原诗**

卢令令，[一] 其人美且仁。

○卢：猎犬。令令：象声词。狗脖子下铃铛的声音。

○其人：猎人。仁：仁慈，厚道。

卢重环，[二] 其人美且鬈。

○重环：双环。

○鬈（quán）：头发漂亮的样子。

卢重鋂，[三] 其人美且偲。

○重鋂（méi）：一大环上套两个小环。

○偲（cāi）：多才。

**译诗**

猎狗颈环铃铃响，猎人英俊又温厚。猎狗脖挂子母环，猎人头发长又卷。猎狗颈上三环戴，猎人勇武又多才。

导读

这是一首反映春秋时代狩猎文化的诗歌，赞美了年青猎人。在那个时代，田猎不仅是贵族的娱乐活动，也是普通百姓生活的一部分，这种场景在《诗经》中被频繁描绘，显示了其在当时社会中的普遍性和重要性。

虽然有文献指出这首诗可能是对齐襄公热衷狩猎而忽略政务的批评，但诗歌本身的表达更倾向于对狩猎行为的赞美。诗中通过简洁而重复的句式，呈现出一种节奏感强烈的民歌风格，表达了对猎人英姿的欣赏。

此外，诗歌的结构简单，每章只有两句，通过轻微的变化展现不同的场景，反映了早期民歌的特点。

## 《诗经》中的名句

【绿兮丝兮，女所治兮。我思古人，俾无訧兮。】《邶风 · 绿衣》

【终风且曀，不日有曀。寤言不寐，愿言则嚏。】《邶风 · 终风》

【凯风自南，吹彼棘心。棘心夭夭，母氏劬劳。】《邶风 · 凯风》

【瞻彼日月，悠悠我思。道之云远，曷云能来？】《邶风 · 雄雉》

【雍雍鸣雁，旭日始旦。士如归妻，迨冰未泮。】《邶风 · 匏有苦叶》

# 敝笱

原诗

敝笱在梁，其鱼鲂鳏。齐子归止，其从如云。

〇敝：破旧。笱（gǒu）：竹制的捕鱼器。梁：鱼梁，河中的堤坝。
〇鲂（fáng）鳏（guān）：鳊鱼和鲲鱼。
〇齐子：这里指文姜。归止：回娘家。止，语气词。
〇从：跟随。这里指随从的人。如云：指随从众多。

敝笱在梁，其鱼鲂鱮。齐子归止，其从如雨。

〇鱮（xù）：鲢鱼。
〇如雨：形容随从多。

敝笱在梁，其鱼唯唯。齐子归止，其从如水。

〇唯唯：鱼儿自由游动的样子。
〇如水：形容随从如水流不断。

译诗

破笱放在鱼梁上，网不住那鳏和鲂。文姜回齐见兄长，随行众人如云集。破笱放在鱼梁上，捕不到那鱮和鲂。文姜回齐见兄长，随从像雨一样多。破笱放在鱼梁上，鱼儿自由无拦阻。文姜回齐见兄长，随从如水流不断。

## 导读

本篇是一首用典型的“一唱三叹”结构来隐喻和讽刺的诗歌。它通过描写一个简单的场景——捕鱼篓（笱）因破损而无法捕捉鱼——象征着更深层的社会和道德问题。

诗歌反复叙述敝笱无法捕鱼的情形，通过这一象征，暗指鲁国王室，尤其是鲁桓公的无能。他无法约束其妻文姜的不当行为，正如破损的捕鱼篓无法阻止鱼的自由来去。文姜的行为在齐国和鲁国引起了巨大的风波，她与自己的兄弟齐襄公的丑闻众所周知，损害了两国的关系，并最终导致鲁桓公的死亡。

诗中的描写手法巧妙而含蓄，用“如云”“如雨”“如水”这三个比喻形容文姜随从的浩大，表面看似描写她的排场和声势，实则通过这种盛况来讽刺她的行为，暗示其放荡不羁引起的社会动荡和人们的非议。

这首诗不仅揭示了个人的道德败坏，更深层地批评了因君主的软弱和无能导致的国家治理失败。它通过具体而生动的比喻和象征，使读者能够感受到古代诗歌在表达尖锐社会批评时的巧妙和力量。

# 【载驱】

## 原诗

载驱薄薄，簟茀朱鞹。鲁道有荡，齐子发夕。

○载：助词。驱：策马。薄薄：车疾驰声。
○簟（diàn）茀（fú）：遮蔽车厢后窗的竹席。朱鞹（kuò）：红漆兽皮制的车盖。
○鲁道：往鲁国去的大道。荡：平坦。
○齐子：文姜。发夕：发，旦，早晨。夕，暮，傍晚。

四骊济济，垂辔濔濔。鲁道有荡，齐子岂弟。

○骊：深黑色马。济济：整齐美好的样子。
○辔：驾驭马的缰绳。濔（mǐ）濔：柔软的样子。
○岂（kǎi）弟（tì）：通"恺悌"，快乐而心不在焉的样子。

汶水汤汤，行人彭彭。鲁道有荡，齐子翱翔。

○汶（wèn）水：即大汶河。流经齐鲁两国的水名，今山东省汶河。汤（shāng）汤：水流盛大的样子。
○彭彭：盛多的样子。
○翱翔：遨游。

汶水滔滔，行人儦儦。鲁道有荡，齐子游敖。

○滔滔：大水奔流的样子。
○儦（biāo）儦：众多的样子。
○游敖：遨游。

## 译诗

马车疾驰车轮响，竹席朱盖炫目亮。鲁国道路真平坦，文姜早晚自由行。四马齐驾样式整，缰绳宽松任驰骋。

鲁国道路真平坦，文姜乘车乐开怀。汶河水流声声响，路上行人熙攘攘。鲁国道路真平坦，文姜自在随意逛。

汶河波涛滚滚来，行人多得似看潮。鲁国道路真平坦，文姜往来真逍遥。

## 导读

《载驱》通过描绘文姜与齐襄公的私情，反映了当时社会的道德观和风气。文姜，鲁桓公之妻，齐襄公之妹，在诗中以负面形象出现，其行为引发了社会广泛的关注与谴责。

诗歌通过描写文姜乘坐华丽的马车，疾驰于通道之上的场景，用“载驱薄薄，簟茀朱鞹”形容她的马车华而不实，外表光鲜。这种描写既反映了她的奢华生活，也暗示了她行为的轻浮和无节制。

随着诗歌的进展，文姜的车队被描述为“四骊济济”，显示出其车队的盛大。然而，这种排场的背后是她对权力的滥用以及个人私欲的追求。

汶水的形象在诗中两次出现，“汶水汤汤，行人彭彭”与“汶水滔滔，行人儦儦”，一方面描绘了自然景观的壮观，另一方面也通过河水的奔流与行人的熙攘，形象地表达了文姜的行为对社会的冲击和引起的关注。

整首诗通过重复和巧妙的排比，不仅增强了语言的节奏感和音乐性，使其易于传唱，也深化了对文姜不检点行为的讽刺。

## 《诗经》中的名句

【谁谓荼苦，其甘如荠。宴尔新昏，如兄如弟。】《邶风 · 谷风》

【式微，式微，胡不归？微君子之故，胡为乎中露！】《邶风 · 式微》

【毖彼泉水，亦流于淇。有怀于卫，靡日不思。】《邶风 · 泉水》

【北风其凉，雨雪其雱。惠而好我，携乎同行。】《邶风 · 北风》

【静女其姝，俟我于城隅。爱而不见，搔首踟蹰。】《邶风 · 静女》

# 【猗嗟】

原诗

①猗嗟昌兮，颀而长兮。抑若扬兮，美目扬兮。

○猗嗟（yī jiē）：叹词。表赞叹。昌：姣好的样子。○颀：颀然。身材高大。○抑若：美好的样子。

巧趋跄兮，射则臧兮。②猗嗟名兮，美目清兮。

○趋：疾行。跄：行走有节奏的样子。○则：法则。臧：善。○名：同"明"，形容眉宇开展。○清：眼睛明亮，黑白分明。

仪既成兮，终日射侯。不出正兮，展我甥兮。

○仪：指射箭的仪式。成：齐备。○射侯：用箭射靶。侯，用兽皮或布做成的靶子。○正：箭靶的中心位置。○展：确实。甥：女儿之子。一说姐妹之子。

③猗嗟娈兮，清扬婉兮。舞则选兮，射则贯兮。

○娈：俊俏。○清扬婉兮：眉目清秀。○选：整齐。○贯：射中，穿透。

四矢反兮，以御乱兮。

○矢：箭。反：反复。○御：防御，抵抗。

译诗

这人长得真俊朗，身材高挑又颀长。前额宽广英姿靓，美目闪烁神采出。疾行步伐有节奏，射中箭靶技法强。

这个人眉扬目展，眼神清澈又明亮。射箭仪式已齐备，整日习射不松懈。箭无虚发中靶心，真乃我的好外甥。

这人长得真俊俏，眉清目秀多动人。舞姿美妙节奏强，射出箭去支支中。连发四箭中靶心，抵御叛乱展才能。

## 导读

本篇诗歌赞美了一位技艺高超的青年射手。通常认为这首诗描绘了鲁庄公的形象。根据史料记载，鲁庄公年轻时就表现出了卓越的射箭技巧。这首诗可能是在他与齐人共猎的场合中创作的。

诗中，“猗嗟”一词多次出现，用以表达赞叹和惊艳，突出射手的英俊与射箭技艺的高超。诗歌详细描写了射手的外貌与行动，如“美目扬兮”突出了他明亮的眼神，而“巧趋跄兮”则描绘了他敏捷的动作。

射技方面，诗歌从不同角度展示了鲁庄公的射箭技能。首章强调他每次射击都能命中目标，即“射则臧兮”。随后的章节中，诗人赞叹他练习的勤奋和技艺的精准，通过连续四箭都能射中同一目标，表达了对他技艺的极高评价。

此外，诗歌也隐含了一定的政治寓意，用射箭的比喻暗示了鲁庄公作为国家领导者的责任感和保卫国家的能力。

### 《诗经》中的名句

【新台有泚，河水瀰瀰。燕婉之求，蘧篨不鲜。】《邶风 · 新台》

【二子乘舟，泛泛其景。愿言思子，中心养养。】《邶风 · 二子乘舟》

【期我乎桑中，要我乎上宫，送我乎淇之上矣。】《鄘风 · 桑中》

【泛彼柏舟，在彼中河。髧彼两髦，实维我仪。】《鄘风 · 柏舟》

【乃如之人也，怀昏姻也。大无信也，不知命也。】《鄘风 · 蝃蝀》

# 【葛屦】

**原诗**

（一）

纠纠葛屦，可以履霜。

○纠纠：纠缠交错的样子。葛屦：用葛草编成的鞋。○可以：即「何以」。可，通「何」。履：脚踏。

掺掺女手，可以缝裳。

○掺掺：形容女子手柔软纤细。

要之襋之，好人服之。

○要：衣服的腰身。襋（jí）：衣领。○好人：美人。这里指女主人。

（二）

好人提提，宛然左辟，

○左辟：避让于道左，以示谦让。

佩其象揥。维是褊心，是以为刺。

○佩：戴。象揥（tì）：象牙发簪。○维：由于。褊（biǎn）心：心胸狭窄。○是以：以是。因此。刺：讽刺。

**译诗**

脚上穿着葛草鞋，如何走得风霜地。双手纤细又柔软，如何缝制好衣裳。仔细缝好腰和领，为那佳人穿身上。

佳人显出倨傲态，谦让转身向左避，象牙发簪戴头上。只因心胸太狭窄，因此写诗来讽刺。

## 导读

本篇是一首以缝纫女工的视角讽刺高贵妇人的诗歌。这首诗描写了一位辛勤工作的女性，她用瘦弱的双手为一位贵妇人缝制衣服。诗中通过对比两个截然不同的女性形象，突出了社会阶级的差异和不公。

诗的第一部分描述了女工在艰苦环境中劳作的情景，她的手纤细而瘦弱，几乎无力承担缝纫的工作。尽管如此，她还是完成了衣服的制作，将其送给了那位美丽的贵妇人。第二部分则转向贵妇人，描写她的傲慢和挑剔，以及她戴着象牙簪子的尊贵模样。

这种对比不仅展示了两个不同社会地位的女性的生活，还揭示了高贵阶层的人的自私和缺乏同情心。诗的结尾，“是以为刺”，明确指出了创作此诗的目的是为了批评和讽刺那些利用他人辛劳却不领情的上层人物。

## 《诗经》中的名句

【相鼠有皮，人而无仪。人而无仪，不死何为？】《鄘风 · 相鼠》

【如切如磋，如琢如磨。瑟兮僩兮，赫兮咺兮。】《卫风 · 淇奥》

【考槃在涧，硕人之宽。独寐寤言，永矢弗谖。】《卫风 · 考槃》

【不见复关，泣涕涟涟。既见复关，载笑载言。】《卫风 · 氓》

【女也不爽，士贰其行。士也罔极，二三其德。】《卫风 · 氓》

# 汾沮洳

## 原诗

彼汾沮洳，[一] 言采其莫。彼其之子，美无度。

〇汾：汾河。在今山西中部。沮（jù）洳（rù）：低湿的地方。

〇言：语助词。莫：酸模。野菜的一种，嫩叶可食。

〇无度：无比。

美无度，殊异乎公路。

〇殊异：不相同。公路：官名，掌管君主的路车。

彼汾一方，[二] 言采其桑。

〇一方：一边。

彼其之子，美如英。美如英，殊异乎公行。

〇英：通“瑛”，美玉。

〇公行：官名，掌管君主出行的兵车。

彼汾一曲，[三] 言采其藚。彼其之子，美如玉。

〇曲：水流弯曲的地方。

〇藚（xù）：又名泽泻。多年生草本植物，生浅水中，可入药。

美如玉，殊异乎公族。

〇公族：掌管宗室事务的官。

## 译诗

汾河边的洼地上，采摘脆嫩的酸模。采野菜的那个人，美得无法去衡量。美得无法去衡量，公路怎能比得上。

在那汾河岸一边，采摘柔嫩的桑叶。采桑叶的那个人，温润如玉好品行。温润如玉好品行，公行哪能比得上。

在汾河的弯曲处，采摘泽泻忙又忙。采泽泻的那个人，品德良好又贤明。品德良好又贤明，公族哪能比得上。

## 导读

这是一首表达对勤劳的人民的赞美的诗。在先秦时代，劳动人民的社会地位通常很低，甚至有些人还是奴隶。然而，这首诗的诗人却将一位采摘菜的普通人与高高在上的达官贵人进行了比较，并且高度赞扬了前者。

诗中通过对比，强调了主人公虽然身份低微，但品德高尚，而一些地位高的官员却可能缺乏这些美德。这种赞美劳动者、批评高官的情绪，通常只能在劳动人民自己的口头歌唱中找到。这首诗就像是劳动者的声音，展示了他们对自己同类的深厚感情。

这首诗开篇即描写一位采菜者，使用夸张（“美无度”）和比喻（如“美如英”“美如玉”）的手法赞美其品德。而诗的最后突然提到“公路”“公行”“公族”，形成鲜明对比，突出了勤劳者的美德远超那些高官贵族。

这首诗的结构简洁而内涵深厚，不仅在《魏风》中，即便是在整个《诗经》中也被认为是杰出的作品。通过赞美和对比，诗歌展现了勤劳者的尊严和美德，同时批评了那些高官的虚伪和腐败，给读者留下了深刻的印象和强烈的情感反响。

# 【园有桃】

**原诗**

园有桃(一)，其实之殽。心之忧矣，我歌且谣。

○之：是。殽：同「肴」，佳肴。

○歌、谣：古代以合乐为歌，没有乐器伴奏歌为谣，况则统称为歌谣。

不知我者，谓我士也骄。彼人是哉？子曰何其。

○彼人：那人。指执政者。

○何其：为什么。

心之忧矣，其谁知之？其谁知之，盖亦勿思。

○盖：通「盍」，何不。亦：语助词。

园有棘(二)，其实之食。心之忧矣，聊以行国。

○棘：酸枣树。

○聊：姑且。行国：周游于国中。

不知我者，谓我士也罔极。彼人是哉？子曰何其。

○罔极：无常。

心之忧矣，其谁知之？其谁知之，盖亦勿思。

**译诗**

园子里有棵桃树，桃子可以作佳肴。心中忧伤无处诉，通过歌谣来表述。那不了解我的人，说士人太过骄傲。那人真是对的吗？你说怎么样是好。我心中充满忧愁，谁能了解我苦恼？谁能了解我苦恼，何苦烦心去思考。

园子有棵酸枣树，枣子可以作美食。心中忧伤无处诉，姑且漫游来排解。那不了解我的人，说士人太过反常。那人真是对的吗？你说怎么样是好。我心中满是忧愁，谁能真正感受到？谁能真正理解我，何苦纠结去思考。

## 导读

本篇是一首描绘知识分子不得世人理解的诗歌。诗中的主人公对现实有较为清醒的认识，但不被世人理解。他对自己的生活境遇感到失望和悲伤，以歌唱的形式表达自己的内心情感。

在春秋时期，魏国实施了勤俭的政策，对于依靠国家俸禄生活的士人来说，生活愈发困难。诗中主人公因为生计困苦而发出慨叹，感到自己被世人误解和排斥，人们批评他骄傲和不切实际。面对这些指责，他感到极度的孤独和无助，表现出一种放弃和绝望的心态，认为没有人能真正理解他的苦楚。

这首诗通过对比展现了主人公的内心世界，他的情绪从抒发愁绪到对社会不满，最后转为精神上的彻底疏离。

### 《诗经》中的名句

【信誓旦旦，不思其反。反是不思，亦已焉哉！】《卫风·氓》

【籊籊竹竿，以钓于淇。岂不尔思，远莫致之。】《卫风·竹竿》

【谁谓河广？一苇杭之。谁谓宋远？跂予望之。】《卫风·河广》

【自伯之东，首如飞蓬。岂无膏沐？谁适为容！】《卫风·伯兮》

【其雨其雨，杲杲日出。愿言思伯，甘心首疾。】《卫风·伯兮》

# 【陟岵】

原诗

(一)陟彼岵兮，瞻望父兮。父曰：『嗟！予子行役，夙夜无已。上慎旃哉！犹来无止！』

(二)陟彼屺兮，瞻望母兮。母曰：『嗟！予季行役，夙夜无寐。上慎旃哉！犹来无弃！』

(三)陟彼冈兮，瞻望兄兮。兄曰：『嗟！予弟行役，夙夜必偕。上慎旃哉！犹来无死！』

○陟（zhè）：登上。岵（hù）：有草木的山。
○瞻望：远望。
○父曰：这是诗人想象他父亲在家说的话。嗟：叹词。表悲伤。
○行役：指因服兵役、劳役或公务而出外跋涉。
○夙：早晨。无已：不倦，不息。
○上：通"尚"，希望。旃（zhān）：之，焉。
○犹来：还是归来。无止：不要停留。
○屺：不长草木的山。
○季：兄弟姐妹排行最小的。
○无寐：没有时间睡觉。
○弃：抛弃。
○冈：山岭。
○偕（xié）：俱，在一起。

译诗

登上茂密的山坡，远望家乡的父亲。父亲说：『唉！我儿服役在远方，日夜操劳不知倦。希望你小心谨慎，盼你安全无事早回来！』登上秃秃的山顶，眺望远方的母亲。母亲说：『唉！我小儿在外服役，日夜操劳睡不了，请你务必小心谨慎，不要把我们抛弃！』登上高高的山岭，远眺家乡的兄长。兄长说：『唉！我弟服役在远方，时刻与战友在一起。请你务必小心谨慎，一定要活着回来！』

## 导读

本篇是一首表达思家之情的古诗。这首诗通过一个征人在外服役的角度，展示了他对家乡的深切思念。诗中的主人公站在高处，遥望家乡，内心充满了忧愁与思念。

诗歌巧妙地运用了一种特殊的表达方式：通过想象家人对他的思念来反映出他自己的孤独和痛苦。这种技巧使得诗歌情感更加丰富和深刻。诗中的父亲、母亲和兄长依次登场，他们的话语表达了对征人的关心和期望，同时也反映了他们对征人安全的担忧。

这首诗不仅是对征人辛苦生活的描写，也反映了当时社会对征役制度的不满和批评。通过家庭成员的话语，诗人表达了对长期离家和艰苦生活条件的抱怨，以及对亲情的无限眷恋。

## 《诗经》中的名句

【投我以木瓜，报之以琼琚。匪报也，永以为好也！】《卫风 · 木瓜》

【彼黍离离，彼稷之苗。行迈靡靡，中心摇摇。】《王风 · 黍离》

【知我者，谓我心忧。不知我者，谓我何求。悠悠苍天，此何人哉？】《王风 · 黍离》

【鸡栖于埘，日之夕矣，羊牛下来。】《王风 · 君子于役》

# 十亩之间

原诗

十亩之间兮，桑者闲闲兮，行与子还兮。

十亩之外兮，桑者泄泄兮，行与子逝兮。

○桑者：采桑人。闲闲：从容自得的样子。

○行：走。子：你，指同伴。

○泄（yì）泄：闲散自得的样子。

○逝：返回。

译诗

十亩桑田大又宽，姑娘采桑多悠闲，我和你一起同回家。

十亩之外桑树林，姑娘采桑真自在，我和你一起往家返。

## 导读

《十亩之间》描绘了一群采摘桑叶的妇女在傍晚时分欢快地结束一天的劳作，呼朋引伴一同回家的情景。这首诗表达了作者对采桑女子朴素生活的赞美，同时也展现了她们在大自然中的忙碌和自在。

诗中通过“桑者闲闲”“桑者泄泄”，即自在的采桑女，描绘出她们在风中轻快步伐，与晚风和斜阳相伴的身姿，显得格外恬淡和愉悦。诗歌中的“十亩之间”“十亩之外”意指采桑的地点，可能是指在一小块农田或者园地中。这样的场景充满了田园牧歌的宁静与美好。

## 《诗经》中的名句

【君子阳阳，左执簧，右招我由房，其乐只且！】《王风 · 君子阳阳》

【有兔爰爰，雉离于罗。】《王风 · 兔爰》

【彼采萧兮，一日不见，如三秋兮！】《王风 · 采葛》

【丘中有麻，彼留子嗟。彼留子嗟，将其来施施。】《王风 · 丘中有麻》

【将仲子兮，无裔我里，无折我树杞。】《郑风 · 将仲子》

# 【伐檀】

**原诗**

㊀坎坎伐檀兮，

○坎坎：象声词。伐木声。檀：木名。

置之河之干兮，

○置：放置。干：岸，水边。

河水清且涟猗。

○涟猗：微波。

不稼不穑，

○稼：耕作。穑（sè）：收获谷物。

胡取禾三百廛兮？

○胡：为什么。廛（chán）：通“缠”。束。

不狩不猎，

○狩：打猎，特指冬猎。

胡瞻尔庭有县貆兮？

○瞻：看，望。县：通“悬”，即悬挂。貆（huán）：貉，似狐狸而肥硕。

彼君子兮，

不素餐兮？

○素餐：无功受禄，不劳而食。下文“素食”“素飧（sūn）”意同。

㊁坎坎伐辐兮，

○辐：车轮中凑集于中心毂上的直木。

置之河之侧兮，

○侧：旁边。

河水清且直猗。

○直：水流平直。

不稼不穑，

胡取禾三百亿兮？

○亿：通“繶”。束。

不狩不猎，

胡瞻尔庭有县特兮？

○特：三岁的大兽。

彼君子兮，

不素食兮！

㊂坎坎伐轮兮，

置之河之漘兮，

○漘（chún）：水边。

河水清且沦猗。

○沦猗：微波。

不稼不穑，

胡取禾三百囷兮？

○囷（qūn）：圆形谷仓。

不狩不猎，

胡瞻尔庭有县鹑兮？

○鹑（chún）：鹌鹑。

彼君子兮，

不素飧兮！

译诗

砍伐檀木声声响啊，砍倒放在河岸上啊，河水清清波纹漾啊。不耕作不收获，
为何有粮三百捆啊？不出狩不打猎，为何有幼貉挂庭院啊？那些贵君子啊，
难道不是不劳而获！伐木做辐声声响啊，砍倒放在河旁边啊，河水清澈流得缓啊。
不耕作不收割，为何有粮三百束啊？不出狩不打猎，为何庭院有野兽挂啊？
那些贵君子啊，难道不是白吃闲饭！伐木做车轮声声响啊，砍倒放在河边上啊，
河水清清起波纹啊。不耕作不收割，为何粮仓都装满啊？不出狩不打猎，
为何庭院有鹌鹑挂啊？那些贵君子啊，难道不是白吃闲饭！

## 导读

《伐檀》是一首充满了现实主义批判精神的作品，直面社会的不公与剥削现象。这首诗通过工匠们在伐木造车时的歌声，揭示了劳动者与享受其成果的统治阶级之间的尖锐对立。

诗中，工匠们在辛苦劳作的同时，唱出了对那些不劳而获者的强烈憎恨和讽刺。他们质问："不稼不穑，胡取禾三百廛兮？"和"不狩不猎，胡瞻尔庭有县貆兮？"这些问题直指那些在位者，尽管无功于社会，却享受着丰厚的俸禄。

诗的结尾，作者以冷嘲热讽的方式指出，这些"君子"表面上风度翩翩，实际上却是在白白享受着别人的辛劳成果。通过这种对比和讽刺，诗人强调了社会上存在的严重不公，以及贵族阶层的道德败坏。

### 《诗经》中的名句

【羔裘豹饰，孔武有力。彼其之子，邦之司直。】《郑风·羔裘》

【宜言饮酒，与子偕老。琴瑟在御，莫不静好。】《郑风·女曰鸡鸣》

【萚兮萚兮，风其吹女。叔兮伯兮，倡予和女。】《郑风·萚兮》

【彼狡童兮，不与我言兮。维子之故，使我不能餐兮。】《郑风·狡童》

【子惠思我，褰裳涉溱。子不我思，岂无他人？狂童之狂也且！】《郑风·褰裳》

# 硕鼠

## 原诗

（一）

硕鼠，硕鼠，无食我黍！三岁贯女，莫我肯顾。

○硕鼠：大鼠。比喻横征暴敛的贪婪官吏。○贯：“宦”的假借字，侍奉。女：通“汝”，你。○莫我肯顾：“莫肯顾我”的倒装。顾，顾及。

逝将去女，适彼乐土，乐土，乐土，爰得我所。

○逝：通“誓”。○适：往。乐土：安乐的地方。下文“乐国”“乐郊”同此。○爰（yuán）：于是，就。

（二）

硕鼠，硕鼠，无食我麦！三岁贯女，莫我肯德。

○德：感激。

逝将去女，适彼乐国，乐国，乐国，爰得我直。

○直：价值；报酬。

（三）

硕鼠，硕鼠，无食我苗！三岁贯女，莫我肯劳。

○劳：慰劳。

逝将去女，适彼乐郊，乐郊，乐郊，谁之永号！

○永号：长叹。

## 译诗

大鼠啊大鼠啊，不要偷吃我的黍！多年辛苦养活你，你却不曾顾及我。发誓从此离开你，去理想的乐土，乐土啊，乐土，那里是我的归宿。大鼠啊大鼠啊，不要偷吃我的麦！多年辛苦养活你，你却不曾感激我。发誓从此离开你，去那理想的乐国，乐国啊，乐国，那里获得我的报酬。大鼠啊大鼠啊，不要偷吃我的苗！多年辛苦养活你，你却不曾慰劳我。发誓从此离开你，去那理想的乐郊，乐郊啊，乐郊，谁还叹气长呼号！

## 导读

这首诗深刻地描绘了劳动者对沉重剥削的反抗与对美好社会生活的向往。诗人巧妙地运用比喻手法，将剥削者形象化为肥硕狡猾的老鼠，揭示了他们贪婪无度、自私自利的本质。这些剥削者丝毫不顾及劳动者的生存困境，导致劳动者无法继续在此地生活，只能寻找心中的理想乐土。

《毛诗序》中对这首诗的解读十分精准，指出它旨在讽刺过度的剥削和压迫。诗中通过描绘剥削者如大鼠般蚕食民脂民膏，不修政德，贪婪而畏惧他人，贴切地反映了当时的社会现实。

这首诗在表达情感方面也具有独特的魅力。诗人通过呼告、斥责和揭露的方式，表达了对剥削者的无可奈何与怨恨；同时，又通过对向往乐土的描绘，展现了劳动者对美好生活的渴望与追求。这种情感表达方式既深沉又富有感染力，使人在阅读时能够深刻感受到劳动者的心声。他们相信，在这重敛蚕食之地之外，总有一个能够安居乐业、劳有所值、永无悲号的地方存在。这种对“乐土”的向往与追求，不仅体现了劳动者的美好理想，也激发了人们对社会公平与正义的思考与追求。

### 《诗经》中的名句

【东门之墠，茹藘在阪。其室则迩，其人甚远。】《郑风 · 东门之墠》

【风雨如晦，鸡鸣不已。既见君子，云胡不喜。】《郑风 · 风雨》

【青青子衿，悠悠我心。纵我不往，子宁不嗣音？】《郑风 · 子衿》

【出其东门，有女如云。虽则如云，匪我思存。缟衣綦巾，聊乐我员。】《郑风 · 出其东门》

# 【蟋蟀】

## 原诗

（一）

蟋蟀在堂，岁聿其莫。今我不乐，日月其除。

○堂：厅堂。
○聿：语助词，有"遂"的意思。莫：同"暮"。
○日月：指时光。除：指光阴逝去。

无已大康，职思其居。好乐无荒，良士瞿瞿。

○已：太，过分。大康：安丰泰乐。
○职：还要。居：指担任的职位。
○好乐：喜欢享乐。无荒：不废乱（政事）。
○良士：贤士。瞿瞿（jù）：谨慎的样子。

（二）

蟋蟀在堂，岁聿其逝。今我不乐，日月其迈。

○逝：去。
○迈：时光流逝。

无已大康，职思其外。好乐无荒，良士蹶蹶。

○外：本职之外的事。
○蹶蹶（guì）：勤劳敏捷的样子。

（三）

蟋蟀在堂，役车其休。今我不乐，日月其慆。

○役车：服役之车，庶人所乘。休：休息。
○慆（tāo）：度过，逝去。

无已大康，职思其忧。好乐无荒，良士休休。

○忧：忧患。
○休：安闲的样子。

译诗

天寒蟋蟀进厅堂，一年匆匆到岁末。
今不及时去享乐，光阴似箭留不住。
享乐切记别过度，本职事务莫耽搁。
政事不废又享乐，贤士应当多警悟。
天寒蟋蟀进厅堂，一年匆匆到岁末。
现在不及时享乐，时光流逝多蹉跎。
享乐切记别过度，分外之事也不误。
政事不废又享乐，贤良之士敏事务。
天寒蟋蟀进厅堂，行役车辆也休息。
现在不及时享乐，日月如梭留不住。
享乐切记别过度，还有国事让人忧。
政事不废又享乐，贤良之士乐悠悠。

导读

本篇是一首反映岁末的思考和心境的诗歌。诗中的作者很可能是一位士人，感受到时间的迅速流逝，认为应当抓紧时间享乐。然而，他内心深处又有所顾虑，担心过度沉溺于享乐会导致荒废职责。他强调了在适度享乐的同时，不应忘记自己的职业责任。

清代的方玉润在《诗经原始》中对这首诗进行了深入解析，他认为诗中的人虽然生性勤俭，但也尝试过放纵自己，却又因害怕荒废本职而收敛。他通过“日月如梭，光阴不待人”的比喻表达了对时间流逝的感慨，同时也提醒自己要恰当地处理享乐与责任之间的平衡。

这首诗的结构紧凑，逻辑清晰，展示了诗人在思想和表达上的严谨。通过简单直接的言辞，诗人表达了一种典型的知识分子的心理状态——在责任和个人欲望之间不断摇摆。

# 山有枢

原诗

①山有枢，隰有榆。子有衣裳，弗曳弗娄。

○枢（shū）：木名。即刺榆。○隰（xí）：低湿之地。榆：榆树。○衣裳：古代衣指上衣，裳指下裙。○曳（yè）：穿着。娄：牵，曳。

子有车马，弗驰弗驱。宛其死矣，他人是愉。

○驰：策马疾驰。驱：鞭马前进。○宛其：宛然，形容枯萎倒下的样子。

②山有栲，隰有杻。子有廷内，弗洒弗埽。

○栲（kǎo）：树名，山樗（chū）。○杻（niǔ）：木名。穗树。○廷：庭院。内：内室。○埽（sǎo）：同"扫"，打扫。

子有钟鼓，弗鼓弗考。宛其死矣，他人是保。

○鼓：敲打。考：敲，击。○保：占有，拥有。

③山有漆，隰有栗。子有酒食，何不日鼓瑟，

○漆：漆树。○鼓瑟：弹奏琴瑟。

且以喜乐，且以永日。宛其死矣，他人入室。

○且：姑且，暂且。永日：整日，终日。

栗

**译诗**

刺榆长于山坡上，榆树长在低洼地。
你有衣来又有裙，不穿闲置压箱底。
你有高车和骏马，不骑不驾不驱驰。
某日若是突然逝，他人享受多欢愉。

山樗矗立山坡上，檍树生于洼地中。
你有庭院和屋舍，不扫不洗积尘脏。
钟鼓新置未敲响，不鸣不奏无声响，
倘若一日忽去世，他人占有把福享。

漆树繁茂山坡旁，栗树生长洼地旁。
你有美酒与佳肴，何不每日歌与酒。
姑且以此自娱乐，姑且消磨这时光，
若是生命忽然尽，他人笑着入你房。

## 导读

一般认为本篇是一首嘲笑讽刺守财奴的诗歌，批评了那些拥有而不用，过于吝啬的人。此诗通过生动的场景和对比，表达了作者对享乐生活的向往及对吝啬行为的批评。

诗中通过重复的结构形式，形成了一种呼应和加强效果。每一段都描绘了拥有财富和资源却不加以使用的荒谬场景，如拥有精美的衣物而不穿、有庭院而不打理、拥有美酒和食物却不享用。这些行为的荒谬性在诗中得到了反复强调，以此来讽刺那些守财奴的行为。

通过这样的描写，诗人不仅表达了对物质财富的欣赏，更是批评了那些不能享受现有财富的人的生活态度。每章的末尾，通过“宛其死矣，他人……”这一反复句式，强调了如果不及时享受生活，最终一切都将归他人所有，表达了一种“及时行乐”的人生观念。

# 扬之水

## 原诗

扬之水[一]，白石凿凿。

○扬：小水。
○凿凿：鲜明的样子。

素衣朱襮，从子于沃。

○襮（bó）：衣领。
○沃：地名，在今山西闻喜东。

既见君子，云何不乐。

○云何：为何，为什么。

扬之水[二]，白石皓皓。

○皓皓：洁白的样子。

素衣朱绣，从子于鹄。

○朱绣：红色的刺绣。
○鹄：古地名。

既见君子，云何其忧。

扬之水[三]，白石粼粼。

○粼粼：水石闪映的样子。

我闻有命，不敢以告人。

○命：命令，指示。

## 译诗

河里的水缓缓流，冲得白石璀璨明。我穿红领白衣裳，跟随你到曲沃。

既已见到了君子，内心怎能不快乐。河里的水缓缓流，水底白石闪闪亮。

我穿红领白衣裳，跟随你到鹄城旁。既已见到了君子，内心便已无忧伤。

河里的水缓缓流，冲得白石闪光亮。听到密令心欢喜，真言难泄密语藏。

## 导读

对于这首诗有众多考证，学者认为这是一首历史背景复杂的诗歌。据史料记载，这首诗可能创作于晋昭侯时期，当时晋昭侯将其叔父成师封于曲沃，称为桓叔。晋昭侯在位第七年，晋大夫潘父与桓叔密谋发动政变，尽管最终未能成功，桓叔失败后返回曲沃，而晋昭侯遇害。

这首诗通过具体的自然景象——“扬之水”，用来象征晋昭侯政权的脆弱以及对桓叔的无效控制。诗中反复出现的“扬之水”“白石”等意象，暗示了桓叔虽受限制，却愈发强大，如同激流无法损坏坚硬的白石，反而使其更加洁净光滑。

此诗的作者可能是一位知情者，身处桓叔的阵营中，但内心对即将发生的政变充满了矛盾和恐惧。通过诗歌的形式，他委婉地表达了对未来的忧虑和悲观情绪。

《扬之水》不仅是对政变阴谋的隐晦揭露，也反映了那个时代知识分子的内心世界和道德冲突。他们既想忠于自己的道德信仰，又被卷入时代的洪流，无法自拔。

# 【椒聊】

**原诗**

（一）椒聊之实，蕃衍盈升。彼其之子，硕大无朋。

○椒：花椒。聊：语助词。○蕃衍：繁盛众多。盈：满。升：量器。○其：助词。○无朋：无可比拟。

椒聊且！远条且！

○且（jū）：语末助词。○远条：长的枝条。

（二）椒聊之实，蕃衍盈匊。

○匊（jū）：通"掬"，两手所捧，满握。

彼其之子，硕大且笃。椒聊且！远条且！

○笃：忠厚。

**译诗**

花椒结籽挂满枝，累累花椒装满升。看那高大人影哟，身姿挺拔无人比。

犹如串串花椒实，香气四溢飘远方。花椒累累挂枝头，重重果实双手捧。

瞧那人的身影哟，心宽体健人称赞。像是串串花椒啊，香气四溢飘远方。

## 导读

这是一首充满争议的古代诗歌，历史上对其解读多种多样，不同学者有不同见解。一些人认为它批评了晋昭公的政治失策，而另一些人则把它看作是对曲沃桓叔强盛势力和后代繁盛的赞美。

诗歌通过描写椒树上丰满的果实来喻人，采用了比兴的手法，即通过描写自然景物引出对人的赞美或批评。诗中“椒聊”即花椒，以其果实累累比喻后代繁衍丰盛。这种描写手法使得诗歌既形象又富含深意，能够激发读者的情感共鸣。

此外，诗中的表达技巧也很巧妙。使用重复和对仗的修辞方法，加强了诗歌的节奏感和朗朗上口的特点，使得诗歌读起来更加流畅和悦耳。每个章节几乎是前一个的再现，通过这种重复强化了诗歌的主题。

关于诗歌所赞美的对象，存在一定的争议。尽管一些解释认为是赞美男性的生殖能力，但由于缺乏明确的描述性别特征的词语，也有可能是一种更普遍的生殖与繁衍的赞美，不特指性别。

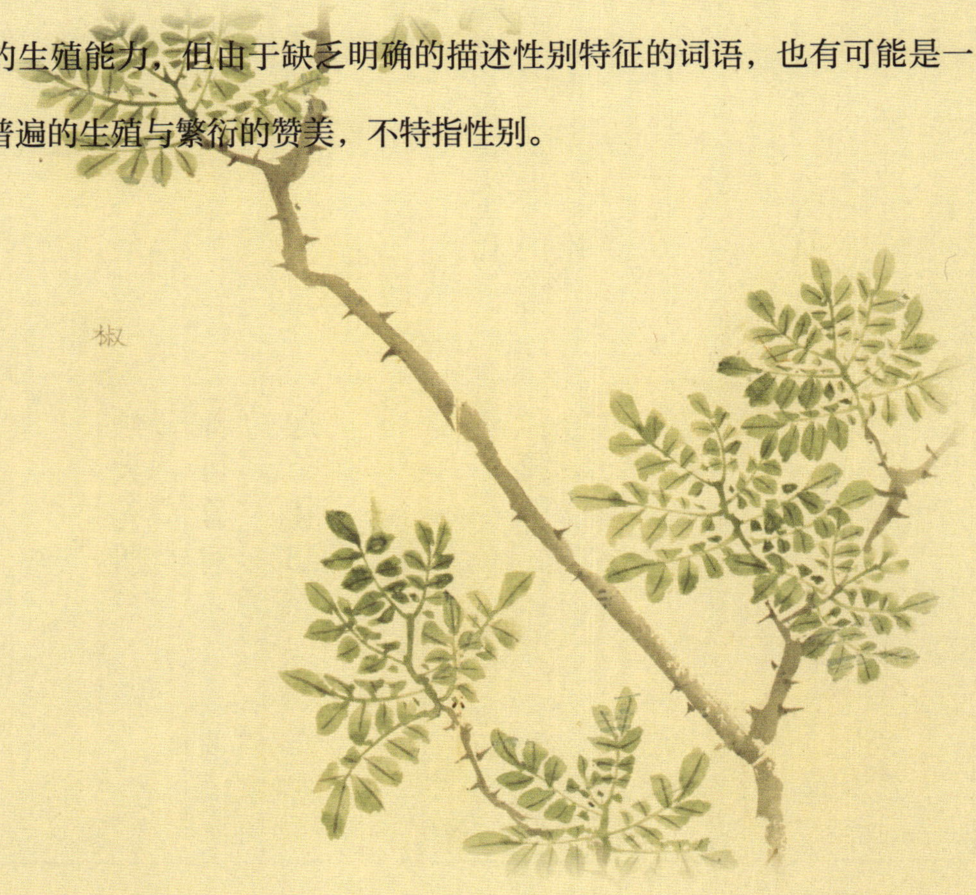

椒

# 【绸缪】

## 原诗

绸缪束薪[一]，三星在天。
今夕何夕？见此良人！
子兮子兮！如此良人何？

> ○绸缪（chóu móu）：紧密缠绕的样子。束薪：捆扎的柴草。
> ○三星：星宿名，即心星。
> ○良人：古代女子对丈夫的称呼。

绸缪束刍[二]，三星在隅。
今夕何夕？见此邂逅！
子兮子兮！如此邂逅何？

> ○束刍（chú）：捆束的草料。
> ○隅：天空的东南角，说明夜色已深。
> ○邂逅：不期而遇，这里指难得之喜。

绸缪束楚[三]，三星在户。
今夕何夕？见此粲者！
子兮子兮！如此粲者何？

> ○束楚：捆扎的荆条。楚，丛木名，又名牡荆。
> ○户：单扇门。三星在户指已到夜半。
> ○粲者：美人。

## 译诗

束束柴火扎得紧，天上三星璀璨亮。今夜究竟是何夜？初次见到此良人。你呀！你呀！对此良人怎么办？

捆捆牧草束得紧，三星已在东南角。今夜究竟是何夜？逢此良辰倍感好。你呀！你呀！这样的良辰怎么过？

束束荆条紧紧绑，天边三星照内门。今夜究竟是何夜？遇此佳人心激荡。你呀！你呀！怎样把这佳人宠？

## 导读

这是一首充满欢乐与喜庆氛围的婚礼之歌，流露出对新婚夫妇的美好祝愿和群众的欢庆情绪。这首诗使用了象征性的元素，如用捆绑的柴火和闪烁的三星，来表现婚礼的喜庆场景和新婚的典礼。

诗的每一章都巧妙地描绘了婚礼上的热闹情景，通过对新郎新妇的亲切称呼和直接对话，展现了一种亲密而又欢快的交流氛围。诗中的“今夕何夕”一句，不仅突出了这一夜的特殊意义，也深刻描绘了新人的幸福与激动心情。

此外，这首诗还采用了独特的叙事技巧，交替使用男女双方的视角，展示了双方对这桩婚姻的喜悦和期待。从女方以温柔的语气赞美男方，到男女共同表达对未来的美好憧憬，再到男方对女方的赞美，整首诗歌构成了一幅完整的婚礼画卷。

# 【杕杜】

原诗

（一）有杕之杜，其叶湑湑。独行踽踽，岂无他人？

○杕（dì）：树木孤立的样子。杜：木名。即杜梨。○湑湑（xǔ）：草木茂盛的样子。○踽踽（jǔ）：独自行路孤独凄凉的样子。

不如我同父。嗟行之人，胡不比焉？人无兄弟，

○同父：同一个父亲所生。○嗟：悲叹声。行之人：道路上的人。○胡不：何不。比：亲近。

胡不佽焉？

○佽（cì）：帮助。

（二）有杕之杜，其叶菁菁。独行睘睘，

○菁菁：树叶茂盛的样子。○睘睘（qióng）：孤独无依的样子。

岂无他人？不如我同姓。嗟行之人，胡不比焉？

○同姓：同族的兄弟。

人无兄弟，胡不佽焉？

译诗

路边杜梨寂寞生，繁叶茂密挂枝头。独自漂泊好凄凉，难道没有其他人？不如同胞兄弟情。叹息过客匆匆行，为何不与我亲近？谁人没有兄和弟，为何没人相帮衬？路旁杜梨独立生，茂密绿叶覆枝丛。孤身漫游无依靠，难道没有其他人？不像同族兄弟亲。叹息路人匆匆过，为何不与我亲近？谁人没有兄和弟，为何无人伸援手？

导读

本篇是一首描绘孤独与求助无门的诗歌。通过赋予自然景物以情感，抒发了对孤独的深刻感受和对人间冷暖的沉痛反思。诗中的“杕杜”，指孤单的树木，暗喻那些无依无靠的人们。通过重复的句式和紧迫的问句，诗歌强调了孤独者对人际关系的渴望和社会关怀的缺失。

诗的结构采用了副歌式的复唱，每两句一重复，形式上的循环加深了情感上的凝重和紧迫。通过设问的修辞手法，诗人不仅表达了个人的孤立无援，也批评了社会的冷漠。这种直接而强烈的表达方式，使得读者能够深刻感受到诗人的情感波动和对社会的批判。

# 【羔裘】

原诗

羔裘豹袪，自我人居居。岂无他人？维子之故。

○羔裘：羊皮袄。豹袪（qū）：袖口上用豹皮制成的装饰。○自：对于，对待。居居：同"倨倨"，傲慢无礼。○维：同"惟"，只有。子：你。之：语助词。故：爱恋，相好。

羔裘豹褎，自我人究究。岂无他人？维子之好。

○褎（xiù）：同"袖"。○究究：相互憎恶而不亲近的样子。也指态度傲慢。○好：爱好。

译诗

身穿豹皮袖口羊皮袄，对我趾高又气扬。难道没人可交往？只因我们是故交。

你穿豹皮袖口羊皮袄，对我却傲慢又无礼。难道没有新朋友？只因念着往日好。

## 导读

本篇是一首充满反抗与讽刺色彩的诗歌。这首诗直接揭露了上层社会中某些人的傲慢态度，以及普通人民对此的不满和抗议。传统解读中，《毛诗序》认为这首诗是对时政的批评，指晋国的统治者不顾民众疾苦。而唐代学者孔颖达则认为，这首诗展现了人民对美好过去的深切怀念与难以割舍的情感，同时也表达了他们反抗压迫的勇气。然而，现代的解读可能更加多元。有观点认为这可能是贵族内部的友情破裂，也有认为是底层婢妾对主人的抗议。

诗的表达直接而有力，通过对那些穿着华丽但心态傲慢的人的描述，传达了普通人对不公和高傲的深刻反感。这种反抗情绪被塑造得既明确又强烈，通过简练的语言表现出来，使得诗歌具有了强烈的现实意义和情感表达的直接性。

# 【鸨羽】

原诗

（一）肃肃鸨羽，集于苞栩。王事靡盬，不能蓺稷黍。父母何怙？悠悠苍天！曷其有所？

○肃肃：鸟振翅的声音。鸨（bǎo）：鸟名，比雁稍大一些。

○苞：丛生。栩（xǔ）：柞树。

○王事：劳役。靡盬（gǔ）：无止息。

○蓺（yì）：种植。稷黍：指五谷。

○怙（hù）：依赖。

○悠悠：遥远。

○曷：通“何”。

（二）肃肃鸨翼，集于苞棘。王事靡盬，不能蓺黍稷。父母何食？悠悠苍天！曷其有极？

○棘：酸枣树。

○极：尽头，终了。

（三）肃肃鸨行，集于苞桑。王事靡盬，不能蓺稻粱。父母何尝？悠悠苍天！曷其有常？

○行（háng）：鸟翅。

○尝：食，吃。

○常：正常。

## 译诗

野雁振翅肃肃响，栖息在那柞树上。国家徭役永无休，无暇耕种稷与黍，父母依赖什么活？高高在上有苍天，何时安居有处所？野雁翅膀肃肃声，落在棘树叶丛上。官府的事务无止境，无暇耕种稷和黍，父与母以何充饥？高高在上有苍天，苦日子何时到尽头？野雁扑翼肃肃响，栖息茂密的桑林旁。国家的徭役无止境，无暇耕种稻和粱，爹娘饿了吃什么？高高在上有苍天，啥时候日子能正常？

## 导读

这是一首表达农民反对持续征役压力的诗歌。这首诗通过描绘苍凉的场景和悲痛的情感，表达了普通百姓在面对连续不断的国家征役时的无奈与苦楚。

诗中反复提到的“王事”是指国家强制民众参与的劳役制度，导致许多农民不能在家务农，以致无法照顾年迈的父母。通过朴实的词语，诗人描绘了征役对农民生活的深远影响，以及他们对自由平静生活的向往。

这首诗中，“悠悠苍天”一句体现了农民对命运的无奈感叹。他们无法理解为何苍天会让他们遭受这样的苦难，表达了对现状的不满与哀求。同时，这也显露了当时社会的矛盾和农民的艰难处境。

# 【无衣】

**原诗**

岂曰无衣？七兮，不如子之衣，安且吉兮。

岂曰无衣？六兮，不如子之衣，安且燠兮。

○岂：难道。○七：虚数，并非实指，指衣服多。下文的「六」同此。○子：指赏赐或赠送衣服的人。○安：舒服。吉：善、好。○燠（yù）：暖和。

**译诗**

难道我无衣来穿？我有衣服六七件。

只是不及你送的好，穿着舒适布料好。

难道我无衣来穿？我有衣服六七件。

只是不及你送的好，穿着舒适又暖和。

## 导读

本篇是一首表达深刻情感的短诗，虽然仅有两章，每章四句，但每句话都包含了丰富的情感和信息。这首诗被解读为多种可能的背景和主题，显示出其艺术魅力和复杂性。

有一种解释认为这是一首关于个人情感的诗，可能是一位失去妻子的丈夫所作。他通过诗歌表达对亡妻的怀念和悲痛。这种解读更符合诗中对“衣”和“七”“六”的反复提及，暗示了深深的个人情感和对亡者的怀念。

诗中重复的句式和对衣物的描述，展示了作者对旧日美好时光的回忆和对现实的无奈。通过这种朴实无华的表达方式，诗人传达了一种情感的真挚和直接性，让读者能感受到他的情感深度和复杂性。

# 【有杕之杜】

原诗

（一）有杕之杜，生于道左。彼君子兮，噬肯适我？中心好之，曷饮食之？

（二）有杕之杜，生于道周。彼君子兮，噬肯来游？中心好之，曷饮食之？

○杕（dì）：树木孤立貌。
○左：指旁边。
○噬：逮，及。一说是发语词，无义。适：悦。
○中心：心中，内心。
○曷：何不。
○周：右。
○游：游览，云游。

译诗

那棵杜梨静独立，生在道左静默地。那个君子风度高，可愿来此探访我？心中实在喜欢你，何不一起饮美酒？那棵杜梨真孤独，长在道右默立着。那位君子品德好，可愿来此同游赏？心中实在喜欢你，何不一起饮美酒？

导读

这是一首女子对心仪之人表达好感的古诗。

诗中以一株孤独的杜梨树作为起兴点，引发了诗人对孤单和情感的双重思考。这种情感的起兴，是由外物触发内心深处的感情，展示了“物同情异”的艺术手法。这首诗的作者表达了对某位君子的深情，同时流露出对未来可能结果的温柔期待与轻微的忧虑。

在诗歌结构上，这首诗简洁明了，每章只有几句话，但情感表达却十分丰富。通过述说对同一景物的不同感受，诗人成功地描绘了情感的多维画面，让读者感受到从同一景观引发的不同情绪反应。这种诗歌的魅力在于它能够以简约的语言激发读者深层的情感共鸣，是《诗经》中一篇富有代表性的作品。

# 葛生

## 原诗

葛生蒙楚，蔹蔓于野。予美亡此，谁与？独处。

○蒙：覆盖。 ○蔹（liǎn）：多年生蔓草。蔓：蔓延。 ○予美：指自己所爱的人。 ○独处：独居。

葛生蒙棘，蔹蔓于域。予美亡此，谁与？独息。

○域：茔地，坟地。 ○息：安寝。

角枕粲兮，锦衾烂兮。予美亡此，谁与？独旦。

○角枕：用兽角制的或用角装饰的枕头。粲：鲜艳美好的样子。 ○锦衾：锦缎的被子。烂：鲜明。 ○独旦：独自到天明。

夏之日，冬之夜。百岁之后，归于其居。

○夏之日，冬之夜：夏天日长，冬天夜长。指时间长。 ○百岁：死的讳称。 ○居：坟墓。

冬之夜，夏之日。百岁之后，归于其室。

○室：坟墓、墓室。

## 译诗

葛藤覆盖荆条高，蔓草遍野自由长。我爱的人已离去，谁将相伴他身旁？独居在那旷野上。

葛藤笼罩棘木上，蔓草四散在墓旁。爱侣已经远去了，谁将相伴他身旁？独自安歇野地上。

角枕灿烂随你葬，锦缎被子盖身上。我爱的人已离去，谁将相伴他身旁？独自一人到天亮。

夏天白昼长，冬天夜漫漫。等到百年后，我也归坟墓。

冬天夜漫漫，夏天白昼长。等到百年后，回归你身旁。

## 导读

本篇是一首充满深情的悼念之诗，流露出一位妻子对亡夫（或丈夫对亡妻）的深深哀思。这首诗被认为是古代悼亡诗的典范之作，其情感深邃而真挚，通过诗人细腻的笔触，将悲痛的情感表达得淋漓尽致。

在这首诗中，诗人通过重复的修辞手法强调了哀悼的情感。前三章重复描述了丈夫的逝去和留下的孤独，形象地描绘了妇女悲痛欲绝的心情。这种情感的表达直接而感人，使读者能深切地体会到诗人的悲伤和不舍。

在随后的章节中，诗人表达了一种超越生死的愿望——希望死后能与亡夫在黄泉相聚。这种极致的情感表达，展示了诗人对爱情的忠贞不渝和对生死的深刻感悟。此外，诗中的“夏之日，冬之夜”等用词，虽简洁，却蕴含深厚的情感，使得整首诗的意境更加深远。

整体来看，《葛生》不仅是一首悼念亡夫的诗，也是一首表达深切哀伤与对未来希望的诗。它通过对自然界的描写和对人物内心情感的细腻刻画，展现了一种超越时间与空间的爱情观。这首诗的情感表达和主题思考，使其成为中国古典文学中的一个重要作品，值得我们深入研究和欣赏。

# 【采苓】

## 原诗

采苓采苓[一]，首阳之巅。人之为言，苟亦无信。

○苓（líng）：药草名，旧指甘草。○首阳：山名。相传是伯夷、叔齐采薇隐居的地方。○为：通「伪」。诈伪之言，假话，谎话。○苟：确实。

舍旃舍旃，苟亦无然。人之为言，胡得焉？

○舍：舍弃。旃（zhān）：之焉。语气助词，无实义。○无然：不正确。○胡：何。得：相信。

采苦采苦[二]，首阳之下。人之为言，苟亦无与。

○苦：苦菜。○无与：不要采纳。

舍旃舍旃，苟亦无然。人之为言，胡得焉？

采葑采葑[三]，首阳之东。人之为言，苟亦无从。

○葑（fēng）：植物名，又名芜菁、蔓菁。○从：听从。

舍旃舍旃，苟亦无然。人之为言，胡得焉？

## 译诗

采甘草呀采甘草，首阳山顶去采摘。
有人说的是假话，千万不要理睬他。
别听信啊别听信，他说的话没有真。
有人专爱讲谎话，怎么可以相信他？
采苦草呀采苦草，首阳山脚去寻找。
有人凭空说瞎话，千万别与他结交。
别相信呀别相信，他说的话不可靠。
有人空口无依凭，怎么可以相信他？
采芜菁呀采芜菁，首阳之东坡上瞧。
有人随口说谎话，千万别被他带跑。
别相信呀别相信，他的话呀不可靠。
有人信口说谎话，怎么可以相信他？

## 导读

本篇是一首典型的劝诫诗，旨在劝人们要有主见，不要轻信谗言。这首诗用自然界中的草药作比，巧妙地揭示了谗言的欺骗性。诗中以“采苓”“采苦”“采葑”三句作为起点，表面上描述在首阳山采集各种植物，实则暗含深意，通过这些不可能在首阳山生长的植物来象征谗言的不真实性。

诗中每个章节几乎只改变几个字，反复吟唱。这种结构使得诗歌的主题更加突出，即谗言的虚假和不可信。例如，诗中提到的苓草、苦草和芜菁，本身就具有好坏不一的特性，用这些植物来比喻谗言，强调了谗言往往似是而非，其真实性和可靠性都值得怀疑。

此外，诗中的每个章节都以同样的结构结束，提出人之为言，“苟亦无信”“苟亦无与”“苟亦无从”这几句话，强调了面对谗言要不相信、不采纳、不听从。这种结构的使用，使得诗歌的节奏和韵律更加生动，同时加深了读者对主题的理解和感受。

# 【车邻】

原诗

有车邻邻[一]，有马白颠。未见君子，寺人之令。

○有：语助词。邻邻：通“辚辚”，车行声。
○白颠：马额正中有块白毛。
○寺人：官名。令：命令。

阪有漆[二]，隰有栗。既见君子，并坐鼓瑟。

○阪（bǎn）：山坡。漆：漆树。
○隰（xí）：地势低洼而潮湿的地方。
○既：已经。
○并坐：同坐。

今者不乐，逝者其耋。阪有桑[三]，隰有杨。

○今者：此时此刻。
○逝者：与“今者”相对，指将来。耋（dié）：这里指年老。
○杨：旧时杨柳通名。

既见君子，并坐鼓簧。今者不乐，逝者其亡。

○簧：古乐器名，大笙。
○亡：死亡。

译诗

车轮辚辚声响起，白额马儿驾车飞。未能一见君子面，只等寺人把令传。

漆树山坡生长旺，低洼地里栗树多。终于见到君子面，共坐弹奏琴与瑟。

及时行乐莫迟延，转眼老迈乐何在。桑树坡上茂盛长，低洼地带杨树多。

已经见到君子面，共吹笙簧乐悠扬。乐享当下莫迟缓，岁月匆匆命即亡。

## 导读

参考《毛诗序》：“《车邻》，美秦仲也。”可推测这首诗讲述了一个新兴贵族去拜见国君的场景。这位主人公乘坐着一辆由名贵的白额马拉动的华丽车辆，车轮声宛如悦耳的音乐，表明他心情愉悦，同时也彰显了他的高贵身份。

诗的开头两行通过描述这匹珍贵的马和美妙的车轮声，反映出主人公的自豪感和好心情。未见到国君之前，他必须等待通报，这一细节描绘了君臣相见的迫切心情。

接下来的内容，诗歌通过描述两人在一起的欢乐时光，强调了他们之间的融洽关系。他们鼓瑟吹笙，竭尽欢乐。同时传递了人生短暂的观念——应当珍惜现在，及时享乐。

这首诗以其简洁的语言和丰富的情感表达，展示了古代人的生活方式和思想观念。同时，它也传达了一种普遍的哲学——即人生无常，应当把握当下，尽情享受人生。也有人认为这是一篇访友相见的乐歌，它深刻揭示了友情的价值和生命的意义。

# 【驷驖】

**原诗**

驷驖孔阜，六辔在手。公之媚子，从公于狩。

○驷驖（tiě）：四匹赤黑色的马。孔：非常。阜（fù）：强壮。
○六辔：六条缰绳。
○公：指秦君。媚子：爱子。
○狩：打猎。

奉时辰牡，辰牡孔硕。公曰：「左之！」舍拔则获。

○奉：供奉。这里指兽官驱赶出群兽以供秦君来射。时：此。
○辰牡：即五岁的公兽。这里指大的野兽。
○左之：向左追赶。
○舍拔：放箭。拔，箭尾。

游于北园，四马既闲。輶车鸾镳，载猃歇骄。

○闲：安闲。
○輶车：田猎所用的轻便车。鸾镳（biāo yóu）：鸾是嚼子两端系的小铃。镳，即马嚼子。
○载：指以车载犬（让猎狗休息）。猃（xiǎn）：长嘴或短嘴狗。

**译诗**

四匹马儿黑且壮，御者缰绳手中握。秦公宠溺的爱子，跟随秦公去狩猎。

兽官驱出壮年兽，膘肥肉厚四处窜。秦公指挥向左赶，箭发猎物应弦倒。

狩猎结束游北园，四马悠悠步伐闲。轻车铃声响清脆，以车载犬去歇息。

## 导读

这首诗描绘了秦君狩猎的场景，简洁而充满画意。全诗分为三章，以其高度凝练的语言展现了一次壮观的贵族狩猎活动。

首章以四匹雄健的大马和驾驭者的镜头开始，描述了狩猎前的紧张和准备。这四匹马代表着力量和尊贵，而驭马者的自信和从容则显露了他们对即将进行的狩猎的掌控感。

第二章转向实际的狩猎过程，兽官放出了特别养育的野兽，为贵族的狩猎提供目标。诗中特别提到了秦襄公精准地射击目标，显示了他的英勇和射术的高超。这不仅是对狩猎的描写，也隐喻了统治者管理国家的能力。

最后一章则描绘了狩猎结束后的轻松氛围，人们在北园中悠闲游走，享受狩猎之后的安宁，与狩猎的紧张形成对比。

整篇将读者带入了一个充满力量与美的古代贵族生活的世界。

# 【小戎】

## 原诗

（一）小戎俴收，五楘梁辀。游环胁驱，阴靷鋈续。

○小戎：小兵车。俴（jiàn）：浅。收：车后横木，即轸。
○楘（mù）：箍，环形。辀（zhōu）：周代的弓形车辕，似木梁，上有五个箍。
○游环：能活动的收束马缰绳的皮环。胁驱：驾马具，用皮革制成，连接四马中的外侧马（骖马）和中间马（服马），防止骖马偏离。
○阴：车前的横板，也称「揜轨」。靷（yǐn）：连接车与骖马的皮带或绳索。鋈续：靷端以白铜制成的环，称为「鋈续」。鋈，镀。

文茵畅毂，驾我骐馵。言念君子，温其如玉。

○文茵（yīn）：有花纹的车子坐垫。畅：长。毂（gǔ）：车轮中心的圆木。
○骐：青黑相间的马。馵（zhù）：左后足白色的马。
○言：语助词。君子：这里指丈夫。
○温其：温和的样子。

在其板屋，乱我心曲。

○板屋：用木板建的房屋，为西戎民俗。
○心曲：心灵深处。

（二）四牡孔阜，六辔在手。

○四牡：四匹公马。

骐駵是中，騧骊是骖。龙盾之合，鋈以觼軜。

○駵（liú）：同「骝」，红黑色的马。是中：即「为中」，即中间驾辕的服马。
○騧（guā）：身体浅黄而嘴黑的马。骊（lí）：黑色的马。
○龙盾：画有龙纹的盾牌。
○觼（jué）：有舌的环。軜（nà）：骖马靠里边的辔。

言念君子，温其在邑。方何为期，胡然我念之。

○邑：郡邑，指家乡。
○方：将。期：归期。
○胡然：为什么。

（三）俴驷孔群，厹矛鋈錞。蒙伐有苑，虎韔镂膺。

○俴驷：不披甲的四匹马。不着甲叫「俴」。孔群：非常协调。
○厹（qiú）矛：三棱刃的矛。鋈錞（duì）：用白铜装饰的矛端。
○蒙：在盾上刻杂羽的花纹。伐：通「瞂」，中等大小的盾。有苑：花纹斑驳的样子。
○虎韔（chàng）：虎皮弓囊。镂膺：装饰有金属花纹的箭袋。

交韔二弓，竹闭绲縢。言念君子，载寝载兴。

○交韔二弓：两张弓交错插于弓套中。
○绲（gǔn）：绳。縢（téng）：捆扎。
○载：语助词，又。

厌厌良人，秩秩德音。

○厌厌：安静柔和的样子。
○秩秩：有序。德音：好声誉。

译诗

战车轻巧车厢浅，五条皮带绕辕缠。游环胁驱系马背，拉车皮带铜环穿。花纹垫子车毂长，驾我花马鞭子扬。思念夫君德行好，温和柔润玉一样。木板搭建居所中，我心烦乱情难抒。

四匹马儿健又壮，驭手紧握六条缰。青马红马居中走，黄马黑马列两旁。龙纹盾牌紧相并，铜环辔绳串成行。思君品行多温润，家中有他温暖多。归期未定心长挂，只盼夫君早归来。

四马步调轻而协，三棱矛柄铜环绕。巨盾花纹绚烂美，虎皮弓套镂金雕。两弓交错置袋中，弓檠紧夹绳环绕。思念夫君德行好，夜半难眠心焦躁。温和有礼好夫君，彬彬有礼声誉高。

## 《诗经》中的名句

【有美一人，清扬婉兮。邂逅相遇，适我愿兮。】《郑风·野有蔓草》

【鸡既鸣矣，朝既盈矣。匪鸡则鸣，苍蝇之声。】《齐风·鸡鸣》

【东方之月兮，彼姝者子，在我闼兮。在我闼兮，履我发兮。】《齐风·东方之日》

【东方未明，颠倒衣裳，颠之倒之，自公召之。】《齐风·东方未明》

## 导读

这是一首妻子思念远征丈夫的诗。这首诗体现了秦地的军事文化，描绘了丈夫出征时的壮观场面，并展示了妻子对丈夫的敬仰和思念。在秦国，男子从军被视为荣耀，而这首诗正通过夸赞秦师的强大和装备精良来反映这一点。

前半部分描述了军队的战车、驾车和武器，体现了秦师的军事力量；后半部分则是妻子对丈夫的思念与情感表达。每章的情感表述都有所不同，第一章表达了妻子对丈夫温柔如玉的印象，第二章展现了对丈夫归期的期盼，第三章则描写了妻子夜不能寐的心情。

这首诗的结构严谨，情感真挚，不仅展示了秦国的军事风貌，也深刻表达了战争背景下普通人的情感世界。通过这样的叙述，诗人巧妙地将军事与情感结合，展现了丰富的文化内涵和深刻的人文关怀。

## 《诗经》中的名句

【婉兮娈兮，总角丱兮。未几见兮，突而弁兮。】《齐风 · 甫田》

【敝笱在梁，其鱼鲂鳏。齐子归止，其从如云。】《齐风 · 敝笱》

【好人提提，宛然左辟，佩其象揥。维是褊心，是以为刺。】《魏风 · 葛屦》

【十亩之间兮，桑者闲闲兮，行与子还兮。】《魏风 · 十亩之间》

【不稼不穑，胡取禾三百廛兮？不狩不猎，胡瞻尔庭有县貆兮？彼君子兮，不素餐兮！】《魏风 · 伐檀》

# 【蒹葭】

## 原诗

㈠
蒹葭苍苍，白露为霜。所谓伊人，在水一方。
溯洄从之，道阻且长。溯游从之，宛在水中央。

○蒹（jiān）：没长穗的芦苇。葭（jiā）：初生的芦苇。○伊人：那个人，指恋慕的对象。○一方：一边，指对岸。
○溯（sù）洄（huí）：逆流而上。从：跟踪追寻。○阻：险阻。○溯游：顺流而下。○宛：仿佛。

㈡
蒹葭凄凄，白露未晞。所谓伊人，在水之湄。
溯洄从之，道阻且跻。溯游从之，宛在水中坻。

○凄凄：通“萋萋”，茂盛的样子。○晞（xī）：干。○湄（méi）：岸边。
○跻（jī）：地势升高。○坻（chí）：水中小岛。

㈢
蒹葭采采，白露未已。所谓伊人，在水之涘。
溯洄从之，道阻且右。溯游从之，宛在水中沚。

○采采：众多的样子。○已：完。○涘（sì）：水边。
○右：迂回。○沚（zhǐ）：水中的小块陆地。

## 译诗

河畔芦苇碧茫茫，深秋露水结成霜。我所思念的人儿，就在河的对岸上。逆水而行沿岸找，道路漫长多艰险。
顺水而行沿岸寻，仿佛就在水中心。河边芦苇密且茂，旭日初升露未干。我所思念的人儿，就在河岸那一端。
逆流而上来寻找，道路险峻难登攀。顺流而下寻近旁，仿佛在那水中岛。河畔芦苇浓又密，晨露闪耀未全收。
我所思念的人儿，就在水的那一头。逆水而行路弯曲，道路崎岖难找寻。顺水而行觅沿岸，仿佛就在水中洲。

## 导读

这是《诗经》中的一首极具特色的诗歌。与“秦风”系列中其他篇章常常表现的激昂壮烈不同，这首诗歌带给我们的是一种柔和而缠绵的情感体验。

诗中以“白露为霜”的描述开启，告诉我们故事发生在一个深秋的清晨。诗人站在茫茫的芦苇边，所思慕的人在对岸。这里的景象，既有自然的凄美，也渗透着一种深切的寂寞和等待。

诗人通过逆流和顺流的双重寻找，表达了深情的追寻和过程的艰辛。虽然努力寻找，但似乎触手可及却又遥不可及。这种情感的表达，不仅仅是对一个人的思念，更像是对一种无法触及的理想的追求。历来对于该诗所述对象的分析，众说纷纭，或恋人或贤才等。

此诗之美在于它的意境和象征意味。诗歌中的芦苇、露水、河流都不单单是景物的描写，它们构成了一种对于爱情、对于理想的深远追寻的象征。

# 【终南】

## 原诗

（一）终南何有？

○终南：即终南山。在今陕西西安南。

有条有梅。

○条：山楸。梅：即今之梅树。

君子至止，

○至止：到来。

锦衣狐裘，

○锦衣狐裘：诸侯所穿之服。

颜如渥丹，

○渥丹：涂饰红色。形容面色红润。

其君也哉？

（二）终南何有？

有纪有堂。

○纪：“杞”的假借字，即杞树。堂：“棠”的假借字，指棠梨树。

君子至止，

黻衣绣裳。

○黻（fú）衣：黑青色花纹相间的上衣。绣裳：五彩花纹的下裳。

佩玉将将，

○将：同“锵”，佩玉相撞的响声。

寿考不忘。

○寿考：长寿。

## 译诗

终南山上何所有？繁茂山楸伴梅树。有位君子来此地，锦裳狐裘显华贵。

面色红润光泽鲜，莫非真是我君主？终南山上何所有？茂密杞树和甘棠。

有位君子来此地，青裳五彩衣鲜亮。佩玉叮当声声响，富贵长寿永无疆。

导读

这是一首劝诫秦君的诗。主要描述了高贵的秦君在终南山出现时他的仪表和服饰给在场的人留下了深刻印象。诗中细腻地展现了秦公的华丽衣服和丰润的面容，如狐裘外衣、织锦衣和彩色的衣裳，以及他身上挂着的美玉发出悦耳的声响，形象生动，动态感强烈。

然而，这首诗的内涵不仅仅停留在对秦公华丽外表的赞美上。诗中的一些细节暗示了更深层的含义和某种社会和政治的忧虑。例如，诗的末尾提到“其君也哉”和“寿考不忘”，反映了当时周遗民对新统治者的复杂心情——既有敬仰也有担忧。这种情感的复杂性体现了民众对未来的不确定感以及对君主的期待。

诗歌将场景设置在风景如画的终南山，不仅是因为这里的自然美景，还因为山的崇高和难以攀登的特性象征了一种理想的统治者形象，既高尚伟大，也需深得人心。

整首诗中饱含了对君主的期望与忠告，期望他能成为一个仁慈而公正的领导者，像终南山那样令人尊敬和难以匹敌。

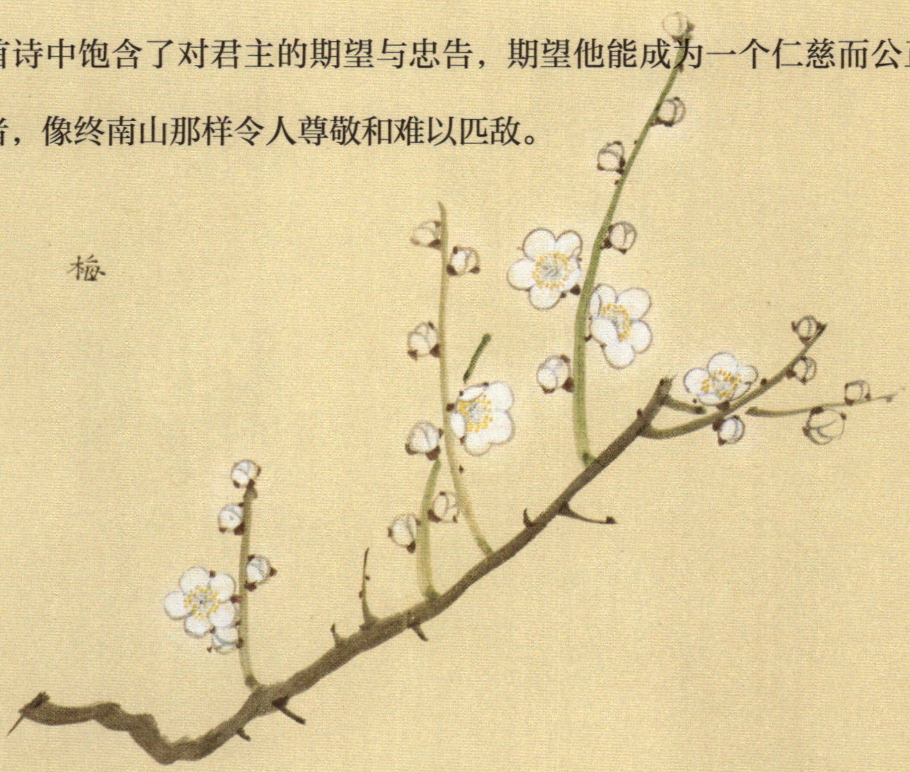

# 【黄鸟】

**原诗**

①交交黄鸟，止于棘。谁从穆公？子车奄息。
（交交：鸟叫声。黄鸟：黄雀。止：落。棘：酸枣树。一说指紧急。从：从死，指殉葬。穆公：秦国国君。子车奄息：人名，子车为姓。下文的子车仲行、子车鍼虎同此。三人为当时秦国有名的贤臣。）

维此奄息，百夫之特。临其穴，惴惴其栗。
（特：杰出。穴：墓穴。惴（zhuì）惴：害怕的样子。栗：发抖。）

彼苍者天，歼我良人！如可赎兮，人百其身！
（良人：好人。人百其身：用百人赎他一人之命。）

②交交黄鸟，止于桑。谁从穆公？子车仲行。
（桑：桑树，指悲伤。）

维此仲行，百夫之防。临其穴，惴惴其栗。
（防：抵挡。）

彼苍者天，歼我良人！如可赎兮，人百其身！

③交交黄鸟，止于楚。谁从穆公？子车鍼虎。
（楚：荆树。指痛楚。鍼（zhēn）：同“针”。）

维此鍼虎，百夫之御。临其穴，惴惴其栗。
（御：当。）

彼苍者天，歼我良人！如可赎兮，人百其身！

**译诗**

黄鸟交交鸣声悲，枣树枝上来停歇。是谁殉葬随穆公？
子车奄息命悲惨。何人不赞奄息才，百夫之中极俊杰。
众人吊唁墓旁立，胆寒心惊痛未已。浩浩苍天在上方，
坑杀良才岂应当！若能用命换其归，百人甘心赴黄泉。
黄鸟交交鸣声愁，桑树枝上来停留。是谁殉葬伴穆公？
子车仲行罹此难。何人不夸仲行好，百夫之中才独高。
众人悼念墓前哭，胆战心悸痛难休。浩浩苍天在上方，
坑杀好人怎应该？如可赎命代他走，百人愿化尘与土。
黄鸟交交鸣声苦，荆树枝上来降落。是谁殉葬陪穆公？
子车针虎命归土。谁不称赞针虎智，百夫之中最出众。
众人悼亡临穴站，胆战心慌真哀伤。浩浩苍天在上方，
坑杀贤良理岂当！若能用命换他生，百人愿葬荒草堆。

## 《诗经》中的名句

【硕鼠，硕鼠，无食我黍！三岁贯女，莫我肯顾。】《魏风·硕鼠》

【蟋蟀在堂，岁聿其莫。今我不乐，日月其除。】《唐风·蟋蟀》

【子有酒食，何不日鼓瑟？且以喜乐，且以永日。宛其死矣，他人入室。】《唐风·山有枢》

【椒聊之实，蕃衍盈升。彼其之子，硕大无朋。椒聊且！远条且！】《唐风·椒聊》

## 导读

《左传·文公六年》记载："秦伯任好卒，以子车氏之三子奄息、仲行、针虎为殉，皆秦之良也。国人哀之，为之赋《黄鸟》。"这段文字记载了《黄鸟》的创作缘由。

这首诗深刻地反映了古代秦国的一种残酷习俗——人殉。这首诗分为三章，每章都以悼念不同的牺牲者为主题，表达了对殉葬制度的强烈批判和对受害者深深的同情。诗的第一章通过描述一只黄鸟在棘丛中悲鸣的情景，引出了子车奄息被迫殉葬的悲惨故事。黄鸟的悲鸣象征了人们对奄息悲剧命运的哀悼和不满。奄息被形容为"百夫之特"，意味着他是一个才智超群的杰出人物，他的死不仅是个人的悲剧，也是社会的巨大损失。

接下来的两章分别悼念仲行和针虎，结构与第一章相似，通过重复强调，加强了诗歌的悲愤情绪。每一章的末尾都有强烈的情感爆发，用尖锐的语言质疑和谴责这种不人道的制度，展示了一个时代的道德觉醒。

此诗不仅是对三位优秀人才的挽歌，也是对旧礼制的强烈抗议，反映了春秋时期人们对于殉葬制度的愤怒和不满，标志着社会思想的重大转变。

### 《诗经》中的名句

【绸缪束薪，三星在天。今夕何夕？见此良人。子兮子兮，如此良人何！】《唐风·绸缪》

【有杕之杜，其叶湑湑。独行踽踽，岂无他人？】《唐风·杕杜》

【羔裘豹祛，自我人居居。岂无他人，维子之故。】《唐风·羔裘》

【彼君子兮，噬肯适我。中心好之，曷饮食之。】《唐风·有杕之杜》

# 晨风

原诗

㈠鴥彼晨风，郁彼北林。未见君子，忧心钦钦。如何如何？忘我实多！

○鴥（yù）：鸟疾飞的样子。晨风：鸟名，或作「鹯风」，属于鹰鹞一类猛禽。
○郁：茂密的样子。
○钦钦：忧愁而不能忘记的样子。
○如何：怎么办。

㈡山有苞栎，隰有六驳。未见君子，忧心靡乐。如何如何？忘我实多！

○苞：丛生的样子。栎（lì）：树名。
○驳（bó）：高大的梓榆树，又叫赤李。

㈢山有苞棣，隰有树檖。未见君子，忧心如醉。如何如何？忘我实多！

○棣（dì）：木名，又名唐棣、郁李。
○树：直立的样子。檖（suì）：山梨。

译诗

晨风小鸟疾飞翔，飞回北林枝头上。久未见我亲夫君，忧心忡忡常思量。怎么办啊怎么办？难道他已把我忘！

栎树从丛满山冈，赤李成片湿地长。久未见我亲夫君，闷闷不乐日复长。怎么办啊怎么办？难道他已将我忘！

棣树密密满山冈，山梨茂盛湿地旁。久未见我亲夫君，心醉魂失愁更狂。怎么办啊怎么办？难道他已把我忘！

## 导读

全诗共分为三章，每章六句，精致地描绘了一位女子对远去丈夫的深情思念。

首章通过描写鸟归林的情景引起，用以象征自然界的生物总能找到归宿，而这位女子却因为丈夫未归而心怀忧伤。她在暮色苍茫的黄昏中凝望，希望看到归来的“君子”，但愁思愈深，内心愈发忧伤。她反复自问：“怎么办啊怎么办？”表达了对丈夫可能已经遗忘她的深切恐惧和无奈。

接下来的章节，诗中通过“山有……隰有……”这种《诗经》中常用的起兴句式，展示了大自然中万物各得其所的和谐景象。然而，与自然界的和谐相对照的是女子内心的不安与孤单。她看到鸟儿飞向北林，而她所依恋的人却不在身边。

诗歌的第二章和第三章分别以栎树、赤李和棣树、檖树为背景，通过这些自然元素的变化，寓意女子情绪的逐渐沉重和绝望。

整首诗的情感递进十分明显，从开始的忧心不忘，到无法再感受到往日欢乐，再到精神恍惚，直至可能的精神崩溃，女子的内心变化描绘得细腻而深刻。通过这种情感的层层递进，此诗不仅展现了个人的情感经历，还折射出了那个时代女性对于爱与忠诚的高度重视。

苞棣
梨
晨風

唐棣
駁

# 【无衣】

**原诗**

（一）岂曰无衣？与子同袍。王于兴师，修我戈矛，与子同仇。

（二）岂曰无衣？与子同泽。王于兴师，修我矛戟，与子偕作。

（三）岂曰无衣？与子同裳。王于兴师，修我甲兵，与子偕行。

○袍：长衣，即斗篷。

○王：秦国国君。于：语助词。兴师：起兵。

○修：整治。

○同仇：同伴。一说共同对敌。

○泽：同「襗」，贴身内衣。

○作：起。

○裳：下衣，这里指战裙。

**译诗**

谁说我们无衣穿？与你共穿那长袍。君王号令把兵交，赶快磨砺矛与枪，共斗敌军不分离。

谁说我们无衣穿？你我共穿那汗衫。君王号令把兵交，赶快磨砺矛与戟，肩并肩来共战斗。

谁说我们无衣穿？与你共穿那战裙。君王号令把兵交，修好铠甲与兵器，并肩杀敌向前行。

## 导读

《秦风·无衣》是《诗经》中一首著名的秦地军中战歌，其词句简洁有力，透露出当时秦国军民的生活状态和情感态度。关于这首诗的创作背景和意图，历代学者有不同解读。

首先，一些解读认为这首诗是对秦君的一种讽刺，指责其频繁使用兵力，穷兵黩武，不顾民意。如《毛诗序》所述："《无衣》，刺用兵也，秦人刺其君好攻战，亟用兵而不与民同欲焉。"这种解读认为诗歌反映了民间对秦国战争政策的不满和批评。

另一种解读将这首诗的创作时间定位在秦哀公时期，具体是应楚臣申包胥之请出兵救楚抗吴的情景。《左传·定公四年》记载："吴入郢……申包胥如秦乞师……立依于庭墙而哭，日夜不绝声，勺饮不入口，七日。秦哀公为之赋《无衣》。九顿首而坐。秦师乃出。"这说明该诗也可能是一首反映士兵团结互助、准备共同对抗外敌的军歌。

第三种看法则认为《无衣》背景是秦襄公时期，秦国在抵抗犬戎侵略时，士兵们的战歌。公元前770年，周王室内讧导致戎族入侵，周王朝的大部分土地被占领，秦国作为周边的诸侯国之一，其安危与周王室密切相关，因此这首诗可能表达了秦国人民在抵抗外敌侵略时的团结与勇敢。

每种解读都从不同的角度反映了《无衣》这首诗深刻的历史和文化价值。不论是作为军中士气提振的战歌，还是对秦国战争政策的批判，或是反映了一段动荡时期人民共抗外敌的生活，这首诗都为我们提供了理解那个时代秦国社会和文化的重要窗口。

# 【渭阳】

**原诗**

我送舅氏，曰至渭阳。何以赠之？路车乘黄。

○曰：发语词。渭阳：渭水的北岸。

○路车：古代诸侯乘的车。乘（shèng）：马四匹，为一乘。黄：黄马。

我送舅氏，悠悠我思。何以赠之？琼瑰玉佩。

○悠悠：思绪长久。

○琼瑰：美玉。

**译诗**

我送舅舅，一送送到渭河北。何物赠礼可表心？一辆路车配四马。

我送舅舅，思绪悠长。哪件礼物表寸心？宝石美玉挂身上。

导读

《秦风·渭阳》描绘了秦康公送别他的舅舅晋文公重耳的情景。这首诗不仅反映了个人间深厚的情感，也映射出当时的政治联盟。开头两句“我送舅氏，曰至渭阳”设定了告别的背景，表现了送别的深情与复杂心绪。诗中赠送的“路车乘黄”不只是表达祝福的礼物，也象征了秦晋两国的友好关系。

此外，诗歌还通过送舅舅，表达对母亲的怀念，主人公情感转换，增加了诗歌的层次。康公的母亲秦姬希望看到重耳归国，但她去世后，这个愿望才得以实现。因此，在送别舅舅时，康公的情感由高兴转为哀思，用“琼瑰玉佩”作为礼物，寓意着对舅舅的尊重和对母亲深切的怀念。

整首诗通过简洁的语言和丰富的情感，展示了个人情感与政治背景交织的复杂性。

## 《诗经》中的名句

【葛生蒙楚，蔹蔓于野。予美亡此，谁与？独处。】《唐风·葛生》

【采苓采苓，首阳之巅。人之为言，苟亦无信。】《唐风·采苓》

【言念君子，温其如玉。在其板屋，乱我心曲。】《秦风·小戎》

【所谓伊人，在水一方。】《秦风·蒹葭》

【有美一人，伤如之何。寤寐无为，涕泗滂沱。】《陈风·泽陂》

# 【权舆】

**原诗**

（一）於，我乎！夏屋渠渠，今也每食无余。於嗟乎！不承权舆！

○於（wū）：叹词。

○夏屋：大屋。渠渠：高大宽敞的样子。

○於嗟乎：悲叹声。於，同「吁」。

○承：继承。权舆：当初。

（二）於，我乎！每食四簋，今也每食不饱。於嗟乎！不承权舆！

○簋（guǐ）：古代的食器，圆形，有耳有盖。

**译诗**

唉，我呀！从前高楼广厦乐逍遥，现在饭食吃尽无所余。唉呀呀！再难见那逝去景！唉，我呀！从前饭桌上佳肴多又香，而今饥饿难果腹。唉呀呀！再不见当初好时光！

## 导读

这是一首反映古代贵族衰落的诗歌。这首诗描绘了一个曾经富裕的贵族回忆起他过去的繁华生活，对比现在的困境而感到悲哀。这种变化反映了当时社会结构的重大变化，特别是在土地私有化和征税制度改革的背景下，许多传统的领主和贵族开始失去他们的地位和财富。

诗中描述了诗人昔日生活的富足与现在的贫乏，通过对比增加了诗歌的情感深度。过去，他曾住在高屋广厦，餐桌上总有丰盛的佳肴；而今天，他每餐吃得很干净，还经常感到饥饿。这种由盛转衰的描写不仅仅是对个人境遇的悲叹，也是对社会变迁的深刻反思。

通过这首诗，我们可以感受到那个时代人们在社会与经济快速变动中的无奈与挣扎，以及一些曾经位高权重的人如何面对新的社会现实。《秦风·权舆》不仅是对过去的怀旧，也是对变革时代中的失落与不安的真实写照。

### 《诗经》中的名句

【七月流火，九月授衣。春日载阳，有鸣仓庚。】《豳风 · 七月》

【呦呦鹿鸣，食野之苹。我有嘉宾，鼓瑟吹笙。】《小雅 · 鹿鸣》

【昔我往矣，杨柳依依。今我来思，雨雪霏霏。】《小雅 · 采薇》

【他山之石，可以攻玉。】《小雅 · 鹤鸣》

# 宛丘

## 原诗

子之汤兮，宛丘之上兮，洵有情兮，而无望兮。

○子：你。这里指舞蹈的巫女。汤：通"荡"，这里指舞动的样子。

○宛丘：陈国地名，可游览之地。

○洵：确实。

坎其击鼓，宛丘之下。无冬无夏，值其鹭羽。

○坎其：即"坎坎"，形容击鼓或击缶的声音。

○值：手持。鹭羽：用鹭鸟的羽毛制成的舞具。

坎其击缶，宛丘之道。无冬无夏，值其鹭翿。

○缶（fǒu）：瓦质的打击乐器。

○鹭翿（dào）：用鹭羽制成的舞具。

## 译诗

你在宛丘轻盈舞，身影婆娑牵我心。悄然恋慕不敢言，心中奢望难自宽。

鼓儿敲得咚咚响，舞动宛丘平地上。无论严寒与酷暑，手中洁白鹭羽扬。

瓦缶击打当当响，舞于宛丘大道上。不论寒冬或炎夏，鹭羽饰物头上戴。

## 导读

《陈风·宛丘》是《诗经》中一首描写巫女舞蹈的诗歌，诗中充满了浓厚的情感和生动的景象。全诗分为三章，首章以巫女优美且奔放的舞姿作为开场，表现出诗人对巫女的深厚感情。通过“兮”字的运用，诗人表达了对巫女无望爱慕的叹息和幽怨，显示了单相思的辛酸。

接下来的两章，诗人运用白描手法，虽未直接抒情，但通过细致描绘巫女的舞蹈——从寒冬到盛夏，从山顶至山脚，展现其舞姿的活力与野性美。这些描述让读者深切感受到，诗人内心深处的情感激荡。尽管诗中没有明说，读者可以想象诗人满眼深情地注视着巫女舞蹈，内心默默地表达着对巫女的爱慕。

技巧上，《陈风·宛丘》巧妙地运用了对比表现情感的深化，前章的悲怆与后两章的活力形成强烈对比，使得整首诗歌既有情感的深度也有艺术的高度。这首诗不仅仅是对巫女舞蹈的赞美，也是对未能得到回应的爱情的深刻表达。读者通过这首诗，可以体会到一种跨越时空的情感共鸣，以及生命的真正活力和美。这种独特的情感力量，使得《陈风·宛丘》在《诗经》中占有特殊的地位。

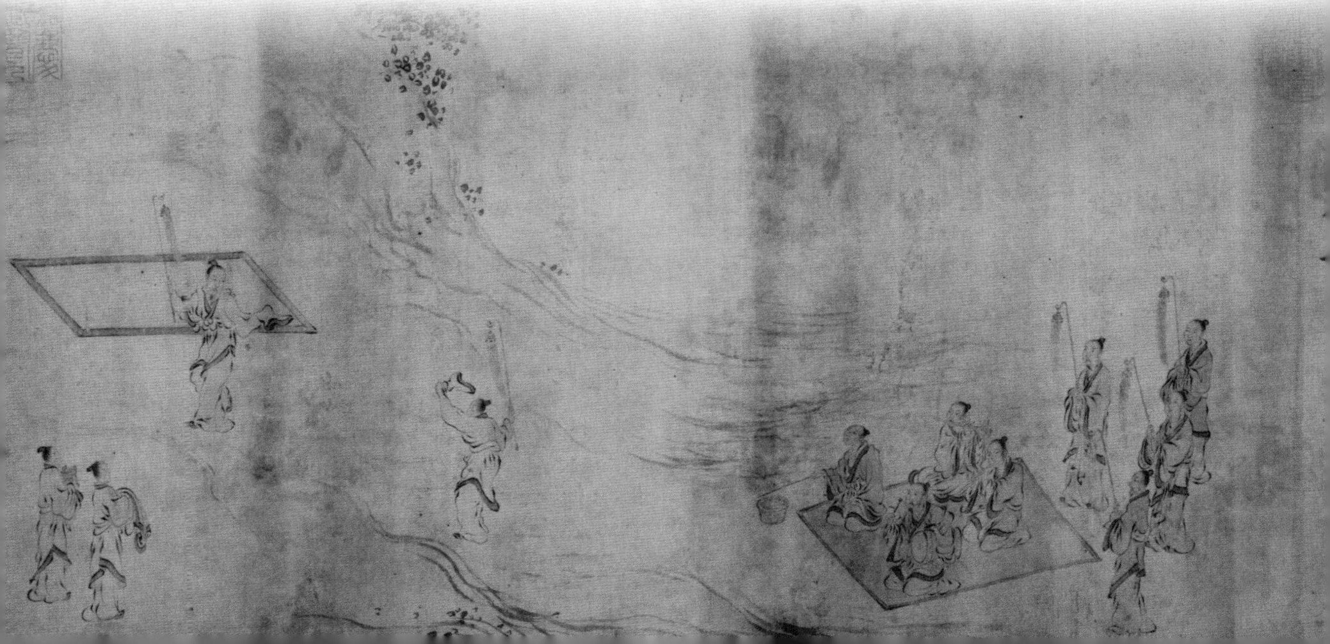

# 【东门之枌】

原诗

东门之枌，宛丘之栩。子仲之子，婆娑其下。

○东门：指陈国的城门。枌（fén）：白榆树。○栩（xǔ）：柞树。○子仲：姓氏。○婆娑：跳舞时旋转摇摆的样子。

穀旦于差，南方之原。不绩其麻，市也婆娑。

○穀旦：即"吉日"，好日子。于：语助词。差（chāi）：选择。○原：即原野。○绩：纺织。○市：集市。

穀旦于逝，越以鬷迈。视尔如荍，贻我握椒。

○逝：往。○越以：发语词。同"于以"。鬷（zōng）：众。迈：行。○荍（qiáo）：草名，即锦葵，花色粉红或深紫色。○贻：赠送。握椒：指成把的花椒。

译诗

东门白榆很粗壮，宛丘柞树排成行。子仲家有好姑娘，大树之下舞婆娑。

良辰美景正当时，一同行至南野际。暂停手中纺纱线，姑娘舞蹈多热情。

良辰佳节来相聚，众人集会真热闹。你似锦葵花灿烂，赠我花椒手中香。

## 导读

本篇通过描述一场在宛丘举行的舞蹈活动，表达了诗人对美好生活的向往和对女性的爱慕。这首诗充满了节日的欢快气氛，展示了古代陈国人民的社交和娱乐生活。

诗中提到的“东门”和“宛丘”是活动的举行地，是当时人们聚会的公共场所。诗中的白榆和柞树，则增添了场景的自然美，也象征了春天蓬勃的生命力。诗人特别提到了“子仲之子”，暗示这场舞蹈活动中有一位特别吸引他的女性。

在这个美好的环境中，男女青年通过歌舞来表达他们的情感，尤其是爱情。诗中的舞蹈不仅是一种娱乐形式，也是一种社交方式，让年轻人有机会相互了解和表达爱意。诗人通过描述这些场景，表达了对爱情的渴望和对生活中美好时光的珍惜。

整首诗通过对具体的场景和生动的活动描写，展现了一场充满活力和浪漫情调的社交活动。通过这样的描述，诗人不仅展示了古代人民生活的一面，也表达了自己对于美好生活的向往和对特定女性的深情。这首诗让读者感受到了古代节日的热闹气氛和人们热烈的情感表达，是《诗经》中描述社交和节日活动的典型例子。

## 衡门

原诗

衡门之下，可以栖迟。

○衡门：城门之名。○栖迟：休息。

岂其食鱼，必河之鲂？

○河：黄河。鲂：鱼名，鱼中味美者。

岂其食鱼，必河之鲤？

泌之洋洋，可以乐饥。

○bì泌：陈国泉水名。洋洋：水盛大的样子。○乐饥：充饥。

岂其取妻，必齐之姜？

○齐之姜：齐国姓姜的贵族女子。

岂其取妻，必宋之子？

○宋之子：宋国子姓的贵族女子。

译诗

衡门之外地宽广，也可栖身也可居。泌水清澈长流淌，清泉亦能解人饥。

难道唯有黄河鲂，才是美味又可口？难道必须齐国女，才是佳偶最相当？

难道只有黄河鲤，方为佳肴最可尝？难道唯有宋国女，方是良缘最匹配？

## 导读

这是一首典型的爱情诗，展示了古代陈地百姓的恋爱风俗。诗中描述了一对青年男女在城门下的偶遇，以及他们在郊外河边的幽会。这一场景充满了浪漫和激情，通过诗人的笔触，读者可以感受到当时的爱情是多么自由而纯真。

诗中的男子对爱情持有一种开放而现实的观点，他通过提问的方式表达自己的思考：“吃鱼何必一定要黄河中的鲂鲤，娶妻又何必非齐姜、宋子不可？”这两句话揭示了他对爱情的看法：真正的爱情不在乎物质条件和社会地位，而在于双方的真挚情感。他认为，只要两人真心相爱，即使是简单的生活也可以充满幸福。

这首诗不仅是对恋人间情感的直接表达，还反映了古代社会对爱情的宽容和开放态度。在《诗经》的其他篇章中，我们同样可以看到类似的主题。这表明，在当时情感表达是自由而直接的，人们尊重并珍惜个人情感。

# 【东门之池】

## 原诗

东门之池，可以沤麻。彼美淑姬，可与晤歌。

○池：护城河。

○沤：用水浸泡。麻经过水泡，才能剥下麻皮，用来织麻布。

○淑姬：淑，善，美。姬，周之姓，这里指美女。

○晤歌：对歌。

东门之池，可以沤纻。彼美淑姬，可与晤语。

○纻（zhù）：同「苎」，苎麻。多年生草本植物，茎皮含纤维质，可搓绳，可织布。

○晤语：对话。

东门之池，可以沤菅。彼美淑姬，可与晤言。

○菅（jiān）：草名，芦荻一类的草，其茎浸渍剥取后可以编草鞋。

## 译诗

东门外有护城池，可以用作沤麻塘。美丽善良那姑娘，可以和她对山歌。

东门外有护城池，可以用作沤纻塘。美丽善良那姑娘，可以聊天话家常。

东门外有护城池，可以用作渍菅塘。美丽善良那姑娘，可以和她倾心交。

## 导读

本篇是一首古老的情歌，描述了在东门外护城河边，男女青年在浸泡麻布的工作中相遇相知的情景。作者通过这首诗展现了男女之间的温柔交流和微妙的情感变化。

关于这首诗的解读，历来有不少争议。一些解释者认为这首诗表达了一种轻率的爱情观，甚至有人认为其内容带有不适当的色彩。然而，更多的学者认为这种观点是对诗意的误解，指出诗中实际上描绘的是一种纯真的男女相遇相爱的情景，没有所谓不当的意味。

从艺术特点上来看，这首诗以朴素和淡雅著称，表现了中国古典诗歌中“愈淡愈妙”的美学理念。诗的表达虽然简洁，但情感真挚，显示出淡中有味的艺术魅力。诗歌通过重复简洁的语言，加深了情感的表达，使读者能够感受到诗中人物情感的深度和细腻。

总之，《陈风·东门之池》不仅是一首展示男女情感交流的诗歌，也是一篇展示中国古典诗歌淡雅风格的典范。它让我们看到，即使是平常的情景，也能透过诗人的笔触展现出不凡的艺术美感。

# 东门之杨

原诗

东门之杨，其叶牂牂。昏以为期，明星煌煌。

东门之杨，其叶肺肺。昏以为期，明星晢晢。

○牂（zāng）牂：枝叶茂盛的样子。

○昏：黄昏。期：约定的时间。

○明星：明亮的星星。煌煌：明亮的样子。

○肺（pèi）肺：枝叶茂盛的样子。一说树叶的声响。

○晢（zhé）晢：同「煌煌」，明亮的样子。

译诗

东门之外白杨下，枝繁叶茂好地方。相约黄昏在此会，待到启明星闪烁。

东门之外杨树茂，风吹枝叶沙沙响。相约黄昏在此见，直至启明星闪耀。

## 导读

本篇是一首情感细腻变化的古代诗歌，描绘了一位主人公在东门外的白杨树下等待心爱之人的情景。这首诗不仅捕捉了初恋的羞涩和兴奋，还深刻地表达了等待中的焦急和失望。

诗中的主人公，无论男女，早早地吃过晚饭便急忙来到城东门外，这里不仅是陈国都城的重要地点，也是青年男女常聚会的地方。夏日茂盛的白杨树，风过处发出哗啦啦的声响，为这场幽会带来了如梦似幻的美感。随着夜晚的到来，黄昏之美逐渐被星月交辉的银白光雾取代，增添了几分浪漫。

然而，随着时间的流逝，主人公等待的心情逐渐由期待转为焦急。当夜深人静，连启明星都高挂在天边，而期待的人还未出现时，诗人的情绪也发生了巨大的转变。原本美丽的夜景和树声现在似乎都变成了焦急和失望的表达，那原本欢快的树声也变成了叹息。



此诗以情景描写见长，通过白杨树的声音和明亮的星空来强化那份未能如期相见的心理落差。这种表达方式既含蓄又生动，让读者能深切感受到主人公内心的哀伤和不安。诗中的情感转换，使得景物的描绘也随着情感的变化而变得更加动人，体现了古典诗歌中“赋”法的高超技巧。

東門之枌

衡門

東門之池

東門之楊

# 【墓门】

原诗

墓门有棘，（一）斧以斯之。

墓门：墓道的门。棘：酸枣树。

斯：劈开。

知而不已，谁昔然矣。

不已：不止。做坏事不止。

谁昔：往昔。

夫也不良，歌以讯之。

夫也不良，国人知之。

夫：那个人。

墓门有梅，（二）有鸮萃止。

梅：应作"棘"。"梅"的古文形与"棘"形似而误。

鸮（xiāo）：猫头鹰。萃：集。止：语尾助词。

讯予不顾，颠倒思予。

讯：亦作"谇"，责骂。

颠倒：指国事纷乱。

译诗

墓门前长着枣树，挥斧便将其砍断。那人非属善良辈，国人皆知其面貌。

知晓却不肯改正，素来便是此行径。墓门前长着枣树，猫头鹰栖其枝头。

那人不属良善辈，歌声劝他需醒悟。告诫劝勉皆不顾，思及我言难临头。

## 导读

本篇是一首具有强烈政治讽刺色彩的诗歌。通过动植物的象征和直接的指责，对当时社会的不正之风和统治者的不良行为进行了批判。诗的开头用动植物象征开始，比如“墓门有棘，斧以斯之”，暗示着对某些人物或行为的消除或否定。

整首诗虽然只有短短几句，却包含了深刻的政治寓意，显示了民间对统治者错误行为的强烈反感和批评。通过这首诗，读者可以窥见当时社会的动荡和人民的心声，以及诗人对于政治正义的坚持和追求。

# 【防有鹊巢】

原诗

防有鹊巢，邛有旨苕。谁侜予美？心焉忉忉。

○防：堤坝。

○邛（qióng）：土丘。旨：味美。苕（tiáo）：一种蔓生植物，生在低湿的地上。

○侜（zhōu）：欺骗。予美：我的爱人。

○忉（dāo）忉：忧愁不安的样子。

中唐有甓，邛有旨鹝。谁侜予美？心焉惕惕。

○中唐：古代堂前或门内的甬道。甓（pì）：砖瓦。

○鹝（yì）：杂色小草，又叫绶草，一般生长在阴湿处。

○惕惕：恐惧不安的样子。

译诗

哪见过堤上鹊筑巢，哪见过丘上水草高。谁在离间我心上人？我心里苦楚又焦躁。

哪见过庭中瓦铺道，哪见过山顶绶草娇。谁在离间我心上人？我心里恐惧又焦躁。

导读

本篇是一首表达为爱情担忧的古代诗歌。通过描绘一些自然界中不可能出现的现象，来比喻诗人在爱情中患得患失的恐惧。

诗中的核心情感是对于爱情的担忧。诗人用“予美”这一表达，意指他深爱的那个人。诗人担心自己心爱的人可能会被第三者影响或夺走，尽管这种担心可能没有具体的依据，但它深刻反映了爱得深沉即忧虑深重的心理状态。

诗中通过不寻常的比喻来强化这种担忧情绪，如鹊巢出现在不该出现的河堤上，绶草长在不可能生长的山坡上，这些都是自然界中不会发生的事情，用来暗示人间爱情中也许会出现的意外和变故。

总体来说，这首诗通过独特的比喻和情感的直接表达，描绘了爱情中的不安和对未来可能变故的担忧，同时也传达了诗人对于真挚爱情坚贞不渝的信念。

旨鷊

# 【月出】

## 原诗

月出皎兮，佼（jiǎo）人僚兮。舒窈纠兮，劳心悄兮。

○皎：皎洁。
○佼人：美女。僚（liáo）：通"嫽"，娇美。
○舒：舒缓，形容女子端庄文静。窈（yǎo）纠（jiǎo）：同"窈窕"，形容女子轻盈柔美的姿态。下两章"忧（yǒu）受"、"夭绍"，义同。
○劳心：忧心。悄：忧愁的样子。

月出皓兮，佼人懰兮。舒忧受兮，劳心慅兮。

○皓（hào）：清澈明亮。
○懰（liú）：妩媚。
○慅（cǎo）：忧愁不安。

月出照兮，佼人燎兮。舒夭绍兮，劳心惨兮。

○照：照耀。
○燎：姣美。
○惨（cǎo）：焦躁的样子。

## 译诗

明月高悬照天宇，美人轻盈身姿舒。缓步轻行显妖娆，想她心中焦急苦。

明月皓皓挂云端，月下美人真俊俏。步履悠扬身姿好，想她想得心烦躁。

明月清辉洒四方，美人月下光彩扬。慢行轻步姿态美，思她使我心惆怅。

## 导读

这是《诗经》中一首充满深情的作品。这首诗通过反复咏唱的方式，集中展示了一个青年男子对他所爱之人的深切赞美和苦苦思念。他无法抑制内心对美好生活的渴望和对爱情的热切追求。

诗中的意境充满了朦胧与神秘的感觉。诗人从描述一轮冉冉升起的明月开始写起，月亮虽然孤单地悬在广阔的夜空，但它的光芒覆盖了一切。在这片朦胧的月光中，诗人的爱人似乎既遥远又触手可及，如同梦境中的美丽幻影。

在情感上，这首诗透露出一种深深的惆怅。通过反复的诗句形式，诗人描绘了爱人在月下的美丽姿态，同时，每章的最后一句都流露出诗人内心的焦虑与不安，如“劳心悄兮”“劳心慅兮”“劳心惨兮”，表达了他对爱人的深切思念和对未来的不确定感。

在艺术手法上，诗歌使用了大量的感叹词“兮”，以及对月色、容貌、体态和心情的细腻描述。这些词汇不仅押韵，还增添了语言的音韵美，使整首诗如同月光般流淌，和谐而富有韵味。这种语言的柔美与情感的深沉相辅相成，使得《陈风·月出》在《诗经》中脱颖而出。

### 《诗经》中的名句

【鹤鸣于九皋，声闻于野。】《小雅·鹤鸣》

【战战兢兢，如临深渊，如履薄冰。】《小雅·小旻》

【溥天之下，莫非王土。率土之滨，莫非王臣。】《小雅·北山》

【凤皇鸣矣，于彼高冈。梧桐生矣，于彼朝阳。】《大雅·卷阿》

# 【株林】

**原诗**

胡为乎株林？从夏南。匪适株林，从夏南。

驾我乘马，说于株野。乘我乘驹，朝食于株。

○株林：地名，在今河南西华西南，夏亭镇北，是陈大夫夏徵舒的食邑。

○从：跟从。夏南：即夏徵舒，字子南，以氏配字，谓之夏南，夏姬之子。

○匪：非。适：往。

○朝食：早餐。

**译诗**

为何去株林？追寻那个夏南。并非有意游荡林间，而是为了找夏南。

四马驾着大车行，郊外株林去停歇。四马轻车快飞奔，抵达株林享晨餐。

## 导读

这首诗被广泛解读为对古代陈国君王陈灵公与陈大夫之妻夏姬私通的不道德行为的讽刺。这首诗通过简洁的八句，展示了上层统治阶级的腐败和放荡生活。

诗中描述了陈灵公与他的大臣们前往株林，显然是为了与夏姬私会，但人们故意说是去找夏姬之子。沿途中，诗中通过路人之口揭示了这一秘密。尽管他们表面上装作不知情，实则彼此心照不宣。这种交流中既有假装疑惑，也有故作神秘，构成了诗的讽刺和幽默意味，体现了百姓对于君主私生活的既知情又无力改变的复杂心态。

诗歌中使用的是一种非常独特的叙述方式，第一章通过互问互答形式，展示了公众对于陈灵公行为的隐晦讨论；而第二章则转变为直接描写陈灵公和他的大臣们轻松愉悦的状态，他们终于摆脱了公众的质疑，心满意足地向株林进发。

在艺术表现上，《陈风·株林》运用了双关和隐喻，通过这些隐晦的表达手法增强了诗歌的讽刺效果。如“说于株野”和“朝食于株”，表面上看似普通的活动，实际上却暗含了深层的意义，揭示了这些统治者的私欲和肆意妄为。

整首诗充满了讽刺，不仅揭示了那个时代统治者道德败坏，也反映了民间对此种行为的不满和无奈。

# 【泽陂】

## 原诗

彼泽之陂（一），有蒲与荷。

○泽：池塘。陂（bēi）：堤岸。 ○蒲：香蒲，多年生草本植物，多生于河岸低地。

有美一人，伤如之何。

○伤：因思念而哀伤。

寤寐无为，涕泗滂沱。

○无为：没办法。 ○涕：眼泪。泗：鼻涕。滂沱（pāng tuó）：本意是雨下得大，此处形容泪涕俱下的样子。

彼泽之陂（二），有蒲与蕑。

○蕑（jiān）：莲蓬，荷花的果实。

有美一人，硕大且卷。

○硕大，身体高大。卷：头发卷曲而美的样子。

寤寐无为，中心悁悁。

○悁悁（yuān）：忧郁的样子。

彼泽之陂（三），有蒲菡萏。

○菡萏（hàn dàn）：荷花。

有美一人，硕大且俨。

○俨：端庄矜持的样子。

寤寐无为，辗转伏枕。

○辗转：翻来覆去，睡不着。

## 译诗

池塘四周有堤坝，池中荷花与蒲草。那边有个美人儿，爱她心伤不可救。日夜想她心不宁，泪如雨下涕涟涟。

池塘四周堤坝高，池中莲蓬和蒲草。那边有个美人儿，身材高大容貌好。日夜想她难入眠，心头愁云难消磨。

池塘四周堤坝稳，池中荷花伴蒲草。那边有个美人儿，风度翩翩真标致。日夜想她难睡着，枕边辗转多烦恼。

## 导读

这首诗的每一章都围绕着池塘边的景象。这些水边的植物美丽而生机勃勃，正如主人公眼中的恋人，既健美又端庄。

诗中的主人公通过这些自然景象，表达了对心上人的深情和渴望。诗歌中透露出一种未被现代社会伦理观念束缚的纯真爱情，显示出那个时代男女在爱情表达上相对自由的一面。他们的爱情，不仅仅是身体上的吸引，更是情感上的深刻交流。

在三个章节中，诗人不仅表达了对恋人外貌和气质的赞美，还深刻描绘了因为爱而引起的内心波动。主人公因为对恋人的思念而夜不能寐，心情郁闷，情感的表达强烈而直接。

整首诗不仅是对恋人美好形象的赞歌，也是对真挚感情的讴歌。通过对这些水边植物的描写，诗人巧妙地将自然美景与人的情感紧密联系，使得整首诗洋溢着一种生动而感人的气息。通过这样的表达，读者可以感受到爱情的力量，以及它在人生中的重要地位。

防有鵲巢

月出

材材

澤陂

# 【羔裘】

**原诗**

羔裘逍遥，狐裘以朝。岂不尔思？劳心忉忉。

○羔裘：羊皮袄。逍遥：悠闲自在的样子。○狐裘：狐皮袄。朝：上朝。○岂不尔思：是“岂不思尔”的倒装。○忉忉：忧思不安貌。

羔裘翱翔，狐裘在堂。岂不尔思？我心忧伤。

○翱翔：遨游。○堂：朝堂。

羔裘如膏，日出有曜。岂不尔思？中心是悼。

○膏：油脂，这里形容羔裘柔滑像油脂一样。○曜（yào）：光耀。○悼：哀伤。

**译诗**

闲步披上新羔裘，朝服又换狐皮衣。怎叫我心不忧愁？忧思缠绵悲难解。

闲时羔皮披肩上，上朝狐氅更显威。怎能令我不忧思？心中愁云难消退。

羔裘洁白如霜雪，阳光之下显光辉。如何使我心不伤？哀愁绵绵难自已。

## 导读

《桧风·羔裘》是《诗经》中一首表达对国家命运深切忧虑的政治讽刺诗。这首诗通过描述国君的日常行为，揭示了统治者的不端行为。

《桧风·羔裘》首章的“羔裘逍遥，狐裘以朝”，用以描述国君的衣着变换，暗喻他对朝政的轻慢和对个人享乐的追求。通过这样的比喻，诗人批评了国君的行为，表达了对国家未来的深切忧虑。第二章和第三章继续这一主题，加强了对国君行为的讽刺，反映出民间对统治者不负责任的强烈不满。

整首诗的情感基调是忧虑与担忧，表达了诗人对国家将来可能面临的灾难的深切关注。

### 《诗经》中的植物

【麦】《鄘风 · 桑中》《鄘风 · 载驰》《王风 · 丘中有麻》《魏风 · 硕鼠》《豳风 · 七月》《大雅 · 棫朴》《鲁颂 · 閟宫》

【稻】《唐风 · 鸨羽》《豳风 · 七月》《小雅 · 白华》《鲁颂 · 閟宫》

【稌（稻谷）】《周颂 · 丰年》

【重穋（亦作“穜穋”的两种谷物）】《豳风 · 七月》

# 【素冠】

**原诗**

(一)庶见素冠兮，棘人栾栾兮，劳心慱慱兮。

○庶：幸而。素冠：白帽。与后文的“素衣”“素韠”都是孝服。○棘人：病瘦之人。栾栾：瘦弱不堪的样子。○慱慱（tuán）：忧思不安的样子。

(二)庶见素衣兮，我心伤悲兮，聊与子同归兮。

○聊：愿。

(三)庶见素韠兮，我心蕴结兮，聊与子如一兮。

○韠（bì）：蔽膝，古人服饰。○蕴结：郁结。

**译诗**

看你戴着白帽冠，见你身骨瘦如柴，让我心中万般忧。见你身穿白衣裳，

我心顿感深深伤，与你同归到远方。看你系着白蔽膝，忧愁顿积我心房，

与你生死如一人。

导读

诗的第一章描述了主人公戴着素白的冠帽，这种简单的装束通常与悲伤或丧事有关，通过这样的描写，诗人传达了一种沉重的氛围。第二章则通过身着白衣的形象，进一步强化了这种忧伤。白色在许多文化中象征着纯洁或哀悼，这里可能暗示了死亡或失落的主题。第三章中的素饰品则是对这种悲痛情绪的延续，表达了对逝去之人的深切缅怀。

此诗能从多个角度解读，一种观点是它描述了一位妻子对亡夫的哀悼。诗中描述的场景是丈夫葬礼，这位妻子的悲痛之情溢于言表，体现了她对爱人深深的思念。另一种解读则认为此诗描绘了一位遭受政治迫害的贤臣，他的清白和高洁通过素冠和素衣来象征，诗中的忧伤是因为社会和政治的不公。此外，还有解释认为这可能是一首爱情诗，描绘了一位女性对她所爱之人的深情。无论哪种解读，这首诗的情感都是强烈而明确的，表达了一种深深的哀伤。

## 《诗经》中的植物

【粱（高粱）】《唐风 · 鸨羽》《小雅 · 黄鸟》

【黍】《王风 · 黍离》《魏风 · 硕鼠》《唐风 · 鸨羽》《豳风 · 七月》《小雅 · 黄鸟》《小雅 · 信南山》《小雅 · 楚茨》《小雅 · 甫田》《小雅 · 大田》《小雅 · 黍苗》《周颂 · 丰年》《周颂 · 良耜》《鲁颂 · 閟宫》

【稷（通称为谷或为粟）】《王风 · 黍离》《唐风 · 鸨羽》《豳风 · 七月》《小雅 · 楚茨》《小雅 · 信南山》《小雅 · 甫田》《小雅 · 大田》《周颂 · 良耜》《鲁颂 · 閟宫》

# 隰有苌楚

## 原诗

隰有苌楚，猗傩其枝。夭之沃沃，乐子之无知。

○隰（xí）：低洼的湿地。苌（cháng）楚：蔓生植物，又叫羊桃、猕猴桃。
○猗（ē）傩（nuó）：即「婀娜」，茂盛而柔美的样子。
○夭：少。指苌楚正处茁壮生长期。沃沃：形容叶子润泽的样子。
○乐：羡慕。子：指苌楚。

隰有苌楚，猗傩其华。夭之沃沃，乐子之无家。

○无家：没有家室。下文「无室」义同。

隰有苌楚，猗傩其实。夭之沃沃，乐子之无室。

## 译诗

低洼之处生羊桃，枝干攀爬富生机。枝条鲜嫩生长旺，羡你心中无忧虑。

低洼之处生羊桃，藤绕花开色鲜艳。花朵饱满真润泽，羡你一生无牵累。

低洼地上羊桃挂，蔓条缠绕果累累。果实润泽势头好，羡你无家去顾忌。

导读

这首诗通过描述羊桃的生长环境和状态，表达了人对草木生活的羡慕。诗中反复强调羊桃无忧无虑的状态，暗示了诗人心中怀有深深的忧虑。简而言之，诗人通过赞美羊桃的生机与美丽，反衬出人类生活的痛苦与纠结。

诗分三章，每章都从不同的角度表达了对羊桃生活的羡慕。第一章描写羊桃茂盛的枝条，赞美其生长得旺盛而无忧。第二章则聚焦于羊桃的花，表达了羡慕其不受家庭责任之累的自由。第三章讨论羊桃的果实，继续强调无家庭负担的快乐生活。

此诗以其简单直接的表达和重复的句式，体现了诗人对自然无忧状态的深切羡慕。尽管生活中面临困苦与挑战，诗人仍寻求在自然界中找到慰藉。这种情感的表达，虽然简洁，却充满了深意，让读者可以感受到诗人的心声与生活的沉重。

## 《诗经》中的植物

【粟（小米）】《小雅 · 黄鸟》《小雅 · 小宛》

【秬（黑黍）】《大雅 · 生民》《鲁颂 · 閟宫》

【秠（黍的一种）】《大雅 · 生民》

【穈（赤粱粟）】《大雅 · 生民》

【芑（白粱粟）】《大雅 · 生民》

# 匪风

原诗

匪风发兮，匪车偈兮。顾瞻周道，中心怛兮。

○匪风：那风。匪，通"彼"，那。○偈（jié）：车马急驰的样子。○周道：大道。○怛（dá）：忧伤。

匪风飘兮，匪车嘌兮。顾瞻周道，中心吊兮。

○飘：旋风。这里指风势疾速回旋的样子。○嘌（piāo）：疾速。○吊：悲伤。

谁能亨鱼？溉之釜鬵。谁将西归？怀之好音。

○亨：烹的本字。○溉：洗涤。釜：锅。鬵（qín）：大锅。○怀：馈，带给。好音：平安的消息。

译诗

风儿急吹呼啸响，车子飞驰若流光。回首瞻望离家路，思念亲人真忧伤。

风势疾速回旋着，车轮飞转路难安。回头望向远方道，思念家人泪两行。

谁能烹鱼亦煮饭，我将洗锅又刷盘。谁若西归回故里，托他携信报安然。

## 导读

这首诗通过风和车的形象表现，深刻描绘了诗人对故乡的急切思念。全诗分为三章，每章的构成都是通过对环境的描写逐渐深入到内心情感的表达。诗的开头“匪风发兮，匪车偈兮”就设立了一个动感的场景，风、车的迅速与力度象征着诗人心中对远方故土的强烈思念。诗中的每一个章节都用环境的变化引出内心的感受，比如“顾瞻周道”反映了诗人对故乡道路的回望，反映出其内心的不安和忧伤。

到了第三章，诗歌转入更为直接的人文关怀，“谁能亨鱼？溉之釜鬵”和“谁将西归？怀之好音”通过设问的方式，表达了诗人对归家以及带去家乡消息的人的渴望。这些表达不仅描绘了诗人个人的情感，也折射出当时社会的动荡和个体在大环境中的无力感。

整首诗的结构紧凑，情感强烈，通过重复和递进的句式，加强了诗歌的节奏感和表达力，使读者能深切感受到诗人对家人的深情和对当前生活困境的反思。

### 《诗经》中的植物

【菽（大豆）】《豳风 · 七月》《小雅 · 小宛》《小雅 · 小明》《小雅 · 采菽》《大雅 · 生民》《鲁颂 · 閟宫》

【苴（麻子）】《豳风 · 七月》

【荇菜（莕菜）】《周南 · 关雎》

【藻（杉叶藻）】《召南 · 采苹》《鲁颂 · 泮水》

# 【蜉蝣】

## 原诗

蜉蝣之羽，衣裳楚楚。心之忧矣，于我归处。

○蜉（fú）蝣（yóu）：虫名。幼虫生活在水中，成虫褐绿色，有四翅，生存期极短。
○楚楚：鲜明的样子。
○归处：死亡。后面的「归息」「归说」同义。

蜉蝣之翼，采采衣服。心之忧矣，于我归息。

○采采：形容衣饰艳丽。

蜉蝣掘阅，麻衣如雪。心之忧矣，于我归说。

○掘阅：指蜉蝣的幼虫刚出生时穿穴而出。阅，同「穴」。
○麻衣如雪：麻做的衣服素净如雪。这里借指蜉蝣透明的翅膀。
○说：同「税」，止息。

## 译诗

蜉蝣轻舞翅膀展，衣彩鲜艳夺目间。命短忧心情何堪，归宿何处借问天。

蜉蝣展翼舞空中，衣服华丽色彩艳。命短心忧郁难平，人生归处哪里寻。

蜉蝣破土翩翩舞，麻衣如雪清又净。生命短暂忧心满，归宿何方寻答案。

**导读**

这是一首感慨人生短暂的诗。通过描绘蜉蝣的生命周期，借其朝生暮死的自然现象，来比喻人的生命虽美好却转瞬即逝。诗中使用了“衣裳楚楚”和“采采衣服”来形容蜉蝣虽然微小但生得华丽，突显生命的虚妄和短暂。通过这种比喻，诗人表达了对生命无常的感叹和对美好事物短暂性的哀愁。

虽然有些解释将这首诗看作是批评奢侈或社会风气的，但更多学者认为表达了作者对人生无常的感慨。通过自然景象引发情感表达，在《诗经》中是一种常见的艺术手法，称为“兴”。通过这首诗，我们不仅能感受到古人的审美情趣，也能窥见他们对生命哲理的深刻认识。

## 《诗经》中的植物

【苹（浮萍）】《召南 · 采苹》

【蒲（香蒲）】《陈风 · 泽陂》《小雅 · 鱼藻》《大雅 · 韩奕》

【蕑（泽兰）】《郑风 · 溱洧》《陈风 · 泽陂》

【荷华（荷花）】《郑风 · 山有扶苏》《陈风 · 泽陂》

【菡萏（荷花）】《陈风 · 泽陂》

甲子春三月南田壽平
擬古十種

臨徐崇嗣春風圖
南田

吹罷瓊簫烟鳳塵
粉痕暗減鏡中春低
垂翠袖紅粧側舞倦
龍綃一美人 壽平

# 【候人】

## 原诗

彼候人兮，何戈与祋。彼其之子，三百赤芾。

○候人：官名。○何：扛。戈、祋（duì）：古代武器名。祋，一种竹制杖器。○赤芾（fú）：赤色蔽膝。为大夫以上的装束。

维鹈在梁，不濡其翼。彼其之子，不称其服。

○鹈（tí）：鹈鹕，一种水鸟。梁：鱼坝。○濡：弄湿。○称：适合。

维鹈在梁，不濡其咮。彼其之子，不遂其媾。

○咮（zhòu）：禽鸟的嘴。○媾（gòu）：宠爱。

荟兮蔚兮，南山朝隮。婉兮娈兮，季女斯饥。

○荟、蔚：这里指云雾蒸腾的样子。○朝隮（jī）：早晨的彩虹。○婉、娈：年少美貌的样子。○季女：少女。斯：语助词。

## 译诗

官职很小的候人，扛着长戈和祋棍。那朝中的新贵们，身穿朝服三百人。鹈鹕待在鱼梁上，居然没打湿翅膀。

那朝中的新贵们，哪配穿贵族服饰。鹈鹕待在鱼梁上，嘴都未湿不应当。那朝中的新贵们，得宠称心难久长。

茫茫云雾弥漫着，南山早上出彩虹。娇小可爱候人女，没有饭吃饿肚子。

## 导读

这首诗用独特的方式批评了当时社会中新兴贵族的浮夸和不称职。通过对比朴素的低级官员和装饰浮夸的新贵，深刻揭示了社会上的矛盾和问题。

诗中“候人”指的是一种低级官职，负责迎送宾客等事务，形象地描绘了他们虽官职低微却忠诚履职的情景。相对地，诗中提到的“三百赤芾”则指的是穿着华丽的新贵，他们的形象和行为与其身份地位并不相称，这暗示了他们的虚荣和失职。

诗中还巧妙地运用了鹈鹕这一意象，鹈鹕虽在水上但不湿翼和嘴，象征这些新贵表面风光，实则无实际成就。最后诗中通过描绘朝霞和一个贫穷女子的形象，进一步强调了社会的不公和人民的苦难。

这首诗通过生动的比喻和形象的对比，揭示了当时社会的不公和贵族阶层的问题，同时也表达了对普通百姓苦难的同情，呈现出深刻的社会批评意义。

# 【鸤鸠】

原诗

鸤鸠在桑，(一)其子七兮。淑人君子，其仪一兮。

○鸤（shī）鸠：布谷鸟。

○淑人君子：贤淑、有才德的人。

○仪：指仪态、仪表，这里指言行。一：一致。

其仪一兮，心如结兮。

○结：凝结。

鸤鸠在桑，(二)其子在梅。淑人君子，其带伊丝。

○梅、棘、榛：均为树木名称，梅指梅树，棘指带刺的灌木，榛指榛树。

○其带伊丝：指缠在腰间的大带是素丝材质的。伊，为。

其带伊丝，其弁伊骐。

○弁（biàn）：古代贵族的一种帽子，通常穿礼服时用。骐（qí）：黑斑纹的白马。这里借指帽子的颜色。

鸤鸠在桑，(三)其子在棘。淑人君子，其仪不忒。

其仪不忒，正是四国。

○忒：偏差。

○正：领导。四国：四方各国。

鸤鸠在桑，(四)其子在榛。淑人君子，正是国人。

正是国人，胡不万年？

○国人：全国的人。

○胡：何。

译诗

布谷筑巢桑树上，养育七只小小鸟。
君子贤淑有才能，言行举止终如一。
言行举止终如一，内心坚定牢不移。
布谷筑巢桑树上，小小鸟在梅树跳。
贤能正直真君子，素丝大带束腰间。
束腰还戴青皮帽，黑青色帽显尊严。
布谷筑巢桑树上，小小鸟在枣树跳。
品德高尚真君子，言行仪表无改变。
言行仪表无改变，四海学习好榜样。
布谷筑巢桑树上，小小鸟在榛树唱。
领导国民真君子，民众敬仰永不忘。
民众敬仰永不忘，何不祝他万年长。

## 导读

这首诗主要赞美在位统治者的贤德和威望。尽管古代解释中存在关于此诗是用来批评的观点，但实际上，诗中充满了对君子的赞美之词，表现了对统治者美好品德的钦佩。

诗中反复使用了如“淑人君子”的词汇来描绘理想的统治者形象：言行一致、装束得体、举止端庄，是民众的楷模。这种修辞手法在《诗经》中很常见，称为叠法，它通过重复来强化主题，使得赞美之情愈加深刻。

总的来说，这首诗通过生动的比喻和重复的修辞手法，描绘了一位理想的领导者，展现了他在民众中的崇高地位和深远影响。如果这首诗能够配合原有的音乐旋律演唱，其表达效果将更为动人。这首诗不仅是对个别统治者的颂扬，也反映了当时社会对于理想领袖的普遍期待和尊重。

# 下泉

## 原诗

洌彼下泉，浸彼苞稂。忾我寤叹，念彼周京。

○洌：寒冷。下泉：指地下泉水。○浸：淹没。苞：丛生的样子。稂（láng）：田间丛生的狗尾草。苞，丛生的样子。稂，狗尾草。○忾（kài）：叹息声。寤（wù）：醒来。○周京、京周、京师：均指周朝的国都镐京。

洌彼下泉，浸彼苞萧。忾我寤叹，念彼京周。

○萧：艾蒿。

洌彼下泉，浸彼苞蓍。忾我寤叹，念彼京师。

○蓍（shī）：蓍草，常用于占卜。

芃芃黍苗，阴雨膏之。四国有王，郇伯劳之。

○黍苗：即黍的幼苗。○膏：滋润。○四国：四方之国。○郇（xún）伯：指晋大夫荀跞。劳：慰劳。

## 译诗

清冷的泉水流淌，湿润那野草的根。我醒来不由叹息，思念远方的周王朝。

清冷的泉水流淌，淹没茂密的艾蒿。我醒来不由叹息，思念遥远的都城。

清冷的泉水流淌，浸润茂盛的蓍草。我醒来不由叹息，不禁思念那京都。

青青黍苗茁壮长，阴雨滋润育新苗。诸国来拜周天子，郇伯奉命来慰劳。

## 导读

这首诗反映了曹国人对晋国荀跞的赞美。荀跞是晋国的大夫，他成功地帮助敬王复位于成周，结束了周室的内乱。这首诗描述了这段历史，用寓意深刻的诗句表达了对荀跞的赞扬。

从周景王去世开始，由于皇位继承混乱，王室权力空白达十年之久。晋文公派荀跞平定了内乱，使敬王能够登基，恢复了国家的稳定。此诗是对这段历史事件的艺术再现。

诗中使用了丰富的象征和对比手法，如“下泉”象征着处于困境中的敬王，而“阴雨膏之”则象征着恢复生机的曹国，展示了晋国为王室提供支持和保护的情景。整首诗既有对过去困境的咏叹，也有对未来希望的歌颂，通过这种对比，加深了诗歌的情感表达。

《曹风·下泉》不仅是一首历史诗，也是一首充满政治寓意的作品，通过歌颂荀跞的贡献，表达了人民对国家稳定和贤能统治者的渴望。这首诗通过生动的描绘和深刻的意境，传达了对历史英雄的敬仰和对和谐社会的向往。

### 《诗经》中的植物

【藚（泽泻）】《魏风·汾沮如》

【蓼（水草）】《周颂·小毖》《周颂·良耜》

【葭（芦苇）】《卫风·硕人》

【苇】《卫风·河广》《小雅·小弁》《大雅·行苇》

【菼（荻）】《卫风·硕人》《王风·大车》

# 【七月】

原诗

（一）七月流火，

○七月流火：指夏历七月，心宿向着下方移动。流，星辰移动。火，星名，又名大火，即心宿。

九月授衣。

○授衣：把裁制冬衣的差事发放给妇女们。

一之日觱发，

○一之日：夏历十一月。觱（bì）发（bō）：大风吹动事物发出的声音。

二之日栗烈。

○二之日：夏历的十二月。栗烈：即「凛冽」，寒冷刺骨。

无衣无褐，

○褐：粗布短衣。

何以卒岁？

○卒岁：终岁。

三之日于耜，

○三之日：夏历的正月。耜：古代翻土农具。

四之日举趾。

○四之日：夏历的二月。举趾：指脚下田去耕种。趾，足。

同我妇子，

○妇子：妻子和孩子。

馌彼南亩，

○馌（yè）：送饭。南亩：泛指田地。

田畯至喜。

○田畯（jùn）：农官。

（二）七月流火，

九月授衣。

春日载阳，

○载：开始。阳：暖和。

有鸣仓庚。

○仓庚：即黄莺。

女执懿筐，

○懿：深。

遵彼微行，

○遵：沿着。微行：小道。

爰求柔桑。

○爰：于是。

春日迟迟，

○迟迟：缓缓，形容时光漫长。

采蘩祁祁。

○蘩：白蒿。祁祁：众多的样子。

女心伤悲，

殆及公子同归！

○殆：怕。

（三）七月流火，

八月萑苇。

○萑（huán）苇：荻草和芦苇。这里指割芦苇。

蚕月条桑，

○蚕月：夏历三月。条桑：修剪桑树的枝条。

取彼斧斨，

○斨（qiāng）：方孔的斧头。

以伐远扬，

○远扬：指长得又长又高的桑枝。

猗彼女桑。

○猗（yī）：同「掎」，摘取。女桑：嫩桑叶。

七月鸣鵙，

○鵙（jú）：鸟名，即伯劳。

八月载绩。

○载：则，即开始。绩：纺织。

载玄载黄，

○载……载……：既……又……。玄：赤黑色。

我朱孔阳，

○朱：红色。孔：非常。阳：鲜明。

为公子裳。

（四）四月秀葽，

○秀：生穗。葽（yāo）：药草名，即远志。

五月鸣蜩。

○蜩（tiáo）：蝉。

八月其获，

十月陨萚。

○陨萚（tuò）：枝叶凋落。

一之日于貉，

○于：这里指猎取。貉：兽名，形似狐。

取彼狐狸，

为公子裘。

二之日其同，
○同：会合。狩猎之前聚集众人。
载缵武功，
○缵(zuǎn)：继续。武功：武事。
言私其豵，
○豵(zōng)：六个月至一岁的小猪。这里代指小猎物。
献豜于公。
○豜(jiān)：三岁的大猪。这里代指大兽。公：公家。

⑤五月斯螽动股，
○斯螽：昆虫名，即蚱蜢。动股：发出鸣叫。
六月莎鸡振羽。
○莎(suō)鸡：即纺织娘。振羽：两翼鼓动而鸣。
七月在野，
八月在宇，
○宇，屋檐。

九月在户，
十月蟋蟀入我床下。
○以上四句是写蟋蟀，随着天气转冷，逐渐地由在野、在宇、在户而钻到床底越冬。
穹窒熏鼠，
○穹：穷尽，清除。窒：堵塞。
塞向墐户。
○向：朝北的窗子。墐：用泥抹上，以避风寒。

嗟我妇子，
曰为改岁，
○改岁，改换新年。
入此室处。

⑥六月食郁及薁，
○郁：唐棣，又名郁李，果实酸甜可食。薁(yù)：野葡萄。
七月亨葵及菽。
○亨：烹的本字。葵：蔬菜名，今名苋菜。菽(shū)：豆类的总称。
八月剥枣，
○剥(pū)：通「扑」，打，击。
十月获稻。
为此春酒，
○春酒：以粮食酿酒。

以介眉寿。
○介(gài)：借为「丐」，祈求。眉寿：长寿。
七月食瓜，
⑦八月断壶，
○壶：借为「瓠」，葫芦之类。断：指摘下。
九月叔苴，
○叔：收拾。苴(jū)：秋麻籽，可食。

采荼薪樗，
○薪：动词，砍柴。樗(chū)：木名，臭椿。
食我农夫。
九月筑场圃，
○场圃(pǔ)：用来打谷的场地。
十月纳禾稼。
○纳：收进谷仓。禾稼：五谷的通称。

黍、稷、重、穋，
○黍：糜子。稷：即粟，亦称谷子。煮熟后黍黏，稷不黏。重、穋(lù)：皆为谷名。
禾、麻、菽、麦。
○禾：谷的一种，即小米。
嗟我农夫！
我稼既同，
○同：收集。

上入执宫功。
○上：通「尚」，还要。执：执行。宫功：修缮房屋。
昼尔于茅，
宵尔索绹，
○宵：夜间。索：用手搓。绹：绳。
亟其乘屋，
○亟：急忙。乘屋：登上房屋，加以修缮。乘，登。

其始播百谷。
⑧二之日凿冰冲冲，
○冲冲：凿冰的声音。
三之日纳于凌阴。
○凌阴：冰窖。
四之日其蚤，
○蚤：通「早」，古代的一种祭祖仪式。

献羔祭韭。
○韭：古「韮」。献上羔羊和韭菜以祭祖，这是古代开窖取冰前的仪式。
九月肃霜，
○肃霜：即「肃爽」，秋高气爽。
十月涤场。
○涤场：把场园打扫干净，一年农事结束。
朋酒斯飨，
○朋酒：两壶酒。斯：语助词。飨：宴享，乡人年终聚饮。

曰杀羔羊，
跻彼公堂，
○跻：登。
称彼兕觥，
○称：举起。兕(sì)觥(gōng)：一种饮酒器。
万寿无疆！

**译诗**

七月火星向西偏，九月催人缝衣衫。十一月北风急呼啸，十二月寒霜刺骨寒。粗布短衣无一件，过冬艰难费思量。正月修整耕田具，二月忙于去耕种。妻儿一同去田间，饭食直送地头边。田官巡视喜洋洋。七月火星偏西方，九月催人缝衣裳。春日阳光暖洋洋，黄莺枝头细语唱。姑娘手提竹篮深，小路采摘忙不停，专拣新鲜嫩桑叶。春天白昼格外长，采得蒿叶装满筐。采蒿女子心惆怅，担忧陪嫁到远方。七月火星西侧偏，八月割荻苇林间。养蚕季节修桑树，斧头挥起臂高昂。高枝一一剪得光，嫩叶扯下采桑忙。七月草丛伯劳唱，八月纺麻织布忙。颜色或黑或黄亮，红色衣裳最鲜亮，只为君子裁剪忙。四月远志果满枝，五月知了鸣声噪。八月庄稼忙收割，十月枯叶随风飘。十一月打猎很忙碌，剥了狐皮为冬装。十二月群聚去射猎，小猪留下给自家，大猪献出给公家。熏风五月蚱蜢跳，六月织娘歌声扬。七月蟋蟀野外鸣，八月屋檐下鸣叫，九月躲进室内藏，十月又往床下躲。熏走老鼠堵鼠洞，塞紧柴门封北窗。干活之后喊妻儿，新年快到眼前来，一起居住这间房。六月李子葡萄甜，七月葵菜豆类煮。八月扬竿枣树下，十月稻谷场上扬。酿成春酒香扑鼻，祈福众生寿且康。九月吃瓜如蜜甜，八月葫芦满地爬，九月麻子收起来，野菜柴火准备好，农人依此度时光。九月谷场建设好，十月粮食藏入仓。黍子与高粱，豆类与麦类，小米与百谷，一同存满仓。农人命苦叹无常，农活刚完又劳忙。白天去割草，夜间又搓绳，忙碌不止至天光。登上屋顶忙维修，播种时节又来到。十二月冰块响叮当，正月送冰入窖藏。二月祭祖献祭礼，九月气爽天又高，十月清扫打谷场。捧上两樽甜米酒，杀些大羊与小羊。步上台阶进公堂，举起牛角杯高唱，齐声祝福『万寿无疆』。

## 导读

本篇是一首生动展现古代农民生活与劳动的长篇诗歌。全诗以农民一年四季的农事活动为线索，详细描绘了衣、食、住、行的各个方面，呈现出那个时代季节变化与人们的日常生活之间的关系。

这首诗从七月开始，以农历为基准，描述了从夏末到次年初的劳动场景。开头提到的“七月流火”指的是夏季的末尾，而“九月授衣”则特指把裁制冬衣的任务分配给妇女的活动，反映了当时奴隶社会中的劳动分配和女性的劳动角色。这样的记述不仅反映了古人对季节变化的精确观察，也显示了他们生活的艰辛与依赖自然的程度。

诗中不仅有春耕秋收的劳动场景，还有冬季取暖、夏日采桑等生活细节，甚至提到了狩猎、建房和酿酒等活动。这些描述展现了当时社会的经济结构和农民的生活方式，同时也反映了农民与自然的密切关系。

此外，《豳风·七月》还描绘了当时的社会关系和阶级结构。诗中的“公子”可能指的是地位较高的官员或贵族的子弟。他们与普通农民之间的互动，也从侧面反映了当时的社会矛盾与阶级压迫。

整首诗以平实的语言、生动的画面带领读者走进了那个遥远的时代，不仅具有很高的历史价值，也富有深厚的文学魅力。通过阅读这首诗，我们可以更好地理解古人的生活状态和情感世界，感受到他们在自然与社会环境中的生存斗争。

韭
鵙
壺
葵
莎雞二種

薁
瓜

狸

蠶

貉

倉庚

棗

# 【鸱鸮】

## 原诗

（一）鸱鸮鸱鸮！既取我子，无毁我室！恩斯勤斯，鬻子之闵斯。

○鸱（chī）鸮（xiāo）：猫头鹰。○子：幼鸟。○室：鸟巢。○恩、勤：即殷勤，勤劳。斯：语助词。○鬻（yù）：通“育”，养育。闵：忧苦。

（二）迨天之未阴雨，彻彼桑土，绸缪牖户。今女下民，或敢侮予？

○迨：及，趁。○彻：通“撤”，取。桑土：桑皮和泥土，筑巢所用。○绸缪：缠绕。牖户：窗户和门，这里指鸟窝。○下民：鸟巢下的人。○或敢：谁敢。侮：侵害。

（三）予手拮据，予所捋荼，予所蓄租，予口卒瘏。曰予未有室家。

○拮（jié）据（jū）：手疲惫不堪，这里指鸟爪因筑巢而劳累。○捋：用手自上而下勒取。○蓄：积聚。租：指鸟食。○卒（cuì）瘏（tú）：劳累致病。卒，通“悴”。

（四）予羽谯谯，予尾翛翛。予室翘翘，风雨所漂摇。予维音哓哓。

○谯（qiáo）谯：羽毛枯焦无光的样子。○翛（xiāo）翛：羽毛稀疏的样子。○翘（qiáo）翘：高耸而不稳的样子。○漂摇：指鸟巢因风吹雨打而摇晃。○哓（xiāo）哓：鸟惊恐的叫声。

## 译诗

猫头鹰啊猫头鹰，你已夺走我幼鸟，别再破坏我的巢。我辛苦养育它们长大，为了儿女我心焦。天晴未雨忙修葺，

剥些桑皮补门窗。现在你们下面人，别想来此将我侵。手酸劳作到傍晚，采草铺巢心还慌。为过冬天粮已藏，

嘴巴疼痛满是伤，但巢依旧不安全。羽如枯草色暗黄，尾毛稀疏显萧条，巢在高处风雨摇，惊慌尖叫声凄凉。

## 导读

本篇是一首古老的寓言诗，通过描写一只孤弱母鸟的遭遇来传达深刻的人生哲理和情感。这首诗描述了母鸟的巢被猫头鹰破坏，它的幼鸟被抢走的悲痛场景，表现了自然界中的残酷与生命的脆弱。

在诗中，母鸟面对突如其来的灾难，展现了极度的恐惧和悲伤。然而，即使在这样的绝望中，母鸟也没有放弃，而是利用晴好的天气赶忙修补自己的巢穴。诗歌通过母鸟的行动，展示了生命的顽强和生存的勇气。

诗中的母鸟虽然表面上看似弱小，却充满了坚毅和力量。它不仅要忍受丧子之痛，还必须面对自然界的无情考验，如风雨的摇晃使它的巢穴岌岌可危。这种情况不仅是对母鸟的考验，也象征着社会底层人民在面对生活困境时的艰难与不易。

《豳风·鸱鸮》不仅仅是写鸟的悲伤，更通过这个故事寓意了人类社会中的不公与苦难。它揭示了被欺压者的痛苦和对命运的无力感，让我们反思社会的深层问题。这首诗的美在于它不仅仅传递了情感，还激发了人们对于社会正义和人性的深思。

# 【东山】

原诗

（一）我徂东山，慆慆不归。我来自东，零雨其濛。

○徂（cú）：往。东山：地名，诗人远征之地。○慆慆：即悠悠，形容时间长久。○零雨：细雨。其濛：即“濛濛”，细雨霏霏的样子。

我东曰归，我心西悲。制彼裳衣，勿士行枚。

○西悲：指想念在西方的家乡而悲伤。○勿士：不再从事。士，通“事”。行枚：即“衔枚”，行军时衔在口中以保证不出声的木片。

蜎蜎者蠋，烝在桑野。敦彼独宿，亦在车下。

○蜎蜎（yuān）：虫子蜷曲蠕动的样子。蠋（zhú）：野蚕。○烝（zhēng）：乃。○敦（duī）：身体蜷缩成团。

（二）我徂东山，慆慆不归。我来自东，零雨其濛。

果蠃之实，亦施于宇。伊威在室，蠨蛸在户。

○果蠃（luǒ）：瓜蒌，蔓生葫芦科植物。○施（yì）：蔓延。○伊威：即地鳖虫，生长在阴暗潮湿处。○蠨（xiāo）蛸（shāo）：即蟢子，一种长脚蜘蛛。

町畽鹿场，熠耀宵行。不可畏也，伊可怀也！

○町（tǐng）畽（tuǎn）：田舍旁的空地。鹿场：野鹿活动的地方。○熠（yì）耀（yào）：闪烁发光的样子。宵行：即萤火虫。○伊：指荒芜的家园。

（三）我徂东山，慆慆不归。我来自东，零雨其濛。

鹳鸣于垤，妇叹于室。洒扫穹窒，我征聿至。

○鹳（guàn）：水鸟名，形似鹤。垤（dié）：小土堆。○穹（qióng）窒（zhì）：堵塞鼠洞。○聿：语助词。

有敦瓜苦，烝在栗薪。自我不见，于今三年。

○有敦：即“敦敦”，团团的。瓜苦：即瓠瓜。苦，同“瓠”。○栗薪：劈好堆积的干柴。

（四）我徂东山，慆慆不归。我来自东，零雨其濛。

仓庚于飞，熠耀其羽。之子于归，皇驳其马。

○仓庚：即黄莺。

○之子：这里指新婚时的妻子。归：出嫁。

○皇：黄白色。驳：红白色。

亲结其缡，九十其仪。其新孔嘉，其旧如之何？

○缡：女子出嫁时系的佩巾。古代婚仪，女子出嫁母亲会亲自为女儿结缡。

○九十：形容婚礼仪式繁多。

○新：指新婚时。孔嘉：非常美丽。

○旧：这里指久别之后。

## 译诗

我到东山去征战，长期不归忆故乡。今日始自东山归，细雨蒙蒙洒衣装。刚得归家音讯时，西望故乡泪盈眶。

换上平民朴素衣，不衔行枚赴疆场。缓缓山蚕爬桑叶，野外桑林作家园。我身蜷缩成一团，野战车下得安眠。

我到东山去征战，长期不归忆故乡。今日始自东山归，细雨蒙蒙洒衣装。小瓜串串挂房檐，藤蔓长长爬满墙。

屋内潮湿地虫爬，蛛网密结门窗前。田野变成野鹿场，夜里萤火闪烁光。虽然家园多荒凉，心中依旧爱此方。

我到东山去征战，长期不归忆故乡。今日始自东山归，细雨蒙蒙洒衣装。鹳在土堆声声叫，妻在家中长叹息。

扫房堵洞全都备，盼我归来早相聚。苦瓜团团分两半，扔在柴堆无人睬。自从我去东山后，分离三载思悠悠。

我到东山去征战，长期不归忆故乡。今日始自东山归，细雨蒙蒙洒衣装。黄莺翩翩空中舞，羽毛光亮闪金辉。

想起当初新嫁时，红白马匹威风扬。佩巾系颈母亲忙，繁礼祈福求吉昌。新婚美好如梦想，今日重逢将如何？

## 导读

这首诗通过四章的叠咏结构，展现了士兵归乡的心路历程。每章都以相同的四句开头，这种重复的技巧构建了诗的主旋律，表现了士兵在返乡路上遭遇细雨的情景，与《小雅·采薇》中描述的场景颇为相似。

诗中通过情景交融，为后续的叙事铺垫了感染力极强的背景。第一章描绘了主人公回家路上的喜悲交织，其中喜悦占据了上风。诗人通过描写士兵换装的细节，反映了他们从战场归来的心情变化，体现了人民对战争的厌倦和对和平生活的向往。同时，这也显示了归途中的艰辛，如夜宿山野，早起行军的辛苦生活。

第二章则描绘了主人公对家乡荒芜景象的想象，这种想象使得他对家乡的思念更加强烈。后两章则专注于描写对妻子的怀念。这里不仅有对妻子在家中忧心的描写，还回忆了婚礼时的美好时光，并对久别重逢后的情景进行了想象。诗中还特别提到了葫芦（瓠瓜），这是因为葫芦在古代婚俗中有绵延子嗣的重要象征意义，是婚礼中的重要器物。

这首诗其中一个艺术特色是丰富的联想。它通过对现实与回忆中场景的想象，展现了一幅关于道路遥远、岁月漫长、行路艰辛以及对家园的渴望等主题的生动画面。而章首的叠咏则像是一条串联全诗的锁链，增强了诗歌的感染力，使整首诗成为一个浑然一体的艺术作品。

王瓜
栝樓
宵行

蠋
鶴
蠨蛸

# 【破斧】

原诗

既破我斧[一]，又缺我斨。周公东征，四国是皇。

○斧：圆孔的叫「斧」。○斨（qiāng）：方孔的叫「斨」。○四国：商、管、蔡、霍四国。即周公东征平定的四国。皇：通「匡」，即匡正、治理。一说借为「惶」，恐慌。

哀我人斯，亦孔之将！

○哀：可怜。我人：我们这些人。斯：语助词。○孔：很，非常。将：大。

既破我斧[二]，又缺我锜。周公东征，四国是吪。哀我人斯，亦孔之嘉！

○锜（qí）：凿子类的兵器。○吪（é）：感化。○嘉：善，好。

既破我斧[三]，又缺我銶。周公东征，四国是遒。哀我人斯，亦孔之休！

○銶（qiú）：即「锹」。或以为独头斧。○遒：团结。○休：美好。

译诗

战斧已裂又破损，大斨缺口痕迹存。周公此行东征去，四国听闻皆惊魂。周公怜悯吾人民，恩泽深广如天渊。

战斧裂痕深可见，战凿缺损亦显然。周公东征展威风，四国之心感震撼。周公怜我辛劳民，恩德浩荡赞不尽。

斧头破裂边缘粗，战锹缺口也难除。周公东征平四方，四国安定已降临。周公慈悲疼百姓，恩德流传天下闻。

## 导读

本篇通过复沓的形式和形象的描述展现了古人对周王统治的感受。这首诗通过三个章节，用简短的语句描绘了战争对人民生活的影响以及周公东征带来的积极变化。

诗的开头两句描述了因为长期的战乱，生产工具如斧头和凿子被破坏，象征着人民的生活困苦和劳动成果的损失。这不仅反映了物理上的破坏，还暗示了社会和家庭生活的动荡。

随后，诗歌描述周公东征，这不仅令四国的叛乱者感到恐慌，还带来了政治上的匡正和稳定。这表明周公的军事行动不仅是为了征服，更是为了恢复秩序和正义。

在诗中，周公对人民的同情和关怀被反复提及，显示了他的慈悲与贤德。这种政治上的变化让人民感到安心和希望，从而对周公的恩德给予高度的赞扬。

诗的每个章节虽然结构相同，但通过对工具的不同描述和周公影响的深入展示，形成了内容的逐层递进，从外部的惊恐到内部的教化和社会的团结，最终展现了社会由混乱到和谐的转变。

# 伐柯

原诗

伐柯如何？匪斧不克。
○伐：砍伐。柯：斧柄。
○匪：同「非」。克：能。

取妻如何？匪媒不得。
○取妻：即「娶妻」。

伐柯伐柯，其则不远。
○则：法则。

我觏之子，笾豆有践。
○觏（gòu）：遇见。之子：指要娶的女子。
○笾（biān）豆：古代食器。有践：即「践践」，陈列整齐貌。

译诗

要做斧柄怎么办？没有斧头就不行。想娶妻子怎么办？没有媒人绝不成。

做斧柄呀做斧柄，法则近在咫尺边。邂逅相遇那佳人，餐盘排列真美观。

## 导读

本篇描述了一位新婚男子对他婚姻的满意。诗歌通过比喻展示了媒人在古代婚姻中的重要作用，就像斧柄离不开斧头一样，成功的婚姻也需要媒人的撮合。

诗中首先用制作斧柄的比喻来表达寻找合适妻子的过程，强调了媒人在这个过程中的关键作用。然后，诗歌转向赞美新婚的妻子，但不是从她的外貌或性格来赞美，而是赞赏她在料理家庭祭祀和宴席方面的能力。

### 《诗经》中的植物

【麻】《王风 · 丘中有麻》《齐风 · 南山》《陈风 · 东门之枌》《陈风 · 东门之池》

【葛】《周南 · 葛覃》《邶风 · 旄丘》《王风 · 采葛》《魏风 · 葛屦》《唐风 · 葛生》

【纻（纻麻）】《陈风 · 东门之枌》

【瓜】《豳风 · 七月》《小雅 · 信南山》《大雅 · 绵》《大雅 · 生民》

【芹】《鲁颂 · 泮水》

# 九罭

## 原诗

九罭之鱼鳟鲂，我觏之子，衮衣绣裳。

○九罭（yù）：细眼网，用于捕捉小鱼。鳟（zūn）、鲂（fáng）：皆指大鱼。○觏：遇合。○衮衣：绣有龙纹的礼服，为王公贵族所穿。绣裳：彩色的下裙。

鸿飞遵渚，公归无所，于女信处！

○鸿：大雁。渚：水中小块陆地。○无所：无定处。○信处：再住一夜。再宿为信。

鸿飞遵陆，公归不复，于女信宿！

○陆：这里指水边的平地。○不复：不再返回。

是以有衮衣兮，无以我公归兮！无使我心悲兮！

○无以：勿使。以，使。

## 译诗

细网逮住了大鱼，我见贵客来访家，身着绣龙之华服。鸿雁沿河展翅飞，

公子无处寻夜宿，留于此地住两晚！鸿雁掠地奋高飞，公子远行不复归，

何不再宿过两夜！因此收起龙纹衣，挽留公子别离去，免得使我心伤悲！

## 导读

本篇是一首描绘宾主之间亲热友好交往的古诗。虽然有学者将其视作赞美周公的作品，但更多的解释认为这是一首描述宴请贵宾的诗歌。诗中的“衮衣绣裳”代表着宾客的高贵身份，显示出主人面对尊贵来宾的敬仰与欢迎。

第一章，用“九罭”象征精心的准备，用“鳟鲂”来指代贵宾的高贵地位。第二、三章则通过鸿雁的比喻，展示了宾客的临时停留与主人的挽留愿望，用“于女信处”“于女信宿”表达了主人希望宾客再留宿一晚的诚意。最后一章，主人通过留下宾客的衮衣来表达挽留之情，“是以有衮衣兮，无以我公归兮”，直接表达了不愿宾客离去的心情。“无使我心悲兮”则明确了主人因宾客离去而感到悲伤的情感。

这首诗的结构紧凑，情感丰富，通过具体的场景和细腻的心理描写，生动地表现了古代人际交往的温情与礼节，同时反映了宴请中的人文关怀和深厚情感。

鱒

# 【狼跋】

原诗

狼跋其胡，载疐其尾。

〇跋：践，踩。胡：老狼颈项下的垂肉。〇载：且。疐（zhì）：脚踩。

公孙硕肤，赤舄几几！

〇公孙：国君的子孙，此指周公。硕肤：大腹便便的样子。〇赤舄（xì）：红色的鞋，贵族所穿。几几：弯曲上翘的样子。

狼疐其尾，载跋其胡。

公孙硕肤，德音不瑕！

〇德音：好名声。不瑕：无瑕疵。

译诗

老狼前行踏下巴，后退踩下长尾巴。公孙挺着大肚腹，穿着红鞋稳如盘。

老狼退步踩长尾，前进一步踏下巴。公孙身挺大肚囊，德高声洁美名扬。

## 导读

本篇历来解读方式多样，既有说是赞美的，也有说是讽刺的。这首诗的主角是“公孙”，一个有颇多争议的人物。朱熹等古代学者将这首诗视为对周公摄政的赞颂，表现了他在复杂局势中的从容不迫和最终的成功。另一方面，这首诗也被认为是对某位贵族的讽刺，尤其是近代学者闻一多，他认为诗中的公孙不过是某位肥胖且性情温和的贵族，其形象与严肃的周公相去甚远。诗中通过描述老狼的笨拙动作——进退困难，喻指公孙行动的滑稽与尴尬，赋予了整首诗一种幽默的风格。

狼

# 诗经·雅

《雅》是周王室和贵族的乐歌，又分《小雅》和《大雅》。小雅多为宴会、朝会、祭祀等场合的乐歌，大雅则多为叙事诗和颂歌，内容包括历史事件、战争场面、政教礼仪等。雅诗以其庄重的语言和典雅的风格，展示了贵族社会的文化生活和政治理想，除了具有高超的文学价值外，还具有一定的社会意义。

# 【鹿鸣】

原诗

(一)呦呦鹿鸣，食野之苹。我有嘉宾，鼓瑟吹笙。

吹笙鼓簧，承筐是将。人之好我，示我周行。

○簧：笙管等乐器中的簧舌，发声装置。

○承筐：用竹筐装着礼品献上。承，奉上。将：赠送。

○周行：畅通的大道，此处意为正道、至道。

(二)呦呦鹿鸣，食野之蒿。我有嘉宾，德音孔昭。

○孔：很、非常。昭：明。

视民不恌，君子是则是效。我有旨酒，嘉宾式燕以敖。

○恌（tiāo）：同「佻」，轻佻，轻薄。

○是：代词，之。则：法则。效：模仿，仿效。

○式：语气助词，无实义。燕：同「宴」，宴会。敖：即「遨」，游乐，逍遥。

(三)呦呦鹿鸣，食野之芩。我有嘉宾，鼓瑟鼓琴。

○芩（qín）：蒿一类的植物。

鼓瑟鼓琴，和乐且湛。我有旨酒，以燕乐嘉宾之心。

○湛（dān）：喜乐。

○燕乐：安乐。

**译诗**

鹿儿呦呦鸣，野外食青苹。我有好宾客，弹瑟又吹笙。笙中簧舌动，筐里礼物丰。宾朋喜爱我，请以正道匡我行。鹿儿呦呦鸣，野外食青蒿。我有好宾客，品德声誉高。待人不轻佻，君子皆仿效。我有美酒醇，宾客宴饮乐陶陶。鹿儿呦呦鸣，野外食青芩。我有好宾客，弹瑟又弹琴。琴瑟相和鸣，喜乐共尽兴。我有美酒醇，宾朋畅饮乐安心。

导读

这是周王与群臣诸贵族宴饮时所唱的乐歌。全篇分三章，皆以鹿鸣起兴。温驯欢快的小鹿在田野间遇到鲜美的蒿草，会呼朋引伴。诗歌以此起兴，写周王备下美酒佳肴，邀群臣宴饮。伴着瑟、笙、琴的动人乐声，宴会在祥和喜乐的氛围中举行。群臣献礼，周王赐赠，且频频举杯，向在座宾客请教治国安邦的正道，并真诚赞颂宾客拥有高尚的德操，是君子的典范。君臣开怀畅饮，宴会逐渐达到高潮。诗歌不仅再现了君主欢宴、其乐融融的和谐场面，也显示出了周王礼贤下士的美德。

# 四牡

原诗

（一）四牡騑騑，

○四牡：四匹公马。騑騑（fēi）：马不停地走而显得疲劳的样子。

周道倭迟。

○周道：大道。倭迟（wēi chí）：即“逶迤”，曲折迂回貌。

岂不怀归？

王事靡盬，

○靡：无。盬（gǔ）：止。

我心伤悲。

（二）四牡騑騑，

啴啴骆马。

○啴啴（tān）：喘息的样子。骆马：长有黑鬃的白马。

岂不怀归？

王事靡盬，

不遑启处。

○不遑：没有闲暇。启处：在家安居休息。

（三）翩翩者鵻，

○鵻（zhuī）：指鹁鸪鸟。古人认为是孝鸟。

载飞载下，

集于苞栩。

○苞：草木丛生。栩：指柞木。

王事靡盬，

不遑将父。

○将：供养，奉养。

（四）翩翩者鵻，

载飞载止，

○载：语助词，常在动词前。

集于苞杞。

王事靡盬，

不遑将母。

（五）驾彼四骆，

载骤骎骎。

○骎骎（qīn）：马疾驰的样子。

岂不怀归？

是用作歌，

将母来谂。

○来：语助词。谂（shěn）：思念。

译诗

四匹公马行路疲，前路遥远无边际。谁人不怀归乡意？君王公事无止息，使我伤悲难挥去。四匹公马行路疲，骆马奔驰急喘息，谁人不怀归乡意？君王公事无止息，哪有闲暇去安居。鹁鸪翩翩空中飞，忽上忽下自来去，栖落茂密柞木间。君王公事无止息，无暇回乡养我父！鹁鸪翩翩空中飞，时飞时落任它意，栖落茂密枸杞树。君王公事无止息，无暇回乡养我母。驱使四匹骆马行，马车疾驰莫能停。谁人不怀归乡意？因这心思作支歌，吟来思念老母亲！

栩

## 导读

这是一首官吏行役诗。因公事奔波在外的官吏，驾着马车长途跋涉，无比思念家乡父母，因而创作这首诗。全诗共五章，采用了赋的手法，反复表意，诗中思乡念亲之情令人动容。每章的开头或用马或用鹁鸪鸟起兴，奔驰难休息的马儿让思乡的主人公想到自己日复一日的疲惫，而鹁鸪鸟自由自在、随心所至，代表着他无比渴望自由安排自己的生活。然而主人公虽然“岂不怀归”，却因“王事靡盬”而身不由己，无法回家侍奉父母，这让行役之人的内心充满了无奈和伤悲。

### 《诗经》中的植物

【卷耳（苍耳）】《周南·卷耳》

【蕨（蕨菜）】《召南·草虫》《小雅·四月》

【葑（蔓菁）】《邶风·谷风》《鄘风·桑中》《唐风·采苓》

【菲（萝卜）】《邶风·谷风》

【荠（荠菜）】《邶风·谷风》

# 【皇皇者华】

原诗

皇皇者华，于彼原隰。駪駪征夫，每怀靡及。

○皇皇：美盛之貌。华：同「花」。○原：高平的地方。隰（xí）：低湿的地方。○駪駪（shēn）：众多疾行貌。征夫：指使者。○靡：没有。

我马维驹，六辔如濡。载驰载驱，周爰咨诹。

○六辔：古代一车四马，马各二辔，外侧马内辔系在轼前，故称六辔。濡（rú）：有光泽貌。○载：语助词。○周：遍及。爰（yuán）：于，在。咨诹（zōu）：访问商酌，谋划。

我马维骐，六辔如丝。载驰载驱，周爰咨谋。

○骐（qí）：指青黑色的马。○咨谋：同「咨诹」。

我马维骆，六辔沃若。载驰载驱，周爰咨度。

○沃若：泛着光泽貌。○咨度：同「咨诹」。

我马维骃，六辔既均。载驰载驱，周爰咨询。

○骃：浅黑色间有白色的马。○均：调和。

译诗

花开茂盛真美丽，开遍高原和洼地。使者驱马忙赶路，每思君意恐不及。驾着强壮的良驹，六条马缰泛光泽。

鞭策马儿上路驰，广求贤士为君谋。驾着高大的骏骐，六条马缰亮如丝。鞭策马儿上路驰，广求贤士为君思。

驾着健壮的骆马，六条马缰闪光亮。鞭策马儿上路驰，广求贤士多问询。驾着俊美的骃马，六条马缰手抓匀。

鞭策马儿上路驰，广求贤士多谋划。

## 导读

这首诗描述了周朝出使在外的臣子查访民间，奔波于路，时刻谨记君王之命，广求贤士，为治国理政出谋划策的工作情景。全诗共五章，第一章写在鲜花盛放的季节，使者却无心赏花，奔波不停，唯恐有负君命。后四章反复咏叹所驾的车马之盛，强调出使的威仪，使者不辞辛劳，勤于“咨诹、咨谋、咨度、咨询”，充分表现出使者忠于君王、尽职尽责的优良品质。

# 【常棣】

## 原诗

常棣之华，鄂不韡韡。凡今之人，莫如兄弟。

○常（cháng）棣（dì）：亦作棠棣，即郁李，蔷薇科落叶小灌木，花分粉红和白两种。

○鄂（è）：通"萼"。不（fū）：花托。韡（wěi）韡：光明华美的样子。

死丧之威，兄弟孔怀。原隰裒矣，兄弟求矣。

○威：通"畏"。

○孔：很。

○裒（póu）：聚集。

脊令在原，兄弟急难。每有良朋，况也永叹。

○脊（jí）令：即鹡鸰，是一种水鸟。

○每：虽然。

○况：更加。永叹：长时间叹息。

兄弟阋于墙，外御其务。每有良朋，烝也无戎。

○阋：争吵。

○御：抵抗。务（wǔ）：通"侮"。

○烝（zhēng）：长久，一说发语词。戎：帮助。

丧乱既平，既安且宁；虽有兄弟，不如友生。

○友生：朋友。生，语助词。

傧尔笾豆，饮酒之饫。兄弟既具，和乐且孺。

○傧（bīn）：陈列，摆。笾（biān）豆：古代装食物的两种器具。笾用竹制，豆用木制。

○饫（yù）：满足，指吃饱喝足。

○具：齐备、聚集。

○孺：亲睦。

妻子好合，如鼓瑟琴。兄弟既翕，和乐且湛。

○翕：聚合。

○湛（dān）：深厚。

宜尔室家，乐尔妻帑。是究是图，亶其然乎。

○帑（nú）：通"孥"，儿女。

○究：思考。图：考虑。

○亶（dǎn）：信，确实，实在。

**译诗**

棠棣开出美丽花，朵朵花儿依花萼。所有今日世上人，没人能比亲兄弟。难避丧死多可畏，唯有兄弟最关怀。身死埋葬荒野外，唯有兄弟去访求。譬如鹡鸰落平野，唯有兄弟来救急。虽有朋友情谊深，无可奈何叹失意。即便兄弟相争斗，仍将同心抗外侮。虽有情深好朋友，终究不若兄弟助。祸乱丧死已平息，生活安定又安宁；虽有手足亲兄弟，却像没有朋友亲。杯盘摆列在桌案，开怀畅饮心意足。手足兄弟来相聚，和和美美真亲密。夫妻相亲又相爱，就如琴瑟相和鸣。手足兄弟若亲密，和睦欢乐情意深。待你家和万事兴，妻子儿女乐融融。仔细思量其中意，兄弟和睦是实情。

## 导读

这是一首写兄弟宴饮的诗，歌咏了兄友弟恭、手足相亲之情。全诗分八章，首章用棠棣花开比兴，以花朵簇拥比手足兄弟，引出对“莫如兄弟”的咏叹。接着四章写遭遇生死困境时唯有兄弟可依靠，兄弟之情虽然安定时不显现，但一旦遭遇困难，兄弟便会一致对外。后三章从兄弟和睦饮宴，家人和乐的角度再次强调了兄弟齐心的重要性。诗中用友人之义、夫妻之情和兄弟亲情相比照，鲜明表现出手足亲情的不可替代性。

### 《诗经》中的植物

【卷耳（苍耳）】《周南·卷耳》

【蕨（蕨菜）】《召南·草虫》《小雅·四月》

【葑（蔓菁）】《邶风·谷风》《鄘风·桑中》《唐风·采苓》

【菲（萝卜）】《邶风·谷风》

【荠（荠菜）】《邶风·谷风》

# 伐木

## 原诗

（一）

伐木丁丁，
○丁（zhēng）丁：砍树的声音。

鸟鸣嘤嘤。
○嘤（yīng）嘤：鸟鸣声。

出自幽谷，迁于乔木。

嘤其鸣矣，求其友声。

相彼鸟矣，
○相（xiàng）：审视，察看。

犹求友声。

矧伊人矣，
○矧（shěn）：何况，况且。

不求友生？

神之听之，
○神：通"慎"，谨慎。

终和且平。

（二）

伐木许许，
○许（hǔ）许：砍伐树木的声音。

酾酒有藇。
○酾（shī）酒：筛酒。藇（xù）：酒味甘美。

既有肥羜，
○羜（zhù）：羊羔。

以速诸父。
○速：邀请。

宁适不来，
○宁：宁可。适：凑巧，恰巧。

微我弗顾。
○微：无，非。顾：顾念，顾惜。

於粲洒扫，
○於（wū）：叹词。粲：明净。

陈馈八簋。
○馈：指食物。簋（guǐ）：古代用来盛食物的器具。

既有肥牡，
○牡：雄性的牲畜，指公羊。

以速诸舅。
○诸舅：异姓亲朋。

宁适不来，微我有咎。
○咎：过错。

（三）

伐木于阪，
○阪：山坡。

酾酒有衍。
○衍：水满而溢。

笾豆有践，
○笾（biān）、豆：盛放食物的器具。践：整齐地陈列。

兄弟无远。
○远：疏远，远离。

民之失德，干糇以愆。
○干糇（hóu）：干粮，泛指食物。愆：罪责，过错。

有酒湑我，
○湑（xǔ）：滤酒。

无酒酤我。
○酤（gū）：买酒。

坎坎鼓我，
○坎坎：拟声词，此指敲鼓的声音。

蹲蹲舞我。
○蹲（cún）蹲：跳舞的姿态。

迨我暇矣，
○迨：及，等待。

饮此湑矣。

译诗

砍伐树木声声响，小鸟相和嘤嘤鸣。鸟儿来自深谷中，
迁居住在大树上。鸟鸣声声叫嘤嘤，似为呼朋引伴声。
将那鸟儿细观瞧，正求伙伴鸣相应。何况我们身为人，
焉能不与友人交？把这道理认真听，最终和睦又安宁。
砍伐树木许许声，筛来美酒香气浓。准备肥美小羔羊，
邀请伯叔来品尝。就算恰巧未能来，也非对我无顾念。
庭除明净勤洒扫，珍馐盘碟摆满桌。肥美公羊已备好，
只等亲朋盈门到。就算恰巧未能来，也非因我有错咎。
砍伐树木在山坡，筛来美酒满而多。竹笾木豆摆放齐，
莫要疏远亲兄弟。为人若是失美德，空有美食惹罪责。
有酒滤来开怀饮，若是没酒快去买。敲起鼓来声坎坎，
酒酣起身舞翩翩。待到今后闲暇日，当是欢聚共饮时！

## 导读

这是一首描写设宴款待亲朋好友的诗歌。有说作于周宣王即位初，此前厉王统治之下人心离散、亲友难睦，为了改变社会现状，作《伐木》以唤醒人们的亲情与友情。诗共三章，第一章节连用伐木声和鸟鸣声起兴，鸟儿尚知呼朋引伴，人更不能与亲友离散、断绝关系。第二章节写备好美酒佳肴，洒扫庭除，以待宾友，申明即便“诸父”“诸舅”不能赴宴也无猜忌的诚挚情谊。最后一章写亲友欢宴并定下后会之期，在这一章中诗人强调不失德义才能让人与人之间的真情不灭，表现出对亲友和睦相处的期盼。

### 《诗经》中的植物

【葵（葵菜）】《豳风・七月》

【茆（莼菜）】《鲁颂・泮水》

【荼（苦菜）】《邶风・谷风》《豳风・七月》《豳风・鸱鸮》《大雅・绵》《周颂・良耜》

【苦（苦菜）】《唐风・采苓》

鹿鳴

四牡

常棣

伐木

# 【天保】

原诗

天保定尔（一），亦孔之固。俾尔单厚，何福不除？

○定：平安。尔：您，指君王。○孔：很。○俾（bǐ）：使。单（dǎn）：同“亶”，确实。○除：赐予，赠予。

俾尔多益，以莫不庶。天保定尔（二），俾尔戬穀。

○益：多，富有。○庶：富庶。○戬（jiǎn）穀（gǔ）：福禄。

罄无不宜，受天百禄。降尔遐福，维日不足。

○罄（qìng）：尽，全。○百禄：多福。○遐福：长久的福气。

天保定尔（三），以莫不兴。如山如阜，如冈如陵，

○兴：兴盛。○阜：山丘。○陵：山岭。

如川之方至，以莫不增。吉蠲为饎（四），是用孝享。

○吉蠲（juān）：在祭祀之前选吉日，斋戒沐浴。饎（chì）：酒食。

禴祠烝尝，于公先王。君曰卜尔，万寿无疆。

○禴（yuè）祠烝（zhēng）尝：四季祭祀名。禴，夏祭。祠，春祭。烝，秋祭。尝，冬祭。○君：指先君神灵。卜：予，赐予。

神之吊矣（五），诒尔多福。民之质矣，日用饮食。

○吊：至，指降临。○诒：通“贻”，赠予。○质：质朴，朴实。

群黎百姓，遍为尔德。如月之恒（六），如日之升，

○群黎：万民，民众。百姓：百官。○为：通“讹”，感化。○恒（gèng）：指月到上弦。

如南山之寿，不骞不崩。如松柏之茂，无不尔或承。

○骞（qiān）：亏损。崩：崩溃。○或承：即“是承”。承：继承，承受。

## 译诗

上天护佑您平安，国无危难王稳固。使您国力倍强盛，
哪有福禄不相赠？使您财物更丰盈，国中无人不富庶。
上天护佑您平安，使您福禄更齐全。无事不宜尽吉利，
承受上天福禄多。降下福气长久享，唯恐每日缺零星。
上天护佑您平安，没有事业不兴旺。就像山川连丘陵，
也像山岭接高冈。更像江河涌不尽，没有什么不增长。
择定吉日沐与斋，献上馔食祭先祖。四季时时常献祭，
先公先王敬勿忘。先君神灵恩赐您，福寿绵长永无疆。
先君神灵一时降，赠您鸿运福气长。国中人民皆质朴，
衣食日用皆满足。万民百官都忠诚，处处受您恩德化。
您像明月日丰盈，您像红日东方升。您像南山寿无穷，
不亏不崩福受用。您像松柏日常青，福寿无边永承传。

导读

这是一首臣子祝颂君王为其祈福的诗歌。全诗共六章，前三章称颂君王是在天命护佑下即位为君，必将万事皆宜，百业俱兴。第三章用“如山如阜，如冈如陵，如川之方至”来比喻君王之福绵延不绝，生动形象，情感至诚。接着两章记载君王举行的祭祀仪式：择定吉日，沐浴斋戒，奉祭祖先。祖先神灵定会感其诚意而降福，让君王吉祥，百姓康宁。最后一章再次运用比喻的修辞，表达对君王的美好祝愿。整首诗语言生动，情真意切，令人叹服。

# 【采薇】

## 原诗

（一）采薇采薇，薇亦作止。曰归曰归，岁亦莫止。

○薇：野豌豆苗。○作：薇菜初生发芽。止：语气词。○莫：通"暮"，指岁末。

靡室靡家，玁狁之故。不遑启居，玁狁之故。

○靡：无，没有。○玁（xiǎn）狁（yǔn）：即猃狁，我国古代北方的游牧民族。民多强悍，善骑射。○不遑：没有闲暇。启居：跪和坐，代表家居生活状态，指安居。

（二）采薇采薇，薇亦柔止。曰归曰归，心亦忧止。

○柔：柔嫩，指薇菜生长柔嫩的样子。

忧心烈烈，载饥载渴。我戍未定，靡使归聘！

○烈烈：形容内心忧虑如火焚。○戍：防守。○聘：探问，问候。

（三）采薇采薇，薇亦刚止。曰归曰归，岁亦阳止。

○刚：坚硬。○岁：年，时。阳：农历十月份。

王事靡盬，不遑启处。忧心孔疚，我行不来！

○盬（gǔ）：止息，结束。○启处：同"启居"。○孔：很，非常。疚：痛苦，难过。○不来：不归。

（四）彼尔维何，维常之华。彼路斯何，君子之车。

○尔：通"薾"，花盛开的样子。○常：常棣，即棠棣。○路：辂，高大的战车。与"戎车"同义。○君子：指将帅。

戎车既驾，四牡业业。岂敢定居，一月三捷！

○牡：指雄马。业业：高大强壮的样子。

（五）驾彼四牡，四牡骙骙。君子所依，小人所腓。

○骙（kuí）骙：马威武雄壮的样子。○小人：指士兵。○腓（féi）：庇护，掩蔽。

四牡翼翼，象弭鱼服。岂不日戒，玁狁孔棘！

○翼翼：整齐有序的样子。○象弭（mǐ）：以象牙装饰两端的弓。鱼服：用鱼皮制成的箭袋。○日戒：每日警惕戒备。○棘：紧急。

昔我往矣，杨柳依依。今我来思，雨雪霏霏。

○昔：从前，指出征时。○依依：柳条轻柔随风摇动的样子。○思：语末助词。○雨：动词，下。霏霏：雪落纷纷的样子。

行道迟迟，载渴载饥。我心伤悲，莫知我哀！

○迟迟：漫长，遥远。

## 译诗

采薇菜啊采薇菜，薇菜刚刚生出来。日日说着要回家，一岁末尾又到来。征战在外没有家，因为玁狁又侵来。没有空暇难休息，因为玁狁又侵来。采薇菜啊采薇菜，薇菜生长真柔嫩。日日说着要回家，归乡无期心忧虑。思念家乡心如焚，行军路上渴又饥。戍守驻防无定处，没有信使能探问！采薇菜啊采薇菜，满地薇菜已老硬。日日说着要回家，转眼又到十月间。战事纷纷无止息，想要休息无闲暇。满心忧愁真痛苦，不知能否返家乡！什么花朵正盛放？是那棠棣花正开。什么车子高又大？是那将军的战车。驾着战车要出征，四匹战马雄赳赳。边地哪敢图安居，一月多次传捷报！驾着四匹大公马，马儿威武又雄壮。将帅指挥车上站，士卒掩蔽车下行。四匹公马齐向前，士兵持箭又挽弓。岂能日日不警戒，玁狁进攻很急迫！当初参军离家乡，杨柳依依拂人面。而今踏上归乡路，雪落纷纷阻前路。归乡之途路漫漫，饥渴交加真疲惫。无限伤悲盈我心，无人知我哀伤意！

薇

导读

这首诗是一位长年戍守边疆的士兵在归乡路上抒写所思所想的诗。全诗共六章，可分为三部分。

第一部分包括前三章的内容，交代戍边士兵为保家卫国而去抗击玁狁。每一章节都以“采薇”起兴，薇菜由“作”而“柔”而“刚”的生长过程鲜明表现了士兵戍守边疆时间之长，表现其深切的乡愁。但无国便无家，为了抵御外侮，击败玁狁，士兵们只能带着思念之情走上战场。

接下来两章为第二部分，以棠棣花开起兴，追忆了士兵们行军作战的生活场景：“四牡业业”“四牡骙骙”“四牡翼翼”写战马强壮；“彼路斯何”“戎车既驾”写战车坚固高大；“象弭鱼服”写出装备精良；“一月三捷”鼓舞着将卒，大家士气高昂，军容整肃，奋勇杀敌。

最后一章是第三部分，士兵在归乡途中想起出征时“杨柳依依”的景象，此时却是“雨雪霏霏”，今昔对比，虚实相映，不知家园是否还如当年，思及此，士兵内心充满了无可排解的悲哀之情。

全诗感情多样，恋家的柔情与报国的慷慨糅合，征战的辛劳与获胜的自豪兼备，真实而生动地彰显出先民的生命状态，动人非常。尤以最后一章为千古称颂的名句，历来评价甚高。

# 【出车】

原诗

（一）我出我车，于彼牧矣。自天子所，谓我来矣。

○牧：城郊野外。○所：处所。

召彼仆夫，谓之载矣。王事多难，维其棘矣。

○仆夫：指驾驭车马的人。○维：发语词。棘：紧急，急迫。

（二）我出我车，于彼郊矣。设此旐矣，建彼旄矣。

○旐（zhào）：画有龟蛇图案的旗帜。○建：竖立。旄（máo）：用牦牛尾装饰的旗帜。

彼旟旐斯，胡不旆旆？忧心悄悄，仆夫况瘁。

○旟（yú）：画有鹰隼图案的旗帜。○胡：怎么。旆旆（pèi）：旗帜飘扬招展的样子。○悄悄：忧伤的样子。○况瘁（cuì）：指憔悴辛劳。

（三）王命南仲，往城于方。出车彭彭，旂旐央央。

○南仲：周宣王时的军事统帅。○城：修筑防城。方：北方。○彭彭：形容车马众多。○旂（qí）：绘有交龙图案并装饰铜铃的旗帜。央央：色彩鲜明的样子。

天子命我，城彼朔方。赫赫南仲，玁狁于襄。

○赫赫：威势显赫。○襄：即“攘”，攘除，扫除。

（四）昔我往矣，黍稷方华。今我来思，雨雪载涂。

○方：正值。华：开花，此指黍稷等作物抽穗。○思：语助词，无义。○雨：动词，下。涂：通“途”。

王事多难，不遑启居。岂不怀归？畏此简书。

○简书：写在竹简上的文书。此处指周王传令出征的文书。

（五）喓喓草虫，趯趯阜螽。未见君子，忧心忡忡。

○喓喓（yāo）：昆虫鸣叫声。○趯趯（tì）：跳跃的样子。阜螽（zhōng）：蚱蜢。○君子：出征的统帅，指南仲。一说心中思念的人。

既见君子，我心则降。赫赫南仲，薄伐西戎。

○降：落下，放下。○薄：语助词，有勉励之意。西戎：古代居住在周西北的少数民族。

春日迟迟，卉木萋萋；仓庚喈喈，采蘩祁祁。

○迟迟：日长的样子。○萋萋：草木茂盛的样子。○仓庚：黄莺的别名。喈喈：鸟鸣声。○蘩（fán）：白蒿。祁祁：众多的样子。

执讯获丑，薄言还归。赫赫南仲，玁狁于夷。

○执讯：对俘虏进行审讯。获丑：俘虏。○薄：急忙。言：语助词。还：凯旋。○夷：平定，扫平。

**译诗**

我们听命出兵车，去那城外列军阵。命令出自天子处，为抗敌寇遣我至。将那车夫召集来，驱车载我到边塞。
王命差遣征伐事，前线交战军情急。我们听命出兵车，去那郊外列军阵。兵车遍插龟蛇旗，旐旗竖立随风摆。
还有壮观鹰隼旗，哪有一处不飘扬？日思战事心忧虑，车夫走卒面容憔。君王授命南仲帅，前去北方建城池。
南仲出师兵马盛，旌旗猎猎色鲜明。天子传令给我们，筑城前往最北方。威武显赫属南仲，决意要将玁狁除。
昔日我们出征去，黍稷抽穗正当时。今日我们回家来，大雪纷纷满归途。王命差遣征伐事，没有空闲去安居。
谁人不怀归家意？只恐君王军令急。小虫喓喓草间叫，蚱蜢腾跃处处跳。未见出征统帅面，满心忧烦无人会。
得以见到统帅面，一颗悬心落下来。威武显赫属南仲，讨伐西戎战必胜。等到春光正明媚，花木茂盛惹人醉；
听那黄莺歌婉转，看那众女采蘩忙。且将俘虏审讯毕，赶忙回师报凯旋。威武显赫属南仲，扫平玁狁国运昌。

草蟲

出車

## 导读

这是一首歌咏征伐战事的诗歌。作于周宣王时，西北少数民族西戎、玁狁接连来犯，宣王命令军事统帅南仲率兵出征。全诗共六章，分为两大部分，前三章着意于战前准备。从“出车”列阵到受命出征，士卒内心感情丰富：“王事多难，维其棘矣”“忧心悄悄”“仆夫况瘁”，写出对国运的担忧，对战事的忧虑；“旐”“旄”“旟”各种旗帜迎风招展，表现出军容整肃，声势浩大；第三章又点明统帅身份，大将南仲威武显赫，能征善战。前三章既有心忧战事的紧张焦虑，又有军容强盛的自豪之情，暗含取胜的信心。

第二部分是后三章，写士卒凯旋，把出征与归途的今昔不同做对比，士兵见到统帅前后心情由忧虑到安定的转换，充分表达了对统帅统军作战能力的赞美，并以对景物的大量描写来表情达意，令人动容。全诗以较短的篇幅将一场战事呈现出来，时空交错，感情自然流转，极具文学感染力。

# 【杕杜】

原诗

㈠有杕之杜，有睆其实。王事靡盬，继嗣我日。日月阳止，女心伤止，征夫遑止！

○杕（dì）：孤立生长的样子。杜：树名，即"杜梨"，"棠梨"。
○睆（huǎn）：浑圆的样子。实：果实。
○靡盬（gǔ）：没有止息。
○继嗣：延续，继承。
○阳：指农历十月份。
○遑：闲暇。止：语气词。

㈡有杕之杜，其叶萋萋。王事靡盬，我心伤悲。卉木萋止，女心悲止，征夫归止！

○萋萋：草木茂盛的样子。

㈢陟彼北山，言采其杞。王事靡盬，忧我父母。檀车幝幝，四牡痯痯，征夫不远！

○陟（zhì）：登，升。
○言：语气助词，无实义。
○檀车：檀木制成的车。幝幝（chǎn）：破旧的样子。
○痯痯（guǎn）：破败，疲劳。

㈣匪载匪来，忧心孔疚。期逝不至，而多为恤。卜筮偕止，会言近止，征夫迩止！

○匪：非。
○孔：非常，很。疚：痛苦，难过。
○逝：（时间）过去。
○恤：忧虑。
○卜筮：用龟甲、蓍草等工具进行占卜。偕：会，一起。
○会：合。会言：都说。
○迩：近。

## 译诗

棠梨孤立在路边，圆圆果子挂枝间。君王战事无止息，孤身度日又延续。时间已到十月里，女子心伤为思夫，念君远戍难休息！棠梨孤立在路边，看那满树枝叶繁。君王战事无止息，让我整日心忧虑。草自生长木自茂，女子思夫心伤悲，郎君出征何时归！登上北山望郎君，素手采摘红枸杞。君王战事无止息，使我父母心忧虑。役车奔波已破败，四匹雄马也疲惫，盼郎指日归乡来！不见有车载郎归，日日忧思长苦悲。时光流逝去不回，满心忧虑化作泪。卜甲筮草无不合，都说归期在眼前，望君快些回家来！

## 导读

这是一首写丈夫远戍他乡，妻子在家思念丈夫的诗。诗共四章，前两章开头都以棠梨起兴，以棠梨的孤立之态喻女子孑然一身，以棠梨累累的果实和繁茂的枝叶反衬出女子心系丈夫而不得见的孤寂和悲伤。后两章为赋体，写女子的日常行为：愁思难遣登上北山，采摘枸杞空惹相思，眺望来车期待落空，卜筮问卦略得安慰。女子无时无刻不在担心丈夫，揣测他的归期，诗歌从细节处表达她对丈夫真挚的感情，深深的相思。

杕杜

# 《诗经》

全注全译全本
彩图（典藏版）

【下】

凌天明 著

华中科技大学出版社
http://press.hust.edu.cn
中国·武汉

有书至美
BOOK & BEAUTY

# 目录

## 诗经·颂



## 【本书插页内容】

# 【鱼丽】

## 原诗

鱼丽于罶[一]，鲿鲨。君子有酒，旨且多。

○丽：通“罹”，遭遇，此处指落入。罶（liǔ）：捕鱼的竹篓子。○鲿（cháng）：古指黄颊鱼。鲨：能吹沙的鱼，体型小，生活在溪涧里。○君子：指待客的主人。○旨：食物味美。

鱼丽于罶[二]，鲂鳢。君子有酒，多且旨。

○鲂（fáng）：鳊鱼的古称。鳢（lǐ）：即黑鱼。

鱼丽于罶[三]，鰋鲤。君子有酒，旨且有。

○鰋（yǎn）：鲇鱼。○有：富，多。

物其多矣[四]，维其嘉矣。

○维：语气词。嘉：善，好。

物其旨矣[五]，维其偕矣。

○偕：全，齐备。

物其有矣[六]，维其时矣。

○时：适时。

## 译诗

成群鱼儿落鱼篓，兼有黄颊与吹沙。主人拿出那美酒，鱼香酒醇鲜味留。成群鱼儿落鱼篓，兼有鳊鱼和黑鱼。

主人拿出那美酒，鱼香酒醇尽珍馐。成群鱼儿落鱼篓，又有鲇鱼又有鲤。主人拿出那美酒，鱼香酒醇美味多。

丰盛饭食摆桌上，芳香鲜美待品尝。满桌食物多美味，琼筵御馔都齐备。饮食丰富无欠缺，营养美味正当时。

鱧　鰋

## 导读

这首诗写周代贵族宴请宾客的情形。诗共六章，前三章从捕鱼写起，“鲿鲨”“鲂鳢”“鰋鲤”纷纷落入鱼篓，搬上餐桌。诗歌并未一一交代宴会饮食，只重点写鱼的种类多样，而宴会的隆重、食物的丰富便可见一斑。同时反复陈述“君子有酒”，言主人待客的周到热情。后三章以“多”“旨”“有”“嘉”“偕”“时”写宴席饮食，咏叹年丰物阜。全诗运用重章叠唱的手法，一唱三叹，极言宴席之丰富、主人之好客，渲染出宾主尽欢的热烈气氛。

# 南有嘉鱼

## 原诗

南有嘉鱼，烝然罩罩。君子有酒，嘉宾式燕以乐。

○烝(zhēng)然：众多的样子。罩罩：群鱼摇尾游动的样子。
○式：语助词。燕：宴饮。以：而，且。

南有嘉鱼，烝然汕汕。君子有酒，嘉宾式燕以衎。

○汕(shàn)汕：群鱼游水的样子。
○衎(kàn)：快乐。

南有樛木，甘瓠累之。君子有酒，嘉宾式燕绥之。

○樛(jiū)木：树枝向下弯曲的树。
○瓠(hù)：葫芦。累：缠绕。
○绥(suí)：安乐。

翩翩者鵻，烝然来思。君子有酒，嘉宾式燕又思。

○鵻(zhuī)：指鹁鸪鸟。
○思：语气词。
○又：通「侑」，指劝酒。

## 译诗

南方有鱼味鲜美，群鱼水中共摆尾。主人有酒奉席间，宾客饮宴乐融融。

南方有鱼味鲜美，群鱼游去又游来。主人有酒奉席间，宾客饮宴乐无边。

南方有树枝下弯，瓠瓜藤蔓与枝缠。主人有酒奉席间，宾客饮宴祝平安。

鹁鸪翩翩空中飞，呼朋唤友去复来。主人有酒奉席间，宾客欢宴把酒劝。

## 导读

这是一首写贵族与宾客宴饮的诗。全诗共四章，善用比兴之法。前两章以群鱼比兴，群鱼水中嬉戏，言宾客云集，和乐欢快。后两章分别以樛木、鹁鸪比兴，用高大的树木低垂枝丫，瓠瓜藤蔓绕枝而生的意象，写宾主之谊亲密无间；用鹁鸪呼朋引伴，自由飞翔的情景，写宴会之宾自在欢笑。由水中到陆地再到天空，全诗从三个角度立体而全面地描写宴会，以表现宾主宴饮中和睦淳朴的情感。

# 【南山有臺】

## 原诗

南山有臺，(一)北山有萊。

○臺：通「薹」，即莎草，可用以编织蓑衣。○萊：草名，即藜，嫩叶可供食用。

乐只君子，邦家之基。

○只：语助词。○邦家：国家。基：根基。

乐只君子，万寿无期！

南山有桑，(二)北山有杨。

乐只君子，邦家之光。

○光：光荣，荣耀。

乐只君子，万寿无疆！

南山有杞，(三)北山有李。

乐只君子，民之父母。

乐只君子，德音不已。

○德音：美好的品德、声誉。

南山有栲，(四)北山有杻。

○栲(kǎo)：木名，即山樗，俗称鸭椿。○杻(niǔ)：即檍树，俗称菩提树。

乐只君子，遐不眉寿？

○遐：何，怎么。眉寿：长寿，高寿。

乐只君子，德音是茂。

南山有枸，(五)北山有楰。

○枸(jǔ)：木名。○楰(yú)：木名，苦楸树。

乐只君子，遐不黄耇？

○黄耇(gǒu)：指年老。

乐只君子，保艾尔后。

○保艾：保养，养育。

## 译诗

南山有丛莎，北山有野藜。君子真快乐，堪为国根基。君子真快乐，万寿无终期！南山有柔桑，北山有白杨。君子真快乐，为国争荣光。君子真快乐，万寿永无疆！南山有枸杞，北山有甘李。君子真快乐，人民好父母。君子真快乐，千秋留美名！南山有鸭椿，北山长菩提。君子真快乐，怎会不高寿？君子真快乐，美名必远扬！南山有枳枸，北山有苦楸。君子真快乐，怎会不长寿？君子真快乐，子孙得庇佑！

## 导读

这是一首在饮宴时用来赞颂美德祝祷福寿的诗歌。全诗共五章，皆以生长在南山和北山上的植物起兴。每章前两句写山坡上丛生的“臺”“莱”“桑”“杨”“杞”“李”“栲”“杻”“枸”“楰”各种树木，用草木丰茂来比喻国中贤士众多。后四句点明主题，颂德祝寿，“君子”即为被祝者，人们不吝溢美之词，称赞他堪为“邦家之基”“邦家之光”“民之父母”，并祝福他福寿绵长，护佑子孙后代。

莱

狗

# 【蓼萧】

## 原诗

㊀蓼彼萧斯，零露湑兮。既见君子，我心写兮。

○蓼（lù）：高大的样子。萧：即艾蒿。

○零：滴落，落下。湑（xǔ）：清。

○写：同"泻"，倾吐。

燕笑语兮，是以有誉处兮。

○誉处：安乐，愉快。

㊁蓼彼萧斯，零露瀼瀼。

○瀼瀼（ráng）：露水很多的样子。

既见君子，为龙为光。其德不爽，寿考不忘。

○为：是。龙：通"宠"。光：荣耀。

○爽：差错。

○寿考：寿命长。

㊂蓼彼萧斯，零露泥泥。既见君子，孔燕岂弟。

○泥泥：露水很重的样子。

○孔：很，非常。燕：安乐，闲适。岂（kǎi）弟（tì）：同"恺悌"，和乐平易。

宜兄宜弟，令德寿岂。

○令：美好的。岂：通"恺"，和乐。

㊃蓼彼萧斯，零露浓浓。既见君子，鞗革冲冲。和鸾雍雍，万福攸同。

○鞗（tiáo）革：铜质马勒的装饰物。革：通"勒"，马嚼头。冲冲：装饰物下垂的样子。

○和鸾：古代装饰在车上的铃铛。挂在轼上的为"和"，挂在衡上的为"鸾"或"銮"。雍雍（yōng）：铜铃声。

○攸：语助词。同：聚。

## 译诗

看那艾蒿高而长，叶上清露晶晶亮。
既以朝见周天子，我的心情真舒畅。
君臣欢宴笑语多，安乐愉悦满朝堂。
看那艾蒿高而长，叶上清露浓又高。
既以朝见周天子，最是恩宠与荣光。
天子德行无错处，祝君福寿永无疆。
看那艾蒿高而长，叶上清露润又亮。
既以朝见周天子，满面笑容乐非常。
君臣和睦如兄弟，德行美好长安康。
看那艾蒿高而长，叶上清露浓又浓。
既以朝见周天子，金黄铜饰垂马勒。
铃铛响处声清越，祝君万福伴身旁。

## 导读

这是一首周代诸侯参加天子朝会的诗歌。全诗共四章，每章开篇都以艾蒿之上露珠滴落比兴，以露水喻天子恩泽，艾蒿承露喻诸侯承恩。接着通过“我心写兮”“为龙为光”“孔燕岂弟”“鞗革冲冲”等描述，表达诸侯朝拜周天子时倍感荣宠、万分激动的心情。最后天子赐宴，诸侯称赞天子美德，祝颂天子“寿考”“寿岂”，刻画出一派君臣和睦、其乐融融的景象，表达了诸侯对周天子无限敬仰、爱戴的情感。

### 《诗经》中的植物

【瓜苦（苦瓜）】《豳风·东山》

【匏（葫芦）】《邶风·匏有苦叶》《大雅·公刘》

【壶（葫芦）】《豳风·七月》

【瓠（葫芦）】《小雅·瓠叶》

【竹】《卫风·淇奥》《卫风·竹竿》《小雅·斯干》

# 【湛露】

**原诗**

湛湛露斯，匪阳不晞。厌厌夜饮，不醉无归。

○湛湛（zhàn）：露水浓重的样子。斯：语助词。○匪：通"非"，无，不。晞：干，干燥。○厌厌：安静，安逸。

湛湛露斯，在彼丰草。厌厌夜饮，在宗载考。

○在宗：指同宗。载：则。考：指畅快尽兴。

湛湛露斯，在彼杞棘。显允君子，莫不令德。

○杞棘：枸杞和酸枣。○显：明。允：诚信。○令：美好的。

其桐其椅，其实离离。岂弟君子，莫不令仪。

○椅（yī）：植物名，即山桐子。○离离：果实繁多下垂的样子。○仪：仪容，风度。

**译诗**

露水浓重落窗边，不见太阳便不干。宁静夜中来饮宴，酩酊大醉方归还。

露水浓重落窗边，挂在草木丰茂处。宁静夜中来饮宴，只愿同宗饮酒酣。

露水浓重落窗边，洒在枸杞酸枣丛。明智诚信真君子，个个都把美德显。

梧桐山桐错落间，枝繁叶茂果实繁。和乐宽厚真君子，宾客风度多翩翩。

导读

这是一首写周天子宴请同宗诸侯的诗歌。诗共四章，前三章均以“湛湛露斯”起兴，浓重的露水落在“丰草”“杞棘”之上，说明夜色已深。在这深夜，周天子组织了一场由同宗诸侯参与的酒宴，夜色宁静幽谧，宴会觥筹交错，动静相衬，诗歌极富感染力。周天子希望诸侯开怀畅饮，尽兴方归，并赞美诸侯品德优良、明智诚信，用语恳切真诚。最后一章以桐树硕果比喻贤士盛多。整首诗营造出君臣和睦欢洽的氛围。

桐

杞

# 【彤弓】

## 原诗

（一）彤弓弨兮，受言藏之。我有嘉宾，中心贶之。钟鼓既设，一朝飨之。

○彤弓：漆成红色的弓，天子用来赏赐有功的诸侯或大臣。弨（chāo）：弓弦松弛。
○藏：收藏。
○中心：衷心。贶（kuàng）：赠予。
○飨（xiǎng）：设宴款待。

（二）彤弓弨兮，受言载之。我有嘉宾，中心喜之。钟鼓既设，一朝右之。

○载：装车上。
○右：通“侑”，劝酒食。

（三）彤弓弨兮，受言櫜之。我有嘉宾，中心好之。钟鼓既设，一朝酬之。

○櫜（gāo）：收藏弓矢的器具，此指装入弓袋。
○酬：互相敬酒。

## 译诗

朱红雕弓弦松弛，诸侯受命珍重藏。我有宾客功劳大，以物相赠表诚心。宴会钟鼓已陈列，一早款待意绵长。

朱红雕弓弦松弛，赏赐诸侯家中藏。我有宾客功劳大，由衷喜悦难抑制。宴会钟鼓已陈列，一早劝酒情深厚。

朱红雕弓弦松弛，赏赐诸侯囊中藏。我有宾客功劳大，衷心欢喜伴身旁。宴会钟鼓已陈列，一早相敬情深重。

## 导读

这是一首周天子宴请立下重大功劳的诸侯并赐朱红雕弓为奖赏的诗。全诗共三章，每章六句，以赋贯穿，引人入胜。每章的前两句以盛大庄严的授弓仪式起笔，描绘了彤弓的精美和受赏诸侯的感激之情。每章的后四句写了周天子非常重视并喜爱其“嘉宾”，“嘉宾”二字突出诸侯的重大功劳，同时“贶”“喜”“好”三字体现周天子对有功之臣的喜爱程度不断加深，并以“飨”“右”“酬”不断深化宴会的热闹场面。全诗以“喜”为气氛烘托点，并从视觉、听觉、味觉等多感官角度描绘盛大而又欢愉的宴会场面。

### 《诗经》中的植物

【芣苢（车前草）】《周南·芣苢》

【蓫（羊蹄菜）】《小雅·我行其野》

【蒌（蒌蒿）】《周南·汉广》

【葍（小旋花）】《小雅·我行其野》

【莪蒿（抱娘蒿）】《小雅·谷风》

# 菁菁者莪

**原诗**

菁菁者莪，在彼中阿。既见君子，乐且有仪。

○菁菁（jīng）：草木繁茂的样子。莪：莪蒿，多年生草本植物，也叫萝蒿。○中阿：阿中，即大土山。○仪：仪容，风度。

菁菁者莪，在彼中沚。既见君子，我心则喜。

○沚：水中的小洲。

菁菁者莪，在彼中陵。既见君子，锡我百朋。

○锡：赐予。朋：古代以贝壳为货币，五贝或十贝为一串，两串为一朋。

泛泛杨舟，载沉载浮。既见君子，我心则休。

○杨舟：杨木制造的小船。○载：或。○休：喜悦。

**译诗**

繁茂莪蒿嫩又绿，山坳地带丛丛生。我已见到那君子，风度翩翩心欢乐。

繁茂莪蒿嫩又绿，小洲地带簇簇生。我已见到那君子，难掩喜悦心中生。

繁茂莪蒿嫩又绿，丘陵地带蓬蓬生。我已见到那君子，赐我贝币钱百朋。

杨木小船荡水中，随波逐流沉又浮。我已见到那君子，心中喜悦难止息。

导读

这是一首描写一位女子与自己的心上人喜悦相逢的诗。全诗共四章，每章四句。前三章都以“菁菁者莪”起笔，分别描写了枝繁叶茂的莪蒿和在山坳、小洲、丘陵的生长状态，体现其坚定意志。女子三次邂逅了风度翩翩并仪容端庄的君子，心中喜悦油然而生。最后一章表面上写杨木小舟水中沉浮，实则写女子内心波澜，并且表达了愿意同君子同舟共济的愿望。诗歌表面写莪蒿，实际以比兴手法写女子对君子的思慕之情，情感真挚热烈，引人共鸣。

蓼萧

湛露

菁菁者莪

# 【六月】

原诗

（一）六月栖栖，

○栖栖：忙碌紧张的样子。

戎车既饬。

○戎车：兵车。饬（chì）：修整，整治。

四牡骙骙，

○骙（kuí）骙：马强壮的样子。

载是常服。

玁狁孔炽，

○玁（xiǎn）狁（yǔn）：我国古代北方游牧民族，人们多善骑射，战斗力强。孔炽：很猖獗，很嚣张。

我是用急。

王于出征，

○王：周宣王。但此次并非宣王亲征。

以匡王国。

○匡：救助。

（二）比物四骊，

○比：齐同。物：这里指马。骊（lí）：黑色的马。

闲之维则。

○闲：熟练。则：法则。

维此六月，

既成我服。

○服：军服。

我服既成，

于三十里。

○于：往，去。

王于出征，

以佐天子。

（三）四牡修广，

○修广：长而大。

其大有颙。

○颙（yóng）：宽头大耳的样子。

薄伐玁狁，

○薄伐：征伐，讨伐。

以奏肤公。

○奏：成。肤公：大功。

有严有翼，

○严：威严。翼：恭谨。

共武之服。

共武之服，

以定王国。

（四）玁狁匪茹，

○茹：柔弱。

整居焦获。

○焦获：沼泽地，在今陕西省泾阳县西北。

侵镐及方，

○镐：地名。方：地名。

至于泾阳。

织文鸟章，

○织文：旗帜上的纹样。鸟章：鸟形图。

白旆央央。

○旆（pèi）：旗下端状如燕尾的飘带。央央：鲜明的样子。

元戎十乘，

○元戎：重器兵车。

以先启行。

○启行：指冲破敌阵。

（五）戎车既安，

如轾如轩。

○轾（zhì）：车顶前低后高。轩（xuān）：车顶前高后低。

四牡既佶，

既佶且闲。

○佶：整齐。闲：通"娴"，娴熟。

薄伐玁狁，

至于大原。

○大原：地名。

文武吉甫，

○吉甫：周朝名臣尹吉甫。

万邦为宪。

○宪：法令，榜样。

吉甫燕喜，既多受祉。来归自镐，我行永久。

○燕喜：宴饮喜乐。○祉（zhǐ）：福禄。○永久：指时间很长。

饮御诸友，炰鳖脍鲤。侯谁在矣？张仲孝友。

○御：进，侍。○炰（páo）：蒸煮。脍（kuài）鲤：细切的鱼。○张仲：周朝名臣，尹吉甫的好朋友。孝友：事父母孝顺、对兄弟友爱。

**译诗**

六月战事很紧张，整理马车备战忙。四匹公马肥又壮，士兵战衣堆车上。玁狁来犯势猖狂，战事紧急守边防。

周王命我战沙场，保卫家国守边疆。四匹黑马身力壮，训练马术常奔忙。值此盛夏六月中，战衣已成身上穿。

我的军服穿在身，快马加鞭赴边疆。周王命我战沙场，辅佐天子平四方。四匹公马高又壮，宽头大耳气昂扬。

齐心协力战玁狁，建功立业安周邦。统帅威武兵纪强，一齐参管国防事。一齐参管国防事，保卫国家安我邦。

玁狁凶狠又剽悍，盘踞焦获战事忙。侵入镐地与地方，径直陈兵到泾阳。飞鸟旌旗高高挂，旗帜飘带白又亮。

重型兵车有十辆，冲锋陷阵势难挡。我方战车很安全，前后高低都稳健。四匹公马势雄壮，步伐齐整性温驯。

齐心协力战玁狁，深入大原敌退让。文武双全尹吉甫，万国效法做榜样。吉甫参宴喜悦扬，周王赏赐福祉广。

自从镐地胜还乡，行路漫漫时日长。宴饮诸友且欢畅，蒸鳖切鲤请品尝。座中宾客还有谁？孝友张仲座上客。

## 导读

这是一首描写周宣王时尹吉甫北伐外敌獵狁，凯旋归来设宴庆贺的诗。全诗共六章，前三章描绘了獵狁来犯，气势汹汹的紧张军事动员状态，第四、五章写战争的盛大之状，最后一章写凯旋归来，设宴庆贺的盛大场面。战争发生在炎炎六月，故以六月为题，追忆了周宣王时期獵狁来犯，周王下命出征、双方交战、胜利班师回朝的全部战争过程，赞美了主帅尹吉甫的优秀军事才能。诗文叙事逻辑结构紧密，文章张弛有力。

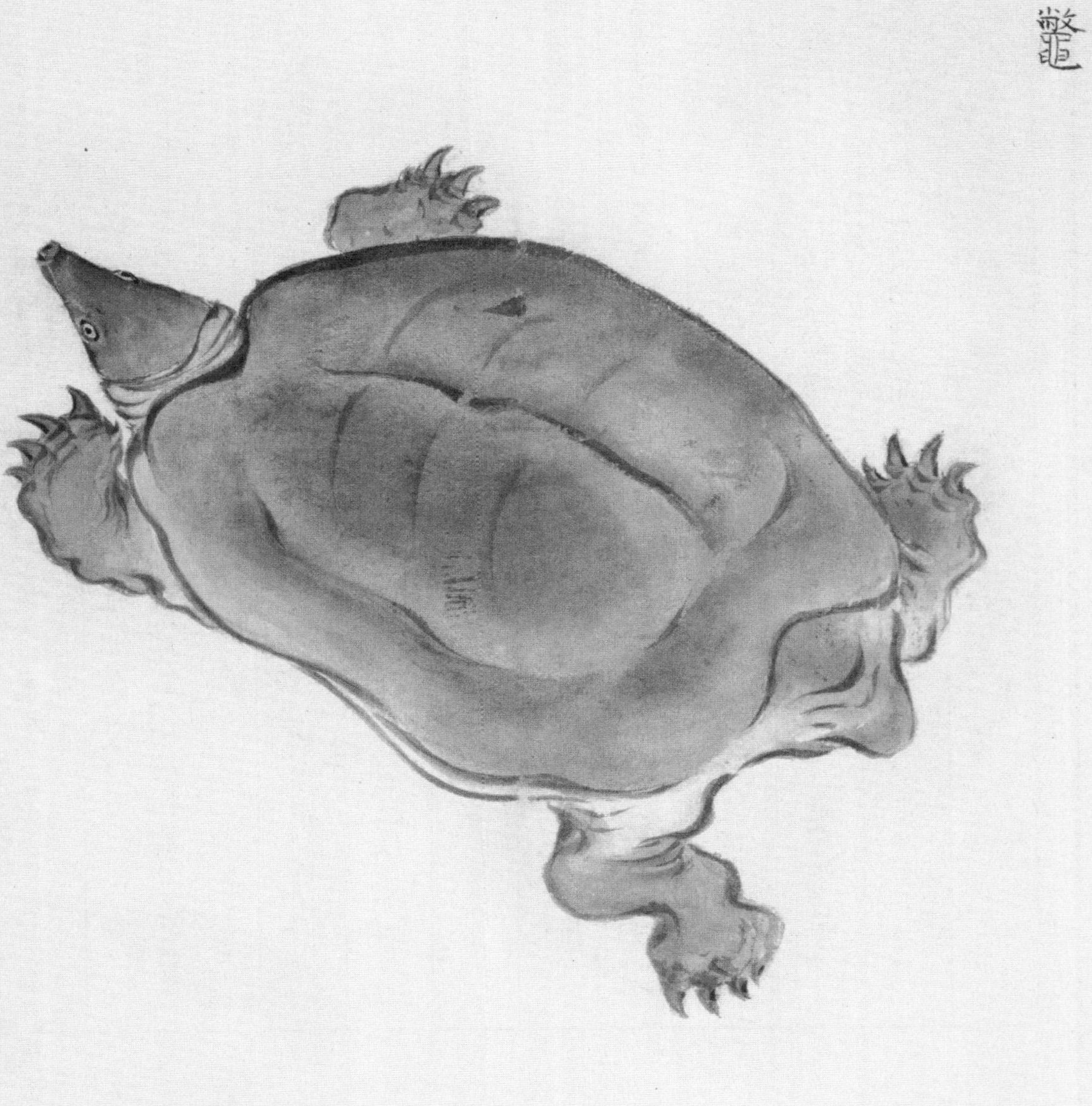

# 【采芑】

原诗

（一）

薄言采芑，
○薄言：急急忙忙。芑(qǐ)：一种类似苦菜的野菜。
于彼新田，
○新田：开垦第二年的田地。
于此菑亩。
○菑(zī)：初耕的田地。
方叔莅止，
○方叔：周宣王时大臣，出征荆蛮的主帅。莅：来临。
其车三千，
师干之试。
○干：盾，指武器。试：用。
方叔率止，
○率：带领。
乘其四骐，
○骐：青黑色花纹的马。
四骐翼翼。
○翼翼：整齐有序之貌。
路车有奭，
○路车：大马车，指将帅乘坐的车。奭(shì)：红色。
簟茀鱼服，
○簟(diàn)茀(fú)：遮蔽车厢后面的竹席。鱼服：鱼皮制的箭袋。
钩膺鞗革。
○钩膺(yīng)：马胸前的皮带。鞗(tiáo)革：皮制铜饰的马勒。

（二）

薄言采芑，
于彼新田，
于此中乡。
○中乡：乡中。
方叔莅止，
其车三千，
旂旐央央。
○旂(qí)旐(zhào)：画有龙蛇图案的旗帜。央央：鲜明的样子。
方叔率止，
约軧错衡，
○约軧(qí)：用皮革缠束的车毂。错衡：用金涂纹的车辕横木。
八鸾玱玱。
○鸾(luán)：铃铛。玱(qiāng)玱：玉相击的声音。
服其命服，
○服：穿。命服：官服。
朱芾斯皇，
○朱芾(fú)：红色蔽膝。
有玱葱珩。
○葱珩(héng)：青绿色佩玉。

（三）

鴥彼飞隼，
○鴥(yù)：鸟疾飞的样子。隼(sǔn)：鹰、鹞一类猛禽。
其飞戾天，
○戾：至。
亦集爰止。
○爰：于。
方叔莅止，
其车三千，
师干之试。
方叔率止，
钲人伐鼓，
○钲(zhēng)人：掌管鸣钲击鼓之事的官吏。伐：击，敲。
陈师鞠旅。
○陈：陈列。鞠：告，即誓师。
显允方叔，
○显允：英明诚信。
伐鼓渊渊，
○渊渊：鼓声。
振旅阗阗。
○振旅：整队班师。阗(tián)阗：兵士众多之貌。

（四）

蠢尔蛮荆，
○蠢尔：无知蠢动的样子。
大邦为仇！
○大邦：周邦。
方叔元老，
克壮其犹。
○克：能。壮：宏大，强盛。犹：通「猷」，谋划。

方叔率止，执讯获丑。戎车啴啴，啴啴焞焞，

○执讯：对俘虏进行讯问。获丑：俘获敌众。

○啴啴（tān）：兵车行进声。焞焞（tūn）：盛大的样子。

如霆如雷。显允方叔，征伐俨狁，蛮荆来威。

○来：语助词，含「是」义。威：畏。

**译诗**

匆匆忙忙采野芑，从那郊外新田里，采到这边初垦田。大将方叔临此地，三千战车列整齐，战士整装齐待命。

方叔带兵有谋略，四马战车多威武，步伐整齐勇向前。赤红战车耀人眼，鱼皮箭袋细竹席，缰辔皮革配饰齐。

匆匆忙忙采野芑，从那郊外新田里，采到村庄的中央。大将方叔临此地，三千战车列整齐，龙蛇旌旗真鲜亮。

方叔带兵有谋略，皮饰车毂雕花辕，车铃叮当行军忙。王赐朝服身上穿，赤红蔽膝闪闪亮，翠绿玉佩铿锵响。

鹞鹰展翅去飞翔，扶摇直冲九天上，忽而停息于地上。大将方叔临此地，三千战车列整齐，战士整装齐待命。

方叔带兵有谋略，士兵战鼓震天响，军容齐整好威武。方叔军纪很严明，战鼓咚咚声震天，士兵众多气势壮。

荆蛮之族太愚笨，敢与大周为仇敌！方叔征战封元老，雄才大略思虑全。方叔带兵有谋略，审讯俘虏获真言。

战车行进隆隆响，隆隆车声不绝耳，雷霆之势震乾坤。方叔军纪很严明，征讨玁狁名远扬，荆蛮闻风必丧胆。

导读

这是一首描写周王朝受外敌威胁时，大将方叔讨伐蛮夷英勇抗敌的诗。

全诗共分为四章，第一章描写了方叔练兵，第二章描写了行军路途上，令行禁止，军令严明。第三章描写了方叔战前阅兵，全军气势昂扬，整装待发。第四章描写了荆楚蛮夷必将战败投降。全诗逻辑紧密，秩序井然。诗歌的前两章以“采芑”来起兴，引出来了军队练兵、演习的地点，为战争打下背景基础；之后又从车马、旌旗等来突出演习规模的浩大，接着从将帅的衣着、配饰、阅兵军容等方面突出了方叔非凡的气度与高大形象，第四章末尾点明方叔带兵有方，抗击蛮夷谋略得当。全诗慷慨激昂，振奋人心。

## 《诗经》中的植物

【莪（萝蒿）】《小雅·菁菁者莪》

【蔚（牡蒿）】《小雅·蓼莪》

【茑（常绿寄生灌木名）】《小雅·頍弁》

【女萝（松萝）】《小雅·頍弁》

【蘩（白蒿）】《召南·采蘩》《豳风·七月》《小雅·出车》

# 【车攻】

## 原诗

我车既攻，
○攻：同“巩”，指器物坚固、完好。
我马既同。
○同：齐，整齐。
四牡庞庞，
○庞庞：马高大强壮的样子。
驾言徂东。
○言：语气助词。徂（cú）：往。东：指东都洛阳。

田车既好，
○田车：猎车。
四牡孔阜。
○孔：很，非常。阜：高大有气势。
东有甫草，
○甫：即圃田，古地名，在今河南中牟县西。
驾言行狩。

之子于苗，
○之子：这个人，指周王。于：往。苗：指夏天狩猎。
选徒嚣嚣。
○选：通“算”，清点。嚣嚣：喧哗貌。
建旐设旄，
○建：竖立。设：安置。旐（zhào）：画有龟蛇图案的旗。旄（máo）：用牦牛尾装饰的旗。
搏兽于敖。
○敖：山名。

驾彼四牡，
四牡奕奕。
○奕奕：马行迅疾而从容的样子。
赤芾金舄，
○金舄（xì）：以铜装饰的双层底鞋。
会同有绎。
○会同：古代诸侯朝见天子的专称。绎：多，连续不断。

决拾既佽，
○决：扳指，多以象牙制成，射箭时套在右手拇指上，以保护手指。拾：皮革制成，套在左臂上，射箭时用以护臂。佽（cì）：齐，齐备。
弓矢既调。
○调：搭配均匀，相适合。
射夫既同，
○同：会合，齐聚。
助我举柴。
○举：取。柴（zì）：堆积。

四黄既驾，
○四黄：四匹黄色的马。
两骖不猗。
○骖：古代以四匹马驾车，两侧的马称为骖。猗：通“倚”，依靠，此指偏斜。
不失其驰，
○驰：驰驱的方法。
舍矢如破。
○舍矢：放箭。如：则，就。破：射中。

萧萧马鸣，
○萧萧：马叫声。
悠悠旆旌。
○悠悠：旗帜随风飘动的样子。旆（pèi）旌（jīng）：泛指旗帜。
徒御不惊，
○徒御：挽车驭马的士卒。惊：通“警”，机警。
大庖不盈。
○大庖：天子的庖厨。

之子于征，
○征：行，指狩猎归来。
有闻无声。
允矣君子，
○允：确实，果真。
展也大成。
○展：诚然，确实。成：成功，指有收获。

译诗

我的猎车已修牢，我的骏马列整齐。四匹公马多强壮，驾起猎车向洛阳。
我的猎车快又好，四匹公马壮又高。洛阳圃田草正茂，驾车狩猎气势豪。
周王乘夏去打猎，清点侍从声喧闹。高高竖立龟蛇旗，英勇猎兽上敖山。
驾着四匹大公马，四马从容又迅疾。红蔽膝配金饰鞋，诸侯会同人不绝。
扳指护臂都齐备，劲弓利箭调配好。射手争相上前来，协助周王获群兽。
驾起四匹大黄马，两侧骖马行得正。车马驰驱步协调，放箭则中箭术佳。
听得萧萧战马鸣，看到悠悠旌旗飘。车夫御马多机警，猎物繁多满庖厨。
周王猎罢回宫城，军中只闻车马声。周王出猎真勇武，满载而归显才能。

## 导读

这首诗记载了周宣王与诸侯往洛阳狩猎的事。全诗共八章，前三章写周宣王在盛夏之时备好车马，带领众多随从去洛阳圃田狩猎，周王的队伍旌旗飘飘、人欢马叫，声势极为浩大。第四章写诸侯会同，盛装丽服，朝见周王。天子狩猎常带有军事或政治意义，因此诸侯朝见极为隆重。接着两章从精良的装备和娴熟的技艺等方面生动描写了周王狩猎的热烈场面，极富画面感。最后两章写狩猎结束之后，周王满载而归，意气风发率师回宫。全诗完整记录了狩猎的全过程，场面描写集中而生动，满怀对周王勇武威严的敬仰和称颂。

### 《诗经》中的植物

【薇（野豌豆）】《召南·草虫》《小雅·四月》《小雅·采薇》

【白茅】《召南·野有死麇》《小雅·白华》

【荑（白茅）】《邶风·静女》《卫风·硕人》

【苓（甘草）】《邶风·简兮》《唐风·采苓》

【唐（菟丝子）】《鄘风·桑中》

# 【吉日】

## 原诗

（一）吉日维戊，
◎维：是。戊：天干的第五位，用以纪日。
既伯既祷。
◎伯：马祖。祷：告祭祈福，为马匹等牲畜肥壮而祭祷。
田车既好，
◎田车：猎车。
四牡孔阜。
◎孔：很，非常。阜：高大。
升彼大阜，
◎阜：山岗。
从其群丑。
◎从：追逐。群丑：群兽。

（二）吉日庚午，
既差我马。
◎差（chāi）：选择。
兽之所同，
◎同：聚集。
麀鹿麌麌。
◎麀（yōu）：指母鹿。麌麌（yǔ）：兽聚集的样子。
漆沮之从，
◎漆沮：均为古水名，在今陕西省。
天子之所。
◎所：处所，地方。

（三）瞻彼中原，
◎中原：原野。
其祁孔有。
◎祁：大。有：丰富。
儦儦俟俟，
◎儦儦（biāo）：疾行的样子。俟俟（sì）：缓行的样子。
或群或友。
◎群、友：三兽为群，二兽为友。
悉率左右，
◎悉：全部，都。率：驱逐。
以燕天子。
◎燕：快乐。

（四）既张我弓，
◎张：拉开弓。
既挟我矢。
◎挟：持，拿。
发彼小豝，
◎发：射。豝（bā）：指母猪。
殪此大兕。
◎殪（yì）：射死。兕（sì）：野牛，犀牛。
以御宾客，
◎御：进，招待。
且以酌醴。
◎醴（lǐ）：甜酒。

## 译诗

戊日这天真吉利，既祭马祖又祈祷。田猎车辆已备齐，四匹公马有风仪。驾车登上高山岗，追逐群兽莫放弃。

庚午这天真吉利，赶快挑选好马匹。寻找百兽聚集地，鹿儿成群好惊喜。沿着奔流的漆沮，来到天子狩猎地。

眺望原野无边界，平原广博野兽多。众兽慢行又疾走，三两成群结队行。左右都把野兽驱，天子得猎满心喜。

快快拉弓弦紧绷，稳稳搭上那利箭。射中那只小母猪，射死这头大犀牛。猎物烹来待宾客，畅饮甜酒共欢乐。

## 导读

这是一首记述周王狩猎之事的诗。全诗共四章，第一章写周王择定吉日完成祭祀之仪，驾车出猎。后三章先记述在“漆沮”之畔、原野之上狩猎的过程，猎手驱逐野兽群集，周王纵马驰射，猎物颇丰。最后写周王狩猎归来后，以猎物和美酒为赐，举办宴会，与臣下同乐的场景。诗中用“既张我弓，既挟我矢”的动作细节描写周王骑射的本领，又以对所猎野兽的数量、状态、种类的描写，从侧面表现周王狩猎的英武形象。

### 《诗经》中的植物

【蝱（贝母）】《鄘风·载驰》

【芄兰（夏藦）】《卫风·芄兰》

【谖草（黄花草或忘忧草）】《卫风·伯兮》

【蓷（益母草）】《王风·中谷有蓷》

【萧（艾蒿）】《王风·采葛》《曹风·下泉》《小雅·蓼萧》《小雅·小明》《大雅·生民》

# 鸿雁

## 原诗

（一）鸿雁于飞，肃肃其羽。之子于征，劬劳于野。

○鸿雁：雁类的统称，即大雁。于：语气助词。○肃肃：鸟飞动时振羽的声音。○之子：指被征集服役的人。○劬（qú）劳：劳累，辛苦。

爰及矜人，哀此鳏寡。

○爰：于是。及：到。矜人：可哀怜的人，指贫弱者。○鳏（guān）：老而无妻的男人。寡：死了丈夫的女人。

（二）鸿雁于飞，集于中泽。

○集：停，指鸟栖止。中泽：沼泽中。

之子于垣，百堵皆作。虽则劬劳，其究安宅。

○垣（yuán）：墙，此指筑墙。○堵：墙。作：起，指筑造。○究：究竟，终究。安：何处。宅：居住。

（三）鸿雁于飞，哀鸣嗷嗷。维此哲人，谓我劬劳。

○嗷嗷：指哀鸣声。○维：语助词。哲人：明智的人。

维彼愚人，谓我宣骄。

○宣骄：骄傲，骄奢。

## 译诗

大雁振翅天上飞，听得肃肃翅羽声。这些人们服征役，野外奔波苦又累。救济贫弱可怜人，鳏夫寡妇更可哀。

大雁振翅天上飞，栖止停在沼中央。服役之人把墙筑，齐心修建起百堵。虽然劳累又辛苦，依然不知安居处。

大雁振翅天上飞，声声哀鸣风中传。想来只有明智人，才能体谅我辛劳。那些糊涂愚笨者，说我无谓在叫嚣。

## 导读

这是一首以百姓的视角自叙役期辛劳的服役诗。全诗共三章，皆以鸿雁比兴，鸿雁转徙无依发出阵阵哀鸣，正如役民劳苦奔波居无定所而怨声载道。第一章写役民风餐露宿，鳏寡亦不能免的痛苦，第二章写役民终日辛苦，筑墙百堵却无处寄身的悲愤，第三章写役民得不到统治者的恤勉、处境无人理解而发出哀怨之声。诗歌立足现实，反映民情，全诗语言质朴，感情深沉，颇有国风中民歌的特点。

# 【庭燎】

## 原诗

夜如何其？(一)

○如何：几何，什么时候。其：语气词，表疑问语气。

夜未央。

○未央：未尽，未已。

庭燎之光。

○庭燎：庭中用以照明的火把。

君子至止，

○君子：指来上朝的诸侯。止：语气助词。

鸾声将将。

○鸾：车上所配的铃铛。将将：通"锵锵"，拟声词，指铃声。

夜如何其？(二)

夜未艾。

○未艾：未尽，未止。

庭燎晣晣。

○晣晣：明亮的样子。

君子至止，

鸾声哕哕。

○哕哕：指鸾铃声。

夜如何其？(三)

夜乡晨。

○乡晨：指天快要亮了。乡，通"向"。

庭燎有辉。

○辉：光亮，一说火光暗淡。

君子至止，

言观其旂。

○言：乃，于是。旂：上绘交龙、杆顶有铃的旗帜。

## 译诗

夜色如今是几时？夜色浓重无晨光。庭中火炬明晃晃。诸侯纷至把朝上，遥闻车驾鸾铃响。

夜色如今是几时？夜色乌蒙仍无光。庭中火炬明又亮。诸侯纷至把朝上，车上鸾铃响叮当。

夜色如今是几时？夜色渐去晨光至。庭中火炬尚发光。诸侯纷至把朝上，看见旌旗在飘扬。

## 导读

这是一首写周王早早起身，准备临朝接受诸侯朝拜的诗。诗共三章，每章前两句都以问答开头，面对君王“夜如何其”的再三询问，侍者以“夜未央”“夜未艾”“夜乡晨”来回答，三次问答写出了时间的逐步推移，也暗含周王准备上朝的心情变化。每章第三句描写庭中火炬的光亮，随着时间的推移，火炬光芒由亮到暗淡，生动而细腻。每章后两句则写周王想象诸侯赶赴朝会的景象，从遥闻銮铃到銮铃渐响，直到能看见诸侯的仪仗，似真似幻，传神地描绘出周王勤于朝政的形象。

# 沔水

## 原诗

沔彼流水，朝宗于海。鴥彼飞隼，载飞载止。

○沔（miǎn）：水满溢的样子。○朝宗：朝向，归宗，指诸侯朝见天子，这里比喻小河汇入大海。○鴥（yù）：鸟疾飞的样子。隼（sǔn）：鹰、鹞等凶猛的鸟。○载：语气词。

嗟我兄弟，邦人诸友。莫肯念乱，谁无父母！

○邦人：同邦国的人，同乡。○念：顾及，考虑。乱：祸乱，动乱。

沔彼流水，其流汤汤。鴥彼飞隼，载飞载扬。

○汤（shāng）汤：水流浩荡的样子。

念彼不迹，载起载行。心之忧矣，不可弭忘。

○不迹：不循法度，不守正道。○弭（mǐ）：止，消除，指忘却。

鴥彼飞隼，率彼中陵。民之讹言，宁莫之惩。

○率：沿着，循着。中陵：陵中。○讹言：流言，谣言。○宁：为什么。惩：止，停止。

我友敬矣，谗言其兴。

○敬：通「警」，警惕，警戒。○兴：兴起。

## 译诗

河流满盈滚滚来，百川相汇东入海。鹰鹞高飞疾振翅，有时飞翔有时栖。可悲可叹我兄弟，还有同乡和朋友。

无人虑及止祸乱，谁无父母任怀忧！河流满盈滚滚来，汇成大河浩荡荡。鹰鹞高飞疾振翅，高高翱翔在天空。

想到无人循法度，坐卧难行心彷徨。心中忧虑真苦闷，此情无计可消除！鹰鹞高飞疾振翅，循着山陵飞不停。

流言蜚语四处传，为何无人来制止。我的朋友要警惕，谣言四起莫轻视。

## 导读

这是一首抒写主人公为时局不宁而忧虑、因流言四起而不安，告诫朋友一定要保持警惕的诗。《毛诗序》认为此诗应为“规宣王”之作。全诗共三章，以“流水”东注和“飞隼”高翔起兴（第三章疑脱“流水”两句）。第一章写因担心祸乱无人制止而忧心忡忡，人皆有父母，一旦乱起，虽父母难顾。第二章写国中出现不循法度肆意妄为的现象，主人公为此而坐立难安，忧思彷徨。最后一章写流言蜚语会影响社会安定、伤人于无形，因此主人公劝诫朋友要时刻保持警醒，明辨是非。诗歌将一个很有忧患意识、正身处世、疾恶如仇、富有责任感的主人公形象凸显出来。诗歌比兴手法的运用，不仅刻画诗人形象，还增强了诗歌的艺术感染力。

### 《诗经》中的植物

【艾】《王风·采葛》

【游龙（荭草）】《郑风·山有扶苏》

【蔓草】《郑风·野有蔓草》

【茨（蒺藜）】《鄘风·墙有茨》《小雅·楚茨》

【蓬（蓬草）】《卫风·伯兮》

# 鹤鸣

## 原诗

鹤鸣于九皋，声闻于野。鱼潜在渊，或在于渚。
乐彼之园，爰有树檀，其下维萚。他山之石，
可以为错。

鹤鸣于九皋，声闻于天。鱼在于渚，
或潜在渊。乐彼之园，爰有树檀，其下维榖。
他山之石，可以攻玉。

○九皋（gāo）：指沼泽极其深广。九，表虚数；皋，沼泽。
○渊：潭，深水。
○渚：水中小洲，此指水浅的滩涂。
○园：花园，园林。
○树檀：指檀树。
○萚（tuò）：此指枯落的枝叶。
○错：琢玉用的工具，粗磨石。
○榖（gǔ）：即楮树，树皮是造纸的原料。
○攻玉：将玉石琢磨成器。攻：雕琢，加工。

## 译诗

仙鹤长鸣在深沼，鸣声悠扬传四野。有鱼潜伏在深潭，时而游到浅水滩。身处园林多喜欢，青葱檀树可参天，
树底围落枯枝叶。他处山上出好石，可以拿来把玉磨。仙鹤长鸣在深沼，鸣声悠扬传四野。有鱼游到浅水滩，
时而潜入深水潭。身处园林多喜欢，青葱檀树可参天，高檀之下楮树掩。他处山上出好石，可以拿来琢美玉。

## 导读

这是一首劝谏当权者广招贤士的招隐诗。全诗共两章，诗人能跨跃时空，一会儿在沼泽间听鹤唳，一会儿在潭渚间观游鱼，一会儿又在园林中仰望高高的檀树。诗歌此处实际运用了比喻的修辞，鹤鸣在野喻声名远扬的贤士隐居，游鱼在渊、在渚喻贤士或隐或出，檀树苍翠高耸喻贤人才能出众，而“萚”与“榖”喻贤士周围的庸才、小人。诗人以生动的比喻劝谏当权者应放眼四方，明辨贤愚。每章最后两句以“他山之石”可以琢磨美玉为喻，表达了诗人希望当权者借他方贤士来辅助自己、以求精进的美好愿望。

# 【祈父】

## 原诗

祈父！予王之爪牙。胡转予于恤？靡所止居。

○祈父：周代掌管京畿兵甲的高级官员，即司马。

○爪牙：原指动物的尖爪和利牙，此处指禁卫军将士，中性词。

○胡：为什么。恤：忧患。此处指忧患重重的战场。

○靡：没有。止居：安居，定居。

祈父！予王之爪士。胡转予于恤？靡所厎止。

○厎(zhǐ)止：停止，终止。

祈父！亶不聪。胡转予于恤？有母之尸饔。

○亶(dǎn)：实在，诚然。聪：听力敏锐；不聪：昏聩，糊涂。

○尸饔(yōng)：主管炊食劳作之事。尸，主持，主管。饔，熟食。

## 译诗

大司马啊！我是大王的得力助手，为什么总调我去战场这忧患之地？流离失所的日子什么时候才能安居？

大司马啊！我是大王的京畿武士，为什么总调我去战场这忧患之地？流离失所的生活什么时候才能停止？

大司马啊！您实在是昏庸啊，为什么总调我去战场这忧患之地？让我家中有老母却难以供养。

导读

这篇诗歌以周王武卫士的视角抱怨长官不合理的调动部队，使自己久役不能奉养父母。开篇直呼“祈父”，通过直白的语言斥责了京畿大司马遣调都城勇士出外征战的行为，侧面揭露了战争形势的严峻和国内民怨四起的动荡时局，同时暗含了对周天子用人不善的讽刺。全篇重章叠句，以质问开头，与《诗经》之中一贯的委婉含蓄不同，通过直抒胸臆，表现了战士们对于主管军政的“祈父”不正当的调动，导致的背井离乡，不能归养父母的怨愤之情。

## 《诗经》中的植物

【莫（酸迷）】《魏风·汾沮洳》

【蔹（五爪龙）】《唐风·葛生》

【荍（锦葵）】《陈风·东门之枌》

【菅（菅草）】《陈风·东门之枌》《小雅·白华》

【苕（鼠尾）】《陈风·防有鹊巢》

# 【白驹】

原诗

(一)皎皎白驹，食我场苗。絷之维之，以永今朝。

○皎皎：洁白貌，指毛色洁白。○场：菜圃，菜园。○絷（zhí）：捆住，拴住。此处用作动词，系，连结。维：本意指缰绳，○永：长，远，使时间延长。

所谓伊人，于焉逍遥。(二)皎皎白驹，食我场藿。

○伊人：那人，指作客的白驹主人。○藿：嫩豆叶。

絷之维之，以永今夕。所谓伊人，于焉嘉客。

(三)皎皎白驹，贲然来思。尔公尔侯，逸豫无期。

○贲然：衣着光鲜的样子，本诗形容马驹飞奔。思：语气词。○尔：你。○逸豫：安乐。

慎尔优游，勉尔遁思。(四)皎皎白驹，在彼空谷。

○遁：逃避，避世。

生刍一束，其人如玉。毋金玉尔音，而有遐心。

○生刍：喂养牲畜用的鲜草。○如玉：形象、品格高尚。○金玉：名词用作动词，像对待金玉般珍惜、爱惜。○遐：与人疏远之心。

译诗

洁白美丽小马驹，用我菜园嫩豆苗。
拴好缰绳捆住脚，同我一起度今朝。
贤德主人在何处，请来这里乐逍遥？
洁白美丽小马驹，用我菜园青豆叶。
拴好缰绳捆住脚，同我一起度今夜。
贤德主人在何处，这里做客心怀畅。
洁白美丽小马驹，还请快快来我家。
本是朝堂公侯爵，安逸享乐无节制。
谨慎言行适度游，切记勤勉勿避世。
洁白靓丽小马驹，空旷山谷悠然行。
鲜嫩青草作饲料，品格高尚似美玉。
莫惜音信如金玉，徒生疏离冷落心。

## 导读

本诗为一首怀友、思贤诗。全诗共四章，每章六句。前两章重章叠句、反复吟唱，通过写主人对小白驹的盛情款待，表现出主人对客人的极尽挽留之意。“以永今朝”“以永今夕”流露出浓浓的不舍与思念之情，表露主人渴望与友人共度美好时光的赤诚之心。

第三章“贲然来思”既是对马驹奔驰而来的肯定，更蕴含着对友人才华横溢、高贵身份和高尚品格的赞美，同时劝谏友人不应消极避世，应投入世俗施展抱负。

最后一章饱含对友人君子如玉品格的赞叹，殷切嘱托多传信件，唯恐与友人失了联系，渐渐彼此疏离冷落。

全诗表面写纯洁无瑕的白驹，实则以白驹喻友人之贤德，充分表现了与友人的惜别之情，渴望保持联系、互通音信的殷切内心。同时后两章在描述友人品行高洁却生出归隐避世之心时，暗含对周宣王不能善用人才的讽刺。

### 《诗经》中的植物

【稂】《曹风·下泉》

【莠（狗尾草）】《齐风·甫田》《小雅·大田》

【蓍（蓍草）】《曹风·下泉》

【萑苇（芦荻）】《豳风·七月》

【葽（远志）】《豳风·七月》

# 【黄鸟】

原诗

（一）黄鸟黄鸟，无集于穀，无啄我粟。此邦之人，不我肯穀。言旋言归，复我邦族。

（二）黄鸟黄鸟，无集于桑，无啄我粱。此邦之人，不可与明。言旋言归，复我诸兄。

（三）黄鸟黄鸟，无集于栩，无啄我黍。此邦之人，不可与处。言旋言归，复我诸父。

○集：栖息。gǔ 穀：树名，即楮树。

○粟：谷子，去糠被称为小米。代指谷物，庄稼。

○邦：国。

○穀：生养，一说善。

○旋：还，返回。

○复：返。

○粱：古代指粟的优良品种。

○明：盟，信用，结盟。

○诸父：族中长辈，即伯、叔之总称。

**译诗**

黄雀鸟啊黄雀鸟，不要栖息楮树
枝，切莫啄食谷粟米。此地冷漠
太无情，不肯热心养育我，回去
吧啊回去吧，返回我国我家乡。
黄雀鸟啊黄雀鸟，不要栖息桑树
上，切莫啄食高粱米。此地冷漠
太无情，不可将真心托付。回去
吧啊回去吧，返回家乡见兄长。
黄雀鸟啊黄雀鸟，不要栖息柞树
枝，切莫啄食我黍粱。此地冷漠
太无情，不可真心与相处。回去
吧啊回去吧，返回家乡见叔伯。

## 《诗经》中的植物

【茅（茅草）】《豳风·七月》
【果蠃（瓜蒌）】《豳风·东山》
【苹（藾蒿）】《小雅·鹿鸣》
【蒿（香蒿）】《小雅·鹿鸣》
【芩（蔓苇）】《小雅·鹿鸣》

## 导读

本诗为一首写流民思归的小诗。全诗共三章，每章七句，每句四言。

诗歌以黄鸟起兴，以黄鸟啄食粟米为比，流民漂泊异地被奴隶主贵族剥削压迫，遭遇不公对待，表面上谴责贪婪无度的黄鸟，实则表现出西周末年时局动荡，流民游子们渴望回归家乡，免遭欺凌的强烈愿望。

全诗采用重章叠句的形式，一唱三叹，表现流民的悲愤，层层递进，让人记忆深刻。

# 我行其野

## 原诗

(一)
我行其野，蔽芾其樗。昏姻之故，言就尔居。

○蔽芾（fèi）：形容树叶稀疏。樗（chū）：臭椿树，不材之木，多用于自谦，此处喻所托非人。 ○昏姻：婚姻。 ○就：接近，靠近。

尔不我畜，复我邦家。

○畜：蓄养；一说喜欢，喜爱。 ○邦家：指故乡。

(二)
我行其野，言采其蓫。昏姻之故，言就尔宿。尔不我畜，言归斯复。

○蓫（zhú）：多年生草本植物，俗名羊蹄菜，根可入药。

(三)
我行其野，言采其葍。不思旧姻，求尔新特。成不以富，亦祇以异。

○葍（fú）：多年生蔓草，对农作物有害。 ○特：配偶，匹配。 ○成：诚，的确。 ○祇：只，仅仅。

## 译诗

独自行走荒野路，椿树遮蔽叶稀疏。因为你我把亲成，而今搬来你居处。世事变迁郎心负，归我家乡寻故土。

独自行走荒野路，采摘蓫叶奔忙苦。因为你我把亲成，而今与君同住宿。世事变迁郎心负，回我故土归家族。

独自行走荒野路，采摘葍草苦难诉。不念旧情把我误，唯思枕边留新妇。并非她家比我富，心怀二心终可恶。

## 导读

本诗为《诗经》中的一首弃妇诗。全诗共三章，每章六句，每句四言。

诗歌以远嫁他乡女子的视角，讲述丈夫婚后变心，女子惨遭抛弃，只得孤身离去的故事。主人公在归家的荒凉小路上睹物思人，回忆与丈夫的过往，难免心生怨恨，悲从中来，表现出对负心汉的强烈谴责。

诗歌采用比兴的手法，用路遇“樗”“蓫”“葍”等恶木、劣菜象征自己嫁给恶人，沿途中选用凄凉的意象，融情于景，情景交融，表现女子被弃后的悲凉心情。

# 【斯干】

## 原诗

（一）秩秩斯干，幽幽南山。如竹苞矣，如松茂矣。

○秩秩：水流清澈的样子。干：涧，山间流水。○幽幽：深远的样子。○竹苞：草木丛生，形容茂盛。

兄及弟矣，式相好矣，无相犹矣。（二）似续妣祖，

○式：发语词，无实义。○犹：欺诈。○似续：继承。似，通「嗣」。妣祖：女性先祖和男性先祖。

筑室百堵，西南其户。爰居爰处，爰笑爰语。

○堵：垣，墙。○爰：于是。

（三）约之阁阁，椓之橐橐。风雨攸除，鸟鼠攸去，

○约：缠束，捆扎。阁阁：扎缚牢固的样子。○椓（zhuó）：敲打，拍击。橐橐（tuó）：拟声词，夯土声。○攸：是。除：去。指建筑宫室坚固耐用，风雨不侵。

君子攸芋。（四）如跂斯翼，如矢斯棘，如鸟斯革，

○芋：通「宇」，居住。○跂（qǐ）：通「企」，踮起脚跟。○棘：通「急」。一说指棱角。○革：翼，翅膀。

如翚斯飞，君子攸跻。（五）殖殖其庭，有觉其楹。

○翚（huī）：一种有五彩羽毛的雉。○跻（jī）：登，升。○殖殖：平正的样子。○有觉其楹：觉，高大。楹，柱也。

哙哙其正，哕哕其冥，君子攸宁。（六）下莞上簟，

○哙哙（kuài）其正：哙，通「快」，宽敞明亮貌。正，白天。○哕哕（huì）：深暗貌。冥：夜晚。○莞（guān）：蒲草，可以用来织席。簟（diàn）：竹席。

乃安斯寝。乃寝乃兴，乃占我梦。吉梦维何？

维熊维罴，维虺维蛇。（七）大人占之：维熊维罴，

○罴（pí）：似熊的一种野兽。○虺（huǐ）：一种毒蛇。○大人：指太卜，占卜解梦的人。

男子之祥；维虺维蛇，（八）女子之祥。乃生男子，

载寝之床，载衣之裳，载弄之璋。

○璋：古代的一种玉制礼器，形如半圭。

其泣喤喤，

○huáng 喤喤：形容婴儿啼哭声洪亮。

朱芾斯皇，

○朱 fú 芾：红色蔽膝，用在天子或诸侯的服饰上。

室家君王。

（九）乃生女子，载寝之地，载衣之裼，

○tì 裼：婴儿的包被。

载弄之瓦。

○瓦：陶制纺锤。

无非无仪，

○无非无仪：非，违背。仪，通"议"，指女子要恭顺。

唯酒食是议，

○议：商议，讨论，引申为考虑。

无父母诒罹。

○yí 诒罹：带来忧愁。诒，通"贻"，给予。罹，忧患，苦难。

## 译诗

潺潺山涧清泉流，幽幽风景南山头。竹翠林茂环山绕，松枝掩映好风景。兄友弟恭情义重，相亲相爱感情好，

没有欺诈与烦恼。先妣先祖传基业，建造房屋千百间，开门列户西南方。阖家欢乐同居住，欢声笑语倾情诉。

捆扎筑板格格响，围墙夯土咚咚响。风雨不侵宫室固，鸟雀老鼠狠狠除，君子欢欣把房住。宫室高耸多威严，

房屋排列似箭齐，飞檐状似鸟展翼，形态灵动似锦鸡。君子欢欣把户立。庭院宽广平且正，房柱直直高又挺。

宽敞明亮正厅广，幽幽门厅夜晚明。君子欢欣家安宁。下铺莞席上竹席，安然入睡就寝宁。一晌好梦悠然醒，

梦境何意占卜清。若问美梦为何物？熊与罴皆入梦来，虺蛇吉兆惹人惊。卜师解梦把话明，熊罴入梦灵方显，

男儿降生吉兆频；虺蛇入梦方显灵，生女家中祥瑞临；男婴出生喜洋洋，温床暖暖入梦乡，裁剪缝制衣与裳，

闲来把玩白玉璋。哭声嘹亮声声朗，朱红蔽膝包被亮，来日必定承家邦。女婴出生乐开怀，席地也能睡得香，

小衣小被包身上，闲来把玩纺锤忙。温柔恭顺无是非，操持酒食日奔忙，不给父母添烦忧。

## 导读

本诗为庆祝周王室大型宫室建设落成的歌辞。全诗共分九章，以四言为主，兼有杂言，从描述宫殿建设展开，大致分为两部分，一至五章描绘出建筑的修建过程，通过描写周边环境以及外观等内容，表现了古代建筑的独特美感。开头即以两个叠词“秩秩”“幽幽”描绘了选址，宫殿座落在山水环绕之地，景色清新、怡人。六至九章则对主人入住新宫送出美好祝福，表现君臣之间的美好情谊。诗歌将叙事、写景、抒情相融，层次分明，用实景与虚写结合，构思精巧。不管是前五章对宫殿的赞美，还是后四章对主人的祝愿，虽有谀美之嫌，但也在情理之中。全诗热烈严正，文辞清新，写景叙事都能做到具体生动，层次分明，在雅篇中，属于比较优秀的作品。

虺

蛇

# 【无羊】

原诗

谁谓尔无羊？(一)三百维群。

○三百：虚数，形容数量多。维：语气词。

谁谓尔无牛？九十其犉。

○九十：虚数，形容数量多。犉：黄色黑唇的牛。

尔羊来思，

○思：语气词。

其角濈濈。

○濈（jí）濈：聚集的样子。

尔牛来思，其耳湿湿。

○湿湿：形容牛耳微动的样子。

或降于阿，(二)

○阿：山陵，山阿。

或饮于池，或寝或讹。

○讹：行动，移动。

尔牧来思，何蓑何笠，

○何：同「荷」，披，戴。

或负其糇。

○或：有时。负：背。糇：干粮。

三十维物，

○物：牛羊的毛色。

尔牲则具。

○牲：用来祭祀的牛和羊。具：完备。

尔牧来思，(三)以薪以蒸，

○以：将，拿。薪：粗柴。蒸：细柴。

以雌以雄。

○雌、雄：指飞禽的雌雄。

尔羊来思，矜矜兢兢，

○矜矜：坚强的样子。兢兢：小心谨慎。

不骞不崩。

○骞：亏损。崩：散乱。

麾之以肱，

○麾：挥动。肱（gōng）：手臂。

毕来既升。

牧人乃梦，(四)众维鱼矣，

○众：蝗虫。古人以为蝗虫可化为鱼，旱则为蝗，风调雨顺则化鱼。

旐维旟矣，

○旐（zhào）：画有龟蛇的旗。旟（yú）：画有鹰隼的旗。

大人占之：

○大人：太卜之类的官，占梦的人。

众维鱼矣，实维丰年；旐维旟矣，室家溱溱。

○溱（zhēn）溱：同「蓁蓁」，繁盛的样子。

## 译诗

谁说你这没有羊？一群足足三百只。谁说你这没有牛？七尺高牛有九十。羊群奔忙赶来此，尖角弯角齐齐聚。牛群奔忙赶来此，双耳轻轻摆动急。牛羊有的奔山陵，有的饮水小池塘，有的睡觉有的忙。你到这里来放牧，披蓑戴笠又何妨，有时背着干粮袋。牛羊毛色多又亮，可以用来祭神灵。你到这里来放牧，粗柴细柴砍入户，雌鸟雄鸟都打来。羊群奔忙赶来此，体格强壮紧跟随，挨挨挤挤不散乱。牧人轻轻挥臂膀，牛羊全部入山岗。牧人悠悠入美梦，蝗虫化鱼显吉祥。旗上龟蛇变鹰隼，太卜解梦断吉凶：蝗虫化鱼显吉祥，丰收年景喜洋洋；旗上龟蛇变鹰隼，家族繁盛人丁旺。

## 《诗经》中的植物

【台（莎草）】《小雅·南山有臺》

【莱（胭脂菜）】《小雅·南山有臺》

【芑（苦荬菜）】《小雅·采芑》

【藿（豆叶）】《小雅·白驹》

【荏（白苏）】《大雅·生民》

## 导读

本诗主要描写牧人放牧一事，通过描绘放牧时的热闹场景，表现了古代畜牧业的兴盛，同时借用自由自在的放牧场景图，描绘了诗人胸中美好生活理想。

全诗共四章，每章八句，运用铺陈的艺术手法，以白描的形式描述牧民放牧的情景，侧面反映了周宣王初期社会各个行业有所恢复的现实。诗歌对劳动者放牧的情态进行了细致入微的刻画，牛羊或散步或饮水，牧羊人则或砍柴或捕猎，织成一幅无比清丽的放牧图。第四章，以牧人梦境结尾，预示国家和家族的蒸蒸日上，梦境与现实结合，引发读者的无限遐想。

### 《诗经》中的植物

【勺药（香草）】《郑风·溱洧》

【堇（乌头）】《大雅·绵》

【绿（荩草，可作黄色染料）】《小雅·采绿》

【蓝（靛草，可作青色染料）】《小雅·采绿》

【茹藘（茜草，可作红色染料）】《郑风·东门之墠》《郑风·出其东门》

# 节南山

## 原诗

（一）

节彼南山，维石岩岩。赫赫师尹，民具尔瞻。

○节：高峻、高大。南山：指终南山。
○岩岩：山崖高耸的样子。
○赫赫：显赫盛大的样子。师尹：指周太师尹氏。
○具：通“俱”，都。

忧心如惔，不敢戏谈。国既卒斩，何用不监！

○惔（tán）：火烧。
○卒：尽，全。斩：断绝。
○何用：因为什么。监：监督，监察。

（二）

节彼南山，有实其猗。赫赫师尹，不平谓何！

○有实：实实，广大的样子。猗：通“阿”，山坡。
○谓何：是因为什么。

天方荐瘥，丧乱弘多。民言无嘉，憯莫惩嗟！

○荐：屡次，再次。瘥（cuó）：瘟疫等疾病。
○嘉：好，善。
○憯（cǎn）：曾，还。

（三）

尹氏大师，维周之氐。秉国之均，四方是维。

○大：太。
○氐（dǐ）：指根基，根本。
○秉：执掌。均：同“钧”，制作陶器所用的转轮。

天子是毗，俾民不迷。不吊昊天，不宜空我师！

○毗（pí）：辅助，辅佐。
○不吊：不淑，不善。昊（hào）天：苍天。
○空：穷。师：百姓。

（四）

弗躬弗亲，庶民弗信。弗问弗仕，勿罔君子？

○躬：亲身，亲自。
○仕：任用。
○罔：欺骗，蒙蔽。

式夷式已，无小人殆。琐琐姻亚，则无膴仕。

○式：应当。夷：平。已：停止。
○殆：接近。
○琐琐：卑微、平庸的样子。姻亚：姻亲关系。
○膴（wǔ）仕：高官厚禄。

（五）

昊天不佣，降此鞠讻！昊天不惠，降此大戾！

○佣（chōng）：均，公平。
○鞠讻（jū xiōng）：极大的祸乱。
○惠：通“慧”。
○戾：灾难。

君子如届，俾民心阕。君子如夷，恶怒是违。

○届：临，到。
○阕：止息，平息。
○违：消除。

不吊昊天，（六）乱靡有定。式月斯生，俾民不宁。

○靡：无。
○式：语助词。月：岁月。生：百姓。

忧心如酲，谁秉国成？不自为政，卒劳百姓。

○酲（chéng）：醉酒不醒。
○国成：指国家政务的权柄。
○卒：通「瘁」，劳累，憔悴。

驾彼四牡，（七）四牡项领。我瞻四方，蹙蹙靡所骋！

○牡：公马。项领：肥大的脖颈。
○蹙蹙（cù）：局促不舒展的样子。

方茂尔恶，（八）相尔矛矣。既夷既怿，如相酬矣。

○方：正当。茂：盛。恶：憎恶。
○夷：心气平和。怿（yì）：喜悦。
○酬：劝酒。

昊天不平，（九）我王不宁。不惩其心，覆怨其正。

○惩：惩戒，止。
○覆：反。正：规劝，劝谏。

家父作诵，（十）以究王讻。式讹尔心，以畜万邦。

○家父：作者自称。诵：诗。
○究：穷究，追究。讻：灾祸。
○讹：改变，感化。
○畜：养。

译诗

巍峨高耸终南山，山崖矗立多峻险。声势显赫尹太师，百姓都把你来看。满心忧虑如火烧，谁也不敢随口谈。
国运都要绝断了，为何还不睁眼看！巍峨高耸终南山，山势曲折又广远。声势显赫尹太师，为何执政无公廉！
上天正在降灾难，太多死丧与祸乱。百怨沸腾遍天下，庸官居然还在任！声势显赫尹太师，本是国家好柱石。
执掌朝政主大事，太平四方你平衡。辅佐国君周天子，拔除百姓心中惑。苍天实在不仁慈，百姓不该难度日！
国务政事不亲问，百姓对你无信任。不用老臣和少俊，欺下罔上怎能行？为政公平止祸乱，别和小人去亲近。
姻亲卑微又平庸，委以重任理难通！苍天实在不公平，降下这种大灾祸！老天实在不聪明，如此大难临百姓！
如让君子来执政，能让百姓心安定。君子为政若公平，民怨定然能消除。苍天实在不仁慈，灾祸频发难平定。
日日摧残老百姓，使人不能得安宁。满怀忧愤如沉醉，谁能掌权执国政？君王不把政事理，最后害苦那百姓。
驾着四匹大公马，马儿壮实脖颈肥。东西南北四处望，局促不舒难驰骋！刚刚憎恶正当盛，眼看长矛要加身。
转眼怒火转欢喜，举杯相酬共言欢。苍天实在不公平，使我君王不安宁。太师邪心不被惩，劝谏反而惹祸生。
家父作诗来讽谏，追究祸乱之元凶。期望君王心意转，治理万邦得安宁。

导读

这是一首大夫指斥权臣尹氏执政混乱的诗，控诉了太师尹氏的跋扈，表现出诗人强烈的怨怒之情。诗共十章，可划分为三个层次。前两章是第一层，均以“南山”起兴，“维石岩岩”“有实其猗”象征着权臣尹氏的显赫、权位的重要，并以山之险峻不平来指责尹氏为政不公，以致祸乱频仍，百姓起怨。

第三到第六章是第二层，进一步点明尹氏身居要职，不认真处理政事。却交给平庸的姻亲肆意妄为，而又逢天降灾难，人民处于水深火热之中，无法自救。

第七到第十章是第三层，变每章八句为四句，诗人情绪由怨怒转为悲叹，“方茂尔恶”写权臣党争，互相倾轧又互相勾结为恶，朝政一片混乱，诗人“驾彼四牡”欲逃离避乱，却发现无可归依，于是愤而写下这首诗，“以究王讻”，并垂诫后人。通过诵读本诗，我们可以看到一位忧国忧民、立身持正的士大夫形象。

# 【正月】

原诗

正月繁霜〔一〕，我心忧伤。民之讹言，亦孔之将。

○正月：夏历十一月，周历正月。繁：浓重。
○讹言：流言，谣言。
○孔：很，非常。将：大，盛。

念我独兮，忧心京京。哀我小心，癙忧以痒。

○京京：忧愁深长的样子。
○小心：畏忌，顾虑。
○癙（shǔ）忧：忧愁苦闷。痒：病。

父母生我〔二〕，胡俾我瘉？不自我先，不自我后。

○胡：为什么。俾（bǐ）：使。瘉（yù）：病，此指灾祸。

好言自口，莠言自口。忧心愈愈，是以有侮。

○莠言：丑恶的话，坏话。自：从。
○愈愈：忧惧很深的样子。
○是以：因此。侮：苦闷。

忧心惸惸〔三〕，念我无禄。民之无辜，并其臣仆。

○惸（qióng）惸：忧愁孤独的样子。
○无禄：没有福气。
○并：皆，都。臣仆：变为臣仆、奴隶。

哀我人斯，于何从禄？瞻乌爰止，于谁之屋？

○于：在。从禄：获得幸福。
○爰：语助词，可理解为「之」。止：栖息。

瞻彼中林〔四〕，侯薪侯蒸。民今方殆，视天梦梦。

○中林：林中。
○侯：语助词。薪、蒸：木柴。
○殆：危险。
○梦梦：昏乱，不明。

既克有定，靡人弗胜。有皇上帝，伊谁云憎！

○克：能。定：确定。
○靡：无，没有。
○皇：光明。
○伊：发语词，犹「维」。云：句中助词。

谓山盖卑〔五〕，为冈为陵。民之讹言，宁莫之惩！

○盖：通「盍」，如何，怎么。
○宁：乃。惩：惩戒，制止。

召彼故老，讯之占梦。具曰予圣，谁知乌之雌雄！

○故老：元老，老臣。
○讯：询问。占梦：借梦卜算吉凶。
○予：我。圣：聪明，圣明。

(六)谓天盖高？不敢不局。
○局：弯曲。
谓地盖厚？不敢不蹐。
○蹐(jí)：轻轻走路，小步走路。

维号斯言，有伦有脊。
○维：发语词。号：号叫，呼喊。
○伦、脊：道理，条理。
哀今之人，胡为虺蜴？
○虺(huǐ)：毒蛇。蜴(yì)：蜥蜴。

(七)瞻彼阪田，有菀其特。
○阪田：山坡上的田，贫瘠的田。
○菀(yù)：茂盛的样子。特：特殊，不一般。
天之扤我，如不我克。
○扤(wù)：折磨。
○如：唯恐。克：打败，制服。

彼求我则，如不我得。
执我仇仇，亦不我力。
○执：得到。仇仇：傲慢的样子。
○力：动词，重用。

(八)心之忧矣，如或结之。
○或：有人。结：打绳结。
今兹之正，胡然厉矣！
○正：即「政」，政治。
○胡：为什么。厉：残暴，暴虐。

燎之方扬，宁或灭之？
○燎：放火焚烧草木。扬：炽盛。
○宁：岂。或：有人。
赫赫宗周，褒姒威之！
○宗周：西周王朝。
○褒姒：周幽王的宠妃。威：灭亡。

(九)终其永怀，又窘阴雨。
○终：既。永怀：深深的忧虑。
○窘：困。
其车既载，乃弃尔辅。
○辅：车辆侧面的挡板，用来固定车上的物品。

载输尔载，将伯助予。
○载：第一个「载」是语助词，第二个「载」指所装的货物。输：堕，坏。
○将：请。伯：大哥，泛指排行大的人。
(十)无弃尔辅，员于尔辐。
○员(yún)：加固。辐：车轮上的辐条。

屡顾尔仆，不输尔载。
○顾：注意，顾及。仆：车夫。
终逾绝险，曾是不意！
○终：最终。逾：越过。
○曾：竟。不意：不在意，不留意。

(十一)鱼在于沼，亦匪克乐。
○匪：非。克：能。
潜虽伏矣，亦孔之炤。
○孔：很。炤(zhǎo)：通「昭」，明显，清楚。

忧心惨惨，念国之为虐。
○惨惨：忧愁不安的样子。
○虐：暴虐。
(十二)彼有旨酒，又有嘉肴。
○旨酒：美酒。

洽比其邻，昏姻孔云。
○洽比：融洽，亲近。邻：亲近的人。
○昏姻：即婚姻，姻亲关系。云：亲近，和乐。
念我独兮，忧心殷殷。
○殷殷：浓重，指忧愁之重。

十三

佌佌彼有屋，蔌蔌方有谷。民今之无禄，天夭是椓。

哿矣富人，哀此惸独！

○佌佌（cǐ）：卑贱，渺小。○蔌蔌（sù）：猥琐，鄙陋。谷：粮食，俸禄。○夭：灾祸。椓（zhuó）：毁坏，伤害。

○哿（gě）：欢乐。○惸独：孤苦伶仃的人。惸，通"茕"。

## 译诗

正月天降满地霜，让我心中满忧伤。民间四处谣言起，听风是雨论短长。独我一人忧忡忡，愁思难断深且长。

可怜日日惶又恐，心力交瘁身抱恙。父母生我来世上，为何令我受灾殃？忧患不在我生前，也不发生我亡后。

好话出自他的口，坏话也从他口出。满心忧思愁难却，遭受侮诟雪上霜。郁郁不乐心中愁，种种不幸我承受。

平民本自无罪过，全都沦落做奴仆。我们可哀又可怜，要在何处求俸禄？看见乌鸦择栖处，可知它去谁的屋？

看那茂密树林中，粗柴细草交杂生。民众如今正危难，仰头看天昏蒙蒙。天命如果能确定，哪有谁能不顺从。

天上帝君最光明，究竟对谁恨难平！人说山势低又平，那是崇山与峻岭。民间四处谣言起，竟然无人去制止！

快召贤人元老来，询问梦境卜吉凶。都说自己最圣明，谁辨乌鸦是雌雄！谁说苍天远又高？怕撞不敢不弯腰。

谁说土地坚又厚？走路不得不轻走。大声呼喊这番话，说来句句有道理。可悲可叹当世人，为何化作蛇与蜴？

看看坡上那片田，稻苗丰茂不一般。上天非要折磨我，唯恐不能打败我。当初周王把我访，唯恐推辞不应召。

入得朝堂遭冷落，不用我来把心操。我的忧虑深又长，如同绳结难解开。看看如今的政局，为何越来越暴虐！

野火焚烧焰正烈，还有谁能去扑灭？繁盛显赫大西周，却因褒姒毁基业！忧思悲伤常挂怀，阴雨绵绵却又来。

车上货物才满载，竟把挡板全抛掉。车上货物已堕坏，才请大哥帮安排！留着挡板有用处，轮上辐条要加固。

常要注意马车夫，车上财物不会丢。这样才能越险处，怎料你竟不在乎！游鱼寄身在池沼，并非快乐无烦恼。

纵然深潜藏水中，水清依然任观瞧。忧愁苦闷心难安，国政暴虐难脱逃。王有美酒杯中倒，还有佳肴享人生。

亲近邻人多结交，姻亲关系也亲密。想到自己很孤独，唯有深忧伴终老。鄙陋之人有华屋，卑劣之人有米谷。

平民终日无食禄，受灾承祸告无处。贵族豪富享安乐，哀叹穷人多孤苦！

**导读**

这是一首忧国忧民、感时伤事、怨刺国政的诗。诗歌共有十三章，从正月降霜、流言四起开始，主人公自伤身世，深感生不逢时，偏又心忧国事、哀怜人民，恐国家灾祸将至。而当权者昏聩不明，抛贤弃能，以致国政暴虐，贫富悬殊，社会动荡难安。全诗表现了西周末年有识之士对国政强烈的责任感和对自身无能为力的深深哀怨。诗中既有对暴政的讥刺、对国运的忧虑，也有对民众的同情、对苦难的愤懑，而这一切终究只能化作叹息和哀痛，令人唏嘘。

这首诗真实反映了周幽王时期的朝局、社会状态，是一篇真实的史诗，为我们了解周朝末年的社会生活提供了依据。

# 【十月之交】

**原诗**

十月之交，[一]朔月辛卯。日有食之，亦孔之丑。

○交：进入（某个时间）。○朔月：阴历初一。○丑：恶，凶。古人认为日食、月食是不祥之兆。

彼月而微，此日而微。今此下民，亦孔之哀。

○微：不明，昏暗。

日月告凶，[二]不用其行。四国无政，不用其良。

○告凶：预告凶兆。○行（háng）：法则，规律。○四国：四方，泛指天下。无政：治政无方，没有政绩。○良：贤良。

彼月而食，则维其常。此日而食，于何不臧！

○维：是。常：正常。○于何：多么。臧：善，好。

烨烨震电，[三]不宁不令。百川沸腾，山冢崒崩。

○烨（yè）烨：明亮，闪耀。震：雷。○宁：安。令：善。○沸腾：指河水汹涌泛滥。○冢：山顶。崒（zú）：崩塌。

高岸为谷，深谷为陵。哀今之人，胡憯莫惩！

○高岸：高峻的山崖。○胡：为何，怎么。憯（cǎn）：乃。惩：制止。

皇父卿士，[四]番维司徒。家伯维宰，仲允膳夫。

○皇父：人名，周幽王时的大臣。卿士：百官之长，总管王朝政事。○司徒：六卿之一，掌管土地和人口。○宰：即太宰，原为掌管王家财务及宫内事务的官。○膳夫：掌管周王食饮的官。

聚子内史，蹶维趣马。楀维师氏，艳妻煽方处。

○聚（zōu）：姓。内史：掌管法令和爵禄策命的官。○蹶（guì）：姓。趣马：管马的官。○楀（jǔ）：姓。师氏：负责辅导王室、教育贵族子弟的官。○艳妻：特指周幽王的宠妃褒姒。煽：炽盛。处：居，居其位。

抑此皇父，[五]岂曰不时？胡为我作，不即我谋！

○抑：同“噫”，感叹词。○不时：不合时令，不按农时。○胡为：为什么。作：服役劳作。○谋：商量。

彻我墙屋，田卒污莱。日予不戕，礼则然矣。

○彻：拆毁。○卒：都，全。污：积水。莱（lái）：荒芜。○戕（qiāng）：残害，毁坏。

（六）皇父孔圣，作都于向。择三有事，亶侯多藏。

○圣：圣明，聪明。○向：地名，在今河南济源。○三有事：三有司。即司空、司马、司徒。○亶（dǎn）：实在，确实。侯：维，是。多藏：很多财物。

不慭遗一老，俾守我王。择有车马，以居徂向。

○慭（yìn）：愿意，肯。遗：留。老：老臣，旧臣。○俾：使。○徂（cú）：往，到。

（七）黾勉从事，不敢告劳。无罪无辜，谗口嚣嚣。

○黾（mǐn）勉：努力。○告劳：诉说自己的劳苦。○谗口：指说坏话的人。嚣（áo）嚣：众多的样子。

下民之孽，匪降自天。噂沓背憎，职竞由人。

○孽（niè）：灾害，灾祸。○噂（zǔn）沓：议论纷纷。背憎：背地里憎恨。○职竞：专事竞逐。

（八）悠悠我里，亦孔之痗。四方有羡，我独居忧。

○里：通“悝”，忧愁。○孔：很。痗（mèi）：心中难受，痛苦。○羡：欢乐欣喜。

民莫不逸，我独不敢休。天命不彻，我不敢效我友自逸。

○逸：安逸，安闲。○不彻：不循常道。○效：仿效。友：指同僚。

译诗

时令已入十月间，农历初一辛卯日。天上忽然出日食，将有很大凶险至。曾有月食光昏暗，今天日食光皆逝。
如今天下众黎民，满心悲苦恐灾至。日食月食示凶兆，法则混乱难遵照。四方诸侯无政绩，君王也不任忠良。
曾经也有月食日，那时只视为平常。这次太阳无光芒，征兆多么不吉祥！闪电劈空雷声响，政事不好人恐慌。
条条江水都泛滥，座座山顶都塌崩。高高山崖裂深谷，幽幽深谷起山陵。可哀如今的君王，为何不能止暴政！
皇父担任百官长，番氏显赫做司徒，家伯自任那太宰，仲允承恩为膳夫，聚子受宠任内史，蹶氏上任是趣马，
橘氏亲信做师氏，褒姒得位势正盛。不禁叹息这皇父，难道真不懂农时？为何让我服役苦，却没事先通知我！
毁坏我的墙与屋，田中积水荒草出。却说不曾伤害我，礼法规矩很清楚。皇父真是太聪明，要在向地建皇城。
选拔有司来任用，家中财物数不清。不肯留下一老臣，要他守卫君王旁。选择有车有马者，迁居向地同起程。
尽心尽力勤王事，不敢说我有功劳。没有罪责与错处，众人谗毁把我诬。天下百姓受灾祸，并不是从天上降。
当面说笑背地憎，说好说坏人评数。忧思绵绵无尽长，愁思深重已成疾。天下有人正欢乐，唯有我在忧伤里。
没有谁人不安逸，唯我不敢片刻息。上天意志无常道，怎可安乐效同僚。

## 导读

这是一首周朝官吏所做的政治怨刺诗。诗共八章，可分为三层。前三章是第一层，写日食、月食和地震等灾异之事接连发生，联想到暴政引发的祸乱，令人无比恐惧悲哀。中间三章是第二层，罗列朝中权贵及帝王宠妃，讽刺周幽王昏庸无道、所任非仁，以皇父为首的当权者肆意胡为，百姓被迫服苦役，房屋被毁，田地荒芜，民不聊生。而皇父却远迁向地，留下遍地狼藉。最后两章是第三层，明确表达自己对奸佞当道的悲愤之情，以及自己决不同流合污的坚定态度。

### 《诗经》中的植物

【桑】《鄘风·桑中》《鄘风·定之方中》《卫风·氓》《郑风·将仲子》《魏风·汾沮洳》《魏风·十亩之间》《唐风·鸨羽》《秦风·车邻》《秦风·黄鸟》《曹风·鸤鸠》《豳风·七月》《豳风·鸱鸮》《豳风·东山》《小雅·南山有臺》《小雅·黄鸟》《小雅·小弁》《小雅·隰桑》《小雅·白华》《大雅·桑柔》《鲁颂·泮水》

# 【雨无正】

原诗

(一)浩浩昊天，不骏其德。降丧饥馑，斩伐四国。

○浩浩：广大。昊天：苍天，皇天。
○骏：长，经常。
○丧：亡。
○斩伐：残害。四国：天下四方。

旻天疾威，弗虑弗图。舍彼有罪，既伏其辜。

○旻(mín)天：泛指天。疾威：指暴虐。
○图：思量，打算。
○既：尽。伏：隐藏，隐匿。辜：罪。

若此无罪，沦胥以铺。(二)周宗既灭，靡所止戾。

○沦胥(xū)：相牵牵连，泛指陷没。铺：通「痡」，疲劳致病。
○周宗：指西周王朝。止戾：定居，安居。

正大夫离居，莫知我勚。三事大夫，莫肯夙夜。

○正大夫：六官之长，指上大夫。
○勚(yì)：辛劳，劳苦。
○三事大夫：指三公，即司徒、司空、司马。
○夙夜：朝夕，日夜。

邦君诸侯，莫肯朝夕。庶曰式臧，覆出为恶。

○邦君：封国的君主。
○庶：表希望。式：语助词。臧：善，好。
○覆：反。

(三)如何昊天！辟言不信。如彼行迈，则靡所臻。

○辟言：指合乎法度的言论。
○行迈：行走，远行。
○臻(zhēn)：至，到。

凡百君子，各敬尔身。胡不相畏，不畏于天？

○君子：指群臣百官。
○敬：谨慎。

(四)戎成不退，饥成不遂。曾我暬御，憯憯日瘁。

○戎：战事。
○遂：顺利。
○曾：何。暬(xiè)御：君王的近侍。
○憯(cǎn)憯：忧愁的样子。瘁：憔悴。

凡百君子，莫肯用讯。听言则答，谮言则退。

○讯：此指劝告。
○听言：顺言。答：回应。
○谮(zèn)言：本指谗言，此指谏言。

(五)哀哉不能言，匪舌是出，维躬是瘁。哿矣能言，

○出：读为「拙」，笨拙。
○躬：亲身。
○哿(gě)：快乐。

巧言如流，俾躬处休。

○休：美好。

(六)维曰予仕，孔棘且殆。

○予：去，往。仕：做官。

○棘：紧急，急迫。殆：危险。

云不可使，得罪于天子。

○使：做，行。

亦云可使，怨及朋友。

(七)谓尔迁于王都，曰予未有室家。

○尔：指上文的正大夫、三事大夫。

鼠思泣血，无言不疾。

○鼠：忧伤。

○疾：恨。

昔尔出居，谁从作尔室？

○从：跟从。作：营造。

译诗

苍天无际又无边，他的恩德不长在。降下死亡和饥荒，天下四方受残害。苍天施威多暴虐，没有考虑思量在。

放过那些有罪者，将他罪责藏起来。至于那些无罪人，牵连陷没横遭灾。待到周朝灭亡后，没人能得安居处。

上卿大夫已四散，没人知道我辛苦。三公虽然还在朝，无人肯把君王辅。四方封国的君侯，没人早晚相帮扶。

本望周王勤朝政，结果行事更荒唐。苍天我该怎么办！合规进言无人听。如同人们要远行，没有方向难前进。

群臣百官众君子，各自保身很谨慎。为何不存敬畏心，不畏苍天与灵神？犬戎战事未消退，饥荒又已来加身。

为何我这小侍臣，整日忧伤渐憔悴。群臣百官众君子，没人肯把忠言告。顺耳进言就回应，谏言逆耳则废退。

难进忠言真可悲，并非口讷言词短，却让我身心憔悴。能说会道使人悦，花言巧语若流水，偏偏使他享富贵。

世人都说去做官，局势紧急且危险。如若政令不遵从，得罪君王仕途难。如若依从君王令，定会招来朋友怨。

劝你搬迁回京都，你说京都无居处。忧思难消泣出血，闻听此言恨难除。当初你们离王都，是谁帮你造房屋？

## 导读

这是一首讽刺周幽王昏庸无道、群臣谋私误国的诗。全诗共七章，第一章写天道无常，降灾于世，而君王不行仁政，致使生灵涂炭，无罪者也遭逢祸事。第二至四章斥责国君与群臣的种种过失。国家危亡之时，“三事大夫”“邦君诸侯”一味苟安、只求保身。而君王也偏听偏信，只爱听花言巧语，不接受忠言劝谏，以致朝政黑暗，灾祸频仍。第五至六章写诗人作为君王侍臣，面对黑暗的现实无比愤慨，却又无力改变的无奈和悲哀。全诗感情真挚，忧思无解，尤其最后一章，言辞激烈，悲愤之情充斥字里行间。

### 《诗经》中的植物

【柞树】《小雅·黄鸟》《小雅·采菽》《小雅·车舝》《大雅·绵》《大雅·旱麓》《大雅·皇矣》

【枣】《豳风·七月》

【桃】《周南·桃夭》《召南·何彼襛矣》《魏风·园有桃》

【李】《召南·何彼襛矣》《王风·丘中有麻》《小雅·南山有臺》《大雅·抑》

# 【小旻】

**原诗**

（一）旻天疾威，
○旻（min）天：皇天，苍天。疾威：暴虐。
敷于下土。
○敷：遍布。下土：人世间。
谋犹回遹，
○谋犹：同义复词，谋划。回遹（yù）：邪僻。
何日斯沮。
○斯：才。沮（jǔ）：停止。

谋臧不从，
○臧：好，善。
不臧覆用。
○覆：反。
我视谋犹，
亦孔之邛。
○邛（qióng）：弊病。

（二）潝潝訿訿，
○潝潝（xì）：小人众口附和之貌。訿訿（zǐ）：小人相互攻击之貌。
亦孔之哀。
谋之其臧，
则具是违。

谋之不臧，
则具是依。
○依：依从，顺从。
我视谋犹，
伊于胡底。
○伊：推。底：至什么样的地步。

（三）我龟既厌，
○龟：龟甲（古代占卜用龟甲）。
不我告犹。
○犹：卜卦的吉凶。
谋夫孔多，
○谋夫：进言献计的谋士。
是用不集。
○集：功成名就。

发言盈庭，
谁敢执其咎！
○执：承担。咎：罪责。
如匪行迈谋，
○匪：通“彼”。行迈：远行。
是用不得于道。
○是用：是以。

（四）哀哉为犹，
○为：制定。
匪先民是程，
○匪：通“非”，不是。先民：古代圣贤。程：效法。
匪大犹是经。
○大犹：正道。
维迩言是听，
○迩言：亲近人说的肤浅无远见的话。

维迩言是争。
如彼筑室于道谋，
是用不溃于成。
○溃：通“遂”，顺利，达到。
（五）国虽靡止，
○靡止：不止。这里指主张不一致。

或圣或否。
○圣：圣明。否：错误。
民虽靡膴，
○靡膴（hū）：没有法则。
或哲或谋，
○哲：智慧。谋：有谋略。
或肃或艾。
○肃：严肃。艾：同“乂”，治理，指做事利落，能力强。

如彼泉流，
无沦胥以败。
○沦胥：相牵牵连。
（六）不敢暴虎，
○暴虎：空手斗虎。
不敢冯河。
○冯（píng）河：徒步渡河。

人知其一，莫知其他①。战战兢兢，如临深渊，如履薄冰。

①其他：使国家灭亡的祸患。

译诗

苍天无情又暴虐，灾祸遍及人世间。朝廷政策尽邪僻，不知哪天可休止。良谋善策不被用，歪门邪道反复用。

以我观今之朝廷，弊病繁多无人管。臭味相投小人聚，黑白不辨真可悲。良言善策提出来，全都推翻不奉行。

坏的政策提出来，全部依从无异议。以我看今之朝廷，缥缈未来不可猜。灵龟占卜已厌倦，无论吉凶皆不显。

贤臣谋士各有言，议论纷纭难统一。满堂谏言又献策，政策推动无人担！犹如谋划去远行，依靠行人道难求。

定策之人真悲哀，不学先辈圣贤人，治国大道不遵从。亲信谗言洗耳听，朝廷争论无止休。犹如建房问路人，

何时房屋能建成。治国之政虽不同，亦有圣明和错误。人民受教虽不多，亦有智者心眼明，干才能人亦不少，

犹如清泉缓流淌，流去污浊变清明。不敢以身斗恶虎，不敢徒身过险流。人们只知这危险，未料灾祸相伴行。

胆战心惊人心乱，如临深渊身下陷，如同脚踩薄冰行。

## 导读

这是一首周朝时期揭露周幽王重用小人以致国力日益衰败的诗，表达了诗人对当时腐朽社会政治的批判和对国事的担忧。全诗共六章，诗歌前两章写小人祸乱朝纲，以“旻天疾威，敷于下土”开篇，既点出了诗人对苍天主宰一切的无奈，也暗含了对周幽王任用小人的愤懑。三四章，诗人对周王朝错误的政治进行了原因探究，分别从君臣两个方面进行分析，同时又运用了比喻，以造屋问人来比喻当时的朝政政策，生动形象，发人深思。五六章则点出了诗人对周王朝的忧虑与惧愤，一方面希望天子能够明辨忠奸，使国家政治清明，一方面又点出了当时王朝正处于如临深渊如履薄冰的困境，希望能够唤醒天子举能用贤。全诗结构环环相扣，脉络清晰，感情真挚。

虎

# 小宛

原诗

宛彼鸣鸠，(一)翰飞戾天。我心忧伤，念昔先人。

○宛：小。鸣鸠：即斑鸠。○翰飞：高飞。戾：至。○先人：祖先。

明发不寐，有怀二人。人之齐圣，(二)饮酒温克。

○明发：黎明，一说醒。○有：同“又”。二人：父母。○齐圣：聪明睿智。○温克：指醉酒后能蕴藉自持，仍保持温和恭敬的仪态。

彼昏不知，壹醉日富。各敬尔仪，天命不又。

○昏不知：愚昧无知的庸人。○壹：语助词。日富：日益骄横自满。○敬：警戒，戒慎。仪：威仪，容貌举止。○又：再。

中原有菽，(三)庶民采之。螟蛉有子，蜾蠃负之。

○中原：原中。菽(shū)：大豆。○螟(míng)蛉(líng)：螟蛾的幼虫。○蜾(guǒ)蠃(luǒ)：土蜂的一种，古人以为蜾蠃代养螟蛉幼虫，故称人之养子为“螟蛉”或“螟蛉之子”。负：背。

教诲尔子，式穀似之。题彼脊令，(四)载飞载鸣。

○式：发语词。穀：善。似：通“嗣”，继承。○题：视。脊令：即鹡鸰，水鸟名。

我日斯迈，而月斯征。夙兴夜寐，毋忝尔所生！

○日、月：日日，月月。斯：乃，则。○迈、征：远行，行役。而：你们。○忝：辱，有愧于。尔所生：指父母和祖先。

交交桑扈，(五)率场啄粟。哀我填寡，宜岸宜狱。

○交交：鸟飞旋的样子。桑扈：鸟名，又名青雀，窃脂。○率：循，沿。场：打谷场。○填寡：穷苦无靠。填，通“殄”，穷困。寡，寡财。○宜：犹“乃”。岸：诉讼，指监狱。

握粟出卜，自何能穀？温温恭人，(六)如集于木。

○粟：一说古人问卜于巫，以粟或贝为报酬。一说古人以粟祀神。○穀：善，此指吉卦。○温温：柔和、谦和的样子。恭人：宽厚谦恭的人。

惴惴小心，如临于谷。战战兢兢，如履薄冰。

○惴惴：恐惧戒慎的样子。

译诗

小小斑鸠婉转鸣，旦夕振翅入高空。我心伤感又忧愁，念及先人泪两行。昼思夜想至天亮，又思双亲欲断肠。
正直聪明有心人，饮酒蕴藉礼相存。那些愚昧无心人，成日醉饮更骄蛮。奉劝恭谨重礼仪，天恩一去莫能反。
原野之中有豆苗，人们采撷来果腹，小小螟蛉产幼子，蜾蠃背负向前行。你的孩子我教诲，继承先祖好品格。
看那小小鹡鸰鸟，一边飞来一边叫。我是天天在外跑，你也月月都辛劳。起早贪黑不停歇，只为不堕祖辈名！
盘旋飞翔的桑扈，围着谷场抢啄粟。叹我穷苦无依靠，害怕官司进监狱。拿把粟米来占卜，怎样才把凶卦除？
宽厚谦和守礼人，就像鸟儿聚树顶。恐惧戒慎好警醒，如临万丈深谷旁。心惊胆战不放松，就像脚踩薄薄冰。

导读

这是一首劝诫兄弟免祸的诗，抒发了作者浓重的忧伤之情。诗共六章，每章六句。第一章以“鸣鸠”起兴，表示自己曾怀有一鸣惊人的志向，如今却日日忧心如焚，有时想起先辈和父母的辉煌业绩，焦虑到夜不能寐。第二章感伤兄弟们违背父母教诲，终日纵酒，言词之中既有斥责，也有劝诫，希望兄弟们能守礼上进。第三章以“螟蛉”为喻，说自己代兄弟抚养幼子，希望传承父母荣耀。第四章以“脊令”起兴，比喻自己夙兴夜寐、孜孜不倦地努力于各种事务，以求无辱于父母。第五章则以“桑扈”起兴，喻指自己处境之艰难，不得已握粟占卜，以问吉凶。末章以“集于木”“临于谷”“履薄冰”形容自己忧虑戒惧的心情。全诗最大的特色是巧用比兴，将沉重忧伤的感情以形象、生动的形式表现出来。

# 【小弁】

原诗

（一）

弁彼鸒斯，归飞提提。民莫不榖，我独于罹。

○弁（pán）：快乐。鸒（yù）：乌鸦的一种。斯：语助词。○提提（shí）：群鸟安闲翻飞的样子。○榖：善，美好。○罹：忧愁。

何辜于天，我罪伊何？心之忧矣，云如之何！

○辜：罪。○伊：是。○云：语气词。

（二）

踧踧周道，鞫为茂草。我心忧伤，惄焉如捣。

○踧踧（dí）：平坦貌。周道：大道。○鞫（jū）：阻塞，充塞。○惄（nì）：忧伤，伤痛。如捣：指心如棒捣。

假寐永叹，维忧用老。心之忧矣，疢如疾首。

○假寐：不脱衣帽睡觉。永叹：长叹。○用：而，以。○疢（chèn）：内心忧痛烦热。疾首：头疼。

（三）

维桑与梓，必恭敬止。靡瞻匪父，靡依匪母。

○桑、梓：古代常在屋旁栽种桑、梓树，又说桑、梓树是父母种的，有思乡怀亲之意。○靡：不。瞻：尊敬，敬仰。匪：无，不。○依：依恋。

不属于毛，不罹于里。天之生我，我辰安在？

○属（zhǔ）：连属。毛：裘衣的表面。○罹：通“丽”，附着。里，指裘衣里衬。○辰：时运，大运。

（四）

菀彼柳斯，鸣蜩嘒嘒。有漼者渊，萑苇淠淠。

○菀（yù）：茂密的样子。○鸣蜩（tiáo）：蝉的一种，亦称秋蝉。嘒嘒（huì）：蝉鸣的声音。○漼（cuǐ）：水深的样子。○萑苇（huán）：芦苇。淠淠（pèi）：茂盛的样子。

譬彼舟流，不知所届。心之忧矣，不遑假寐。

○届：止，到。○不遑：顾不得。

（五）

鹿斯之奔，维足伎伎。雉之朝雊，尚求其雌。

○伎伎（qí）：鹿急跑的样子。○雉：野鸡。雊（gòu）：雉鸣。

譬彼坏木，疾用无枝。心之忧矣，宁莫之知！

○坏木：有病的树。○用：而。○宁：竟然，难道。

(六)相彼投兔，尚或先之。行有死人，尚或墐之。

○相：看。投：入，进。○尚：犹如。先：打开笼子，开放。○墐(jìn)：埋。

君子秉心，维其忍之。心之忧矣，涕既陨之！

○君子：作者的父亲。秉心：居心，持心。○维：何。忍：残忍。○陨：落。

(七)君子信谗，如或酬之。君子不惠，不舒究之。

○酬：劝酒。○惠：恩惠。○舒：缓慢。究：追究，考察。

伐木掎矣，析薪扡矣。舍彼有罪，予之佗矣！

○掎(yǐ)：牵引。○析薪：劈柴。扡(chǐ)：顺着纹路劈开。○佗(tuó)：加。

(八)莫高匪山，莫浚匪泉。君子无易由言，耳属于垣。

○莫：不，没有。匪：无，不。○浚(jùn)：深。○无易：不要轻易。由：于。○属(zhǔ)：连接，附着。垣(yuán)：墙。

无逝我梁，无发我笱。我躬不阅，遑恤我后。

○逝：意为拆毁。梁：拦水捕鱼的堤坝。○笱(gǒu)：捕鱼用的竹篓。○躬：自身。阅：被收容。○遑：闲暇。恤：忧虑。

译诗

寒鸦拍翅多快活，结对飞回树上巢。世人生活多美好，独我灾祸磨难多。我心无愧于苍天，为何我罪大无边？
心中积郁忧伤深，不知何以得排解！宽阔平坦的大道，如今野草很繁茂。满心痛苦难排遣，仿佛棒杵不停捣。
和衣假寐深叹息，岁月生忧催人老。满怀忧伤积郁久，就像头痛难忍受。屋前桑梓父母种，路遇桑梓恭敬站。
谁人侍父不尊敬，谁人待母不依恋。如今与父不相见，不能与母相依偎。老天带我来世间，何时才能转好运？
池边垂柳荫浓绿，枝头蝉儿嘶嘶鸣。深深潭水不见底，青青芦苇多茂密。我像小舟漂又遥，茫然不知何方去。
深深忧伤绕心间，和衣打盹不得闲。野鹿奔跑寻鹿群，四足舒缓又灵巧。雄雉清晨鸣不停，只为把那雌偶求。
我心如同那槁木，萎黄多瘤枝条落。心中忧伤无时了，没人知心没人懂。野兔被那罗网捕，尚且有人来放生。
路见有人突倒毙，尚且将他埋土中。然而君父待我心，竟是这样硬心肠。心中忧伤诉不尽，涕泪双流湿衣襟！
父亲喜好信谗言，像那敬酒般开心。父亲对我不理睬，无意深究问缘由。伐木还要牵引绳，劈柴也要顺纹理。
轻轻放过有罪者，罪名独独加给我！没有山峰不险峻，没有泉水不深邃。还请父亲谨慎言，隔墙有耳要防范。
别到我的鱼坝上，别开我的鱼篓窥。现我自身也难保，身后难事顾不得。

## 导读

这是一首充满忧愤情绪的哀怨诗。从诗本身所表述的内容来看，当是诗人的父亲听信了谗言，把无罪的诗人放逐，致使他幽怨哀伤、睡卧不安、怨天尤父、涕泪悲怀。

开篇第一章以鸟儿飞翔起兴，来反衬自己不如鸟儿自在。

第二章，以宽广的大路上长满杂草来暗示诗人纠结不安的心，这心忧伤难过得就如同被棒槌捣一样难受，形象地展示了诗人忧愁难过的心情。

第三章，以桑梓来起兴，桑梓为父母所栽，见到桑梓毕恭毕敬，比喻自己对父母也十分敬仰，可是自己却无故遭到了父母的放弃，这让诗人难以释怀。

第四章诗人用密柳、鸣蜩、深渊、芦苇几个意象起兴，形容自己的心，仿佛在无边的河面上漂泊，无所依靠，也不知道将去向何方。

第五章则用鹿之舒畅、鸡之求偶，来表现自然万物生机勃勃，而唯有诗人独身一人，心如槁木，互相衬托中，更显诗人离家失亲的悲痛。

第六章写兔子被网捕到后，会有好心的人打开笼子放出它们。路边遇到死人，也会有好心人帮忙埋葬。而自己却没有如此好运！被别有用心之人陷害，落得如此悲惨的境遇，想到这里，诗人不禁涕泗零落。

第七章写他落魄境遇的原因：父亲偏爱听好话，又不辨贤愚。

最后，诗人反思总结。山高水深，自己所处的环境也十分复杂。他以劝告父亲的口吻自警，告诉自己以后不要轻易说话，不要被别有用心之人利用。此诗开头六章，有五章都以“心之忧矣”作结，集中写作者的忧伤之情。这五章有一个共同的特点，每章都采用兴的手法，进行对比描写，形象生动地表现了主题。

# 巧言

原诗

（一）

悠悠昊天，

○悠悠：高远辽阔。昊天：苍天。

曰父母且。

无罪无辜，

乱如此幠。

○乱：祸乱。幠（hū）：大的。

昊天已威，

○已：很。威：发威，暴虐。

予慎无罪；

○慎：确实，实在。

昊天泰幠，

○泰幠：过于糊涂。

予慎无辜。

（二）

乱之初生，

僭始既涵。

○僭（jiàn）：通"谮"，谗言。涵：宽容，容纳，宽恕。

乱之又生，

君子信谗。

君子如怒，

○怒：恼怒。

乱庶遄沮；

○庶：大概，差不多。遄（chuán）：快，迅速。沮（jǔ）：阻止。

君子如祉，

○祉：福禄，引申为纳贤致福。

乱庶遄已。

○已：停止。

（三）

君子屡盟，

○盟：结盟发誓。

乱是用长。

○长：增多，增长。

君子信盗，

○盗：说假话的小人。

乱是用暴。

○暴：猛烈，激烈。

盗言孔甘，

○孔甘：非常甘甜。

乱是用餤。

○餤（tán）：本义为进食，引为日益增加或猖狂。

匪其止共，

○匪：不是。止：到达。共：通"恭"，有职业操守。

维王之邛。

○维：为。邛（qióng）：疾病劳苦。

奕奕寝庙，

○奕奕：又高又大之貌。寝：宫室。庙：宗庙。

君子作之。

○作：建造。

秩秩大猷，

○秩秩：宏伟的样子。大猷（yóu）：治国理政的大道理。

圣人莫之。

○莫：通"谟"，谋划。

他人有心，

○他人：小人。

予忖度之。

○忖度：推测。

跃跃毚兔，

○跃跃：上下跳跃的样子。毚（chán）兔：狡猾的兔子。

遇犬获之。

荏染柔木，

○荏（rěn）染：本指时间流逝，这里做柔软解。柔木：枝干柔韧的树木。

君子树之。

○树：栽种。

往来行言，

○行言：流言。

心焉数之。

○数：计算，辨别。

蛇蛇硕言，

○蛇蛇：鄙陋自大之貌。蛇，通"訑"，表欺诈意。硕言：虚伪的大话。

出自口矣。

巧言如簧，

○巧言：表面上好听而实际上虚伪的话。簧：乐器中用以发声的片状振动体。

颜之厚矣。

彼何人斯，居河之麋。无拳无勇，职为乱阶。

○麋：“湄”的假借字，有水的岸边。○拳：勇敢强壮的样子。○职：主要。乱阶：一系列祸事，祸乱。

既微且尰，尔勇伊何？为犹将多，尔居徒几何？

○微：通“癥”，脚上长疮。○尰（zhǒng）：脚部肿。○伊何：为什么。○犹：诡计。○徒：同谋。

## 译诗

高远辽阔的苍天，仿若苍生之父母。天下苍生无罪过，为何遭此大祸乱。老天发威太暴虐，我确无罪又无辜。

苍天此举太糊涂，我确无罪又无辜。祸乱开始发生时，谗言四起却被恕。祸乱如今再发生，糊涂君子又信从。

君子如若很恼怒，祸乱大多会止住。君子假使听忠言，祸乱大概已消除。君子馋人定誓言，祸乱终将与日增。

君子轻信小人言，祸乱猖狂无所惧。谗言纵然很悦耳，祸乱猖狂无止休。小人非法不尽职，只能为王增祸端。

宫殿宗庙多雄伟，都是先王来建造。治国法度多完善，圣人将其来制定。谗人若是有他心，我能思虑揣摩之。

譬如狡兔蹦又跳，猎犬也能捕获它。柔韧袅娜好树木，君子亲手将其种。往来流言皆入耳，心中有数自可辨。

鄙陋自大骗人话，皆从小人口中出。花言巧语倒黑白，脸面又厚又无耻。不知他是什么人，住在丰草水岸边。

无勇无谋人胆怯，机缘巧合引祸端。腿上生疮脚浮肿，你的勇敢何处见？诡计乱谋心中生，同谋到底多少人？

## 导读

这是一首反映周朝统治者听信谗言给国家招致祸患的诗，表达了诗人忧国忧民的责任感和使命感。诗歌共分为六章，每章八句。诗歌第一章中诗人反复喊了三遍“昊天”意在申明自己的无辜，感情激昂。第二、三章写“乱”，交代了国家祸乱产生的原因以及奸佞小人的谗言对国家的深重影响，同时进行了深刻的反思。第四、五章写君子应当明辨小人之言行，同时突出了奸佞小人的丑恶嘴脸，刻画得入木三分。最后一章直接揭露奸佞小人的丑恶嘴脸，直抒胸臆。全诗感情激越，针砭时弊，读起来酣畅淋漓。

### 《诗经》中的植物

【梅】《召南·摽有梅》《秦风·终南》《陈风·墓门》《曹风·鸤鸠》《小雅·四月》

【栗】《鄘风·定之方中》《郑风·东门之墠》《唐风·山有枢》《秦风·车邻》《小雅·四月》

【木瓜】《卫风·木瓜》

# 【何人斯】

## 原诗

（一）彼何人斯？其心孔艰。胡逝我梁，不入我门？

○彼：他们，那。○孔：特别。艰：心肠险恶。○逝：往，通过。梁：河里建造的捕鱼大坝。

伊谁云从？维暴之云。（二）二人从行，谁为此祸？

○伊：他人。○暴：粗暴，残暴。○二人：你我夫妻。从行：随行。

胡逝我梁，不入唁我？始者不如今，云不我可！

○唁（yàn）：对不幸者的安慰。○始者：往日。○可：善良友好。

（三）彼何人斯？胡逝我陈？我闻其声，不见其身。

○陈：庭前的路。

不愧于人？不畏于天？（四）彼何人斯？其为飘风。

○飘风：窗前刮的疾风。

胡不自北？胡不自南？胡逝我梁，祇搅人心！

○祇：恰好刚好。

（五）尔之安行，亦不遑舍。尔之亟行，遑脂尔车。

○安行：缓慢前行。○不遑：不能有闲暇时间。舍：休息。○亟：急切。○脂：涂上车油使车轮润滑。

壹者之来，云何其盱！（六）尔还而入，我心易也。

○壹：同“一”。○盱（xū）：忧，病。○易：和悦，喜悦。

还而不入，否难知也。壹者之来，俾我祇也。

○否：不。○俾（bǐ）：使。祇（zhǐ）：安心，安定。

（七）伯氏吹埙，仲氏吹篪。及尔如贯，谅不我知！

○伯氏：古时兄弟排辈顺序：伯、仲、叔、季。埙（xūn）：古代陶制的一种吹奏乐器，亦称“陶埙”。○仲氏：排行老二的兄弟。篪（chí）：古代一种竹制的像笛子的乐器，有八孔。○贯：贯穿相连。○谅：实在。知：了解，知道。

出此三物，以诅尔斯！

〇三物：鸡猪狗三种祭祀物品。〇诅（zǔ）：诅咒。

为鬼为蜮，则不可得。

〇蜮（yù）：传说中一种在水里暗中害人的怪物。

有靦面目，视人罔极。

〇靦（tiǎn）：露面见人状。〇罔极：反复无常，无原则。

作此好歌，以极反侧。

〇好歌：善歌。〇极：深究，尽。反侧：反复不定。

## 译诗

那人究竟是何人？城府极深心险恶。为何通过我鱼坝，却不见他入我门。不知他听谁的话？粗鲁凶暴让人怕。

你我成亲很多年，祸端究竟由谁起？为何通过我鱼坝，不入家门来看我？往昔态度好过今，却说我人不善良！

那人究竟是何人？为何经过我房前？我只听见脚步声，其人身影无处见。不曾人前心惭愧？不曾亏心怕老天？

那人究竟是何人？有如阴风飘窗前。为何不在北边走？为何方向不向南？唯独只过我鱼坝，扰乱我心不安宁。

你的车马缓缓过，并未闲暇来我舍。你的车马急急行，哪有闲暇抹润油。哪怕你只来一次，好过叫人独哀伤。

终于归乡回家里，我的心中常欢喜。归家却不入我门，心有嫌隙难自知。哪怕你只来一次，免我苦痛安我心。

大哥在前吹陶埙，二哥随后奏长笛。你我本应心相连，一片深情你不知。祭祀台上三贡品，因你背离狠诅咒。

你像妖精又像鬼，城府极深不可测。端庄有理在人前，反复无常没准则。由此作下此善歌，穷尽言你心难测。

## 导读

这是周朝时期被抛弃妇女创作的诗歌。诗歌共八章，每章六句。塑造了一个婚后反复无常、并对妻子不闻不问的负心汉形象，诗中描述了妻子因丈夫态度的转变而心绪不宁，因企图极力挽回以至辗转反侧的种种情景。

诗歌的一二章描写了丈夫过家门而不入，无视家人的表现；三四章进一步刻画丈夫变幻莫测的心理；五六章描绘丈夫的种种行为，导致自己心绪难宁；第七章写女子已经认识到不相爱的现实，因此诅咒男子的负心行为；末尾一章女子直陈决裂之意，批判之意十分尖锐。诗中刻画了一个脆弱、痛苦、痴心一片的弃妇形象。

蜮

# 【巷伯】

## 原诗

萋兮斐兮[1]，成是贝锦。彼谮人者，亦已大甚！

○萋（qī）、斐（fěi）：花团锦簇，花纹错杂之貌。

○贝锦：织成贝壳一样的漂亮的锦缎。

○谮人：诋毁他人之人。

○大：特别。

哆兮侈兮[2]，成是南箕。彼谮人者，谁适与谋？

○哆（chǐ）：张嘴的样子。侈（chǐ）：大。

○南箕：星宿的名称，夏秋时节在夜空中显现，故称「南箕」。

○适：往。谋：谋划。

缉缉翩翩[3]，谋欲谮人。慎尔言也，谓尔不信。

○缉缉：窃窃私语之貌。翩翩：花言巧语。

○尔：你。这里指说坏话的小人。

捷捷幡幡[4]，谋欲谮言。岂不尔受，既其女迁。

○捷捷：花言巧语的样子。幡幡（fān）：反反复复之状。

○女：通「汝」。文中指你。迁：迁走。

骄人好好[5]，劳人草草。苍天苍天！视彼骄人，矜此劳人！

○骄人：得意忘形之人，这里指造谣者。好好：开心快乐的样子。

○劳人：忧伤劳苦的人，此指被造谣者。草草：劳思伤神之貌。

○矜：怜悯，怜惜。

彼谮人者[6]，谁适与谋？取彼谮人，投畀豺虎！豺虎不食，投畀有北；有北不受，投畀有昊。

○畀：送给。

○有北：寒冷萧条的北地。

○有昊：苍天。

杨园之道[7]，猗于亩丘。寺人孟子，作为此诗。凡百君子，敬而听之。

○杨园：地名。

○猗：同「倚」，依傍于。亩丘：丘名。

○寺人：古代宫中的近身侍从。

○凡：诸位。

## 译诗

花团锦簇相交织，织成锦缎耀人眼。那位奸佞造谣者，
为人狡猾心很辣。一张大口坏话出，就如箕星天上挂。
那位奸佞造谣者，是谁与他共谋划？花言巧语叽叽喳，
意欲谋划谤他人。劝你谨言慎思之，否则说你无诚信。
巧言令色信口说，想方设法造谣言。不是没人被你骗，
终究远离把你厌。造谣之人心窃喜，受谤之人满怀忧。
苍天可否睁开眼，看看小人多骄横，多多哀怜受难者。
那位奸佞造谣者，是谁与他共谋划？但愿抓住造谣者，
送给豺狼虎豹吃！如若野兽不愿吃，扔到北方不毛地，
如若北地不接受，送给浩渺的苍天。有路直通到杨园，
杨园紧邻亩丘地。我是阉人叫孟子，写下此诗表心意。
祝愿列位朋友好，望您认真听我歌。

## 导读

这是一首批判奸佞小人造谣诽谤的诗。全诗共七章，刻画了一个丑恶嘴脸的谗人形象，表达了作者对其的憎恶之情。诗的前四章，分别从华丽穿着、摇唇鼓舌的神态、窃窃私语的谋划、巧言令色的说辞等多方面刻画了一个生动传神的佞人形象，揭露了诽谤者卑鄙险恶的嘴脸。第五章将小人得志和好人失落做比对，突出体现诽谤者的无耻和对他人的伤害。第六章写人们愿意不遗余力地将诽谤者送给野兽吃，或者抛给寒冷北地与苍天，足以体现人们对其的厌恶与痛恨。最后一章郑重署名，并呼吁左右朋友皆奋起正义、愤恨之心。全诗情感激越，结构层层递进，充分表达了作者对小人得志、好人受诬的不合理现象的强烈不满。

豺

# 【谷风】

## 原诗

（一）习习谷风，维风及雨。将恐将惧，维予与女；

○习习：飒飒的连续风声。谷风：山谷的大风。○维：有，是。○将：方，正当。○维：语气词。与：帮助。

将安将乐，女转弃予！

○转：反而，却。

（二）习习谷风，维风及颓。

○颓：自上而下的旋风。

将恐将惧，寘予于怀；将安将乐，弃予如遗！

○寘：即置字，放。怀：怀抱之中。○遗：遗忘，丢弃。

（三）习习谷风，维山崔嵬。无草不死，无木不萎。

○崔嵬（cuī wéi）：山高峻的样子。

忘我大德，思我小怨。

○大德：恩德，恩惠。○小怨：过失，缺点。

## 译诗

山谷来风好迅猛，风起裹挟阵阵雨。回想当初危难时，你我二人相依偎。如今安宁和乐时，无情弃我远离去。

山谷来风好迅猛，狂风阵阵不停息。回想当初危难时，把我搂紧护怀里。如今安宁和乐时，将我丢弃如飘萍。

山谷来风好迅猛，险峻山岭自巍峨。吹得青草全枯死，刮得树木尽凋零。我的恩德全忘记，却把小错记心里！

## 导读

诗歌用风雨起兴，大概是风雨交加的时候最容易触发人们的凄苦之情。

接着今昔对比，往日清贫日子和今日安乐的日子，昔日恩爱有加与如今无情遗弃，一昔一今，前后对比，让人印象深刻，过去与现在的对照，让主人公的凄苦心情更显可怜。

末章道出自己遭弃的缘由，即世俗趋利、穷达相弃的鄙俗之风致使丈夫忘大德而思小怨。

此诗语言凄恻而又委婉，只是娓娓地叙述被遗弃前后的事实，不加谴责怒骂的词句，而责备的意思已充分表露，所谓“怨而不怒”，体现主人公是一位性格柔弱的劳动妇女。从这首诗可以看出，几千年来，妇女一直处在被压迫的屈辱境地。

### 《诗经》中的植物

【椒（或称花椒）】《唐风·椒聊》《陈风·东门之枌》

【漆】《鄘风·定之方中》《唐风·山有枢》《秦风·车邻》

【梧桐】《大雅·卷阿》

【檀】《郑风·将仲子》《魏风·伐檀》《小雅·杕杜》《小雅·鹤鸣》《大雅·大明》

# 【蓼莪】

## 原诗

（一）蓼蓼者莪，匪莪伊蒿。哀哀父母，生我劬劳。

○lù蓼蓼：高大的样子。莪：一种草，即莪蒿，俗称抱娘蒿。○匪：同"非"。伊：是。蒿：蒿子，一种野生草类。○哀哀：伤心难过的样子。○劬劳：劳累，疲乏。

（二）蓼蓼者莪，匪莪伊蔚。哀哀父母，生我劳瘁。

○蔚：牡蒿，一种草本植物，全草入药。○劳瘁：辛劳过度而致身体衰弱。

（三）瓶之罄矣，维罍之耻。鲜民之生，不如死之久矣。

○罄：尽，空。○léi罍：古代的盛水容器。○鲜民：孤贫之民。鲜，寡。

无父何怙？无母何恃？出则衔恤，入则靡至。

○hù怙：依靠，仰仗。○衔恤：含哀，心怀忧伤。○靡至：无所投奔。

（四）父兮生我，母兮鞠我。拊我畜我，长我育我，

○鞠：养育，抚养。○拊：抚爱。畜：喜爱。此处指养活。

顾我复我，出入腹我。欲报之德，昊天罔极！

○顾：顾及，顾念。复：返回，不忍离去。○腹：指怀抱。○罔极：古指父母对子女的恩德，广大无边。

（五）南山烈烈，飘风发发。民莫不穀，我独何害！

○烈烈：山风大的样子。○飘风：狂风。发发：疾速的风。○穀：善。○何：同"荷"，担。

（六）南山律律，飘风弗弗。民莫不穀，我独不卒！

○律律：犹"烈烈"。○弗弗：犹"发发"。○卒：终，指养老送终。

**译诗**

莪蒿长得高又大，却非莪蒿是青蒿。可怜我的父和母，养我艰辛又劳累。莪蒿长得高又大，却非莪蒿是牡蒿。可怜我的父和母，养我不易又辛苦。盛水瓶器剩空底，这是水坛的羞耻。孤独苦命地活着，不如早早离人世。没有父亲仰仗谁？没有母亲依傍谁？出门在外心含悲，回到家里无爹娘。父亲啊你生下我，母亲啊你喂养我。父母护我疼爱我，养我长大教育我，照顾我来挂念我，出出进进怀抱我。我要报答父母恩。恩德过天报不得！南山危耸难攀登，狂风呼啸声凄厉。人人都能养父母，独我父母离人世？南山险峻难逾越，狂风大作卷四方。人人都能养父母，独我不能养爹娘。

## 《诗经》中的植物

【松】《卫风·竹竿》《郑风·山有扶苏》《小雅·斯干》《小雅·頍弁》《大雅·皇矣》《鲁颂·閟宫》,《商颂·殷武》

【柏】《邶风·柏舟》《鄘风·柏舟》《小雅·頍弁》《大雅·皇矣》《鲁颂·闷宫》,《商颂·殷武》

【杨】《秦风·车邻》《陈风·东门之杨》《小雅·南山有臺》《小雅·菁菁者莪》《小雅·巷伯》《小雅·采菽》

导读

这是一首悼念父母的诗。第一、二、三章以莪蒿做喻，表达诗人对父母养育之恩的感激，以及子欲养而亲不待的伤心与遗憾。在诗的第四章，用“生”“鞠”“拊”“蓄”“长”“育”“顾”“复”“腹”九个字，细腻地传达了父母养育子女的艰辛和对子女无微不至的关怀。

最后一章通过对景物的描写（“南山烈烈，飘风发发”）衬托出诗人内心的凄楚。全诗六章，赋比兴交替使用，内容和情感前后呼应，抒情起伏跌宕，回旋往复，具有强烈的艺术感染力。

# 大东

原诗

(一)有饛簋飧，
○饛(méng)：装满食物貌。簋(guǐ)：古代食器，圆形，有盖。飧(sūn)：晚饭，泡饭。
有捄棘匕。
○捄(qiú)：曲而长。棘匕：用酸枣木做的勺。
周道如砥，
○周道：大路。砥：磨刀石。
其直如矢。
○矢：箭。

君子所履，
○君子：贵族。履：行走。
小人所视。
○小人：被统治的民众，老百姓。
眷言顾之，
○眷言：眷恋回顾，依依不舍貌。言，然。
潸焉出涕！
○潸(shān)：流泪状。

(二)小东大东，
○小东：离西镐京较近之国。大东：离西镐京较远之国。
杼柚其空。
○杼(zhù)柚(zhóu)：指织布机上的两个部件。柚，通"轴"。
纠纠葛屦，
○纠纠：纠缠貌。葛屦(jù)：用葛草编成的鞋。
可以履霜？
○履：鞋。

佻佻公子，
○佻佻：轻狂的样子。
行彼周行。
○周行(háng)：道路。
既往既来，
使我心疚。
○心疚：内心惴惴不安。

(三)有冽氿泉，
○有冽：寒冷的样子。氿(guǐ)泉：泉流受阻从侧旁流出的泉水，狭长状。
无浸获薪。
○获薪：砍下的薪柴。
契契寤叹，
○契契：忧郁的样子。寤叹：睡不着而叹息。
哀我惮人。
○惮(dàn)：通"瘅"，劳苦，病。惮人：疲苦成病的人。

薪是获薪，
○薪是获薪：把砍下的柴劈好。薪，伐木，劈柴。是，这。获薪，砍下的柴。
尚可载也。
哀我惮人，
亦可息也。

(四)东人之子，
○东人：东方诸侯国之人。
职劳不来；
○职：只。劳：服劳役。来：慰勉，赏赐。
西人之子，
○西人：西周王朝之人。
粲粲衣服。
○粲粲：明丽华贵的样子。

舟人之子，
○舟人：即周人，贵家子弟。
熊罴是裘；
○罴(pí)：棕熊。裘：通"求"，猎求，求取。
私人之子，
○私人：家奴。
百僚是试。
○百僚：各种家奴。试：任用，指派。

(五)或以其酒，
○或：有人，这里指西周贵族。
不以其浆。
○以：用。
鞙鞙佩璲，
○鞙(juān)鞙：形容玉圆或长的样子。佩璲(suì)：佩戴美玉。
不以其长。
○长：普通的长佩带。

维天有汉，
○汉：天河，银河。
监亦有光。
○监：同"鉴"，镜子。
跂彼织女，
○跂(qí)：既不正。织女三星成三角形，故谓不正。
终日七襄。
○终日：从早到晚。七襄：谓织女星白昼移位七次。

㊅虽则七襄，不成报章。

○报章：谓织机的梭子杼柚往复，织成花纹。报，来回，往复。

睆彼牵牛，不以服箱。

○睆（huǎn）：明亮的样子。

○服箱：负载车斗，驾车。

东有启明，西有长庚。

○启明、长庚：指金星，又名太白星。晨在东方，叫启明，夕在西方，叫长庚。

有捄天毕，载施之行。

○天毕：即毕星，八星组成的星座，状如捕兔的毕网。

○载：则。施：斜行。行（háng）：行列。

㊆维南有箕，不可以簸扬。

○箕：俗称簸箕星，由四颗星组成的星座，形如簸箕。

○簸扬：用箕扬米谷以去糠皮和秕谷。

维北有斗，不可以挹酒浆。

○斗：星座名，由七颗星组成斗形，故称“北斗”。箕、斗之星共同在南方时，箕在南而斗在北，所以称南箕、北斗。

○挹（yì）：用勺舀取。

维南有箕，载翕其舌。

○翕：吸引。翕其舌，吸着舌头。

维北有斗，西柄之揭。

○西柄之揭：南箕星座呈斗形有柄，天体运行，其柄常在西方。揭，举起。

译诗

盆里饭食满满的，酸枣木匙长又弯。国道平如磨刀石，笔直就像箭一样。贵族能在此漫步，平民只能空注视。悲愤满怀回顾后，潸然泪下湿衣衫！东方远近诸邦国，织布机上空荡荡。葛麻草鞋捆又绑，怎能禁住霜雪冻？轻薄狂妄公侯子，横冲直撞在大道。来来回回运财物，使我心伤如断肠。山泉横流冷又凉，莫要打湿那柴薪，伤感难眠发叹息，可怜我辈劳苦人，砍伐树枝当柴薪，还得用车来载运。可怜我辈穷苦人，片刻休养无暇得。东方诸国众子民，无人安慰受劳累；西周贵族骄子弟，衣物鲜艳又华贵。那些贵族的子弟，也能穿上熊罴衣；下层家奴的孩子，也有不少当官吏。有人经常能饮酒，有人米浆难喝上。有人美玉身上戴，有人长带配不上。仰望天上那银河，如同明镜闪光辉。三足鼎立织女星，一日七次移位忙。虽然一日七次忙，并没织出好华章。牵牛星光虽闪亮，不能来回拉车忙。金星在东称启明，金星在西唤长庚。天毕八星弯又长，斜挂在那银河旁。簸箕星群挂南天，不能用来扬米糠。往北夜空挂南斗，不能用来舀琼浆。南天箕星放光亮，大张口来猛吸舌。往北有那南斗星，西柄高高向东方。

导读

《大东》是一首怨刺诗，作者是周代一个东方小诸侯国的文人，通过本诗讲述了东方诸国百姓抱怨周王室不顾民众死活，强加赋税，不停地劳役人民。展示了东方诸国人民遭受沉重压榨的困苦生活，表达诗人忧愤抗争的情怀。

本诗塑造了两个对比鲜明的形象：一个是西周剥削者残酷、贪婪、骄奢的形象，一个是对西周人满怀仇恨的东人被榨取、被奴役、被压迫的形象。通过对这两个典型形象的描写和刻画，形象地表现了君子与小人的对立。

诗歌交错运用象征、隐喻、对比手法，想象和现实结合，使全诗具有一种俶诡奇幻之美。

# 【四月】

## 原诗

四月维夏，六月徂暑。先祖匪人，胡宁忍予？

○维：是。○徂暑：“暑徂”的倒文，徂，前往，去。○匪人：不是别人。○胡宁：何乃，为什么。忍予：忍心让我受苦。

秋日凄凄，百卉具腓。乱离瘼矣，爰其适归？

○凄凄：形容秋风寒凉、冷冽。○卉：草的总名。腓（féi）：草木枯萎或病。○瘼（mò）：病痛，疾苦。○爰：何。适：往，去到。

冬日烈烈，飘风发发。民莫不穀，我独何害！

○烈烈：寒冷的样子。○飘风：疾风，暴风。发发：狂风呼啸的样子。○穀：善。○何：通“荷”，承受。

山有嘉卉，侯栗侯梅。废为残贼，莫知其尤。

○嘉卉：美好的花草树木。○侯：有。一说犹“维”。○废：大。残贼：指残害暴虐的人。○莫知其尤：不知其罪过。尤，罪过，错。

相彼泉水，载清载浊。我日构祸，曷云能穀？

○相：看。○载：又，则。○日：每日，每天。构：通“遘”，遇到。○曷：何。云：语助词。

滔滔江汉，南国之纪。尽瘁以仕，宁莫我有。

○滔滔：形容大水奔流壮观貌。江汉：长江和汉水。○南国：南方各河流。纪：纲纪，约束。○尽瘁：尽心尽力以致憔悴。仕：任职。○宁：乃。有：通“友”，和善，友爱，相亲相爱。

匪鹑匪鸢，翰飞戾天。匪鳣匪鲔，潜逃于渊。

○鹑（tuán）：雕。鸢（yuān）：老鹰。○翰飞：高飞。戾：至。○鳣（zhān）：鲤鱼。鲔（wěi）：鲟鱼。

山有蕨薇，隰有杞桋。君子作歌，维以告哀！

○蕨薇：可食用的菜。○隰：低湿之地。杞：枸杞。桋：赤楝。○维：是。告哀：诉说悲哀。

## 译诗

四月已经入初夏，六月酷暑将过去。祖先不是别家人，为何忍心我受苦？秋风萧瑟冷凄凄，花草树木尽凋零。丧乱颠沛流离苦，哪里才是我归处？冬季天寒又凛冽，狂风呼啸卷四方。人们生活都安逸，独我受害离故乡！美好花树山上栽，山坡满是栗和梅。莫名遭此大伤害，罪从何来心疑虑。涓涓山泉下山坡，时而清澈时而浊。唯我日日遇祸患，何时才有安乐日？长江汉水滚滚流，统领南方诸河道。尽心竭力忠职守，叹息无人来夸赞。不是雕来不是鹰，不能展翅冲云霄。本就非鲤也非鲟，如何潜藏在深潭。蕨菜薇菜满山冈，低地长满杞和桋。我今作出此诗歌，满腔悲愤来诉说！

## 《诗经》中的植物

【柳】《齐风·东方未明》《小雅·菀柳》《小雅·小弁》

【杨柳】《小雅·采薇》

【榆】《唐风·山有枢》《陈风·东门之枌》

【榛】《邶风·简兮》《鄘风·定之方中》《曹风·鸤鸠》《大雅·旱麓》

【梓】《小雅·小弁》

## 导读

这是一首政治讽刺诗，写了一名行役之人，由夏至冬奔走在外，沿途所经历不同季节的风景，以及内心无故被贬的伤感和无法归家的哀痛，被后世视为迁谪诗的鼻祖。

全诗共八章，前三章是“哀”的内容，后三章是“哀”的缘由，第七章写悲怨后对出路的思考和选择，有诗人对脱离现实的向往和追求，也反映了现实的黑暗和残暴，第八章以草木各得其所寄兴，比人反不能正其位，最后以“告哀”二字，总括全诗，点明题旨。

# 北山

## 原诗

(一)陟彼北山，言采其杞。偕偕士子，朝夕从事。

○陟(zhì)：登，升。

○言：语助词。杞：枸杞，落叶灌木，果实入药，有滋补作用。

○偕(xié)偕：健壮的样子。士子：周王朝或诸侯国的低级官员。

○从事：办事，办理事务。

王事靡盬，忧我父母。(二)溥天之下，莫非王土。

○靡盬(gǔ)：无休止，不停息。

○溥天：广遍天下。溥，普遍。

率土之滨，莫非王臣。大夫不均，我从事独贤。

○率土之滨：四海之内。率：循，沿着。滨：涯，水边。

○不均：不平。

○独贤：独我艰苦。贤，多，繁重。

(三)四牡彭彭，王事傍傍。嘉我未老，鲜我方将。

○彭彭：形容马强壮而奔走不息。

○傍傍：急急忙忙，无穷尽。

○嘉：夸奖，赞许。

○鲜(xiǎn)：称赞。方将：正壮。

旅力方刚，经营四方。(四)或燕燕居息，或尽瘁事国。

○旅力：体力。旅，通“膂”。方刚：谓人在壮年时体力强健。

○经营：规划治理，此指操劳办事。

○燕燕：安闲自得的样子。居息：家中休息。

○尽瘁：尽心竭力，不辞劳苦。

或息偃在床，或不已于行。(五)或不知叫号，或惨惨劬劳。

○息偃：躺着休息。偃，仰卧。

○不已：不止。行(háng)：道路。

○叫号：呼号或放声大哭。

○惨惨：忧虑不安的样子。劬(qú)劳：辛勤劳苦。

或栖迟偃仰，或王事鞅掌。(六)或湛乐饮酒，或惨惨畏咎。

○栖迟：休息游乐。偃仰：安居，游乐。

○鞅掌：事务繁忙，劳烦不堪。

○湛(dān)乐：逸乐无度。

○畏咎：怕出差错获罪招祸。咎，罪责，灾殃。

或出入风议，或靡事不为。

○风议：肆意自由高谈阔论。

○靡事不为：什么劳苦的事都要干。靡，无。

译诗

我登上高高北山，前去采摘些枸杞。小小官员身体壮，从早到晚忙工作。国王差事无休止，忧心父母无人顾。广袤无垠天空下，无一不是王领地。四海环绕的陆地，人人都是王臣仆。大夫执政不公平，唯我差事苦又累。四马拉车把路赶，王事紧迫奔走忙。他们夸我年纪轻，赞我身体真健壮。浑身是劲力气大，四方奔走操劳事。有人在家享安乐，有人为国尽心力。有人吃饱卧高枕，有人行路日夜驰。有人不知世间苦，有人忧国辛勤苦。有人享福得悠闲，有人当差累断腰。有人寻欢饮美酒，有人担心祸临头。有人高谈又阔论，有人凡事亲力为。

## 《诗经》中的植物

【桐（或称油桐）】《鄘风·定之方中》《小雅·湛露》

【杞（枸杞）】《小雅·杕杜》《小雅·湛露》《小雅·北山》

【杞（杞柳）】《郑风·将仲子》《秦风·终南》《小雅·南山有臺》《小雅·四牡》《小雅·四月》

【桧（柏之类）】《卫风·竹竿》

## 导读

《北山》主要描绘了统治阶层的劳役不均，同时揭露了上层统治阶级的腐朽以及下层人民的怨愤，是一篇优秀的怨刺诗。这首诗是劳于王事的作者发出的不平之鸣，“大夫不均，我从事独贤”，这一句是全诗的中心。

前三章陈述小官员工作繁重，无法侍奉父母，领导工作分配不均，好在自身年轻力壮。四、五、六章诗人运用了大量的对比手法，十二句叙述了十二种现象，其中每两种现象就形成一个对比，一共形成了六个对比。鲜明的对比，突显题旨，让人印象深刻，在对比之后全诗就结束，作者没有做任何评论，也没有抒发自己的感慨，姚际恒在《诗经通论》中评论说：“‘或’字作十二叠，甚奇；末句无收结，尤奇。”

### 《诗经》中的植物

【勺药】《郑风·溱洧》

【木桃】《卫风·木瓜》

【木李】《卫风·木瓜》

【棘（酸枣）】《邶风·凯风》《魏风·园有桃》《唐风·鸨羽》《唐风·葛生》《陈风·墓门》《曹风·鸤鸠》《小雅·湛露》《小雅·青蝇》《小雅·大东》

# 【无将大车】

**原诗**

无将大车，祇自尘兮。无思百忧，祇自疷兮。

○无：不要。将：扶，此指推车。大车：古代乘用的牛车。
○祇：只。自尘：扬起灰尘自污。
○百忧：种种忧虑。
○疷：病痛。

无将大车，维尘冥冥。无思百忧，不出于颎。

○冥冥：昏暗的样子，此处形容尘土迷蒙。
○颎：光明。

无将大车，维尘雍兮。无思百忧，祇自重兮。

○雍：通「壅」，遮蔽，壅塞。
○重：通「肿」，此指病重，病累。

**译诗**

不要去推那牛车，只会招来满身灰。不要去想烦心事，只会让自己生病。

不要去推那牛车，都是尘土灰蒙蒙。不要去想烦心事，只会烦躁心不平。

不要去推那牛车，尘土遮空看不清。不要去想烦心事，只会病魔来缠身。

## 导读

这首诗是诗人面对残酷的现实而进行的自我排遣。诗人用重章叠句的形式，反复宣泄内心的情感，以“无将大车”起兴，将“大车”比作现实面临的状况，自身的力量渺小犹如蚍蜉撼树，徒劳无益，徒增烦恼，体现了诗人深深的无奈，这种无奈也是对沉重现实无声的控诉。全诗语体采用了自我劝解的方式，包含着主人公深深的孤独感和挫败感。现实无法可想，无力改变，只能一再地劝慰自己放下。

### 《诗经》中的植物

【郁（郁李）】《豳风·七月》

【甘棠】《召南·甘棠》

【堂（棠梨）】《秦风·终南》

【棣】《秦风·晨风》

【唐棣】《召南·何彼襛矣》《小雅·常棣》《小雅·采薇》

# 【小明】

原诗

明明上天，(一)照临下土。

○照临：从高处照耀。下土：大地。

我征徂西，

○征：行役。徂：前往。

至于艽野。

○艽（qiú）野：荒远的边地。

二月初吉，

○二月：指周正二月，即夏正的十二月。初吉：上半月的吉日。

载离寒暑。

○离：经历或体验。寒暑：一年。

心之忧矣，其毒大苦。

○毒：痛苦，磨难。大：同「太」。

念彼共人，

○共人：指共同生活之人。这里指妻子和家人。

涕零如雨。

○涕零：流泪，落泪。

岂不怀归？畏此罪罟。

○罪罟（gǔ）：法网。

昔我往矣，(二)日月方除。

○除：除旧，指辞旧迎新。

曷云其还？

○曷：何，何时。云：语气助词，无实义。其还：将要回去。

岁聿云莫。

○聿、云：均为语气助词。莫：古「暮」字，岁暮即年终。

念我独兮，我事孔庶。

○孔庶：很多。

心之忧矣，惮我不暇。

○惮：通「瘅」，劳苦。不暇：不得闲暇。

念彼共人，眷眷怀顾。

○眷眷：依依不舍的样子。

岂不怀归？畏此谴怒。

○谴怒：谴责恼怒。

昔我往矣，(三)日月方奥。

○奥（yù）：通「燠」，温暖。

曷云其还？政事愈蹙。

○蹙（cù）：急促，紧迫。

岁聿云莫，采萧获菽。

○萧：艾蒿。菽（shū）：豆类。

心之忧矣，自诒伊戚。

○诒：通「贻」，遗留。伊戚：忧伤，痛苦。

念彼共人，兴言出宿。

○兴言：犹「薄言」，都是语气助词。出宿：不能安眠。

岂不怀归？畏此反覆。

○反覆：乱加罪名，指反复无常，不测之祸。

嗟尔君子！(四)无恒安处。

○恒：常。安处：安居，安逸快乐。

靖共尔位，正直是与。

○靖共：忠于职守。

神之听之，式穀以女。

○式：赐。穀：善，此处指福气。以：与，给予。女：通“汝”。

⑤嗟尔君子！无恒安息。

○安息：安处，安逸。

靖共尔位，好是正直。

○好：喜爱，亲近。

神之听之，介尔景福。

○介：助。景福：洪福，大福。

**译诗**

广袤湛然的青天，照耀俯察这人间。我为公事往西行，到达辽远蛮荒地。二月吉日即出征，酷暑严寒一年整。

心中满是忧与愁，劳役折磨苦不堪。想到家人和妻子，泪如泉涌声气哽。谁人不想归家去？畏惧罪刑触法网。

回想当初刚远行，正逢辞旧迎新年。何日方可归家去？岁末将近无归期。形单影只独一人，公务繁多不胜数。

心中满是忧与愁，无暇自顾劳成疾。想到家人和妻子，朝思夜想心怀念。谁人不想归家去？畏惧上司遣责言。

回想当初刚远行，正值由寒转暖时。何日方可归家去？政事愈加繁与急。岁末将近无归期，采蒿收豆正忙时。

心中满是忧与愁，自讨苦吃徒悲苦。想到家人和妻子，辗转反侧夜无眠。谁人不想归家去？畏惧无辜祸当头。

我劝你们众君子，莫图安逸享福分。忠于职守本职事，贤良之士去结交。天上神灵觉察到，会将鸿运赐给你。

我劝你们众君子，莫图安逸事无为。忠于职守本职事，要与正直人为伍。天上神灵觉察到，将会赐你大福报。

## 导读

本篇是一位久役远方官吏的牢骚怨愤之作。诗人被差遣至西部远荒之地，经年未见召还。岁暮时际，归期无望，乡关之思，刻骨煎心，使之不堪其苦；沉重繁杂的公务缠身，无片刻休暇，使之不堪其劳。身既困于官事，心为形役，又痛感于仕途多风险，吉凶难卜，忧谗畏讥，心寒胆战。正是饱经灾患的悲惨遭遇在他心灵上投下了一层层的阴影，所以他才能写出如此感情真挚而激切的诗篇。诗歌不仅真实再现了动荡之秋下层人的普遍时代心理，而且独具撼动人心的艺术感染力。直至今日，我们读这些悲剧性抒情诗仍然能体验到其中的忧伤与悲愤、哀怨与不平，仍能感受到其中的魅力所在。

### 《诗经》中的植物

【杜（棠梨）】《唐风·杕杜》《唐风·有杕之杜》《小雅·杕杜》

【楚（荆）】《周南·汉广》《王风·扬之水》《唐风·绸缪》《唐风·葛生》《秦风·黄鸟》

【椅（梧桐类）】《鄘风·定之方中》《小雅·湛露》

【枢（刺榆）】《唐风·山有枢》

# 鼓钟

## 原诗

鼓钟将将[一]，淮水汤汤，忧心且伤。淑人君子，怀允不忘。

○鼓：敲，击。将将：同"锵锵"，拟声词，形容钟声响亮。

○淮水：淮河。汤汤：大水涌流状，犹荡荡。

○淑人：善人，美德之人。

○怀：思念。允：信，确实。

鼓钟喈喈[二]，淮水湝湝，忧心且悲。淑人君子，其德不回。

○喈(jiē)喈：象声词，形容钟声和谐。

○湝(jiē)湝：水流貌。

○回：邪恶。

鼓钟伐鼛[三]，淮有三洲，忧心且妯。淑人君子，其德不犹。

○伐：敲击。鼛(gāo)：一种大鼓。

○妯(chōu)：因悲伤而动容，心绪不宁。

○犹：一说已；一说缺点，毛病。

鼓钟钦钦[四]，鼓瑟鼓琴，笙磬同音。以雅以南，以籥不僭。

○钦钦：拟声词。

○笙磬(qìng)：笙和磬。磬，乐器，以玉或美石制成，形状如曲尺。同音：音调相和。

○以：为，作，指表演。雅：雅乐，周王畿之乐曰雅，古称为正乐。南：指南方的乐调。

○籥(yuè)：古管乐器，似排箫。僭(jiàn)：乱，超越本分。

## 译诗

敲起乐钟声锵锵，淮水奔流浩荡荡，我心忧愁又悲伤。想起善良的君子，叫人怀念永难忘。

敲起乐钟音和谐，滔滔淮水流不停，我心忧愁又悲切。想起善良的君子，德行端正且无邪。

敲起乐钟擂起鼓，淮河三洲起歌舞，我心悲哀且伤痛。想起善良的君子，美德传扬颂千古。

敲起乐钟声清脆，又鼓瑟来又弹琴，笙磬奏鸣皆和谐。配以雅乐和南乐，籥管合奏音更准。

**导读**

这是一首描写因聆听音乐而伤今怀古、追慕昔贤的诗。

前三章写耳闻钟鼓锵锵，面对滔滔流泻的淮水，不禁悲从中来，忧思萦怀，于是想到了“淑人君子”，对他的美德懿行心向往之。

后一章描写钟鼓齐鸣、琴瑟和谐、笙磬同音、雅南合拍的美妙乐境。此诗描写音乐富有想象力和创造性，场面感较强，很有感染力。

诗人含蓄地表现了身处国运衰微末世的听乐人心绪由慨叹而悲伤的变化。诗中器乐合奏的喧闹及声势浩荡的淮水水流与人物内心的忧伤情感形成了鲜明的对照，达到了“以乐景写哀，一倍增其哀乐”的效果。

## 《诗经》中的植物

【栲】《唐风·山有枢》《小雅·南山有臺》

【杻（檍树）】《唐风·山有枢》《小雅·南山有臺》

【栩（橡树）】《唐风·鸨羽》《陈风·东门之枌》《小雅·四杜》

【条（楸树）】《秦风·终南》

【驳（赤李）】《秦风·晨风》

# 【楚茨】

## 原诗

[一]楚楚者茨，言抽其棘。自昔何为？我蓺黍稷。

○楚楚：草木茂盛而繁密的样子。茨：蒺藜。○言：发语词。抽：清除。棘：荆棘。指蒺藜。○自昔：从古至今。○蓺：种植。

我黍与与，我稷翼翼。我仓既盈，我庾维亿。

○与与：茂盛的样子。○翼翼：排列整齐的样子。○庾(yǔ)：露天的谷堆。亿：比喻数目很大。

以为酒食，以享以祀。以妥以侑，以介景福。

○享：祭祀，供奉。○妥：安坐。侑(yòu)：指劝人喝酒。○介：祈求。景福：福祉。

[二]济济跄跄，絜尔牛羊，以往烝尝。或剥或亨，

○济济：端庄恭敬的样子。跄跄(qiāng)：步伐从容有节奏的样子。○絜(jié)：同「洁」，清洗干净。○烝：冬祭。尝：秋祭。○剥：宰杀。亨：通「烹」，蒸煮。

或肆或将。祝祭于祊，祀事孔明。先祖是皇，

○祝：太祝，掌管祭祀之人。祊(bēng)：古代宗庙门内祭祀的地方。○孔明：周密隆重。○皇：往。

神保是飨。孝孙有庆，报以介福，万寿无疆！

○神保：对先祖神灵的美称。飨(xiǎng)：享受祭祀。

[三]执爨踖踖，为俎孔硕。或燔或炙，君妇莫莫。

○执：执掌。爨(cuàn)：烧火做饭。踖踖(jí)：恭敬迅速。○俎：古代祭祀时放祭品的器物。硕：大。

为豆孔庶，为宾为客。献酬交错，礼仪卒度，

○豆：古代食器，形状像高脚盘。庶：种类繁多。○献酬：主宾之间互相敬酒。

笑语卒获。神保是格，报以介福，万寿攸酢！

○卒：完全合乎。获：恰到好处。○格：至，来。○攸：乃。酢(zuò)：报。

[四]我孔熯矣，式礼莫愆。工祝致告，徂赉孝孙。

○熯(nǎn)：恭敬。○工祝：在祭祀时专司祝告的人。○徂：往。赉(lài)：赐予，给予。

苾芬孝祀，神嗜饮食。卜尔百福，如几如式。

○苾（bì）芬：犹芬芳。孝祀：祭祀，享祭。○卜：赐予。○如：合。几：通"期"，如期。式：法度。

既齐既稷，既匡既敕。永锡尔极，时万时亿。

○锡：赐。极：至，指最大的福气。时：是。

礼仪既备，钟鼓既戒。孝孙徂位，工祝致告，

○备：完备。○徂位：走向原位。

神具醉止。皇尸载起，鼓钟送尸，神保聿归。

○具：通"俱"，皆，都。止：语气助词。○皇尸：对君尸的敬称。古代祭祀时代表死者受祭的人称"尸"。载：则，就。○聿（yù）：乃，于是。

诸宰君妇，废彻不迟。诸父兄弟，备言燕私。

○宰：厨师。○废彻：撤除祭品。不迟：不慢。○备：都，完全。言：语气助词。燕：同"宴"。燕私：祭祀后的同族亲属私宴。

乐具入奏，以绥后禄。尔肴既将，莫怨具庆。

○具：通"俱"。入奏：进入后殿演奏。○绥：安享。后禄：共享祭后所余的酒肉。○将：美好。○莫怨：无怨。

既醉既饱，小大稽首。神嗜饮食，使君寿考。

○稽首：跪拜礼，叩头至地，是最恭敬的一种礼节。○寿考：年高，长寿。

孔惠孔时，维其尽之。子子孙孙，勿替引之。

○惠：顺利。时：善，好。○其：主人。尽之：尽其礼仪，指主人完全遵守祭祀礼节。○替：废。引：延长。之：祭祀礼节。

## 译诗

蒺藜长得茂盛繁密，平整田地清除荆棘。从古至今为何如此？因为要种黍子高粱。我的黍子长得茂盛，我的高粱排得整齐。我的谷仓堆满粮食，我的谷堆囤粮亿计。粮食做成美酒美食，祭祀祖先享用贡品。祖先安坐献上美酒，请求祖先赐予福祉。我们步伐端庄恭敬，把牛和羊清洗干净，为秋冬二祭作准备。

有人宰杀有人蒸煮，有人陈列有人捧献。祭司在宗庙内祭祀，仪式礼节周密隆重。先祖之灵下降光顾，
降神之巫享受祭品。主祭之人得到赐福，祖先酬报福气深厚，神灵保佑万寿无疆！掌灶厨师恭敬迅速，
祭祀器具硕大无比。有人烧肉有人炙烤，君主妻子端庄有礼。食器佳肴琳琅满目，招待宾客高朋满座。
主人宾客觥筹交错，方言矩行彬彬有礼，谈笑自若合乎时宜。先祖神灵大驾光临，祖先酬报福气深厚，
神灵保佑寿与天齐！我们态度恭敬有礼，礼节周到百无一失。太祝传告祖宗致词，赐予我们福寿绵绵。
奉上美味芬芳祭品，神明吃得津津有味，赐予你们更多福祉。祭祀及时又遵法度，办事恭敬行为谨慎，
场面正大庄严隆重。赐予你们福寿永存，成万成亿福寿绵绵。祭祀仪式已经完成，钟鼓之乐准备鸣奏。
我们回到原先位置，祝官致词宣告神意，神灵都喝得醉醺醺。神尸起身离开神位，敲响钟鼓送走神尸，
降神之巫翩翩归去。诸位厨师君主夫人，迅速撤除肴馔祭品。在场诸位父老兄弟，一起参加家族宴饮。
乐队移入后殿齐奏，大伙安享祭后酒肴。这些佳肴味道美好，众人无怨共同庆祝。人们吃得酒足饭饱，
老老少少叩首致谢。神明吃得津津有味，保佑主人长寿不老。祭祀举办顺利圆满，仰赖主人遵守礼仪。
希望后世子子孙孙，不废祭礼永远继承。

导读

这是一首记载周王祭祀祖先的乐歌。全诗共六章：第一章为祭祀之前的准备。人们清除田地里杂草蒺藜，种下黍米，喜获丰收后酿造美酒，做成美食，为祭祀做准备。第二章是对祭祀活动的描写，人们为祭礼忙碌，动作迅速仪态端庄，将祭品恭敬地奉献给神灵，祈求降福给后人。第三章描写祭祀活动的奢华盛大。祭司活动井然有序，硕大的器具里堆放着献给祖先神灵的美食佳肴。祖先神灵到来，为后人降福。第四章为祭祀活动的发展，写祝官代神灵致词，祭祀举行合规及时，祭品丰富芬芳，神灵赐下更多福祉。第五章是祭祀活动完成后送尸归神。祝官宣告神明已有醉意，在钟鼓声中送走了神尸和神灵，人们撤去祭品，共叙天伦之乐。第六章写祭后私宴之欢，人们安享祭后菜肴，酒足饭饱后，向周王叩头祝福。

全诗按时间顺序记载了祭祀的全过程，结构严密，风格典雅，展现了我国上古时期先民们宏伟浩大的祭神场面。

# 信南山

## 原诗

信彼南山，(一)

〇信：通"伸"，舒展开。

维禹甸之。

〇维：表示判断，相当于"乃""是""为"。禹：指大禹。甸(diàn)：治理。

畇畇原隰，(二)

〇畇畇(yún)：形容田地平均整齐。原隰(xí)：平原和低下的地方。

曾孙田之。

〇曾孙：周王的自称。田：开垦，耕作。

我疆我理，

〇疆：田界。理：作动词，分理田地。

南东其亩。

〇南东：作动词，指将田地开垦成南北方向或东西方向。

上天同云，

〇同云：降雪，阴云密布。

雨雪雰雰。

〇雨雪：这里雨作动词，下雪。雰雰(fēn)：雪花飘落的样子。

益之以霡霂，

〇益：又加上。霡(mài)霂(mù)：下小雨。

既优既渥。

〇优：充沛。渥：湿润。

既沾既足，

〇沾：湿润。足：通"浞"，滋润。

生我百谷。

〇百谷：各种谷类总称。

疆埸翼翼，(三)

〇翼翼：茂盛众多的样子。

黍稷彧彧。

〇彧彧(yù)：生长茂盛。

曾孙之穑，

〇穑：收割谷物。

以为酒食。

畀我尸宾，

〇畀(bì)：给予。尸：受祭对象。

寿考万年。

〇寿考：健康长寿。

中田有庐，(四)

〇中田：田地中。庐：居住的房屋。

疆埸有瓜。

是剥是菹，

〇是：指瓜果蔬菜。剥：切块。菹(zū)：腌渍咸菜，如菹脍。

献之皇祖。

〇皇祖：先祖。

曾孙寿考，

受天之祜。

〇祜(hù)：福禄。

祭以清酒，(五)

〇清酒：指古代祭祀用的清醇的酒。

从以骍牡，

〇骍牡：赤色的雄性牛马等。

享于祖考。

〇享：上供祭品。

执其鸾刀，

〇鸾刀：系有铃铛的弯刀，祭祀用。

以启其毛，

〇启：剥开。

取其血膋。

〇膋(liáo)：脂膏，这里指牛油。

是烝是享，(六)

〇烝：进献。

苾苾芬芬，

〇苾苾(bì)芬芬：散发浓香。

祀事孔明。

〇孔明：很完备，有条不紊。

先祖是皇，

〇皇：匡正，光临。

报以介福，

万寿无疆！

译诗

终南山势绵延不断，这是大禹所治地方。原野田地平展整齐，后代周王在此垦田。划分田界开凿沟渠，田地纵横四方伸展。冬日天空阴云密布，雪花飘舞纷纷扬扬。加上细雨绵绵落下，雨水既充沛又足量。大地既潮湿且滋润，使我庄稼蓬勃生长。田地边界整整齐齐，小米高粱生长茂盛。周王如今粮食丰收，粮食做成美酒美食。献给神尸及宾客，请神赐我健康长寿。田地中搭个茅草棚，田界边有瓜果菜蔬。削皮切块腌渍咸菜，献祭给伟大的先祖。子孙后代健康长寿，都要依赖上天佑护。在祭坛前满上清酒，献上赤黄色的公牛，先祖神灵享受供奉。操起锋利的弯刀，剥开祭祀公牛皮毛，取其鲜血和脂膏，献上冬祭上供祭品，祭品散发阵阵芳香。仪式隆重有条不紊，先祖神灵光临品尝。祖先酬报福气深厚，神灵保佑万寿无疆！

导读

这是一首描写周王在岁末冬祭的时候祭祀祖先的诗歌。第一章写大禹及后代子孙在南山开垦田地，耕种庄稼的景象，写肥沃土地的由来，回顾祖先业绩；第二章写冬日大地湿润雨水充沛，庄稼获得大丰收；第三章、第四章写用粮食酿酒、用瓜果蔬菜腌制咸菜来进行祭祀；第五章描写祭祀的过程。通过献上清酒牛羊等祭品，祈求先祖赐福健康长寿。第六章写祭祀仪式完成，祖先赐予祝福，保佑子孙万寿无疆。

诗歌通过描写劳动人民辛苦劳作开垦荒地，表现了对劳动人民价值的肯定，同时，通过描写因风调雨顺庄稼丰收的景象，表达了对大自然的赞美。通过描写祭祀礼仪的隆重庄严，表现了古代对祖先神灵的崇敬，祈求祖先神灵赐福的美好愿景。诗歌以白描手法写景状物，形象生动，表达了诗人真挚的情感。

## 《诗经》中的植物

【檖（山梨）】《秦风·晨风》

【樗（臭椿）】《豳风·七月》《小雅·我行其野》

【栲（苦楸）】《小雅·南山有臺》

【谷（楮树）】《小雅·鹤鸣》《小雅·黄鸟》

【楛（赤荆）】《大雅·旱麓》

# 【甫田】

原诗

（一）倬彼甫田，
○倬（zhuō）：广阔，大。甫田：大田。
岁取十千。
○岁：每年。十千：一万。极言其多。
我取其陈，
○陈：陈粮。
食我农人。
○食（sì）：养。

自古有年。
○有年：丰年。
今适南亩，
○适：往，去。南亩：向阳的农田。
或耘或耔，
○耘：除草。耔（zǐ）：培土护根苗。
黍稷薿薿。
○黍稷：黍和稷，泛指五谷。薿薿（nǐ）：茂盛的样子。

攸介攸止，
○攸：乃，就。介：成长。止：至。
烝我髦士。
○烝（zhēng）：进献。髦（máo）士：英俊之士。
（二）以我齐明，
○齐（zī）明：祭祀所盛谷物。齐，通“粢”。明，成。
与我牺羊，
○牺羊：古代祭祀用的纯色羊。

以社以方。
○社：祭土地神。方：祭四方之神。
我田既臧，
○臧：好。指丰收。
农夫之庆。
琴瑟击鼓，

以御田祖，
○御（yà）：迎接。田祖：神农。
以祈甘雨，
○甘雨：适时好雨。
以介我稷黍，
○介：助。
以穀我士女。
○穀：养。士女：青年男女，泛指百姓。

曾孙来止，
○曾孙：周王对他的祖先和其他的神都自称曾孙。来：莅临。
以其妇子，
馌彼南亩。
○馌（yè）：给在田间耕作的人送饭。
田畯至喜，
○畯：周代农官。

攘其左右，
○攘：让。左右：指田畯向左右人让食。
尝其旨否。
○旨：味美。
禾易长亩，
○易：茂盛的样子。长亩：满亩。
终善且有。
○终：既。有：多。

曾孙不怒，
农夫克敏。
○克：能。敏：敏捷，迅疾。
曾孙之稼，
如茨如梁。
○茨：屋盖。形容圆形之谷堆。梁：桥梁。此处形容长形谷堆。

曾孙之庾，
○庾（yǔ）：露天粮仓。
如坻如京。
○坻（chí）：高丘。京：高冈。
乃求千斯仓，
乃求万斯箱。
○箱：车厢。

黍稷稻粱，
农夫之庆。
报以介福，
○介福：大福。
万寿无疆！

译诗

那片田地宽广无边，每年丰收盈千累万。我只拿出仓中库存，就能补给饥饿农人。自古难得的好年景，今天去南亩走一趟。农人锄草培土忙，小米高粱如此茂盛。等庄稼长大成熟后，田官将它进献给我。为我备好祭祀谷物，为我备好祭祀的羊，以祭土地和四方神。我田里庄稼已丰收，是农夫的福气幸运。弹琴鸣瑟敲起大鼓，迎接农神表述愿望，祈求上天普降甘霖，助我庄稼茁壮成长，养育家人得安康。周王巡视田地间，农夫叫他妻与子，亲自送饭到田亩旁。田官见了喜出望外，招呼身边农夫来聚，一起品尝美味饭菜。禾苗茂盛覆盖田亩，庄稼既饱满又茂盛。周王高兴没发怒，农夫干活劲更强。周王庄稼堆的高高，堆到了屋顶和房梁。周王谷仓堆满粮食，就像那小丘和山冈。还需筑仓千座，还需造车万辆。黍稷稻粱收下装好，农夫庆贺喜气洋洋。祖先酬报福气深厚，神灵保佑万寿无疆！

## 导读

本诗是一首写西周鼎盛时期人民丰年祭祀活动的诗歌，诸侯、大夫们努力耕种，管理农事，祭祀山川谷神。反映了上古时期，汉族先民对于农业的重视，以及对掌管农事的神灵的无限崇拜。全诗共四章，包含了各类人物百态。第一章写出了连年喜获丰收，田官管理农田，周王巡视农田，农民勤于劳作的生气勃勃的场景，为下文奠定基调。第二章写祭祀仪式，祈祷风调雨顺以养育百谷、供养百姓。第三章写周天子在祭祀活动之后督查农务，与百姓同乐。第四章描绘了欣欣向荣的丰收景象及对周王的赞颂和美好祝愿。

### 《诗经》中的植物

【棫（棈树）】《大雅・旱麓》《大雅・皇矣》《大雅・绵》《大雅・棫朴》

【柽（河柳）】《大雅・皇矣》

【椐（灵寿木）】《大雅・皇矣》

【檿（山桑）】《大雅・皇矣》

【柘（黄桑）】《大雅・皇矣》

# 【大田】

原诗

（一）大田多稼，

○大田：即“甫田”，面积很大的田地。多稼：多种庄稼，一说庄稼繁多。

既种既戒，

○既：已经。种：选种子。戒：通“械”，修理农具。

既备乃事。

○乃事：这些事。

以我覃耜，

○覃（yǎn）耜（sì）：锐利的犁头。覃，“剡”的假借，锐利。耜，犁头。

俶载南亩。

○俶（chù）载：始事，开始从事某种工作。南亩：农田。

播厥百谷，

○厥：其。

既庭且硕，

○庭：通“挺”，挺直。硕：大，茁壮。

曾孙是若。

○曾孙：周王对他的祖先和其他的神都自称曾孙。若：顺。

（二）既方既皁，

○方：通“房”，指谷粒已生嫩壳，还没有合满。皁：指谷壳已经结成，但还未坚实。

既坚既好，

○坚：籽粒坚实饱满。好：完全成熟。

不稂不莠。

○稂（láng）：穗粒空瘪的禾。莠（yǒu）：像谷子的草，亦称“狗尾草”。

去其螟螣，

○螟（míng）：吃禾心的害虫，危害农作物。螣（tè）：吃禾叶的害虫。

及其蟊贼，

○蟊（máo）：吃禾根的害虫。贼：吃禾节的害虫。

无害我田稚。

○稚：幼禾。

田祖有神，

○田祖：农神。有神：有灵。

秉畀炎火。

○秉：拿。畀（bì）：给予。炎火：烈火。

（三）有渰萋萋，

○有渰（yǎn）：阴云兴起的样子。

兴雨祁祁。

○兴雨：降雨。祁祁：盛多的样子。

雨我公田，

○公田：古代井田制，田分“井”字形九区，中区由若干农夫共同耕种，收获物全部缴给统治者，称为“公田”。

遂及我私。

○私：私田，“井”字形中区以外的田为“私田”。

彼有不获稚，

○获：收割。稚：稚嫩的禾苗。

此有不敛穧；

○敛：收。穧（jì）：割下来没有捆的禾把。

彼有遗秉，

○遗秉：指成把的遗穗。秉，把。

此有滞穗，

○滞：遗留。

伊寡妇之利。

○伊：是。利：好处。

（四）曾孙来止，

以其妇子。

馌彼南亩，

○馌（yè）：给在田间耕作的人送饭。

田畯至喜。

○田畯（jùn）：周代农官。

来方禋祀，

○禋祀：泛指祭祀。

以其骍黑，

○骍黑：赤色牛和黑色羊、猪。

与其黍稷。

以享以祀，

○享：献上祭品。

以介景福。

○介：企求。景福：洪福，大福。

译诗

阔大农田种满庄稼，选好种子修理农具，事前准备好这些事。拿起我那锋利的犁，在那田亩上干农活。播种下黍稷等谷物，庄稼既挺拔又茁壮，周王见此顺心舒畅。庄稼又结实又抽穗，籽粒又坚实又饱满，没有空穗没有杂草。去除灭螟螣等害虫，蟊虫贼虫也逃不了，不许伤害我的禾苗。农神保佑消灭害虫，将害虫投进烈火烧。天空乌云重重密布，细雨绵绵飘飘落下。小雨落到公田之中，同时洒入我的私田。低小的嫩禾未曾割，这里有禾束没收齐，那里有禾苗被遗落，这里有散穗被留下，是照顾寡妇任她捡。周王来到这里巡查，农夫叫来妻和子，亲自送饭到田亩旁，田官见了喜出望外。周王到来正好祭祀，祭坛摆上黄牛黑猪，祭坛摆上小米高粱。祭祀祖先享用贡品，请求祖先赐予福祉。

## 导读

本诗是一首农事诗，整篇运用白描手法，展示了农业生产的良好风貌。与《小雅·甫田》前后呼应。

全诗共四章，按照时间顺序叙述了农业生产的过程：第一章写在春耕时节农民的精心筹备；第二章写农民在劳作过程中的农事活动，前两章起铺垫作用；第三章描述大自然施风布雨，庄稼丰收；第四章写周王的祭祀活动以及亲临农田指导。总体而言通过选种、播种、除草、驱虫等一系列繁忙的场景，表现了先民特有的敦厚情感以及田地主人对于大自然回馈的感恩。

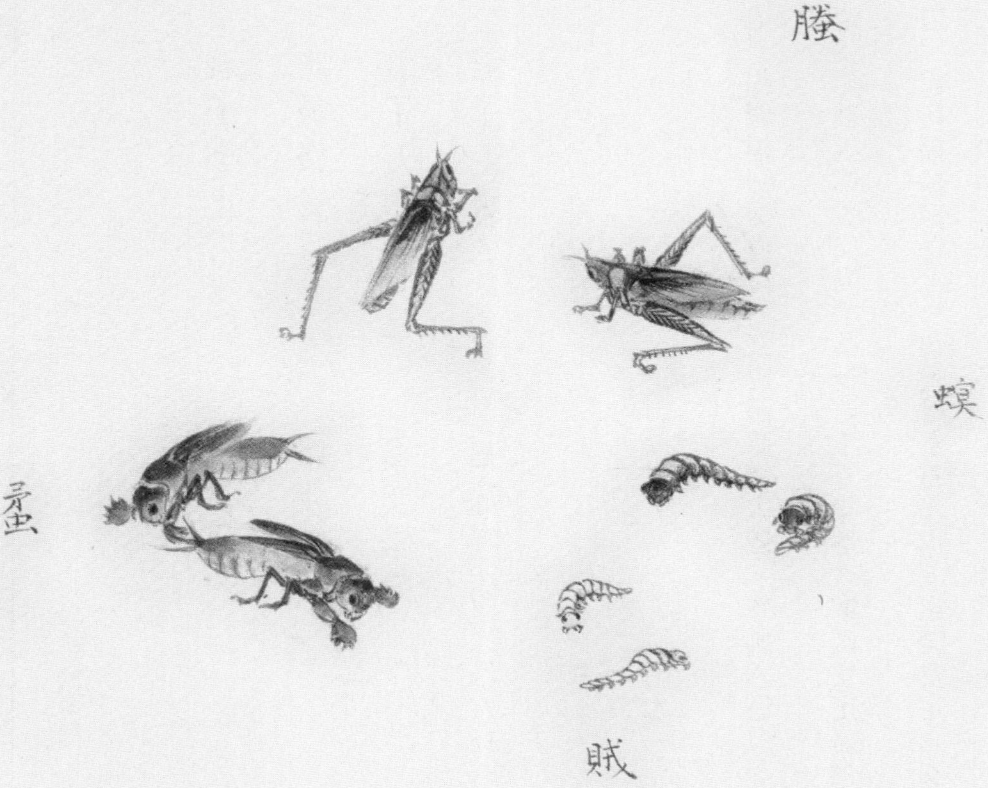

# 【瞻彼洛矣】

## 原诗

瞻彼洛矣，（一）维水泱泱。

○瞻：向远处或高处看。洛：水名，源于陕西省洛南县，向东流经河南汇入黄河。

○维：其。泱泱：水势盛大的样子。

君子至止，福禄如茨。

○君子：周王。

○茨：多层茅草屋盖，比喻多。

韎韐有奭，以作六师。

○韎韐（mèi gé）：用茜草染成赤黄色的皮子，用作蔽膝护膝。奭（shì）：赤色。

○作：起，兴。六师：周天子所统领的六军。

瞻彼洛矣，（二）维水泱泱。

君子至止，鞞琫有珌。

○鞞（bǐng）：刀鞘。琫（běng）：刀鞘上的饰物。珌（bì）：玉石花纹美丽的样子。

君子万年，保其家室。

○家室：犹「家邦」，本指家与国，泛指国家。

瞻彼洛矣，（三）维水泱泱。

君子至止，福禄既同。

○同：齐聚。

君子万年，保其家邦。

## 译诗

远望那遥远洛河，波涛汹涌水势壮。君主来到洛水边，积聚福禄深厚广。红皮蔽膝耀人眼，统帅六军气昂扬。

远望那遥远洛河，波涛汹涌水势壮。君主来到洛水边，刀鞘玉饰美又亮。恭祝君王万年寿，家国安定盛世旺。

远望那遥远洛河，波涛汹涌水势壮。君主来到洛水边，吉祥福禄聚身上。恭祝君主万年福，家国安定永安康。

## 导读

这是一首赞美周天子检阅军队的小诗。全诗一共三个小章节，每章有六句。每一个章节都以“瞻彼洛矣，维水泱泱。君子至止”起笔，既交代了周天子与其他诸侯会合的地点，同时浩浩荡荡的洛水又比喻着周天子的睿智英明。三个章节的后三句分别交代了周天子在洛水与诸侯会合时的服饰和带有装饰的佩剑，并且在最后一句点明了保卫家国、兴旺周室的目的。全诗以赋体贯穿，又蕴含比意。从大处落笔，却难能收束有力，其可谓意味深远。

### 《诗经》中的植物

【栜（赤楝）】《小雅·四月》

【朴（枹树）】《大雅·棫朴》

【枌（白榆树）】《陈风·东门之枌》

【舜（木槿）】《郑风·有女同车》

【扶苏】《郑风·山有扶苏》

【蒲（蒲柳）】《王风·扬之水》

# 【裳裳者华】

**原诗**

（一）裳裳者华，其叶湑兮。我觏之子，我心写兮。我心写兮，是以有誉处兮。

（二）裳裳者华，芸其黄矣。我觏之子，维其有章矣。维其有章矣，是以有庆矣。

（三）裳裳者华，或黄或白。我觏之子，乘其四骆。乘其四骆，六辔沃若。

（四）左之左之，君子宜之。右之右之，君子有之。维其有之，是以似之。

○裳裳："堂堂"之假借，鲜艳明丽之貌。华：花朵。

○湑（xǔ）：繁茂的样子。

○觏（gòu）：遇见。

○写：同"泻"，倾诉、抒发。文中写倾泻忧愁之后的喜悦之状。

○誉处：君臣处于美好声誉之中。

○芸其：即"芸芸"，花色彩浓艳的样子。

○章：文章，文中指君子有教养。

○庆：喜庆。

○骆：古代脖颈上长有黑鬃，并有黑尾的白马。

○六辔：古代牵马的六条缰绳。沃若：光滑柔润的样子。

○左：左辅弼，指君主的臂手。之：语助词。宜：安定。

○有：取。

○似："嗣"之假借义，继承。

**译诗**

花朵何其华丽，绿叶繁茂盎然。我遇诸位贤君，心中愉悦舒畅。心中愉悦舒畅，从此美誉共享。花朵何其华丽，

黄花锦簇鲜亮。我遇诸位贤君，君子德才兼备。君子德才兼备，从此万事欢愉。花朵何其华丽，黄白交加齐放。

我遇诸位贤君，驾马气宇轩昂。驾马气宇轩昂，六条缰绳闪光。左相辅佐在左，君子得心应手。右相辅佐在右，

君子游刃有余。正因有才有德，所以祖业福长。

## 导读

这是一首周天子颂扬诸侯美好品德的诗。全诗共四章，每章六句。以兴起笔，亦有比存。诗歌的前三章皆以“裳裳者华”起兴，描写了花朵枝繁叶茂、鲜艳明丽之状，同时也以此来烘托众诸侯辅佐周天子，展现出美好欢愉之景。“之子”在文章中指有美好品德的诸侯，前三章的后半部分写“我”遇诸侯的喜悦，分别写了“我”遇到诸侯的服饰、车马之景及内心喜悦的原因。最后一章写正是有“之子”的辅佐才得以有安定盛世，赞美了诸侯的美好品德和辅佐朝政的才华。全诗先赞诸侯之外在美最后突出其内在美，逻辑清晰，层次分明。

### 《诗经》中的植物

【荼（以下3首也有人认为指茶树）】《邶风·谷风》《豳风·七月》《大雅·绵》

【奥（野葡萄）】《豳风·七月》

【苌楚（猕猴桃）】《桧风·隰有苌楚》

【葛藟】《周南·樛木》《王风·葛藟》《大雅·旱麓》

【苕（凌霄）】《小雅·苕之华》

【蔹（属葡萄科）】《唐风·葛生》

# 桑扈

**原诗**

交交桑扈，有莺其羽。君子乐胥，受天之祜。

○交交：鸟鸣叫的声音。桑扈：鸟名，又名青雀、窃脂。○有莺：有文采的样子。○君子：指群臣。胥：语助词。○祜（hù）：福。

交交桑扈，有莺其领。君子乐胥，万邦之屏。

○领：颈。○万邦：指周的诸侯封国。

之屏之翰，百辟为宪。不戢不难，受福不那。

○之：是。翰：支柱。○百辟：诸侯。○不：语助词，无实义。戢：收敛、克制。难（nàn）：谨慎。○那（nuó）：多。

兕觥其觩，旨酒思柔。彼交匪敖，万福来求。

○兕（sì）觥（gōng）：古代犀牛角酒杯。觩（qiú）：弯曲的样子。○旨酒：美酒。思：语助词。○彼：代词，指贤者。交：侥幸。敖：通“傲”，傲慢。○万福：多福。求：通“逑”，聚集。

**译诗**

青雀叫得婉转动听，彩色羽翼颜色分明。君臣列位齐聚欢颜，皇天保佑福泽深厚。青雀叫得婉转动听，彩色的羽颈真美丽。君臣列位齐聚欢颜，保卫家国以此为屏。既为屏障又是栋梁，诸侯奉为言行榜样。恪守礼节谨言慎行，福泽天降恩惠无边。犀牛角杯把弯曲，清香美酒味醇厚，贤者相交从未倨傲，洪福齐天和谐齐聚。

## 导读

这是一首周天子宴请诸侯大赞属臣的乐歌。此乐歌共分为四章，前两章皆以“交交桑扈”起兴，对青雀婉转悠扬的歌声和鲜丽绚彩的羽毛进行了描写，为宴会营造了一种和谐欢快的氛围，青雀与宴饮者仿佛有着千丝万缕的联系，又仿佛心灵互通，极为生动。后两章节赞美“君子”的言行，奉其为法令准则和兴邦之基，最后一章表面写宴饮美酒，实写政和勿骄，方可治国理政清明，以致于家邦享万世鸿福。

# 【鸳鸯】

## 原诗

鸳鸯于飞，毕之罗之。君子万年，福禄宜之。

○鸳鸯：水鸟，凫类，雌雄相居，永不相离，故曰“匹鸟”。于飞：一起飞。 ○毕：古代田猎用的长柄小网。罗：用绳线结成的捕鸟网。 ○宜：安。

鸳鸯在梁，戢其左翼。君子万年，宜其遐福。

○梁：拦鱼的石坝。 ○戢（jí）：收敛。一说嘴插在左翼下。 ○遐福：深远的福气。

乘马在厩，摧之秣之。君子万年，福禄艾之。

○乘马：指四匹马。厩（jiù）：马圈。 ○摧：指铡碎的草。秣：喂马的谷饲料和草料。 ○艾：辅助。一说为养护。

乘马在厩，秣之摧之。君子万年，福禄绥之。

○绥：安。

## 译诗

比翼齐飞之鸳鸯，罗网捕之不相离。敬祝君子寿无疆，福禄安康永受享。比翼鸳鸯栖在梁，睡鸟嘴插左翼旁。

敬祝君子寿无疆，阖家美满福气长。四马圈牢在马厩，丰足粮草果马腹。敬祝君子寿无疆，福禄相助和永享。

四马圈牢在马厩，丰草富谷果马腹。敬祝君子寿无疆，福禄安康永安享。

## 导读

这是一首周朝时恭祝贵族新婚之喜的乐歌。全诗共分为四章，比兴起笔，亦以赋体穿插。第一二章皆是以鸳鸯起兴，第一章写比翼双飞的鸳鸯即使被网捕捉也不离不弃，第二章写鸳鸯双栖的时候相互依偎的温馨之景，一二章以鸳鸯喻新人，寄托了对新人忠贞不渝爱情的赞美以及幸福长寿的美好祝愿。三四章以四马起兴，不禁让人联想到四马迎亲之情景，营造了婚礼热闹喜庆的氛围，表达了对新人婚后幸福美满生活的美好祝愿。

# 【頍弁】

原诗

（一）

有頍者弁，实维伊何？尔酒既旨，尔肴既嘉。

○頍（kuǐ）：有棱有角的样子。弁（biàn）：皮冠。○实：是。维：为。○旨：美。

岂伊异人？兄弟匪他。茑与女萝，施于松柏。

○岂：哪里。伊：是。异人：外人。○匪：他不是外人。○茑（niǎo）：茑草，一种攀缘植物。女萝：松萝。多附生在松树上，呈丝状下垂。○施：蔓延。

未见君子，忧心弈弈。既见君子，庶几说怿。

○弈弈：心神不安的样子。○庶几：差不多。说怿：喜悦喜爱。说，同“悦”。

（二）

有頍者弁，实维何期？尔酒既旨，尔肴既时。

○何期：即“何其”。期：语气词。○时：善，好。

岂伊异人？兄弟具来。茑与女萝，施于松上。

○具：通“俱”，都。

未见君子，忧心怲怲。既见君子，庶几有臧。

○怲怲（bìng）：非常担忧的样子。○有臧：有好处。臧：美，善。

（三）

有頍者弁，实维在首。尔酒既旨，尔肴既阜。

○阜：盛，多。

岂伊异人？兄弟甥舅。如彼雨雪，先集维霰。

○甥舅：外甥和舅舅。○雨雪：下雪。○集：聚集，密集。

死丧无日，无几相见。乐酒今夕，君子维宴。

○无日：不知哪一天。○无几：无多。○维：只。宴：喜乐，欢乐。

**译诗**

尖尖礼帽真好看，头戴皮帽为何意？您的美酒醇香厚，
您的饭菜味美扬。来的哪里是外人？乃是兄弟坐满堂。
悠悠茑草和女萝，攀爬松柏求生长。未见君子款款来，
忧伤情绪实难当。盼得君子今相见，满心欢喜无忧伤。
尖尖礼帽真漂亮，头戴皮帽为何意？您的美酒醇香厚，
您的饭菜味美扬。来的哪里是外人？乃是至亲聚一堂。
悠悠茑草与女萝，攀爬松柏求生长。未见君子款款来，
忧心忡忡面哀伤，盼得君子今相见，愁心消散人敞亮。
尖尖礼帽真靓丽，端端正正戴头上。您的美酒醇香厚，
您的饭菜丰盛香。来的哪里是外人？兄舅长幼聚一堂。
且如飞雪漫天扬，冰晶四散雪漫漫。死期难判无定时，
再逢无时夜漫长。今夜必定酣畅饮，唯与君酌心欢畅。

## 《诗经》中的动物

【鲤】《陈风·衡门》《小雅·鱼丽》《小雅·六月》《周颂·潜》。

【鲨】《小雅·鱼丽》。

【鳟（赤眼鳟）】《豳风·九罭》。

【鲂（鳊鱼）】《周南·汝坟》《齐风·敝笱》《陈风·衡门》《豳风·九罭》《小雅·鱼丽》《大雅·韩奕》。

导读

这是一首周朝贵族宴请宾客兄弟的诗。全诗共三章，每章十二句。诗歌每章的前六句描写了贵族顶着昂贵的礼帽参加宴会，宴席准备得丰盛美味，场景盛大热闹。同时运用设问和反问句式，交代了宴会的盛大和宾客的身份。第一章和第二章的后六句提及了茑草和女萝攀附松柏成长，暗喻了宴会的宾客兄弟对主人的攀附之意。诗歌的末尾章节提及的“雪”“霰”给人带来悲凉之感，也暗喻了周王室走向衰微的历史趋势，所谓末世之音也。诗中女萝攀附松柏、人生短如雪霰的比喻，生动形象，发人深思。

# 【车舝】

**原诗**

（一）间关车之舝兮，思娈季女逝兮。

○间关：拟声词。车行走时发出的声响。舝（xiá）：同“辖”，车轴两端插着的金属键。

○思：发语词。娈（luán）：美好。季女：少女。逝：往，指前往迎娶。

匪饥匪渴，德音来括。

○匪：非，没有。

○德音：美好的品德声誉。括：会，聚会。

虽无好友，式燕且喜。

○式：发语词。燕：同“宴”，宴饮。

（二）依彼平林，有集维鷮。

○依彼：茂盛之状。平林：平原上的林木。

○鷮（jiāo）：野鸡的一种。

辰彼硕女，令德来教。

○辰：美貌善良。硕女：健硕美女。

○令德：美好品德。

式燕且誉，好尔无射。

○誉：通“豫”，快乐。

○无射（yì）：不厌弃。

（三）虽无旨酒，式饮庶几；

○庶几：希冀，但愿。

虽无嘉肴，式食庶几。

虽无德与女，式歌且舞。

○与：相配。

（四）陟彼高冈，析其柞薪。

○陟（zhì）：上，升。

○析：劈开。柞（zhà）薪：柞木薪柴。《诗经》多以析薪、束薪代婚嫁。

析其柞薪，其叶湑兮。

○湑（xǔ）：枝叶繁茂之状。

鲜我觏尔，我心写兮。

○鲜：好，善。觏（gòu）：遇见。

○写（xiè）：倾泻。

高山仰止，景行行止。

○仰：仰望。

○景行：大道。

四牡騑騑，六辔如琴。

○牡：公马。騑騑（fēi）：骏马奔腾的样子。

○辔（pèi）：马的缰绳。

觏尔新昏，以慰我心。

○昏：同“婚”。

译诗

车轮转动吱吱响，美丽女子今出阁。不再似饥又似渴，聚来人美德高者。纵无好友来相贺，宴饮热闹且欢乐。茂密丛林平地长，时见野鸡栖枝上。美丽新娘身材好，良好教育品德高。婚宴热闹且欢乐，同心永结勿相弃。纵使我酒不算美，愿您酣畅淋漓饮。纵使菜品不算佳，愿您饱餐尝一尝。纵使德行不匹配，且歌且舞庆相会。崎岖山路登山顶，挥臂砍柞做薪柴。劈砍薪柴真忙碌，枝繁叶茂绿茵茵。今得终与你婚配，我心烦恼皆消除。崇高品德望却步，敬仰之情油然升。四匹公马齐奔腾，缰绳振波如琴弦。新婚燕尔喜笑颜，我心宽慰真舒畅。

## 《诗经》中的动物

【鲔（鳝鱼）】《卫风·硕人》《周颂·潜》

【鳣（一说黄鱼；又据崔豹《古今注》曰："鲤大者为鳣。"）】《卫风·硕人》《周颂·潜》

【鳏（鲲鱼）】《齐风·敝笱》

【瑍（鲢鱼）】《齐风·敝笱》《大雅·韩奕》

## 导读

这是一首写周王朝时期男子驾车迎娶新娘的乐诗。全诗共分为五章，每章六句。诗的第一章以行车起兴，浩浩荡荡的行车队伍不禁让人联想到盛大的迎亲队伍。男子追求美丽女子，是因为心上人美好又善良，即使没有很多好友来祝福也难掩新婚喜悦。第二三章描绘了迎亲场面和新婚宴席的热闹场面，对女子的品德进行了热烈的赞美。第四五章写了登山伐柞、四马驾车的细节，突出了男子新婚的喜悦。全诗朗朗上口，读后令人意犹未尽。

鷮

# 【青蝇】

原诗

营营青蝇，止于樊。岂弟君子，无信谗言。

○营营：拟声词，拟苍蝇飞来飞去的声音。○止：停止。樊：篱笆。○岂（kǎi）弟（tì）：平易近人。○无信：不要相信。

营营青蝇，止于棘。谗人罔极，交乱四国。

○棘：酸枣树。

营营青蝇，止于榛。谗人罔极，构我二人。

译诗

苍蝇嗡嗡地飞舞，飞到栅栏上停住。随和温婉的绅士，一定不把谗言听。

苍蝇嗡嗡地飞舞，飞到酸枣树上停。谗人讲话无德行，扰乱四方不和平。

苍蝇嗡嗡地飞舞，飞到榛树枝上停。谗人讲话无德行，离间我们的感情。

## 导读

这首诗以“青蝇”为代表，揭露了谗人害人的丑事，表现出作者极大的愤慨。三章都是以“营营青蝇”为开头，其可恶之处，挥之不去，恶之不绝，“青蝇”之恨，与对恶人之恨，在情感上是相通的，所以“青蝇”才能作为一种情绪的载体。全诗的比喻准确生动，“无信谗言”的劝诫告诫力度大，发人深思。

### 《诗经》中的动物

【鲿（黄颊鱼）】《小雅·鱼丽》《周颂·潜》

【鳢（黑鱼）】《小雅·鱼丽》

【鰋（鲶鱼）】《小雅·鱼丽》《周颂·潜》

【鲦（白条鱼）】《周颂·潜》

【鹤】《小雅·鹤鸣》《小雅·白华》

# 宾之初筵

## 原诗

〔一〕宾之初筵，

○初筵：宾客入宴之始。筵，坐具，竹席子。

左右秩秩。

○秩秩：有秩序的样子。

笾豆有楚，

○笾（biān）豆：古代两种器具。笾用竹制，豆用木制。有楚：即“楚楚”，排列整齐的样子。

殽核维旅。

○殽：同“肴”，指豆中所装的鱼肉等。核：干果。旅：摆放，陈列。

酒既和旨，

○和旨：醇厚而甜美。

饮酒孔偕。

○孔偕：很整齐，指同心尽兴。

钟鼓既设，举酬逸逸。

○酬：敬酒。逸逸：来往有序。

大侯既抗，

○大侯：用虎、熊、豹三种皮制成的大箭靶。抗：竖起，高挂。

弓矢斯张。射夫既同，

○射夫：射手。

献尔发功。

○发功：射箭的功夫。

发彼有的，

○有：语气词。的：指靶心。

以祈尔爵。

○祈：求。爵：雀形酒杯，此指罚饮酒。

〔二〕籥舞笙鼓，

○籥（yuè）：一种竹制管乐器。

乐既和奏。

烝衎烈祖，

○烝（zhēng）：进。衎（kàn）：娱乐。烈祖：开基创业的帝王。

以洽百礼。

○洽：配合。

百礼既至，有壬有林。

○壬：仪礼规模大。林：仪礼种类多。

锡尔纯嘏，

○锡：赐。纯嘏（gǔ）：大福。

子孙其湛。

○湛（dān）：和乐，喜悦。

其湛曰乐，各奏尔能。

○奏：进献。

宾载手仇，

○载：则。手：选取，选择。仇，匹，指对手。

室人入又。

○室人：主人。入又：（主人）又入射场和宾客射箭。

酌彼康爵，

○酌：斟酒。康爵：空酒器。

以奏尔时。

○时：指善射者。

〔三〕宾之初筵，温温其恭。

○温温：温和谦敬的样子。

其未醉止，

○止：语助词。

威仪反反。

○反反：谨慎庄重的样子。

曰既醉止，

○曰：语助词。

威仪幡幡。

○幡（fān）幡：轻浮不庄重的样子。

舍其坐迁，

○舍：离开。坐：通“座”，座位。

屡舞仙仙。

○仙仙：同“跹跹”，舞姿轻盈貌。

其未醉止，威仪抑抑。

○抑抑：谨慎严肃的样子。

曰既醉止，威仪怭怭。

○怭（bì）怭：轻佻不稳重的样子。

是曰既醉，不知其秩。

○秩：规范，常规。

（四）宾既醉止，载号载呶。

○号：高声叫喊。呶（náo）：大声喧哗。

乱我笾豆，屡舞僛僛。

○僛僛（qī）：身体歪斜倾倒的样子。

是曰既醉，不知其邮。

○邮：通「尤」，过失，过错。

侧弁之俄，屡舞傞傞。

○弁（biàn）：皮帽。俄：倾斜不端正。○傞傞（suō）：醉舞失态的样子。

既醉而出，并受其福。

○并：全，都。

醉而不出，是谓伐德。

○伐德：败坏德行。

饮酒孔嘉，维其令仪。

○令仪：美好的仪容礼节。

（五）凡此饮酒，或醉或否。

○凡：所有的。

既立之监，或佐之史。

○监：酒监，宴会上监督饮酒礼仪的官员。○史：酒史，宴会上记录饮酒言行的官员。

彼醉不臧，不醉反耻。

○臧：善，好。

式勿从谓，无俾大怠。

○式：发语词。从谓：跟着别人劝酒。○俾：使。大怠：过于轻慢失礼。

匪言勿言，匪由勿语。

○匪：非。言：讯，问。○由：法式。

由醉之言，俾出童羖。

○由：从。○童羖（gǔ）：没有角的公羊。

三爵不识，矧敢多又！

○三爵：三杯酒，君子饮酒为免失礼以三杯为度。○矧（shěn）：况且，何况。又：「侑」之假借，劝酒。

## 译诗

宾客赴宴才入席，主宾分坐有秩序。有笾有豆列整齐，鱼肉瓜果放进去。有酒醇厚又甜美，同心尽兴举杯齐。

已将钟鼓安置好，举杯相敬也舒缓。高大箭靶张挂起，张弓搭箭已就绪。射手全都来聚集，献上射技得美誉。

发箭要把靶心中，败饮罚酒尽欢喜。执籥起舞笙鼓响，乐声齐奏声悠扬。舞乐进献敬先祖，配合各种礼仪全。

多种礼仪已齐备，仪式隆重又堂皇。赐你福气多又多，子孙后代皆喜乐。和畅欢快乐无边，各献本领在靶场。

宾客各自选对手，主人入场比射箭。将那酒杯快斟满，待得射中把酒献。客人入座刚就宴，行为谦恭又和善。

他们尚未喝醉时，仪容端庄礼节全。等到他们喝醉后，举止轻浮无礼显。离开座位乱走动，手脚舞动不停歇。

他们尚未喝醉时，仪容严肃礼节全。等到他们喝醉后，举止轻佻无礼显。还说当人喝醉后，忘记礼节是常情。

宾客饮酒已大醉，喧哗不止叫又喊。竹笾木豆已四散，东倒西歪身姿乱。还说当人喝醉后，不知已把错事办。

歪戴皮帽坐席间，醉舞失态渐疯癫。如若喝醉应离席，宾主和睦各心安。贪杯醉酒不离席，败坏德行惹人厌。

宴中饮酒很愉快，只是礼节莫轻慢。所有这些饮酒者，有人喝醉有人醒。已设酒监督礼仪，又设酒史记言行。

醉酒失态自不好，不醉却说有愧情。不要跟着忙劝酒，以免令他礼不整。别人不问莫乱说，不合礼数不发声。

任由醉者说醉话，无角公羊也说出。三杯饮宴头昏昏，怎敢多喝把意逞！

## 导读

这是一首讥刺君臣饮酒纵欲、失礼败德的诗。诗共五章，按内容可分为三个部分。前两章为第一部分，写合乎礼制的酒宴喜乐融洽。第一章写燕礼，主贤宾敬，宴会秩序井然，酒宴之后宾主燕射，尽兴互娱。第二章写祭礼的隆重场面，并举行大射，大射后是燕饮，极尽欢乐。第三、四章为第二部分，写违背礼制的酒宴混乱不堪。有人因贪杯醉酒而喧哗吵闹，搅乱宴席，丑态百出，与前文形成鲜明的对比。最后一章为第三部分，劝人们不要沉湎于饮酒而丧失礼节。通过阅读本诗，我们对周代各种不同的礼制有了更深入的了解。

全诗描写，客观真实，没有过分渲染和夸张，尤其诗中对酒醉的描写十分精彩，由浅入深，各有特色，仿佛一幅醉客图在眼前徐徐展开。

### 《诗经》中的动物

【鹰】《大雅·大明》

【鹭】《周颂·振鹭》《鲁颂·有駜》

【鸡】《王风·君子于役》《郑风·女曰鸡鸣》《郑风·风雨》《齐风·鸡鸣》

【雉（野鸡）】《邶风·雄雉》《王风·兔爰》《小雅·小弁》

【鷮（野鸡的一种，形体像环颈雉。）】《小雅·车舝》

# 鱼藻

**原诗**

鱼在在藻，有颁其首。王在在镐，岂乐饮酒。

鱼在在藻，有莘其尾。王在在镐，饮酒乐岂。

鱼在在藻，依于其蒲。王在在镐，有那其居。

○颁（fén）：指脑袋很大。
○莘（shēn）：指鱼尾巴很长。
○蒲：蒲草，水生植物。
○镐（hào）：西周的国都，在今陕西西安。
○岂：通「恺」，和乐。
○有那（nuó）：即「那那」，盛大的样子。

**译诗**

鱼儿在哪在藻间，大大脑袋在摇摆。君王在哪在镐京，举行酒宴乐开怀。

鱼儿在哪在藻间，长长尾巴在摇摆。君王在哪在镐京，举行酒宴乐开怀。

鱼儿在哪在藻间，穿梭蒲草好自在。君王在哪在镐京，安居广厦福运来。

## 导读

这是一首写周王在镐京饮酒，优游自乐的诗。全诗共三章，每章都由“鱼在在藻”起兴，首句两见“在”字恰若自问自答，意趣自生。接着描写鱼儿晃着大大的脑袋，摆着长长的尾巴，在蒲藻间自由嬉戏，营造出无比快乐的氛围。其后写君王安闲地居于都城之中，举行盛大的酒宴，和乐欢快。诗歌以鱼在藻间的自由欢乐喻指君民在京都安居乐业的生活状态。

蒲

# 【采菽】

原诗

（一）采菽采菽，筐之筥之。君子来朝，何锡予之？

○菽（shū）：指大豆。
○筥（jǔ）：圆形的竹制容器。
○君子：诸侯。
○锡：即"赐"，赐予。

虽无予之，路车乘马。又何予之？玄衮及黼。

○路车：高大的车子。乘（shèng）马：指四匹马。
○玄衮（gǔn）：绣着卷龙的黑色礼服。黼（fǔ）：绣着黑白相间花纹的华丽礼服。

（二）觱沸槛泉，言采其芹。君子来朝，言观其旂。

○觱沸：指泉水喷涌。槛：通"滥"，泛滥。
○旂（qí）：绘有交龙并装饰有铜铃的旗帜。

其旂淠淠，鸾声嘒嘒。载骖载驷，君子所届。

○淠淠（pèi）：旗帜飘动的样子。
○嘒嘒（huì）：形容声音清脆。
○载：语气助词。骖（cān）：驾车的三匹马。驷（sì）：驾一辆车的四匹马。
○届：到，到达。

（三）赤芾在股，邪幅在下。彼交匪纾，天子所予。

○赤芾（fú）：红色蔽膝。指诸侯的礼服。
○邪幅：古代斜着交叉缠裹至膝盖的布。
○交：通"绞"，急。纾：缓，慢。

乐只君子，天子命之。乐只君子，福禄申之。

○乐：和悦，欢乐。只：语气助词。
○命之：策命，赐命。
○申：重复，反复。

（四）维柞之枝，其叶蓬蓬。乐只君子，殿天子之邦。

○维：语助词。柞：树名。
○蓬蓬：茂盛的样子。
○殿：镇守，安抚。

乐只君子，万福攸同。平平左右，亦是率从。

○攸：所。同：聚集。
○平平：闲雅的样子。左右：指臣子。
○率从：遵从。

（五）泛泛杨舟，绋纚维之。乐只君子，天子葵之。

○泛泛：漂浮的样子。
○绋纚（fú lí）：指绳索和带子，可作系船之用。维：系。
○葵：通"揆"，度量，揣度。

乐只君子，福禄膍之。优哉游哉，亦是戾矣。

○膍（pí）：厚赐。
○戾：安定。

**译诗**

采大豆啊摘大豆，竹筐竹筥都满盛。诸侯纷纷来朝见，周王用何来赏赠？就算没有厚封赏，高大车马送他乘。还有什么可赏赠？华冠丽服已制成。

沺沺清泉正喷涌，鲜嫩水芹采手中。诸侯纷纷来朝拜，远望旗帜绣交龙。龙旗招展随风动，车上阵阵响鸾铃。三马四马驾着车，那是诸侯到都城。

大腿盖着红蔽膝，绑腿斜把小腿缠。不骄躁也不怠慢，天子赏赐到眼前。各位诸侯真欢乐，因为天子策封赏。各位诸侯真欢乐，福禄多多笑开颜。

看那柞树的枝条，长满叶子多茂盛。各位诸侯真欢乐，镇守邦国安四方。各位诸侯真欢乐，所有福运全聚拢。治理左右众臣子，也都遵循又顺从。

杨木小舟水上漂，要用绳索系得牢。各位诸侯真欢乐，天子量才各有道。各位诸侯真欢乐，福禄厚赐不缺少。悠闲自在好生活，安定幸福乐陶陶。

## 《诗经》中的动物

【翚（雉名）】《小雅·斯干》

【翟（山鸡）】《卫风·硕人》

【雁】《邶风·匏有苦叶》《郑风·女曰鸡鸣》

【鸿（大雁）】《豳风·九罭》《小雅·鸿雁》

【鹊（喜鹊）】《召南·鹊巢》《鄘风·鹑之奔奔》《陈风·防有鹊巢》

导读

这是一首描写诸侯来朝拜周天子时，受到周天子礼待的诗。全诗共五章。第一章以采摘大豆装满“筐”“筥”起兴，诸侯要去朝见天子，猜测天子可能赏赐的礼物，也许有“路车乘马”“玄衮及黼”，因此满心喜悦和期待。第二章以泉旁必定多生水芹起兴，写诸侯来朝时必有的隆重场面，“其旂淠淠，鸾声嘒嘒”。第三章既描述了诸侯朝见天子时精致的服饰和得体的举动，也写了君王接待诸侯所进行的策命与赏赐，君臣融洽相处，礼仪周全。第四章以茂盛的柞树起兴，写天子坐拥天下离不开诸侯镇守邦国的功绩。最后一章以绳索系住木船起兴，阐明诸侯和天子之间的密切关系，天子策命诸侯，诸侯尽忠职守，天子给予丰厚赏赐，如此才能国泰民安。除了起兴手法，全诗还大量用赋，从朝拜前的期待，到朝拜时远观仪仗，再到君臣相见，以及最后对诸侯的称颂，清晰而流畅，赋体特色突出。

## 《诗经》中的动物

【鸠（鸤鸠，今名八哥）】《召南·鹊巢》《卫风·氓》

【雀（麻雀）】《召南·行露》

【黄鸟（黄雀）】《周南·葛覃》《邶风·凯风》《秦风·黄鸟》《小雅·黄鸟》《小雅·绵蛮》

【燕（燕子）】《邶风·燕燕》

# 【角弓】

原诗

骍骍角弓，翩其反矣。兄弟昏姻，无胥远矣。

○xīn 骍骍：弓调和后呈弯曲状。角弓：用兽角做装饰的弓。
○翩：通"偏"，指反过来弯曲的样子。
○昏姻：即"婚姻"，姻亲。
○胥：远，疏远。

尔之远矣，民胥然矣。尔之教矣，民胥效矣。

○教：教导，教化。

此令兄弟，绰绰有裕。不令兄弟，交相为瘉。

○令：此指友善。
○绰绰：宽裕舒缓的样子。
○不令：不善。
○yù 瘉：病，此指诟病，互相嫉恨。

民之无良，相怨一方。受爵不让，至于己斯亡。

○良：善良。
○至于：到。亡：通"忘"。

老马反为驹，不顾其后。如食宜饇，如酌孔取。

○驹：指小马。
○yù 饇：饱。
○孔：很，此指多。

毋教猱升木，如涂涂附。君子有徽猷，小人与属。

○náo 猱：一种猿猴。升木：上树，爬树。
○涂：泥。附：沾着。
○徽：美好。猷：道。
○与属：从属，依附。

雨雪瀌瀌，见现曰消。莫肯下遗，式居娄骄。

○biāo 瀌瀌：雪很大的样子。
○xiàn 现：日光。曰：语气助词。
○下遗：谦虚待下。
○式：发语词。居：通"倨"，傲慢。娄：同"屡"，屡次。

雨雪浮浮，见现曰流。如蛮如髦，我是用忧。

○浮浮：犹"瀌瀌"。
○流：指雪化为水。

**译诗**

角弓调和紧绷弦，松弦弓向反面弯。兄弟还有姻亲们，千万不要相疏远。你若疏远了兄弟，人们都会效仿做。你若言传又身教，人们互相去仿效。这样友善的兄弟，家庭和美又宽裕。兄弟彼此不交好，相互残害像仇敌。人们如果不善良，互相埋怨相争抢。接受封爵互不让，到了自身道理忘。老马反听小马唤，完全不顾生祸患。如要吃饭宜吃饱，如要饮酒要斟好。猴子爬树无需学，像泥涂墙易牢靠。君子应该有善道，人们自然来依靠。下起大雪漫天洒，阳光一出就融化。不肯谦逊来待下，别人学样要高傲。下起大雪漫天飞，阳光一出化成水。行如蛮髦太粗俗，对此我心忧难退。

## 《诗经》中的动物

【乌（乌鸦）】《邶风·北风》

【鹑（鹌鹑）】鄘风·鹑之奔奔》《魏风·伐檀》《小雅·四月》

【雎鸠（水鸟）】《周南·关雎》

【凫（野鸭）】《郑风·女曰鸡鸣》《大雅·凫鹥》

【乔（长尾野鸡）】《郑风·清人》

## 导读

这是一首劝告周王要与宗族兄弟和睦相处的诗歌。诗共八章。第一章以角弓起兴，角弓不松弦才能保证最好的状态，喻指兄弟之间不疏远才有利于宗族发展。第二章写王室疏远兄弟会给人民带来很坏的影响，导致亲人之间不亲善。第三章写兄弟相处和睦会使家族美满，反之则互相残害倾轧。第四章直接批评了现实中同宗之间不顾礼仪的错误做法。第五、六章分别从正、反两个方面劝谏王室要互相友爱，坚守善道。最后两章以日出大雪消融起兴，喻指不亲善的小人终不能长久，唯有和睦同心才能共谋国家强盛。诗中运用了老马与马驹、猿猴与泥泞等比喻，把道理蕴含在其中，新颖而生动，很有特点。

# 【菀柳】

**原诗**

（一）有菀者柳，不尚息焉。上帝甚蹈，无自暱焉。

○yuàn 菀：树木枯萎。○尚：希望。○上帝：指周王。蹈：喜怒变化无常。○暱：亲近。

俾予靖之，后予极焉！（二）有菀者柳，不尚愒焉。

○靖：治理。○极：指流放。○qì 愒：休息。

上帝甚蹈，无自瘵焉。俾予靖之，后予迈焉！

○zhài 瘵：病。○迈：远行，此指放逐。

（三）有鸟高飞，亦傅于天。彼人之心，于何其臻？

○fù 傅：靠近，迫近。○彼人：指周王。○臻：至。

曷予靖之，居以凶矜？

○曷：疑问代词，为什么。○凶矜：危险的地方。

**译诗**

茂盛的柳树枝枯黄，可别到树底去乘凉。周王的喜怒多变化，劝你莫要取祸殃。曾命我为国谋划，随后流放我到异乡。茂盛的柳树枝枯萎，可别到树底去休息。周王的喜怒多变化，劝你别去把祸闯。曾命我为国去谋划，随后流放我到边地。小鸟有高飞的双翼，也只能靠近那天际。那周王用心难揣测，谁知他想要到哪里？既然让我去谋划，为何把我置于凶险境地？

## 导读

这是被流放边地的臣子揭露周王喜怒无常、抒发满心怨愤的诗。诗共三章，前两章都以“菀柳”起兴，劝人莫到树底去休息。之后做出解释，君王就如一棵“菀柳”却不能给臣子以庇护，因其喜怒无常，刚命臣子为国出谋划策，转头就将他流放到边远之地，故而诗人劝同僚莫要亲近君王。第三章以小鸟高飞也终有天际起兴，而周王心思却无人能猜到尽头，表达对周王的诘怨，抒发诗人无辜被流放的悲愤与无奈之情，读来令人深受触动。

### 《诗经》中的动物

【鸨】《唐风·鸨羽》

【晨风（鹰隼）】《秦风·晨风》

【鸱或鸮（亦称鸱鸮，今名猫头鹰）】《大雅·瞻卬》《陈风·墓门》《豳风·鸱鸮》《鲁颂·泮水》

【枭（夜猫子）】《大雅·瞻卬》

# 都人士

原诗

彼都人士，狐裘黄黄。其容不改，出言有章。

○都人：京都的士人。○容：仪容。○有章：有文采。

行归于周，万民所望。彼都人士，台笠缁撮。

○周：忠信，忠义。○望：仰慕，仰视。○台笠：用莎草编织的斗笠。台，通"苔"，莎草。○缁撮（zī cuō）：用黑布做的束发小帽。

彼君子女，绸直如发。我不见兮，我心不说。

○君子女：贵族女子。○绸：通"稠"。○说：同"悦"，喜悦。

彼都人士，充耳琇实。彼君子女，谓之尹吉。

○充耳：古人冠冕上垂在两侧的装饰物，玉石制成，可以塞耳避听，也叫"瑱"。○琇（xiù）：美石。实：坚硬。○尹吉：当时的两个大姓。

我不见兮，我心苑结。彼都人士，垂带而厉。

○苑（yùn）结：即"郁结"，心中忧闷成结。○垂带：腰间下垂的衣带。厉：即裂，指下垂的布条。

彼君子女，卷发如虿。我不见兮，言从之迈。

○虿（chài）：蝎子的一类，行走时尾部向上翘。此形容女子卷翘的发式。○言：发语词。迈：行。

匪伊垂之，带则有余。匪伊卷之，发则有旟。

○匪：非。伊：语助词。○旟（yú）：扬起的样子。

我不见兮，云何盱矣！

○盱（xū）：同"吁"，忧伤。

**译诗**

那位京都的士子，黄黄裘衣狐皮制。仪容端肃不曾改，出口成章有文采。言行举止合忠义，天下万民皆仰视。那位京都的士子，头戴草笠丝带飘。那位贵族的女子，头发浓密黑又直。如今不能得相见，我的心里难愉悦。那位京都的士子，冠旁垂落硬琇石。那位贵族的女子，人们称她尹吉氏。如今不能得相见，我的心里忧难止。那位京都的士子，丝带下垂身边飘。那位贵族的女子，卷发高高如蝎尾。如今不能得相见，真想找他去追随。垂下衣带非有意，衣带本来就有余。也非故意把发卷，头发本就高耸起。如今不能得相见，多么忧伤难自抑！

## 《诗经》中的动物

【鹈（鹈鹕）】《曹风·候人》

【鸤鸠（布谷鸟）】《曹风·鸤鸠》

【仓庚（黄莺）】《豳风·七月》《豳风·东山》《小雅·出车》

【鵙（伯劳鸟）】《豳风·七月》

【鹳】《豳风·东山》

导读

这是一首写周人思念昔日京都盛景、感伤忧思的诗。诗共五章，前四章都以“彼都人士”开头，描写了“都人士”的衣着、容止和谈吐，展现出昔日京都人士的典雅有节。后四章除了描绘“都人士”的冠戴之美，还描绘了“君子女”雅致的发式以及高贵的身份，塑造出尊贵不凡的上层贵族的形象。全诗用赋的手法从昔日京都人士的衣饰仪态之美入手，表现了周王朝当年的繁盛，传达出诗人对时代变迁、昔盛今衰的深沉叹息。

# 【采绿】

## 原诗

终朝采绿，不盈一匊。予发曲局，薄言归沐。

○终朝：整个早晨。绿：草名，即荩草，汁可染黄。○匊（jū）：同“掬”，两手合捧。○曲局：卷曲。○薄言：语气助词。沐：洗头发。

终朝采蓝，不盈一襜。五日为期，六日不詹。

○蓝：草名，即蓼蓝，可染青色。○襜（chān）：围裙，田间采集时可以兜物。○詹（zhān）：来到。

之子于狩，言韔其弓。之子于钓，言纶之绳。

○之子：这个人，指丈夫。○言：发语词，无义。韔（chàng）：把弓装弓袋。○纶：钓丝，此指整理钓丝。

其钓维何？维鲂及鱮。维鲂及鱮，薄言观者。

○维：是。鲂（fáng）：鳊鱼。鱮（xù）：鲢鱼。

## 译诗

整个早晨采荩草，一捧也还没采到。我的头发卷又乱，赶快回家梳洗好。整个早晨采蓼蓝，一兜还没采摘满。

当初约好五天回，六天已到仍未返。丈夫他要去打猎，我就帮他收弓箭。丈夫他要去钓鱼，我把钓丝理有序。

丈夫钓到什么鱼？都是鳊鱼和鲢鱼。钓到鳊鱼和鲢鱼，我在旁边心欢喜。

## 导读

这是一首写女子思念外出丈夫的诗。全诗共四章，前两章是实写，女子因思念丈夫而整日心不在焉，无心采菉采蓝，甚至没有心情梳妆打扮，只是嗔怪丈夫逾期而不返。后两章是虚写，写女子想象丈夫打猎捕鱼时自己忙前忙后与丈夫相伴的场景。诗歌前后虚实相映，更加强烈地写出女子对丈夫的爱和思念，人物形象鲜活生动。

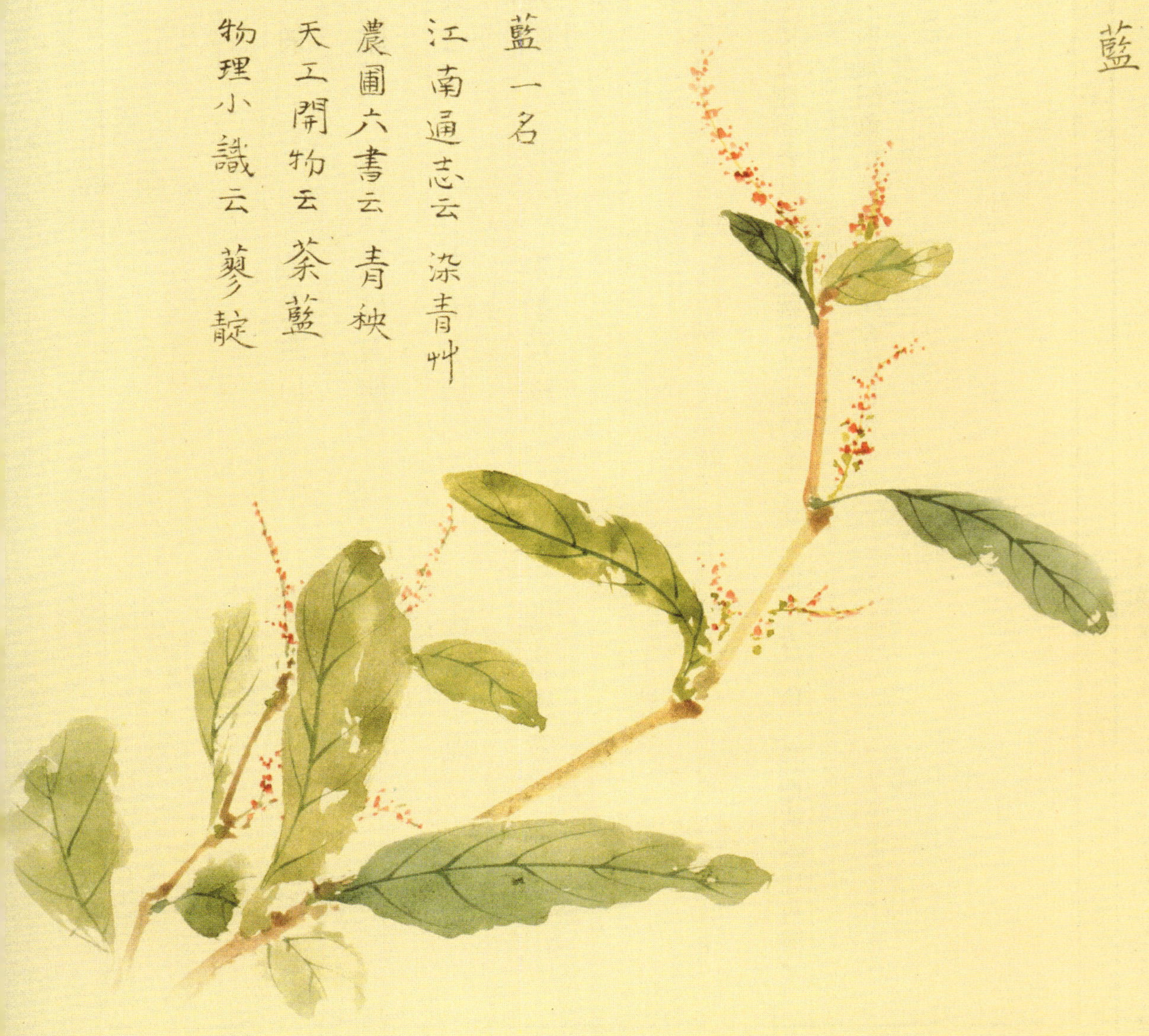

# 【黍苗】

## 原诗

芃芃黍苗，阴雨膏之。悠悠南行，召伯劳之。

○芃芃（péng）：草木丰茂的样子。○膏：滋润。○悠悠：遥远的样子。○召伯：姓姬名虎，西周大臣，封于召国，亦称召穆公。劳：慰问。

我任我辇，我车我牛。我行既集，盖云归哉！

○任：背负。辇：人拉车。○车：驾车。牛：牵牛。○集：完成。○盖：通"盍"，何不。云：语助词。

我徒我御，我师我旅。我行既集，盖云归处！

○徒：步行。御：驾车。○师、旅：五百人为旅，五旅为师，此用作动词。○归处：回去安居。

肃肃谢功，召伯营之。烈烈征师，召伯成之。

○肃肃：严正的样子。谢：地名，在今河南。功：工程。○营：经营，营建。○烈烈：威武的样子。征师：行役之师。○成：成就。

原隰既平，泉流既清。召伯有成，王心则宁。

○原隰：高平与低湿之地。○清：指疏浚。○宁：心安。

## 译诗

嫩绿黍苗真繁茂，阴雨滋润长得好。向南而行路途遥，召伯亲自来慰劳。我们挑担又拉辇，我们驾车又牵牛。

这项任务已完成，何不赶紧踏归程！我们赶车又步行，成师成旅人数众。这项任务已完成，何不回去把家定！

谢城牢固又严整，召伯亲自来经营。军队威武浩荡行，召伯亲自来率领。高原洼地都平整，泉眼河流全浚清。

召伯治理大功成，周王心喜得安宁。

## 导读

这首诗是周宣王时役夫称颂召伯营造谢邑之功的诗。全诗共五章。第一章以“芃芃黍苗，阴雨膏之”起兴，役夫南行，路途遥远，召伯亲自抚慰众人。接下来两章反复吟咏，既写了役夫们建造谢城辛苦忙碌，也写了工程结束之后役夫急切想要回程的思乡之情。最后两章歌颂了召伯营建谢城的赫赫功勋，以及此举对于周王朝的重要意义。本诗虽记录的是行役之事却并无怨怒，展现出周宣王鼎盛时期民众的精神状态。

### 《诗经》中的动物

【鵻（鹁鸪）】《小雅·四牡》

【脊令（鹡鸰）】《小雅·常棣》《小雅·小宛》

【鸣鸠（斑鸠）】《小雅·小宛》

【鸢（老鹰）】《小雅·四月》

【桑扈（青雀鸟）】《小雅·桑扈》

# 隰桑

原诗

隰桑有阿，其叶有难。既见君子，其乐如何！

○隰：低湿的地方。有阿：姿态柔美的样子。阿，通"婀"。
○有难（nuó）：茂盛的样子。
○君子：指心上人。

隰桑有阿，其叶有沃。既见君子，云何不乐！

○沃：肥厚有光泽的样子。
○云：发语词，无实义。

隰桑有阿，其叶有幽。既见君子，德音孔胶。

○幽：通"黝"，青黑色。
○德音：动听的话，此指情话。孔胶：很缠绵。

心乎爱矣，遐不谓矣？中心藏之，何日忘之？

○遐不：何不。

译诗

湿地桑树多婀娜，满树桑叶润又多。见到我的爱人归，满心欢喜难言说！湿地桑树多婀娜，满树桑叶多润泽。

见到我的爱人归，心里怎会不快乐！湿地桑树多婀娜，满树桑叶青黑色。见到我的爱人归，甜蜜话儿不停说。

心里已经爱上你，为何不说我心意？把你深深藏心底，哪有一日能忘记？

导读

这是一首女子向心上人表达情意的爱情诗。前三章开头均以“隰桑有阿”起兴，写出桑林的茂盛浓密，既是对青年男女约会场所的描述，又是对男女美好青春的展现。接着写女子想象见到心上人之后的甜蜜幸福，表现出坠入情网的女子纯真热烈的感情。最后一章写女子从想象中复归现实的苦恼和矛盾：虽然深爱着那个男子，却羞涩难言自己的真情，只能无奈地将缠绵的情话藏在心底。这是《小雅》中少见的几首爱情诗之一，读来真挚动人，很有艺术感染力。

# 白华

## 原诗

白华菅兮，白茅束兮。之子之远，俾我独兮。

○华：花。菅（jiān）：茅的一种，又名芦芒。○束：捆扎。○远：疏远，离弃。○俾：使。

英英白云，露彼菅茅。天步艰难，之子不犹。

○英英：云洁白的样子。○露：露浇。○天步：天命，时运。○不犹：不如。

滮池北流，浸彼稻田。啸歌伤怀，念彼硕人。

○滮（biāo）池：古水名，在今陕西省。○浸：灌溉。○啸歌：长啸歌吟。○硕人：美人，此指丈夫。

樵彼桑薪，卬烘于煁。维彼硕人，实劳我心。

○樵：动词，砍。桑薪：桑木柴火。○卬（áng）：代词，我。烘：烤，烧。煁（chén）：古代一种可以移动的火炉。

鼓钟于宫，声闻于外。念子懆懆，视我迈迈。

○懆（cǎo）懆：忧愁的样子。○迈迈：不愉悦的样子。

有鹙在梁，有鹤在林。维彼硕人，实劳我心。

○鹙（qiū）：一种头颈无毛的水鸟。梁：鱼梁，水中筑的捕鱼之坝。

鸳鸯在梁，戢其左翼。之子无良，二三其德。

○戢（jí）：插。○无良：不善，不好。○二三：不专一。

有扁斯石，履之卑兮。之子之远，俾我疷兮。

○履：踩踏。卑：低下。○疷（qí）：指相思病。

译诗

原上菅草开白花，用上白茅捆住它。如今夫君去远方，使我孤独解无法。空中云雾轻轻飘，沾湿菅草和白茅。处境艰难背时运，夫君尚不如云雾。滮池之水向北淌，灌溉田中的稻秧。长啸歌哭又伤怀，念及夫君心悲伤。砍下桑树做柴薪，烧在灶煁暖在身。想到我那美夫君，这真让我太伤心。敲响鸣钟在深宫，宫外也能闻钟声。我思夫君忧难除，你见我却无笑容。鹙鸟飞落鱼梁上，白鹤栖息林中央。想到我那美夫君，这真让我太伤心。鸳鸯双双在鱼梁，嘴巴插翅睡得香。我那夫君良心丧，感情不忠狠心肠。这块石头扁又扁，踩进泥土把脚垫。如今夫君离我去，忧思成疾日如年。

## 《诗经》中的动物

【鹙（秃鹙）】《小雅·白华》

【鹥（鸥鸟）】《大雅·凫鹥》

【桃虫（即鹪鹩，一种极小的鸟。）】《周颂·小毖》

【玄鸟（黑色的燕子）】《商颂·玄鸟》

【蛇】《小雅·斯干》

## 导读

这是一首写女子被丈夫疏远抛弃后痛苦难当的诗，也有认为是周幽王得褒姒后废黜申后，刺申后之作。诗歌共八章，第一章四句以菅草、白茅相结起兴，写夫妻本应相亲爱的道理，接着再写丈夫的离弃，将美好的向往与被弃的痛苦相对比，突出弃妇的哀怨之情。第二、三章以云雾荫庇菅茅、流水灌溉秧苗写女子婚后得到丈夫恩泽的过往，而如今却被抛弃，内心无比痛苦。第四章和第五章以桑薪不得其用喻指女子美德不能被丈夫欣赏，以钟声传到宫外喻指女子被弃之事必然尽人皆知，她为此而内心煎熬。第六章以鹤、鹙失所喻指妻妾易位。第七章以鸳鸯成双反喻丈夫的寡情使女子形单影只。第八章以扁石被踩喻指女子被弃后地位一落千丈的不幸命运。全篇用大量起兴手法写女子的不幸遭遇，并反复咏叹她被抛弃的痛苦挣扎，情感深重，触动人心。

鹙

# 【绵蛮】

原诗

(一)绵蛮黄鸟，止于丘阿。道之云远，我劳如何！

○绵蛮：双声词，文采貌。 ○丘阿：山坳。 ○如何：奈何。

饮之食之，教之诲之。命彼后车，谓之载之。

○后车：后边的车，指侍从所乘的副车。

(二)绵蛮黄鸟，止于丘隅。岂敢惮行，畏不能趋。

○隅：角落。 ○惮：害怕，畏惧。 ○趋：快走，疾行。

饮之食之，教之诲之。命彼后车，谓之载之。

(三)绵蛮黄鸟，止于丘侧。岂敢惮行，畏不能极。

○极：至，到。

饮之食之，教之诲之。命彼后车，谓之载之。

译诗

那只黄鸟真小巧，栖息在那小山坳。眼望征途路迢迢，谁能知我多辛劳。给他喝水给他吃，给他告诫和教导。

还让后车停下来，载他前行歇歇脚。那只黄鸟真小巧，栖在山丘的一角。哪敢害怕行路远，只怕快走也难到。

给他喝水给他吃，给他告诫和教导。还让后车停下来，让他坐上歇歇脚。那只黄鸟真小巧，栖在斜坡那山腰。

哪敢害怕行路远，担心快走也难到。给他喝水给他吃，给他告诫和教导。还让后车停下来，让他前行歇歇脚。

## 导读

这是一首役夫陈述自己行路艰难，又困于饥渴而希望得到照顾体恤的诗。诗共四章，每章前四句以相近的句子起兴，小巧的黄鸟随处栖止，自由自在，反兴役夫不得自由，只能听命奔走在服役路上的劳苦困顿。后四句内容完全相同，反复咏叹役夫希望得到体恤的渴望，希望有人提供饮食不受饥渴折磨，希望得到指导提携让人生不再迷茫，也希望有车子乘坐来缓解长途跋涉的疲惫，而所有期待都是对现实凄苦的抒写。

### 《诗经》中的动物

【蜴（蜥蜴）】《小雅·正月》

【鳖】《小雅·六月》《大雅·韩奕》

【龟】《小雅·小旻》《大雅·绵》《鲁颂·泮水》

【虺（毒蛇）】《小雅·斯干》《小雅·正月》

【籧篨（蟾蜍）】《邶风·新台》

# 瓠叶

原诗

幡幡瓠叶，采之亨之。君子有酒，酌言尝之。

○幡（fān）幡：叶子被风吹动翻卷的样子。瓠：即瓠瓜，葫芦的一种。○亨（pēng）：即"烹"，煮。○言：助词。

有兔斯首，炮之燔之。君子有酒，酌言献之。

○首：头，脑袋。○炮（páo）：用泥巴包裹带毛的动物在火上烤。燔（fán）：用火烤去毛的牲畜。○献：指主人向宾客敬酒。

有兔斯首，燔之炙之。君子有酒，酌言酢之。

○酢（zuò）：宾客用酒回敬主人。

有兔斯首，燔之炮之。君子有酒，酌言酬之。

○酬：劝酒。

译诗

嫩绿瓠叶随风翻，采来煮食味道鲜。君子家中有美酒，斟一杯来尝甘甜。

抓只白头小野兔，裹上泥巴去烤熟。君子家中有美酒，斟一杯来敬朋友。

抓只白头小野兔，架在火上烤出油。君子家中有美酒，斟一杯来谢主人。

抓只白头小野兔，裹上泥巴烤熟肉。君子家中有美酒，斟一杯来再劝酒。

## 导读

这是一首写主人与宾客饮宴场景的诗。诗共四章，第一章写宴饮序幕，用“瓠叶翻飞”言食物新鲜，第二、三、四章写主人煮瓠叶汤、烧烤兔肉来招待客人，并亲自“采之”“亨之”“炮之”“燔之”“炙之”，精心准备菜肴。主人对客人的热情不仅体现在菜肴的准备上，还反复以酒“献之”“酢之”“酬之”，与宾客举杯畅饮。全诗既体现了主人的殷勤周到，也写出了和谐欢乐的宴会氛围。

### 《诗经》中的动物

【马】《周南·卷耳》《周南·汉广》《邶风·击鼓》《鄘风·干旄》《鄘风·载驰》《鄘风·定之方中》《郑风·叔于田》《郑风·大叔于田》《卫风·硕人》《唐风·山有枢》《秦风·车邻》《秦风·驷驖》《陈风·株林》《豳风·东山》《小雅·四牡》《小雅·皇皇者华》《小雅·车攻》《小雅·吉日》《小雅·十月之交》《小雅·鸳鸯》《大雅·绵》《大雅·卷阿》《大雅·抑》《大雅·崧高》《大雅·韩奕》《周颂·有客》《鲁颂·駉》

# 渐渐之石

原诗

渐渐之石(一)，维其高矣。山川悠远，维其劳矣。

○渐渐：指山石高峻的样子。○维其：何其。○悠远：遥远。

武人东征，不皇朝矣。渐渐之石(二)，维其卒矣。

○武人：将帅士兵。○不皇：同"不遑"，没有时间。朝：早上。○卒：通"崒"，山峰高耸险峻。

山川悠远，曷其没矣。武人东征，不皇出矣。

○曷：何。没：尽头。○出：出险境。

有豕白蹢(三)，烝涉波矣。月离于毕，俾滂沱矣。

○蹢(dí)：蹄子。○烝：众。涉波：渡水。○离：通"丽"，靠近。毕(bì)：星宿名。○俾：使。滂沱：雨大的样子。

武人东征，不皇他矣。

○他：别的事。

译诗

岩石险峻山高耸，峰巅直插入云中。山高路远踏征程，一路劳苦谁能懂。将士奉命去东征，步履匆匆无早晚。

岩石险峻山高耸，直入云霄难攀登。山高路远踏征程，不知何日方有终。将士奉命去东征，一直向前不顾险。

生着白蹄的野猪，成群争把河水渡。月亮靠近了毕星，大雨滂沱落成河。将士奉命去东征，无暇他顾冒雨行。

## 导读

这是一首写将士出征时艰难困顿而慨叹辛劳的诗。诗共三章，前两章叠唱，开头两句写将士征途所见之景，高山峭壁，难以逾越；中间两句写将士慨叹路途艰辛遥远，无比盼望早达目的地。后两句交代身为“武人”，唯有奉命奔波不停的无奈。最后一章写将士们夜中行军，物象表现与星象变化都预示着大雨的降临，将士们唯有加紧赶路无暇他顾。全诗表现出将士们对征战不休的怨愤之情。

### 《诗经》中的动物

【牛】《王风·君子于役》《小雅·无羊》《小雅·楚茨》《小雅·黍苗》《大雅·生民》《大雅·行苇》《周颂·我将》《周颂·丝衣》

【羊】《召南·羔羊》《王风·君子于役》《豳风·七月》《小雅·无羊》《小雅·楚茨》《小雅·伐木》《小雅·甫田》《小雅·苕之华》《大雅·生民》《大雅·行苇》《周颂·我将》《周颂·丝衣》

# 【苕之华】

## 原诗

苕之华，芸其黄矣。心之忧矣，维其伤矣！

○苕（tiáo）：即凌霄花，木质藤本植物。华：花。○芸：黄色深浓的样子。○维其：何其。

苕之华，其叶青青。知我如此，不如无生。

○青青：茂盛的样子。○无生：不出生。

牂羊坟首，三星在罶。人可以食，鲜可以饱。

○牂（zāng）羊：母羊。坟：大。○三星：二十八星宿之一，即参星。罶：捕鱼用的竹篓。○鲜：少。

## 译诗

凌霄攀援花成片，远远望去黄灿灿。心里忧愁年景惨，饥民遍野空哀叹！

凌霄花开多茂盛，青翠叶子长满藤。早知如今这光景，当年不如不出生。

母羊头大身却瘦，水中三星映鱼篓。人为吃饭费筹谋，少有人把饭吃够。

导读

这是一首写百姓哀叹荒年苦难生活的诗。全诗共三章，前两章以凌霄花起兴，凌霄花盛叶茂，一片盎然生机，而百姓遭遇荒年饥馑，光景凄凉悲惨，甚至希望没有生在世间，这种悲叹令人心痛。第三章写母羊因饥饿而头大身瘦，水面倒映星光说明鱼篓也无鱼虾，写尽了荒年的惨淡之景。物犹如此，何况百姓，饥民的不幸如在眼前。

# 【何草不黄】

## 原诗

何草不黄，何日不行。何人不将，经营四方。

○行：出行。此指出征。○将：犹“行”，指出征。

何草不玄，何人不矜。哀我征夫，独为匪民。

○玄：赤黑色，指草衰败腐烂之色。○矜（guān）：通“鳏”，老而无妻的人。○匪：通“非”。

匪兕匪虎，率彼旷野。哀我征夫，朝夕不暇。

○兕（sì）：犀牛，野牛。○率：循，沿着。○不暇：没有空闲。

有芃者狐，率彼幽草。有栈之车，行彼周道。

○芃（péng）：兽毛蓬松的样子。○栈：高大。○周道：大道。

## 译诗

哪有秋草不枯黄，哪有一天不奔忙。哪有百姓不出征，皆为王命走四方。

哪有秋草不败腐，哪有役夫不孤独。可怜我们做征夫，不被当人多悲苦。

又非犀牛又非虎，常常旷野里出入。可怜我们做征夫，日夜奔波无闲处。

狐狸尾巴毛蓬松，穿行茂盛野草中。看那高大的役车，宽阔道中正前行。

导读

这是一首征夫哀叹行役奔波苦难生活的诗。全诗共四章，前两章皆以秋草起兴，秋草注定要枯要腐，征夫也就注定要奔波劳苦，不得安宁，这种哀叹充满无奈和悲愤。第三章写征夫不被当做人来对待，如野兽般风餐露宿，出没旷野。最后一章以狐狸穿行草丛喻指征夫旷野行军，而首领则坐着高大的战车，两相对比，把征夫之苦之怨表达得更为深刻。

# 【文王】

## 原诗

㈠文王在上，
○文王：即周文王姬昌。
於昭于天。
○wū於：语气词，相当于「啊」。昭：光明。
周虽旧邦，
其命维新。
○命：天命，指国运。

有周不显，
○有：语助词。不显：兴盛的样子。不，通「丕」，大。
帝命不时。
文王陟降，
○陟降：从上而降。
在帝左右。

㈡亹亹文王，
○wěi亹亹：勤勉不倦的样子。
令闻不已。
○令闻：美好的名声。
陈锡哉周，
○陈：同「申」，一再，重复。锡：同「赐」，赐予。哉：通「载」，初，始。
侯文王孙子。
○侯：乃，是。

文王孙子，
本支百世。
○本支：即树根和树枝，比喻同一家族的嫡系和庶出子孙。
凡周之士，
不显亦世。
○亦世：累世。

㈢世之不显，
厥犹翼翼。
○厥：他，他的。犹：通「猷」，谋划。翼翼：恭谨的样子。
思皇多士，
○思：语助词。皇：美好的。
生此王国。

王国克生，
○克：能。
维周之桢。
○维：是。桢：支柱。
济济多士，
○济济：形容众多而整齐。
文王以宁。

㈣穆穆文王，
○穆穆：仪容端庄恭敬的样子。
於缉熙敬止。
○缉熙：指光明。止：语助词。
假哉天命，
○假：大。
有商孙子。

商之孙子，
其丽不亿。
○丽：数目。不亿：超过亿，形容多。
上帝既命，
侯于周服。
○侯于周服：为「侯服于周」的倒文。侯，乃，就。服，臣服。

㈤侯服于周，
天命靡常。
○靡常：无常。
殷士肤敏，
○殷士：指殷商后人。肤：壮美。敏：敏捷。
祼将于京。
○guàn祼：灌祭，祭礼的一种。将：举行。

厥作祼将，
常服黼冔。
○服：穿戴。fǔ黼：绣着花纹的礼服。xǔ冔：殷代冠名。
王之荩臣，
○荩臣：进用之臣。
无念尔祖。

㊅无念尔祖，聿修厥德。

○聿（yù）：语助词。

永言配命，自求多福。

○言：语助词。配命：符合天命。

殷之末丧师，克配上帝。

○丧师：失去民心。师，众，众庶。

宜鉴于殷，骏命不易。

○鉴：借鉴。

○骏命：大命，指天命。骏，大。

㊆命之不易，无遏尔躬。

○遏：阻止，断绝。躬：自身。

宣昭义问，有虞殷自天。

○宣昭：宣扬，宣明。义问：美好的声望。

○虞：借鉴。

上天之载，无声无臭。

○载：事。

○臭：气味。

仪刑文王，万邦作孚。

○仪刑：效仿。

○作孚（fú）：信服，服从。

译诗

文王神灵在天上，泽被苍生显光芒。周朝虽然是旧邦，运势正盛福无疆。且看周朝大兴旺，上承天命正应当。

文王神灵升与降，时刻都在天帝旁。勤勉不倦的文王，美好名声永流芳。上天令他兴周朝，子孙后代永兴旺。

文王后世多子孙，本宗旁支万代长。周朝公侯与卿士，世代尊崇有荣光。世世代代不衰微，恭谨勤勉谋划长。

贤才德士不胜数，全都生在这周邦。能把贤士来培养，全成周朝的栋梁。众多贤才聚一堂，文王能把安宁享。

仪容恭谨周文王，容止庄严有威望。承天受命多广大，殷商子孙臣朝堂。殷商子孙多又多，成千上亿数不详。

上天之命已确定，于是称臣服周王。殷商称臣服周王，天道运势本无常。殷商士人很尽心，镐京助祭祈神降。

灌地献酒行诸礼，礼服礼帽殷商样。周王任用诸臣下，牢记祖德不能忘。牢记祖德不能忘，修身修德多发扬。

从此便合乎天命，自能求得福泽广。殷商未失民心时，能把天命来承当。应把殷商作借鉴，天命难保要思量。

保持天命不容易，不要毁在你手上。宣扬贤德好声望，常鉴殷商因天亡。上天之事有恒道，无声无息难猜想。

文王治国要效仿，取信天下保万邦。

## 导读

这是一首歌颂周朝奠基者周文王姬昌的政治诗。全诗共七章，每章八句。第一章写周文王承天命而建周，名正言顺。第二章写文王福泽后世，子孙皆享荣光。第三章写文王培养出许多人才，皆堪为栋梁。第四章写文王因德高望重而承受天命，取代殷商建周。第五章写天命无常，殷商不得天命而亡。第六章写殷商亡国，劝诫周王要以此为鉴。第七章劝诫周王要效法文王，勤勉有德，方能保国家安宁。全诗从歌颂文王功绩与德行的方面入手，并以前代之衰劝诫周王要“敬天法祖”“仪刑文王”，一番谆谆励勉，情深义正。

### 《诗经》中的动物

【虎】《邶风·简兮》《郑风·大叔于田》《小雅·小旻》《小雅·巷伯》《小雅·何草不黄》《大雅·韩奕》

【豹】《郑风·羔裘》《大雅·韩奕》

【象】《鲁颂·泮水》

【熊】《小雅·斯干》《小雅·大东》《大雅·韩奕》

# 【大明】

**原诗**

(一)明明在下，赫赫在上。天难忱斯，不易维王。

明明：圣明。赫赫：显赫的样子。忱（chén）：相信，信任。斯：语助词。维：是。

天位殷適，使不挟四方。(二)挚仲氏任，自彼殷商。

位：立。殷適：殷纣王。挟：据有。挚：古国名，在今河南。仲氏：次女。任：姓。

来嫁于周，曰嫔于京。乃及王季，维德之行。

嫔（pín）：嫁。及：与。嫁给。

(三)大任有身，生此文王。维此文王，小心翼翼。

大任：即"挚仲氏任"。大，"太"的古字。有身：怀孕。翼翼：恭谨的样子。

昭事上帝，聿怀多福。厥德不回，以受方国。

昭事：勤勉地侍奉。昭，通"劭"，勤勉。聿：语助词。怀：招来。不回：不行邪僻。回：邪僻。受：享有。方国：四方诸侯之国。

(四)天监在下，有命既集。文王初载，天作之合。

命：天命。初载：初年，指初登皇位。

在洽之阳，在渭之涘。(五)文王嘉止，大邦有子。

洽（hé）：水名，在今陕西省。阳：水的北岸。渭：渭水。涘（sì）：水边。嘉止：美好，以和为美。大邦：大国，指莘国。

大邦有子，伣天之妹。文定厥祥，亲迎于渭。

伣（qiàn）：如同，好比。妹：少女。文定：订婚。文，纳币之礼。

造舟为梁，不显其光。(六)有命自天，命此文王，

梁：浮桥。不显：盛大的样子。不，通"丕"，大。

于周于京。缵女维莘，长子维行，笃生武王。

缵（zuǎn）：美好。维：是。莘（shēn）：莘国。

保右命尔，燮伐大商。殷商之旅，其会如林。[7]

〇保右：保佑。命：命令。

〇燮（xiè）伐：协同征伐。

〇会：军旗。

矢于牧野：维予侯兴，上帝临女，无贰尔心！

〇矢：誓，指誓师。

〇维：发语词。予：我，我们。侯：乃，才。兴：兴兵。

〇临：监视。女：通"汝"，指参加宣誓的士兵。

〇贰：有二心。

牧野洋洋，檀车煌煌，驷騵彭彭。维师尚父，[8]

〇洋洋：广大无边的样子。

〇煌煌：明亮鲜艳的样子。

〇驷騵（yuán）：共驾一车的四匹马。彭彭：强壮的样子。

〇师：太师。尚父：吕望的尊称，俗称姜太公。

时维鹰扬。凉彼武王，肆伐大商，会朝清明。

〇时：是。

〇凉（liàng）：辅佐。

〇肆伐：疾伐。

〇会朝：一朝，一旦。

**译诗**

世有圣明的君王，显赫神灵在天上。天命难信真无常，最不易做是君王。上天为殷树敌手，让其不能统四方。

挚国任氏第二女，本是侯家出殷商。如今出嫁到周地，在那京都做新娘。她与王季结成双，德行周到在夫旁。

挚国任氏有身孕，生下孩子是文王。正是这个好文王，行事恭谨人敬仰。品德昭明敬上苍，招来众福运势昌。

积累德行无邪祟，这才受命把国掌。上天视察人世间，自有福运天命降。文王刚刚即君位，天赐佳偶正适当。

洽水北岸有莘氏，姻缘就在渭水旁。文王举行大婚礼，莘国有个贤淑女。莘国这位贤淑女，好像仙女多美丽。

良辰吉日定婚约，渭水河畔亲迎接。舟船相连成浮桥，礼节盛大显荣光。天命秉承自上苍，神把天命授文王，

建立周都在镐京。莘国有位好姑娘，文王美德配大姒，生下孩子是武王。保佑武王成大业，协同诸侯灭殷商。

殷商军队浩荡荡，旌旗如林随风扬。武王誓师在牧野：承天受命我起兵，上天监视你言行，一心一意战必胜！

牧野战场多宽广，檀木战车色鲜亮，四匹骏马长得壮。太师吕望坐车上，就如雄鹰正翱翔。全心辅佐周武王，

疾行大军伐殷商，一朝平定天清朗。

## 导读

这是一首歌颂周朝开国祖先、宣扬开国历史的诗，是周朝开国史诗的重要组成部分。全诗共八章。第一章从感叹苍天伟大、天命难测引出殷商国运衰微将亡、大周昌盛将兴。第二章写王季娶了挚国太任，广行仁政。第三到第五章写文王出生，承天受命，因德行出众而掌管方国，并迎娶太姒。第六至八章写武王出生，受天命而伐商，并重点写了武王牧野誓师及姜太公督战的场面，最终一举灭商。这首诗以叙事为主，语言简练而顺序井然，并未平铺直叙，而是详略得当，叙述生动。形式上以六句与八句不同句数的章节交错而作，颇具错落之美。

# 【绵】

原诗

绵绵瓜瓞。[一]

○绵绵：连续不断的样子。瓞（dié）：小瓜。

民之初生，

自土沮漆。

○土（dù）：从《齐诗》读"杜"，指杜水。沮：通"徂"，到。漆：水名，渭水支流。

古公亶父，

陶复陶穴，

○陶：通"掏"，挖掘。复：窑洞。

未有家室。

古公亶父，[二]

○古公亶父：文王祖父，迁居岐山之下，定国号曰周。后尊为太王。

来朝走马。

○来朝：第二天清晨。

率西水浒，

○率：沿着。浒（hǔ）：水边。

至于岐下。

爰及姜女，

○爰：于是，乃。及：偕同。姜女：古公亶父之妻，也称太姜。

聿来胥宇。

○聿（yù）：发语词。胥宇（xū）：察看可筑房屋的地基和方向。胥，察看。

周原膴膴，[三]

○周：地名，在岐山南侧。膴膴（wǔ）：膏腴，肥沃。

堇荼如饴。

○堇（jǐn）：植物名，堇葵。荼（tú）：苦菜。饴：饴糖。

爰始爰谋，

○始、谋：谋划，商议。

爰契我龟。

○契：用刀刻。

曰止曰时，

○曰：语助词。止：居住。时：与"止"义同。

筑室于兹。

乃慰乃止，[四]

○慰：居住。

乃左乃右。

○左、右：划定左右区域。

乃疆乃理，

○疆：划分田地的界限。理：整治土地。

乃宣乃亩。

○宣：疏通。亩：治理田垄。

自西徂东，

周爰执事。

○周：普遍，全都。

乃召司空，[五]

○司空：官名，掌管工程。

乃召司徒，

○司徒：官名，掌管国家的土地和调配劳力。

俾立室家。

○俾（bǐ）：使。立：建筑。

其绳则直，

○绳：绳尺，绳墨。

缩版以载，

○缩版：以绳束住夹板。版，筑墙用的夹板。载：竖立。

作庙翼翼。

○翼翼：庄严雄伟的样子。

捄之陾陾，[六]

○捄（jū）：盛土于筐。陾陾（réng）：装土声。

度之薨薨，

○度（duó）：投，填，将土填到夹板中。薨薨（hōng）：填土声。

筑之登登，

○筑：捣土使坚实。登登：敲击声。

削屡冯冯。

○削屡：将土墙隆起的地方刮平。冯冯（píng）：刮土墙声。

百堵皆兴，

鼛鼓弗胜。

○弗胜：胜不过。

乃立皋门，[七]

○皋门：即城门。

皋门有伉。

○伉（kàng）：高大。

乃立应门，

○应门：古代王宫的宫门。

应门将将。

○将将：高大雄伟的样子。

乃立冢土，

○冢土：天子祭神的地方。

戎丑攸行。

○戎丑：大众。戎，大。丑，众。

⑧肆不殄厥愠，

○肆：虽然。殄（tiǎn）：尽，绝灭。愠（yùn）：怨恨。

亦不陨厥问。

○陨：丧失，废止。问：聘问。

柞棫拔矣，

行道兑矣。

○兑：畅通。

混夷駾矣，

○混夷：古种族名，西戎的一种，又作昆夷。駾（tuì）：马受惊奔跑。

维其喙矣。

○喙（huì）：气短疲困的样子。

⑨虞芮质厥成，

○虞芮：周初二国名。质：评断。成：平。指虞芮两国在周王的评断下平息纠纷。

文王蹶厥生。

○蹶（guì）：动，感动。

予曰有疏附，

○曰：语助词。疏附：使疏远者亲附。

予曰有先后，

○先后：在王前后的辅佐之臣。

予曰有奔奏，

○奔奏：四方奔走，喻德宣誉之臣。

予曰有御侮。

○御侮：抵御外侮之臣。

译诗

大瓜小瓜相绵延。正如周民初发端，离土迁到漆水畔。古公亶父见识远，挖掘窑洞安家院，那时周室还未建。

古公亶父见识远，清晨骑马去探勘。沿着漆水纵马行，向西来到岐山下。夫人太姜相陪伴，同把住地去察看。

岐南平原真肥沃，堇葵苦菜似糖饴。于是众人共商议，篆刻龟甲问凶吉。卜辞说此可安居，修房盖屋建家室。

于是安心留此地，一一划分左右区。划定疆界分土地，疏通河流治田亩。从西到东都忙碌，各行其事喜洋洋。

召来司空造国都，再召司徒集役徒，命令他们建家室。将那墨绳拉笔直，竖立木板筑土墙，建起宗庙多高敞。

筐中装土噌噌响，填土入墙轰轰鸣，捣土夯实声登登，砰砰有声在刮墙。百堵高墙都建成，人声更比鼓声旺。

于是建起那城门，城门高大入青云。于是建起那宫门，宫门严正显身份。于是建起那祭坛，祈福祷祥有依循。

不能断绝恨狄人，国君声誉传得广。柞树棫树都拔尽，大道畅通利行人。昆夷闻讯忙逃奔，气喘难定真困顿。

虞国芮国已和解，文王善政自此生。有人归附我大周，有人为周勤参谋，有人为周去奔走，有人为周御外侮。

## 导读

这是一首歌颂周太王古公亶父开国建业的诗。全诗共九章，以迁址岐山之下为重点，叙述了先王的功绩。第一章以绵延不断的大瓜小瓜起兴，喻指周人生生不息、绵延不绝的历史。接下来八章叙述了古公亶父率族迁岐定居、治田建屋修宫筑庙的事迹，叙述的笔法和大量叠词的使用，使得场面生动可感，极富感染力。最后还写了周文王以德政评断虞芮两国争端，天下服膺的功绩。诗歌以时间地点的变化为线，字句间洋溢着浓郁的生活气息，表现出周人对生活的热情、对祖先的崇敬之情。

堇

# 【棫朴】

## 原诗

芃芃棫朴，薪之槱之。济济辟王，左右趣之。

○芃（péng）芃：植物茂盛的样子。棫朴：白桵和枹木，两种灌木的名称。 ○薪：动词，砍来做柴。槱（yǒu）：聚集木柴用来燃烧以祭天神。 ○济济：庄重恭敬的样子。辟（bì）王：君王。 ○趣（qū）：通“趋”，小步疾行。

济济辟王，左右奉璋。奉璋峨峨，髦士攸宜。

○奉：通“捧”。璋：即“璋瓒”，祭祀时盛酒的玉器。 ○峨峨：盛美的样子。 ○髦士：俊士，优秀之士。攸：所。宜：合适。

淠彼泾舟，烝徒楫之。周王于迈，六师及之。

○淠（pì）淠：船行的样子。泾：泾水，河流名。 ○烝徒：众人。楫：划船的桨。 ○于：语气助词。迈：指出征。 ○师：军队。及：追随，跟从。

倬彼云汉，为章于天。周王寿考，遐不作人？

○倬（zhuō）：大而明亮的样子。云汉：银河。章：文章，文采。 ○寿考：年高，长寿。遐：长远。 ○作人：培养和造就人才。

追琢其章，金玉其相。勉勉我王，纲纪四方。

○追：追琢，雕琢。 ○相：本质，质地。 ○勉勉：勤勉的样子。 ○纲纪：治理，管理。

## 译诗

棫树朴树密相连，砍来作柴为祭天。文王庄重又恭谨，左右跟随疾向前。文王庄重又恭谨，左右侍从捧璋瓒。

手捧璋瓒仪容盛，俊士英才礼适宜。泾水之上舟疾行，众人划桨迎风浪。周王顺流去远征，六军威武跟随行。

银河无边多宽广，好像玉带挂天上。愿我周王寿无疆，为国来把人培养。精心雕琢勤修养，品质如金玉一样。

勤勉不懈我周王，治理天下保四方。

**导读**

这是一首颂赞周文王郊祭后出征的诗。诗共五章，每章四句。第一章总写郊祭的场景，以茂盛的棫朴起兴，接着写伐木准备祭祀，周文王率众行祭礼。第二章写左右手捧璋瓒助祭，俊才云集，显示出周文王有德，众望所归。第三章顺理成章写六军集结，追随周文王出征。第四章以“云汉”起兴，歌颂周文王以明德感召、培养人才。最后一章以“追琢其章”喻指周文王品质优秀、勤勉不息，所以能“纲纪四方”。全诗生动地体现出歌颂文王美德的意旨。

## 《诗经》中的动物

【豺】《小雅·巷伯》

【狼】《齐风·还》《豳风·狼跋》

【貉（狗獾）】《豳风·七月》

【鹿】《豳风·东山》《小雅·鹿鸣》《小雅·吉日》《小雅·小弁》《大雅·灵台》《大雅·桑柔》《大雅·韩奕》

# 【旱麓】

原诗

瞻彼旱麓，榛楛济济。岂弟君子，干禄岂弟。

○榛（zhēn）楛（hù）：榛木与楛木。泛指丛生的杂木。济济：众多的样子。
○岂（kǎi）弟（tì）：同“恺悌”，和乐平易。君子：指文王。
○干禄：求福。

瑟彼玉瓒，黄流在中。岂弟君子，福禄攸降。

○瑟：洁净的样子。玉瓒：酒器，玉柄金勺，祭祀时用以酌香酒。
○攸：所。

鸢飞戾天，鱼跃于渊。岂弟君子，遐不作人？

○鸢：一种凶猛的鸟。戾：至，到。
○作人：任用和造就人才。

清酒既载，骍牡既备。以享以祀，以介景福。

○载：陈设。
○骍牡：赤色的雄性牛马等。
○介：求。景：大。

瑟彼柞棫，民所燎矣。岂弟君子，神所劳矣。

○燎：焚烧。此指烧柴祭天。
○劳：护佑。

莫莫葛藟，施于条枚。岂弟君子，求福不回。

○莫莫：茂密的样子。葛藟：野葡萄。
○施（yì）：蔓延。条枚：树枝和树干。

译诗

远远眺望那旱山，榛树楛树连成片。文王平易又和善，平易和善福禄满。鲜洁闪亮的玉瓒，盛满金色的美酒。

文王平易又和善，福禄降在他身边。鸢鸟振翅飞上天，鱼儿腾跃在深渊。文王平易又和善，怎能不造就人才？

清冽美酒已陈设，赤色公牛摆上案。拿来祭祀献诸神，为民求取福无边。柞树棫树多茂密，百姓砍来祭天神。

文王平易又和善，神灵护佑他平安。葡萄茂盛枝条长，枝干树梢多蔓延。文王平易又和善，求取福禄不偏邪。

## 导读

这是写周文王祭祀以求福的颂诗。诗共六章。第一章以旱山脚下“榛楛济济”起兴，喻指周朝百姓生活丰足，接下来揭示其原因在于君主“岂弟”，祭祀求福。第二章写玉瓒盛美酒的祭祀场面，第三章宕开一笔，写鸢鸟和游鱼，喻指周文王培养任用众多贤才，使人才都能各尽其用。第四、五两章又回到祭祀场面，写斟酒之后宰杀牺牲、烧柴祭天等仪式。最后一章又以野葡萄蔓延生长喻指周朝百姓必将获福，永享丰乐，表达出“福禄攸降”的美好愿望。

# 【思齐】

## 原诗

思齐大任㊀，文王之母。

○思：发语词。齐：通"斋"，端庄恭敬貌。大任：即太任，王季之妻，文王之母。

思媚周姜㊁，京室之妇。

○媚：美丽。周姜：指太姜，古公亶父之妻，王季之母，文王之祖母。

大姒嗣徽音，则百斯男。

○大姒：有莘氏之女，周文王之妻，武王之母。嗣：继承。徽音：德音，指美好的声誉。

○百斯男：指生子之多。百，虚数。斯，助词，无实义。

惠于宗公，神罔时怨，

○惠：孝顺。宗公：指祖先。

○罔：无，没有。

神罔时恫。刑于寡妻，

○恫：悲痛，难过。

○刑：通"型"，法式，典范。寡妻：正妻，嫡妻。

至于兄弟，以御于家邦。

○御：治理。

雍雍在宫㊂，肃肃在庙。

○雍雍（yōng）：和乐的样子。

○肃肃：肃敬庄严的样子。

不显亦临，无射亦保。

○无射（yì）：不惧。

肆戎疾不殄㊃，烈假不瑕。

○肆：故，所以。戎疾：祸患，灾祸。殄（tiǎn）：断绝。不：语气助词，无实义。

○烈假：害人的疫病。假：一说通"遐"，远。

不闻亦式，不谏亦入。

○入：采纳。

肆成人有德㊄，小子有造。

○有德：有德行。

○小子：少年。有造：有造就。

古之人无斁，誉髦斯士。

○斁：餍足，败坏。

○誉：有声望。髦（máo）：毛中的长毫，喻英才。

## 译诗

太任夫人多端庄，她是文王的母亲。太姜夫人多美丽，王室主妇有能力。大姒继承好声誉，子孙繁盛兴王室。

文王为政敬祖先，祖先神灵无所怨，祖先神灵无悲痛。对待正妻依礼法，对待兄弟讲礼仪，家国天下好治理。

和和睦睦在王宫，肃静庄严在庙中。明德在心察四方，不惧晦暗保万民。所有灾难都绝灭，害人恶疾都远离。

听到良言都采用，听见劝谏都用心。所以成人有品德，少年也都得造就。古人教导永继承，选拔人才和贤能。

## 导读

这是赞颂周文王品德和功绩的诗。诗共五章，前两章每章六句。第一章从称颂三位女子写起，这三位女子分别是文王祖母、文王生母、文王妻子，即“周室三母”，借女子才德来赞美文王之圣。后几章赞美文王圣明的具体表现。第二章写文王孝敬祖先，堪为妻子兄弟们的榜样。第三章到第六章每章有四句，写文王无论是在王宫还是在宗庙，都不忘修身养德，他有着卓越的治国才能，善于听言纳谏，并且勤于培养人才。这首诗将一位注重修身、齐家、治国的圣明君主的形象展现在我们面前。

### 《诗经》中的动物

【麕（獐）】《召南·野有死麕》

【狐】《邶风·旄丘》《邶风·北风》《卫风·有狐》《郑风·南山》《秦风·终南》《豳风·七月》《小雅·何草不黄》

【猫】《大雅·韩奕》

【鼠】《召南·行露》《鄘风·相鼠》《魏风·硕鼠》《豳风·七月》《小雅·斯干》《小雅·雨无正》

# 【皇矣】

## 原诗

皇矣上帝，(一)临下有赫。

○临：监视。下：人间。有赫：赫赫，显著的样子。

监观四方，求民之莫。

○莫：通「嗼」，安定。一说通「瘼」，疾苦。

维此二国，

○二国：夏和殷。

其政不获。

○不获：不得民心。

维彼四国，

○四国：四方邻国。

爰究爰度。

○爰：于是，就。究：研究。度（duó）：考虑，打算。

上帝耆之，

○耆：通「稽」，考察。

憎其式廓。

○式廓：规模，范围。

乃眷西顾，此维与宅。

○此：岐周之地。宅：居住。

作之屏之，(二)

○作：砍伐。屏：除去。

其菑其翳。

○菑（zì）：直立而死的树。翳（yì）：通「殪」，枯死倒地的树。

修之平之，

○修：修剪。平：治理。

其灌其栵。

○灌：灌木。栵（lì）：砍而复生的小树。

启之辟之，

○启：开辟。辟：排除。

其柽其椐。

○柽（chēng）：木名，即柽柳。椐（jū）：木名，即灵寿木。

攘之剔之，其檿其柘。

○檿（yǎn）：木名，又名山桑。柘（zhè）：木名，又名黄桑。

帝迁明德，

○迁：迁移。明德：明德之人，即太王。

串夷载路。

○串夷：即昆夷，也称犬戎。载：则，就。路：通「露」，失败。

天立厥配，受命既固。

帝省其山，(三)

○省（xǐng）：察看。山：指岐山。

柞棫斯拔，

○柞（zuò）棫（yù）：两种树名。

松柏斯兑。

○斯：语气助词。兑：直立。

帝作邦作对，

○作：建立。邦：国。对：相配。

自大伯王季。

○大伯：即太伯，太王的长子。王季：即季历，太王的第三子。太王死后，太伯让位，传位给季历。

维此王季，

因心则友，

○因心：依顺太伯让位之心。友：友爱。

则友其兄，

则笃其庆。

载锡之光，

○锡：通「赐」，赐予。光：荣光。

受禄无丧，奄有四方。

○奄：全，尽。

维此王季，(四)帝度其心，

貊其德音。

○貊（mò）：传布。德音：美好的声誉。

其德克明，

克明克类，克长克君。王此大邦，克顺克比。

○克：能。明：明辨是非。类：分辨善恶。○长：师长。君：国君。○wàng王：统治，称王。○顺：和顺。比：亲附。

比于文王，其德靡悔。既受帝祉，施于孙子。

○比于：及至。○yì施：延续。

（五）帝谓文王：无然畔援，无然歆羡，诞先登于岸。

○然：语气助词。畔援：跋扈，专横。

密人不恭，敢距大邦，侵阮徂共。王赫斯怒，

○密：古国名，在今甘肃。○距：通「拒」，对抗。○阮：古国名，在今甘肃。徂：到。共：古国名，在今甘肃。

爰整其旅，以按徂旅，以笃于周祜，以对于天下。

○爰：于是。旅：军队。○笃：巩固。hù祜：福。

（六）依其在京，侵自阮疆。陟我高冈，无矢我陵，

○陟：升，登。○矢：陈设，此指陈兵。

我陵我阿；无饮我泉，我泉我池。度其鲜原，

○阿：大丘陵。○度：计算，测量。鲜：通「巘」，小山。原：平原。

居岐之阳，在渭之将。万邦之方，下民之王。

○将：旁边。○方：准则，榜样。

（七）帝谓文王：予怀明德，不大声以色，不长夏以革；

○明德：明德之君，此指文王。○长：依恃。夏：即夏楚，刑具。革：甲胄。

不识不知，顺帝之则。帝谓文王：询尔仇方，

○顺：顺应。则：法则。○仇方：友邦，盟国。

同尔弟兄；以尔钩援，与尔临冲，以伐崇墉。

○弟兄：指同姓诸侯。○钩援：攻城的钩梯。○临冲：临车与冲车，古代的两种战车。○崇：古国名，在今陕西西安。墉：城墙。

（八）临冲闲闲，崇墉言言。执讯连连，攸馘安安。

○闲闲：强盛的样子。○言言：高大的样子。○执讯：捉到俘虏讯问。连连：形容多。○攸：所。guó馘：战争中割取敌人的左耳以计人数。安安：徐缓的样子。

是类是禡，是致是附，四方以无侮。临冲茀茀，崇墉仡仡。是伐是肆，是绝是忽，四方以无拂。

○类：指出征前行祭天之礼。○禡(mò)：古代行军在军队驻扎的地方举行的祭礼。○茀(fú)茀：强盛的样子。○仡(yì)仡：高耸的样子。○伐：征讨。肆：侵犯。

## 译诗

无限光明的天帝，普照天下有威名。监察世间观四方，求取安定利百姓。夏商两国政事错，不能把那民心得。

看那四方诸侯国，探究谋划费琢磨。天帝厌恶那殷商，恨它作恶实在多。于是想到向西看，西岐周室正相合。

连砍带拔除杂草，枯枝朽树全除掉。又修又剪弄整齐，清除灌木树与杈。铲除芜杂的草木，柽柳椐树棵棵站。

攘除剔去勤修剪，山桑黄桑长得好。天帝转意向明德，昆夷自然会失利。承受天命立新君，国祚至此得稳固。

天帝视察那岐山，柞树棫树已拔光，松树柏树列成行。天帝建周配明君，上起太伯到王季。恭顺明德这王季，

依顺太伯而友爱。一向友爱他兄长，厚福自然他得享，赐位文王有荣光，蒙受福禄永不丧，承受天命统四方。

恭顺明德这王季，天帝测度他心意，四方传布他美名。有德方能是非明，是非分明断善恶，能做师长与国君。

治理偌大的天下，君臣和顺民亲附。明德恭顺的文王，德行清明世无双。既已蒙受天帝福，福运延续到子孙。

天帝寄语周文王：不要专横与跋扈，不要贪婪和嫉妒，这样才能守尊位。密国人民不恭敬，竟敢对抗大国邦，

侵略阮国袭共国。文王赫然生大怒，于是整顿那军队。阻击密人到莒国，国祚稳固周厚福，文王扬名遍天下。大周强盛在镐京，讨伐密军到阮境。登上高高的山岗，在此山陵莫陈兵，我的丘陵与山岗；在此清泉莫饮马，我的泉流与池塘。规划平原和小山，迁居岐山的南面，地方在那渭水旁。堪为万邦之榜样，可为天下的君王。天帝寄语周文王：我念你有好品德，不沉湎于声与色，不崇尚那夏与革；没有自以为聪明，顺应天道懂法则。天帝寄语周文王：要和大国多协商，团结诸侯多来往；运用你那飞钩梯，还有你那冲临车，攻破崇国的城墙。临车冲车向前冲，崇国城墙要毁坏。捉住俘虏连成串，割下敌耳记人数。征前祭天后祭旗，让那敌人都归附，四方没人来欺侮。临车冲车多强盛，哪怕崇国城高耸。坚决讨伐去进攻，将那敌人斩杀净，四方无人敢违命。

栵

## 导读

这是一首歌颂周先祖太王、王季、文王等人功绩的诗，为周部族的发展、周王朝的建立作出巨大贡献的领导人创作的颂诗。全诗共八章，前四章侧重写太王古公亶父，得到天命眷顾带领部族迁居岐山、击退昆夷，经过一番苦心经营，使得周部族日益壮大，并将福祉传至子孙，王季继续带领周民发展壮大。后四章侧重歌颂周文王的德业，记录了文王征伐密国、讨平崇国的事迹，最终得到四方亲附。这首诗以历史叙述为主线，塑造了周朝三位领袖人物的光辉形象，并描绘了周民的生活场景和战争场面，内容丰富，规模宏大，条理清楚，详略得当，具有很强的感染力。

檉

桑

# 【灵台】

## 原诗

（一）经始灵台，经之营之。庶民攻之，不日成之。

经始勿亟，庶民子来。（二）王在灵囿，麀鹿攸伏。

麀鹿濯濯，白鸟翯翯。王在灵沼，於牣鱼跃。

（三）虡业维枞，贲鼓维镛。於论鼓钟，於乐辟廱。

（四）於论鼓钟，於乐辟廱。鼍鼓逢逢，矇瞍奏公。

○经始：开始修建。灵台：古台名，故址在今陕西西安。○攻：建造。○不日：不几天，很快。

○亟：急，紧急。○子来：像子女侍奉父母一样不召自来。○麀（yōu）鹿：母鹿。

○濯（zhuó）濯：肥壮的样子。○翯（hè）翯：洁白的样子。○牣（rèn）：满。

○虡（jù）业：古时悬挂钟磬的木架子。崇牙，即虡上端所刻的锯齿，用以悬钟。枞（cōng）：○贲（fén）鼓：大鼓。镛（yōng）：大钟。○论：通"伦"，有条理，有次序。○辟廱：文王离宫。

○逢逢：拟声词，常形容鼓声。○矇（méng）瞍（sǒu）：盲人乐师，有眸子而无见曰矇，无眸子曰瞍。公：通"功"，成功，指灵台落成。

## 译诗

文王开始建灵台，仔细规划来筑造。百姓风闻来修建，不久灵台就建好。开始修建不紧急，百姓前来不需召。

文王出游到灵囿，母鹿悠然林中卧。温驯母鹿身肥硕，洁白鸟儿振翅过。文王出游到灵沼，满池鱼儿出水跳。

钟架崇牙已置好，大鼓大钟上面挂。鸣钟击鼓有次序，文王奏乐离宫里。鸣钟击鼓有次序，文王奏乐离宫里。

敲起鼍鼓嘭嘭响，矇瞍颂功把歌唱。

## 导读

这是一首歌咏文王修建灵台，游览灵囿、灵沼的诗。全诗共四章。第一章写文王开始修建灵台，“经之”“营之”，百姓“攻之”如“子来”，很快“成之”，将百姓对建造灵台的热情支持描写得很生动。第二章写灵台建成后文王游览灵囿、灵沼的情景，麀鹿悠然、白鸟洁净、游鱼成群，一派生机勃勃的景象。最后两章写文王在辟雍聆听奏乐的情景，描写了钟鼓乐器和矇瞍颂歌，表现出文王游乐的欢快气氛。

# 【下武】

## 原诗

下武维周，

○下武：后人继承。下，后。武，继承。

世有哲王。

○哲王：贤明睿智的君主。

三后在天，

○三后：指周的三位先王，太王、王季、文王。

王配于京。

○王：指周武王。配：承应天命。

王配于京，世德作求。

○世德：祖上及本人均有美德的人。作：为。求：通"逑"，匹配。

永言配命，成王之孚。

○成王：周成王，武王子。孚：使人信服。

成王之孚，下土之式。

○下土：下界土地，指天下。式：榜样，典型。

永言孝思，孝思维则。

媚兹一人，

○媚：喜爱，爱戴。兹：这。一人：指周成王。

应侯顺德。

○应：当。侯：乃，是。顺德：恭顺的美德。

永言孝思，昭哉嗣服。

○昭：昭明，显耀。嗣服：后进，指后代。

昭兹来许，

○来许：后进，后辈。

绳其祖武。

○绳：承继。祖武：祖先的德业。武，足迹。

於万斯年，

○於：语气词。斯：语气助词。

受天之祜。

○祜（hù）：福。

受天之祜，四方来贺。

○贺：朝贺。

於万斯年，不遐有佐。

○不遐：即"何不"。遐，胡，何。

## 译诗

周室后人能继祖，世代都有圣君主。三位先王灵在天，武王镐京承天命。武王镐京承天命，美德相配先祖宗。

世世代代承天命，成王信誉人称颂。成王声誉人称颂，四方把他作典范。世世代代要孝敬，敬祖孝亲不变更。

百姓爱戴周成王，恭顺美德他承当。世世代代要孝敬，昭示后代扬美名。昭示后代扬美名，承继先祖百业兴。

千秋万代保国运，永受天命福达通。永受天命福达通，四方诸侯来相贺。千秋万代保国运，必有贤臣佐周王！

## 导读

这是一首歌颂周武王、周成王能继承先王德业的诗。全诗共六章。第一章写周世代皆有明君。第二章赞美武王和成王，能承天命继守先祖美德。第三至五章赞美成王能效法先祖，“永言孝思”“受天之祜”。第六章以四方诸侯来贺，周朝必将国祚绵长做结。全诗结构严谨巧妙，以顶针手法将内容层层推进，文意流畅。

### 《诗经》中的动物

【麕（獐）】《召南·野有死麕》

【狐】《邶风·旄丘》《邶风·北风》《卫风·有狐》《郑风·南山》《秦风·终南》《豳风·七月》《小雅·何草不黄》

【猫】《大雅·韩奕》

【鼠】《召南·行露》《鄘风·相鼠》《魏风·硕鼠》《豳风·七月》《小雅·斯干》

# 【文王有声】

原诗

文王有声[一]，○声：名声，声望。

遹骏有声。○遹（yù）：语助词。骏：大。

遹求厥宁，遹观厥成。

文王烝哉！○烝：美，美好。

文王受命[二]，

有此武功。○武功：功业，功绩。

既伐于崇，○崇：古国名，在今陕西户县。

作邑于丰。○丰：周国都名，在今陕西西安。

文王烝哉！

筑城伊淢[三]，○伊：语助词。淢（xù）：通“洫”，城沟。

作丰伊匹。○匹：匹配。

匪棘其欲，○匪：非。棘：通“亟”，急切，急迫。

遹追来孝。○追：追念。来：语助词。

王后烝哉！○王后：指君王。

王公伊濯[四]，○公：通“功”，功业。濯：盛大。

维丰之垣。○维：是。垣：墙。

四方攸同，○攸：所。同：归附。

王后维翰。○翰：通“幹”，草木的茎干，主干。

王后烝哉！

丰水东注[五]，○丰水：古水名，即沣水，在今陕西省。

维禹之绩。四方攸同，皇王维辟。

皇王烝哉！

镐京辟廱[六]，○镐京：西周国都，周武王灭商后定都镐京。辟廱：离宫。

自西自东，自南自北，

无思不服。○思：语助词。

皇王烝哉！

考卜维王[七]，○考卜：以龟甲卜卦。

宅是镐京。○宅：居住，定居。

维龟正之，○正：决定。

武王成之。武王烝哉！

丰水有芑[八]，

武王岂不仕？○仕：通“事”，做事。

诒厥孙谋，○诒：通“贻”，留给。谋：谋略。

以燕翼子。武王烝哉！

译诗

文王享有好名声，大名遍传人皆敬。愿为百姓求安宁，看着周邦日昌盛。文王美名传四方。文王承受上天命，才有治国好武功。带兵讨伐那崇国，丰邑建都民安定。文王美名传四方。高筑城墙依城沟，修筑城池匹旧址。建城不为王私欲，只为敬祖表孝义。君王美名传四方。文王功绩多辉煌，恰如丰邑那城墙。四方诸侯都归附，君王是天下之栋梁。君王美名传四方。沣水浩荡流向东，人人称颂大禹功。四方诸侯都归附，只因武王好榜样。武王美名传四方。镐京之地建离宫，从那西方到东方，从那南方到北方，天下无人不钦服。武王美名传四方！武王占卜问卦象，定都镐京好地方。神龟指示天命定，武王建都人颂扬。武王美名传四方！沣水河畔杞柳壮，武王为政怎不忙？将那谋略传子孙，庇护子孙国运昌。武王美名传四方！

## 《诗经》中的动物

【兔】《周南·兔罝》《王风·兔爰》《小雅·小弁》《小雅·巧言》《小雅·瓠叶》

【犬】《小雅·巧言》

【尨（狮子狗）】《召南·野有死麕》

【卢（黑毛猎犬）】《齐风·卢令》

## 导读

这是一首赞颂文王迁都丰邑、武王定都镐京的诗。全诗共八章，前四章写文王享有美名，承天受命讨伐崇国之后在丰邑建都的事迹，后四章写周武王伐灭殷商之后定都镐京，四方归服的功绩。诗中善用比兴，以丰邑城墙之牢固喻指文王统治之稳固，以沣水杞柳的茂盛喻指武王德业的繁盛，分别从武与文的角度歌颂了两代君王的丰功伟绩。

### 《诗经》中的动物

【猃（长嘴猎狗）】《秦风·驷驖》

【歇骄（亦作猲骄，短嘴猎狗）】《秦风·驷驖》

【豕（猪）】《大雅·公刘》

【肩（大野猪）】《齐风·还》

【貆（猪獾）】《魏风·伐檀》

# 【生民】

原诗

(一)厥初生民，
○厥初：当初。生民：诞生周人的始祖。
时维姜嫄。
○时：是。姜嫄（yuán）：周始祖后稷之母，帝喾之妻。
生民如何？
克禋克祀，
○克：能够。禋（yīn）、祀：古代祭天的礼仪，先烧柴升烟，再加牲体或玉帛于柴上焚烧。
以弗无子。
○弗：同"祓"，除灾求福。
履帝武敏歆，
○履：践踏。武：足迹。敏：大拇指。歆：心有所感的样子。
攸介攸止。
○攸：语气助词。介：通"祄"，神保佑。止：通"祉"，神降福。
载震载夙，
○载：语气助词。震：通"娠"，怀孕。夙：通"肃"，肃敬，严肃。
载生载育，
时维后稷。
(二)诞弥厥月，
先生如达。
○先生：第一胎。如：而。达：顺利，顺滑。
不坼不副，
○坼（chè）、副（pì）：裂开。
无菑无害，
○菑：同"灾"。
以赫厥灵。
○赫：显出。
上帝不宁，
不康禋祀，
居然生子。
○居然：徒然。
(三)诞寘之隘巷，
牛羊腓字之。
○腓：庇护。字：哺乳喂养。
诞寘之平林，
会伐平林。
○会：适逢，恰逢。
诞寘之寒冰，
鸟覆翼之。
○覆翼：用翅膀遮蔽。
鸟乃去矣，
后稷呱矣。
○呱（gū）：婴儿啼哭声。
实覃实訏，
○实：是。覃（tán）：长。訏（xū）：大。
厥声载路。
(四)诞实匍匐，
克岐克嶷，
○岐：知意。嶷：认识。
以就口食。
○就：求。口食：食物。
蓺之荏菽，
○蓺（yì）：种植。荏菽（rěn shū）：大豆。
荏菽旆旆。
○旆旆（pèi）：茂盛的样子。
禾役穟穟，
○役：通"颖"，禾尖。禾役：指禾穗。穟穟（suì）：禾穗成熟下垂的样子。
麻麦幪幪，
○幪幪（méng）：茂密的样子。
瓜瓞唪唪。
○瓞（dié）：小瓜。唪唪（běng）：果实累累的样子。
(五)诞后稷之穑，
有相之道。
茀厥丰草，
○茀（fú）：拔除。
种之黄茂。
○黄茂：指黍稷等丰美的谷物。

实方实苞，

○实：是。方：谷种萌芽。苞：谷苗将出未出时。

实种实褎，

○种：谷种生出短苗。褎（yòu）：禾苗渐渐长高。

实发实秀，

○发：发茎。秀：秀穗。

实坚实好，

○坚：谷粒饱满。

实颖实栗，

○颖：指禾穗末梢下垂。栗：收获众多的样子。

即有邰家室。

○即：往，到。有邰（tái）：古国名，故址在今陕西省武功县西南。有，词头。

㊅诞降嘉种，

维秬维秠，

○秬（jù）：黑黍。秠（pī）：黍的一种。

维穈维芑。

○穈（mén）：赤苗高粱。芑（qǐ）：白苗高粱。

恒之秬秠，

是获是亩。

○获：收割庄稼。亩：堆在田里。

恒之穈芑，

是任是负，

○任：挑起。负：背起。

以归肇祀。

○肇：开始。

㊆诞我祀如何？

或舂或揄，

○舂（chōng）：把米放在臼中捣掉皮壳或捣碎。揄（yóu）：从臼中舀出舂好的米。

或簸或蹂，

○簸：用簸箕扬去糠秕。蹂：通“揉”，用手搓。

释之叟叟，

○释：淘米。叟叟：淘米声。

烝之浮浮。

○烝：通“蒸”，加热。浮浮：热气上升的样子。

载谋载惟，

取萧祭脂，

取羝以軷，

○羝（dī）：公羊。軷（bá）：祭路神的仪式。

载燔载烈，

○燔：用火烤整只牲畜。烈：将肉穿起来架在火上烤。

以兴嗣岁。

○嗣岁：来年，新岁。

㊇卬盛于豆，

○卬（áng）：代词，我。豆：古代盛肉或其他食品的器皿。

于豆于登，

○登：陶制食器。

其香始升。

上帝居歆，

○居歆：安然享用。

胡臭亶时。

○臭（xiù）：香气。亶（dǎn）时：确实好。亶，实在，确实。时，善，好。

后稷肇祀，

○肇：开始。

庶无罪悔，

○庶：幸。

以迄于今。

译诗

周人始祖初诞生，他的母亲是姜嫄。始祖如何生下来？祭祀上天心诚虔，把那无子不祥免。踩过天帝脚趾印，神灵庇佑福气近。姜嫄有孕很谨慎，生下胎儿育成人，就是始祖叫后稷。怀胎十月到产期，头胎分娩很顺利。产门胞衣不破裂，幼子平安无灾难，已然把那灵异显。天帝心中大安宁，欣享禋祭心安康，姜嫄不敢把子养。始祖初生置窄巷，牛羊庇护和喂养。始祖初生置林中，恰好又有樵夫逢。始祖初生置寒冰，大鸟张翅免他冷。等到大鸟飞走后，后稷才有呱呱声。哭声真是长又响，声洒满路皆听闻。后稷伏地正爬行，知意识物很聪明，寻觅食物有本领。长大能把大豆种，成片豆苗茁壮生。种出谷子穗下垂，种下麻麦也茂盛，大瓜小瓜长满藤。后稷耕田又种地，种植粮食有妙法。把那茂盛杂草拔，黍稷良种早种下。等那种子萌新芽，禾苗出土渐长高，禾茎舒长把穗秀，谷粒饱满长得好，禾穗下垂产量高。邰地丰足安家好。上天恩惠赐种良，秬秠黑黍长得壮，赤苗白苗都茂盛。秬子秠子满地长，收割堆田让人忙。赤苗白苗长满地，又挑又背运回去，归家开始把祖祭。祭祀先祖什么样？舂好谷子舀出米，搓净米壳扬去糠。淘米沙沙有声响，蒸饭热气向上扬。考虑谋划又商量，香蒿牛油真芳香。宰杀公羊祭路神，羊肉烧烤敬神享，祈求来年更兴旺。我把祭品装入碗，木碗陶盆都摆上，香气四溢满厅堂。献给天帝安然享，满桌祭品实在香。后稷始创祭享礼，祈神保佑无灾殃，直到今天还照样。

## 导读

这是一首叙述周人始祖后稷出生、耕种、祭祀等事迹的诗。全诗共八章。第一章写后稷之母姜嫄踩天帝足印而神奇受孕。第二、三章写后稷的诞生和弃后不死的灵异经历。这三章写后稷的身世，极为神奇，预示着他将会不同凡响。第四至六章生动地描绘农作物的生长过程，表现出后稷在农业种植方面天赋异禀，才能出众。最后两章写后稷为祈求来年兴旺，开创了祭祀之典，典礼场面的描写颇有特色。全诗采用赋的写法，叙事生动详细，前半部分的神奇与后半部分的写实使得诗歌浪漫与纪实兼具，拥有极大的艺术魅力。

# 【行苇】

**原诗**

（一）敦彼行苇，牛羊勿践履。方苞方体，维叶泥泥。

○敦（tuán）彼：草丛生的样子。行：道路，路旁。
○方：始，刚。苞：含苞。体：成形。
○泥泥：润泽的样子。

戚戚兄弟，莫远具尔。或肆之筵，或授之几。

○戚戚：亲热，相亲。
○远：疏远。具：通"俱"，都。尔：通"迩"，近。
○肆：陈设。筵：宴饮时铺在地上的坐具。
○或：则。

（二）肆筵设席，授几有缉御。或献或酢，洗爵奠斝。

○缉御：侍者连续更替地侍候着。缉，连续。御，侍者。
○献：指主人向宾客敬酒。酢：宾客人用酒回敬主人。
○爵：古代青铜制酒器，三足。奠：置。斝：古代青铜制的酒器，圆口，三足。

醓醢以荐，或燔或炙。嘉殽脾臄，或歌或咢。

○醓（tǎn）：多汁的肉酱。醢（hǎi）：肉酱。
○燔（fán）、炙：烧，烤肉类。
○脾：通"膍"，牛胃，俗称百叶。臄（jué）：牛舌。
○咢：击鼓。

（三）敦弓既坚，四鍭既钧；舍矢既均，序宾以贤。

○敦弓：雕弓。
○鍭（hóu）：一种箭，金属箭头，以鸟的羽毛装饰箭尾。钧：相等，均匀，指箭合标准。
○舍矢：放箭。均：射中。
○序：排列位次。贤：射中多者为贤。

敦弓既句，既挟四鍭。四鍭如树，序宾以不侮。

○句：通"彀"，张弓。
○树：竖立，箭射中靶子像竖立着一样。
○侮：轻慢，怠慢。

（四）曾孙维主，酒醴维醹；酌以大斗，以祈黄耇。

○醴：甜酒。醹（rú）：酒味醇厚。
○斗：酒器。
○黄耇（gǒu）：年高长寿的人。

黄耇台背，以引以翼。寿考维祺，以介景福。

○台背：指年高的老人。
○引：牵引，指搀扶。翼：扶持，辅助。
○寿考：长寿。祺：吉祥。
○介：祈求。景福：大福。

译诗

从从芦苇生路旁，莫让践踏防牛羊。苇尖含苞初生长，苇叶润泽色鲜亮。同胞兄弟最亲热，莫要疏远莫相伤。先把竹席铺地上，矮脚桌几摆席上。

摆好座席开酒宴，侍者轮番来桌前。主人献酒客回敬，主宾相宜洗杯盏。香浓肉酱桌上端，烧肉烤肉香气散。牛胃牛舌多美味，欢歌击鼓乐无边。

华美雕弓真坚韧，四支利箭合标准；放箭瞄准那靶心，按照射技把座分。雕弓张满弦拉紧，四支利箭搭均匀。四箭竖立靶中间，排列座次不怠慢。

宴会主人是周王，甜酒飘香味道醇；拿来大杯把酒斟，祈请福寿给老人。年老高寿体蹒跚，搀扶帮助是人伦。长寿年高吉祥人，祈请神降大福分。

## 《诗经》中的动物

【兕（古代犀牛的一类兽）】《小雅·吉日》《小雅·何草不黄》

【罴（兽名，似熊而高大）】《小雅·斯干》《小雅·大东》《大雅·韩奕》

【蚕】《豳风·七月》《大雅·瞻卬》

【蛾（蚕蛾）】《卫风·硕人》

【蠋（野蚕）】《豳风·东山》

导读

这是一首写周王室族人燕饮、行射的诗。全诗共四章。第一章以路旁丛生的芦苇柔嫩，不要让牛羊践踏起兴，喻周王其心仁厚，施及草木，与骨肉兄弟更应相亲相爱，为全篇定下了融洽和美的基调。第二章写宴会的场面。首先由摆筵、设席、授几写起，而后主客殷勤酬酢，接着写丰盛的菜肴，香气扑鼻，最后写欢快的歌声鼓声。第三章写行射，前后两次写宴中张弓、射箭、排列座次。既表现了射箭之乐，也表现了虽然箭术有别，但大家相处和睦的热烈气氛。最后一章写主人以美酒向在座的长者表达敬意，祝福他们长寿安康。诗歌截取设宴、行射等场面进行描写，将摆放座席、弯弓搭箭、斟酒祝寿、搀扶老人等细节描写得生动形象，语言很有感染力。

鲐

# 【既醉】

原诗

既醉以酒，既饱以德。君子万年，介尔景福。

○介：祈求施予。景福：大福。

既醉以酒，尔殽既将。君子万年，介尔昭明。

○将：美。

○昭明：光明。

昭明有融，高朗令终。令终有俶，公尸嘉告。

○有融：即「融融」，光明长盛的样子。

○高朗：显赫的名声。令终：美好的结果。

○俶（chù）：始。

○公尸：古代装扮成死去祖先受祭的活人，称为尸。祖先是君主诸侯，故称公尸。嘉告：指祝官代表尸向主祭者致嘏辞（赐福之辞）。

其告维何？笾豆静嘉。朋友攸摄，摄以威仪。

○笾（biān）豆：古代祭祀或宴会时承装食物的器具。

○攸：语气助词。摄：辅助。

○威仪：古代祭享等典礼中的动作礼节及待人接物的礼仪。

威仪孔时，君子有孝子。孝子不匮，永锡尔类。

○孔时：很好。时，善，嘉。

○有：又。

○不匮：不竭，不尽。

○锡：赐。类：属类。

其类维何？室家之壸。君子万年，永锡祚胤。

○壸（kǔn）：本指宫中之道，引申为齐家。

○祚胤：福运泽被后世子孙。祚，福。胤，后代。

其胤维何？天被尔禄。君子万年，景命有仆。

○被：遍覆，加。

○景命：大命，天命。

其仆维何？釐尔女士。釐尔女士，从以孙子。

○釐：通「赉」，赐。

○从以：随之以。孙子：即子孙。

**译诗**

畅饮美酒喝到醉，饱受君子的恩惠。祝愿君子万年寿，愿天赐您大福分。畅饮美酒喝到醉，品尝佳肴真美味。祝愿君子万年寿，愿天赐您大荣耀。荣耀盛长又光明，显赫声名有善终。善终理应由善始，神明已把吉言送。他的吉言是什么？盘中祭品好又多。宾朋纷纷来助祭，助祭隆重讲礼仪。隆重祭礼很完美，君子得有孝子延。后世孝子无竭尽，上天赐福代代传。他的族类会如何？同族家业无差错。祝愿君子万年寿，赐福后代很稳妥。他的子孙又如何？上天赐他福禄多。祝愿君子万年寿，承天所命妻与儿。妻妾儿郎又如何？赐您贤良有德嫔。赐您贤良有德嫔，子孙绵延不断绝。

## 《诗经》中的动物

【蟋蟀】《唐风·蟋蟀》《豳风·七月》

【螽斯或斯螽（蝗虫）】《周南·螽斯》《豳风·七月》

【阜螽（蚱蜢）】《小雅·出车》

【苍蝇】《齐风·鸡鸣》

【青蝇】《小雅·青蝇》

**导读**

这是写周王祭祀时，祝官代神主给主祭者的祝词。周代祭祀祖先，有人扮演祖先的神，名为“尸”。在祭祀中，由祝官代表尸，向主祭者说祝福的话，称作“嘏辞”。这首诗即是祝官所致嘏辞。全诗共八章。前两章写公尸在祭礼中享受了酒食祭品，感受到主祭者的敬意，遂报以长寿与洪福。第三章是过渡，借公尸表达神明的祝福之词，此后五章都是公尸以嘉美之词祝福周王的具体内容，分别从尽孝、治家、妻儿几个方面陈说，充分表现出主祭者周王的德行与上天赐福的必然。本诗的艺术手法别具特色，多用半顶针修辞格，即上句最后一字与下句第二字重复，上下相接，加之以段中的顶针修辞，如“高朗令终。令终有俶”等，使得此诗特点鲜明，格外引人注目。

## 《诗经》中的动物

【螟】《小雅·大田》

【螟蛉】《小雅·小宛》

【蝤蛴（天牛幼虫）】《卫风·硕人》

【螓（虫名，似蝉而小）】《卫风·硕人》

【蜉蝣】《曹风·蜉蝣》

# 【凫鹥】

原诗

（一）凫鹥在泾，公尸来燕来宁。尔酒既清，尔殽既馨。

○凫（fú）：野鸭。鹥（yī）：沙鸥。泾（jīng）：直向前流的水。○燕：同"宴"，宴饮。○殽：通"肴"，菜肴。馨：香气。

公尸燕饮，福禄来成。

○成：成就，成全。

（二）凫鹥在沙，公尸来燕来宜。

○沙：水边沙滩。○宜：安适。

尔酒既多，尔殽既嘉。公尸燕饮，福禄来为。

○为：帮助。

（三）凫鹥在渚，公尸来燕来处。尔酒既湑，尔殽伊脯。

○渚：水中的沙洲。○处：安乐。○湑（xǔ）：滤去渣滓而变清。○伊：语气助词。脯（fǔ）：肉干。

公尸燕饮，福禄来下。

○下：降临。

（四）凫鹥在潨，公尸来燕来宗。

○潨（cóng）：水流汇合处。

既燕于宗，福禄攸降。公尸燕饮，福禄来崇。

○宗：宗庙。○崇：重，指福禄多。

（五）凫鹥在亹，公尸来止熏熏。旨酒欣欣，燔炙芬芬。

○亹（mén）：山峡中两岸相对如门的地方。○熏熏：和悦的样子。○旨：甘美。欣欣：香气四溢。○燔炙：指烧烤肉类。

公尸燕饮，无有后艰。

○艰：灾难，不幸。

译诗

野鸭沙鸥集河上，公尸赴宴心欢畅。你的美酒清又亮，你的菜肴气味香。公尸赴宴来品尝，神灵相助降福禄。野鸭沙鸥集河滩，公尸赴宴很心安。你的美酒多又绵，你的菜肴味道鲜。公尸赴宴来品尝，神灵相助降福禄。野鸭沙鸥集河洲，公尸赴宴无烦忧。你的美酒香又清，你的菜肴有干肉。公尸赴宴来品尝，神灵相助降福禄。野鸭沙鸥集河汊，公尸赴宴位尊贵。宴席摆设在宗庙，福禄双双来降临。公尸赴宴来品尝，神灵相助福禄多。野鸭沙鸥集峡口，公尸赴宴多和悦。甘甜美酒香气浓，烧烤佳肴气芬芳。公尸赴宴来品尝，从此无灾福绵长。

## 《诗经》中的动物

【莎鸡（纺织娘）】《豳风·七月》

【蜩（蝉）】《豳风·七月》《小雅·小弁》《大雅·荡》

【螗（蝉的一种，亦名蝘）】《大雅·荡》

【螺嬴（细腰蜂）】《小雅·小宛》

【螣（吃禾根的虫）】《小雅·大田》

**导读**

这是周王祭祖之后，为酬谢公尸请他赴宴时所唱的诗。全诗共五章，每章前两句都以凫鹥飞集起兴，以凫鹥“在泾”“在沙”“在渚”“在潨”“在亹”的悠游自在，比喻公尸赴宴的欢愉之态；中间两句描述宴请公尸的美酒佳肴；最后两句写公尸接受燕饮之后向周王传达的神祝。诗歌形式整齐，内容相仿又有变化，颇具灵动之美。

## 《诗经》中的动物

【蟊（吃禾根的虫）】《小雅·大田》《大雅·桑柔》《大雅·瞻卬》《大雅·召旻》

【贼（吃禾节的虫）】《小雅·大田》《大雅·桑柔》《大雅·瞻卬》《大雅·召旻》

【蟏蛸（长脚蜘蛛，俗名蟢子）】《豳风·东山》

# 【假乐】

## 原诗

(一)假乐君子，显显令德。

○假：通“嘉”，美好。○显显：彰明的样子。令德：美德。

宜民宜人，受禄于天。

○宜：适合。民：庶民。人：指诸侯贵族。

保右命之，自天申之。

○保右：即保佑。○申：反复。

(二)干禄百福，子孙千亿。

穆穆皇皇，宜君宜王。

○穆穆：恭敬的样子。皇皇：光明的样子。

不愆不忘，率由旧章。

○愆（qiān）：过错，过失。○率由：遵循，沿用。

(三)威仪抑抑，德音秩秩。

○抑抑：通“懿懿”，端庄美好的样子。○德音：政教法令。一说言谈。秩秩：有条不紊的样子。

无怨无恶，率由群匹。

○群匹：群臣。

受福无疆，四方之纲。

○纲：法则。

(四)之纲之纪，燕及朋友。

○之：这。

百辟卿士，媚于天子。

不解于位，民之攸塈。

○解：通“懈”，怠慢。○塈（jì）：休息。

译诗

周王加冠奏嘉乐，品德彰明多美好。
德合百姓与贵族，上承天命得福禄。
天帝保佑承运久，上天反复把周护。
千般厚禄百般福，子孙后代难数计。
谦逊恭敬又威严，正合为民做君王。
没有过错不忘本，遵循祖先旧典章。
容仪美好又端庄，政教言谈序有常。
不怀怨恨与厌烦，群臣遵从有声望。
享受福禄无穷尽，四方邦国遵王命。
四方邦国遵王命，设席宴请众嘉宾。
众位诸侯与卿士，爱戴周王齐颂扬。
精理政务不懈怠，百姓安宁把福享。

## 《诗经》中的动物

【龙】《秦风·小戎》《周颂·载见》《周颂·酌》《鲁颂·閟宫》《商颂·玄鸟》

【凤皇】《大雅·卷阿》

【麟】《召南·麟之趾》

## 导读

这是周成王行冠礼时群臣称颂成王的诗。全诗共四章，第一章写周王加冠，群臣赞美其“显显令德”，定能顺应民意天意，受上天之福。第二章赞美周王美德显明，能谦恭为政，不忘旧典，荫庇子孙。第三章热情赞美周王的仪容和政令，堪为万民法纲。最后一章紧承上文，写周王礼成宴饮群臣，君臣融洽，周王“不解于位”，方能“民之攸塈”。全诗从“德、章、纲、位”四个方面热烈地歌颂了年轻的周王，对他寄予了深切的期望并送上美好的祝愿。

### 《诗经》中的名字

琼瑶　《卫风·木瓜》：投我以桃木，报之以琼瑶。

如云　《鄘风·君子偕老》：鬒发如云，不屑髢也。

邦媛　《鄘风·君子偕老》：展如之人兮，邦之媛也。

# 【公刘】

原诗

（一）笃公刘，匪居匪康。乃埸乃疆，乃积乃仓。

○笃：忠厚诚实。公刘：周先王之一。○匪：不。居、康：安康，安宁。○埸（yì）：田界。○积：露天堆积粮食的地方。

乃裹糇粮，于橐于囊。思辑用光，弓矢斯张。

○糇（hóu）粮：干粮。○橐（tuó）、囊：指口袋。无底曰橐，有底曰囊。○思：语气助词。辑：和睦。用：以。光：光荣。○斯：语气助词。张：准备。

干戈戚扬，爰方启行。（二）笃公刘，于胥斯原。

○干：盾牌。戈：平头戟。戚：古代兵器，像斧。扬：钺，像斧而较大。○爰：于是。方：开始。启行：动身，出发。○胥：察看。斯：这。

既庶既繁，既顺乃宣，而无永叹。陟则在巘，

○庶、繁：指居住此地的人众多。○永叹：长叹。○陟：攀登。巘（yǎn）：小山。

复降在原。何以舟之？维玉及瑶，鞞琫容刀。

○舟：同“周”，指周身佩带。○鞞（bǐng）：刀鞘。琫（běng）：刀鞘上的装饰物。容刀：佩刀。

（三）笃公刘，逝彼百泉，瞻彼溥原。乃陟南冈，

○溥：广阔。

乃觏于京。京师之野，于时处处，于时庐旅，

○觏（gòu）：看见，察看。京：豳地地名。○于时：于是，在此。处处：定居，居住。○庐旅：寄居。

于时言言，于时语语。（四）笃公刘，于京斯依。

○言言：欢言。○语语：笑语。○斯：语气助词。依：居住。

跄跄济济，俾筵俾几。既登乃依，乃造其曹。

○跄跄济济：形容走路有节奏，从容端庄的样子。○俾：使。筵：铺在地上供人坐的竹席。几：矮脚桌。○造：告祭。

执豕于牢，酌之用匏。食之饮之，君之宗之。

○牢：猪圈。○酌：斟酒。○君、宗：指做君主、族主。

（五）笃公刘，既溥既长。既景乃冈，相其阴阳，

〇景：通“影”，根据日影测定方位。冈：登上山冈察看。

观其流泉。其军三单，度其隰原，彻田为粮。

〇三单：周代分军为三，以一军服役，他军轮换。单，轮流值班。

〇度：测量。隰（xí）原：低湿平坦之地。

〇彻田：周人管理田亩的制度。

度其夕阳，豳居允荒。

〇允：确实。荒：广大。

（六）笃公刘，于豳斯馆。

〇馆：营建房舍。

涉渭为乱，取厉取锻。止基乃理，爰众爰有。

〇厉：通“砺”，磨刀石。锻：打铁用的砧石。

〇止：居。基：基地。理：治理。

〇众、有：形容人多且富有。

夹其皇涧，溯其过涧。止旅乃密，芮鞫之即。

〇皇涧：豳地涧水名。

〇过涧：豳地涧水名。

〇芮（ruì）鞫（jū）：指河湾。水湾之内称芮，水湾之外称鞫。即：就，指居住。

译诗

忠厚诚实的公刘，不图安逸和享受。划分田界理田畴，粮食成堆满仓库。准备干粮要远行，装满小橐和大囊。

族人和睦有荣光，强弓利箭都带上。盾戟斧钺拿在手，开始动身向远方。忠厚诚实的公刘，查看豳地这平原。

此处人多居者繁，民心归顺心舒畅，没有长叹和忧烦。观察地势登小山，转眼又下到平原。什么东西身上带？

是那美玉和瑶石，佩刀饰玉生光彩。忠厚诚实的公刘，前往豳地那百泉，视察宽广的平原。登上南山的高冈，

京地美景展目望。京地郊野很肥沃，在此定居刚刚好，于是在此把房造，喜气洋洋说又笑，欢天喜地笑又闹。

忠厚诚实的公刘，选择京地来定居。侍从从容有威仪，筵几摆好开宴席。席位坐定依矮几，便把猪神来拜祭。

圈里捉猪做美食，匏樽斟酒为献礼。酒足饭饱合心意，推选公刘众心齐。忠厚诚实的公刘，开垦田地长又宽。

测定方位登上山，观察山南与山北，勘测水流和泉眼。分军为三去轮换，测定湿地与平原，垦荒种粮行彻田。

再把山西去勘验，豳地确实很广大。忠厚诚实的公刘，在那豳地建房舍。涉水横渡那渭河，砺石锻石都取得。

居住基地善治理，百姓富庶人聚集。皇涧两岸百姓居，逆流上到过涧去。迁居此地人稠密，百姓安家在芮鞫。

## 导读

这是一首歌颂周先祖公刘率众迁居豳地开辟疆域的诗。全诗共六章，都从“笃公刘”写起，充分表达出对公刘的赞叹之意。第一章写公刘出发前所做的准备工作，开垦田地广种粮，带好干粮和武器之后才率众出发。第二至六章写公刘一路勘察到达豳地，勘测地形、丈量土地、规划定居，引得民众迁徙归附，进而开创邦国的经历。诗歌详细刻画了才能出众、深受爱戴的建国英雄公刘的形象，也展示了先民勤劳谋生的社会图景。

### 《诗经》中的名字

灵雨　《鄘风·定之方中》：灵雨既零。

朝雨　《鄘风·蝃蝀》：朝隮于西，崇朝其雨。

芃芃　《鄘风·载驰》：我行其野，芃芃其麦。

绿竹　《卫风·淇奥》：瞻彼淇奥，绿竹青青。

琇莹　《卫风·淇奥》：有匪君子，充耳琇莹。

# 【泂酌】

原诗

（一）泂酌彼行潦，挹彼注兹，可以餴饎。岂弟君子，民之父母。

○泂（jiǒng）：远。行潦（lǎo）：路边的积水。
○挹：舀出。注：灌入。兹：此，指盛水的器皿。
○岂弟：即“恺悌”，和乐平易。

（二）泂酌彼行潦，挹彼注兹，可以濯罍。岂弟君子，民之攸归。

○濯（zhuó）：洗。罍（léi）：古代一种酒器，似壶而大。
○攸：所。归：归附。

（三）泂酌彼行潦，挹彼注兹，可以濯溉。岂弟君子，民之攸塈。

○溉（gài）：通“概”，盛酒用的漆饰器皿。
○塈：休息，归附。

译诗

远行取水到路边，舀来注入大水罐，拿来蒸黍又蒸饭。和乐平易的君子，如同百姓的父母。远行取水到路边，舀来注入大水罐，可以拿来洗酒壶。和乐平易的君子，百姓全都想归附。远行取水到路边，舀来注入大水罐，可以拿来洗酒樽。和乐平易的君子，百姓归附心可安。

导读

这是一首歌颂统治者顺民意得民心的诗歌。全诗共三章，每章前两句都以远方“行潦”起兴，舀来积水蓄存，可用来蒸饭、洗濯酒器，喻指周王或诸侯施行德政，关爱人民便能使其归附，得到人民的拥护。诗歌借日常事物起兴设喻，反复歌咏，使得其中的劝诫之意得到很好的展现。

## 《诗经》中的名字

巧倩、美盼　《卫风·硕人》：巧笑倩兮，美目盼兮。

佩玉　《卫风·竹竿》：巧笑之瑳，佩玉之傩。

琼琚　《卫风·木瓜》：投我以木瓜，报之以琼琚。

陶陶　《王风·君子阳阳》：君子陶陶。

佩玖　《王风·丘中有麻》：彼留之子，贻我佩玖。

# 卷阿

原诗

有卷者阿，[一]
○卷：弯曲。阿：大的山丘。
飘风自南。
○飘风：旋风。
岂弟君子，
来游来歌，
以矢其音。
○矢：陈列。
伴奂尔游矣，[二]
○伴奂：闲逸自在的样子。
优游尔休矣。
○优游：从容自得的样子。
岂弟君子，
俾尔弥尔性，
○俾：使。弥：尽。性：本性，天性。
似先公遒矣。
○似：通"嗣"，继承。先公：对天子、诸侯祖先的尊称。
尔土宇昄章，[三]
○土宇：疆土，国土。昄（bǎn）章：版图。昄，通"版"。
亦孔之厚矣。
○孔：很，非常。厚：广阔。
岂弟君子，
俾尔弥尔性，
百神尔主矣。
○主：主祭。
尔受命长矣，[四]
茀禄尔康矣。
○茀（fú）禄：福禄。茀，通"福"。
岂弟君子，
俾尔弥尔性，
纯嘏尔常矣。
○纯嘏（gǔ）：大福。常：长久。
有冯有翼，[五]
有孝有德，
以引以翼。
岂弟君子，
四方为则。
○则：标准，榜样。
颙颙卬卬，[六]
○颙（yóng）颙卬（áng）卬：庄重恭敬的样子。器宇轩昂的样子。
如圭如璋，
○圭、璋：两种玉制礼器。
令闻令望。
○令：美好。闻、望：声誉，声望。
岂弟君子，
四方为纲。
○纲：纲维，法度。
凤皇于飞，[七]
翙翙其羽，
○翙（huì）翙：众多。
亦集爰止。
○集：鸟类群栖在树上。爰止：指凤凰所停止的地方。
蔼蔼王多吉士，
○蔼蔼：众多的样子。吉士：贤士。
维君子使，
媚于天子。
○媚：喜爱，爱戴。
凤皇于飞，[八]
翙翙其羽，
亦傅于天。
○傅：至，靠近。
蔼蔼王多吉人，

维君子命，媚于庶人。

凤皇鸣矣，[九]于彼高冈。

梧桐生矣，于彼朝阳。

○朝阳：山的东面。

菶菶萋萋，雍雍喈喈。

○菶（běng）菶萋萋：草木茂盛的样子。

○雍雍喈喈：鸟和鸣的样子。

君子之车，[十]既庶且多。

○庶：多。多：通"侈"，车饰侈丽。

君子之马，既闲且驰。

○闲：娴熟。

矢诗不多，维以遂歌。

○矢诗：陈诗。不：语气助词。

○遂：成。

## 译诗

山丘曲折而蜿蜒，旋风狂吹来自南。和乐平易的君子，一路唱歌来游玩，众人欢乐把诗献。周王出游很悠闲，路旁休息多安然。和乐平易的君子，让您天性能尽显，继承功业敬祖先。您的疆域和版图，非常广阔望无边。和乐平易的君子，让您天性能尽显，您来主祭众神灵。承受天命日长远，福禄安康都无限。和乐平易的君子，让您天性能尽显，洪福长伴您身边。您有佐臣良又贤，德行高尚孝为先，辅佐引导在君前。和乐平易的君子，可为天下的典范。贤士恭敬气宇轩，像圭像璋多耀眼，美名赞誉传四方。和乐平易的君子，天下万民好榜样。凤凰展翅舞翩翩，众鸟追随飞上天，凤凰栖止百鸟伴。贤士荟聚周王畔，任君驱驰解疑难，爱戴周王君臣欢。凤凰展翅舞翩翩，众鸟追随飞上天，青云直上凌霄汉。贤士荟聚周王畔，听君命令不怠慢，爱护人民各心安。凤凰鸣叫向云端，栖止高高的山巅。高大梧桐枝叶展，长在山冈的东面。树干粗壮枝叶繁，凤鸟和鸣声悠远。周王乘车去游玩，车子美轮又美奂。周王骑马去游玩，纵马疾驰很熟练。众人纷纷把诗献，作歌为把周王传。

## 导读

这是一首周人记录周王出游并歌颂周王美德的诗。全诗共十章。第一章总领全诗，交代出游的时间、地点及人物。第二至四章写周室拥有辽阔的疆域，周王福禄安康，故能悠闲自在地出游。第五、六章称赞周王身边贤士荟聚，侧面赞美周王盛德。第七至九章以“凤皇于飞”、百鸟朝凤起兴，喻指周王有贤士拥戴，君臣相得。最后一章描写周王出游的车马和群臣争相献诗的情景，表现周王出游的盛况。整首诗结构完整，善用赋比兴的艺术手法，尤以比喻最为自然贴切。

梧桐

# 【民劳】

## 原诗

（一）民亦劳止，汔可小康。

○汔（qì）：乞求。康：安康。

惠此中国，以绥四方。

○惠：爱。中国：相对于四方诸侯国而言，指京师。○绥：安。

无纵诡随，以谨无良。

○无：勿，不。纵：听从。诡随：诡诈，欺骗。○谨：小心谨慎。

式遏寇虐，憯不畏明。

○憯（cǎn）：曾，竟。

柔远能迩，以定我王。

○柔：安抚，抚慰。能：亲善。迩：近。

（二）民亦劳止，汔可小休。

○休：休息。

惠此中国，以为民逑。

○逑：聚合。

无纵诡随，以谨惛怓。

○惛怓（hūn náo）：喧哗争吵。

式遏寇虐，无俾民忧。

○俾：使。

无弃尔劳，以为王休。

○尔：指在位者。劳：功劳，功绩。○休：美，好，指利益。

（三）民亦劳止，汔可小息。

惠此京师，以绥四国。

○四国：四方诸侯国。

无纵诡随，以谨罔极。

○罔极：没有准则。

式遏寇虐，无俾作慝。

○慝（tè）：恶。

敬慎威仪，以近有德。

○敬慎：恭敬谨慎。

（四）民亦劳止，汔可小愒。

○愒（qì）：歇息。

惠此中国，俾民忧泄。

○泄（xiè）：发泄，除去。

无纵诡随，以谨丑厉。

○丑厉：恶人。

式遏寇虐，无俾正败。

○正：通“政”，国政。

戎虽小子，而式弘大。

○戎：表示第二人称“你”，指在位者。小子：年轻人。○式：作用。

民亦劳止，汔可小安。惠此中国，国无有残。

○安：安宁，平安。○残：害。

无纵诡随，以谨缱绻。式遏寇虐，无俾正反。

○缱绻（qiǎn quǎn）：固结不解，指在位者结党营私。○正反：政事颠倒。

王欲玉女，是用大谏。

○王女：爱你。女，通「汝」。○是用：因此。

**译诗**

百姓劳苦又艰辛，只是期望稍安康。京师百姓享恩遇，才能安定那四方。诡诈欺骗莫听从，不良小人要提防。

制止凶残和暴虐，抓捕违法的奸佞。安抚近邻与远邦，稳固根基保周王。百姓劳苦又艰辛，只是期望稍休憩。

关爱京师这百姓，人人安乐聚一起。诡诈欺骗莫听从，纷争乱政要警惕。制止凶残和暴虐，别让百姓心忧虑。

莫要放弃你功绩，为周王室谋利益。百姓劳苦又艰辛，只是期望稍休息。关爱京师这百姓，才能安抚那远地。

诡诈欺骗莫听从，小心国乱无纲纪。制止凶残和暴虐，不使恶人逞心意。恭敬谨慎仪容端，亲近贤士有正气。

百姓劳苦又艰辛，只是期望稍歇息。关爱京师这百姓，把那忧患都除去。诡诈欺骗莫听从，丑恶邪秽要远离。

制止凶残和暴虐，莫让国政败下去。虽然你是年轻人，作用很大要积极。百姓劳苦又艰辛，只是期望稍安定。

关爱京师这百姓，国家无害享安宁。诡诈欺骗莫听从，结党营私要辨明。制止凶残和暴虐，莫让乱政把国倾。

爱我周王如美玉，因此力谏请王听。

**导读**

这是一首劝谏周厉王要关爱百姓、远离奸邪小人的诗。全诗共五章，每一章都是从“民亦劳止”写起，表达了对人民不堪重负的同情，同时反复申说“惠此中国”的重要性，提醒在位者要体恤民情，以保国境安宁。诗人深刻地认识到国家安定的根本，因此反复强调要恤民、保京、防奸、止乱，谆谆告诫在位君王，言辞恳切，意味深长。

### 《诗经》中的名字

静好　《郑风·女曰鸡鸣》：琴瑟在御，莫不静好。

德音　《郑风·有女同车》：彼美孟姜，德音不忘。

子佩　《郑风·子衿》：青青子佩，悠悠我思。

零露　《郑风·野有蔓草》：野有蔓草，零露漙兮。

婉如　《郑风·野有蔓草》：有美一人，婉如清扬。

# 【板】

## 原诗

[一]上帝板板，
○上帝：指周厉王。板板：乖戾，反常，违背常道。
下民卒瘅！
○卒（cuì）瘅（dàn）：劳累多病。卒，通“瘁”，劳累。
出话不然，
○不然：不对。
为犹不远。
○犹：通“猷”，谋划。
靡圣管管，
○靡：无。管管：任意放纵、自以为是的样子。
不实于亶。
○亶（dǎn）：诚信。
犹之未远，
是用大谏！
○是用：因此。大谏：竭力劝谏。

[二]天之方难，
○方：正。难（nàn）：灾难。
无然宪宪。
○无然：不要这样。宪宪：欢欣喜悦的样子。
天之方蹶，
○蹶（guì）：动乱，混乱。
无然泄泄。
○泄泄（yì）：喋喋不休，妄加议论。
辞之辑矣，
○辞：政令。辑：协调，调和。
民之洽矣。
○洽：融洽，和谐。
辞之怿矣，
○怿：通“斁”，败坏。
民之莫矣。
○莫：通“瘼”，疾苦。

[三]我虽异事，
○异事：职务不相同。
及尔同寮。
○同寮：即“同僚”，同朝或同官署做官的人。
我即尔谋，
○即：就，接近。
听我嚣嚣。
○嚣嚣（áo）：傲慢不听意见的样子。
我言维服，
○维：是。服：用，治。
勿以为笑。
先民有言，
询于刍荛。
○刍（chú）荛（ráo）：割草砍柴的人。

[四]天之方虐，
无然谑谑。
○谑谑（xuè）：嬉笑的样子。
老夫灌灌，
○老夫：诗人的自称。灌灌：诚恳的样子。
小子蹻蹻。
○小子：指周厉王。蹻蹻（jué）：傲慢无礼的样子。
匪我言耄，
○匪：非。耄（mào）：老，指昏愦、糊涂。
尔用忧谑。
○忧谑：戏谑。
多将熇熇，
○熇熇（hè）：炽盛的样子。
不可救药。

[五]天之方懠，
○懠（qí）：愤怒。
无为夸毗。
○夸毗：谄媚屈从。
威仪卒迷，
○威仪：君臣间的礼节。卒：尽。迷：迷乱，混乱。
善人载尸。
○尸：祭祀时扮演死者受祭的人，终祭不言。
民之方殿屎，
○殿屎：呻吟。
则莫我敢葵。
○葵：通“揆”，审度，猜测。
丧乱蔑资，
○蔑：无，没有。资：财产，财货。
曾莫惠我师。
○曾：怎。惠：施恩。师：民众。

⑥天之牖民，如埙如篪，如璋如圭，如取如携。

○牖：通"诱"，诱导，教导。

○埙（xūn）：古代一种陶制的吹奏乐器，圆形或椭圆形，也称陶埙。篪（chí）：古代一种竹制的像笛子一样的管乐器。

○璋、圭：两种贵重的玉制礼器。

○携：提。

携无曰益，牖民孔易。民之多辟，无自立辟。

○曰：语气助词。益：通"隘"，阻碍。

○孔：很，非常。

○辟：通"僻"，邪僻。

○立辟：立法。辟，法律。

⑦价人维藩，大师维垣，大邦维屏，大宗维翰。

○大师：大众。

○屏：屏障。

○大宗：与周王同姓的宗族。翰：通"干"，草木的茎干，引申为骨干、栋梁。

怀德维宁，宗子维城。无俾城坏，无独斯畏。

○宗子：周王的嫡子。

○独：孤独，独自。斯：语气助词。畏：怕。

⑧敬天之怒，无敢戏豫。敬天之渝，无敢驰驱。

○敬：敬畏。

○戏豫：游乐安逸。

○渝：改变。

○驰驱：放纵。

昊天曰明，及尔出王。昊天曰旦，及尔游衍。

○王：通"往"。

○旦：犹"明"。

○游衍：游逸。

译诗

君王乖戾反常道，百姓病苦太辛劳！说出话来没道理，谋划国政无远计。不尊圣贤只纵己，待人做事弃信义。
谋划国政没远见，因此竭力来劝谏。苍天正把灾难降，不要总将欢愉享。苍天混乱正动荡，不要胡言像这样。
政令若能得协调，百姓融洽国安好。政令若是遭败坏，百姓疾苦无尽来。虽然职责各不同，你我共事是同僚。
我来找你谋国政，不听我言神气傲。我言正合治国道，莫要当成是玩笑。古来贤人说得好，应向樵夫去请教。
苍天降灾多残暴，不要这样的嬉笑。我的态度很诚恳，你却不拿正眼瞧。非我糊涂已年老，是你戏谑来取巧。
日日总把坏事做，无人能把你拯救。苍天震怒正发威，莫再逢迎去谄媚。君臣礼节很混乱，贤才如尸口不言。
百姓呻吟苦难多，我又怎敢乱猜测。国家祸乱无财产，怎样能让百姓安。苍天教导老百姓，如吹埙篪很动听，
如执圭璋很恭敬，如提如携很有情。提携扶助无阻碍，教化百姓很轻松。如今法规已太多，只立法令无助益。
善人像那篱笆样，民众就像那围墙，诸侯是国家屏障，同族理应是栋梁。怀有美德可安宁，嫡子稳固如金城。
莫使城墙被损毁，不要孤立心惶恐。敬畏苍天的怒气，莫再游乐贪安逸。敬畏苍天那变化，怎敢放纵不在意。
苍天意志已明示，与你出入在一起。苍天意志已明示，与你游逛不分离。

## 导读

这是一首讽喻周厉王、抨击弊政的诗。全诗共八章，第一章开门见山，写明作此诗以劝谏，是因为统治者乖戾反常，百姓苦难深重。第二章强调天降灾祸是预示，国君要励精图治，不能享乐害民。第三、四章假托劝诫同僚提醒周王，为政必得听取贤士谏言，而不应傲慢不听忠言。第五至七章有对暴政的批判，有对治国之策的申述，也有对厉王的警告。国君昏愦，令百姓遭难、国家动荡，诗人倍感痛心，厉语谴责。若要挽回残局，只能勤于理政、爱护并教化百姓，真可说是苦口婆心。同时又以一组比喻强调民众的重要，警醒厉王不要自毁城池，以免落得众叛亲离的下场。最后一章呼应开篇，恳切劝谏周厉王要敬畏天命。诗歌感情激切，说理透彻，言辞诚恳，充分体现了诗人忧国忧民的拳拳之心。

### 《诗经》中的名字

琼华　《齐风·著》：尚之以琼华乎而。

美清　《齐风·猗嗟》：猗嗟名兮，美目清兮。

如英　《魏风·汾沮洳》：美如英。

清猗　《魏风·伐檀》：河水清且涟猗。

素衣　《唐风·扬之水》：素衣朱襮，从子于沃。

# 【荡】

原诗

荡荡上帝[一]，下民之辟。疾威上帝，其命多辟。

○荡荡：恣意而不守法制的样子。上帝：暗指周王。 ○辟（bì）：君主。 ○疾威：暴虐。 ○辟（pì）：通“僻”，邪僻。

天生烝民，其命匪谌。靡不有初，鲜克有终。

○烝：众多。 ○匪：不。谌（chén）：诚信。 ○克：能。

文王曰咨[二]，咨女殷商！曾是强御，曾是掊克，

○咨：叹息声。 ○女：通“汝”。 ○曾：竟。是：此，这样。强御：强横凶暴。 ○掊克：聚敛，搜刮。

曾是在位，曾是在服。天降滔德，女兴是力。

○滔：通“慆”，放纵，怠慢。 ○女：通“汝”，指不法之臣。兴：助长。

文王曰咨[三]，咨女殷商！而秉义类，强御多怼。

○而：通“尔”，你。秉：把持。义类：善类。 ○怼（duì）：怨恨。

流言以对，寇攘式内。侯作侯祝，靡届靡究。

○寇攘：劫掠，掠取。式：于，在。内：指朝廷内。 ○侯：于是。作、祝：诅咒。 ○靡：没有。届：尽。究：穷。

文王曰咨[四]，咨女殷商！女炰烋于中国，敛怨以为德。

○炰烋（páo xiāo）：同“咆哮”，猛兽怒吼，指人嚣张或暴怒。 ○敛：聚集。

不明尔德，时无背无侧。尔德不明，以无陪无卿。

○时：所以。无背无侧：不知道有人背叛倾侧。 ○陪：辅佐。

文王曰咨[五]，咨女殷商！天不湎尔以酒，不义从式。

既愆尔止，靡明靡晦。式号式呼，俾昼作夜。

○愆（qiān）：过错。止：容止。 ○晦：晦暗。 ○俾昼作夜：把白昼当作夜晚。

文王曰咨，〔六〕咨女殷商！如蜩如螗，如沸如羹。

○蜩（tiáo）：蝉。螗（táng）：一种较小的蝉。○沸：热水。羹：菜汤。

小大近丧，人尚乎由行。内奰于中国，覃及鬼方。

○丧：败。○人：指周厉王。由行：照老样子做。○奰（bì）：愤怒。○覃：延及。鬼方：远方。

文王曰咨，〔七〕咨女殷商！匪上帝不时，殷不用旧。

○旧：旧的典章制度。

虽无老成人，尚有典刑。曾是莫听，大命以倾。

○老成人：旧臣。○典刑：旧的典章法度。

文王曰咨，〔八〕咨女殷商！人亦有言：颠沛之揭，

枝叶未有害，本实先拨。殷鉴不远，在夏后之世。

○夏后：指夏桀。

译诗

天帝骄恣又狂妄，他是百姓的君王。天帝暴虐又放荡，政令邪僻又反常。上天生养众百姓，政令不把诚信讲。
万事起初都很好，却难能有好收场。文王长长一声叹，叹息殷商那纣王！竟然如此的凶暴，竟然如此的贪赃，
竟然身居至高位，竟然在国称君王。放纵无德自天降，为非作歹你助长。文王长长一声叹，叹息殷商那纣王！
若你任用那良善，凶暴之徒多恨怨。流言蜚语论长短，豪强朝廷生事端。于是诅咒那良贤，无穷无尽祸事延。
文王长长一声叹，叹息殷商那纣王！你在京都太嚣张，竟把恶人聚身旁。识人智慧你没有，所以不知祸滋长。
识人智慧你没有，因此没有辅臣帮。文王长长一声叹，叹息殷商那纣王！上天让你莫耽酒，不宜放纵为酒狂。
举止行为不守常，没日没夜不像样。从来呼喝又叫嚷，昼夜颠倒真荒唐。文王长长一声叹，叹息殷商那纣王！
政局乱如同蝉鸣，国颓如同煮沸汤。大事小情近败亡，理政你仍照老样。京师百姓皆怨怒，怒火蔓延到远方。
文王长长一声叹，叹息殷商那纣王！并非上天不善良，是商不遵旧典章。虽无旧臣可依傍，还有典章来效仿。
竟然不听忠言劝，天命已倾国将亡。文王长长一声叹，叹息殷商那纣王！古人有话流传广：树若倒伏根朝上，
枝叶像是无损害，其实树根早损伤。殷商借鉴不遥远，夏桀亡国应知详。

## 导读

这是一首借商纣王无道以致亡国的历史讽刺周厉王乱政的诗。全诗共八章，每章八句。第一章起笔言天帝“荡荡”“疾威”，其实是暗指周王，这一章是下文的总纲。后七章都以“文王曰咨，咨女殷商”领起，是假托周文王来慨叹殷商纣王无道亡国。第二章连用四个“曾是”句，极力指斥纣王重用凶暴之徒，助长恶势力。第三章写因奸佞当道以致贤良遭弃的混乱局面。第四章写纣王恣意妄为，不辨忠奸，朝中再无良才。第五章讽刺纣王不分昼夜纵酒享乐的荒唐行径。第六章指出国人对纣王的怨怒已不可遏制，甚至从京城蔓延到了远方。第七章重申纣王的过错，全在于不遵前圣旧典、肆意妄为而致天怒人怨。最后一章以前人之言再次揭示商亡教训，又以夏为殷鉴警示周厉王要以商纣王为借鉴。全诗构思很有特色，表面上假托文王叹纣之词，实际上以首尾两章点睛，讥刺周厉王。中间几章排比整饬，上下相衔，颇见气势。

### 《诗经》中的名字

菁菁　《唐风·杕杜》：有杕之杜，其叶菁菁。

采苓　《唐风·采苓》：采苓采苓，首阳之巅。

文茵　《秦风·小戎》：文茵畅毂，驾我骐馵。

湄　《秦风·蒹葭》：所谓伊人，在水之湄。

渥丹　《秦风·终南》：颜如渥丹，其君也哉。

# 【抑】

**原诗**

抑抑威仪，(一) 维德之隅。人亦有言：靡哲不愚。

○抑抑：谦谨缜密的样子。○隅：角，此指品行方正。○哲：智慧出众的人。

庶人之愚，亦职维疾。哲人之愚，亦维斯戾。

○庶人：普通人，众人。○职：主要。维：是。疾：缺点。○斯：语气助词。戾：乖谬。

无竞维人，(二) 四方其训之。有觉德行，四国顺之。

○无：发语词。竞：强劲。维：由于。人：贤人。○训：通"顺"，顺从。○觉：正直。

訏谟定命，远犹辰告。敬慎威仪，维民之则。

○訏（xū）谟：远大的谋略。命：政令。○犹：通"猷"，谋略。辰：按时，及时。○则：法则，标准。

其在于今，(三) 兴迷乱于政。颠覆厥德，荒湛于酒。

○兴：发语词。迷乱：昏乱。○颠覆：败坏。○荒湛（dān）：沉迷，沉湎。

女虽湛乐从，弗念厥绍。罔敷求先王，克共明刑？

○女：汝。从：通"纵"，放纵。○弗：不。绍：继承先祖。○罔：不。敷：广。○克：能。共：通"供"，执行。刑：法。

肆皇天弗尚，(四) 如彼泉流，无沦胥以亡。夙兴夜寐，

○无：发语词，无实义。

洒扫庭内，维民之章。修尔车马，弓矢戎兵，

○维：为，是。章：章法，准则。

用戒戎作，用逷蛮方。质尔人民，(五) 谨尔侯度，

○逷（tì）：治，除。蛮方：南方少数民族部落，南蛮。○侯：语气助词。度：法度。

用戒不虞。慎尔出话，敬尔威仪，无不柔嘉。

○不虞：不测，意料不到的事。○柔嘉：柔和妥善。

白圭之玷，尚可磨也；斯言之玷，不可为也！

○玷（diàn）：白玉上的瑕疵。

〔六〕无易由言，无曰苟矣，莫扪朕舌，言不可逝矣。

○由言：说话。○扪：握住，按住。朕：我。○逝：追。

无言不雠，无德不报。惠于朋友，庶民小子。

○雠（chóu）：应答，回答。○惠：仁爱。○小子：平民百姓。

子孙绳绳，万民靡不承。〔七〕视尔友君子，辑柔尔颜，

○绳绳（mǐn）：小心谨慎的样子。○承：接受，顺承。○辑柔：和顺，柔和。

不遐有愆。相在尔室，尚不愧于屋漏。无曰不显，

○不：发语词。遐：何。愆（qiān）：罪过，过错。○相：发语词。○屋漏：古代室内西北隅施设小帐，安藏神主，为人所不见的地方称作「屋漏」。

莫予云觏。神之格思，不可度思，矧可射思。

○云：句中助词。觏：遇见，看见。○格：至。思：语气助词。○矧（shěn）：况且。射（yì）：通「斁」。

〔八〕辟尔为德，俾臧俾嘉。淑慎尔止，不愆于仪。

○辟：修明。○俾：使。臧：嘉，美，好。

不僭不贼，鲜不为则。投我以桃，报之以李。

○僭（jiàn）：差错，罪过。贼：害。○鲜：少。则：法则。

彼童而角，实虹小子。〔九〕荏染柔木，言缗之丝。

○童：牛羊等尚未生角或无角。○虹（hóng）：通「讧」，溃乱。○荏染：坚韧柔软的样子。柔木：质地柔韧之木，亦指可制琴瑟的桐、梓、椅、漆等木。○言：语首助词。缗（mín）：给乐器装（弦）。丝：指琴、瑟、琵琶等乐器的弦。

温温恭人，维德之基。其维哲人，告之话言，

○温温：谦和的样子。

顺德之行。其维愚人，覆谓我僭，民各有心。

○覆：反而。僭（jiàn）：错。

〔十〕於乎小子，未知臧否。匪手携之，言示之事。

○臧否：好坏，善恶。○言：发语词。示：指点，指示。

匪面命之，言提其耳。借曰未知，亦既抱子。

○面：当面。命：教导。

○借曰：假如说。未知：无知无识。

○抱子：生子。

民之靡盈，谁夙知而莫成？昊天孔昭，我生靡乐。

○莫（mù）：通“暮”，晚。

○昊天：苍天。孔：很。昭：明。

视尔梦梦，我心惨惨。诲尔谆谆，听我藐藐。

○梦梦：昏乱不明。

○惨惨：忧闷、忧愁。

○谆谆（zhūn）：恳切教诲的样子。

○藐藐：轻视的样子。

匪用为教，覆用为虐。借曰未知，亦聿既耄。

○虐：通“谑”，戏谑。

○聿（yù）：发语词。耄（mào）：年老。

於（wū）乎小子，告尔旧止。听用我谋，庶无大悔。

○旧：旧的典章制度。止：语气助词。

○庶：庶几，但愿，或许。

天方艰难，曰丧厥国。取譬不远，昊天不忒。

○忒（tè）：差错，偏差。

回遹其德，俾民大棘。

○回遹（yù）：邪僻。

○大棘：巨大的灾难。棘，通“急”。

**译诗**

仪容谨慎又谦恭，为人品行很方正。有句俗语这么说：智者常如愚者样。常人若是个愚者，全是因为缺点多。
智者如果不聪明，那便反常难琢磨。因有贤人国家强，诸侯顺服统四方。道德品行很端庄，诸侯顺从国安享。
深谋远虑定政令，远大谋略及时讲。言行恭敬又谨慎，可为人民好榜样。当今天下乱纷纷，政事混乱难言申。
你的品德已败坏，沉迷酒色政事衰。沉湎享乐很放纵，不思祖业要继承。从不广求先王道，怎能公正执法令？
苍天不肯再相帮，就如流水逝远方，君臣相继取灭亡。本应晚睡早起床，屋庭内外洒扫忙，堪为表率民效仿。
整治你的车与马，备齐弓箭和戎装，谨防战事要兴起，铲除南蛮胜在望。安定本国老百姓，恭谨守法政令明，
谨防突然祸乱生。开口出言要谨慎，行为举止要恭敬，柔和妥善保安定。白玉之上有瑕斑，还可打磨去除掉；
说话如果有污点，想要收回实在难。不要轻易把话说，别说只是随便谈，没人按住你舌头，话说出来不可返。
张口出言必有应，施德总会收获满。对待朋友要仁爱，百姓子弟同看待。子孙后代要谨慎，万民顺承盛世来。
看你招待朋友们，总是和颜又悦色，何曾不周有过错。当你独处在室内，仍对神明无所愧。不说屋内光线暗，
没人能把我看见。神明降临无人知，不可揣测难估算，怎可不敬反生厌。修明你的德与行，使它美好且端正。
你的举止要美好，礼仪莫错守规定。不犯错误不害人，很难不被人敬重。别人送我大鲜桃，我把甜李来回赠。

无角羔羊说有角，实是胡言假惺惺。坚韧柔软好木材，制作琴瑟把弦安。那人温和又谦恭，美好品德人敬爱。
如果你是明智人，金玉良言向你谈，顺从实行听规劝。如果你是愚笨人，反而要怪我胡言，人心各异难相谏。
可叹可恨你这人，好坏善恶你不分。不仅亲手扶持你，教你做事也勤恳。不仅当面教导你，提耳规劝很认真。
若要说你不懂事，也已生子有儿孙。人们要是不自满，谁会早慧晚成人？光明苍天远在上，我的人生无乐享。
看你昏庸糊涂样，我心忧烦愁满腔。恳切耐心教导你，你却趾高又气扬。不但不听我劝告，反而当作是玩笑。
若要说你不懂事，也已成人年纪高。可叹可恨你这人，旧日典章再相告。你若听从我教导，或许有救悔恨少。
时势艰难民生凋，国家衰颓难预料。想找譬喻并不远，苍天赏罚无偏差。如若邪僻不悔改，百姓恐要横遭灾。

导读

这是一首周朝老臣劝导告诫周王的诗。全诗共十二章，大致可分为三部分。前四章为第一部分，由哲与愚的关系说起，普通人的愚蠢尚可理解，聪明人做蠢事却令人费解，暗指周王身为聪明人却变得不明事理。第五至八章为第二部分，进一步明确身为国君该做和不该做的事，尤其强调要恭敬守礼、出言谨慎。最后四章是第三部分，用“於乎小子”进行呼告，恳切而急迫地劝诫周王，要听从忠言良言，规范己身，若执迷不悟恐有亡国之祸。整首诗以劝诫为主，由谆谆劝导夹杂怨叹警告，既表现出诗人为周朝衰微而深深忧虑，也反映出当时统治的混乱。

## 《诗经》中的名字

美淑　《陈风·东门之池》：彼美淑姬，可与晤歌。

舒窈　《陈风·月出》：舒窈纠兮，劳心悄兮。

楚楚　《曹风·蜉蝣》：蜉蝣之羽，衣裳楚楚。

如雪　《曹风·蜉蝣》：蜉蝣掘阅，麻衣如雪。

荟蔚　《曹风·候人》：荟兮蔚兮，南山朝隮。

# 【桑柔】

## 原诗

（一）菀彼桑柔，
○菀(wǎn)：茂盛的样子。桑柔：桑树的嫩叶。
其下侯旬。
○侯：维，是。旬：树荫遍布。
捋采其刘，
○刘：剥落，稀疏。
瘼此下民。
○瘼(mò)：病，疾苦。

不殄心忧，
○殄：断绝。
仓兄填兮。
○仓兄：同「怆怳」，悲怆失意的样子。填：久。
倬彼昊天，
○倬：光明。
宁不我矜！
○宁：岂，何。矜：怜，怜悯。

（二）四牡骙骙，
○骙(kuí)骙：马强壮的样子。
旟旐有翩。
○旟(yú)旐(zhào)：画有鹰隼龟蛇图案的旗帜。有翩：翩翩，旗帜飘动的样子。
乱生不夷，
○夷：平。
靡国不泯。
○泯(mǐn)：混乱。

民靡有黎，
○黎：众多。
具祸以烬。
○具：通「俱」，都。烬：残余，剩余或残迹。
於乎有哀，
国步斯频！
○步：时运。斯：这样。频：危急，紧急。

（三）国步蔑资，
○蔑：无。资：资财。
天不我将。
○将：扶持，扶助。
靡所止疑，
○止疑：停息。疑，通「凝」，定。
云徂何往？
○云：发语词。徂：往，到。

君子实维，
秉心无竞。
○秉心：持心，存心。无竞：不争。
谁生厉阶？
○厉阶：祸端。
至今为梗。
○梗(gěng)：灾害。

（四）忧心殷殷，
○殷殷：忧伤的样子。
念我土宇。
○土宇：土地和房屋。
我生不辰，
○不辰：不逢时。
逢天僤怒。

自西徂东，
靡所定处。
○定处：固定的居处。
多我觏痻，
○觏：遭遇，遇见。痻(mín)：困病。
孔棘我圉。
○孔：很。棘：急。圉(yǔ)：边疆。

（五）为谋为毖，
○毖：谨慎。
乱况斯削。
○斯：乃，则。削：减少。
告尔忧恤，
○忧恤(xù)：忧虑。
诲尔序爵。
○序爵：按等次授予官爵。

谁能执热，
○执热：解救炎热。
逝不以濯？
○逝：发语词。濯：洗。
其何能淑，
载胥及溺。
○载：乃，则。胥：皆，都。

（六）如彼溯风，亦孔之僾。民有肃心，荓云不逮。

○溯风：迎着风。溯，逆。○僾（ài）：呼吸不畅的样子。○肃心：上进心。○荓（pēng）：使。不逮：不及。

好是稼穑，力民代食。稼穑维宝，代食维好。

○稼穑：耕种和收获，泛指农业劳动。○代食：以力耕所得代替禄食。○维：是。

（七）天降丧乱，灭我立王。降此蟊贼，稼穑卒痒。

○灭我立王：灭我所立之王。指周厉王被国人流放于彘的事。○蟊（máo）贼：指农作物的两种病虫害。蟊，吃苗根的害虫。贼，吃禾节的害虫。○卒：完全。痒：病，受损害。

哀恫中国，具赘卒荒。靡有旅力，以念穹苍。

○恫：痛。○具：通“俱”。赘：通“缀”，接连，连缀。荒：饥荒，饥馑。○旅力：膂力。○念：感动。

（八）维此惠君，民人所瞻。秉心宣犹，考慎其相。

○惠君：仁厚爱民的君主。○宣犹：明达而顺乎事理。犹，通“猷”。○考慎：审慎考察。相：辅佐大臣。

维彼不顺，自独俾臧。自有肺肠，俾民卒狂。

○臧：善，好。○肺肠：心思。

（九）瞻彼中林，甡甡其鹿。朋友已谮，不胥以穀。

○甡（shēn）甡：同“莘莘”，众多的样子。○谮（jiàn）：通“僭”，相欺而互不信任。○胥：相互。穀：善。

人亦有言：进退维谷。（十）维此圣人，瞻言百里。

○进退维谷：进退皆难。谷，穷困。○瞻言百里：有远见。言，语气助词。

维彼愚人，覆狂以喜。匪言不能，胡斯畏忌？

○覆：反而。○匪言不能：即“匪不能言”。○胡：何。

（十一）维此良人，弗求弗迪。维彼忍心，是顾是复。

○弗：不。迪：进。○忍心：狠心，昧着良心的人。○顾：前瞻后顾。复：反复无常。

民之贪乱，宁为荼毒。（十二）大风有隧，有空大谷。

○宁：乃。○荼（tú）毒：毒害，残害。○有隧：即“隧隧”，形容大风疾吹。

维此良人，作为式穀。维彼不顺，征以中垢。

○式：句中助词。穀：美，善。○征：往。垢：污秽。

十三 大风有隧，贪人败类。听言则对，诵言如醉。

○败类：有损族类。○听言：顺从心意的话。○诵言：劝诫的话。

匪用其良，覆俾我悖。

○pì覆：反而。俾：通"睥"，眼睛斜着向旁边看。悖：违理。

十四 嗟尔朋友，予岂不知而作。

○予：我，作者自称。而：通"尔"。

如彼飞虫，时亦弋获。既之阴女，反予来赫。

○飞虫：飞鸟。○弋获：射中而擒获。○既：已经。阴：通"谙"，熟悉。女：汝。○赫：通"吓"。

十五 民之罔极，职凉善背。为民不利，如云不克。

○罔：无。极：法则，标准。○职：主张。凉：凉薄。背：背叛。○云：句中助词。不克：不能做到、不能取胜。

民之回遹，职竞用力。

○回遹：邪僻。○职竞：专事竞逐。用力：用暴力。

十六 民之未戾，职盗为寇。

○戾：善，良。

凉曰不可，覆背善詈。虽曰匪予，既作尔歌。

○凉：通"谅"，确实。○背：背后。詈：责，骂。

译诗

茂密桑树枝柔嫩，树下一片好浓荫。又捋又采桑叶尽，难遮阴凉害人民。满心忧思难断绝，悲凄日久又年深。
苍天在上有光明，为何不把我怜悯！四匹公马多强健，鹰隼旗帜正招展。失去太平生祸乱，没有哪国能得安。
百姓遭难少人烟，人人惊惶成余残。心中悲伤发哀叹，国运实在太艰难！国运困窘无钱粮，苍天不肯扶周邦。
想要投奔没地方，还有何处可前往？奉劝君子应思量，持心端正莫争强。是谁引出这祸端？时至今日灾祸降。
心中忧伤诉无处，思念故土和家乡。生不逢时无路走，偏遇老天大发怒。从西到东去奔走，流离失所无归处。
遭遇祸乱有病苦，边疆紧急敌侵入。谋划必须要谨慎，混乱状况才减轻。教导你要忧国政，教导你要用贤能。
谁在解救炎热时，能够不用冷水冲？小人治国怎会好，都要溺死把命送。就像走路迎着风，呼吸肯定不畅通。
百姓也有上进心，力无用处事难成。重视耕种和收获，百姓辛勤官有粮。农业劳动是法宝，官有粮来国兴旺。
灾祸混乱自天降，要灭我们所立王。降下害虫食根节，庄稼全都受损伤。哀痛我们老百姓，全都连续受灾荒。
没有人能有力量，只能呼告那上苍。仁厚爱民好君王，百姓爱戴又敬仰。内心明达通事理，审慎考察选辅相。
不顺民意坏君王，独令自己把福享。自私自利坏心肠，使民潦倒要发狂。远望茂盛的林莽，成群结队鹿群壮。
朋友彼此相欺罔，尔虞我诈无善良。前人有话这样讲：进退两难费思量。只有圣人眼明亮，目光长远勤瞻望。

愚笨的人思不长，狂妄自大把乐享。我们不是不能讲，为何畏忌口难张？如果这人心善良，无欲无求不着忙。
那人早把良心丧，瞻前顾后总无常。如今百姓要作乱，只因苛政实难当。大风疾吹掠四方，寂静山谷空荡荡。
若是这人心善良，言行举止都高尚。那人治国不顺理，言行污秽真荒唐。大风疾吹掠四方，族类因小人败亡。
有言逢迎便夸赏，听到劝诫把醉装。不肯任用那贤良，反而视我悖伦常。我的同僚朋友们，你的行为我知详。
就像天上那飞鸟，时被射中落罗网。我已看透你模样，反来恐吓多荒唐。百姓举止无准则，离经叛道很凉薄。
损害百姓你常做，好像还嫌不够多。百姓邪僻路走错，是你暴政逐利过。民众至今不安宁，落草寇盗争抢忙。
忠诚劝谏不听从，背后反骂我猖狂。我虽被你加诽谤，仍作此歌来献上。

## 导读

这是周大夫芮良夫讥刺周厉王暴虐、乱政并陈述救亡之道的诗。

全诗共十六章。前八章为第一部分，每章八句，阐述国家祸乱产生的种种原因。首章以桑树起兴，从茂盛的桑叶被捋采将尽，比喻百姓受盘剥之深，百姓的困顿处境令诗人倍感怜悯。第二至四章记述了因统治者征役不息、民不得休导致国运危殆的状况。第五至八章诗人提出了治政理国的良方：身为君主一定要忧恤国事，慎重谋划；授予官爵应选贤用能；对百姓要爱护体恤；要明于治道，辨明贤愚，顺理而行等。这几章是诗歌的主要部分，既揭示了祸乱的根源，也提出了治国的策略，充分地表现了诗人心忧国事、同情百姓的悲愤之情。

后八章为第二部分，每章六句，重在指责同僚中那些为政者，逢迎谄媚，助纣为虐。第九章以群鹿亲善起兴，反喻同僚相互欺骗、倾轧。第十至十五章将圣人与愚人、良人与坏人、君子与小人对比，指出执政者应为圣贤，否则就会使国事倾颓，使百姓不堪重压而作乱。第十六章再次指出国事纷乱的根本原因在于统治者昏庸暴虐、用人失当，并交代了作诗讽谏的缘由。这首诗态度鲜明，观点突出，对后世当政者有很强的鉴诫之意。

# 【云汉】

## 原诗

倬彼云汉，[一]昭回于天。王曰於乎，何辜今之人！

○倬（zhuō）：大，浩大。云汉：天河，指银河。
○昭回：星光回转。
○王：周宣王。於乎：同"呜呼"，叹词。
○辜：罪。

天降丧乱，饥馑荐臻。靡神不举，靡爱斯牲。

○荐臻（zhēn）：接连到来。荐：再。臻：至。
○靡：无。举：祭祀。
○爱：吝惜。牲：牺牲，祭祀用的牛羊等。

圭璧既卒，宁莫我听！

○圭璧：古代帝王、诸侯祭祀时所用的玉器。卒：尽。
○宁：何。

旱既大甚，[二]蕴隆虫虫。

○蕴隆：暑气郁积而隆盛。虫虫：热气蒸腾的样子。

不殄禋祀，自郊徂宫。上下奠瘗，靡神不宗。

○殄（tiǎn）：尽，断绝。禋（yīn）祀：古代祭天神的仪式。先燔柴升烟，再加牲体或玉帛于柴上焚烧。
○徂：往，到。
○上下：天地。奠：陈设酒食为祭品以祭天。瘗（yì）：掩埋，将祭品埋在地下以祭地神。
○宗：尊奉，尊敬。

后稷不克，上帝不临。耗斁下土，宁丁我躬！

○后稷：周之先祖。克：能。
○耗：损耗。斁（dù）：败坏。下土：下界，人间。
○丁：当，遭逢。躬：身，自己。

旱既大甚，[三]则不可推。兢兢业业，如霆如雷。

○推：排除，消除。

周余黎民，靡有孑遗。昊天上帝，则不我遗。

○黎：众。
○孑（jié）遗：遗留，残存。
○遗（wèi）：体恤。

胡不相畏？先祖于摧。

○摧：灭，灭亡。

旱既大甚，[四]则不可沮。

○沮：阻止。

赫赫炎炎，云我无所。大命近止，靡瞻靡顾。

○赫赫炎炎：形容暑气炽热貌。
○云：荫，遮蔽。
○大命：死亡之命，即夭年、寿命。止：停止，指死亡。

群公先正，则不我助。父母先祖，胡宁忍予！

○忍：忍心。予：我。

（五）旱既大甚，涤涤山川。

○涤涤：水流枯竭、光秃无草木的样子。

旱魃为虐，如惔如焚。

○旱魃（bá）：传说中引起旱灾的怪物。为虐：为害。

○惔（tán）：火烧。

我心惮暑，忧心如熏。

○熏：烧灼。

群公先正，则不我闻。

○闻：问。

昊天上帝，宁俾我遯！

○宁：岂，难道。俾：使。遯：今作“遁”，逃。

（六）旱既大甚，黾勉畏去。

○黾勉：勉力。

胡宁瘨我以旱？憯不知其故。

○瘨（diān）：病，灾害。以：用。

祈年孔夙，方社不莫。

○祈年：祈祷丰年的祭礼。孔夙：很早。

○方社：祭祀四方之神和土地神。莫：通“暮”，晚。

昊天上帝，则不我虞。

○虞：助。

敬恭明神，宜无悔怒。

○明神：神明。

○宜：应该。

（七）旱既大甚，散无友纪。

○散：离散，散乱。友纪：纲纪。

鞫哉庶正，疚哉冢宰。

○鞫（jū）：穷。庶正：众官之长。

○疚：痛苦，忧虑。冢宰：六卿之首，相当于后世的宰相。

趣马师氏，膳夫左右；

○趣马：管马的官。师氏：主管辅导王室、教育贵族子弟的官。

○膳夫：掌管周王饮食的官。左右：周王左右的大臣。

靡人不周，无不能止。

○周：通“赒”，接济，救济。

瞻卬昊天，云如何里？

○瞻卬（yǎng）：仰望。卬，通“仰”。

○云：发语词。里：通“悝”，忧伤。

（八）瞻卬昊天，有嘒其星。

○有嘒（huì）：微小而明亮的样子。

大夫君子，昭假无赢。

○昭假：向神祈求。无赢：没有私心。

大命近止，无弃尔成！

○成：功。

何求为我，以戾庶正。

○戾：安定。庶正：公卿百官。

瞻卬昊天，曷惠其宁？

○曷：何，何时。惠：赐。

译诗

浩瀚银河多灿烂，满天星光在回转。周王无奈仰天叹，今之百姓何罪愆！
苍天降下这祸乱，饥荒接二又连三。没有神灵未祭奠，大方把那牺牲献。
圭璧行祭已用完，神灵何不听我言！旱情已经太严重，暑气郁积地蒸腾。
接连不断祭神灵，来往郊外和王宫。祈天祭地埋祭品，从无神明不敬奉。
后稷也难解灾情，天帝不降救众生。摧残伤害这百姓，宁可我身遭苦痛！
旱情已经太严重，想要消除不可能。整日战战又兢兢，如闻雷霆使心惊。
周地剩余的百姓，几乎没人能活命。苍茫天帝有神明，却不把我来同情。
怎能让人不惶恐？人亡国灭愧祖宗。旱情实在太严重，可却没法去阻挡。
骄阳似火热浪涌，没有地方可求生。天年将尽难保命，无力瞻顾步难行。
诸侯卿士众神灵，不来助我解灾情。父母祖先在天上，怎能忍见我苦痛！
旱情已经太严重，河流干枯山也空。旱魃为害来逞凶，如同火烧热气蒸。
暑热难解心生恐，心如火焚忧忡忡。诸侯卿士众神灵，对我不问也不听。

浩渺苍天有神明，逃向哪里能求生！旱情已经太严重，勉力祈祷把神请。
为何降旱使我病？原因何在我不懂。祈年之祭早举行，方社祭礼未晚成。
浩渺苍天有神明，不来助我解灾情。我祭神明很恭敬，神明不应把气生。
旱情已经太严重，因灾离散纲不明。众官之长已智穷，冢宰无奈多苦痛。
趣马师氏齐出动，膳夫左右目标同；无人不想把力出，可却无法止旱情。
抬头仰望那苍天，如何能解我忧烦？抬头仰望那苍天，微小明亮星满天。
公卿大夫众君子，祈求神灵莫停缓。天年将尽难保命，莫要灰心弃前功！
祈雨并非为自我，要为万民求安定。抬头仰望那苍天，何时赐雨使民安？

## 导读

这是一首写周王为解旱情向天祈雨的诗。全诗共八章，除首尾两章之外，余下章节都以“旱既大甚”句领起，反映出旱情极为严重的现实情况。第一、二章写周人祭祀神明祈求降雨；第三、四章写旱情严重，难以缓解，表达了对旱灾的畏惧之情；第五、六章继续写旱，从细节入手，写旱魔肆虐、民不聊生，写出了旱灾造成的惨重损失，并对受灾原因进行反思却终无所获；第七、八章写周君臣皆因旱情一筹莫展，周王勉励臣子“无弃尔成”，继续诚心祭神，寻求上天庇佑以赐甘霖。整首诗歌充分表现出古人对自然和神灵的敬畏之心，生动反映了旷日持久旱灾下当时的社会应对策略和人民生活情况，是极有价值的一首诗。

### 《诗经》中的名字

翕　《小雅·常棣》：兄弟既翕，和乐且湛。

依依　《小雅·采薇》：昔我往矣，杨柳依依。

霏霏　《小雅·采薇》：今我来思，雨雪霏霏。

燕绥　《小雅·南有嘉鱼》：君子有酒，嘉宾式燕绥之。

令仪　《小雅·湛露》：岂弟君子，莫不令仪。

# 【崧高】

原诗

（一）崧高维岳，骏极于天。维岳降神，生甫及申。

○崧（sōng）高：高大的山脉。岳：又高又大的山。○骏（jùn）：同“峻”，险峻陡峭。极：到达。○甫：这里是指甫侯。申：这里是指申伯。

维申及甫，维周之翰。四国于蕃，四方于宣。

○翰：通“干”，本意是草木的干茎，此处译为栋梁。○蕃：同“藩”，本义指藩篱，屏障。○宣：同“垣”，围墙矮墙。

（二）亹亹申伯，王缵之事。于邑于谢，南国是式。

○亹亹：孜孜不倦之貌。○缵：使继承。○于邑：建立都城。于谢：在谢地。○南国：南方的藩国。式：榜样。

王命召伯，定申伯之宅。登是南邦，世执其功。

○召伯：姓姬名虎，封于召国，周朝重臣。○登：建设。南邦：南方的国，此指谢邑。○执：守。功：功业。

（三）王命申伯，式是南邦。因是谢人，以作尔庸。

○式是南邦：即“南邦是式”，主语宾语倒置。○是谢人：这些谢地的百姓。庸：同“墉”，城墙。

王命召伯，彻申伯土田。王命傅御，迁其私人。

○彻：开发，划定。○傅御：辅佐重臣。○私人：家臣。

（四）申伯之功，召伯是营。有俶其城，寝庙既成，

○功：事。○营：经营。

既成藐藐。王锡申伯，四牡蹻蹻，钩膺濯濯。

○藐（miǎo）藐：华美之状。○蹻（jiǎo）蹻：威武雄壮之貌。○钩膺：马颔及胸上的革带，下垂缨饰。濯（zhuó）濯：光泽明亮之貌。

（五）王遣申伯，路车乘马。我图尔居，莫如南土。

○乘（shèng）马：驷马。○图：思虑。尔：你，此指申伯。

锡尔介圭，以作尔宝。往近王舅，南土是保。

○介圭：大玉圭。○保：保有。

㊅申伯信迈，王饯于郿。申伯还南，谢于诚归。

○信：果真。迈：出发。○饯：送行。郿（méi）：古地名。○谢于诚归：即“诚归于谢”。

王命召伯，彻申伯土疆。以峙其粻，式遄其行。

○土疆：疆域。○以：就。峙：配备。粻（zhāng）：粮草。○遄（chuán）：迅速。

㊆申伯番番，既入于谢，徒御啴啴。周邦咸喜，

○番番：勇武之貌。○徒御：随从的人。啴啴（tān）：比喻人多势众。

戎有良翰。不显申伯，王之元舅，文武是宪。

○戎：“你”（“你们”）。良翰：贤良的辅佐大臣。

㊇申伯之德，柔惠且直。揉此万邦，闻于四国。

○柔惠：温恭谦和。○揉：同“柔”，使降顺。

吉甫作诵，其诗孔硕，其风肆好，以赠申伯。

○作诵：作诗。○孔硕：甚妙。硕：大，引申为美。

译诗

名山险峻又高大，高耸入云与天连。名山灵气降此处，甫侯申伯降人间。甫侯申伯有贤才，辅佐周王是栋梁。

藩国靠他作屏障，他的恩泽广宣畅。申伯勤奋有能力，辅助周王继祖业。在谢分封建新城，南国以其做榜样。

周王下令给召伯，确定新房给申伯。南方建成一谢邑，后代子孙功业享。周王下令给申伯，南国表率勇当先。

凭借谢地人民力，以此修建新城邦。周王下令给召伯，申伯田疆重新划。周王下令给命臣，举迁其家于谢邦。

申伯建邑立大功，召伯经营甚有方。城墙修缮很坚固，寝庙建设也完工，富丽堂皇极壮观。周王赐赏给申伯，

骏马四匹极健壮，胸前佩饰闪光亮。王派申伯往谢邑，大车驷马封赏厚。我已思虑你住处，或许南方最恰当。

赐你珍贵大玉圭，国之珍宝望收藏。王舅驰骋往边疆，守卫南土定国邦。申伯启程很决断，周王到郿来送行。

申伯即将回南疆，心诚意笃返谢邦。周王下命给召伯，划定申伯的疆域。路途粮草要备全，迅速动身无忧虑。

申伯勇武又豪壮，已入谢地军容壮，随军阵容列有方。周邦百姓齐欢颜，国有栋梁保安宁。德高显赫的申伯，

周王元舅人敬仰，文武双全做表率。申伯品德人人夸，温恭谦和又率直。安抚万邦功绩伟，享誉天下人颂扬。

吉甫为其作诗章，填词优美篇幅长。曲调典雅节奏美，赠子申伯广赞扬。

## 导读

这是一首周宣王时期尹吉甫为申伯送行的诗。申伯是宣王的舅舅，辅佐周王立下赫赫战功。本诗共八章，每章八句。全诗可分为三个层次。第一层是第一章，总写了申伯应天而生，身份尊贵，自命不凡。第二层是二至七章，叙述了周宣王对申伯的器重，赐予他丰厚的奖赏，这是本诗的描写重点。诗歌详细地写了定封地、建宅、迁居、赐车马、临行嘱托与赐宝、践行及入封地谢地的全过程，仪式隆重，规模宏大，彰显申伯的显赫地位。第三层是最后一章，写了申伯回谢地之后，勇作表率，不负王命，体现了其丰功伟绩，配受上文如此丰厚之赏。整篇诗歌以王命起笔，受命为过程，复命为结果，塑造了申伯德才兼备、勇武有当的高大形象。全诗叙事条理清晰，层层相扣，重点明确，情感真挚。

### 《诗经》中的名字

金玉　《小雅·白驹》：毋金玉尔音，而有遐心。

攸宁　《小雅·斯干》：君子攸宁。

骏德　《小雅·雨无正》：浩浩昊天，不骏其德。

翰飞　《小雅·小宛》：宛彼鸣鸠，翰飞戾天。

嘉卉　《小雅·四月》：山有嘉卉，侯栗侯梅。

# 【烝民】

## 原诗

[一]天生烝民，有物有则。民之秉彝，好是懿德。

○烝（zhēng）：众，多。○物：事物。则：准则。○秉彝：持执常道。○懿（yì）德：美好品德。

天监有周，昭假于下。保兹天子，生仲山甫。

○监：观察。○昭假：昭告天下。○保：保佑。○仲山甫：人名，樊侯。

[二]仲山甫之德，柔嘉维则。令仪令色，小心翼翼。

○柔嘉：温和美善。○令：好。仪：仪容。色：面色。

古训是式，威仪是力。天子是若，明命使赋。

○式：效仿。○威仪：祭享等活动中的动作或待客礼仪。○若：选择。○明命：国家法令。赋：颁布，发布。

[三]王命仲山甫，式是百辟。缵戎祖考，王躬是保。

○式：法则，榜样。百辟：诸侯。○缵（zuǎn）：继承。戎：“你”“你们”。祖考：祖辈祖先。

出纳王命，王之喉舌。赋政于外，四方爰发。

○出纳：传命。○喉舌：比喻代别人说话。○赋政：发布政令。○爰：于是。发：施行。

[四]肃肃王命，仲山甫将之。邦国若否，仲山甫明之。

○肃肃：严肃。○将：奉行，秉承。○若：善。否：坏。

既明且哲，以保其身。夙夜匪解，以事一人。

○明、哲：明智之意。○保其身：顺理以守身。○夙夜：早晚。匪：不。解（xiè）：通“懈”。○一人：周天子。

[五]人亦有言：柔则茹之，刚则吐之。维仲山甫，

○茹：食，吃。

柔亦不茹，刚亦不吐。不侮矜寡，不畏强御。

○矜寡：鳏寡。矜，通“鳏”。○强御：豪强，有权势的人。

(六)人亦有言：德輶如毛，民鲜克举之。我仪图之，维仲山甫举之，爱莫助之。衮职有阙，维仲山甫补之。

○德輶如毛：德行轻得如羽毛一般。

○克：能。

(七)仲山甫出祖，四牡业业，征夫捷捷，每怀靡及。

○业业：雄健有力之貌。

○靡及：没有完成。

四牡彭彭，八鸾锵锵。王命仲山甫，城彼东方。

○彭彭：盛多的样子。

○鸾：马身上配的铃铛。锵锵：强壮有力的样子。

○城：守卫边城。

(八)四牡骙骙，八鸾喈喈。仲山甫徂齐，式遄其归。

○骙(kuí)骙：马强壮或马不停蹄之状。

○喈(jiē)喈：拟声词，马身上铃铛的响声。

○遄(chuán)：急速。

吉甫作诵，穆如清风。仲山甫永怀，以慰其心。

○作诵：作诗。

○穆如清风：和美的乐声有如清风滋养万物。

## 译诗

苍天降生此民众，万物自有其准则。人民品性与生来，追美求善厚其德。上天临视周朝貌，德音孔昭天下闻。
祈愿保佑周天子，樊侯辅助保安定。山甫德行很高尚，温和美善有准则。仪容端正神色好，谨言慎行有考量。
遵守遗训有准则，礼节仪态合规范。天子择其为重臣，颁布法令以贯彻。周王命令仲山甫，做好诸侯的榜样。
争做诸侯的表率，辅助天子保国邦。受命传令你掌管，代王传命责任大。颁布政令到四方，四方贯彻并执行。
严肃以待王之命，山甫躬身去奉行。朝廷大事利与弊，山甫有辨心里明。聪明睿智有才德，长于交往保自身。
日夜谨慎不松懈，竭尽心力事周王。先人忠言莫敢忘：柔软东西进腹中，刚硬之物吐出口。只有山甫志坚定，
柔软之物不进口，刚硬之物忍吞肚。鳏寡孤独不欺负，不畏强权与恶徒。先人忠言莫可忘：德行之重如羽毛，
常人鲜有能高举。我暗揣测与考量，只有山甫能举起，爱莫能助心烦恼。天子政令有破缺，只有山甫可弥补。
山甫出行祭路神，四匹骏马气昂扬，随从在侧匆匆行，王命未成记心中。四马奔腾雄壮响，八只鸾铃响铿锵。
周王下命仲山甫，修筑新城于东方。四马奔驰马蹄疾，八只鸾铃响铿锵。山甫赴齐急赶路，盼望早日归故里。
吉甫作诗高歌颂，乐声优美似清风。山甫在外长思虑，自我宽慰别离情。

## 导读

这是一首周宣王时期尹吉甫所作，歌颂重臣仲山甫的高尚德行和宏伟政绩的赠别之诗。首章“懿德”二字总体概括了仲山甫品德，起到了总领全篇的作用。全诗一共八章，每章八句。首章开篇就交代了仲山甫的身世不凡，叙述其应上天命数而生的事实。第二至六章高歌仲山甫高尚德才与辅佐君王而取得的伟大政绩，运用了对比等手法，分别从德行、才能、勤勉和功绩几个方面进行了阐述与赞美。最后两章交代了本诗的创作缘由，周王下令命仲山甫去东方齐城修筑城墙，临行之前尹吉甫为其做这首赠别诗，以宽慰仲山甫的心情，同时也寄寓了希望他早日成功回归故里的美好愿望。诗歌整体结构层次分明，表达灵活，采用谚语、俗话的方式说理，同时运用了一些叠字增强了诗歌的说服力和表现力。

### 《诗经》中的名字

雅南　《小雅·鼓钟》：以雅以南，以籥不僭。

苾芬　《小雅·楚茨》：苾芬孝祀，神嗜饮食。

思柔　《小雅·桑扈》：兕觥其觩，旨酒思柔。

英英　《小雅·白华》：英英白云，露彼菅茅。

维桢　《大雅·文王》：王国克生，维周之桢。

# 【韩奕】

## 原诗

①奕奕梁山，维禹甸之，有倬其道。韩侯受命，

○奕奕（yì）：高大的样子。梁山：周宣王时韩国境内山名。○有倬：即"倬倬"，显著，大。

王亲命之：缵戎祖考，无废朕命。夙夜匪解，

○王：周宣王。

虔共尔位，朕命不易。干不庭方，以佐戎辟。

○共（gōng）：通"恭"，恭敬。○易：改变。○干：纠正，匡正。不庭：不来王庭朝觐。方：方国，诸侯国。○佐：辅佐。辟：君。

②四牡奕奕，孔修且张。韩侯入觐，以其介圭，

○孔：很。修：高，长。张：大。○介圭：大圭。圭，上尖下方的一种玉器。天子圭一尺二寸，诸侯圭九寸以下。

入觐于王。王锡韩侯，淑旂绥章；簟茀错衡。

○淑：美，善。旂：绘有交龙图案并在杆头挂有铜铃的旗子。绥章：指旗上图案花纹优美。○簟茀：竹编车篷。错衡：以金饰涂成纹理的车辕横木。

玄衮赤舄，钩膺镂钖；鞹鞃浅幭，鞗革金厄。

○镂钖（yáng）：马额上的金属制装饰品。○鞹（kuò）鞃（hóng）：指车轼当中用皮革包裹的把手处。浅幭（miè）：用浅毛兽皮做的车轼上的覆盖物。○鞗（tiáo）革：马辔头。金厄：以金为饰的车轭。厄，通"轭"。

③韩侯出祖，出宿于屠。显父饯之，清酒百壶。

○出祖：出行前祭路神。○屠：地名。○显父：周宣王的卿士。饯：饯行。

其殽维何？炰鳖鲜鱼。其蔌维何？维笋及蒲。

○炰（páo）：蒸煮。○蔌（sù）：蔬菜。○蒲：蒲菜。

其赠维何？乘马路车。笾豆有且，侯氏燕胥。

○乘（shèng）马：驷马。路车：大车，古代天子或诸侯贵族所乘的车。○笾（biān）豆：古代祭祀或宴会时常用的两种器具。笾用竹制，豆用木制。且（jū）：多。○侯氏：诸侯。燕胥：宴乐。

④韩侯取妻，汾王之甥，蹶父之子。韩侯迎止，

于蹶之里。百两彭彭，八鸾锵锵，不显其光。

○百两：百辆。彭彭（bāng）：盛多的样子。

○不显：大显，非常显耀。不，通“丕”，大。

诸娣从之，祁祁如云。韩侯顾之，烂其盈门。

○祁祁：盛多的样子。

○烂：光彩明耀。

蹶父孔武，[五]靡国不到。为韩姞相攸，莫如韩乐。

○孔武：非常勇武。

○韩姞（jí）：蹶父之女，姞姓，嫁韩侯为妻，故称韩姞。相攸：择可嫁之所。

孔乐韩土，川泽訏訏。鲂鱮甫甫，麀鹿噳噳，

○訏訏：广大的样子。

○甫甫：大貌。

○麀：母鹿。噳噳：鹿多群聚貌。

有熊有罴，有猫有虎。庆既令居，韩姞燕誉。

○令居：美好居所。

○燕誉：安乐。誉，通“豫”。

溥彼韩城，[六]燕师所完。以先祖受命，因时百蛮。

○溥：广大。

○燕师：燕国人众。完：筑成。

○时：同“司”，掌管，统辖。百：概数，形容多。蛮：古时对异族土著部落的统称。

王锡韩侯，其追其貊。奄受北国，因以其伯。

○追（duī）、貊（mò）：北方两个少数民族。

○奄：尽，全。

○伯：诸侯联盟的首领。

实墉实壑，实亩实藉。献其貔皮，赤豹黄罴。

○实：是。墉：城墙，此为筑城墙。壑：壕沟，此为挖壕沟。

○亩：田亩，此为治理田亩。藉：通“籍”，赋税，此为正其税法。

○貔（pí）：传说中的一种猛兽。

译诗

巍巍梁山真高大，曾由大禹治水平，宽大道路很通达。韩侯受封来管辖，周王亲自把令下：继承你们的祖业，

我的册命莫抛下。日夜勤政不松懈，虔诚恭谨居臣位，我的册命不更改。诸侯不朝要匡正，辅佐君王须恭敬。

四匹公马很从容，又高又大体态雄。韩侯入京来觐见，手持玉圭上朝堂。言行恭谨拜周王，周王把那韩侯赏。

彩饰旂旗多漂亮，竹编车篷金涂辕。玄色龙袍红色鞋，马头马身饰物悬。兽皮覆在车轼上，辔头金轭闪闪亮。

韩侯临行把神祭，出行住宿到屠地。显父为他来饯行，百壶清酒相酬赠。有何佳肴在席上？清蒸鲜鱼煮鳖汤。

有何蔬菜在席间？新鲜竹笋嫩蒲尖。有何礼物来相送？驷马大车路上行。竹笾木豆摆满桌，诸侯相聚宴饮乐。

韩侯吉日把妻娶，她是大王外甥女，还是蹶父女公子。韩侯迎亲去她家，来到蹶地的乡里。迎亲车子有百驾，

车上銮铃响叮当，锣鼓喧天显荣光。陪嫁众妾随同往，就像云层聚天上。韩侯礼成回头望，张灯结彩门生光。

蹶父勇武有气魄，所有侯国无不到。他给女儿选嫁所，只有韩地最相合。韩地生活很快乐，山川高大泽广阔。

鳊鱼鲢鱼大又多，鹿儿成群在山坡，还有熊罴林中过，山猫老虎也很多。庆贺嫁得好处所，韩姞从此很安乐。

多么广大那韩城，燕民受征所筑成。继承先祖受王命，统辖百蛮皆顺从。王赐韩侯把爵封，追族貊族受统领。

北方各国全听令，于是让他作首领。既挖壕沟又筑城，整治田亩把税定。献上貔皮多柔滑，豹皮熊皮皮质良。

## 导读

此诗作于周宣王时期，是一首尹吉甫称颂韩侯的诗。全诗共六章，每章十二句。第一章从大禹开通九州写起，韩侯受周王册封，管辖韩地。第二章写韩侯觐见周王，周王给予丰厚的赏赐。第三章写韩侯启程离京时，朝中卿士为他饯别的盛况。第四章写韩侯迎娶蹶父之女，再现了贵族婚礼的奢华隆重。第五章承上一章写婚事的内容，借蹶父为女择婿突出了韩地的地形和丰富的物产。第六章写韩侯成为北方诸侯的首领，承担着镇守北方、为王分忧的使命，与第一章的册封相呼应。全诗叙述有序，每一章各有侧重，前后相衔，结构完整。称颂诸侯，而不过分溢美，在叙述事实的同时，从正面、侧面不同角度落笔，庄重大方，读之悦然，在颂诗中较为突出。

貓

筍

# 【江汉】

## 原诗

（一）江汉浮浮，
○江：长江。汉：汉水。浮浮：水流盛大的样子。
武夫滔滔。
○武夫：武士，勇士。滔滔：形容大水奔流的样子。
匪安匪游，
淮夷来求。
○淮夷：古代居于淮河流域的部族。来：语气助词，含有“是”之义。求：通“纠”，讨伐。

既出我车，
○出我车：出动兵车。
既设我旟。
○设：竖起。旟（yú）：画着鸟隼的军旗。
匪安匪舒，
淮夷来铺。
○铺：陈师以伐之。一说止，停止在淮夷的土地上。

（二）江汉汤汤，
○汤汤（shāng）：水势浩大、水流很急的样子。
武夫洸洸。
○洸洸（guāng）：坚决勇敢的样子。
经营四方，
○经营：规划营治。
告成于王。

四方既平，
王国庶定。
○庶：庶几，差不多。
时靡有争，
王心载宁。

（三）江汉之浒，
○浒：水边。
王命召虎：
○召虎：召伯，姓姬名虎，封于召国，亦称召穆公。
式辟四方，
○式：发语词，无实义。辟：开辟。
彻我疆土。
○彻：治。

匪疚匪棘，
○疚：病。棘：通“急”。
王国来极。
于疆于理，
○于：于是。疆：划分田地的界限。理：治理土地。
至于南海。
○南海：泛指南方近海之地。

（四）王命召虎，
来旬来宣：
○旬：通“徇”，当众宣示。
文武受命，
召公维翰。
○召公：召虎之先祖召公奭，姬姓，封于召，助武王灭商有功。翰：通“干”，草木的茎干，引申为骨干。

无曰予小子，
○无曰：你不要说。予小子：宣王自称。
召公是似。
○似：通“嗣”，继承，嗣续。
肇敏戎公，
○肇敏：尽心竭力。戎：大。公：通“功”。
用锡尔祉。
○用：以。锡：赐。祉：福禄。

（五）厘尔圭瓒，
○厘：通“赉”，赐。圭瓒：古代的一种玉制酒器。
秬鬯一卣。
○秬（jù）鬯（chàng）：古代以黑黍和郁金香草酿造的酒，用于祭祀神明及赏赐有功的诸侯。卣（yǒu）：有柄的酒壶。
告于文人，
○告：告祭。文人：先祖之有文德者。
锡山土田。

于周受命，
自召祖命。
○自：用。召祖：召虎的祖先，指召公奭。命：册命的典礼。
虎拜稽首，
○稽首：一种跪拜礼，叩头至地，是九拜中最恭敬者。
天子万年！

虎拜稽首，对扬王休。作召公考，天子万寿！

○对扬：答谢颂扬。休：美好。此指美好的赏赐册命。 ○考：通“簋（guǐ）”，古代盛食物器具，圆口，双耳。

明明天子，令闻不已。矢其文德，洽此四国。

○明明：勤勉。 ○令闻：美好的声誉。 ○矢：通“施”，施行。 ○洽：协和。

## 译诗

长江汉水波澜起伏，勇士出征如奔腾水。不贪安逸不图游乐，讨伐淮夷迫在眉睫。已经发兵驾车出场，军旗竖起四处飘扬。不贪安逸不图舒畅，征战在淮夷土地上。长江汉水雄壮浩荡，勇士出征热情高涨。规划筹谋平定四方，捷报频传喜禀君王。战乱已定四海升平，国泰民安民心稳定。当时和平没有战争，大王内心万分安宁。长江江畔汉水水边，大王下令召见姬虎：开疆拓土统领四方，兢兢业业治理边疆。百姓无病黎民无疾，恪守规则遵循国法。划分田疆治理土地，土地辽阔直至南海。大王下令召见姬虎：巡察各地宣布王命：文王武王承天顺命，先祖召公国之栋梁。不要说我太年轻，你要传承召公美德。全心全意竭力建功，上天赐你荣华福禄。赏赐于你珍宝圭瓒，精酿美酒盈盈一壶。告祭先祖文德显著，赏赐山川土地良田。来到周朝敬听王命，沿袭祖先册封礼制。召虎叩头来拜谢，大周天子万年福！召虎恭敬叩首拜谢：歌颂大王赏赐册封。特制公簋答谢天恩，万寿无疆天威永存！天子圣明明镜高悬，美名远扬无止无边。施行礼法文德治国，四方和谐融洽生活。

## 导读

本篇为《诗经·大雅》中的一篇，主要歌颂了召伯虎平定淮夷之乱的事件。全诗共六章，写征讨淮夷之事，详写封赏略写战争，语言生动，层次鲜明，重点突出了召公注重君臣之礼，谨遵王命的行事方式，表现了宣王与召公“矢其文德，洽此四国”的愿望。

前两章以江汉起兴，表现出行军队伍声势浩大。周天子亲征，英勇的将士们为了平定淮夷、经营四方而所向披靡，最终取得了这场正义之战的胜利。第三、四章节写周王在汉江之滨，召伯虎向淮地进军，开疆拓土，向召伯虎宣扬其先祖遗志，勉励其建立丰功伟绩，此处实为君臣双方互勉。第五、六章写召伯虎行稽首礼，周宣王赏赐召伯虎珍器重宝，美酒良田，表现了对召伯虎的厚待，也体现出周天子任用贤臣、广施仁德的政治方针，表现出君臣一心致力于国家安定的共同愿望。

### 《诗经》中的名字

缉熙　《大雅·文王》：穆穆文王，於缉熙敬止。

鹰扬　《大雅·大明》：维师尚父，时维鹰扬。

玉瓒　《大雅·旱麓》：瑟彼玉瓒，黄流在中。

思齐　《大雅·思齐》：思齐大任，文王之母。

静嘉　《大雅·既醉》：其告维何·笾豆静嘉。

# 【常武】

## 原诗

[一]赫赫明明，王命卿士。南仲大祖，大师皇父。

○南仲：人名，周朝辅政大臣。

○大师：古代三公之一，即太师，为辅佐国君之臣。

整我六师，以脩我戎。既敬既戒，惠此南国。

○六师：周天子所统六军之师，军队。

○戎：兵器。

○惠：恩惠。南国：南方诸国。

[二]王谓尹氏，命程伯休父，左右陈行，戒我师旅。

○尹氏：掌卿士之官。一说尹吉甫。

○陈行：军队。

○戒：告诫。师旅：军队。

率彼淮浦，省此徐土。不留不处，三事就绪。

○率：循，沿着。淮浦：淮水边。

○省：巡视。徐土：指徐国。

○留：同“刘”，杀戮。处：安处。

○三事：三公，三卿。就绪：安心从事其本业。

[三]赫赫业业，有严天子。王舒保作，匪绍匪游。

○业业：高大雄壮的样子。

○保作：安行。

徐方绎骚，震惊徐方。如雷如霆，徐方震惊。

○绎（yì）骚：骚动，骚乱。

[四]王奋厥武，如震如怒。进厥虎臣，阚如虓虎。

○奋：奋发，扬起。厥：其。

○阚（hǎn）：虎叫声。虓（xiāo）虎：咆哮怒吼的虎，多用来比喻勇士猛将。

铺敦淮濆，仍执丑虏。截彼淮浦，王师之所。

○铺敦：陈兵屯驻。濆：水边，高岸。

○仍：因。执：捉。丑虏：对俘虏的蔑称。

○截：绝。浦：水滨。

[五]王旅啴啴，如飞如翰，如江如汉。如山之苞，

○啴（tān）啴：繁盛的样子。

如川之流。绵绵翼翼，不测不克，濯征徐国。

○绵绵：连续不断的样子。翼翼：整齐的样子。

○濯（zhuó）：盛大、光明的样子。

王犹允塞，徐方既来。徐方既同，天子之功。

○犹：通"猷"，谋划。允：确实，果真。塞：诚实。

○同：一致，一统。

四方既平，徐方来庭。徐方不回，王曰还归。

○庭：朝廷。

○回：违背。

**译诗**

周朝天子显赫英明，任命官卿统领军情。太祖庙里任命南仲，太师皇父也听命令。休整军队稳固军心，修缮兵器整顿军队。谨慎治军时刻警戒，恩泽广至南方诸国。周朝天子对尹氏说，令程伯休父为司马，全军队伍左右排列，告诫将士将要出征。沿途经过淮浦水边，细细巡视徐国土地。不常驻扎不扰百姓，平定内乱早日回还。周朝天子显赫高大，威严庄重天威尽显。行军舒缓安宁至远，不为享乐不为游玩。徐国引起兵荒马乱。人心惶惶惊恐离散，雷霆之怒惹人心颤，人心惶惶徐国大乱。君王奋起动用武力，雷霆之怒撼天震地。勇武之臣发起进军，呐喊声如猛虎发威。淮河水边驻兵布阵，趁机捉住敌方俘虏。淮河水边断绝后路，周王水边驻扎军队。军队浩荡气势雄壮，似鸟高飞展翅翱翔，似江似河涌起波浪。似山环绕稳稳扎根，似川流淌潺潺不息。军队阵容整齐有序，前途无量不可战胜，大力兴师征讨徐国。大王谋划实在精当，徐国已经前来归顺。徐国已经臣服一统，天子征伐立下战功。四方安定四海升平，徐国来朝拜谒上庭。徐国承诺不再反叛，周王于是班师回城。

## 导读

本篇为《诗经·大雅》中的一篇，为歌颂周宣王率兵亲征徐国，凯旋而归而作，全诗共六章，详细地记述了战争的发展，叙事实写与虚写巧妙结合。

第一章写天子任命作战将领、部署作战任务、整顿军队。第二章写宣王以极简的语言交代程伯休父作战计划，阐明目标、路线等重要内容。第三章至第五章描写双方交战状态，接连表现了王师在天子的带领下士气勇猛，势如破竹，徐国溃败逃散的场面，二者之间形成了鲜明的对比。此三章中运用了多个比喻，将周王朝军队的英勇善战表现得淋漓尽致。王师声威远扬，令徐国闻风丧胆。第六章写由于天子指挥得当，战争取得胜利，徐国臣服，表现了周宣王杰出的政治和军事才能。

总体而言，本诗层次分明，语言叙述详略得当，战争场面及周朝士兵的英勇气概跃然纸上。

### 《诗经》中的名字

清馨　《大雅·凫鹥》：尔酒既清，尔殽既馨。

柔嘉　《大雅·抑》：敬尔威仪，无不柔嘉。

柔惠　《大雅·嵩高》：申伯之德，柔惠且直。

懿德　《大雅·烝民》：民之秉彝，好是懿德。

穆清　《大雅·烝民》：吉甫作诵，穆如清风。

# 【瞻印】

原诗

[一]瞻印昊天，则不我惠。孔填不宁，降此大厉。

○填（chén）：通"尘"，长久。○大厉：大恶，大祸害。

邦靡有定，士民其瘵。蟊贼蟊疾，靡有夷届。

○瘵（zhài）：病，多指痨病。○蟊（máo）：吃苗根的害虫。○夷届：终止，止息。

罪罟不收，靡有夷瘳。[二]人有土田，女反有之。

○罪罟（gǔ）：刑罪之网。罟，网。○夷瘳（chōu）：疾病痊愈，比喻生民疾苦的解除。○女：通"汝"，你。

人有民人，女覆夺之。此宜无罪，女反收之。

○民人：人民，百姓。○覆：反。○收：逮捕，拘押。

彼宜有罪，女覆说之。[三]哲夫成城，哲妇倾城。

○说（tuō）：通"脱"，解脱，赦免。○哲夫：足智多谋的男子。成城：兴邦。○哲妇：多谋的妇人。倾城：国家破灭。

懿厥哲妇，为枭为鸱。妇有长舌，维厉之阶。

○懿：通"噫"，叹词。○枭：猫头鹰。鸱：鹞鹰。○阶：由来。

乱匪降自天，生自妇人。匪教匪诲，时维妇寺。

[四]鞫人忮忒，谮始竟背。岂曰不极？伊胡为慝！

○鞫（jū）：穷究。忮（zhì）：嫉妒。忒（tè）：变。○谮（zèn）：诬陷。竟：终。○慝（tè）：奸邪，邪恶。

如贾三倍，君子是识。妇无公事，休其蚕织。

○公事：即"功事"，指妇女所从事的纺织蚕桑之事。○休：停止。

[五]天何以刺？何神不富？舍尔介狄，维予胥忌。

○刺：批评，责备。○富：福佑。○介狄：披甲的恶敌。介，甲。一说大。○维：只。胥：相。

不吊不祥，威仪不类。人之云亡，邦国殄瘁。

○吊：慰问遭遇不幸的人。○类：善。○殄瘁（tiǎn）：困病，忧病。

⑥天之降罔，维其优矣。人之云亡，心之忧矣。

○降罔：加入罪名。罔，同“网”，罪网。

天之降罔，维其几矣。人之云亡，心之悲矣。

○几：危险。

⑦觱沸槛泉，维其深矣。心之忧矣，宁自今矣？

○觱沸：泉水涌出的样子。槛泉：喷涌肆流之泉。槛，通“滥”，泛滥。○宁：岂，难道。

不自我先，不自我后。藐藐昊天，无不克巩。

○克：能。

无忝皇祖，式救尔后。

○忝：辱，有愧于。○式：用。

## 译诗

抬头瞻仰浩浩苍天，不肯施恩惠于人间。天下长久不安，降下此等大祸患。国家没有安定日，士人平民百病缠。

害虫侵食噩耗来，不知何时能终止。刑罪之网难收取，不知何时苦楚去。别人土地田野阔，你却私自欲占有。

别人百姓多且繁，你又私自去抢夺。这些本是无罪人，你却反而都收监。那些确实犯了错，你却反而替开脱。

智谋男子能兴邦，妇人多虑国倾覆。哎那精明的女子，凶恶可比猫头鹰。搬弄是非的女子，成为祸乱的缘由。

祸患并非从天降，来自妇人的诽谤。不听教导与教诲，偏听女人和内侍。穷尽拙劣的想法，满口谗言违背他。

难道这不是狠毒？为何频频入迷途！似商人获三倍利，朝中大臣洞悉知。妇女不要干国事，一心从事桑蚕织。

上天为何降指责？诸神为何不庇佑？元凶顽敌全不顾，只留猜忌于心中。不抚恤来不祈祥，仪容举止不像样。

贤良之人皆逃亡，国家困顿要灭亡。苍天撒下罪责网，条例繁多覆盖广。贤良之人忙逃亡，心中苦闷多忧愁。

苍天撒下罪责网，危机四伏沸沸扬。贤良之人在逃亡，心中悲痛苦闷藏。泉水奔涌四处淌，究其原因底幽深。

心中苦闷多忧愁，难道今日恰逢时？并非先于我生前，并非后于我故去。苍茫天神高在上，都应敬畏那苍天。

不要有愧于祖先，尝试挽救于后贤。

## 导读

这首诗歌写于周幽王时期，是讽刺周幽王沉迷褒姒美色，荒淫无道，祸国殃民的一首诗歌。全诗一共七章，感情外显，结构明晰。

第一章总写了当时的天灾人祸以及国家危难。而一切的罪因又是“天”，既指的是自然，又指的是民间的统治者周天子，一语双关讽刺外显。第二章写了周天子逆天而为、倒行逆施，以致国家生灵涂炭，文本中两次“反”和“覆”描写，形成了尖锐的讽刺和控诉。第三章写祸乱的原因：周幽王宠爱美女褒姒，听信了她的谗言导致民生不稳。第四章呼吁让女子远离朝政。第五章正面控诉周幽王的罪行：不忌戎狄，反怨贤臣，致使国家危亡。批评矛头直指周天子，情感十分强烈。第六章抒发了作者忧患时弊之心，面对黎民疾苦，心中十分不忍。最后一章劝勉君主能够忧虑国事、明辨是非、远离奸佞，并且提出了一系列的补救措施。

整篇诗歌尽管句式长短不一，但情感真切自然，随着句子的跌宕将情感的转折淋漓尽致地描绘出来，让人仿佛置身乱世之中，感同身受。

### 《诗经》中的名字

哲成　《大雅·瞻卬》：哲夫成城。

秉文　《周颂·清庙》：济济多士，秉文之德。

德纯　《周颂·维天之命》：於乎不显，文王之德之纯。

骏惠　《周颂·维天之命》：骏惠我文王，曾孙笃之。

振鹭　《周颂·振鹭》：振鹭于飞，于彼西雍。

# 【召旻】

原诗

[一]旻天疾威，天笃降丧。瘨我饥馑，民卒流亡，

○旻（mín）天：天的统称。疾威：暴虐，威虐。

○瘨（diān）：灾害。

我居圉卒荒。[二]天降罪罟，蟊贼内讧。昏椓靡共，

○居：城中所居之处。圉（yǔ）：边陲。

○罪罟：刑罪之网。

○蟊（máo）贼：喻危害人民或国家的人。内讧：集团内部互相倾轧。

○昏椓（zhuó）：阉人。靡共：不供职。

溃溃回遹，实靖夷我邦。[三]皋皋訿訿，曾不知其玷。

○靖：图谋。夷：铲除，诛灭。

○皋皋：愚顽的样子。訿（zǐ）訿：不称职。

○玷：白玉上的斑点，喻人的缺点、过失。

兢兢业业，孔填不宁，我位孔贬。[四]如彼岁旱，

草不溃茂，如彼栖苴。我相此邦，无不溃止。

○溃茂：茂盛。

○栖苴（chá）：挂在树上的水草。

○相：看。

○止：语气词。

[五]维昔之富不如时，维今之疚不如兹。彼疏斯粺，胡不自替？

○疚：贫穷。

○疏：糙米。粺（bài）：精米。

职兄斯引。[六]池之竭矣，不云自频？泉之竭矣，

○职：主。兄（kuàng）：通“况”，滋益，更加。引：延长，增长。

○频（bīn）：通“滨”，水滨。

不云自中？溥斯害矣，职兄斯弘，不烖我躬？

○中：中央，中间。

○溥：普遍，广大。

○不：无实义。烖：动词，殃及。

[七]昔先王受命，有如召公。日辟国百里，今也日蹙国百里。

○蹙：皱，收缩。

於乎哀哉！维今之人，不尚有旧！

○於（wū）乎：即“呜呼”。

译诗

苍天暴虐施淫威，上天多灾降丧乱。灾害频频有饥荒，百姓惶惶去流浪，

我国边境俱荒凉。上天降下罪责网，贼人攀咬起内讧。官员昏聩谗言放，

坏乱国法邪乱想，图谋毁灭我国邦。欺诈毁谤良心丧，自身过失不知道。

认真负责谨慎忙，内心不敢苟安状，地位卑微遭贬伤。如同那年干旱样，

草木凋零万物荒，如同枯草倒地上。据我察看这国家，溃败散乱在眼前。

昔日富足不似今，今日贫穷不比昔。常人糙米你精米，为何还不自请离？

独断专权日更甚。池水干涸与枯竭，岂会不是从水滨？泉水干涸与枯竭，

岂会不是从中央？普遍危害愈深广，独断专权日更甚，岂能不会祸自身？

从前接受先王令，众多贤臣如召公。每天辟百里国土，今也每天失百里。

现在多么的悲哀！可怜如今执政者，不循法度念旧规！

导读

这首诗歌是《大雅》的最后一篇，作于周幽王时期，是讽刺当时的周天子荒淫无道，任用奸佞，致使朝政混乱、民生维艰的诗歌。全诗一共七章，诗人针砭时弊的同时，又有疾恶如仇的愤慨，结构错落，言语有力，情感沉郁。

全诗可分为三部分。第一部分即第一章，总结了当时的社会状况：饥馑满地，百姓流离失所。首句提到上天降下的灾祸才导致如此状况的发生，也暗讽了周天子当时的不作为。第二部分是第二到四章，痛斥了当时社会小人当道，胡作非为，引发了社会动乱的恶果，同时斥责了小人的无耻罪行。第三部分是第五到七章，这一部分作者主要抒发了诗人对天下大乱的痛心疾首，希望周幽王能够以古鉴今，明辨是非，励精图治。这一部分运用了比喻和对比的手法，精巧地将古今国家和人民的生活进行了比较，发人深省。

诗歌结构精巧，论证有力，很好地达到了警醒当世和后世的目的。

## 《诗经》中的名字

和铃　《周颂·载见》：龙旂阳阳，和铃央央。

馨宁　《周颂·载芟》：有椒其馨，胡考之宁。

纯熙　《周颂·酌》：时纯熙矣，是用大介。

其琛　《鲁颂·泮水》：憬彼淮夷，来献其琛。

# 诗经·颂

《颂》是周王庭和贵族宗庙祭祀的乐歌，又分为《周颂》《鲁颂》和《商颂》。其中《周颂》主要歌颂了周文王、周武王及其后代的功绩，《鲁颂》和《商颂》则分别歌颂了鲁国和商朝的祖先和神灵。《颂》篇的诗歌主题往往恢宏大气，其内容多宣扬天命，赞颂祖先的功德，表达了对祖先和神灵的敬仰与感激。

# 清庙

原诗

於穆清庙，肃雍显相。济济多士，秉文之德。

○於：感叹词。穆：美好。清庙：清静的宗庙。

○肃雍：态度庄严雍容。显：高贵。相：助祭的公侯。

○济济：众多而整齐的样子。多士：参加祭典的官员。

○秉：秉持。文之德：周文王的美德。

对越在天，骏奔走在庙。不显不承，无射于人斯。

○对越：答谢，颂扬。

○骏：迅速。

○不显：盛大的样子。不，通“丕”，大。承：继承。

○射（yì）：同“斁”，厌弃。

译诗

啊，美好清静的宗庙中，助祭们庄严又雍容。贤士排列多整齐，秉持着文王的美德。

为报答、颂扬文王的在天之灵，不停地奔走在宗庙中。光辉的德行被后人传承，永远不会被后人遗忘。

## 导读

本诗是《诗经》中《周颂》的首篇，是贵族公侯及其臣僚，在文王庙举行祭祀大典时演唱的乐歌。

周文王姬昌，周太王之孙，季历之子，商朝时期被封为西伯，被后人视为“内圣外王”的典型。他在位期间，勤政爱才，善施仁德，网罗了大批贤士，体恤百姓，生活简朴，深受百姓爱戴。在位五十年间，他灭掉了西岐周边的小国，使得西岐版图不断扩大，国力日渐强盛，有“天下三分，其二归周”之说，从而为周武王灭商奠定了坚实的基础。

宗庙肃穆清明，助祭的公卿王侯面容恭敬平和。秉持周文王的美德，为了报答、颂扬周文王的在天之灵，参加祭祀的官吏、贤士都在奔走忙碌，祭祀井然有序。诗歌通过助祭、参加祭祀人的表现，具体、生动地展示了周文王的美德，语言虽简洁，却饱含对文王的赞美之情。

# 【维天之命】

**原诗**

维天之命，於穆不已。於乎不显，文王之德之纯！

○维：语助词。一说"思念"。

○於（wū）：赞叹词。穆：肃穆。不已：不止。指天道运行无止。

○不：通"丕"，发语词。显：光明。

○德之纯：言德之美。纯：大，美。

假以溢我，我其收之。骏惠我文王，曾孙笃之。

○假以溢我：是说以嘉美之道戒慎于我。假，嘉，美。溢，陈奂《诗毛氏传疏》："溢，慎。"

○收：受，接受。

○骏惠：顺从的意思。

○曾孙：后代子孙。自孙之子以下皆称曾孙。笃：厚，忠实。

**译诗**

想那天道的运行，美好肃穆永不停。多么辉煌多光明，文王之德多纯净！

嘉美之德使我慎，我们永远要继承。顺从我祖文王道，子子孙孙永力行。

## 导读

这也是周王祭祀周文王的诗。《毛诗序》说：“《维天之命》，太平告文王也。”《郑笺》：“告太平者，居摄五年之末也。文王受命，不卒而崩。今天下太平，故承其意而告之，明六年制礼作乐。”周文王是周朝的奠基人，他推行仁政，开拓疆土，致使国势渐强，为灭殷打下了基础，是周人最崇拜的祖先，所以《周颂》中有很多篇都是歌颂他的。据《郑笺》，文王去世时还未成就灭殷大业，所以说“不卒而崩”。文王死后四年，武王攻陷朝歌，建立了周王朝。此诗当作于周公摄政六年。诗的前四句盛赞文王之德，能上配于天。下四句言子孙要勉力保守家业，忠诚地遵循文王的旨意。语言简洁，条理分明。

# 【维清】

**原诗**

维清缉熙，文王之典。肇禋，迄用有成。

维周之祯。

○维：思，想。清：清明。缉熙：光明的样子。

○祯：吉祥。

○典：典章制度。

○肇（zhào）：开始。禋：祭天的仪式。古代只有有国者才祭天，文王时还未建国，故不可能祭天。「肇禋」实际上指开辟国土。高亨认为：「禋」当作「西土」，乃西土二字误合为「垔」，后人又加示旁。周在西方，所以称西土。

○迄：至，终。用：犹「于」。成：成功。

**译诗**

我周政教清又明，文王典章指路灯。伟功开始于西土，最终基业开创成。

这是周家的祥祯。

## 导读

这也是周王祭祀周文王的诗。《毛诗序》："《维清》，奏《象舞》也。"《郑笺》："《象舞》，象用兵时刺伐之舞，武王制焉。"这是表演《象舞》时的乐歌。象舞，就是舞者动作如打仗时击打刺杀之状，以显示文王的战功。此篇既赞扬了文王的德政，又歌颂了文王的武功，文短而意旨深远。

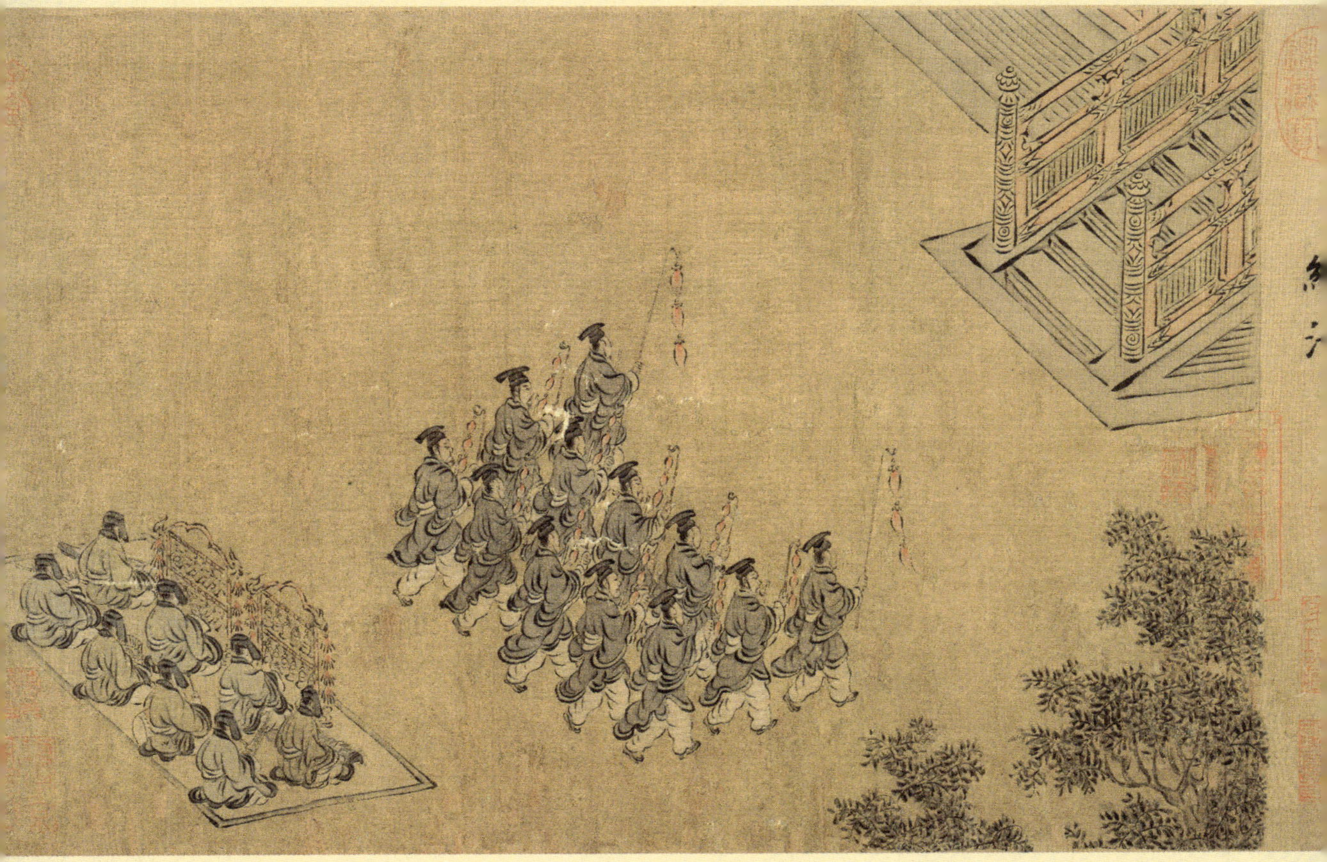

# 【烈文】

原诗

烈文辟公，锡兹祉福。惠我无疆，子孙保之。

○烈文：武功和文德。辟公：助祭诸侯。○锡：赐给。兹：此，这。祉福：福禄。○惠：爱。无疆：无穷。

无封靡于尔邦，维王其崇之。念兹戎功，继序其皇之。

○封：大。靡：过错。○崇：崇尚。○戎功：大功。○继序：继承。皇：光大。

无竞维人，四方其训之。不显维德，百辟其刑之。

○竞：强。人：贤士。○训：服从。○显：伟大。○百辟：诸侯。刑：通"型"，效法。

於乎！前王不忘。

○前王：即周文王、周武王。

译诗

武功文德兼备的诸侯，赐给你们享用不尽的福气。赐我无穷的恩惠，后世子孙永保此福。

在你的国家不要有大的过错，就会被我王尊重。思及先辈的功业，继承并发扬光大。

招贤纳士才会变得强大，四方才会服从。先王的伟大在于其德行，诸侯应当效法他。

呜呼！先王典范铭记于心。

## 导读

周武王灭商后，即位的成王年幼，由周公辅政。本诗是周成王掌政在宗庙祭祀祖先时，劝勉助祭诸侯的诗。

周武王在四方诸侯的帮助下灭商成功，为巩固政权，周武王进行了分封，受封的诸侯获得了参加周王室祭祀先祖的资格。诗的前四句为第一部分，周王先是对助祭诸侯帮助建立周朝的功绩进行了赞扬，表示是这些武功文德皆备的诸侯给周王室带来了福祉，他会让子孙永远保存下去。这是对诸侯们的安抚。但是，要想国家长治久安，诸侯听命于自己，仅有安抚是不够的，还需对他们加以管束。第二部分的九句诗便由赞扬转为训诫，用了两个“无”，命令诸侯们在各自的封地上勤勉治国，继承祖业并发扬广大，同时牢记先王的美德，听从周王的号令。

# 【天作】

原诗

天作高山，大王荒之。彼作矣，文王康之。

○天作：天生。即自然形成。高山：指岐山，在今陕西省岐山县东北。○大王：即太王，指古公亶父，周文王的祖父，周武王建立周朝时，追谥为"周太王"。荒：开荒，经营。○彼：指周地的人民。作：开始。○康：安康。

彼徂矣，岐有夷之行，子孙保之。

○彼：指民众。徂：往，去。○夷：平坦。行：道路。

译诗

上天造就高耸的岐山，太王在此开荒经营。周地百姓开始来定居，文王让百姓安康。

民众齐聚岐山，岐山之路平坦宽阔，子孙永保此地。

## 导读

本诗是周朝祭祀岐山的诗。

古公亶父之时，周民族经常被附近部族侵扰，古公亶父就带领部族迁徙至岐山，开垦土地，使部族发展壮大，为后来周灭商奠定了坚实的基础。因此，周人认为古公亶父开创了周朝的基业。古公亶父在岐山时，关爱百姓，推行仁德，《史记·周本纪》说“古公亶父复修后稷、公刘之业”，周武王建立周朝时，追谥他为“周太王”。周文王继承先祖功业，使周的势力进一步扩大，后有“凤鸣岐山”之兆，预示周朝兴盛，将取得天下。周人把岐山作为发源地和圣地，因此，周武王统一天下后缅怀先王，祭祀岐山，立志不忘先祖功德。

# 昊天有成命

原诗

昊天有成命，二后受之。成王不敢康，夙夜基命宥密。

○昊天：上天。成命：既定的天命。○二后：二王，周文王、周武王。受：承受。○成王：武王之子，即周成王。康：安乐。○夙夜：日夜。基：其。命：天命。宥：通"有"。密：通"勉"。

於缉熙！单厥心，肆其靖之。

○於：叹词。缉熙：光明。○单：通"殚"，竭力。厥：其，指周成王。○肆：巩固。靖：安定。

译诗

上天有定命，文武二王承受天命。成王不敢贪安乐，日夜谋划宽厚宁静。

多么光明灿烂！殚精竭虑保天命，国家太平人民安定。

## 导读

本诗为祭祀周成王的诗。

本诗开头先说周文王、周武王受命于上天，周成王传承二王之命，表明他同样得命于天。周文王、周武王开创了周朝王业，而周成王的使命是巩固周朝统治，使百姓安定。面对先祖留下的基业，周成王“不敢康”，即不敢耽于享乐，而是勤勉治国，“夙夜基命宥密”，日夜谋划政令，居安思危，从而使周朝政教宽大，国安民定。周成王是周朝第二代天子，与其子周康王在位期间，周朝政治清明，人民安定，史称“成康之治”。《史记·周本纪》曰：“成康之际，天下安宁，刑措四十余年不用”，体现了周成王的功绩。

本诗语言简洁，篇幅虽短，但构思精巧，体现了对周成王的歌颂和赞美。

# 我将

原诗

我将我享，维羊维牛，维天其右之。仪式刑文王之典，日靖四方。伊嘏文王，既右飨之。我其夙夜，畏天之威，于时保之。

○将：奉上。享：献祭品。○右：保佑。○仪式刑：效法。刑，通“型”。典：制度。

○靖：平定。○伊：语气助词。嘏（jiǎ）：伟大。○右飨：享受祭献，佑助降福。右，佑助。飨，享用。○夙夜：日夜。

○时：是。

译诗

奉上祭品献给神灵，祭品有牛有羊，祈求上天保佑周朝。效法文王制定典章，日日祈求平定四方。伟大的文王，请享用祭品。我日夜勤政，敬畏上天的威仪，才能保佑周朝安定。

## 导读

这是周武王出兵伐殷前，祭祀上天和周文王，祈求保佑的诗。

史书记载，武王出兵伐纣，归来后作《大武》。《大武》是一套乐舞，以恢宏的舞蹈表现了武王伐纣并取得胜利的丰功伟业。《大武》对应六篇歌诗，《我将》是第一篇。

诗歌前三句描绘了祭祀上天时的场景。“我将我享，维羊维牛”，武王虔诚奉上祭品，希望得到上天保佑。祭品中有羊有牛，反映了周人生活富足，这是上天的福泽。接下来的四句祭祀周文王，表示自己将效法、学习周文王。最后三句表明自己会勤勉治国，遵循天道，使周朝安定。先祭祀上天，后祭祀周文王，体现了对上天的敬畏。周文王顺应天道，关爱民众，使国家安定富足，自己要以文王为榜样，在上天的保佑下完成文王未竟的事业，同时发扬文王美德，统一天下。

# 【时迈】

原诗

时迈其邦，
○时：是，发语词。迈：巡视。邦：国。

昊天其子之，
○昊天：上天。子之：视之如儿子。

实右序有周。
○实：的确。右：保佑。序：同“叙”，顺助。

薄言震之，
○薄言：语气助词连用。震：震动。

莫不震叠。
○震叠：震慑。叠，通“慑”，恐惧。

怀柔百神，
○怀柔：安抚。百神：即天地众神。

及河乔岳。
○河：黄河，这里指河神。乔岳：高山，这里指山神。

允王维后！
○允：确实。维：是。王、后：君王，这里指周武王。

明昭有周，
○明昭：光明，荣耀。

式序在位。
○式：语气助词。序：顺序。位：职位，地位。

载戢干戈，
○载：于是。戢：收藏。干戈：指兵器。

载櫜弓矢。
○櫜（gāo）：古代收藏盔甲弓矢的器具。

我求懿德，
○懿德：美好的品德。

肆于时夏，
○肆：施行。时：是。夏：中国，指周朝。

允王保之。

译诗

武王巡视各诸侯国，上天视他如儿子，保佑周朝国家兴旺。武王发兵讨伐纣王，诸侯们都惊慌。安抚诸神进献祭品，天地众神来共享。天下之主是周武王！光明荣耀大周朝，按照顺序封赏诸侯。兵甲都收藏起来，弓箭装进包囊。我们寻访有美德的人，仁政遍施中国，周王永保国家兴旺。

## 导读

本诗为周武王巡视各诸侯国、祭祀百神的诗。

《毛诗序》说，颂即“美盛德之形容，以其成功告于神明者也”，《郑玄笺》曰：“武王既定天下，时出行其邦国，谓巡守也”。武王灭商后分封诸侯，为树立威望，巡守天下。诗歌开篇“时迈其邦，昊天其子之”，武王和诸侯得到了上天的认可，被上天视为儿子，因此“右序有周”。“怀柔百神，及河乔岳”表明武王既能治理人间，又能安抚百神，加重了承接天命的色彩。“明昭有周”，将周朝先祖的功业发扬光大。后文写周武王分封诸侯，“载戢干戈，载櫜弓矢”，以文德治理国家，保持天命，使天下太平，与开头首尾呼应。

本诗虽然为歌颂周武王之作，但层次清楚，逻辑分明，承接自然，气象壮大，是难得的颂诗。

# 执竞

**原诗**

执竞武王，无竞维烈。不显成康，上帝是皇。

○执竞：制服强敌。竞，强。○无竞：无比。烈：功绩。○成康：周成王和周康王。○皇：赞扬。

自彼成康，奄有四方，斤斤其明。钟鼓喤喤（huáng），

○奄有：尽有。○斤斤：明察的样子。○喤喤：形容钟鼓声洪亮。

磬筦将将，降福穰穰。降福简简，威仪反反。

○磬：古代石制打击乐器，用玉、石制成。筦：同「管」，竹制乐器。将将：同「锵锵」，形容金石撞击发出的声音。○穰穰：众多的样子。○简简：盛大的样子。○威仪：古代祭祀典礼上的礼仪。反反：态度庄重的样子。

既醉既饱，福禄来反。

○反：回报。

**译诗**

制服强敌的武王，没有人的功业比他强。伟大的周成王和周康王，上天对他们赞扬有加。从那成康二王起，

周朝统一占有四方，明察秋毫很英明。敲钟打鼓其声洪亮，击磬吹管其声清越，上天降下来众多福气。

天赐洪福多吉祥，祭祀礼仪很庄重。神灵酒足饭饱，福禄来回报周朝。

## 导读

本诗是合祭周武王、周成王、周康王的诗。

诗的前七句赞颂武王、成王、康王，回忆他们勇猛善战，英明神武，开疆拓土，建立了周朝。祭祀者祈求他们保佑后世子孙能永享安乐，周朝绵延不绝。这既是对先祖的缅怀和追忆，也含有夸耀和骄傲的心理。

之后，诗中出现了钟鼓磬管四种乐器，钟鼓洪亮，磬管清越，营造了严肃静穆的祭祀氛围。祭台上供奉着合乎礼仪的祭品，乐师奏响鼓乐，周王和助祭者恭敬庄重，秩序井然地进行祭祀，祈求上天庇佑，气象升平。对场景的详尽描述，是本诗区别于其他颂诗之所在，同时使用了叠字词，使描述生动鲜活，让读者有身临其境之感。

诗歌开始赞颂“三王”，但其重点还是在于祈求神灵保佑，当时的人认为，只有得到上天的恩赐，国家才能国运昌隆，绵延不绝。

# 思文

## 原诗

思文后稷，克配彼天。

○思：助词。文：文德。后稷：周人先祖。○克：能。

贻我来牟，帝命率育。

○贻：遗留。来：小麦。牟：大麦。○率：普遍。育：养育。

立我烝民，莫匪尔极。

○立：通"粒"，谷粒，此处用作动词，养育。烝民：民众，百姓。○极：至，此处指功德无量。

无此疆尔界，陈常于时夏。

○疆：疆土。界：地界。○陈：遍布。常：常规，这里指农政。时：此。夏：中国。

## 译诗

有文德的后稷，功德能配上天。养育天下百姓，
没有人能忘记您的恩德。赐给我们麦种，
帝命用它们来养育百姓。不区分彼此和边界，
在全中国推广。

## 导读

《毛诗序》曰：“《思文》，后稷配天也。” 本诗是祭祀周人先祖后稷的乐歌。

传说，后稷善于种植谷物，为尧舜时的农官，教百姓耕种，被尊称为“稷王”“农神”。

《诗经·大雅·生民》详细描写了后稷传奇的成长经历和他在农耕上的天赋。他因善种植被帝尧举为农师，他注重筛选品质优良的农作物种子，还帮助当时的人从事农业生产，开创了农耕文明。正是由于后稷的这些功绩，周人对其崇敬有加，认为其“克配彼天”，赞扬他的恩德，故有《思文》。此诗篇幅简短，语言简练而旨意深远。

# 【臣工】

## 原诗

嗟嗟臣工，敬尔在公。王釐尔成，来咨来茹。

○嗟嗟：叹词。臣工：群臣百官。○敬：勤谨。在公：办理公事。○釐：通“赉”，赐予。成：成法。○咨：咨询。茹：商量。

嗟嗟保介，维莫之春。亦又何求，如何新畬。

○保介：农官。○莫：同“暮”。○亦：助词。又：有。○新畬(yú)：新田旧田。开垦两年的田地叫“新”，开垦三年的田地叫“畬”。

於皇来牟，将受厥明。明昭上帝，迄用康年。

○於皇：叹词，呜呼。来牟：小麦和大麦。○厥：其。明：收成。○迄：至。用：以。康年：丰收的年景。

命我众人：庤乃钱镈，奄观铚艾。

○众人：指农民。○庤(zhì)：备好。钱(jiǎn)：古代铲类农具。乃：你。镈(bó)：古代锄类农具。○奄：同。观：视察。铚(zhì)艾(yì)：铚，古代一种短的镰刀。艾，古代一种大的镰刀。

## 译诗

群臣百官听我说，办理公务要勤谨。周王赐给你们耕种法，遇到问题要请示和研究。

农官们也要听好，现在是暮春时节，你们有什么需求？新田旧田怎么种？

麦苗长势真好，秋天收成一定很好。光明无比的上天，赐给我们丰收的年景。

农人们听我的命令：准备好农具，一同观看收割的场景。

## 导读

这是周王带领群臣从事农耕活动，告诫群臣勤勉公务，农官做好农事管理工作，农人恪守本分的诗歌。

周朝是农业社会，农业生产对维护国家安定有着重要作用。农耕时节，周天子带领百官省耕，既可以显示对农业生产的重视，也对农官起到震慑、督促之用。诗的前四句训勉百官勤勉公务，对流传下来的种植方法潜心研究。后四句告诫农官按照农事时节筹划农事。接下来的四句称赞庄稼长势良好，秋天一定会有好收成，感谢上天。最后三句是针对农人的，要求他们准备好收割的农具，自己秋收时还会前来。

总览全诗，周朝是农业兴国，因此周王非常重视农业生产，在巡守之时省耕，督促农官及时补充农耕用具，农人及时耕作，以免误了农事，反映了国家对农业生产的重视。

# 【噫嘻】

原诗

噫嘻成王，
○噫嘻：感叹词，表赞叹。
既昭假尔。
○昭：明。假：通"格"，至，达于。
率时农夫，
○率：带领。时：通"是"，此。
播厥百谷。
○厥：其。
骏发尔私，
○骏：赶紧。发：发动。私：当为"耜"，翻土农具。
终三十里。
○终：尽。三十里：在这里指籍田。
亦服尔耕，
○服：从事。
十千维耦。
○十千：一万人，这里极言人多。耦：两个人在一起耕地。

译诗

哎呀，成王多保佑，我心存虔诚。将率领农夫，亲自播种百谷。赶紧翻动你们的农具，耕耘那目力所及的土地。

你们要努力从事耕作，万人耦耕齐心协力。

## 导读

这是周康王举行籍田礼时的颂歌，内容是周康王亲至籍田，和农夫一同耕种。原始社会时，氏族首领也要参加劳动。进入阶级社会后，统治者虽不必亲自参加劳动，但这种仪式保留了下来。

诗的前四句叙述周康王虔诚地向上天祈祷，表明自己即将举行籍田礼。后四句描写周康王训诫农官，同时率领农夫开耕播种的景象。从内容上来看，《臣工》描写的是籍田礼的礼仪部分，而本诗则顺承其后，主要写康王带领农夫参加耕作的场面，二者有顺承关系。

本诗内容虽简短，但气魄不凡，最后一句“十千维耦”便展现了康王带领数万农夫一齐耕种的壮观场面。

《噫嘻》与《臣工》从一个侧面反映了周朝初年的礼制与农事活动，具有极高的史料价值。

# 【振鹭】

原诗

振鹭于飞，

○振：鸟群飞的样子。鹭：白鹭。

于彼西雍。

○雍：辟雍，西周天子所设大学，校址圆形，围以水池，前门外有便桥。

我客戾止，

○客：夏商二王之后。戾：至。止：语气助词。表确定语气。

亦有斯容。

○斯容：高洁的仪容。

在彼无恶，

○无恶：不被人怨恨。

在此无斁。

○yì斁：厌弃。

庶几夙夜，

○庶几：差不多，这里表希望。夙夜：早起晚睡，指勤于政事。

以永终誉。

○永：长。终誉：盛誉。

译诗

一群白鹭在飞翔，在西边的辟雍旁。我有宾客到来，穿着高洁的衣裳。他在封地没人怨恨，在此地受人爱戴。

希望能日夜勤于政事，美名永被赞扬。

## 导读

本诗是周王接待前来助祭的夏、商国君后代的乐歌。

《毛诗序》曰："《振鹭》，二王之后来助祭也。"其中的"二王之后"即为夏、商国君后代。武王克商，封夏朝的后代于杞，封商朝的后裔于宋。《论语·尧日》中提到，"兴灭国，继绝世，举逸民"，是说不对亡国之君赶尽杀绝，使其后世绵延，为的是安抚其族众，使自己的王朝统治稳固。本诗内容即体现了周朝"兴灭继绝"的治国方略。

诗的前两句以白鹭鸟飞翔在高空起兴，三、四句夸赞前来助祭的夏、商国君后代，他们仪容高洁，像白鹭洁白的羽毛。五、六句对来客的品行进行褒扬，他们仁德出众，不仅深受本国人民拥护，而且在其他诸侯国也受爱戴。这实际上也体现了周王对"二王之后"的密切关注。最后两句展望未来，希望他们忠于王室，勤于政事，将盛誉保存下去。

本诗语言灵动而典雅，展现了周朝礼仪的一部分，也体现了周王的政治策略和君王气度。

# 【丰年】

原诗

丰年多黍多稌，亦有高廪，万亿及秭。为酒为醴，

○黍：小米。稌（tú）：稻谷。○高廪：高大的粮仓。○亿、秭（zǐ）：周代以十千为万，以十万为亿，以十亿为秭。○醴：甜酒。

烝畀祖妣，以洽百礼，降福孔皆。

○烝：进献。畀：给予。祖妣：男女祖先。○洽：配合。百礼：祭祀时的各种仪式。○孔：很。皆：普遍。

译诗

丰收年景黍稻多，建好高大的粮仓，储存万亿新粮食。酿成清酒和甜酒，

献给祖先，用来配合祭祀典礼，福泽多多降下。

## 导读

本诗是庆祝丰收，祭祀上天和先祖的乐歌。

《毛诗序》曰：“《丰年》，秋冬报也。”每当秋季丰收之后，为感谢上天庇佑和祖先降福，周王会举行盛大的祭祀典礼，即为“报”。

周朝以农业立国，粮食丰收，自然值得庆祝。数不清的粮食堆满高大的粮仓，人们将收获的稻谷酿成美酒，用于供奉先祖。这从侧面说明年成极好，粮食富余。由于并不是每年都会丰收，因此人们用酒配合其他礼仪祭祀，一方面表示自己不忘先祖恩德，另一方面也是祈求上天保佑来年再获丰收。

整首诗洋溢着喜悦的气氛，传达出人敬神、神佑人的天人和睦景象。

# 【有瞽】

**原诗**

有瞽有瞽，在周之庭。设业设虡，崇牙树羽。

应田县鼓，鞉磬柷圉。既备乃奏，箫管备举。

喤喤厥声，肃雍和鸣，先祖是听。我客戾止，

永观厥成。

○瞽（gǔ）：盲人。古代乐师多为盲人。

○庭：指宗庙的前庭。

○业：古代悬挂钟或磬的木架上的横木。虡（jù）：古代悬挂钟或磬的架子两旁的柱子。

○崇牙：悬挂编钟编磬之类乐器的木架上端所刻的锯齿。树羽：在崇牙上插上五彩鸟羽。

○应：小鼓。田：大鼓。县鼓：悬挂而击的鼓。县，同"悬"。

○鞉（táo）：同"鼗"，有柄有耳的摇鼓。磬、柷（zhù）、圉（yǔ）：均为古代打击乐器。

○箫管：排箫和大管。泛指管乐器。备举：齐奏。

○喤喤：形容钟鼓声大而和谐。

○肃雍：形容乐声和谐舒缓。

○戾止：来到。

○永：一直。成：指乐曲演奏完毕。

**译诗**

盲人乐师排列整齐，齐聚在周庙的前庭。钟架鼓架摆放好，崇牙用五彩羽毛装饰。

大鼓小鼓和悬鼓，鞉磬柷圉各就其位。准备齐全就开始演奏，箫管都吹奏起来。

乐音齐响声音嘹亮，和谐舒缓曲调悠扬，先祖和神灵恭请聆听。

各位嘉宾来到，一直观看直到乐曲奏完。

## 导读

本诗是周王祭祀先祖时的乐歌。

《毛诗序》曰：“《有瞽》，始作乐而合乎祖也。”周克商之后，周公辅佐周成王，待天下稳定，开始建立各项礼法制度，礼乐是其中的重要一项。因此，《毛诗序》称本诗“始作乐”。

瞽为盲人，在周朝指乐官。古人认为，瞽矇通过口耳相传传承文化知识，能沟通人神，因此在当时有极高的地位。《周礼·春官》：“瞽矇掌播鼗、柷、敔、埙、箫、管、弦、歌。讽诵诗，世奠系，鼓琴瑟。”瞽矇掌管各种乐器，在祭祀时吹奏这些乐器，同时配合歌唱，并诵诗，所诵之诗有讽谏君王之用。

本诗描写的场面是祭祀先祖，自然少不了助祭之人，诗歌最后两句“我客戾止，永观厥成”，其中的“我客”应与《振鹭》中的“客”相同。诗中先是详细记述了演奏前的准备工作和各种乐器，后又描写了嘉宾听乐的投入场面，体现了周朝礼乐制度的完备和现场的壮观。

## 【潜】

**原诗**

猗与漆沮，潜有多鱼。

有鳣有鲔，鲦鲿鰋鲤。

以享以祀，以介景福。

○猗与：赞叹词。漆沮：漆水和沮水。在陕西渭河以北。

○潜：水中放入木柴，供鱼栖息的池塘。

○鳣（zhàn）：鲟鳇鱼的古称。鲔（wěi）：鲟鱼。

○鲦（tiáo）：鲦鱼，体小，呈条状。鲿（cháng）：黄鲿鱼。鰋（yǎn）：鲇鱼。

○享祀：祭祀。

○介：求。景：大。

**译诗**

漆水与沮水，水中的柴堆里栖息着很多鱼。有鳣鱼和鲔鱼，鲦鲿鰋鲤成群结队。

用来献给祖先，祈求福气绵延不绝。

## 导读

本诗是一首以鱼祭祖的乐歌。

古时人们临河而居，鱼是重要的食物之一。周朝时，人们在水中放置柴堆，便于鱼群在其中栖息繁衍，也便于捕捞，表明周时的养鱼技术已经十分先进。漆水和沮水美丽富饶，人们将从其中打捞上来的肥美的鱼做成祭品进献给祖先，体现祭祀的诚心，祈求祖先降福庇佑。诗中共写出鳣、鲔、鲦、鲿、鰋、鲤六种鱼，以展现鱼的种类多，鱼产丰富。

“鱼”与“余”同音，有富足繁荣之意，是吉祥如意的象征，从古时延续到现代，成为中华民俗文化的一部分。

鰷

# 【雍】

## 原诗

有来雍雍，至止肃肃。相维辟公，天子穆穆。

○来：来祭祀的人。雍雍：和睦的样子。○至止：来到。肃肃：恭敬庄重。○相：助祭的人。辟公：诸侯。○穆穆：端庄恭敬。

於荐广牡，相予肆祀。假哉皇考，绥予孝子。

○於：赞叹词。荐：进献。广：大。牡：公牛。○相：助。肆：陈列。○假：大，美。皇考：对亡父的尊称。○绥：安抚。

宣哲维人，文武维后。燕及皇天，克昌厥后。

○宣哲：明哲，明智。人：人臣。○后：君主。○燕：安定。○克：能。昌：昌盛，兴盛。厥：其。

绥我眉寿，介以繁祉。既右烈考，亦右文母。

○绥：赐予。眉寿：长寿。○介：助。繁：多。祉：福祉。○右：保佑。烈考：光明的先父。○文母：有文德的母亲。

## 译诗

一路行走从容和谐，到达庙堂恭敬庄肃。诸侯前来助祭，主祭天子端庄恭敬。进献的公牛真大啊，助我摆好祭品祭神灵。伟大的先帝，安抚孝子的心。大臣明礼聪智，君主文武双全。国治民安感动上天，能让子孙繁盛。请求赐予我长寿，保佑福禄绵长。光明的先父享贡品，文德的母亲也来享。

## 导读

本诗是周王祭祀完父母之后，撤去祭品所唱的乐歌。

诗的前四句讲述了祭祀时不同人物的神态。助祭诸侯在来的路上平和从容，进入祭祀场所便庄重恭敬，有序排列，营造出庙堂庄严肃穆的氛围。主祭天子居中，虔诚而容止端正。虽然没有直接描述助祭诸侯的神态，但天子“穆穆”，诸侯自然肃静庄重，这是天子权威的体现。第二层，进献大公牛和各种祭品，言祭品丰盛，同时向亡父祝祷。第三层赞美先父文武双全，英明神武，以致国家安定昌盛，子孙福禄永存。第四层祈求先父赐予自己长寿和福气，同时表示既祭祀先父，也祭祀先母，希望先父母享用祭品，表明本诗是祭祀后撤去祭品的乐歌。

本诗叙述祭祀过程完备，是《诗经》中的佳品。

# 【载见】

**原诗**

载见辟王，曰求厥章。龙旂阳阳，和铃央央。

○载：始。辟王：君王。○曰：发语词。厥：其。章：典章。○龙旂：画有蛟龙的旗子。阳阳：旗子飘动飞扬的样子。○和铃：和与铃均为古代车铃。和在轼前，铃在旗上。央央：和谐的铃声。

鞗革有鸧，休有烈光。率见昭考，以孝以享。

○鞗（tiáo）革：马络头的下垂装饰。○休：美。烈光：光耀；荣耀。○率：带领。昭考：指武王。○孝享：祭祀。

以介眉寿，永言保之，思皇多祜。烈文辟公，

○眉寿：长寿。○思：发语词。皇：大。祜：福。○烈文：武功文德。辟公：指助祭诸侯。

绥以多福，俾缉熙于纯嘏。

○绥：赐予。○俾：使。缉熙：光明。纯嘏：大福。

**译诗**

诸侯初次朝见周王，请求赐予新的典章。蛟龙旗随风飘扬，车铃声清脆叮当。马辔上的装饰金光闪，美丽又明亮。率领诸侯拜祭先王，奉上祭品请享用。请求赐予长寿，保佑大周长久安定，赐予吉祥福气无边。英明勇武的诸侯，先王赐予你福祥，辅佐君王耀四方。

## 导读

本诗是周成王登上王位，诸侯前来朝见、助祭的乐歌。

周成王即位，诸侯首次来朝，《左传》记载，诸侯来朝见周王，“志业于好，讲礼于等，示威于众，昭明于神”。周王与诸侯实质是结盟，周王通过各种手段搞好与诸侯国的关系，加强统治地位，使诸侯国忠心拱卫周室，为“礼乐征伐”打下基础。一边威慑，一边笼络，是为君之道。

诗歌先写诸侯来朝见周王“日求厥章”，请求周王赐予新的典章制度，便于治理各诸侯国。接着写诸侯来朝的场景，龙旗在风中猎猎作响，车上的铃铛发出响亮的声音，马辔被装饰得闪着金光，场面隆重而热烈。然后周王和助祭“率见昭考”，奉上祭品，祈求先王赐予福寿，保佑国家安定，大周基业永存，还为诸侯祈求福禄。

本诗描写生动，如“阳阳”“央央”，充满文学性。

# 【有客】

**原诗**

有客有客，亦白其马。
○客：指宋微子，殷纣王庶兄。○亦：语助词。

有萋有且，敦琢其旅。
○有萋有且：形容随从众多。○敦琢：形容随从有礼有节。

有客宿宿，有客信信。
○宿宿：连住两夜。宿，住一夜。○信信：连住四夜。信，住两夜。

言授之絷，以絷其马。
○絷（zhí）：绊马索。○絷：此处用作动词，拴。

薄言追之，左右绥之。
○薄言：发语词。追：饯行。○左右：周王左右群臣。绥：安抚。

既有淫威，降福孔夷。
○淫威：大德。这里指盛大的礼节仪式。○夷：大。

**译诗**

我有客人远道而来，驾车的马白又壮。随从众多，品行端正又有礼节。客人已在此住两天，热情挽留再住几日。真想拿出一条绊马索，拴住客人的马让他留下。客人要走为他饯行，群臣都来安抚他。盛大的礼仪来待客，上天赐福盛又多。

## 导读

本诗是周成王为客人饯行时所唱的乐歌。

《毛诗序》曰："《有客》，微子来见祖庙也。"武王克商，封殷商后人微子于宋，微子受命前来宗庙为周成王助祭，受到成王的盛情款待。祭祀仪式结束，成王为其饯行。

诗歌第二句言明客人所骑之马为白色，殷人尚白，出席重大场合乘白马。宋国属于周朝的诸侯国，"于周为客"，其国君来朝见周王用朝觐之礼，所以后文描写周王用隆重的宾礼接待。三四句写微子所带随从众多，且品德端正。随从都精心挑选，从侧面表现来客对朝见的重视。

接下来四句，来客已留宿几日，说明成王待客极为隆重，宾主尽欢。为了让来客多留几天，周天子甚至以"授絷"仪节表达挽留之意，并不是真的用缰绳拴住客人的马，而是表示对客人的尊重。

最后四句写既然挽留不了客人，就为其饯行，各位大臣也前来安抚，情真意切，礼仪周全。周王在最后向上天请求降福于客人，送上美好祝福。

周王对宋国国君以宾礼相待，实为周室怀柔诸侯的一种手段，用意是让诸侯和周室一起稳定天下。

# 【武】

原诗

於皇武王，无竞维烈。允文文王，克开厥后。

○於：叹词。用于赞美。皇：美，大。○无竞：不可争衡，无比。烈：功绩。○允文：有文德。允，发语词。○克：能够。开：开创，开启。厥：其。

嗣武受之，胜殷遏刘，耆定尔功。

○嗣：继承君位。○遏：阻止。刘：杀戮。○耆（zhǐ）定：达成。耆，致使。定，成。

译诗

伟大辉煌的武王，您的功绩无人可比。有文德的文王，为后世开创基业。后嗣武王继承遗业，

制止杀戮打败商王，完成您的丰功伟绩。

## 导读

本诗是舞乐《大武》中的一段歌词，讲述武王伐纣并歌颂武王功绩。

《大武》是周灭商后周公编制的武舞，用以歌颂周武王的武功。舞蹈共分成六段，对应的歌诗分别为《武》《酌》《赉》《般》《时迈》《桓》，也有人认为应为《我将》《武》《酌》《赉》《般》《桓》，尚无定论。《左传·宣公十二年》曰:“武王克商……又作《武》，其卒章曰‘耆定尔功。’”朱熹《诗经集传》:“《武》，一章，七句，《春秋传》以此为大武首章也。”

本诗前两句先歌颂武王的功绩无人能比，接着转而赞美文王，因为其文德，为后世开创了基业。最后三句承接上文，武王继承文王遗志，打败商朝，制止杀戮，取而代之，又照应开头，点明武王功绩之伟大。

诗中“胜殷遏刘”，表明武王克商是为了制止杀戮，代表正义的一方，但发动战争就会有更大的杀戮，这是为伐殷找的借口。

# 闵予小子

## 原诗

闵予小子，遭家不造，嬛嬛在疚。於乎皇考！

○闵：通"悯"，怜悯。予小子：周成王自称。古代帝王对先王或长辈也自称"予小子"。○不造：不善，即不幸。○嬛嬛（qióng）：孤独无依的样子。疚：哀伤。○皇考：对已故父亲的尊称，这里指周武王。

永世克孝。念兹皇祖，陟降庭止。维予小子，

○永世：终生。克：能。○兹：此。皇祖：对已故祖父的尊称，这里指周文王。○陟（zhì）降：上下。庭：正直，公正。止：语气助词。

夙夜敬止。於乎皇王，继序思不忘。

○敬：勤勉。止：语气助词。○皇王：先代君王，这里兼指文王、武王。○继：继承。序：通"绪"，事业。思：语气助词。

## 译诗

可怜我这个小孩子，家中遭遇不测，孤立无援忧心不已。英明的先父武王，一辈子遵礼重孝。想起皇祖文王，祀天治国遵循直道。我如今年幼登位，早晚勤理政务。神明的先王，继承祖志永不忘。

## 导读

本诗是周成王在周武王丧后即位，前往宗庙祭祀祖先，歌颂先祖功绩，表明决心的诗歌。

诗歌前三句交待了创作背景和成王的处境，武王新丧，年幼的成王即位，丧父之痛加上缺乏治理国家的经验，成王深感孤立无援，树立了成王弱小无助的形象，因此需要大臣尽力辅佐。后两句赞美先父周武王，周武王伐殷取得胜利，武功极大，但此处突出其“孝”，表明自己要向其学习，恪守孝道，蕴含要求群臣尽忠、尽心辅佐自己的深意。接下来的两句写先祖父周文王任用贤臣，而这些能臣辅佐周武王伐商，开创了周朝的基业。一方面，自己会像文王一样选贤任能，另一方面，群臣也要继续辅佐自己守成。八、九句写面对祖先的文治武功，自己虽然年幼，但夙夜勤勉执政，不敢有丝毫放松，兢兢业业，表明了自己的努力。最后两句点明中心，告祭祖先：我一定继承祖业，永志不忘！

成王即位时年幼，尚不能有如此高的政治觉悟，由周公辅政。周公亲历周文王、周武王两朝，现在辅佐成王，自然懂得其处境艰难，因此，本诗应为周公所作。

# 【访落】

原诗

访予落止，率时昭考。於乎悠哉，朕未有艾。

○访：谋划，商讨。落：始。止：语气词。○率：遵循。时：是，这。昭考：对已故父亲的尊称，这里指武王。○悠：遥远。○艾：阅历。

将予就之，继犹判涣。维予小子，未堪家多难。

○将：助。就：接近。○犹：谋划。判涣：分散。

绍庭上下，陟降厥家。休矣皇考，以保明其身。

○绍：继承。庭：直，公正。○陟降：提升和降级之意。厥家：群臣百官。○休：美。○保明：保佑。

译诗

我即位之初商讨国政，决定遵循先王武王的法度。先王之道博大精深，我阅历太浅心惶恐。尽管群臣都来相助，继承祖业未敢懈怠。我年幼登位，受不起国家多难。继承先王治国谋略，选贤任能安定国家。英武的先王啊，保佑我永享安康。

## 导读

本诗是周成王祭告周武王，与群臣商讨国政的诗歌。

《毛诗序》曰：“《访落》，嗣王谋于庙也。”“嗣王”即周成王。武王伐商成功后励精图治，但四年后逝世，年幼的成王即位。朝中的一些大臣蠢蠢欲动，想趁机扩张自己的权力。成王年幼，羽翼未丰，缺乏治国经验，于是由周公旦辅政。成王于是祭告先帝，与群臣谋划国政，提出要遵循先王的治国方略，既为接下来的话语奠定方向，也是让诸侯安心，表明自己不会更改武王之前推行的政策，以期诸侯能安心辅佐自己，光大周朝。

接下来，成王表示担忧，因为先王之道博大精深，就算群臣在旁相助，仍可能谋划失当，塑造了一位面对治国大任忧心不已的年幼新帝形象。但成王并没有放弃，面对繁杂的国事，深刻体会到守成的艰难，决心继承先父的遗志，治理群臣，提拔贤能之人，罢黜庸碌，使其各司其职，安定国家，对诸侯也是一种震慑。

最后两句呼应开头，赞叹先王美德，自己加以继承，希望保佑自己和周室永享安康。

# 敬之

原诗

敬之敬之，天维显思，命不易哉！无曰高高在上，

○敬：警诫。○显：洞察。思：语气词。○命：天命。易：更改。

陟降厥士，日监在兹。维予小子，不聪敬止。

○陟降：指提升和降级之意。厥士：群臣百官。○日：每天。监：督察。兹：此。○不：语助词。聪：聪明。这里是听从的意思。敬：警诫，警惕。止：语气助词。

日就月将，学有缉熙于光明。佛时仔肩，示我显德行。

○就：成就。将：进步。○缉熙：逐渐积累以致光明。○佛：同「弼」，辅助。时：是。仔肩：责任。○示：指示。显：美好。

译诗

谨记啊谨记，天道洞察一切，天命不容易更改！不要再说苍天高高在上，提升或罢免官员有法度，

时刻在监视。我年幼即位，应听从天命且警诫。日积月累地学习，积渐广大至光明。肩负的责任重大，

请指示给我美好的德行。

## 导读

本诗是周成王警示群臣并警诫自己的诗。

开篇连用两个“敬之”，点明主旨，又让人仿佛看见威严的周天子站在堂前，对群臣发话。接下来强调“天维显思，命不易哉”，天命不可更改，周朝代替商朝是天意，人们应顺应天意，听命于周室，以得到上天的庇佑。接下来的三句，上天虽处高处，却能洞悉人间的一切，人们所作所为都在其监视之下，所以群臣要听命于自己。后六句，从对群臣的警示转为对自身的警诫。成王十三岁即位，执政经验不丰富，有些大臣可能心生疑虑，但成王表示自己会谦虚学习，日积月累，一定会走上光明之路。由于肩负上天赋予的重任，他要求群臣尽心辅佐，使自己继承先王美德，带领周朝向前发展。

本诗开篇简洁明了，一种强大的气场扑面而来，展现了成王作为上位者的魄力。随后，成王先是谦逊示弱，接着对群臣提出要求，展现了一定的政治能力。

# 【小毖】

**原诗**

予其惩，而毖后患。莫予荓蜂，自求辛螫。肇允彼桃虫，拚飞维鸟。未堪家多难，予又集于蓼。

○惩：警诫。毖：谨慎。

○荓（píng）：使。蜂：细蜂。

○辛：疼痛。螫（shì）：蜜蜂以毒针刺人叫螫。

○肇：始。允：信。桃虫：鸟名，即鹪鹩，尾羽短，体型小，羽毛赤褐。

○拚：通「翻」，鸟飞的样子。

○蓼（liǎo）：一年生草本植物，茎叶味辛辣，古人常用来比喻辛劳困顿。

**译诗**

我对之前犯的过错要加以警诫，以预防再次犯错。没人让毒蜂来蜇我，是我自己招来的祸患。

现在才开始相信小小的鹪鹩鸟，长大竟然是翻飞的大鸟。家国多难风雨飘摇，我也陷入困境。

## 导读

本诗是周成王深刻反省自己所犯的过错并防止再犯此类错误的作品。

《闵予小子》是周天子召见大臣的诗歌，《访落》中描述诸侯朝见天子商讨国政的情景，《敬之》是周成王警示群臣和自己的诗，而《小毖》内容则为成王惩前毖后，内容上有顺承关系，因此被看作组诗。

周公归政于成王之后，尽管成王已成年，但面对复杂的政治局面，难免会犯错误，本诗以第一人称叙述，前两句是表明成王认识到自己的错误，因此要加以警诫，以免再犯错，悔恨之心溢于言表，情真意切，总领全诗。接下来的四句具体描述了过失。蜂虿看起来细小，蜇人却让人感觉疼痛难忍，“自求”点明是因自己不察，才招致祸乱，成王这是在提醒自己应该防微杜渐，把祸患消灭在萌芽状态。郑玄《毛诗笺》中解释道：“始者，信以彼管、蔡之属，虽有流言之罪，如鷦鸟之小，不登诛之，后反叛而作乱，犹鷦之翻飞为大鸟也。”周公执政期间，管叔、蔡叔等散播周公有篡位野心的流言，周成王未加以制止。后来管叔、蔡叔等势力壮大，起兵反叛。小祸演变成大祸，成王才意识到其中的利害，反省自身。最后两句，描述国家面临的艰难处境，自己身上的责任重大，所以会谨慎行事，避免前述事件再次发生，同时也是给予群臣信心。

桃蟲ノ一種
桃蟲

蜂

# 【载芟】

**原诗**

载芟载柞，其耕泽泽。千耦其耘，徂隰徂畛。

○载：开始。柞（zé）：砍伐树木。芟（shān）：除草。

○泽泽（shì）：土松散的样子。泽，通"释"。

○耦：两人一起耕种叫作耦。耘：除草。

○徂：往。隰：低湿的地方。畛（zhěn）：田地间的小路。

侯主侯伯，侯亚侯旅，侯彊侯以，有嗿其馌。

○侯：句首语气助词，相当于"维"。主：一家或一国之长，这里指家主。伯：长子。

○亚：第二，这里指老二老三等。旅：幼小晚辈。

○嗿（tǎn）：众人吃东西的声音。馌（yè）：给在田间耕作的人送饭。

思媚其妇，有依其士。有略其耜，俶载南亩。

○思：语气助词。媚：美好。

○依：壮盛的样子。士：指强壮的小伙子。

○略：形容犁头锋利的样子。耜：犁头。

○俶：开始。载：翻草。南亩：向阳的田地。

播厥百谷，实函斯活。驿驿其达，有厌其杰。

○实：种子。函：被泥土覆盖。活：生气勃勃的样子。

○驿驿：接连不断的样子，这里指禾苗破土而出。达：出土。

○厌：美好，这里用以形容禾苗茁壮的样子。杰：特出，指壮苗。

厌厌其苗，绵绵其麃。载获济济，有实其积，

○厌厌：禾苗茂盛的样子。

○绵绵：茂密的样子。麃（biāo）：《鲁诗》作"穮"，指谷穗上的芒。此指谷穗。

○获：收获。济济：谷物众多的样子。

○实：满。积：堆积。

万亿及秭。为酒为醴，烝畀祖妣，以洽百礼。

○万亿：周代以十千为万，以十万为亿，以十亿为秭。这里形容多，不是实指。

○醴：甜酒。

○烝：进献。畀（bì）：给予。祖妣：男女祖先。

○洽：配合。百礼：祭祀典礼上的各种仪式。

有飶其香，邦家之光。有椒其馨，胡考之宁。

○飶（bì）：食物散发出的香气。

○椒：用椒浸泡酒，或指酒香醇厚。

○胡考：老年人。宁：安康。

匪且有且，匪今斯今，振古如兹。

○匪：非。且：此。

○振古：自古。

译诗

开始去除杂草并砍伐树木，耕地使土松散。千人一起耕耘，去往洼地和田间小路。家主和长子一同前来，子弟辈也紧随其后，壮丁和雇工都出现，在田间地头吃饭。漂亮的女子，健壮的男子。农具锋利，先耕种南面的田地。各种种子撒入土里，颗粒饱满生气勃勃。新芽不断破土而出，粗壮的禾苗茁壮成长。禾苗越来越茂密，谷穗长长又弯弯。谷物收获颇丰，堆满打谷场，成万上亿无法计量。酿成美酒，进献给祖先，配合祭典其他仪式的需要。祭品飘香，体现我国家有荣光。进献馨香的椒酒，祝愿老人得安康。并不是现在才如此，也并非今年才如此，自古就是这样的。

## 导读

本诗是周王籍田时祭祀社稷的乐歌。

农业是周朝立国之本，每到春耕，周天子就会带领诸侯籍田，亲自下田耕作，祈祷上天降福。

诗歌开头描述了人们挥刀割草、砍树开垦土地，用农具犁地的景象，千百农夫一起耕作，洼地和小路也布满了人，一派热火朝天的劳动景象。

第五、六句展现了当时的土地制度："普天之下，莫非王土。"全国的土地归周天子所有，周天子将土地分封给诸侯，诸侯定期向天子缴纳贡赋。诸侯再将土地分配给下属，形成了以家庭为单位的土地所有制形式。本诗这两句就展现了耕作田地时，家主带领着子弟集体劳作的场景。

春耕如此重要，人们全都加入进来，努力耕作。柔美的女性，健壮的小伙子，坐在田间地头吃饭，谈论着今年的年景，既活泼又生动。

接下来写播种和作物生长。用锋利的犁破开向阳处的土地，然后播种下精心挑选的种子，作物开始繁茂地生长，结出的谷穗又多又饱满。这里也体现出当时的耕作技术的先进。

很快到了收获的季节，新收的谷物堆放在打谷场，一些用来酿制酒，和飘香的祭品一起祭祀祖先，祈祷上天保佑丰年不断，人民安康，一派富足之景。

本诗按照时间顺序展开，记述了周朝农业生产活动，可以帮助我们了解当时的生产形态和劳作方式，具有极高的史料价值。

# 【良耜】

## 原诗

畟畟良耜，俶载南亩。播厥百谷，实函斯活。

○畟畟（cè）：形容犁头锋利快速入土的样子。耜：犁头。
○俶：开始。载：翻草。南亩：向阳的田地。
○实：种子。函：被泥土覆盖。活：生机勃勃的样子。

或来瞻女，载筐及筥，其饟伊黍。其笠伊纠，

○或来瞻女：有人来看你。女，通"汝"。
○载：背。筐：盛物的方形竹筐。筥（jǔ）：盛物的圆形竹筐。
○饟：同"饷"，这里指送来的饭食。伊：是。黍：糜子，指小米饭。
○笠：用竹篾或棕皮编制的帽子。纠：缠绕，这里指编制。

其镈斯赵，以薅荼蓼。荼蓼朽止，黍稷茂止。

○镈（bó）：古代锄草的农具。赵：锄地铲草。
○薅（hāo）：拔除。荼蓼（liǎo）：泛指田间的杂草。
○朽：腐烂。止：语气助词。

获之挃挃，积之栗栗。其崇如墉，其比如栉。

○挃挃（zhì）：收割的声音。
○栗栗：众多的样子。
○崇：高。墉：城墙。
○比：排列。栉：梳子。这里指粮垛密集。

以开百室，百室盈止，妇子宁止。杀时犉牡，

○百室：众多的粮仓。
○妇子：妇女和孩子。
○时：此。犉（chún）牡：大公牛。

有捄其角。以似以续，续古之人。

○捄（qiú）：角长而弯曲。
○似：通"嗣"，继续。
○古之人：指先祖。

**译诗**

锋利的犁头犁进土地，先耕南面向阳之地。各种种子撒入土里，颗粒饱满生机勃勃。有人来看望你，带着圆筐和方筐。送来的是黍饭。头戴草编的斗笠，用锄头锄地，拔除地里的杂草。杂草腐烂成肥料，庄稼越长越茂盛。挥动镰刀收割庄稼，收获的稻谷堆成堆。高得像城墙一样，如梳齿一样排列整齐。上百个粮仓都打开，所有的粮仓都装满粮食，妇女和孩子享安乐。杀了那公牛，它的角又弯又长。不断祭祀代代延续，传承古人的传统。

## 导读

本诗为秋收后周天子祭祀社稷的诗歌。《毛诗序》曰：“《载芟》，春籍田而祈社稷也。”“《良耜》，秋报社稷也。”前者重在描写春耕，后者重在秋收，可谓是姊妹篇。

诗歌开篇点题，春耕时节，人们在向阳的田地里用农具耕作，然后撒下饱满的种子。干活劳累了，送饭的人挑着圆筐和方筐来了，里面装着做熟的饭菜。人们戴着草编的斗笠，用锄头锄地，同时拔除杂草，杂草腐烂成肥料，使作物生长得更加茂密。秋收时，人们挥舞着手里的镰刀，收获的谷物堆成山，装满粮仓。在丰收的背景下，妇人和小孩也能享有安乐。

接下来描写祭祀。当时的农业生产不发达，人们相信丰收是上天降福的结果，为了保证作物丰收，需要举行祭祀典礼。准备一头大公牛，既是感谢先祖保佑，又祈祷来年再获丰收。

本诗细致描写了耕作的动作和流程，所写的劳动场景热烈欢快，充满对劳动者的赞美之情。

# 丝衣

## 原诗

丝衣其紑，载弁俅俅。自堂徂基，自羊徂牛。

○丝衣：神尸所穿的白色丝衣。紑（fóu）：洁白鲜明的样子。

○载：通「戴」。弁：皮帽。俅俅（qiú）：恭顺的样子。

○基：通「畿」，门槛。

鼐鼎及鼒，兕觥其觩，旨酒思柔。不吴不敖，

○鼐（nài）：大鼎。鼒（zī）：小鼎。

○兕觥：古代酒器。觩（qiú）：兕觥弯曲的样子。

○旨酒：美酒。思：语气助词。柔：酒的口感绵柔。

○吴：大声说话。敖：傲慢，骄慢。

胡考之休。

○胡考：长寿。休：吉祥。

## 译诗

丝质祭服多么洁白，戴着皮帽恭顺无比。从庙堂到门槛，牛和羊都奉上。

大鼎中鼎和小鼎，兕角酒杯角弯曲，美酒口感绵柔。言语轻柔谦和，

保佑我们长寿安康。

导读

本诗是一首绎祭乐歌。

《毛诗序》曰：“《丝衣》，绎宾尸也。高子曰：‘灵星之尸也。’”郑玄笺云：“绎，又祭（又祭者，今日祭，明日再祭，故曰又祭）也。天子诸侯曰绎，以祭之明日。卿大夫曰宾尸，与祭同日。”古时祭祀分为正祭和绎祭，前者祭祀天、地及先祖，后者祭祀其他神灵。祭祀灵星属于绎祭，因此“绎宾尸”应与正祭同一天举行。

诗歌首先描写神尸穿着洁白的丝衣，戴着皮帽，态度恭顺，体现出祭祀者对神灵的恭敬。接着描写祭祀地点为庙堂。然后描写祭祀流程，奉上牛羊，大鼎小鼎排列整齐，酒杯斟满美酒。之后开始宴饮，杯中酒绵柔，参与宴会者轻声慢语，态度谦和，没有喧哗吵闹，宴会其乐融融。神灵降福人间，保佑大家长寿安康。

緇衣

# 【酌】

## 原诗

於铄王师，遵养时晦。时纯熙矣，是用大介。

○铄：通「烁」，光明辉煌。
○遵：率领。养：攻破。晦：晦暗。这里指昏君殷纣。
○纯：大。熙：兴，明。
○是用：是以，因此。介：助，辅佐。

我龙受之，蹻蹻王之造。载用有嗣，实维尔公允师。

○龙：通「宠」，荣宠，光荣。
○蹻（jiǎo）蹻：勇武的样子。造：前往。
○嗣：先后而至。
○公：通「功」，事业。允：信。师：武王之师。

## 译诗

英勇善战的王师，率领军队打败殷商。天下被光明笼罩，因此辅佐周王。今我有幸承接上天的荣宠，

勇猛之士前来投靠武王，武王率领他们建立功业，为国家树立了美名。

## 导读

本诗为《大武》乐章中的一章，既可与其他章节合起来表演，也可单独表演。

《毛诗序》云:“《酌》，告成《大武》也。言能酌先祖之道以养天下也。”本诗的主要内容是赞颂周武王克商的伟大功绩，武王赢得了天下人的拥戴，并因此名垂千古。

# 【桓】

原诗

绥万邦，

○绥：安定。万邦：指各诸侯国。

娄丰年，

○娄：通「屡」，多次。

天命匪解。

○解：通「懈」，懈怠。

桓桓武王，

○桓桓：威武的样子。

保有厥士，

○保：拥有。士：兵将。

于以四方，

○于：于是。以：用。后面省略介词宾语「武力」。

克定厥家。

○克：能。家：指周王室。

於昭于天，

○於：感叹词，表示赞美之情。昭：光明，显耀。

皇以间之。

○皇：君王。间：代替。之：指商王。

译诗

安抚各诸侯国，连年丰收，上天保佑不懈怠。威武的武王，拥有英勇的武士，用以安定天下，周室兴旺繁荣。功德显耀见于上天，代替商王成为君王。

## 导读

本诗是《大武》乐章中的第六章，主要内容是歌颂周武王。

周武王克商后，分封诸侯，天下安定，结束了纷争的局面，再加上风调雨顺，农作物连年丰收，人们过上了好日子，也预示周代商是民心所向。“桓桓武王”四句，气势雄壮，赞美武王威武，将士英勇，所以能安定天下，使周室繁荣昌盛。可以想见，舞蹈时的激烈振奋之景。最后两句，进一步肯定武王功绩，其功德显耀足以见于上天，表明周朝取代商朝是上天之命。

本诗虽简短，但主题突出，语言毫不晦涩，充溢着欢欣鼓舞的气氛。

# 【赉】

原诗

文王既勤止，
○止：语气助词。
我应受之。
○我：武王自称。
敷时绎思，
○敷：布，拓展。时：是。绎：连续不断。思：语气助词。
我徂维求定。
○徂：往。指往征商纣。
时周之命，
○时：承受。
於绎思。
○於：感叹词。

译诗

文王勤于政务，我应当继承他的美德。拓展基业不能停，讨伐商纣只为安定天下。
周人承受上天之命，继承伟业绵延不绝。

## 导读

本诗是周武王伐纣得胜后，回朝告庙、分封诸侯的诗歌，也是《大武》中的一章。

文王勤于政事，文德光耀天下，武王在告庙仪式上盛赞其德，表明自己一定会继承先王的美德，开拓祖先留下的基业。为保天下安定，周武王分封诸侯，各守一方。最后两句宣誓继承天命，要将伟业进行到底。

本诗基调平缓，语气恳切，表现了武王的王者气度。

# 【般】

原诗

於皇时周，陟其高山。

○於：感叹词，表示赞美之情。皇：辉煌，伟大。时：是。

○陟：登上。

嶞山乔岳，允犹翕河。

○嶞（duò）：狭长的山。乔岳：高山。

○翕：汇合。

敷天之下，裒时之对，时周之命。

○敷：通"普"。

○裒（póu）：聚集。对：配。

○时：承受。

译诗

辉煌伟大的周室，登上巍峨的高山。高山低山起伏连绵，众流之水顺着支流汇入黄河。

普天之下的诸侯，聚集在这里助祭，大周承受天命永远昌盛。

## 导读

本诗是周武王祭祀山河的乐歌。

《毛诗序》云："《般》，巡守而祀四岳河海也。"武王伐纣回镐京，登上高山，眼前是连绵起伏的高山低谷，众多支流奔腾不息汇入黄河，大好河山尽属周朝。壮丽美景让周武王顿生豪情，忍不住大声赞叹。

本诗先感叹周朝的辉煌，接着描写所见山川，最后再次赞叹，简短有力，展示了周武王的大气魄。

# 【駉】

## 原诗

（一）駉駉牡马，在坰之野。薄言駉者，有驈有皇，

○駉：马肥壮高大。○坰：离城远的郊野。○薄言：句首语气词。○驈：股间白色的黑马。皇：毛色黄白相杂的马。

有骊有黄，以车彭彭。思无疆，思马斯臧。

○骊：纯黑色的马。黄：黄赤色的马。○以车：以之驾车。彭彭：强壮的样子。○思：句首语气词。臧：善，好。

（二）駉駉牡马，在坰之野。薄言駉者，有骓有駓，

○骓：青白杂色的马。駓：毛色黄白相杂的马。

有骍有骐，以车伾伾。思无期，思马斯才。

○骍：赤色的马。骐：有青黑色纹理的马。○伾伾：疾行有力的样子。

（三）駉駉牡马，在坰之野。薄言駉者，有驒有骆，

○驒：毛色呈鳞状斑纹的青马。骆：黑鬃的白马。

有駵有雒，以车绎绎。思无斁，思马斯作。

○駵：红身黑鬃的马。雒：白鬃的黑马。○绎绎：跑得快的样子。○斁：倦怠。

（四）駉駉牡马，在坰之野。薄言駉者，有骃有騢，

○骃：浅黑杂白的马。騢：毛色赤白相杂的马。

有驔有鱼，以车祛祛。思无邪，思马斯徂。

○驔：黄色脊毛的黑马。鱼：两眼周围长有白毛的马。○祛祛：强壮的样子。

## 译诗

高大肥壮的马，放牧在广阔的郊外。要说那些肥壮的马，有黑白相间的马和黄白相杂的马，有纯黑的马和黄赤的马，驾起车快速地向前跑。跑起路来远又长，马儿骏美又肥壮。高大肥壮的马，放牧在广阔的郊外。要说那些肥壮的马，有青白相杂的马和黄白相杂的马，有赤色的马和青黑色的马，驾起车来用力跑。力量大得难估量，马儿都很优良。高大肥壮的马，放牧在广阔的郊外。要说那些肥壮的马，有带花纹的青色的马和黑鬃的白马，有赤身黑鬃和白鬃的马。驾起车来跑得快。跑起来不倦怠，这些马儿精力旺。高大肥壮的马，放牧在广阔的郊外。要说那些肥壮的马，有浅黑杂白的马和赤白相杂的马，有脊毛黄的黑马和眼周有白毛的马，驾车前行气势足。沿着大路无偏狭，这些马儿擅长跑。

## 导读

本诗着重咏马，实则通过咏马来赞颂鲁僖公。

《毛诗序》云：“《駉》，颂僖公也。僖公能遵伯禽之法，俭以足用，宽以爱民，务农重谷，牧于坰野，鲁人尊之。于是季孙行父请命于周，而史克作是颂。”因周公辅佐周成王有功，其子伯禽被封于鲁国，并被赐以天子之礼，于是鲁国得以有“颂”。本诗是《鲁颂》首篇，赞扬鲁僖公遵守先制，勤政爱民，重视农业生产。

马在人类文化中占有重要位置，人类驯化野马并将其用于农业生产和军事方面。到了周朝，牧业的繁荣也代表了诸侯治理国家的能力之强。在当时，作战时除了步兵还有战车，马拉着战车在战场上快速行进。一国的战车越多，军事实力越强，作战时越容易取胜，因此，各诸侯国都极看重马政。

本诗开篇便点出“駉駉牡马”，言马之肥壮，说明养马人对马儿精心爱护，使之充溢着雄健之气。接着写马儿奔跑在旷野之中，生机勃勃。之后以夸耀的语气写马的毛色，有纯色的马、杂色的马……种类繁多。这既表明鲁国的马数量很多，又说明当时养马的水平高。

这么多健壮的马用来驾车，鲁国的国力可见一斑，因此从咏马升华至赞颂鲁国国君。品种甚多的良马就像众多的人才，在鲁僖公的治理下，鲁国繁荣昌盛。

本诗采用赋的手法，每段句式相同，但彼此之间无递进之意，一咏三叹，余音袅袅。

# 【有駜】

原诗

（一）

有駜有駜，

○駜：马健壮高大的样子。

駜彼乘黄。

○乘黄：驾车的四匹黄马。古代四马一车为一乘。

夙夜在公，

○夙夜在公：早晚忙于公事。公，官府，公堂。

在公明明。

○明明：勤勉的样子。

振振鹭，

○振振：群飞的样子。鹭：白鹭。古人常以白鹭的羽毛为舞具。

鹭于下。

鼓咽咽，

○咽咽：形容有节奏的鼓声。

醉言舞。

○言：而。

于胥乐兮。

○于：通「吁」，感叹词。胥：全，都。

（二）

有駜有駜，

駜彼乘牡。

○乘牡：驾车的四匹公马。

夙夜在公，

在公饮酒。

振振鹭，

鹭于飞。

鼓咽咽，

醉言归。

于胥乐兮。

（三）

有駜有駜，

駜彼乘駽。

○駽：青黑色的马。

夙夜在公，

在公载燕。

○载：则。燕：指宴饮。

自今以始，

○以：而。

岁其有。

○岁其有：年年都有丰收。有，丰收。

君子有穀，

○穀：善。

诒孙子。

○诒：留。

于胥乐兮。

**译诗**

马儿强健又高大，四匹黄马来拉车。早晚忙于公务，政务繁多需勤勉。一群白鹭展翅飞，收翅落在水塘边。鼓声咚咚响，在醉意下翩然起舞。宾客全都尽兴。

马儿强健又高大，四匹公马来拉车。早晚忙于公务，忙完公事饮美酒。一群白鹭展翅飞，翱翔空中来又回。鼓声咚咚响，在醉意下乐而归家。宾客全都尽兴。

马儿强健又高大，四匹青黑马拉着车。早晚忙于公务，忙完公事开怀畅饮。从现在开始，每年都是丰收年。君子品行端方，福泽惠及子孙，宾客全都尽兴。

## 导读

本诗是鲁僖公与群臣宴饮的诗歌。

诗分为三部分。开头切题，先写出拉车的马健壮高大，四匹骏马拉着车，车里坐着早晚忙于公事的大臣。这一方面表明鲁国国力强盛，所以驾车的马肥壮；另一方面说明大臣们忠于职守，忙于国事，体现鲁国吏治清明，国家蓬勃向上，一派盛世景象。

接着写君臣宴饮，鲁僖公看到群臣忘我地工作，自然要加以犒劳。宴会期间，鼓声激昂，舞者手拿鹭羽翩然起舞，欢乐祥和的氛围感染了宾客，他们也和舞者一起随乐而舞。美酒越喝越多，大家都醉了。宴会接近尾声，手拿鹭羽的舞者翩然而去，大臣们也带着醉意回家。

这三个部分前几句只有几个字的不同，重点在后五句。君臣在宴饮之余，希望国家年年兴盛，所以祈愿从现在开始，每年都是丰收年，后世子孙也能享有安乐，国运永昌。

本诗通过描写鲁僖公和群臣开怀畅饮，赞美鲁国兵强马壮，鲁僖公治国有道，希望上天保佑鲁国永享安康。

# 【泮水】

**原诗**

思乐泮水，[一]
〇思：语气助词。泮水：水名。
薄采其芹。
〇薄：语气助词。芹：菜名，草本植物，亦称水芹。古代常用来比喻贡士或有才学之士。
鲁侯戾止，
〇戾：临，至。止：语气助词。
言观其旂。
〇言：语气助词。旂：画有交龙的旗子。

其旂茷茷，
〇茷茷：旗帜飘扬的样子。
鸾声哕哕。
〇鸾：古代一种车铃。哕哕：有节奏的铃声。
无小无大，
〇无小无大：指官职不论大小。
从公于迈。
〇迈：行走。

思乐泮水，[二]
薄采其藻。
〇藻：水草名，即芹藻。
鲁侯戾止，
其马蹻蹻。
〇蹻蹻：强壮的样子。

其马蹻蹻，
其音昭昭。
〇其音：指鲁僖公说话的声音。昭昭：指声音响亮。
载色载笑，
〇载：又。色：指表情和悦。
匪怒伊教。
〇匪：非。伊：是。教：教导。

思乐泮水，[三]
薄采其茆。
〇茆：即莼菜，多年生水草植物。
鲁侯戾止，
在泮饮酒。

既饮旨酒，
〇旨酒：美酒。
永锡难老。
〇永：长。锡：赐予。难老：不容易老，即长寿。
顺彼长道，
〇顺：遵循。长道：远道。
屈此群丑。
〇屈：治服。群丑：指淮夷，古时居于淮河流域的部族。

穆穆鲁侯，[四]
〇穆穆：指举止端庄。
敬明其德。
〇敬明其德：努力谨慎修养美德。敬，努力。
敬慎威仪，
〇敬慎威仪：举止谨慎有威仪。
维民之则。
〇则：典范。

允文允武，
〇允文允武：文武兼备。允，确实。
昭假烈祖。
〇昭：光明，显著。假：格，至。
靡有不孝，
〇孝：通"效"，效法。
自求伊祜。
〇祜：福。

明明鲁侯，[五]
克明其德。
既作泮宫，
淮夷攸服。
〇攸：语气助词。

矫矫虎臣，
〇矫矫：勇武的样子。虎臣：指猛将。
在泮献馘。
〇馘（guó）：古代战争中割取敌人的左耳以计数献功。
淑问如皋陶，
〇淑：善。皋陶：传说为虞舜时的司法官，善于断案。
在泮献囚。
〇囚：俘虏。

（六）济济多士，克广德心。桓桓于征，狄彼东南。

○桓桓：威武的样子。○狄：通“剔”，剪除。

烝烝皇皇，不吴不扬。不告于讻，在泮献功。

○吴：大声说话。扬：高声。○不告于讻：不会因争相邀功而相互争吵。讻：争辩。

（七）角弓其觩，束矢其搜。戎车孔博，徒御无斁。

○角弓：用兽角装饰两头的弓。觩：角弓弯曲的样子。○束矢：一束箭，五十支为一束。搜：多。○徒：指步卒。御：指驾车的人。斁：疲惫，倦怠。

既克淮夷，孔淑不逆。式固尔犹，淮夷卒获。

○逆：反叛。○式：语气助词。固：坚持。犹：通“猷”，计谋，谋划。○淮夷卒获：淮夷最终被击倒。

（八）翩彼飞鸮，集于泮林。食我桑黮，怀我好音。

○黮：通“葚”，桑果。○怀：回馈。好音：美妙的歌声。

憬彼淮夷，来献其琛。元龟象齿，大赂南金。

○憬：醒悟。○琛：珍宝。○元龟：大龟，古代用于占卜。○赂：赠送财物。南金：产自南方的黄金。

译诗

泮水边真欢乐，都在那边采摘水芹。鲁侯就要到来，看那旗帜都绣有龙纹。龙旗在风中高扬，车铃响声清脆。无论官职大小，跟着鲁公一起走。泮水边真欢乐，都在那边采摘水藻。鲁侯就要到来，他的马儿肥又壮。他的马儿肥又壮，他的声音真响亮。和颜悦色地谈笑，不是发怒而是教导。泮水边真欢乐，都在那边采摘莼菜。鲁侯就要到来，在泮水边喝酒。饮下香醇的美酒，上天降福人长寿。遵循正道前行，制伏淮夷国保安定。鲁侯肃穆恭敬，谨慎修养美德。举止严谨有威仪，以身作则为民众。文治武功兼有，德行比得上众先皇。效法先祖诸事顺，求得上天福气长。鲁侯勤勉治国，修养德行显高尚。修建好了泮宫，淮夷也来臣服。将士勇武无比，献上敌耳在泮宫。像皋陶一样善于讯问，将敌俘送到泮宫。良才贤士济济一堂，鲁侯的仁德广发扬。出征的队伍威武雄壮，剪除东南方的淮夷。队伍声势浩大，不大声说话不高声嚷嚷。不因为邀功而争吵，在泮宫上报战功。用弯弯的兽角装饰弓，箭矢一捆捆扎好。战车很宽大，步卒驾车不会倦。已战胜淮夷，诚心归顺不反叛。坚持计谋不放松，最终将淮夷俘获。鸮鹰高飞，在泮林栖息。吃了我的桑葚，用美妙的歌声回报我。醒悟过来的淮夷，前来进献珍宝。有大龟和象牙，还有珠玉和黄金。

## 导读

本诗是称颂鲁僖公的诗歌。

诗歌前三章结构相似，写鲁僖公去泮水的情景。以“思乐泮水”起，泮水洋溢着欢乐的气氛，人们热闹地在水边采野菜。鲁侯威仪赫赫地来了，绣有龙的旗帜高高飘扬，乘坐的车车铃清脆，身旁簇拥着官员，场面气派。

接下来直接写鲁侯。拉车的骏马矫健，鲁侯声音响亮，交谈时和颜悦色，教导臣民时不会疾言厉色，而是态度温和有耐心。

第三章写宴饮场面。鲁侯征服淮夷，君臣在泮水边饮酒，既为庆功，也为祝福。

下面两章赞美鲁侯。他肃穆恭敬，修养德行，以身作则，其美德可以和先祖比肩。同时勤勉治国，征战淮夷，捷报频传。文治武功兼备，效法先祖，所以上天庇佑其诸事顺利。

第六、七章主要描写征讨淮夷的军队。能者贤士济济一堂，发扬鲁侯的仁德。大军出征，气势如虹，将士齐心，虽人数众多，却纪律严明，不高声叫嚷。回到泮宫上报功劳时也不互相争抢。武器装备精良，摆放整齐，可见军纪严明。这是鲁侯治理有方的体现，由此引出后文——归顺的淮夷永不叛变。

最后一章描写归顺的淮夷。他们虽然像鸮鹰一样凶恶，但归顺鲁国后被鲁侯的美德感化，及时醒悟，向鲁侯献上金银珠宝。

本诗篇幅较长，以赋为主要手法，运用了回环复沓、比兴的手法，具有形式美，赞颂鲁侯文治武功兼备，因此君臣合力，征服淮夷，使其心悦诚服地归顺。

藻

芹

茆

埤雅云
淳菜
福州府志云
紫蓴
正字通云
油蓴

# 【閟宫】

## 原诗

（一）閟宫有侐，

○閟（bì）宫：这里指供奉姜嫄的神庙。侐：清静的样子。

实实枚枚。

○实实：广大的样子。枚枚：细密的样子。

赫赫姜嫄，

○赫赫：光明显赫。姜嫄：后稷的生母。

其德不回。

○不回：指姜嫄德行端正。回，邪，不正。

上帝是依，

○依：凭依。

无灾无害。

弥月不迟，

○弥月：满月，指怀胎十月期满而生子。

是生后稷。

降之百福。

黍稷重穋，

○重：先种后熟的谷物。穋：后种先熟的谷物。

稙稚菽麦。

○稙：庄稼种得早或成熟得早。稚：庄稼种得晚或成熟得晚。菽：豆类作物。

奄有下国，

○奄：尽，遍。下国：天下。

俾民稼穑。

○俾：使。稼穑：农事的总称。春耕为稼，秋收为穑。泛指农业劳动。

有稷有黍，

有稻有秬。

○秬：黑黍。

奄有下土，

○下土：天下。

缵禹之绪。

○缵：继承。绪：功绩。

（二）后稷之孙，

实为大王。

○大王：太王，指周文王的祖父古公亶父。

居岐之阳，

○岐：山名，在今陕西省。阳：山的南面。

实始翦商。

○翦：除掉。

至于文武，

缵大王之绪。

致天之届，

○致：奉行。届：征伐。

于牧之野。

○牧之野：即牧野，在今河南淇县西南。

无贰无虞，

○贰：二心。虞：欺骗。

上帝临女。

○临：临视，保佑。

敦商之旅，

○敦：聚。

克咸厥功。

○咸：完成。

王曰叔父，

○王：周成王。叔父：周公旦。

建尔元子，

○建：立。元子：长子。

俾侯于鲁。

大启尔宇，

○启：开辟。宇：疆土。

为周室辅。

（三）乃命鲁公，

俾侯于东。

锡之山川，

○锡：赐予。

土田附庸。

○附庸：附属小国。

周公之孙，

○周公之孙：指鲁僖公。

庄公之子。

○庄公：指鲁庄公，鲁僖公的父亲。

龙旂承祀，
○龙旂：画有交龙并杆头挂有铜铃的旗子。
六辔耳耳。
○耳耳：众多的样子。
春秋匪解，
○解：通「懈」，懈怠。
享祀不忒。
○忒：差错。

皇皇后帝，
○皇皇：光明的样子。后帝：天帝。
皇祖后稷。
享以骍牺，
○骍牺：祭祀用的赤色的牺牲。
是飨是宜。
○飨：用酒食祭神。

降福孔多，
周公皇祖，
亦其福女。
○女：汝，指僖公。
④秋而载尝，
○尝：秋祭名。

夏而楅衡。
○楅衡：加在牛角上的横木。
白牡骍刚，
○白牡：白色公牛。骍刚：赤色公牛。
牺尊将将。
○牺尊：牛形酒器，背上凿孔以盛酒。将将：即「锵锵」，器物相碰的声音。
毛炰胾羹，
○毛炰：将牲畜投置火中去毛烤炙致熟，这里指烤熟的小猪。胾羹：肉汤。

笾豆大房。
○笾豆：古代祭祀及宴会时常用的两种礼器。竹制为笾，木制为豆。大房：古代祭祀时盛牲畜的用具。
万舞洋洋，
○万舞：古代的舞名。先是武舞，舞者手拿兵器；后是文舞，舞者手拿鸟羽和乐器。
孝孙有庆。
○孝孙：指僖公。
俾尔炽而昌，
○炽：盛。

俾尔寿而臧。
○臧：善，好。
保彼东方，
鲁邦是常。
○常：恒常。
不亏不崩，

不震不腾。
○震：震动。腾：动荡。
三寿作朋，
○三寿：指上寿、中寿、下寿。古时候称上寿百二十岁，中寿百岁，下寿八十。
如冈如陵。
⑤公车千乘，

朱英绿縢，
○朱英：装饰在矛上的红缨。绿縢：将弓扎在一起的绿绳。
二矛重弓。
○二矛：古代战车上一长一短的两支矛，用于不同距离的交锋。重弓：古代战车上有两张弓，一张为常用，一张为备用。
公徒三万，
○徒：步卒。
贝胄朱綅，
○贝胄：镶有贝壳的头盔。朱綅：红线。

烝徒增增。
○烝：众。增增：众多的样子。
戎狄是膺，
○膺：讨伐，打击。
荆舒是惩，
○荆：楚的别称。舒：楚的属国。
则莫我敢承。
○承：抵挡。

俾尔昌而炽，
俾尔寿而富。
黄发台背，
○黄发台背：指人长寿。黄发，指老年人头发由白转黄。台背，指老年人背上生斑纹如鲐鱼背。台，通「鲐」。
寿胥与试。
○胥：相。试：比。

俾尔昌而大，
俾尔耆而艾。
○耆、艾：指老年长寿。
万有千岁，
○有：又。
眉寿无有害。

⑥泰山岩岩，
○岩岩：高大，高耸。
鲁邦所詹。
○詹：通「瞻」，瞻仰。
奄有龟蒙，
○龟、蒙：山名。龟山在今山东新泰市西南，蒙山在今山东蒙阴南。
遂荒大东。
○荒：有。

至于海邦，
○海邦：指鲁国东边的近海小国。
淮夷来同。
○同：会同。
莫不率从，
鲁侯之功。

保有凫绎，(七)
○凫、绎：山名。凫山在今山东邹城市西南，绎山在今山东邹城市东南。
遂荒徐宅。
○徐宅：古代徐戎所居之地，指徐国。
至于海邦，
淮夷蛮貊。
○蛮貊：指东南方的少数民族。

及彼南夷，
○南夷：南方少数民族或者南方边远地区。
莫不率从。
莫敢不诺，
○诺：听从。
鲁侯是若。
○若：顺从。

天锡公纯嘏，(八)
○嘏：福。
眉寿保鲁。
居常与许，
○常、许：鲁国地名。
复周公之宇。
○宇：疆域。

鲁侯燕喜，
○燕喜：宴饮喜乐。燕，通「宴」。
令妻寿母，
○令：美好，善。
宜大夫庶士，
○宜：善。
邦国是有。
○有：保有。

既多受祉，
黄发儿齿。
○儿齿：老人牙齿掉落后又生新牙，象征年老长寿。
徂来之松，(九)
○徂来：即徂徕山，在今山东省泰安市东南。
新甫之柏。
○新甫：山名，在泰山旁。

是断是度，
○度：通「剫」，砍伐。
是寻是尺。
○寻、尺：均为古代的长度单位，一寻等于八尺。寻、尺在这里皆用作动词。
松桷有舄，
○桷：方形的椽子。舄：大。
路寝孔硕。
○路寝：古代天子、诸侯的正厅。

新庙奕奕，
○奕奕：高大的样子。
奚斯所作。
○奚斯：鲁国大夫。
孔曼且硕，
○曼：长。
万民是若。

**译诗**

神庙安谧清静，庙宇广大结构紧密。显赫的姜嫄，她有着端正的德行。上天对她眷顾，不让她经历灾祸。

怀胎足月没有延迟，生下先祖后稷。上天赐予他很多福气，黍稷有早熟和晚熟之分，菽麦有早种和晚种的不同。

拥有天下的邦国，教会百姓学习农事。种的有稷米和黍米，有稻谷和黑黍。拥有天下的土地，

继承大禹流传下来的功绩。后稷的一位子孙，正是周朝先君太王。迁居在岐山之南，开始计划除掉殷商。

到了文王武王时，继承太王传统。奉天命出兵讨伐，在牧野与殷商开战。专心致志不犯错，上天会保佑你。

打败殷商的军队，大功完成辉煌显。成王开口称叔父，请立长子伯禽为王，封于鲁地为侯。大力开疆拓土，

成为周室的辅佐屏障。于是封伯禽为鲁公，在东面建立侯国。赐给他山川，还有小国作为附庸。

他是周公的后世子孙，庄公的儿子鲁僖公。带着龙旗前去祭祀，六条缰绳在手中。春秋大祭不懈怠，

祭祀从未出错。天帝在上辉煌灿烂，始祖后稷伟大英明。用赤色公牛来进献，请前来享用。上天降下福气多，

英明的先祖周公，也保佑你享有洪福。秋天行祭名为尝，夏天给牛角加上横木。白色公牛和红色小牛，

装满美酒的酒杯撞声响亮。烤小猪熬制肉汤，盛好笾豆装满大房。舞蹈场面盛大，子孙孝顺有余庆。

让你兴旺又昌盛，让你长寿又无恙。保佑东方国家，鲁国永存。既不缺失也不崩塌，既不震动也不激荡。

和三寿比肩为友，犹如山冈巍峨绵延。鲁公有兵车千乘，红缨装饰矛来弓上系上绿绳，兵士配有两支矛和两张弓。鲁公有步兵三万，头盔饰有贝壳用红线相连，兵士众多勇猛向前。对狄戎进行打击，楚国和徐国也要受到惩罚，没人敢上前抵挡我。让你昌盛又炽烈，让你长寿又富有。白发转黄背上生纹，长寿无人能比。让你昌盛又强壮，让你长寿至耆艾。千岁万岁仙寿永在，长命百岁体无恙。泰山高耸入云，鲁国百姓齐瞻仰。鲁国有龟蒙二山，边界到达最东边。沿海各国都来附庸，淮夷都来会同。没有不顺从的，这都是鲁侯的功业。鲁国保有凫绎二山，将徐国据为己有。海边小国俯首称臣，对淮夷加以治理。南方蛮夷部族，没有不竞相服从的。没有人敢不连连称诺，都对鲁侯顺从。天赐予鲁公大福，健康长寿永保鲁国。居住在常许二地，恢复周公原有疆域。鲁侯设宴多欢庆，妻子母亲都来到，大夫和庶士和睦相处，保全鲁国长久兴旺。上天多次降福，白发转黄牙齿新长。徂徕山上青松苍翠，新甫山头翠柏蓊郁。砍倒木头后劈开，丈量尺寸。松树方椽粗大，正殿宽敞气派。新建庙堂亮光闪动，鲁国大夫奚斯作诗。篇幅长而且内容丰富，顺应天下万民的心意。

## 导读

本诗是歌颂鲁僖公的诗歌。

诗歌以“閟宫”为题，閟宫为鲁僖公修建的宗庙，本诗以其为切入点，赞美僖公收服淮夷，扩大鲁国疆域，恢复先祖荣光，修建宗庙，告祭先祖。

前两章主要写鲁国的缘起。神庙高大肃穆，里面供奉着鲁国的先祖。姜嫄德行端正，上天庇佑，顺利生下后稷。上天赐予后稷各种谷种，他教会百姓农业生产技术，提高作物产量，被誉为“谷神”“农神”。古公亶父为后稷的嫡孙，率部迁徙到岐山繁衍生息，为灭殷商打下基础。周文王和周武王继承祖志，克殷商。周公辅佐周成王稳定国政，成王封周公的长子伯禽于鲁地，为周朝扩大疆域，拱卫周室。

后几章的重点在于赞颂鲁僖公。鲁僖公恢复祖制，祭祀从不懈怠，规模、礼仪周全，因此上天降福，保佑他国泰民安。加上他勉力治国，兵强马壮，兵士众多，战车千乘，步兵三万，打败淮夷，把周边的小国楚国和徐国纳入版图，周围各国都听命于鲁国。作者认为这都是鲁僖公殷勤祭祀，先祖庇佑的结果。结尾处提到建造神庙的过程，以及“新庙奕奕”，呼应开头，结构完整。

本诗篇幅长，先讲述鲁国的由来，再转而赞颂鲁僖公，按时间顺序铺叙，脉络清楚。同时，在描述祭祀场面、鲁国军队对外作战的场面时，用语繁复精妙，淋漓尽致地展现了“赋”的特点，也抒发了对鲁僖公的衷心赞叹之情。

閟宮

# 【那】

## 原诗

猗与那与，置我鞉鼓。奏鼓简简，衎我烈祖。

○猗（ē）、那（nuó）：形容美好盛大的样子。与：同"欤"，叹词。○置：通"植"，竖立。鞉（táo）鼓：有柄的摇鼓，似今拨浪鼓。○简简：形容鼓声洪大。○衎（kàn）：快乐。

汤孙奏假，绥我思成。鞉鼓渊渊，嘒嘒管声。

○汤孙：成汤之孙。奏假：进言祈神。○绥：赐予。思：语助词。成：成功的地方。○渊渊：鼓声。○嘒嘒（huì）：拟声词，形容清亮的声音。

既和且平，依我磬声。於赫汤孙，穆穆厥声。

○依：跟随。磬：古代一种打击乐器，用玉、石制成。○於（wū）：感叹词。赫：显赫。○穆穆：和美的样子。

庸鼓有斁，万舞有奕。我有嘉客，亦不夷怿。

○庸：通"镛"，大钟。斁（yì）：形容乐声盛大。○万舞：古代的舞名。有奕：即奕奕，盛大美好的样子。○嘉客：指前来助祭的诸侯。○夷（yí）怿（yì）：愉快，喜悦。

自古在昔，先民有作。温恭朝夕，执事有恪。

○温恭：温和恭敬。○执事：做事。恪：恭敬，谨慎。

顾予烝尝，汤孙之将。

○顾：光顾。烝尝：指祭祀，冬祭为烝，秋祭为尝。○将：祭飨，奉献。

## 译诗

多盛大啊多堂皇，把小鼓放在堂上。敲起小鼓咚咚响，使我先祖心欢欣。商汤子孙来祭祀，请赐我家国太平。

摇起小鼓声声响，箫管之声清又亮。曲调协调且顺畅，全依玉磬声号令。商汤子孙真显赫，乐声和美又端肃。

钟鼓齐鸣真盛大，万舞登场显浩荡。我有助祭众宾客，欢欣愉悦同欢乐。先民早把祭礼定。每日温和又恭良，

祭祀虔诚又勤谨。秋祭冬祭也请降，商汤子孙诚供奉。

## 导读

本诗是商汤后代祭祀成汤王的乐歌。

《毛诗序》云："《那》，祀成汤也。微子至于戴公，其间礼乐废坏，有正考甫者，得《商颂》十二篇于周之大师，以《那》为首。"相传宋大夫正考甫得到了《商颂》十二篇，后经孔子删定为《那》《烈祖》《玄鸟》《长发》《殷武》五篇。

诗歌开头先赞叹乐舞的规模之大，用激越的鞉鼓声表现祭祀的盛大场面。接着表明祭祀所求，求先祖保佑自己的国家安享太平。再承接前文，写乐舞的场景，除了鞉鼓，同奏的乐器还有箫管、玉磬，箫管之声清亮，跟随玉磬的节奏，高低错落，主次分明，合奏声和谐，乐曲端肃，展现了祭祀时肃穆、祥和的氛围。钟鼓齐鸣，万舞登场，其盛大可见一斑。祭祀场面的热烈实则代表了对先祖的盛赞和虔诚祈求先祖庇佑。

助祭的宾客在观看了乐舞之后也欢欣愉悦，而这种殷勤祭祀的礼制是从远古传至今日，先祖开创了良好的礼制，身为后人，自然要以先祖为榜样，加以继承和发扬。春秋二祭都会适时进行，请先祖享用祭品，保佑成汤子孙。

本诗出现了许多叠词，具有音韵之美。同时详细记叙了乐舞的先后顺序，对后世研究商朝的文化艺术有极高的参考价值。

# 【烈祖】

原诗

嗟嗟烈祖，有秩斯祜。申锡无疆，及尔斯所。

○嗟嗟：叹词，表示赞美。烈祖：功业赫赫的先祖。○有秩：即“秩秩”，福大的样子。祜：福。○申锡：反复赏赐。申，再三。○斯所：此处。

既载清酤，赉我思成。亦有和羹，既戒既平。

○载：陈设。清酤：清酒。○赉（lài）：赐予。思：语助词。成：太平。○和羹：烹制好的羹汤。○戒：齐备。

鬷假无言，时靡有争。绥我眉寿，黄耇无疆。

○鬷（zōng）假：祈祷。○争：喧嚷。○绥：赐予。眉寿：长寿。○黄耇（gǒu）：长寿，年老。

约軧错衡，八鸾鸧鸧。以假以享，我受命溥将。

○约：束。軧（qí）：车轴两端伸出轮外的部分。错：错金。衡：车前横木。○鸾：马车上的铃。鸧鸧（qiāng）：铃声。○假：同“格”，至。○溥：大。将：长。

自天降康，丰年穰穰。来假来飨，降福无疆。

○穰穰（ráng）：丰盛的样子。○飨：指祖宗神灵享用祭品。

顾予烝尝，汤孙之将。

○顾：光顾。○汤孙：商汤之孙。将：祭飨，奉献。

译诗

功业显赫的先祖，降下齐天的洪福。多次赏赐恩无疆，膏泽惠及当今王。清冽美酒先奉上，赐我家国安又康。

再有肉汤请享用，五味齐备味道香。集众祈福寂无声，肃穆庄重无争吵。愿神赐我以长寿，老年人万寿无疆。

错金横木皮车毂，八个銮铃鸣锵锵。进入宗庙祭先祖，长长久久承天命。平安康宁自天降，丰收年景谷满仓。

恭迎神灵享祭品，上天降福无穷尽。秋祭冬祭请神享，商汤子孙礼献上。

## 导读

本诗是商汤后代祭祀先祖成汤王的乐歌。

《那》和本诗都是祭祀成汤王的乐歌，侧重点不同，《那》着重描写祭祀时乐舞的场景，本诗的重点在祭祀的酒馔。

开头用叠词“嗟嗟”赞叹先祖，表达对先祖的崇敬之情。因为先祖功业赫赫，降福于子孙，恩泽遍及所有疆土，所以子孙后人前来祭祀。斟满清醇的美酒，盛满五味调和的肉羹，恭敬地请先祖享用。在此过程中，人们集体祈祷上天赐予长寿，场面肃静无声，一切都井然有序，祭祀时的庄重肃穆如在眼前。接着写进入神庙的祭祀者的车马，车毂用皮革包裹，横木错金，銮铃锵锵，华丽的车队代表着祭祀场面的宏大和人们的虔诚。

后面几句感激先祖降福，以致国家安宁、谷物丰收，子孙万民对此感激涕零，希望先祖享用祭品，保佑商汤子孙长享安宁，首尾照应。

本诗用韵颇佳，读来余味悠长。

# 【玄鸟】

**原诗**

天命玄鸟，降而生商，宅殷土芒芒。古帝命武汤，

○玄鸟：燕子。玄，黑色。○商：指商的祖先契。○宅：居住。芒芒：即「茫茫」，宽广的样子。○古帝：天帝。武汤：即成汤，汤因有武德，故为武汤。

正域彼四方。方命厥后，奄有九有。商之先后，

○正：通「征」。○方：广。后：君，指各诸侯。○奄：尽，遍。九有：九州。○先后：先王，先君。

受命不殆，在武丁孙子。武丁孙子，武王靡不胜。

○殆：通「怠」，懈怠。○武丁：殷高宗，汤的后代。○武王：即成汤。

龙旂十乘，大糦是承。邦畿千里，维民所止。

○旂（qí）：画有交龙的旗子。○糦（chì）：酒食。承：供奉。○邦畿：疆域，疆界。○止：居住。

肇域彼四海，四海来假，来假祁祁。景员维河，

○肇域：指疆域。○假（gé）：来到。○祁祁：众多的样子。○景：景山，商都城所在，在今河南省商丘市。员：幅员。

殷受命咸宜，百禄是何。

○咸宜：人们都认为很合适。○何：承受。

**译诗**

天命玄鸟降人间，成为商汤祖先契，殷商土地宽无垠。天帝授命于成汤，征伐四方疆域广。昭命广达众诸侯，

天下九州归商有。商代先君和先王，承接天命不懈怠，尤其武丁世无双。武丁是位好子孙，四方征战业辉煌。

龙旗大车有十辆，丰盛酒食常供奉。辽阔疆域数千里，百姓安居又乐业。开拓疆域达四海，四海诸侯都来朝，

归附小国熙攘攘。景山四周黄河绕，殷商受命人称宜，百种福禄永受享。

## 导读

本诗是祭祀殷高宗武丁的乐歌。

《毛诗序》云：“《玄鸟》，祀高宗也。”诗歌先从上古传说写起，简述商的缘起，传说上天命玄鸟降临凡世，有娀氏之女简狄吞下燕卵生下契——商之先祖。这一传说，为祖先的诞生增添神秘色彩，亦表明商朝统治乃承天之命。商先祖居住在广阔的殷地，受天命征战四方，收服各路诸侯，坐拥九州，勤勉治国。成汤建立商朝，其后世子孙武丁，顺承天命，承继其遗业，兴复商朝，国力强盛。

成汤之后，商朝逐渐衰落，盘庚迁都于殷。盘庚死后，其二弟小辛即位，小辛死后，三弟小乙即位，武丁即小乙之子。武丁即位后，立志复兴殷商，以傅说为相，发展生产，又打败鬼方、大彭等部落，百战百胜，扩张版图，殷商得以复兴。

后文是表现商朝复兴之后的盛况，前来助祭的车插着龙旗，满载酒食；疆域辽阔，百姓安居乐业；四海归附，前来朝拜之人众多。同时希望先祖继续保佑，降福绵延不绝。

本诗气势豪迈，展现了商之起源和成汤、武丁的功绩，感情炽烈，充满了遥追先祖的自豪之情和对武丁的赞美之情。

# 【长发】

## 原诗

濬哲维商，[一]

○濬哲：深邃的智慧，明智。商：指商的祖先。

长发其祥。

○长：久。发：兴发。

洪水芒芒，

禹敷下土方。

○敷：治理的意思。下土方：即下土四方，天下四方的意思。

外大国是疆，

○外大国：商国之外的大国，古称「诸夏」。疆：疆土，此处用作动词。

幅陨既长。

○幅陨：即幅员。

有娀方将，

○有娀（sōng）：国名。殷商始祖契的生母简狄，即有娀氏之女。将：大。

帝立子生商。

○帝：指上古帝王帝喾高辛氏，简狄的丈夫。子：指简狄。商：指契。

玄王桓拨，[二]

○玄王：指契。后代对契的尊称。桓：威武。拨：英明。

受小国是达，

○达：通达。

受大国是达。

率履不越，

○率履：遵循礼法。越：逾越。

遂视既发。

○视：视察。发：施行。

相土烈烈，

○相土：人名，契的孙子。烈烈：威武的样子。

海外有截。

○有截：即截截，整齐的样子。

帝命不违，[三]

至于汤齐。

○齐：一致。

汤降不迟，

○降：出生。

圣敬日跻。

○圣：高尚智慧。敬：谨慎。日跻：天天增进。跻：升。

昭假迟迟，

○昭假（gé）：虔诚祈祷。迟迟：久久不停。

上帝是祗，

○祗（zhī）：敬，恭敬。

帝命式于九围。

○帝：天帝。式：法式。九围：九州。

受小球大球，[四]

○受：通「授」，授予。球：一种玉器。成汤授予诸侯国玉器作为信物。

为下国缀旒，

○下国：指商统治下的诸侯国。缀旒（liú）：即一种标志。

何天之休。

○何：通「荷」，承受。休：福。

不竞不絿，

○絿：急躁。

不刚不柔。

敷政优优，

○敷政：施政。优优：宽和的样子。

百禄是遒。

○遒：聚。

受小共大共，[五]

○共：通「洪」，璧。

为下国骏庞，

○骏庞：庇护。一说笃厚。

何天之龙。

○龙：通「宠」，恩宠。

敷奏其勇，

○敷奏：施展。

不震不动，

不戁不竦，

○戁（nǎn）、竦：恐惧。

百禄是总。

○总：聚集。

武王载旆，[六]

○载：始。旆：旌旗，这里用作动词，挥旗出征的意思。

有虔秉钺。

○有虔：即虔虔，形容士兵英武的样子。钺：古代兵器，青铜制的大斧。

如火烈烈，

则莫我敢曷。

○曷：通「遏」，阻止。

苞有三蘖，莫遂莫达。九有有截，韦顾既伐，

○苞：树之根本。蘖（niè）：旁生的枝丫。○遂、达：形容草木生长的样子。○九有：九州。○韦顾：夏的盟国，为商汤所灭。

昆吾夏桀。（七）昔在中叶，有震且业。允也天子，

○昆吾：夏的盟国，为商汤所灭。○中叶：中期，指成汤时。○有震：即震震，威严壮盛的样子。业：大。○允：确实。天子：指成汤。

降予卿士。实维阿衡，实左右商王。

○降予：上天赐予。卿士：执政大臣，总管王朝政事，指伊尹。○阿衡：商朝官名，伊尹曾任此职，故以指伊尹。○左右：辅佐之意。

## 译诗

英明睿智商先祖，长久兴发永吉祥。洪水茫茫岁月久，大禹治理定四方。远方大国入疆土，幅员辽阔且宽广。有娀氏女正青春，天帝立子创殷商。始祖玄王真英武，大国小国皆归附，玄王治下皆通达。遵循礼法不逾矩，视察民情施政宜。先祖相土功显赫，四海之外全归顺。上天之命皆顺承，传到成汤大业成。成汤降生正当时，明智谨慎日日增。祈祷保佑不停歇，敬奉上天恭又诚，上天命他执九州。接受玉制小大球，作为诸侯的楷模，受天之赐得福佑。既不争来也不躁，不必刚强不必柔，施政宽和又适宜，百种福禄聚一身。接受小珙和大珙，庇护天下各诸侯，承天恩赐我荣宠。施展神威奏战功，不震恐来不动摇，不恐慌来不惊惧，百种福禄聚王旁。武王挥旗欲出征，手握钺斧好英武。威严好似烈火燃，无人阻来无人拦。树干分生三枝丫，不能任它再生长。九州从此归一统，韦国顾国已被征，昆吾夏桀也被诛。昔日成汤盛世时，国家强大事业兴。成汤确为天之子，上天赐予贤明卿。贤良俊才伊尹相，辅佐汤王成伟业。

## 导读

这是一首歌颂商朝先祖及功臣的乐歌。

诗共分七章，前两章记述商朝先祖的功绩，中间四章写成汤的治国方略与武功，最后一章前四句仍赞颂成汤，后两句赞美伊尹。

诗歌开头先总起，商之先祖睿智英明，上天降福福泽深厚。上古之时洪水泛滥，生灵涂炭，禹因治水有功成为部落首领，建立了幅员辽阔的夏朝。有娀氏被上天选中生下契，契建立商，表明商乃承天命而立。

第二章写契英武坚毅，治理封地有方，无论其大或小，都将封地治理得政通人和。且其遵循礼制，时时考察民情。治理国家，只有文治是不够的，从“桓拨”一词可以看出桓王契兼有武功。相土为契的孙子，威武勇猛，开疆拓土，将商的疆土推进到渤海一带，海外小国都来归附。

第三章至第六章写成汤的功绩。第三章写成汤不违背天命，颇和天心。他也是承天命而降生，励精图治，对上天恭敬且专一，上天因此让他执掌九州。第四章写成汤作为诸侯表率，上承天恩，施政温和，宽严相济，被上天赐福。第五章写成汤庇护众诸侯，承受上天给予的荣宠，坚毅勇武，冷静坚定，得享百福。第六章直接写成汤的武功，打仗时勇猛，气势无人敢挡，成汤四处征战，统一九州，征伐韦、顾二国及夏朝，战功赫赫。

最后一章，先是再次肯定成汤的功绩，接着写因为他是上天之子，所以上天派伊尹来辅佐他成就伟业，也是对伊尹的表彰。在祭祀先祖的乐歌中提及大臣名字较为少见，这也是本诗的与众不同之处。

# 【殷武】

## 原诗

（一）挞彼殷武，奋伐荆楚。罙入其阻，裒荆之旅。

○挞：英武。殷武：殷高宗武丁。
○荆楚：即楚国。荆为楚之旧称。
○罙："深"的古字。阻：险要的地方。
○裒（póu）：俘虏。旅：士兵。

有截其所，汤孙之绪。

○截：治理。其所：指荆楚。
○汤孙：指成汤子孙武丁。绪：功业。

（二）维女荆楚，居国南乡。昔有成汤，自彼氐羌，莫敢不来享，莫敢不来王，曰商是常。

○国：指商朝。南乡：南方。
○氐羌：我国古代少数民族氐族与羌族的并称。
○享：进贡。
○王：朝拜。

（三）天命多辟，设都于禹之绩。岁事来辟，勿予祸适，稼穑匪解。

○多辟：众诸侯。
○禹之绩：大禹治水之地。
○岁事：诸侯每年朝见天子。来辟：来朝。
○祸：通"过"，过错。适：通"谪"，谴责。
○稼穑：耕种。春耕为稼，秋收为穑。泛指农业劳动。解：通"懈"，懈怠。

（四）天命降监，下民有严。不僭不滥，不敢怠遑。命于下国，封建厥福。

○监：掌管，主管。
○有严：即严严，守法谨严的样子。
○僭（jiàn）：越礼。
○怠：懈怠。遑：闲暇。
○下国：指各诸侯。
○封：大。建：立。

（五）商邑翼翼，四方之极。赫赫厥声，濯濯厥灵。寿考且宁，以保我后生。

○翼翼：整齐繁荣的样子。
○极：表率准则。
○声：名声。
○濯（zhuó）濯：光明的样子。灵：神灵。
○后生：后代子孙。

（六）陟彼景山，松柏丸丸。是断是迁，方斲是虔。松桷有梴，旅楹有闲，寝成孔安！

○陟：登。景山：山名。在今河南省商丘市。
○丸丸：高大挺直的样子。
○断：砍断。迁：搬迁。
○方：是。斲：用刀、斧等砍。虔：削。
○桷：方形的椽子。有梴：即"梴梴"，树木修长的样子。
○旅：众多。有闲：粗大的样子。
○寝：寝庙。

译诗

殷王武丁真神武，奋力讨伐悍荆楚。深入楚国险要地，俘虏荆楚众士兵。治理楚国的疆域，成汤子孙功勋著。偏僻邦国小荆楚，长居我国南方地。昔日成汤立商朝，哪怕是强悍如氐羌，没人不来献礼物，没人不来朝我王，天下崇尚是殷商。上天命令各诸侯，禹治水处立都城。诸侯每年朝我王，没有过错不谴责，勤于农事勿懈怠。上天令王掌九州，天下百姓皆恭谨。不越礼来不滥用，不敢懈怠和放纵。殷王命令各诸侯，守好边疆享福禄。商都整齐又繁荣，堪为四方作表率。武丁声名好显赫，他的福祉光明照。得享长寿和安康，保佑后代永昌盛。高高景山放眼看，松柏挺拔又茂盛。砍下运回京城去，斧砍刀削方为材。松树方椽修又长，楹柱成排粗又壮，寝庙建成神灵安。

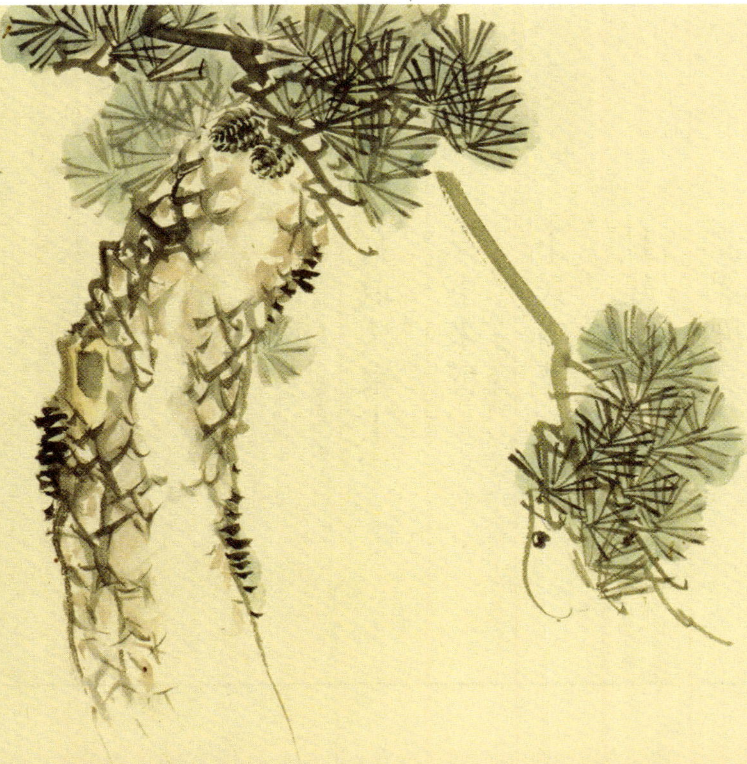
松

## 导读

本诗是歌颂殷高宗武丁业绩的乐歌。

《毛诗序》所作题解为“祀高宗也”。殷高宗武丁即位前，殷商衰落，荆楚反叛。武丁即位后，勤政爱民，发展生产，讨伐荆楚，国家统一，殷商复兴。后世子孙为纪念其功绩，为其立庙，本诗即是寝庙建成之时祭祀的乐歌。

全诗分为六章，第一章至第五章讲述武丁复兴殷商的功绩，第六章描写高宗寝庙建成的情景。第一章开头就对殷武进行赞颂“挞彼殷武”，为复兴殷商，武丁率军讨伐荆楚，深入其腹地，大获全胜，俘虏楚兵，展现了武丁英勇善战。第二章以得胜者的口吻告诫荆楚，你自古便住在商朝的南方，是我版图的一部分，必须听命于我。当初成汤在位时，氐、羌无不归顺于商。如今荆楚也如氐、羌一般，应归顺殷商。第三章是以上天的名义对诸侯进行训示。诸侯应在大禹治水的地方设立都城，每年按时去朝拜君王，同时对封地的农事加以管理，体现了天子的权威。第四章转入对百姓的训诫。“天命降监”，上天命殷王掌管天下，所以百姓应恭敬勤谨，勤于生产。国治民安，上天自会降福于各诸侯国。恩威并施，国家兴旺发达则水到渠成。第五章写殷商都城兴旺繁荣，为天下之首，武丁声名赫赫，得享长寿，同时保佑子孙后代福寿康宁。既是对武丁的赞颂，也是为后世祈福。最后一章写建造寝庙的过程。登上高高的景山，选取高大粗壮的松柏，运送下山，精雕细琢，寝庙落成。人们用修长的松柏来建造武丁的寝庙，松柏象征武丁美德永存，也表达了对武丁复兴殷商的敬仰和赞美之情。本诗是《商颂》部分的最后一篇，用词生动。《商颂》五篇连读，可知殷商立国之艰辛，贤明商王承受天命治理国家，英勇善战，关心民生，德行深厚，文治武功，扩大商朝疆域，后世子孙感念先祖之恩，予以歌颂，祈求护佑。

## 图书在版编目（CIP）数据

《诗经》全注全译全本彩图：典藏版：全两册/凌天明著. — 武汉：华中科技大学出版社，2024.6.（2024.7重印）

ISBN 978-7-5772-0987-6

Ⅰ. I207.222

中国国家版本馆CIP数据核字第2024K4Z711号

《诗经》全注全译全本彩图：典藏版

《Shijing》Quanzhu Quanyi Quanben Caitu：Diancangban

凌天明 著

出版发行：华中科技大学出版社（中国·武汉）　电话：（027）81321913

华中科技大学出版社有限责任公司艺术分公司　（010）67326910-6023

出 版 人：阮海洪

责任编辑：张　颖　张　羽　杨志新　封面设计：松　树

责任监印：赵　月　黄鲁西

制　　作：北京金彩恒通数码图文设计有限公司

印　　刷：河北朗祥印刷有限公司

开　　本：787mm × 1092mm　1/16

印　　张：52

字　　数：540千字

版　　次：2024年7月第1版第3次印刷

定　　价：499.00元


华中出版